AF168224

SIMAY YAZAR

LEWENDIA

Die neuen Meister der Zaubersteine

novum 🔖 pro

Bibliografische Information
der Deutschen Nationalbibliothek:

Die Deutsche Nationalbibliothek
verzeichnet diese Publikation in
der Deutschen Nationalbibliografie.
Detaillierte bibliografische Daten
sind im Internet über
http://www.d-nb.de abrufbar.

Gedruckt in der Europäischen Union
auf umweltfreundlichem, chlor- und
säurefrei gebleichtem Papier.

© 2024 novum Verlag

ISBN 978-3-99146-973-5
Lektorat: Lukas Wienerroither
Umschlagabbildungen: Scydel Art
by Chandika
Umschlaggestaltung: Scydel Art
by Chandika
Layout & Satz: novum Verlag
Innenabbildung: Lena Gerner

www.novumverlag.com

INHALTSVERZEICHNIS

Axera
Mahra-Vulkane
Höhlen von Kathlean
alte Ruinen
Melna
FABELWALD
SUBTROPISCHE ZONE
Territorium der Sylphen
Dörfer von Xandia
DI RAGELLA WÜSTE
RIMBUR-SCHLUCHT
ylmi
Lewendia

DIE AUSGESCHLOSSENE

Der Donner war so markerschütternd, dass es fast Esmeraldas Trommelfell zerriss, während sie hechelnd um ihr Leben rannte. Die Lichtblitze flogen wie ein Hagel hinter ihr her und eine dunkle Stimme, deren Besitzer ihr einst so vertraut und nun so fremd geworden war, gellte hinter ihr von einem hohen Felsen aus.

„IHR WERDET MICH NICHT AUFHALTEN! KEINER WIRD DAS!"

Esmeraldas Herz raste. Je weiter sie über die verwüstete Landschaft rannte, desto wütender wurde Erold und feuerte noch mehr Lichtblitze auf sie ab.

„Bitte, Erold!", weinte Esmeralda und hielt ihre Hände schützend vor sich. „Unserer Freundschaft wegen!"

„Unsere Freundschaft existiert nicht mehr, jetzt gibt es nur noch MICH!"

Beinahe wäre Esmeralda von einem der Blitze ihres ehemaligen Freundes getroffen worden, als ein hochgewachsener Mann mit gebräunter Haut und schwarzen Augen hinter Erold erschien.

„Du wirst keinem mehr schaden, Erold!", dröhnte er. „Deine ewige Gier nach Macht und Unsterblichkeit nimmt hier ein Ende!"

Der Mann richtete seine Hände auf Erold. Esmeralda ahnte, was er vorhatte, und ihr Herz setzte aus. Sie riss ihre Augen weit auf. „NEIN, JELDRIK, TU DAS NICHT!", kreischte sie so laut, dass es ihr in der trockenen Kehle wehtat, doch Jeldrik hatte schon längst einen pechschwarzen Rauch auf Erold gefeuert, der seinen Körper wie eine unsichtbare Gestalt ergriff und ihm die Kraft raubte. Erolds Haut wurde blasser und mit jeder Sekunde schien er immer mehr zu altern. Ächzend versuchte er, den Rauch von sich abzuwehren, und strengte sich dabei so an, dass sämtliche Adern durch seine vernarbte Haut sichtbar wurden. Der schwarze Kristall in seinem Handgelenk begann zu glühen und brach aus seiner Höhle heraus, obwohl Erold noch so sehr dagegen ankämpfte.

„NEIN! NIEMAND NIMMT IHN MIR WEG!", brüllte Erold, aber Jeldrik hörte nicht, obwohl es ihn fast genauso sehr anstrengte wie Erold. Tausende von Schweißperlen bildeten sich auf seiner Stirn und er grub seine Füße dicht in den grauen Sand, damit er nicht abrutschte.

„DU HÄLTST MICH NICHT AUF!", donnerte Erold und wehrte sich so sehr gegen den Rauch, dass er schlagartig zu Jeldrik hinüber schwebte, welcher ihn ebenso von sich wegzuschieben versuchte. Der Rauch hielt die beiden fest und würgte sie wie die Hand einer unsichtbaren Kreatur am Hals, sodass sie nach Atem ringen mussten. Erschüttert beobachtete Esmeralda, wie zwei der mächtigsten Zauberer Lewendias, die einst wie Brüder gewesen waren, sich gegenseitig bekämpften. Und das, ohne zu ahnen, dass sie dabei *beide* zugrunde gingen.

„Hört auf!", schrie sie, doch niemand beachtete sie im Lärm des grölenden Donners und der peitschenden Wellen des Meeres direkt neben ihnen. Esmeralda weinte. Verzweifelt drehte sie den Kopf in eine andere Richtung, als gäbe es dort auf der brennenden, von Verletzten und Leichen übersäten Landschaft irgendetwas, das ihr helfen könnte. Doch das Einzige, das sie sah, war ihre frühere beste Freundin, die regungslos und mit geschlossenen Augen im Sand lag. An ihrer Stirn war eine streifenförmige, tiefe Wunde, die grell glühte. Blut tropfte heraus und kullerte über ihre verwundete Haut.

„*Das ist das Ende...*", hauchte Esmeralda.

Schweißgebadet wachte sie auf. In ihrem Spiegel, der an der gegenüberliegenden Wand ihres Zimmers hing, zeichnete sich ihr faltiges Gesicht ab. Ihre Haare, die sie hinter ihr Ohr genommen hatte, waren noch so kurz wie damals auch, doch die kastanienbraune Farbe war zu einem silbrigen Grau geworden. Ihre hellbraunen Augen waren groß und starrten angsterfüllt ins Glas. Gekleidet war sie in ein langes, weißes Schlafgewand, auf das Lilien gestickt waren, von denen sehr viele in Melna wuchsen.

Melna. Die Stadt und das Volk, das sie anführte. Dessen Verantwortung sie trug. Esmeralda fasste sich an die Brust. Ihr Herz pochte schnell. In letzter Zeit wurde sie sehr oft von Erinnerungen ihres früheren Lebens gequält. Und das war kein Zufall. Vierzig Jahre war es her, seit die Meister der vier Zaubersteine einander bekämpft und sich gegenseitig entwürdigt hatten. Damals hatte ihr Streit ein Ende genommen, aber Erolds Gier, wegen der alles angefangen hatte, war noch lange nicht erloschen. Nun war der Tag gekommen, an dem Erold sich von dem Fluch, der ihn entwürdigte, erholt hatte und seinen Plänen wieder nachging. Dieses Mal jedoch standen ihm nicht seine ehemaligen Gefährten im Weg, um ihn aufzuhalten. Was er nicht ahnte, war, dass es aber sehr wohl jemanden gab, der seine Pläne durchkreuzen würde.

Esmeralda erhob sich von ihrem Bett und trat auf das hellbraune Parkett. Von dort ging sie zu dem großen, golden umrandeten Fenster über und sah auf die belebten Straßen Melnas hinab. Ihre Enkelkinder, die alle eine Jagdwaffe in der Hand hatten, diskutierten dort unten und Esmeralda öffnete das Fenster, damit sie mithören konnte.

„Marisa hat letztes Mal die größte Beute gemacht, sie nehmen wir auf jeden Fall mit", bestimmte Taro, der Älteste der Gruppe. Er war hochgewachsen und hatte starke Arme, mit denen er ein schweres Gewehr trug. Marisa, ein siebzehnjähriges, hübsches Mädchen lächelte stolz.

„Natürlich komme ich mit. Wer hat denn letztes Jahr den Jaguar erlegt?" Sie präsentierte ihre Kette, an der ein langer Fangzahn hing.

„Kilian sollte auch mitkommen. Er ist der schnellste von uns", argumentierte Taro weiter und sah sich in der Gruppe um, wen er als Nächstes dazu auswählen würde, mit auf die anstehende Jagd zu kommen. Diese fand jedes Jahr statt und war für Esmeraldas Enkel bestimmt, welche diese als eine Chance sahen, ihren Rang in der Familie zu verbessern.

„Du wählst auch nur deine eigenen Geschwister aus", warf Zack, sein Cousin, ihm vor. „Wir sind mindestens genauso gut wie Marisa und Kilian."

„Na gut", gab Taro nach, „Dann kommen du und Lou mit, sie ist die beste Spurensucherin. Aber Kilian bleibt trotzdem. Niemand kann mir erzählen, dass jemand schneller ist als er."

Zack war mit dieser Antwort zufrieden und zeigte seiner Zwillingsschwester Lou, welche gerade erst ankam, einen Daumen nach oben. Die Jagdsaison war für sie alle wichtig. Ihr Jagderfolg würde darüber entscheiden, wer von ihnen Esmeraldas Nachfolger werden würde.

„Vergesst mich bloß nicht!", meldete sich Pascal, der mit zwölf Jahren eigentlich nicht mit auf die Jagd kommen durfte, jedoch aufgrund seines ungewöhnlichen Talents, Tiergeräusche nachzuahmen, eine Ausnahme darstellte.

„Wie könnten wir dich vergessen? Natürlich nehmen wir dich mit", tätschelte Lou ihrem Bruder auf die Schulter. Weitere zehn Minuten stritten die übrigen darüber, ebenfalls mit auf die Jagd kommen zu dürfen, und nach einer heißen Diskussion war die Truppe komplett. Zufrieden wollten alle in die Innenstadt gehen, um sich mehr Utensilien für die kommenden Wochen zu kaufen, als plötzlich jemand die Treppe des großen Melnastammhauses heruntergepoltert kam. Dieser jemand hatte kurze, braune Haare, die ihr bis zu den Schultern reichten, einen rosa Rock bis über die Knie und ein pinkes Oberteil aus Stoff, über dem eine Kette mit einem Kristallanhänger baumelte. Sie war barfuß und hatte viele Sommersprossen in ihrem Gesicht, das vor Aufregung glühte. In der Hand hielt sie einen Speer, den sie nur mit Mühe tragen konnte.

„Hallo Leute!", grüßte sie ihre Geschwister und Cousins. „Warum wartet ihr nicht auf mich?"

Caitlyn, eine weitere Enkeltochter Esmeraldas, machte ein abfälliges Gesicht. „Warum sollten wir auf dich warten?", fragte sie und zuckte mit den Schultern.

„Ja, Senia?", fragte Kai, Caitlyns großer Bruder.

Senia strahlte übers ganze Gesicht, oder zumindest über jenen Teil, der nicht von ihren Haaren, die ihr über die Stirn und die kleine Stupsnase fielen, verdeckt wurde. „Ich komme mit euch!", verkündete sie begeistert und hob beide Arme feierlich in die Höhe, wobei der Speer ihr fast herunterfiel. Die übrigen Familienmitglieder schienen sich nicht einmal ansatzweise so darüber zu freuen wie sie.

„Wer hat das denn gesagt?", fragte ihr Bruder Taro.

Senia schnaubte. Sie war fast darüber enttäuscht, dass sie so etwas fragten, aber ihre Freude überspielte alles.

„Letzte Woche war mein vierzehnter Geburtstag", erinnerte Senia sie. „Wer vierzehn geworden ist, hat für dieses Jahr einen festen Platz bei der Jagd, denn jeder kriegt einmal die Chance, seine Fähigkeiten auf die Probe zu stellen."

Senias Cousins und Geschwister griffen sich an die Stirn.

„Ach ja. Du bist ja jetzt vierzehn", meinte Lou in einem Tonfall, als hätte sie sich an einen anstehenden Zahnarzttermin erinnert, den sie ständig aufgeschoben hatte.

Senia nickte. „Ganz genau, ich gehöre jetzt zu euch."

„Äh, nein, nein, nein", stoppte Taro das Ganze. „Wir nehmen dich auf gar keinen Fall mit."

Senia lachte heiser und sah zu den anderen als erwartete sie, dass sie es auch als einen Scherz sahen. Aber als niemand sich äußerte, ergriff sie selbst die Initiative. „Taro, ich bin bereit dafür", versicherte sie. „Ich bin vierzehn. Also kann ich jetzt auf jeden Fall mitkommen und ihr könnt nächstes Jahr entscheiden, ob ich nochmal teilnehmen darf."

„Nein, du kommst nicht mit, Senia", stritt ihr großer Bruder ab. „Ich leite die Truppe und damit habe ich das Recht, dich auszuschließen. Ob du nun vierzehn bist oder nicht."

Senia wusste nicht, was sie sagen sollte. Jegliche Freude wich aus ihrem Gesicht. „Das kannst du nicht machen! Ich habe einen festen Platz! Das ist die Regel", argumentierte sie.

Taro schnaubte genervt. „Nein, habe ich gesagt. Dieses Jahr ist die Jagd wichtiger denn je, weil wir nicht so viel ernten konnten. Da können wir es uns nicht leisten, dass du uns auch noch dabei störst!"

Senia war außer sich. Sollte ihr Bruder sie nicht eigentlich unterstützen? „Ich störe euch nicht, ich kann euch wirklich helfen. Gebt mir nur eine Chance!", wollte sie ihn überreden, doch da mischte sich auch Marisa ein.

„Helfen?", echote sie mit einem herablassenden Tonfall. „*Du* willst uns helfen? Du ruinierst doch immer alles!"

„Nein, tu ich nicht. Ich werde mich wirklich bemühen!", versprach Senia und sah dabei immerzu zwischen ihren Familienmitgliedern hin und her, auf der Suche nach jemandem, der ihr zur Seite stand.

„Haben wir gesehen, als du beim Probelauf eine Kugel abgefeuert und den Orang-Utan auf uns aufmerksam gemacht hast!", erinnerte Kilian.

„Das war ein Versehen! Dieses Mal bin ich vorsichtiger!", versuchte seine kleine Schwester sich zu verteidigen, doch sie wurde von den anderen übertönt.

„Oder als du die Sylphe zu unseren Taschen geführt hast und sie unser ganzes Geld gestohlen hat!", fügte Caitlyn hinzu.

„Ich habe mit ihr gespielt und habe nicht geahnt, dass sie uns bestehlen will!", japste Senia. „Aber ich habe daraus gelernt, wirklich!"

„Nein, hast du nicht!", widersprach Lou. „Du machst ständig Fehler und lernst nie daraus!"

„Selbst als wir dir den Papagei vor die Nase geliefert haben und du einfach nur abdrücken musstest, hast du ihn verpasst", sagte Pascal.

„Ich habe es nicht übers Herz gebracht, dass der schöne Vogel meinetwegen in Gefangenschaft leben muss!", verteidigte sich Senia.

„Ach, das sind doch alles nur dumme Ausreden", meinte Kai aus der Menge heraus und stieß Senia nach hinten.

„Wann immer wir etwas nicht schaffen, ist es deine Schuld. Weil du ja bei allem mitmachen willst, obwohl du zu nichts fähig bist!", behauptete Zack.

„Du bist uns nur eine unnötige Last!", zischte Marisa.

Senia sah zwischen ihren Geschwistern und Cousins hin und her. Tränen stiegen ihr in die Augen, doch sie wollte vor ihnen keine Schwäche zeigen. „Dieses Jahr wird es anders, ihr werdet sehen!", konterte sie. „Bitte gebt mir doch eine Chance, um es zu beweisen!"

Aber die Jugendlichen waren nicht zufriedenzustellen.

„Was wirst du dieses Jahr anders machen? Du eignest dich einfach zu nichts!", brüllte Kai.

„Wir können dich dort draußen im Wald nicht gebrauchen. Da kommen nur die Besten der Besten hin", warf Lou ein.

„Aber ich habe ein Recht, mitzukommen", wollte Senia erwidern, doch ihre Kehle schnürte sich zu.

„Wir werden schon genug zu tun haben, da können wir nicht auch den Babysitter für dich spielen!", meinte ausgerechnet Pascal.

„Wir haben keinen Platz für Schwächlinge", legte Kilian drauf und zeigte auf ihre Füße. „Du kannst doch nicht einmal Schuhe anziehen!"

„Selbst den Speer trägst du nur mit Mühe in der Hand!"

„Du bist zu nichts nutze!"

Jetzt kullerte tatsächlich eine Träne über Senias gebräunte Haut. „Aber ich..."

Noch bevor sie einen Satz zustande bringen konnte, schritt Taro auf sie zu und riss ihr den Speer aus der Hand. „Wir nehmen dich nicht mit, jetzt akzeptier es endlich, Senia!", blaffte er und warf die Waffe wütend auf den Boden. Senia sah auf ihre Waffe hinab. Sie war ein Geburtstagsgeschenk ihrer Eltern für ihren siebten Geburtstag gewesen. Seither hatte sie ihn fürsorglich aufbewahrt, damit sie ihn nach ihrem vierzehnten Geburtstag benutzen konnte und jetzt lag sie einfach so trostlos auf dem Boden. „Du kommst nicht mit und fertig. Lass die Großen das machen."

Das waren Taros letzte Worte, bevor er zusammen mit all den anderen in die Innenstadt ging. Senia blieb einsam auf der Straße zurück und starrte niedergeschlagen auf den Asphalt.

Esmeralda, die das ganze vom Fenster aus beobachtet hatte, schmerzte es, ihre Enkelin so zu sehen. Senia verdiente es nicht, so behandelt zu werden. Sie hatte ein viel zu gutes Herz und tat niemandem etwas zuleide, doch sie musste lernen sich nicht von den anderen niedermachen zu lassen. Und das musste sie eigenständig, ohne Esmeraldas Hilfe, tun, deswegen ist sie auch nicht eingeschritten. Doch Esmeralda beruhigte ihr Gewissen, denn sie wusste etwas, das noch niemandem, außer ihr bewusst war. Etwas, das alles auf den Kopf stellen würde. „Keine Sorge, Senia", murmelte die Herrin leise. „Deine Zeit wird kommen. Und zwar schneller als du denkst."

DIE AMBITIONIERTE

Madeleine spürte den heißen Sand zwischen ihren Zehen, der durch ihre braunen Ledersandalen gesiebt wurde, während sie zwei rotbraune Tonkrüge voll Wasser in beiden Armen trug. Die Sonne brannte schon den ganzen Tag über ihrem Kopf und erhitzte die sandfarbenen Dünen der Di'ragella-Wüste nur noch mehr. Hin und wieder blies eine leichte Brise über Madeleines Nacken und ließ ihre langen schwarzen Locken im warmen Wind wehen. Sie war ein vierzehnjähriges Mädchen mit einem runden Gesicht und schwarzen Augen sowie einer kleinen Nase und südländischer Hautfarbe. Passend zum heißen Wetter hatte sie leichte Kleidung; ihr dünnes beigefarbenes Kleid aus Stoff reichte bis zu ihrem Unterschenkel.

Madeleine ließ ihren Blick über die vielen kleinen Häuser ihrer Heimatstadt Ylmi schweifen. Sie waren allesamt aus braunem Lehm und Sand gebaut und hatten an den Seiten rechteckige Löcher, welche als unschließbare Fenster dienten. Die Türen bestanden aus Holz und an den Wänden des höchstens zweieinhalb Meter hohen Gemäuers waren allerlei Gegenstände, wie Werkzeuge und Räder von Heukarren, gelehnt. Wie sonst auch, spielten Kinder auf dem Sand mit ihrem alten Fußball, während die Erwachsenen mit ihrer Arbeit beschäftigt waren. Da die ganze Stadt von Zucht und Landwirtschaft lebte, trugen manche ihre Ernte umher, kauften neues Saatgut oder liefen mit Schubkarren herum.

Während Madeleine so die Stadt beobachtete, hätte sie fast meinen können, dass es sich um einen ganz normalen Tag in ihrem Leben handelte. Doch leider wusste sie nur zu gut, dass dies nicht der Fall war. Sie erinnerte sich noch genau daran, wie ihre Großmutter Freya eines Morgens schweißgebadet aus ihrem Haus gerannt war und lauthals geschrien hatte, dass Erold zu Kräften gekommen sei.

Seither lebte die ganze Landstadt in einer dumpfen Angst, jeden Moment eine schlechte Nachricht zu erhalten und insgeheim hoffte jeder, dass irgendjemand kam, um Erold aufzuhalten, doch dieser jemand war nicht gekommen. *Noch* nicht. Von Tag zu Tag fiel es Madeleine immer schwerer, still ihr Leben weiterzuleben, weil sie viel lieber etwas unternehmen wollte. Doch jedes Mal, wenn sie dies ansprach, meinte ihre Familie, sie sei bei ihnen in Sicherheit und solle ihr Temperament zügeln, denn es könne jemand anderes den Helden spielen. Lange würde sie das aber nicht mehr aushalten.

Madeleine erreichte ihr eigenes Zuhause, ein bescheidenes Lehmhaus, vor dessen Fenster traditionelle rote Tücher mit Mustern hingen und wollte die beiden Krüge dort abstellen, da sah sie ihren Bruder ihr entgegenrennen.

„Madeleine!" Wie seine große Schwester besaß er dunkle Augen und Haare, womit er praktisch wie eine männliche Kopie von ihr aussah. Aber etwas stimmte nicht. Er sah ernsthaft besorgt aus.

„Was ist denn los, Elian?", fragte Madeleine und stellte die beiden Krüge ab, bevor ihr Bruder sie noch rammte.

„Oma will dich sprechen!", antwortete er völlig aus der Puste. Offenbar war er von dem Haus seiner Großmutter bis hierher gerannt. „Sie hat gesagt, es ist superdringend!"

Das aus dem Mund eines Neunjährigen zu hören, würde niemanden sehr beunruhigen, doch sie wusste, dass Elian nicht lügen würde, wenn es um ernste Themen ging. Und dass Freya sie, um eine so merkwürdige Tageszeit, an der sie sonst so beschäftigt war, zu sich rief, konnte nur heißen, dass sie etwas Ernstes zu besprechen hatte. „Sie sah nicht gut aus, Madeleine", legte Elian besorgt bei.

„Ich gehe sofort", ließ sie ihn wissen und drehte ihrem Bruder den Rücken zu, der ihr keuchend nachsah.

Das Zuhause ihrer Oma lag im Zentrum der Stadt und während Madeleine dorthin lief, kreisten allerlei Vermutungen, worüber ihre Oma wohl reden wollte, in ihrem Kopf. Stand wieder eine Dürreperiode bevor? Oder ging es vielleicht um eine ganz andere Sache, die über Ylmi hinausging? Sie hatte da schon etwas im Sinn...

Madeleine klopfte an der hölzernen Tür des Hauses an. Ihre Großmutter lebte dort nicht allein, sondern mit Madeleines Onkel und dessen Familie, die sich um sie sorgte. Ihre eigene Familie wiederum unterstützten sie mit Nahrungsmitteln und Kleidung.

„Oh, hallo, Madeleine. Komm doch rein", begrüßte sie Sherin, die Frau ihres jüngeren Onkels. „Was für ein Zufall, dein Bruder war auch gerade hier."

„Hallo, Sherin", grüßte Madeleine zurück und trat ins Haus. „Es ist kein Zufall. Oma hat Elian gesagt, dass sie mich sprechen will."

„Oh", machte Sherin. „Sie ist in ihrem Zimmer."

Madeleine schritt quer durch das Haus über den gemusterten roten Teppich an den tiefen Sofas, welche das gleiche Muster wie der Teppich besaßen vorbei, zu der hintersten Wand des Raums. Madeleine öffnete, ohne zu zögern, die Tür und betrat das Zimmer ihrer Großmutter. Es war klein, jedoch sehr schön eingerichtet, mit kunstvollen, kleinen Holzschränken und Kommoden aus demselben Material. Das Bett ihrer Großmutter befand sich direkt gegenüber. Freya hatte sich darauf gesetzt und hatte eine elegante Kiste aus Holz in den Händen. Als Madeleine hereinkam, blickte Freya nicht einmal auf, sondern kramte weiter verträumt in der Kiste. Madeleine nahm neben ihr Platz.

„Sind das Opa und du?", fragte sie, als sie das Foto in der Hand ihrer Großmutter sah. Sie nickte still und sah das Bild noch ein paar Sekunden an. Schließlich legte sie es zurück in die Kiste, welche allerlei andere Sachen verbarg, und blickte ihrer Enkeltochter direkt ins Gesicht.

Jetzt verstand Madeleine, was ihr Bruder mit *besorgt* gemeint hatte. Die sonst so ruhigen und sanften Gesichtszüge Freyas machten einen gereizten Eindruck, außerdem lag in ihren Augen etwas Trauriges. „Du musst mir jetzt sehr gut zuhören, Madeleine", sagte sie. „Ich hatte wieder einen Traum."

Madeleines Anspannung wuchs. Sie wusste sehr gut, dass die Träume ihrer Großmutter nie etwas Gutes zu bedeuten hatten. „Ist es etwas Schlechtes?", wollte Madeleine vorgewarnt werden.

Freya seufzte. „Du kennst die Lage mit Erold... Und du weißt, dass jemand ihm zuvorkommen muss, bevor er Lewendia unter seine Herrschaft reißt."

Madeleine lauschte.

„Ja, weiß ich", bestätigte Madeleine. „Worauf willst du hinaus?"

Ihre Großmutter blickte aus dem Fenster. „Du bist eine Meisterin, Madeleine."

Madeleine dachte, sie höre nicht richtig. Sie stand so unter Schock, dass sie einfach nur starr dasaß. „W- Wie bitte?"

Freya blieb genauso still sitzen. „So ist es, Madeleine", bekräftigte sie. „Die Zaubersteine sind kein normales Gestein. Sie haben ein gewisses *Bewusstsein,* womit sie in der Lage waren, die von Erold ausgehende Gefahr zu spüren, und haben sich daher neue Meister gesucht, die sie beschützen können. Und du bist eine von ihnen."

Madeleine atmete hysterisch auf. *Was?!* Das alles kam ihr so unecht vor. „Aber... aber...", stammelte sie und war so verwirrt, dass sie keinen klaren Gedanken fassen konnte. „Du hast doch gesagt, dass die Ära der Zaubersteine vorbei ist. Dass sie sich zurückgezogen haben und nie mehr jemand ihr Besitzer sein kann, es sei denn, es ist schwarze Magie im Spiel, die sie dazu zwingt?", brachte sie schließlich hervor.

„Das dachte ich", erwiderte ihre Großmutter. „... doch auch ich kann mich irren. Und du bist nicht die Einzige. Die Enkel der anderen drei Meister sind ebenfalls auserwählt worden."

Madeleine sah verdutzt drein. *Wie konnte das sein? Wie war sie auserwählt worden?* Eine Weile saßen beide nur da, bis sie es verarbeiten konnte.

„Und was jetzt?", wollte Madeleine schließlich wissen.

Freya legte eine Hand auf ihre Schulter. „Du musst losziehen und die Zaubersteine sowie ihre Meister finden. Allein. So habe ich es in meinem Traum gesehen", sagte sie.

Madeleine wendete den Blick von ihr ab und ließ all ihre Gedanken kreisen. Eigentlich hatte man ihr genau das gegeben, was sie wollte, selbst, wenn es sehr prompt und unerwartet war, Lewendias Schicksal lag nun in ihrer Hand „Ich habe aber gar keinen Anhaltspunkt, wo die Steine sein könnten."

Freya nahm wieder die Kiste in die Hände, die sie beim Hereinkommen durchgeguckt hatte. „Dein Opa hat nach der Schlacht gespürt, dass der Zauber, den er anwandte, um Erold zu entwürdigen, ihn zu Tode geschwächt hatte. Daher hat er seinen eigenen Zauberstein Astra gut versteckt, sodass er in Vergessenheit geriet. Dennoch hinterließ er für den Notfall ein paar Gegenstände als Hinweis und diese sind in dieser Truhe verborgen."

Freya übergab das nostalgische Erbstück ihrer Enkeltochter.

Darin befanden sich ein kleiner, viereckiger Taschenspiegel mit einer goldenen Umrandung und einem ungewöhnlich schimmernden Glas, eine sieben Zentimeter große Sanduhr, in der der feine Wüstensand der Di'ragella-Wüste ruhte, ein dicker Ring aus rotem Jaspis, ein Dolch mit einem edlen Holzgriff und ein eingerahmtes Bild, welches Jeldrik und Freya zeigte. Zudem barg es ein kleines Notizbuch aus Leder, das ordentlich verschnürt war. Madeleine blickte den Inhalt lange an. Einerseits war sie entschlossen, Lewendia zu retten, andererseits fühlte sie noch etwas anderes, während sie die Gegenstände anstarrte und rein gar nichts mit ihnen anzufangen wusste. Madeleine verdrängte das Gefühl und richtete sich auf. *Noch* wusste sie nichts mit ihrem Erbe anzufangen, aber sie würde es bald herauskriegen.

Freya beobachtete ihre Enkelin dabei, wie sich ihre Gesichtszüge über die Sekunden veränderten, oder genauer gesagt, wie Madeleine sie zwingend wechselte. Und sie wusste auch, warum sie das tat. Sie kannte die Ängste ihrer Enkeltochter, die sie würde überwinden müssen.

„Wann ziehe ich los?", fragte Madeleine schließlich und hob den Kopf. In ihren Augen spiegelte sich feuriger Eifer.

Freya lächelte mild. „Je schneller du dich auf den Weg machst, desto besser. Ich stelle dir alles zur Verfügung, was du brauchst, und werde eine öffentliche Rede halten. Dann kannst du Ylmi verlassen, ohne dir über irgendetwas Gedanken machen zu müssen."

Selbst jetzt veränderte Madeleine ihre Miene nicht. So wie sie gerade vor ihrer Oma saß, mit gehobenem Kopf, geradem Rücken und festem Blick, wirkte sie wie der unerschrockenste Mensch der Welt.

„Geh jetzt besser", meinte Freya, „Du brauchst noch niemanden etwas zu erzählen. Ich werde die ganze Familie zum Abendessen einladen und es dort allen verkünden. Ruh dich aus und halte deinen Kopf frei."

Madeleine nickte und stand auf.

„Lass die Truhe hier. Ich werde sie dir später mitgeben", meinte ihre Großmutter noch, bevor ihre Enkelin den Raum verließ.

„Woher habt ihr denn die Perlen?", fragte Madeleine mit hochgezogenen Augenbrauen ihre Brüder Belmiro und Elian, als sie die etwas schief aussehende, selbstgemachte Halskette aus unterschiedlich geformten Holzperlen betrachtete, ihr Abschiedsgeschenk an sie. Drei Tage waren vergangen, seitdem Freya ihr erzählt hatte, dass sie eine Meisterin sei und sich auf den Weg nach den Zaubersteinen und ihren Meistern machen müsse, um Erold aufzuhalten. Wie versprochen hatte Freya mit einer Rede das ganze Volk benachrichtigt und die Neuigkeiten ihrer Familie mitgeteilt. Auch für sie war es anfangs schwer, die Lage zu akzeptieren, doch es war nun mal nichts daran zu ändern. Also hatten sie Madeleine Mut zugesprochen und ihr zu wissen gegeben, dass sie an sie glaubten. Und nun standen sie und ganz Ylmi am Stadtrand versammelt und riefen Madeleine Glückwünsche zu.

Ihre Brüder legten gleichzeitig den Zeigefinger vor die Lippen. „Haben wir ein paar Leuten abgemurkst, sie soll dir Glück schenken", wisperte Belmiro und hängte seiner großen Schwester die Kette um den Hals. Madeleine bedankte sich mit einem unterschwelligen Grinsen und ging weiter. Ihre Familienmitglieder standen nebeneinander und sie umarmte alle abwechselnd, bis sie zu ihrer Großmutter kam, die ihr einen Köcher mit

Pfeilen und eine beigefarbene Umhängetasche gab. „Da drin ist alles, was du für deine Reise brauchst."

Sie umarmte sie fest und flüsterte ihr dabei ins Ohr: „Du schaffst das."

Madeleine lächelte, doch Freya wollte sie noch nicht loslassen. „Du musst nur dich selbst überwinden."

Erst dann ließ sie ihre Enkeltochter los. Madeleine schaute ihre Oma an. Was meinte sie damit?

Sie hätte sie zwar fragen sollen, doch als ihre Oma sie zum Gehen aufforderte, beließ sie es dabei. Sie winkte dem jubelnden Ylmivolk und ihrer stolz dreinblickenden Familie zu. In jedem ihrer zuversichtlichen Gesichter stand geschrieben, dass sie auf Madeleine zählten, was diese immer entschlossener machte, keines dieser Menschen zu enttäuschen. Sie ließ noch einen letzten Blick über die Menge schweifen und kehrte ihnen schließlich den Rücken. Nun sah sie die weite und leere Wüste vor sich, hinter der sich so viele Orte verbargen, die sie noch nie in ihrem Leben gesehen hatte. Alles, was sie bei sich trug, war die Umhängetasche und ihr Köcher mit den Pfeilen für ihren Bogen am Rücken. Madeleine konnte nicht verhindern, dass eine Frage in ihr aufkam. Eine, bei der ihr äußerst unbehaglich zumute wurde: Würde sie auch mit so viel Stolz und Jubel empfangen werden, wie jetzt, wenn sie wieder zurückkehrte?

DIE ÜBERRASCHUNG DES TAGES

Senia beobachtete trüb, wie Esmeraldas Enkel allen aus der Familie ihre Jagdausrüstung präsentierten. Es war schon Abend und sie waren inzwischen alle mit ihrer Ware aus der Innenstadt zurückgekehrt. Senia war immer noch enttäuscht über die Ereignisse am Morgen, machte sich aber nichts daraus. Vielleicht hatten die anderen recht und es wäre besser, wenn sie noch ein Jahr warten würde. Dann wäre hoffentlich auch die Gefahr durch Erold vorüber. Außerdem stand nicht einmal fest, ob die Jagd überhaupt stattfinden würde, oder ob es in der aktuellen Lage zu gefährlich war. Camila, Senias Mutter, bemerkte die Miene ihrer Tochter und kam zu ihr, als sie ihren anderen Kindern Glück gewünscht hatte.

„Sei nicht traurig, Senia", tätschelte sie Senias Schulter. „Du wirst auch bald zu ihnen gehören." Senia nickte lächelnd, war sich aber nicht sicher, ob ihre Mutter auch wirklich recht hatte.

Nebenbei deckten die beiden Hilfskräfte Ms. Silver und Ms. Laine den Tisch mit den Lieblingsspeisen derjenigen, die auf die Jagd gingen und es herrschte eine aufgeregte Stimmung. Von Esmeralda jedoch fehlte jede Spur, dabei war sie diejenige, auf die alle heute warteten. Denn der Rat Melnas sollte eine Entscheidung darüber treffen, ob die Jagd stattfindet und wie als nächstes gegen Erold vorgegangen werden soll und sie, als Ratsvorsitzende, wollte es heute Abend jedem mitteilen. Doch als alle um Punkt acht Uhr an dem länglichen Tisch saßen, war der Platz am Kopf des Tisches immer noch leer.

Nach zehn Minuten kam Esmeralda endlich die lange Wendeltreppe herunter. Sie war eine recht große, fast siebzigjährige Frau, die für ihr Alter recht stämmig war. Dennoch wirkte sie etwas geschwächt, die Krankheit, an der sie nach dem großen Krieg erkrankt war, setzte ihr in letzter Zeit mehr zu, als sie erzählte. Was auch der Grund war, warum sie nicht eigenständig gegen Erold vorgehen konnte, obwohl sie als ehemalige Meisterin fast genau so mächtig war, wie er.

„Entschuldigt meine Verspätung", bat Esmeralda, als sie schließlich die Stufen hinabgestiegen war. „Ich musste noch ein letztes Mal meine Entscheidungen überdenken." Bei dem Wort „Entscheidungen" verstummte jeder. Ohne Frage waren sie alle mehr als erpicht darauf, endlich zu erfahren, zu welchem Schluss der Rat gekommen war. Esmeralda setzte sich ruhig auf ihren Stuhl. „Na, worauf wartet ihr noch? Guten Appetit", wünschte sie und eröffnete das Essen. Zwar aß jeder, aber man konnte erkennen, dass sie Esmeralda viel lieber mit Fragen bombardieren würden.

„Wie waren die Sitzungen, Mama?", fragte Senias Tante, um das Gespräch in die richtige Richtung zu lenken.

Esmeralda nahm erst einen Schluck Wasser, bevor sie ihrer Tochter antwortete. „Ganz gut", entgegnete sie und aß, genau, wie ihre mit der Antwort höchst unzufriedene Tochter, weiter.

Schließlich konnte Senias jüngster Onkel es nicht mehr aushalten. „Was ist denn jetzt mit den Entscheidungen des Rates, Mutter? Du wolltest uns sie doch heute sagen", platzte er heraus. „Was werden wir jetzt gegen Erold tun, wie geht es weiter?"

Esmeralda legte ihr Besteck weg und faltete ihre Hände übereinander. „Nun, als besonders Betroffene müsst ihr es natürlich als Erste wissen."

Alle nickten zustimmend.

„Als die einzige Person, die von den Verstecken der Zaubersteine weiß, sind mein Volk und ich in besonderer Gefahr. Erold wird sicherlich nicht davor zurückschrecken Gewalt anzuwenden, daher ist es am wahrscheinlichsten, dass er plant, mich zu erpressen", begann Esmeralda, „Als bestes Druckmittel eignet sich wohl meine eigene Familie und deshalb müsst ihr alle besonders gut auf euch aufpassen. Das ist auf einer Jagd aber nicht sonderlich gut möglich, also wird sie dieses Jahr abgesagt."

Ein Raunen ging durch den Raum. Vor allem Kilian, Taro und Zack waren von den Neuigkeiten empört. „Wir sind alt genug, um auf uns aufzupassen, Oma! Und außerdem, wovon sollen wir uns ernähren, wenn wir nicht jagen gehen?", protestierte Taro.

„Ganz ruhig, Taro", meinte Esmeralda, „Dass ihr auf euch selbst aufpassen könnt, weiß ich. Aber man ist nie alt genug, um sich vor Erold zu schützen. Was das Essen angeht, greifen wir auf unsere Vorräte von letztem Jahr zurück."

„Du meinst das Essen, welches wir magisch haltbar gemacht haben und für Notfälle lagern?", stellte Senias Onkel fest. „Und sonst? Werden wir nichts unternehmen?"

„Wir werden vorerst nichts unternehmen, um die Sache nicht aufzuheizen. Es gibt jemand anderen, der es für uns tun wird."

Senia stutzte. Jemand *anderes* sollte etwas tun und sie würden einfach warten? Das sah Esmeralda gar nicht ähnlich.

„Wen meinst du, Mutter?", fragte Senias Tante.

Esmeralda antwortete zunächst nicht, nahm dann einen Atemzug und sagte: „Die Steine haben neue Meister ausgewählt."

Das erregte besonders Aufsehen. „Neue Meister? Wer? Und woher weißt du das?", wollte Marisa wissen.

„Du weißt, ich braue viele Zaubertränke. Aus einem habe ich diese Information erhalten", antwortete Esmeralda. „Noch weiß ich nicht, um welche Personen es sich handelt, doch ich werde so lange Zaubertränke brauen, bis ich es erfahre."

„Und was passiert jetzt? Werden wir uns einfach auf diese Meister verlassen?", bohrte Senias Vater nach.

„Die Zaubersteine sind sehr weise. Sie haben sich ihre Beschützer ausgewählt und wir müssen ihnen vertrauen und dafür sorgen, dass die Ausgewählten auch tatsächlich an die Steine herankommen."

„Aber die Steine sind doch versteckt, soweit ich weiß", gab Kai zu bedenken. „Werden wir sie jetzt aus den Verstecken rausholen und sie Leuten übergeben, die wir nicht einmal kennen?"

Auch Senia war argwöhnisch. Sie wollte es zwar nicht sagen, um ihre Großmutter nicht zu verletzten, aber: Hatten die früheren Meister nicht für die Spaltung Lewendias gesorgt, die zum Krieg geführt hatte? Woher sollten sie dann wissen, dass es bei den Neuen nicht auch so sein würde?

„Ich verstehe deine Bedenken. Die habe ich durchaus auch. Aber dies ist unsere einzige Chance", sagte die Herrin. „Daher wollte ich genau das ansprechen: Die Steine müssen zu den Auserwählten gelangen, doch sie sind derzeitig an einem Ort, den sie nicht erreichen können. Demnach müssen sie hergebracht werden." Jeder hörte Esmeralda gebannt zu. Es war so still, dass von draußen ein Kind zu hören war, dass sich bei seiner Mutter darüber beschwerte, warum es nicht weiter draußen spielen durfte. Esmeralda fuhr fort. „Diese Mission ist überaus vertraulich, also kann ich nur meine engsten Vertrauten einweihen. Zudem muss diese Person möglichst unauffällig zu dem Ort schleichen können, um die Steine heimlich zu kriegen. Daher muss es einer von euch tun, Kinder."

Senia riss ihre Augen auf. Die anderen waren ebenso wie elektrisiert. Ohne Frage war dies eine Gelegenheit, sie zum höchsten Stand unter Esmeraldas Enkeln zu befördern. Wenn dies eine Kampfarena wäre, dann hätten sie sich womöglich um diese Mission gekloppt.

„Wer soll es denn tun?", fragte Zack.

Esmeralda legte ihre Ellbogen auf den Tisch und spreizte ihre Finger, sodass sie sich berührten. Die Familienmitglieder verstummten und warteten gebannt auf eine Antwort. Es wurde so leise, dass Senia ihre Schwester neben ihr unregelmäßig atmen hören konnte. Kai wippte nervös mit seinem Fuß, was den ganzen Tisch wackeln ließ und Senia sah, wie das klare Wasser in ihrem Glas vibrierte. Caitlyn funkelte ihre Konkurrenten böse an und Zack trank von seinem Wasser, um sich zu beruhigen. Taro wiederum hatte einen erhobenen Kopf und platzte fast vor Selbstsicherheit. *Bestimmt bereitet er innerlich schon die Rede vor, die er halten wird, wenn Oma seinen Namen sagt,* schoss es Senia durch den Kopf. Genau wissend, was passieren würde, stocherte sie mit der Gabel in ihrem Essen herum.

„Senia wird es machen."

Senia schreckte hoch. Zack verschluckte sich an dem Wasser und bekam einen Hustenanfall. Taro sah aus, als hätte ihm jemand eine Backpfeife verpasst. Kais und Caitlyns Köpfe schnellten zu Esmeralda und warfen ihr einen Blick zu, als wollten sie fragen, ob sie noch bei Sinnen war.

„Senia?!", kreischte Marisa.

„Ja, du hast richtig gehört, Marisa. Senia wird die Steine holen", wiederholte Esmeralda. Senia sah ihre Oma an. Sie konnte das doch nicht ernst meinen? Warum sie? „Das ist doch wohl ein Scherz", protestierte Taro und stand wütend vom Tisch auf. „Wir wissen doch alle, dass sich Senia nicht für Missionen eignet. Sie wird wieder alles vermasseln!"

„Setz dich, Taro", befahl Esmeralda streng. „Ich glaube an Senia und du solltest das auch tun."

Caitlyn schnaubte und erhob sich ebenfalls. „Wir glauben doch nicht grundlos nicht an Senia! Sie ist zu nichts nutze!", widersprach sie.

„Hey!", griff Camila ein, „Das stimmt nicht! Senia ist mindestens so gut wie ihr alle, ihr habt kein Recht sie zu entmutigen!"

Senia rührte der Einsatz ihrer Mutter, doch sie war sich nicht ganz sicher, ob das, was sie sagte, auch stimmte.

„Ich bin ganz Camilas Meinung", ging Esmeralda auf ihre Tochter ein. „Ich habe Senia nicht umsonst ausgewählt und meine Entscheidung steht."

Niemand sagte etwas. Die Erwachsenen starrten nur zwischen Senia und Esmeralda hin und her.

„Senia wird in zwei Tagen losgehen, um die Steine zu holen. Danach sehen wir weiter", erklärte Esmeralda. „Wenn ihr mich entschuldigt, ziehe ich mich jetzt in mein Zimmer zurück. Euch noch einen guten Appetit." Tatsächlich stand sie vom Tisch auf und ging. Beim Hinaufsteigen der Treppe verfehlte sie eine Stufe und wäre fast gestürzt, wenn sie sich nicht rechtzeitig festgehalten hätte. Doch alle waren von den Neuigkeiten so überrumpelt und schockiert, dass sie das nicht einmal bemerkten. Am Tisch sackte Taro in seinem Stuhl zusammen und Marisa bohrte ihre Gabel in den hölzernen Tisch. Die anderen Jugendlichen warfen Senia so garstige Blicke zu, dass sie regelrecht unter ihnen schrumpfte. Sie fühlte, wie ihr Gesicht rot anlief, und senkte ihren Kopf, damit ihre Haare es abdeckten.

Zumindest sah sie nicht mehr die Blicke der anderen, doch sie konnte sie auf sich spüren, was sich als unbehagliches Kribbeln bemerkbar machte, doch sie traute sich nicht, aufzustehen, um noch mehr aufzufallen.

Erst als alle mit dem Essen fertig waren, ging Senia zu Esmeraldas Zimmer.

Esmeralda stand zufälligerweise gerade auf dem Gang vor ihrer Zimmertür, weil sie wahrscheinlich auf das Klo gemusst hatte.

„Oma, warte. Ich muss mit dir sprechen", meinte Senia, bevor sie wieder reingehen konnte.

„Ich habe noch so viele Fragen. Zum Beispiel, was ich tun muss und wie das alles sein wird, ich weiß ja noch nicht einmal, ob…"

Ihre Großmutter legte ihre Hand auf Senias Schulter. Ihre Hand fühlte sich knochig an.

„Du brauchst dir keine Sorgen zu machen, Senia. Nicht einmal ein bisschen", versicherte sie. „Glaub an dich. Du wirst das perfekt erledigen." Dann ging sie in ihr Zimmer und Senia blieb auf dem Gang zurück. Doch ihre Bedenken waren ganz und gar nicht weggefegt.

SCHOCK AM MORGEN

Senia wusste nicht, wie sie die Nacht überstanden hatte. Nachdem Marisa zu Bett gegangen war, hatte sie sich in ihrem Bett seitlich gedreht, sodass Senia direkt in ihrem Blickfeld lag, die sie die ganze Zeit über giftig angeguckt hatte. Senia, der das ein äußerst unbehagliches Gefühl beschert hatte, hatte sich alle zwei Sekunden zur Seite gedreht, um nicht mehr ihre Schwester ansehen zu müssen, doch deren Blicke hatten nahezu ihren Rücken durchbohrt, was ebenfalls nicht geholfen hatte.

Zudem hatte Marisa ihr ständig mit einem verdeckten Zorn in der Stimme ungewöhnliche Fragen gestellt, ob sie es in ihrem Bett gemütlich hätte oder ob sie schon von ihrer Mission träume. Senia hatte versucht, ihr möglichst so zu antworten, dass sie nicht den Eindruck bekam, dass sie innerlich triumphierte, doch irgendwie hatte es die Lage sogar noch mehr verschlimmert. Als Senia dann nach einem schlechten Traum aufgewacht war und Marisa vor ihrem Bett stehend und auf sie starrend vorgefunden hatte, hatte sie kein Auge mehr zugetan. Am Morgen zog sie sich schnell an, damit sie möglichst schnell von Marisa wegkam und ging nach unten zum Frühstück. Zu ihrer Überraschung saß ihre Familie schon am Tisch und hatte mit dem Essen begonnen. Doch Esmeraldas Platz war leer.

„Guten Morgen", sagte Senia allen, doch niemand blickte auch nur auf, geschweige denn ihr eine Antwort zu geben. „Wo ist Oma?" Wieder keine Antwort.

„Oma erwartet dich in ihrem Zimmer. Sie will mit dir sprechen", informierte sie Lou schließlich und sah sie finster an.

„Ach so", meinte Senia nur und drehte sich um. Sobald sie ihrer Familie den Rücken zugedreht hatte, fingen sie zu tuscheln an. Sie verstand nicht jedes Wort, doch Senia wusste genau, dass von ihr die Rede war. Mit gesenktem Kopf stieg sie die Treppe hoch. Warum tat ihre Familie so, als hätte sie Esmeralda heimlich dazu überredet, sie für die Mission auszuwählen? Sie konnte doch gar nichts dafür, dass ihre Großmutter nicht irgendjemanden von den anderen dafür vorgesehen hatte. Außerdem ging es ihr doch gar nicht um Ruhm oder Ansehen, warum konnten sie sich also nicht einfach für sie freuen? Ging es nicht um das Wohl Lewendias?

Senia klopfte an die Tür und trat auf den Befehl ihrer Großmutter ins Zimmer. Esmeralda hatte auf einem der gepolsterten Sitze um den kleinen Tisch Platz genommen. Senia setzte sich vor sie.

„Danke, dass du gekommen bist, Senia", bedankte sie sich. „Wie geht es dir?"

„Gut", log Senia.

„Ich weiß, du bist jetzt ziemlich durcheinander", erkannte Esmeralda. „Und du hast viele Fragen, aber jetzt musst du all das beiseite räumen."

„Bin ich hier, damit du mir erklärst, was genau ich tun soll?"

„Genau", bestätigte Esmeralda. „Ich werde dir jetzt das Versteck der Zaubersteine verraten und du darfst es niemals irgendjemandem weitersagen. Nicht einmal, wenn die Steine bei uns sind. Du könntest damit Menschen in Gefahr bringen."

„Versprochen", sagte Senia. Jemandem zu schaden, war das Letzte, das sie wollte.

„Also. Das Versteck von Neilon und Qualin musste so gut verborgen sein, wie nur möglich", erklärte Esmeralda.

Ein unauffindbarer Ort. Wo könnte das sein?

„Die Steine befinden sich daher nicht in Lewendia, sondern in einer anderen Welt", offenbarte Esmeralda.

Senia wurde stutzig. „Was meinst du damit, Oma? Werde ich auf die ,Erde' gehen? Aber... Wie komme ich dahin und was erwartet mich dort? Ich weiß doch nichts über diese Welt."

„Du brauchst dir keine Sorgen zu machen. Dort ist es nicht gefährlich. Zumindest nicht der Ort, zu dem du gehen wirst", beruhigte Esmeralda sie. Das beruhigte Senia etwas, obwohl ihr Herz immer noch raste. Sie hatte nur wenige Male die Stadt verlassen und jetzt sollte sie in eine andere Welt gehen?

„Genauer gesagt, wirst du auch nicht auf sonderlich viele Menschen treffen. Aber du musst trotzdem vorsichtig sein! Niemand darf dich sehen!", mahnte Esmeralda in einem ernsten Tonfall. „Wie du weißt, kann ich nicht für lange Zeit vom Bett weg und ich werde von Tag zu Tag schwächer. Ich werde dir also nicht helfen können."

Senia nickte. Plötzlich bemerkte sie etwas an dem Arm Esmeraldas. Sie hatte ihre Ärmel etwas hochgekrempelt, sodass man einen Fleck auf der Haut sah. Er war rabenschwarz. „Was ist das, Oma?!", schreckte Senia hoch und zog an dem Ärmel der Herrin. Beim Anblick, der sich ihr bot, schnappte sie entsetzt nach Luft.

Vor ein paar Monaten hatte die Haut ihrer Großmutter begonnen, schwarz zu werden. Der Grund dafür war ihre Krankheit, der von einem Fluch ausgelöst worden war, den Esmeralda über all die Jahre mit allen möglichen magischen Mitteln wegdrängte. Nun waren beide Arme pechschwarz und stockdünn. Der Zauber, den Esmeralda auf ihren Körper gelegt hatte, schien nichts mehr zu nützen.

„Oma, was passiert mit dir?? Warum funktioniert der Zauber nicht mehr?", japste Senia. Erst jetzt bemerkte sie, dass sie seit Wochen die Haut der Herrin nicht mehr gesehen hatte, da diese trotz des warmen Wetters nur lange Kleidung getragen hatte.

„Wir müssen dich sofort zu einem Arzt bringen! Was, wenn es deinen gesamten Körper ergreift?", hechelte Senia und zerrte an Esmeralda, damit sie aufstand.

„Nein, Senia", antwortete sie. „Du weißt, warum mich dieser Fluch plagt. Ich habe einen großen Fehler begangen und ich bezahle dafür. Weder Ärzte noch Zauber können mir helfen."

Ihre Enkeltochter war außer sich. Nun lief sie hektisch im Kreis und zählte Möglichkeiten auf, wie man Esmeralda heilen könnte.

„Warum hast du deinen Zustand vor uns verborgen? Das können wir nicht akzeptieren, irgendetwas muss helfen!", beharrte sie.

„Senia." Esmeralda fasste sie am Arm. „Setz dich. Es gibt etwas, das mir helfen kann." Senia wurde ganz Ohr. „Wenn Qualin, der Stein, dem ich mich damals widersetzt habe und deshalb verflucht worden bin, zu seinem neuen Besitzer kommt, wird dieser mich mit der Kraft des Steines heilen können. Aber dafür musst du ihn erst herholen."

Senia starrte in die ruhigen Augen ihrer Großmutter. *Ihr Leben hing von der Mission ab, die ihr gerade gegeben worden war. Ihr Leben lag in ihrer Hand. Und wenn sie es nicht schaffte...* „Wo genau sind die Steine? Und wie hole ich sie?", fragte Senia mit erstaunlich fester Stimme, dafür, dass ihre Hände zitterten.

„Die Steine sind in Penelopes Haus", gab die Herrin preis. „Neilon und Qualin sind in zwei verschiedenen seidenen Tüchern, die ich so verzaubert habe, dass sie jeden Monat ihren Platz wechseln. Daher wirst du jeden Winkel des Hauses absuchen müssen."

„Penelopes Haus?" Das Haus der ehemaligen Meisterin Neilons, deren Erinnerungen an Magie bei der Schlacht gelöscht wurden, sodass sie als Halbmensch auf die Erde gebracht worden war? „Lebt sie denn noch dort? Und ist sie allein?"

Esmeralda überlegte. Von Anfang an hatte sie vorgehabt, ihrer Enkelin nicht alles zu verraten, wie sie es durch den Zaubertrank erfahren hatte. Sie musste alles genau so befolgen. „Sie lebt noch und wird allein sein. Du musst dich nicht vor jemandem oder etwas fürchten, doch sei vorsichtig, dass dich niemand sieht."

„Werde ich", versprach Senia.

„Gut", sagte Esmeralda nickend. „In zwei Tagen wirst du gehen. Du gelangst durch ein Portal dorthin, das ich durch einen Zauber geöffnet habe. Es bleibt für genau zwei Tage offen. Wenn du in der zweiten Nacht nicht zurückkommst, habe ich die Gelegenheit, es in der nächsten Vollmondnacht wieder zu öffnen. Etwa nach zwei bis drei Wochen. Doch so lange reichen deine Essensvorräte nicht und es wird für Lewendia vielleicht schon zu spät sein."

Für dich vielleicht auch, schoss es Senia durch den Kopf und sie schluckte schwer. Esmeralda hätte lieber Taro für die Mission auswählen sollen, er hätte sie mit Leichtigkeit erfüllt.

Esmeralda drückte ihrer Enkeltochter einen handgroßen, braunen Stoffbeutel in die Hand. „Von dem goldenen Pulver, das sich hier drin befindet, musst du etwas in die Hand nehmen und es neben das Portal streuen. Anschließend musst du es auf deine Stirn schmieren, ohne ein zweites Mal in den Beutel zu greifen. So überquerst du das Portal", erklärte sie.

Senia merkte sich jedes Wort, versicherte ihr, alles genau verstanden zu haben, und nickte dann.

„Gut", bemerkte Esmeralda. „Bewahre das Pulver sicher auf. Ich werde dir vor deiner Abreise noch eine Handtasche mitgeben, in der sich alles befindet, was du benötigst. Drei Magiekristalle werden ebenfalls dabei sein."

Senia riss ihre Augen auf. Die Magiekristalle, in denen die Magie der Zaubersteine gespeichert waren? Jene, die man vor dem Krieg verwendet hat, damit die Zaubersteine möglichst vielen Leuten halfen, da die Meister nicht alle Orte erreichen konnten, die aber nach dem Krieg, als man keine neuen Kristalle aufladen konnte, nicht mehr auffindbar waren?

„Ja, die Magiekristalle gibt es noch. Sie sind nahezu unbezahlbar und das sind die Einzigen, die ich besitze, aber es ist wahr", kommentierte Esmeralda, welche Senias erstaunte Miene bemerkt hatte, und öffnete ihre Hand. Drei Salzkristalle in der Größe einer Walnuss lagen auf ihrer Handfläche.

„In den Kristallen ist Mexus' Magie gespeichert, damit du dich unsichtbar machen kannst. Jedoch wird dich jeder Kristall insgesamt nur für zehn Minuten unsichtbar machen. Also versuche, möglichst sparsam mit ihnen zu sein. Nutze sie nur, wenn du wirklich musst. Du weißt ja sicher, wie man sie an und ausschaltet."

„Weiß ich", bestätigte Senia. Sie hatte es in der Schule gelernt. Es genügte anscheinend, den Kristall in der Faust zu zerdrücken und sich vorzustellen, wie er seine Wirkung zeigt.

„Versuche, die nächsten Tage etwas Schlaf zu bekommen. Du musst bei guten Kräften sein, wenn du losziehst."

Senia nickte erneut. Eigentlich kam sie sich dumm vor, wenn sie die ganze Zeit über nur nickte, doch es hatte ihr die Sprache verschlagen. Esmeralda schloss ihre Hand wieder und lächelte Senia an. Das war das Zeichen für sie, dass das Gespräch beendet war und sie das Zimmer verlassen konnte. Senia stand auf und ging zur Tür.

„Ach, und Senia", sagte Esmeralda, bevor ihre Enkeltochter rausging. „Was auch immer schiefgeht, Penelope darf dich auf keinen Fall sehen oder von deiner Mission erfahren."

„Ich werde mich nicht von ihr sehen lassen, Oma", versprach Senia und schloss dann die Tür hinter sich, darauf hoffend, dass sie dieses Versprechen auch würde halten können.

ABREISE

„Wir sind da", verkündete Esmeralda und sah ihre Enkelin ermutigend an. Senia stand zwischen ihr und Sir Andrew, dem Butler der Familie, welche hinter ihr versammelt war, vor einem kleinen Teich. Das Portal.

Senia konnte immer noch nicht glauben, was hier gerade geschah. Am liebsten hätte sie behauptet, etwas vergessen zu haben und wäre zurückgekehrt, doch das wäre eine Lüge gewesen. Alles, was sie für ihre Reise brauchte, hatte ihre Großmutter ihr in den Rucksack mitgeben, den sie nun auf dem Rücken trug. Das Pulver hatte sie ebenfalls bei sich. Es gab keine Ausrede mehr.

Wie in Zeitlupe holte Senia das Pulver heraus und machte einen Schritt auf den mit Kunststeinen umrandeten Teich zu. Die anderen bildeten einen Halbkreis hinter ihr, um bloß nichts zu verpassen. Senia wickelte das kleine Säckchen auf und griff hinein. Sie atmete schnell ein und aus.

„Jetzt mach endlich!", rief Pascal von hinten. Senia reckte ihren Kopf zu ihm. Ihre Geschwister funkelten sie böse an. Ihre Cousins schüttelten den Kopf, als würden sie bedauern, welch großen Fehler Esmeralda begangen hatte. Niemand schien an sie zu glauben. Niemand.

„Oma, ich kann das nicht...", stammelte Senia, doch Esmeralda drückte das Säckchen zu ihr.

„Doch, Senia. Du musst an dich glauben." Ihr Blick war streng und nicht mehr gutmütig. Senia konnte es einfach nicht verstehen. Warum hatte ihre Großmutter für so eine wichtige Sache Senia ausgewählt, obwohl diese noch nie eine solche Aufgabe bekommen hatte? War es nicht eigensüchtig von ihr, das Schicksal Lewendias in die Hände einer unerfahrenen Vierzehnjährigen zu legen?

Senia schluckte. Ihre Großmutter beharrte auf ihre Entscheidung und jetzt war es zu spät, sie noch davon abzubringen. Also musste sie der Herrin zuhören und tatsächlich an sich glauben.

Mit all ihrem Mut nahm sie etwas von dem goldenen Pulver aus dem Säckchen, das sie auf das saftig grüne Gras unter ihren Füßen aussäte. Sie hatte wieder einmal ihre Schuhe vergessen. *„Du kannst doch nicht einmal Schuhe anziehen!"*, schallte Kilians Stimme in ihrem Kopf. Doch dieses Mal ließ sie sich nicht davon verunsichern. Sie trug nun mal keine Schuhe und das musste jeder akzeptieren. Senia atmete noch einmal ein und schmierte das Pulver auf ihre Stirn. Ein letztes Mal blickte sie zurück, dieses Mal nur auf ihre Mutter, die ihr ermutigend zuwinkte. Senia winkte zurück und trat in den Teich. Das Letzte, was sie sah, waren die müden und doch zufriedenen Gesichtszüge ihrer Großmutter, bevor ihre nackten Füße das Wasser berührten und sie gänzlich in dem Teich verschwand.

In der nächsten Sekunde stand sie in einem Raum, der ihr völlig fremd war. Er war recht klein und die pastellgrünen Tapeten, auf denen so viele Rosen abgebildet waren, dass die Tapete selbst nicht mehr zu erkennen war, ließen es noch kleiner wirken. Zudem war der Raum regelrecht mit Möbeln zugebaut, welche nur grün, rot oder rosa waren, sodass Senia sich fühlte, als wäre sie in einen Rosenbusch geraten. Hinter ihr stand ein mannshoher Spiegel, aus dem sie gekommen zu sein schien. Helles Tageslicht strömte aus dem kleinen Fenster an der Seite ins Zimmer. Senia sah sich kurz um und lauschte nach irgendwelchen Geräuschen. Niemand schien zu Hause zu sein. Zum Glück. Die Suche konnte also beginnen…

Nachdem Senia das ganze Schlafzimmer auf den Kopf gestellt hatte und leider nicht fündig geworden war, entschied sie, das Zimmer zu verlassen und den Rest des Hauses zu durchsuchen. Sie hatte das Schlafzimmer so aufgeräumt wie möglich zurückgelassen und stand nun in einem langen Flur mit weißem Teppich und ein paar Kommoden an den Wänden, welcher ihr einen Überblick über das ganze Haus bot. Penelopes Schlafzimmer lag ganz am Ende. An der rechten Wand befanden sich das Badezimmer und die Küche. Demgegenüber waren ebenfalls zwei Kinderzimmer, von denen das eine, in dem nur ein

Bett stand, blau, und das andere mit zwei Betten rosa angestrichen war. Am Ende des Flurs war das Wohnzimmer, das größte Zimmer von allen und Senia betrat es als erstes. Ein kleines Sofa, ein paar Schränke und ein Esstisch standen dort. Außerdem war an dessen linker Wand eine weitere Tür. Eine leichte Brise kitzelte Senias Arm und sie drehte sich zur Seite. Rechts neben ihr war eine große Terrassentür aus Glas, die leicht offen stand, sodass man den Garten sehen konnte. Dort stand Penelope mit einer Heckenschere in ihrer Hand.

Senia erschrak beim Anblick der Frau und taumelte nach hinten. Dabei stieß sie versehentlich gegen eine Schale auf dem Tisch, sie schepperte auf den Boden und zerbrach zwar nicht, doch das Geräusch war laut genug, um Penelope aufmerksam zu machen. Senia wirbelte herum. Blitzschnell hob sie die Schale auf, stellte sie zurück auf den Tisch und rannte panisch in den Flur, wo sie hinter der erstbesten Tür verschwand. Penelope wiederum lehnte sich gegen die Terrassentür und lugte in ihr kleines Haus. Doch sie sah nichts Ungewöhnliches, also ging sie in ihren Garten zurück.

Senia, die sich hinter der Küchentür unsichtbar gemacht hatte, atmete tief durch. Sie hatte ihre Finger um den kleinen Magiekristall festgekrampft und ließ langsam los. Sie durfte nicht so überängstlich sein. Penelope war nur eine alte Frau in einem kleinen Haus. Sie musste die Magie der Kristalle aufsparen und ihr durfte so ein Fehler kein weiteres Mal passieren. Noch einmal atmete Senia durch und nahm sich vor, die Küche zu durchsuchen, wenn sie schon mal hier drin war.

Als es nach geraumer Zeit dunkler wurde, ging Penelope wieder zurück in ihr Haus. Senia, die das Geräusch hörte, stellte die Gläser aus dem Küchenschrank schnell wieder zurück und versteckte sich hinter der Tür. Penelope ging ins Badezimmer, um sich dort die Hände zu waschen und Senia nutzte die Gelegenheit, um aus der Küche ins Wohnzimmer zu gehen.

Während sie dem Geräusch des fließenden Wassers lauschte, wanderte ihr Blick zum Durchgang, der in das Empfangszimmer führte, an dessen Ende sich die Haustür befand. An der linken Wand des Zimmers war eine weitere Tür. Senias Herz machte einen Satz. Blitzschnell rannte sie dorthin und öffnete die Tür. Das Zimmer, gefüllt mit mehreren Kartons und Haushaltsgegenständen, stellte sich als Abstellkammer heraus und Senia konnte sich noch in derselben Sekunde, als Penelope das Wohnzimmer betrat, zwischen all die Gegenstände quetschen. Für den Bruchteil einer Sekunde sah sie Penelope, wie sie in ihrem Wohnzimmer stand, bevor sie schnell die Tür der Kammer vor ihrer Nase zumachte. Nun hockte sie mit klopfendem Herzen in dem stockdunklen Raum, der nach alten Kartons und Putzmitteln roch. Die Tür war nur ein paar Millimeter von ihrem Gesicht entfernt und sie musste ihre Knie an sich drücken, um hereinzupassen. Der dicken Staubschicht nach zu urteilen, die über den Kartons und den Gegenständen lag, betrat Penelope den Raum nicht allzu oft. Daher entschloss sich Senia, dass es wohl das beste Versteck war, in dem sie bleiben würde, bis sie sich sicher im Haus bewegen konnte. Und dafür würde sie wohl warten müssen, bis Penelope schlief.

Einige Zeit später, nachdem seit Längerem kein Geräusch mehr gekommen war, versuchte Senia sich aufzurichten, um aus der Kammer rauszugehen. Sie gab sich Mühe, auf die Beine zu kommen, doch sie war so lange in der Hocke geblieben, dass diese zu schwach waren, um sie zu halten. Sie kippte nach hinten und krachte gegen das Regal hinter sich, was ein schrecklich lautes Geräusch machte. Senia zog sich an dem Türrahmen festhaltend nach vorne und stolperte dann ins Freie. Erst nahm sie einen tiefen Atemzug, weil sie in der stickigen Kammer dringend mehr Sauerstoff gebraucht hatte und räumte dann die Unordnung, die sie in der Abstellkammer veranstaltet hatte, auf. Danach durchsuchte sie das Wohnzimmer, denn Penelope befand sich tagsüber meist im Garten und würde sie sehen, wenn sie sich dort aufhielt. Vor Aufregung übersah sie die Tür auf der linken Seite und wendete sich stattdessen dem Flur und schließlich dem Jungenzimmer zu. Senia stellte den ganzen Kleiderschrank auf den Kopf und räumte die Spielzeugkisten aus und wieder ein. Sogar unter den Matratzen und dem Teppich sah sie nach, doch Neilon und Qualin waren anscheinend nicht dort versteckt. Erschöpft setzte sie sich und rieb sich die Augen, um nicht einzuschlafen. Je länger sie nichts fand, desto größer wurde der Druck. Senia sah traurig aus dem Fenster. Es war schon morgen, Penelope würde wohl bald aufwachen, was hieß, dass es jetzt Zeit war, hier aufzuräumen. Träge packte sie die Kleider vom Boden und stopfte sie so wie vorher in den Schrank zurück. Als sie das letzte Kleidungsstück, eine Kinderjacke, aufheben wollte, berührte sie den Parkettboden und spürte, dass zwei der Holzbalken einen größeren Abstand zueinander hatten als die anderen. Ungewöhnlich groß. Sie lehnte sich herunter und bewegte einen der Balken hin und her, sodass die Stelle groß genug wurde, um ihren kleinen Finger hindurchzustecken. Senia probierte hindurchzugreifen und schaffte es tatsächlich. In dem Hohlraum befand sich etwas aus Stoff! Aufgeregt warf sie die Jacke beiseite und machte sich mit allen zehn Fingern daran, den Holzbalken aufzuheben. Als sie es endlich fertigbrachte, sah sie ein rotes Tuch unter dem Balken.

Mit flatterndem Herzen schnappte sie es und öffnete das Tuch. Dabei zitterten ihre Finger so sehr, dass der Gegenstand darin herausfiel und wegrollte. Senia krabbelte ihm hinterher und erblickte dann einen gezackten Stein mit einer nahezu ovalen Form. Er hatte eine lila Farbe und war von dünnen und geschwungenen weißen Linien durchzogen. Senias Herz machte einen Satz. Sie nahm den Stein und richtete sich mit angehaltenem Atem auf. Sie hatte Qualin gefunden, der Zauberstein, der einmal Esmeralda gehört hatte! Sie hatte ihn gefunden! Senia versuchte, Jubelrufe zu unterdrücken. Wenn Penelope sich nicht in der Nähe befände, wäre sie wahrscheinlich hochgesprungen. Da sie sich das aber nicht traute, strahlte sie stattdessen über das ganze Gesicht. Ihre Mutter hatte recht! Sie konnte auch so gut sein wie Taro und die anderen!

Bevor sie ihre Freude jedoch ganz ausleben konnte, fiel ihr ein, dass Neilon ja noch fehlte. Aber wenn sie Qualin gefunden hatte, dann könnte es ja nicht mehr so schwer sein, auch ihn zu finden. Schnell wickelte Senia den Stein sorgfältig in das Tuch, um es bloß nicht zu verlieren und merkte dabei vor Freude nicht, dass der Stein sich in ihrer Hand rapide erwärmt hatte. Und auch nicht, dass er leicht leuchtete.

DIE AHNUNGSLOSE

„Das will ich aber mitnehmen!" Jemand zerrte an Lunas Arm. Es war ihre kleine Schwester Lotte. Luna hielt das pinke Spielzeugauto in ihrer Hand nach oben, damit Lotte sie nicht erreichen konnte. „Lotte, du kannst nicht alle deine Spielzeuge mit zu Oma bringen, deine ganze Tasche ist schon voll. Außerdem brauchst du doch gar nicht so viel Spielzeug, wir bleiben ja nur, bis Mama und Papa aus ihrem Skiurlaub kommen", meinte sie und ihre kleine Schwester schüttelte heftig ihren Kopf, wobei ihre blonden Flechtzöpfe hin und her peitschten. „Bitte, Luna!" Und da machte sie wieder diesen Hundeblick, dem Luna einfach nicht widerstehen konnte. Seufzend gab sie ihrer Schwester das Spielzeugauto, die damit glücklich zu dem Minivan ihrer Familie hopste. Dort waren ihre Eltern gerade dabei, ihre Koffer hineinzuladen, da sie für zwei Wochen in den Skiurlaub nach Norwegen fahren und ihre drei Kinder bei ihrer Mutter lassen würden. Luna, ein vierzehnjähriges Mädchen mit langen, blonden Haaren, die ihr fast bis zur Hüfte reichten, obwohl sie sie zu einem hohen Pferdeschwanz zusammengebunden hatte, bückte sich, um weiteres Spielzeug von der Garageneinfahrt ihres Hauses einzusammeln. Als sie mit dem Aufräumen fertig war, ging sie mit ihrem Koffer über den gepflasterten und vor Hitze glühenden Boden zu ihrem Bruder, der an der Öffnung des Kofferraums ihres Autos saß.

„Pack mal mit an, Leon", sagte sie zu ihm und gemeinsam quetschten sie ihren Koffer noch mit hinein. Dabei blieb Luna die schlechte Laune ihres Bruders, der andauernd schnaubte, nicht unbemerkt. Sie kannte auch den Grund dafür.

„Was guckst du so, Luna?", fragte Leon etwas genervt, weil seine Schwester ihn so tadelnd ansah und verschränkte die Arme vor der Brust. „Du freust dich doch nicht ernsthaft darauf, die Sommerferien wieder in einem Dorf mitten im Nirgendwo zu verbringen?"

„Leon, ich verstehe nicht, was dein Problem ist. Wir haben doch immer Spaß bei Oma. Außerdem kannst du Kälte doch gar nicht ausstehen?", erwiderte Luna.

„Ja, stimmt schon, aber bei Oma kann man doch gar nichts machen. Außerdem sind wir immer bei ihr." Er ließ seinen Kopf hängen.

„Hast du denn Omas Spiele und Geschichten gar nicht vermisst? Oder ihren Kuchen?", fragte Luna absichtlich. Sie wusste, dass sie ihn damit kriegen würde. Tatsächlich zuckten Leons Mundwinkel nach oben. „Ja, ok, schon ein bisschen", meinte er und hob seinen Kopf, sodass er Luna ins Gesicht sah. Ihre hochgezogenen Augenbrauen brachten ihn zum Schmunzeln. „Also gut, du hast recht, bei Oma haben wir immer Spaß", gab er schließlich nach. „Außerdem kann ich Kälte nun wirklich nicht ausstehen!" Luna boxte ihm leicht in den Arm und da mussten sie schon ins Auto einsteigen, weil ihr Vater verkündete, dass die Fahrt losging. Luna nahm auf dem hinteren Sitz neben ihrem Bruder Platz, Lotte war vorne.

Nach knapp einer Stunde kamen sie auch schon an. Ihre Oma stand schon vor der Haustür ihres kleinen Waldhauses, welches mit seinem gelben Anstrich und den vielen Blumen auf der Fensterbank sehr süß aussah.

„Oma!!" In dem Moment, als ihr Vater die Autotür geöffnet hatte, flitzte Lotte aus dem Auto und wurde von der alten Frau in die Arme geschlossen. Auch Luna stieg sofort aus und tat es der Fünfjährigen gleich, gefolgt von Leon.

„Ihr wisst gar nicht, wie sehr ich euch vermisst habe!", versicherte ihre Oma. Sie war eine recht kleine, aber sehr selbstständige Frau um die siebzig, wirkte aber um einiges jünger, denn ihr Gesicht war relativ straff, ihre Haare noch vollkommen blond und sie selbst recht gelenkig. Nach der Umarmung ihrer Großmutter verabschiedete sich Luna von ihren Eltern und schleppte ihren Koffer ins Haus.

„Kannst du meinen in mein Zimmer stellen, Luna? Danke!", meinte Leon beiläufig und rannte sofort zum Süßigkeitenschrank in der Küche.

Senia stand in Penelopes Küche, mit der sie am ersten Tag nicht ganz fertig geworden war, und durchforstete gerade den Küchenschrank. Penelope, welche die letzten Stunden im Garten verbracht hatte und dann vor die Haustür gekommen war, hatte sie zum Glück nicht dabei gestört. Als Senia gerade in ein paar Töpfen nachsah, die sie aus dem Schrank geholt hatte, hörte sie plötzlich ein merkwürdiges Brummen von draußen. Nur wenige Sekunden darauf ertönte eine Kinderstimme die „Oma!" rief und zwei weitere Stimmen. Senia lehnte sich an das Fenster, konnte jedoch nichts erkennen, außer etwas Großes und Weißes aus Metall, das sie noch nie in ihrem Leben gesehen hatte. Ehe Senia sich einen Reim daraus machen konnte, wurde plötzlich die Haustür geöffnet und jemand rannte ins Haus. Panisch hetzte Senia zum Schrank, stopfte die Töpfe kreuz und quer herein und hetzte aus der Küche in Penelopes Schlafzimmer. Gerade noch schaffte sie es, sich hinter der Tür zu verstecken, bevor ein Junge die Küche betrat. Hinterher kam ein kleines blondes Mädchen mit einem pinken Gegenstand in der Hand. Senia war außer sich. Wer waren diese Menschen und wie sollte sie jetzt zur Abstellkammer zurück?!

Senia wartete ein paar Sekunden, bis die Stimmen sich entfernt hatten und lehnte sich dann über die Tür. *Waren sie noch da? Sie sah niemanden.* Obwohl ihr Instinkt ihr sagte, dass sie lieber vorsichtig sein sollte, wollte Senia so schnell wie möglich aus der Gefahrenzone verschwinden, also schritt sie über die Türschwelle in den Flur.

„Die packe ich später aus", kam plötzlich eine Mädchenstimme zu Senias Linken und jemand trat aus dem Mädchenzimmer. Senia erstarrte und sah ein Mädchen vor ihr stehen. Für einen Augenblick waren sie und das Mädchen nur ein paar Meter voneinander entfernt, doch diese bemerkte Senia nicht, da sie geradeaus blickte.

Senia hätte fast losgeschrien, doch instinktiv blieb sie still und verschwand geräuschlos hinter Penelopes Schlafzimmertür.

Luna drehte ihren Kopf zur Seite. Sie meinte, etwas aus den Augenwinkeln gesehen zu haben. „Oma, bist du das?", fragte sie und lugte in das Zimmer ihrer Großmutter. Es kam keine Antwort. Penelopes nostalgisch eingerichtetes Zimmer kam ihr vollkommen normal vor, außer der alte Spiegel mit goldenem Rahmen, der Luna aus irgendeinem Grund schon immer unheimlich gewesen war. Sie zuckte mit den Schultern und kehrte dem Raum ihren Rücken zu, ohne die hinter der Tür vor Angst fast platzende Senia zu bemerken, deren Brustkorb sich schnell auf und ab hob.

Erst nachdem sie Lunas Stimme nicht mehr hörte, da sie in den Garten getreten war, atmete Senia aus. Warum hatte Penelope ausgerechnet jetzt Besuch?

Warum hatte sie immer so viel Unglück? Senia atmete nervös aus und ging wieder in den Flur, um zur Abstellkammer zu kommen, da sah sie die Koffer in den Kinderzimmern. Offenbar würden die Gäste länger bleiben. Und das hieß, dass sie jede ungestörte Sekunde ausnutzen musste, die sie hatte. Senia schluckte. Sie fühlte sich zwar nicht ganz sicher dabei, kehrte jedoch in die Küche zurück, um ihre Suche fortzusetzen. Wenn es sein musste, würde sie die Magiekristalle nutzen.

Luna setzte sich im Garten neben ihre Großmutter an den Gartentisch, inmitten von verschiedenfarbigen Nelken, und sah zu, wie ihre Geschwister an dem Baumhaus spielten. Währenddessen unterhielt sie sich mit ihrer Großmutter, bis es allmählich etwas windig wurde.

„Ich geh mal kurz und hole meine Jacke", teilte Luna den anderen mit und trat auf das Haus zu. Als sie vor ihrem Zimmer stand, wurde sie stutzig. Die Schubladen ihres Nachttisches waren geöffnet und die Koffer, welche sie zuvor aufrecht hatte stehen lassen, lagen seitlich auf dem Boden. Verwundert ging sie zu dem Tisch, schob die Schubladen zu und ging wieder in den Garten. „War irgendjemand in meinem Zimmer?"

„Wir nicht", antworteten Lotte und Leon.

„Ich war auch die ganze Zeit hier", antwortete Penelope. „Stimmt was nicht, Liebes?"

„Äh, nein, es ist nichts. Ist nicht so wichtig", erwiderte Luna und setzte sich. *Seltsam.*

Sie verbrachten noch etwas mehr Zeit draußen, bis es regnete und sie hereingingen. Im Haus spielten sie mehrere Runden Verstecken und mit Lottes Stoffball. Als es langsam spät wurde, ging Luna ins Badezimmer, um ihre Zähne zu putzen, da kam Lottes Stimme aus dem Wohnzimmer. „Luna, mein Ball ist die Kellertreppe heruntergerollt!"

Luna stellte seufzend ihre Zahnbürste auf das Waschbecken und ging ihrer Schwester zur Hilfe. „Ich habe dir doch gesagt, dass du den Ball jetzt weglegen sollst, Lotte", erinnerte Luna ihre Schwester. Lotte stand im Wohnzimmer neben der Tür zum Keller, vor dem sie sich so sehr fürchtete. „Und warum ist diese Tür offen?"

Lotte sah aus, als stünde sie kurz vor dem Weinen. Ihr Arm schnellte hoch und sie zeigte auf Leon, der neben ihr stand. „Es ist alles seine Schuld! Er hat mir erzählt, dass im Keller ein Ungeheuer ist und ich es nur besiegen kann, wenn ich meinen Ball auf ihn schmeiße!" Luna sah genervt zu ihrem Bruder, der versuchte sein breites Grinsen zu verstecken. „Was, denn? Ich habe nur einen Witz gemacht! Woher hätte ich denn wissen können, dass sie den Ball gleich herunterschmeißt?"

„Also ist der Ball gar nicht die Treppe heruntergerollt?", fragte Luna. Lotte nickte kaum merklich. „Warum holst du den Ball dann nicht, Leon?", schlug Luna vor.

„Ich? Warum ich? Sie hat ihn doch weggeworfen!", weigerte sich Leon. Luna seufzte. Immer musste sie irgendetwas für ihre Geschwister erledigen. „Na, gut", meinte sie und ging die Treppe hinab. Der modrige Geruch des Kellers stieg ihr sofort in die Nase. Lottes pinker Stoffball war hinter einer der Kisten gegen die Wand gerollt. Luna streckte ihre Hand aus und tastete nach ihm. Sie spürte etwas Weiches und wollte es aufheben, doch es blieb an etwas hängen. Luna reckte sich weiter nach vorne, um es hervorzuziehen. Dann zog sie den weichen Gegenstand hinter den Kartons hervor, doch dabei fiel etwas heraus und kullerte auf den Boden. Luna sah verwundert auf den Gegenstand, den sie hervorgezogen hatte. Es war ein rotes Tuch, dessen Ecke abgerissen war. Offenbar war ein Stück davon an dem spitzen Gegenstand hinter den Kartons stecken geblieben. Luna griff noch einmal danach. Da spürte sie ihn und zog es hinter dem Karton hervor. In dem Moment wurde der Gegenstand wärmer und verbrannte plötzlich ihre Hand. Schnell zog Luna ihren Arm heraus. Was war das denn? Sie beugte sich vor. Dieses Mal stellte sie sich geschickter an und schaffte es, das kantige Etwas hinter den Kisten hervorzuziehen.

Akribisch betrachtet Luna ihren Fund. Es war ein Stein mit einer ovalen Form, der Kanten und Zacken besaß. Er hatte eine besondere rotbraune Farbe und war von dünnen schwarzen Linien durchzogen. *Was ist das denn?*

„Luna, wo bleibst du?" Lotte wurde oben ungeduldig. „Willst du uns ewig hier warten lassen?"

Luna wickelte ihren Fund in das Tuch und stopfte ihn in ihre Hosentasche. Dann tastete sie noch einmal nach dem Stoffball ihrer Schwester und ging damit wieder nach oben. „Hier ist der Ball." Luna gab ihn ihrer Schwester, die sie glücklich umarmte. „Danke, Luna!"

„Bitte schön, aber leg den Ball jetzt Weg", sagte Luna und ihre Schwester nickte heftig, bevor sie aus dem Zimmer verschwand. Als Leon auch gehen wollte, fiel Luna ihr Fund ein.

„Guck, was ich unten im Keller gefunden habe, Leon." Sie zeigte es ihrem Bruder. Wieder erwärmte er sich, als Luna ihn in der Hand hielt, deshalb tat sie den Stein auf den Sofatisch.

„Das sieht aus wie einer dieser Schmuckkristalle, die man auf dem Weihnachtsmarkt bekommt", befand Leon.

„Das habe ich auch gedacht, aber er erwärmt sich immer, wenn man ihn in der Hand hält", gab Luna zu bedenken. „Ich habe mich sogar verbrannt, als ich ihn hinter den Kartons hervorholen wollte." Leon nahm den Stein in die Hand und probierte es selbst aus.

„Ich spüre nichts", sagte er schulterzuckend. Luna nahm ihrem Bruder den Fund ab. Sie hatte sich das doch nicht eingebildet. „Doch, fühl mal, der Stein wird wärmer!"

Leon tat einen Finger auf ihn, während Luna ihn noch immer in der Hand hielt. „Der ist ja wirklich warm geworden! Aber warum funktioniert es bei mir nicht?", wunderte er sich.

Luna legte den Stein weg, bevor sie sich wieder verbrannte. „Keine Ahnung. Vielleicht sollten wir Oma fragen?"

Leon nickte und die beiden gaben den Stein Penelope, die damit ebenso wenig anfangen konnte, wie sie. „Das ist durchaus eigenartig, Kinder. Vielleicht ist da eine Batterie drin oder sowas." Die Geschwister sahen einander an. Das erklärte noch nicht, warum es sich nur in Lunas Händen erwärmte. „Und was machen wir jetzt?", fragte Leon. Luna zuckte mit den Schultern. Das war zwar komisch, doch es handelte sich auch nur um einen Stein. „Ich bewahre ihn erst einmal auf. Es wird sich schon zeigen, was es damit auf sich hat."

Sie wickelte ihren Fund wieder in das rote Tuch und stellte es auf den Nachttisch in ihrem Zimmer. Als sie wieder ins Badezimmer ging, lag ihre Zahnbürste auf dem Boden.

Verwundert hob Luna sie auf. „Wie kann das sein?"

„Was ist denn?" Leon kam nun auch ins Zimmer.

„Meine Zahnbürste. Ich hatte sie neben das Waschbecken gelegt und sie lag auf dem Boden."

„Vielleicht ist sie heruntergefallen", meinte Leon gleichgültig.

„Ja, vielleicht", antwortete Luna, doch sie war sich da nicht so sicher. Erst dieser Stein, dann die Zahnbürste... An dieser Sache war etwas dran, nur wusste sie nicht, was.

ALLES, WAS SCHIEFGEHEN KANN ...

Nachdem Luna ihre Zähne geputzt hatte, ging sie zu Bett. Das Zimmer würde sie heute für sich allein haben, da Lotte bei Penelope schlief. Vor dem Schlafen betrachtete sie noch einmal ihren Fund. *Er hat etwas Besonderes an sich,* dachte sie sich. Es war, als würde sie eine Verbindung zu ihm haben. Diesmal versuchte sie, ihn etwas länger in der Hand zu halten.

„Was machst du da, Liebes?", fragte Penelope im Türrahmen.

Luna legte den Stein auf ihren Nachttisch, ohne ihn wieder einzuwickeln.

„Ach nichts, Oma", meinte sie. „Ich wollte mir nur einmal den Stein ansehen, bevor ich einschlafe."

„Ist gut, aber halte dich nicht zu lange auf. Gute Nacht", wünschte ihr Penelope und knipste das Licht in Lunas Zimmer aus.

Senia hatte womöglich den nervenaufreibendsten Tag ihres Lebens gehabt. Ihre Hoffnung, das Haus ungestört durchsuchen zu können, hatte sich als Irrtum herausgestellt. Als sie in der Suche im Mädchenzimmer vertieft gewesen war, war plötzlich das blonde Mädchen namens Luna ins Zimmer gekommen und wegen der Unordnung misstrauisch geworden. Senia hatte sich unsichtbar gemacht und war nur ein paar Zentimeter vor ihr gestanden, und hatte Glück gehabt, dass das Mädchen sich nicht weiter nach vorne bewegt hatte, denn dann wären sie aneinandergestoßen. Als wäre das nicht schon genug, waren Penelope und ihre Enkel wegen des Regens früher ins Haus gekommen und Senia hatte in ihre Unterkunft zurückmüssen. Doch nach den ersten zehn Minuten war plötzlich jemand hineingeplatzt und wollte sich dort hinsetzten. Senia wusste immer noch nicht, wie sie es fertiggebracht hatte, den winzigen Raum zu verlassen, ohne dass sich das kleine Mädchen namens Lotte auf sie gesetzt hatte. Daraufhin war sie gezwungen gewesen, ein anderes Versteck zu finden, und hatte die Kristalle aktivieren müssen, da

Penelopes Enkel ständig im Haus herumwuselten und sich jedes Mal in Senias Versteck niederlassen wollten. So war sie den ganzen Tag wie eine Maus, die vor vier Katzen wegrannte, im kleinen Haus umhergewandert und hatte zwei der Salzkristalle vollständig aufgebraucht. Der letzte würde wahrscheinlich nur für weniger als eine Minute halten. Zur Feier des Tages hatte Senia dann auch noch versehentlich die Zahnbürste des älteren Mädchens auf den Boden geworfen. Doch jetzt war sie nur froh, wieder in der guten alten Abstellkammer zu sitzen.

Erschöpft lehnte sie sich gegen das Regal hinter sich und begann langsam, Marisas Gesellschaft zu vermissen. Alles war besser, als stundenlang einsam in einer Kammer zu hocken. Das gute Gefühl, das sie gestern Nacht gehabt hatte, war vollkommen verschwunden und war durch eine leichte Panik ersetzt worden. Sie hatte nur noch ein paar Stunden, heute Nacht würde sich das Portal schließen. Sie hatte zwar nur noch ein Zimmer vor sich (das hinter der Tür, die sie erst heute im Wohnzimmer entdeckt hatte), doch sie konnte den Gedanken nicht unterdrücken, ob sie Neilon vielleicht doch nicht finden würde. Und dann... Senia nahm einen tiefen Atemzug. Es hatte keinen Sinn, sich den Kopf über Zukunftsszenarien zu zerbrechen, ihr blieb nichts anderes übrig, als zu warten und zu versuchen, nicht einzuschlafen.

Als die Luft endlich rein war, ging sie wieder ins Wohnzimmer und öffnete die Tür an der linken Seite. Zu ihrer Verwunderung fand sie dahinter eine Treppe. Offenbar führte sie zum Keller. Senia ging die Treppe hinab, landete in einem über und unter mit Kartons gefüllten Raum und machte sich sofort an die Arbeit.

Je mehr Zeit verging, desto nervöser wurde sie. Dieses Zimmer war ihre einzige Chance. Sie hatte keine Zeit mehr, um den Rest des Hauses noch einmal abzuchecken.

Plötzlich fühlte sie etwas Weiches zwischen den Kartons auf dem Boden. Sie schob die beiden Kisten beiseite und entdeckte ein Stück Stoff, das an der Antenne eines alten Radios steckte. Er sah genauso aus wie das Tuch, in dem sie Qualin gefunden hatte und tatsächlich: Sie verglich die beiden Stoffe miteinander und sie waren haargenau gleich. Hier müsste Neilon drin gewesen sein. Wenn ein Stück dieses Tuches hier war, dann konnte Neilon ja nicht weit sein!

Hektisch tastete Senia den kalten Steinboden ab, schob die Kartons hin und her und sah unter dem Regal nach. Doch nirgends fand sie Neilon. Senia griff sich an den Kopf. Sie war so nah an ihrem Ziel. Neilons Tuch war hier, wo war also der Stein?! Außer sich lief sie im Raum hin und her. Die Zeit wurde langsam knapp. Wo war er nur? *Wo?*

In dem Moment hatte sie einen Geistesblitz. Könnte es sein, dass jemand Neilon gefunden hatte? Wahrscheinlich war Penelope in den Keller gegangen und hatte Neilon gefunden. Senia klammerte sich an dieser Idee fest und stieg entschlossen die Treppe hoch, ohne den Keller erst aufzuräumen. Wenn sie Neilon fand, spielte das ohnehin keine Rolle mehr. Oben angekommen, bewegte sie sich leise und ganz langsam auf das Schlafzimmer zu, allerdings sichtbar, denn ihren letzten Kristall würde sie in Penelopes Zimmer nutzen. *Bald werde ich wieder zu Hause sein. Schon ganz bald*, sprach Senia sich selbst zu.

Gerade als sie an Lunas Zimmer vorbeiging, dessen Tür offen stand, knarzte der Parkettboden unter ihren Füßen. Sie schluckte und blickte erschrocken auf das Mädchen. Sie wälzte sich in ihrem Bett zur Seite, schlief dann aber weiter. Senia stieß einen erleichterten Seufzer aus und schlich noch zehnmal vorsichtiger weiter. Doch genau in dem Moment blitzte etwas in ihrem Augenwinkel auf. Etwas *Glitzerndes*. Senia machte einen Schritt nach hinten. Sie traute ihren Augen nicht. Da war er tatsächlich: Auf dem Nachttisch neben dem Bett des Mädchens lag ein kantiger Stein, genau in der Größe von Qualin. Er glitzerte im Mondlicht, das durch das Plissee darauf schien.

Das ist er, dachte Senia und ihr Herz machte einen Satz. Das war Neilon. Nur ein paar Meter von ihr und ein paar Zentimeter von der schlafenden Luna entfernt. Der Stein, den sie tagelang gesucht hatte. Der ganz Lewendia und ihre Großmutter retten würde. Senia griff nach dem Magiekristall, machte sich damit unsichtbar und schlich mucksmäuschenstill in das Zimmer, wo sie mit angehaltenem Atem auf den Nachttisch zuschritt. Ihre Augen waren ganz auf Neilon gerichtet.

Das ist alles, was du tun musst, Senia! Es sind nur ein paar Schritte! Du hast es gleich geschafft!, dachte sie sich. *Schnapp dir den Stein und dann weg hier!* Da trat sie plötzlich auf eine am Boden liegende Haarspange, was sich anfühlte, als wäre sie auf einen Nagel getreten. Ohne auch nur einen einzigen Laut von sich zu geben, hob sie ihren Fuß und die Spange, die daran festgeklebt war, fiel auf den Teppich. Senia sah zu Luna. Sie schlief immer noch. Nichts passiert. Nun war sie nur noch ungefähr dreißig Zentimeter vom Stein entfernt. Senia streckte langsam ihren Arm nach dem Stein aus und packte ihn mit der Hand. Ganz langsam hob sie ihn hoch. Sie konnte es gar nicht mehr erwarten, mit ihm aus diesem Haus zu verschwinden. Senia hatte den Stein gerade mal zehn Zentimeter hochgehoben, da löste sich ihre Tarnung auf. Der Magiekristall hatte keine Energie mehr. Senia hielt die Luft an. Ganz langsam bewegte sie ihren Arm zu sich. Gleich war es geschafft... Genau in der Sekunde riss Luna schlagartig ihre Augen auf und starrte Senia entgeistert an.

„WER BIST DU?!", kreischte sie und richtete sich sofort auf. Senia machte erschrocken einen Schritt nach hinten und hielt beide Hände schützend vor sich. „Ich... ich", stammelte sie, wusste jedoch nicht, was sie sagen sollte. Luna starrte mit aufgerissenen Augen auf sie und dann wanderte ihr Blick auf Neilon in Senias Hand.

„Was machst du da?! Der gehört dir nicht!", rief sie, stand auf und ging auf Senia zu. Ehe diese wusste, wie ihr geschah, packte Luna ihren Arm und wollte ihr Neilon wegnehmen. Luna hätte ihn fast aus ihren Fingern gerissen, doch Senia umklammerte Neilon fest.

„Lass ihn los, bitte! Ich brauche ihn!"

Luna nahm Senias Worte nicht einmal wahr. „Was machst du in diesem Haus? Wie bist du hier reingekommen?" Luna zog mit ihrem ganzen Körpergewicht an dem Zauberstein, während Senia noch stärker daran zerrte, als würden sie Taue ziehen, doch Luna war stärker. Sie riss Senia den Stein aus der verschwitzen Hand und beide fielen wegen des Schwungs auf den Boden. Mehrere Sekunden lagen sie da und glotzten einander entsetzt an. Vor Schock umklammerte Luna Neilon so fest, dass sie nicht spürte, dass er wärmer wurde. Plötzlich fing er an, in ihrer Hand zu glühen. Senia rutschte auf dem Parkett nach hinten und Luna blickte geschockt auf den Stein.

„Was passiert hier?!", schrie sie. Das Licht wurde immer heller. Neilon war so heiß geworden, dass ihre Hand wehtat, aber sie konnte ihn nicht loslassen. Sie stieß einen spitzen Schrei aus, da durchflutete das grelle Licht den ganzen Raum. Die Mädchen hielten sich den Arm vor die Augen. Als das Licht sich gelegt hatte, tat Senia ihren Arm langsam nach unten und sah vor sich die fassungslose Luna, die auf ihr Handgelenk starrte. Sie schrie wie verrückt und schüttelte ihren Arm, aber Senia konnte nicht sehen, wieso. Erst später, sah sie, was los war: Neilon steckte in Lunas Unterarm.

In dem Moment kam Leon in den Raum gestürmt. „Was ist hier los?", schrie er und brüllte los, als er Senia sah. „WER BIST DU?!" Leon wich nach hinten, doch dann bemerkte er seine japsende Schwester auf dem Boden. „Luna, dein Arm!", rief er und beugte sich zu ihr.

„Was ist das? Was ist das?!", stammelte Luna und schüttelte hysterisch ihren Arm. Sie schien alles um sich herum völlig vergessen zu haben. Leon sah Senia mit angsterfüllten Augen an.

„Wer bist du? Was machst du hier?" Senias Herz pochte so schnell, dass sie erst nicht dazu imstande war, zu antworten.

„I-ich kann alles erklären!"

FREMDE WELTEN, LANGE GESCHICHTEN

Senia musste erst einmal zu sich kommen, bevor sie zur Erklärung ansetzte. Sie versuchte, darüber nachzudenken, was sie jetzt tun sollte, um ihre Mission noch zu retten, doch sie konnte an nichts anderes mehr denken als daran, dass sie aufgeflogen war. Senia gab sich einen Ruck. Sie musste sich zusammenreißen. Diese Mission durfte nicht scheitern, ihre Großmutter, ihr ganzes Land hing von ihr ab! Senia rappelte sich langsam auf. Sie wusste zwar nicht wie, doch irgendwie musste sie das wieder geradebiegen.

Auch Luna und Leon standen vom Boden auf und blickten die Fremde an. Einige Augenblicke lang standen sie nur wortlos im Raum.

„Mein Name ist Senia", meinte Senia schließlich. „Ich komme aus einem Land namens *Lewendia*, das sehr weit von hier entfernt ist."

Luna hatte noch nie etwas von einem Land namens Lewendia gehört, trotzdem hörte sie weiter zu.

„Meine Oma hat mich hierhergeschickt, um etwas zu holen. Es ist sehr wichtig für mich und für alle, die in Lewendia leben", fuhr sie fort.

„Und was solltest du holen?", fragte Leon argwöhnisch. Er traute dem Mädchen ganz und gar nicht über den Weg.

Senia deutet auf Lunas Arm. „Diese Steine", sagte sie.

Die Geschwister wurden stutzig.

„*Steine*? Heißt das, es gibt noch mehr von denen?", fragte Luna.

Daraufhin machte Senia ihre Tasche auf und holte das rote Tuch heraus. Als sie es löste, konnte Luna einen weiteren Stein erkennen, der dem rotbraunen von der Größe und Form her ähnelte, jedoch eine violette Farbe hatte und von weißen Linien durchzogen war.

„Ja, es gibt noch mehr. Insgesamt vier Stück", antwortete Senia, „Dieser heißt Qualin und der in deinem Arm ist Neilon.

Und es gibt noch zwei weitere: Mexus und Astra. Sie kommen aus meiner Welt und sind magisch."

„Magisch?", wiederholte Luna ungläubig. Das Ganze wurde immer komischer, fand sie. Senia wiederum nickte.

„Sie haben alle eine andere Kraft. Mit Neilon kann man sich teleportieren, Qualin besitzt die Kraft der Heilung, Mexus ist der Stein der Unsichtbarkeit und Astra verleiht seinem Träger eine große physische Stärke", führte sie aus. „Meine Großmutter hat sie vor langer Zeit aus Lewendia hergebracht. Jetzt brauchen wir sie aber dringend zurück. Es ist lebenswichtig. Es tut mir leid, dass ich bei euch eingebrochen bin, aber ich war dazu gezwungen." Senia musste unfreiwillig daran denken, was ihr Fehler für Konsequenzen haben würde. Ihre Augen wurden feucht und sie wischte über sie. Ihr plötzlicher Gefühlswechsel ließ auch Luna umschwenken. Senias Trauer war nicht gespielt und sie sah auch nicht aus wie jemand, der einem gefährlich werden könnte. Leon aber war noch nicht überzeugt.

„Warum sollten wir dir glauben?", wollte er wissen. „Du bist eine Fremde, die einfach in unserem Haus ist und behauptet, sie hätte Zaubersteine!"

„Ihr könnt mir ruhig glauben", meinte Senia. „Ich bin schon seit gestern hier und durchsuche das Haus nach den Steinen. Wie sonst hätte ich mich die ganze Zeit unsichtbar machen können, um nicht gesehen zu werden? Und wenn ich eine Diebin wäre, hätte ich schon längst all eure Wertgegenstände gestohlen und das Haus verlassen. Aber ich suche nur nach diesen Steinen." Senia zeigte demonstrativ den Inhalt ihrer Tasche her. Es befand sich nichts drin, das ihnen gehörte. Anscheinend wollte sie wirklich nur die Steine haben.

„Aber wie bist du überhaupt hierhergekommen?", fiel Luna ein und sie fühlte sich äußerst unbehaglich, wenn sie daran dachte, dass Senia sie die ganze Zeit über beobachtet haben musste.

„In dem Schlafzimmer eurer Großmutter ist ein Spiegel. Es ist ein Portal nach Lewendia und meine Oma hat es kurzzeitig geöffnet, damit ich Neilon und Qualin herbringen kann", meinte Senia und lugte auf die Uhr an der Zimmerwand. Sie zeigte 21:04 Uhr. „Aber um Mitternacht schließt es sich wieder."

„Aber warum ist der Stein in meinem Arm?", hakte Luna nach. Sie hatte gehofft, dass Senia das erklären konnte.

„Ich... Ich weiß es nicht", gab diese zurück, „Davon hat Oma mir nichts gesagt, deshalb bin ich gerade auch so verwundert. Kannst du ihn nicht rausholen?"

Luna versuchte, ihren Finger in ihren Unterarm zu stecken und den Stein rauszunehmen, doch er rührte sich nicht vom Fleck. Ganz im Gegenteil. Er schien sich noch fester hineinzusetzen, je mehr sie an ihm zerrte.

„Es funktioniert nicht", stellte Luna fest und gab es nach einer Weile auf. Es war sinnlos.

„Und was jetzt?", wollte Leon wissen.

„Wir sollten Oma aufwecken", sagte Luna entschieden und wollte schon zu Penelope ins Zimmer gehen, als Senia plötzlich aufschrie. „Nein! Sie darf davon nicht wissen!" Die Geschwister sahen einander an.

„Was soll das denn jetzt heißen?", fragte Leon argwöhnisch. „Du hast gesagt, dass du nur die Steine willst, was hat Oma damit zu tun?"

Auch Luna wurde nun misstrauisch. „Du kennst meine Großmutter doch gar nicht?" Senia schien unter den Blicken der Geschwister zusammenzuschrumpfen. Esmeraldas Worte hallten in ihrem Kopf wider. *Was auch immer schiefgeht, Penelope darf dich nicht sehen oder von deiner Mission erfahren.*

„Äh, also", stammelte Senia. Sie wusste nicht, ob es so klug war, den Geschwistern die Wahrheit zu sagen, doch sie wusste auch nicht, was sie sonst hätte tun können. „Eigentlich schon. Also meine Großmutter kennt sie."

„Was?!", sagten die Geschwister wie aus einem Mund. Leon machte einen Schritt auf sie zu. „Also, nur damit ich das richtig verstanden habe: Du behauptest, dass deine und meine Oma sich kennen und du aus einer fremden Welt hierhin kommst, weil deine Oma ein paar magische Steine in das Haus von mei-

ner Oma gebracht hat, wovon meine Oma nichts wissen darf?"
Leon schwirrte der Kopf davon, das Wort „Oma" so oft gesagt
zu haben, doch er hielt seine ernste Miene bei. Senia knetete
nervös ihre Hände. „Ich weiß, es hört sich seltsam an, aber ich
habe für alles eine Erklärung."

„Dann erkläre es uns doch", forderte Luna. „Hier und jetzt."
Senia schielte zu der Uhr hinüber. Um Mitternacht würde sich
das Portal schließen, sie musste sich beeilen. „Das würde etwas
dauern. Ich könnte es euch ja auf dem Weg erzählen."

„Was für ein Weg?", fragte Leon. Senia sah auf Neilon in Lunas Handgelenk. „Naja, ich habe eine Idee, wie wir Neilon wieder herausbekommen."

„Und, die wäre?", meinte Leon kalt. Luna stand neben ihm
und betrachtete Senia still. Sie wusste zwar nicht, was sie von
diesem fremden Mädchen halten sollte, doch aus irgendeinem
Grund schien sie ihr zu glauben. Senia sah einfach nicht so aus,
als würde sie lügen, eher, als würde sie stark unter Druck stehen.

„Also, ich hätte gedacht, dass vielleicht meine Oma weiß,
was zu tun ist", schlug Senia unsicher vor. Das war die einzige
Lösung, die ihr einfiel.

„Meine Oma ist die ehemalige Meisterin von Qualin, sie weiß
also mehr über die Zaubersteine als jeder andere. Wenn einer
uns helfen kann, dann sie. Ich könnte dich kurz zu ihr bringen,
damit sie Neilon herauszaubert und dann kommst du wieder
zurück", sagte Senia zu Luna gerichtet.

Luna und Leon blickten einander an. Dieser Vorschlag war
äußerst gewagt. Immerhin wurde Luna angeboten, mit jemandem, den sie seit ein paar Minuten kannte, durch einen Spiegel in eine andere Welt zu treten. Andererseits wusste Luna,
dass sie nicht würde mit einem Stein im Unterarm herumlaufen können. Wahrscheinlich würde man Laborversuche mit ihr
machen und sie zu allen möglichen Ärzten und Wissenschaft-
lern bringen, damit der sonderbare Stein untersucht werden
könnte. Luna schluckte.

„Wie lange würde das dauern?", fragte sie Senia. Leon starrte seine Schwester an, als hätte sie nicht mehr alle Tassen im

Schrank. „Du willst nicht ernsthaft, mit ihr mitgehen, oder?"
Doch Luna machte nicht den Eindruck, als würde sie scherzen.
„Bist du verrückt?!", schrie Leon und wedelte dabei wild mit seinen Armen herum. „Geht's noch, Luna?!"

„Was habe ich denn für eine andere Wahl? Sie sagt, Oma darf davon nichts wissen", verteidigte sie sich. „Wir kennen uns nicht mit diesem Stein aus, aber Senia und ihre Oma anscheinend schon. Ich kann doch nicht mit einem Stein im Arm leben. Wer weiß, was mit mir passiert, wenn er noch länger bei mir bleibt?" Dann wandte sie sich wieder Senia zu. „Wie lange würde deine Oma brauchen, um mich von Neilon zu befreien?"

„Ähm, ich würde dich sofort zu ihr bringen, damit sie einen Zauber macht. Es sollte nur etwa eine Stunde dauern", vermutete sie.

„Und ich bin bis Mitternacht auf jeden Fall wieder hier?", wollte Luna sich vergewissern. Insgeheim konnte sie selber nicht glauben, was sie gerade tat.

„Versprochen, pünktlich bis vor...", sagte Senia, da wurde sie von Leon unterbrochen.

„Das kannst du nicht, Luna!", widersprach er aufgewühlt. „Du... Du willst doch nicht einfach mit ihr gehen, oder? Das ist vollkommen verrückt!"

„Ich muss", sagte Luna. „Anders geht es nicht. Ich befreie mich davon und alles wird wieder normal."

„Dann komme ich mit!", beharrte Leon und wunderte sich im nächsten Moment darüber, dass er nicht länger mit Luna gestritten hatte. „Äh, nein, ich meine...", setzte er an, doch er konnte den Satz nicht zu Ende führen.

„Ich gehe, Leon, ob du nun mitgehst oder nicht", sagte Luna. Irgendetwas sagte ihr, dass sie das Richtige tat, obwohl sie auch den Drang verspürte, einfach Penelope zu wecken und die Sache zu beenden.

„Ich komme mit", versicherte Leon schließlich. Wenn Luna sich schon auf Senias Angebot einließ, konnte er sie unmöglich allein lassen.

Senia hatte nichts dagegen einzuwenden, dass Leon mitkam. Also wartete sie im Flur, bis die Geschwister sich vorbereitet hatten (da sie nicht in Pyjamas aufbrechen konnten). Dann schlichen alle drei zu Penelopes Zimmer. Senia drückte geräuschlos die Türklinke herunter. Penelope und Lotte schliefen tief und fest. Lotte hatte zu ihrem Glück einen sehr tiefen Schlaf und Penelope nahm Schlaftabletten ein, die sie am Aufstehen hinderten. Der Spiegel befand sich neben dem Bett in der linken Ecke des Zimmers. Senia huschte zu ihm hinüber und holte einen kleinen Beutel mit goldenem Pulver aus ihrer Tasche. Sie streute ein bisschen davon auf den Boden und schmierte die Reste in ihrer Hand auf die Stirn. Dann übergab sie den Beutel an Leon und schritt geradewegs durch den Spiegel hindurch. Luna sah ermutigend zu ihrem Bruder.

„Keine Sorge", sagte sie. „Wir werden gehen und wieder zurückkommen."

Von Luna ermutigt, tat Leon es Senia nach und verschwand ebenfalls hinter dem Glas. Luna warf noch einen Blick zurück auf ihre Oma und Lotte. Sie war fest überzeugt, dass sie keinen Fehler beging und doch hatte sie ein ungutes Gefühl bei der Sache. Aber jetzt war es zu spät, um sich anders zu entscheiden. Luna holte einen tiefen Atemzug und ging schließlich auch auf die andere Seite.

Das Erste, das sie dort erblickte, war ein Wald mit schönen Bäumen, die viele Blätter in einem kräftigen Grünton trugen. Die Stämme waren nicht sehr dick und besaßen eine hellbraune Rinde. Luna selbst befand sich in einem kleinen Teich mit klarem Wasser.

„Das ist also Lewendia?", fragte Luna.

„Genau, hier komme ich her", bekam sie von Senia zurück. „Kommt mit, Melna ist gleich da unten. Das ist die Stadt, in der ich lebe."

Die Geschwister folgten Senia einen Hang herunter. Aus der Ferne erblickten sie schon ganz viele hölzerne Häuser, die nicht so hoch, aber breit waren. Viele hatten eine kleine Veranda, auf der viele verschiedene Pflanzentöpfe standen. Senia, Leon und Luna waren den Hang nun komplett heruntergekommen und standen auf der steinernen Straße Melnas. Viele Menschen gingen umher, die wie Senia Kleidung aus Stoff trugen.

„Erzählst du es jetzt, was es mit dieser ganzen Sache auf sich hat?", wollte Luna wissen. Senia war sich zwar immer noch nicht sicher, ob sie den Geschwistern so viel über Lewendia verraten sollte, da sie eh schon zu viel gesehen hatten, doch sie hatte ihnen einmal gesagt, dass sie es tun würde. Und jetzt gab es ohnehin kein Zurück mehr. „Am besten fange ich ganz von vorne an", befand Senia. „Ich hatte ja schon erzählt, dass es vier Zaubersteine gibt, die jeweils einen Meister haben. Jeder Meister kommt aus einem der vier großen Völker Lewendias, also Melna, Duras, Ylmi und Shiran. Vor ungefähr vierzig Jahren lebten diese Völker in Frieden miteinander und die vier Meister halfen den Menschen mit ihrer Zauberkraft, bei der Jagd, gegen Krankheiten, beim Bau von Häusern, bei der Landarbeit und so weiter. Einer der Meister war Erold, Anführer der Duras und Meister von Mexus. Eines Tages fand er durch Zufall heraus, dass es möglich ist, mehr als einen Stein gleichzeitig zu führen und er wollte mehr darüber erfahren."

Die Geschwister wollten Senia fragen, was das alles mit Penelope zu tun hatte, doch sie unterbrachen sie trotzdem nicht. Sie würde schon dazu kommen. Während Senia erzählte, folgten sie ihr weiter die Straße entlang.

„Daraufhin forschte Erold weiter und fand heraus, dass es nicht nur möglich ist, mehrere Steine zu führen, sondern dass derjenige, der mächtig genug ist und die richtigen Zauber anwendet, sogar alle vier Zaubersteine besitzen kann. Dies verleiht dem Träger eine erstaunliche Macht und Unsterblichkeit. Das Streben danach brachte Erold dazu, in verbotenen Büchern zu lesen und schwarze Magie anzuwenden, die er in diesen Büchern fand. Zunächst probierte er nur kleine Zauber, doch als er verlockendere Dinge herausfand, kam er auf die schiefe Bahn und machte gefährliche Zauber, die er sogar an anderen anwandte. Er experimentierte an seinen Freunden, den anderen Meistern, und sah mit eigenen Augen, dass der Zauber funktionierte. Das machte ihn immer gieriger und schließlich stieß er auf das verbotene Ritual, das es einem ermöglicht, Meister aller Steine zu werden. Nach einer geraumen Zeit bemerkten die anderen Meister Erolds Zustand und wollten ihn davon abbringen, aber er hatte schon so viel mit schwarzer Magie experimentiert, dass er alles und jeden ignorierte. Er hatte nur noch eines vor Augen: Meister aller Steine zu werden, selbst wenn er seinen Freunden die Steine abnehmen musste, was tödlich für sie enden könnte. Deshalb versuchten die anderen Meister, ihn aufzuhalten."

Luna und Leon wurden immer neugieriger. Sie hatten die Frage nach dem Zusammenhang mit Penelope schon ganz vergessen.

„Und, haben sie es geschafft?", hakte Leon nach.

Senia seufzte. „Na ja, das Problem war, dass die anderen Meister auch nicht wussten, wie sie Erold aufhalten sollten. Oder genauer gesagt: Sie hatten alle eine andere Vorstellung davon. Jeldrik, der Meister von Astra, fand, dass Erold Mexus nicht verdiente, weil er auf die dunkle Seite gewechselt ist und ab diesem Punkt seinen Zauberstein nicht mehr für gute Absichten benutzen würde. Daher schlug er vor, ihm den Stein abzunehmen. Doch der Zauber, mit dem das möglich ist, ist sehr kompliziert und kann den Ausführer und auch den Verzauberten umbringen. Daher waren die anderen Meister strikt dagegen. Meine Oma, Meisterin von Qualin und die Herrin der Melna, lag ihre Freundschaft sehr am Herzen und sie wollte versuchen, Erold dazu zu bringen, sich um zu entscheiden, ohne einen Zauber an ihm auszuüben. Aber ihre Freunde sahen diese Idee als aussichtslos an, da Erold schon blind vor Machtgier war. Und dann war da noch eure Oma, die Meisterin von Neilon ..." Senia beendete den Satz nicht, sondern sah die Geschwister an, welche schockiert stehenblieben und sie ansahen, als hörten sie nicht richtig.

„Penelope? Unsere Oma war Meisterin von einem Zauberstein?! Hier in Lewendia?", stellte Luna ungläubig korrekt und blickte Senia erstaunt an, die nur nickte.

Leon schüttelte den Kopf. „Nein, das ist überhaupt nicht möglich. Unsere Oma kommt aus unserer Welt, sie hat nichts mit Magie zu tun." Er sah zu Luna, damit diese seine Aussage unterstütze, aber sie war zu schockiert, um irgendetwas zu sagen.

„Ganz so ist das eigentlich nicht, eure Oma war auch Meisterin und Herrin des Shiranvolkes. Sie kommt ursprünglich aus Lewendia."

Für Luna und Leon war das ein Schlag in die Magengrube. Wie war das möglich?

„Ich verstehe das nicht, wie kann das sein?", wollte Luna wissen. „Ist das der Grund, warum die Steine in ihrem Haus versteckt waren?"

„Sieht Oma deshalb so jung aus; weil sie zaubern kann?", fiel Leon ein und er machte ein erschrockenes Gesicht.

„Heißt das, Oma ist eine *Hexe*?"

Senia war mit diesen Fragen etwas überfordert. „Also erstens: Sie *sieht* nicht nur jünger aus, sie *ist* auch jünger. Erold hat nämlich an ihr experimentiert und sie dabei um acht Jahre jünger gemacht. Er hat den gleichen Zauber auch an sich selbst angewandt, daher ist er auch so stark, trotz seines Alters", führte Senia aus. „Zweitens, die Zaubersteine waren wirklich aus diesem Grund in dem Haus versteckt und nein, Penelope ist keine Hexe. Sie kann nicht einmal mehr zaubern. Aber zu diesen zwei Punkten komme ich später."

Die Geschwister hatten vor Schock ihre Augenbrauen so weit hochgezogen, dass sich tiefe Falten auf ihrer Stirn bildeten. All das war so schwer zu glauben, doch gleichzeitig erklärte es auch viele Dinge.

„Also noch mal zurück zum Punkt, was Penelope gegen Erold vorgeschlagen hat", fuhr Senia fort. „Ihre Idee war es, einen Gedächtniszauber zu machen, damit Erold das verbotene Ritual und all seine bösen Absichten vergisst und sich nicht einmal daran erinnern kann, dass all das überhaupt möglich ist. Aber da er so mächtig ist, hätte es sein können, dass der Zauber nur für kurze Zeit wirkt und er sich dann wieder erinnert. Außerdem gibt es keine Garantie dafür, dass er nicht wieder darauf stoßen wird, auch wenn der Zauber wirken sollte."

Den Geschwistern stand der Mund offen. Penelope, die ihnen wie eine ganz normale, Kuchen backende, Geschichten erzählende Großmutter vorgekommen war, kam aus einer anderen Welt und war mal eine der mächtigsten Personen im ganzen Land gewesen.

„Was ist dann passiert?", drängte Luna.

„Ihre Uneinigkeit stellte sich zwischen die Meister und trennte sie so sehr, dass sie sich zerstritten. Schließlich haben alle sich gegenseitig bekämpft und es gab eine große Schlacht, in der alle vier Völker beteiligt waren. Jeder Meister hat Schäden davongetragen.

Penelope wollte den Gedächtniszauber an Erold anwenden, doch er sorgte dafür, dass der Zauber zu ihr zurückprallte. Penelope wurde von ihrem eigenen Zauber direkt am Kopf getroffen, was sie sogar etwas über sich selbst vergessen ließ. Jeldrik hat es geschafft, den Enteignungszauber an Erold anzuwenden, sodass dieser Mexus verlor und so sehr davon geschwächt wurde, dass er nach dem Krieg nicht mehr die Kraft hatte, um zu zaubern. Aber Erold war sehr mächtig. Er verlor zwar seinen Zauberstein, schaffte es aber, den Enteignungszauber zu Jeldrik zu lenken. Dadurch trug dieser so viel Schaden davon, dass er kurze Zeit nach dem Krieg starb. Dass Erold keinen Stein mehr besaß, beendete vorerst den Kampf. Die Völker trennten sich und handelten nie mehr miteinander. Meine Oma, Esmeralda, war erschüttert darüber und in Trauer redete sie sich ein, dass die Zaubersteine an alledem schuld waren. Schließlich brachte sie das dazu, Qualin loswerden zu wollen und sie machte einen Zauber, mit dem sie sich selbst enteignete. Dabei hat sie sich jedoch dem Willen ihres Zaubersteins widersetzt und wurde von ihm verflucht. Sie verlor von Tag zu Tag ihre Zauberkraft und ihr Körper begann sich zu schwärzen. Seit Jahren versucht sie schon, den Fluch aufzuheben, aber es klappt nicht. Nun steckt sie in Lebensgefahr", beendete Senia traurig ihre Geschichte.

„Und die Steine?", hakte Leon nach. „Was ist mit ihnen passiert?"

„Jeldrik hat nach dem Krieg gespürt, dass er sterben wird und hat Astra kurz vor seinem Tod sicher vor Erold versteckt. Esmeralda hat Penelope in die Menschenwelt gebracht, da sie sich nicht mehr an Lewendia, die Steine, die Meister, oder dass sie hier aufgewachsen war, erinnern konnte. Dabei hat sie Qualin und Neilon mitgenommen. Es gibt nur wenige Portale zur Erde und Erold weiß nicht über sie Bescheid, also hat sie es als gutes Versteck betrachtet. Mexus wiederum ist in der Schlacht verschwunden, nachdem er Erold entzogen wurde, und wurde niemals wieder gesehen. Somit verschwanden die Steine von der Bildfläche und man glaubte lange Zeit, ihre Zeit war vorbei. Doch nun hat sich Erold von dem Schaden, den Jeldriks Zauber ihm zugefügt hatte, erholt und seine damaligen Pläne wieder aufgegriffen", erläuterte Senia. „Laut meiner Oma müssen die Zaubersteine die Gefahr gespürt haben, die ihnen dadurch droht, und haben sich neue Meister ausgesucht, die Erold aufhalten sollen. Daher wurde mir auch der Auftrag gegeben, Neilon und Qualin zu holen. Einerseits, damit die Meister an die Steine gelangen, um Erold zu stoppen und andererseits, weil es die einzige Möglichkeit ist, wie Esmeralda von ihrem Fluch wegkommen kann: indem der neue Meister Qualins heilende Kraft an ihr anwendet. Versteht ihr? Deshalb war mir das alles mit den Zaubersteinen auch so wichtig."

„Krass", brachte Leon hervor.

Luna war ebenso sprachlos. Der Stein, der dort in ihrem Unterarm steckte, hatte so viele schlimme Dinge verursacht, dann könnte er jetzt auch nichts Gutes bringen. So sehr sie sich zu ihm hingezogen fühlte, sie musste so schnell wie möglich davon wegkommen.

„Unsere Oma ist also hier aufgewachsen?", bohrte Luna fasziniert nach.

„Ja es stimmt, sie ist die Tochter von Athena der Zweiten, Kaiserin der Shiran. Ihr Vater kommt aber nicht aus Lewendia. Sie ist hier aufgewachsen und war auch mit den anderen Meistern befreundet. Sie führten ein glückliches Leben hier, bevor Penelopes Vater aus familiären Gründen zurück zur Erde musste. Erst dachte man, dies sei nur für eine kurze Zeit, doch aus irgendeinem Grund dauerte seine Abwesenheit für immer. Die verschiedensten Gerüchte waren im Umlauf, warum er nicht wiedergekommen ist, aber man hat nie erfahren, was der wahre Grund war. Wie auch immer, während Athena hier und er auf der Erde lebte, wanderte auch Penelope zwischen den Welten hin und her. Als Kind ging dies noch, aber sie musste sich irgendwann entscheiden."

„Für was hat sie sich entschieden?", fragte Luna, gefesselt von all dem, was sie über Penelope und ihr früheres Leben erfuhr. Es war, als würde sie ihre Großmutter neu kennenlernen.

Senia blieb für einen kurzen Augenblick stehen. „Für die Erde."

„Was?!", kam es zeitgleich von den Geschwistern. „Penelope hätte ihr ganzes Leben in einer Welt mit Magie, bei ihrer Mutter, der *Kaiserin* eines Volkes leben können, doch sie hat sich für eine stinknormale Welt entschieden?!", fragte Leon.

„Das dachten auch alle, als sie Penelopes Entscheidung gehört haben. Jeder hatte es für selbstverständlich gehalten, dass sie hierbleibt und die nächste Kaiserin der Shiran wird. Da staunten sie nicht schlecht, als sie meinte, sie wolle auf der Erde leben", fuhr Senia fort. „Aber es war ihr Leben und ihre Entscheidung und sie lebte ab diesem Zeitpunkt auf der Erde und kam nur selten zu Besuch, sodass sie auch den Kontakt zu meiner Großmutter verlor. Als Athena aber fünfzehn Jahre später starb, kehrte Penelope nach Lewendia zurück und traf ihre Kindheitsfreunde wieder, die ihr bei ihrer Trauer zur Seite standen. Ihre Freundschaft wurde noch stärker und Penelope entschied sich dazu, vorerst in Lewendia zu bleiben. Ihr Aufenthalt verlängerte sich jedoch, als sie Meisterin Neilons wurde, also nahm sie ihre Familie mit. Damals hatte sie, soweit ich mich richtig erinnere, eine Tochter namens Lydia. Nachdem sie jedoch von ihrem eigenen Gedächtniszauber getroffen worden war, waren all ihre Erinnerungen von Lewendia und der Magie wie ausgelöscht. Also fand Esmeralda es am besten, sie zurück zur Erde zu bringen. Auch an Penelopes Kindern und Ehemann wurde ein Zauber angewandt, der sie alles rund um Lewendia vergessen ließ, damit sie auf der Erde ein normales Leben führen konnten", beendete Senia ihre Erzählung.

„Moment mal, Penelopes *Kindern*? Ich dachte, Mama ist Einzelkind?", fragte Leon verwirrt.

Luna blickte ihren Bruder vielsagend an. Offensichtlich gab es noch einiges mehr, dass sie über ihre Familie lernen würden. Luna brummte von der langen Geschichtslektion der Kopf und Tausende Fragen lagen ihr auf der Zunge, warum Athena gestorben war, warum ihr Mann sie verlassen hatte, wer Penelopes Kinder waren, ob es sein könnte, dass ihre Familie irgendwann ihre Erinnerungen zurückgewinnen könnte, oder ob Luna und Leon zaubern konnten, da sie ja Magie im Blut hatten. Doch Senia konnte auf keinen dieser Fragen eine Antwort geben.

„Das ist alles, was ich weiß", meinte sie. Luna wollte trotzdem noch einmal versuchen, ob Senia eine ihrer Fragen würde beantworten können, doch da stoppte Senia plötzlich.

Sie standen vor einer sehr großen Villa mit hohen Zäunen, zwei Wachposten vor der Tür und goldenen Dekorationen rund um das Haus herum.

„Das ist das Stammhaus", verkündete Senia. „Wir sind da."

DIE AUSSENSEITERIN

Roxanne wurde von einem scheußlichen Krähen aus dem Schlaf gerissen. Ein paar Strähnen ihres rabenschwarzen Haares, welches sie sich zu einem Zopf zusammengebunden hatte, fielen in ihr schmales, blasses Gesicht, vor ihre kalten grauen Augen. Sie war in ein langes, schwarzes, langärmliges Oberteil gekleidet, ihre Hose war aus dunkelgrünem Stoff und passend dazu hatte sie graue, wetterfeste Schuhe. Sie richtete sich auf in ihrem kleinen Bau und rückte ihre Decke aus Bärenpelz zurecht, welche auf dem nassen Gras lag. Anscheinend war die obere Seite ihrer zeltähnlichen Bleibe, welche aus Holz und Steinplatten gebaut war, nicht dicht genug gewesen, um den prasselnden Regen der Nacht abzuhalten. Ihr „Nest" war innen mit Decken abgedichtet und spärlich eingerichtet. Auf dem Boden lagen Decken und Tierpelze, außerdem ihr Pelzmantel, den sie als Kissen verwendete. Sie hatte lange, weiße Seile aufgehängt, an denen sie Hirschfleisch zum Trocknen befestigt hatte. Ihre Waffen – ein Bogen, ein kleines Messer zum Schnitzen und ein Dolch – sowie eine Angel, ein Fischernetz und ein Angelhaken lagen auf dem Boden. Zudem hatte sie noch ihren Rucksack abgestellt, in dem sich Wasser und Proviant befanden. An der Seite waren zudem zahlreiche Einmachgläser mit haltbarer Nahrung aneinandergereiht.

Roxanne schnaubte. Alles war vollkommen durchnässt und ein paar Stücke des Fleisches waren durch den zusätzlichen Wind in der letzten Nacht auf den Boden gefallen, woraufhin sie von Insekten angeknabbert worden waren. Sie stand auf und begann ihren Rucksack nach einem kleinen Beutel aus Leder zu durchwühlen. Er musste noch ein paar Wildbeeren enthalten, mit denen sie sich vorerst satt essen konnte. Als sie den Beutel ausschüttete, kullerten allerdings nur drei Beeren heraus. Sie würde also doch jagen gehen müssen. Roxanne ging aus der Hütte heraus und spürte sofort die eisig kalte Luft. Daher zog sie sich ihre Fellweste über und machte sich mit ihrem Rucksack und Pfeil und Bogen auf den Weg.

Die Sonne war noch nicht aufgegangen, das Einzige, was man hörte, waren die Vögel, deren Zwitschern sich bedrohlich anhörte. Roxanne schlängelte sich durch die hohen Bäume und hielt dabei nach Hirschen Ausschau. Schließlich entdeckte sie in der Ferne das Tier: Es hatte einen gigantischen, grauen Körper und ein majestätisches Geweih in einer tiefschwarzen Farbe. Die Augen des Hirsches schimmerten in einem hellen Türkis.

Roxanne duckte sich hinter einen Busch, um nicht von dem riesigen Tier entdeckt zu werden. Das Gefährliche an den Hirschen war, dass sie mit ihren Augen ein Licht ausstrahlen, das die meisten Geschöpfe auf der Stelle erblinden ließ. Zudem zeichneten sie sich durch ihre überdurchschnittliche Intelligenz und Stärke aus, was die Jagd auf sie äußerst gefährlich machte. Nicht wenige starben bei dem Versuch, so einen Hirsch zu erlegen, doch für Roxanne stellte die Jagd darauf keinerlei Herausforderung dar. Diese Hirsche, die schon seit Jahren ihre wichtigste Beute darstellten, waren ein Kinderspiel für sie, denn Roxanne hatte es schon mit weitaus größeren, stärkeren und gefährlicheren Geschöpfen Lewendias auf sich genommen.

Sie linste auf ihr rechtes Bein, das von ihrem Fußgelenk bis zum Knie von einer tiefen Narbe durchzogen war. Es war nur eine von vielen, die ihr eines dieser Untiere zugefügt hatte. Sie erinnerte sich noch haargenau an den Tag, an dem Erold ihr zugetragen hatte, ihm den Zahn eines Werwolfes zu bringen, weil er ihn für einen seiner Stärkungstränke brauchte.

Geh und hol es mir, du hast bis morgen Zeit, hatte er befohlen. *Wenn du scheiterst, sperre ich dich in den Kerker.* Damals war sie nur zehn Jahre alt gewesen. Erold gab ihr einen einzigen Speer mit und schickte sie los. Roxanne hatte es in dieser Nacht nur schwer geschafft, den gewaltigen Fängen der Bestie zu entkommen. Wenn sie es nicht in letzter Sekunde mit dem Speer erstochen hätte, stünde sie jetzt nicht in diesem Wald. Sie hatte Erold den Zahn ausgehändigt, in der Hoffnung sie würde belohnt werden und dürfte endlich in der Burg leben, wie all ihre Brüder und ihr Vater es taten, anstatt in dem dunklen Wald. Dass sie auch ein bisschen gewürdigt würde, wenn auch nicht so viel wie ihre Brüder, die alles vor die Nase geliefert bekamen, ohne auch nur einen Finger krümmen zu müssen. Doch Erold hatte den Zahn nur an sich genommen und gemeint, er bräuchte ihn gar nicht. In Wahrheit sei es nur eine Prüfung gewesen, um ihre Stärke unter Beweis zu stellen. Als Roxanne gefragt hatte, ob sie sich selbst also endlich bewiesen hatte, antwortete Erold, sie hätte sich lediglich vor dem Scheitern gerettet. An diesem Tag hatte Roxanne aufgehört, an dumme Hoffnungen zu glauben. Sie ärgerte sich immer noch, wie sie so dumm sein konnte, zu glauben, dass es so einfach wäre, Erold von ihrer Stärke zu überzeugen?

Roxanne konzentrierte sich wieder auf den Hirsch. Sie zielte auf das Tier, spannte den Bogen und schoss, ohne auch nur mit der Wimper zu zucken. Der Pfeil flog pfeifend durch die Luft und stach das Tier mitten ins Herz. Das Vieh kippte auf den Boden. Mit großen Schritten ging Roxanne auf ihre Beute zu. Der Hirsch lag tot auf dem Boden und auf der linken Seite seiner Brust steckte die spitze Waffe. Roxanne packte den Pfeil und zog ihn mit Wucht heraus. Das dunkelrote Blut des Hirschs quoll sofort aus der Stelle heraus und floss auf sein Fell. Roxanne packte das imposante Geweih des Tiers und schleifte es hinter sich her.

Die Sonne war inzwischen aufgegangen und warf schwaches Licht auf die meterhohen Tannen und Laubbäume. Roxanne starrte das Gewächs feindselig an. Sie hasste einfach alles daran. Alles in diesem widerwärtigen Wald verachtete sie mehr als alles andere. Die Tiere ekelten sie an, die Bäume bedrückten ihre Seele, die feuchte Luft erstickte sie und sogar die Erde schien sie mit ihrem monotonen Aussehen provozieren zu wollen. Und doch war sie gezwungen, ihr Leben in diesem Loch zu verbringen. Denn Erold hatte sie im Alter von acht Jahren in den Wald geschickt, um ab jetzt dort zu leben. Grundlos. Sie hatte versucht, dem Befehl Widerstand zu leisten, doch das hatte alles nur noch schlimmer gemacht. Erold würde nicht davor zurückschrecken, Roxannes

Mutter – seine eigene Tochter – und sie tagelang in den Kerkern hungern zu lassen. Dort bei ihm in der Burg wurde Roxannes Mutter ohnehin schon wie eine Sklavin behandelt, obwohl sie ihm nichts angetan hatte. Keiner wusste, warum Erold Roxanne und ihre Mutter so sehr hasste. Doch Roxanne war fest entschlossen, das alles zu ändern. Eines Tages würde sie sich Erold beweisen können, die Ehre verdienen, um sowohl sich selbst als auch ihre Mutter vor diesem scheußlichen Leben zu retten. Bis dahin, und auch um dieses Ziel zu erreichen, musste sie ihrem Großvater jedoch gehorchen und all seine Befehle makellos befolgen. So, wie sie es bisher auch immer getan hatte.

Zurück bei ihrem Bau machte Roxanne sich daran, ihre Beute zu zerlegen. Das meiste Fleisch und Fell hob sie für sich selbst auf, den Rest sowie das Fett, die Organe und das Geweih des Hirsches verpackte sie in Beutel und Einmachgläser, um sie auf dem Markt zu verkaufen. Als sie das komplette Tier verarbeitet hatte, verließ sie den Wald mit ihrem Handelsgut und ging nach Duras. Nach einer Weile erblickte sie die ersten schwarzen Backsteinhäuser der Stadt. Sie lief weiter und stand schließlich auf den groben und unebenen Pflastersteinen Duras'. Aus dem Schornstein der kleinen Häuser am Straßenrand quoll dunkelgrauer Rauch heraus, der in den Himmel stieg und die ganze Stadt mit einer dichten, grauen Rauchschicht bedeckte. Die Menschen – gekleidet in schwarzer, grauer, oder hellbrauner Kleidung – liefen mit grimmigen Gesichtern umher und drehten im Vorbeigehen ihre Köpfe zu Roxanne um. Die meisten hatten Mitleid mit ihr, weil sie in so niedrigem Alter in den Wald geschickt wurde, während der Rest ihrer Familie in Erolds Burg lebte. Doch niemand hinterfragte Erolds Befehle, da sie ohnehin schon von ihm unterdrückt wurden und Duras ohne seine Erlaubnis nicht verlassen durften. Niemand wollte da auffallen und so erscheinen, als würden sie sich ihrem Herrn widersetzen. Aber Roxanne würde diese Blicke nicht mehr lange ertragen müssen, denn bald war es so weit: Sie bekam endlich die Chance, auf die sie so lange gewartet hatte. Erold plante, die Herrschaft über Lewendia an sich zu reißen und, wenn er das geschafft hatte, würde er eine Person auswählen, die an seiner Seite das Land regieren sollte. Jemand, den er als den stärksten, mutigsten und auch vertrauenswürdigsten ansah, der seine rechte Hand und somit die zweitmächtigste Person im Land werden würde. Roxanne war fest davon überzeugt, dass *sie* dazu bestimmt war und deshalb weitaus größere Stärke aufweisen musste als ihre nutzlosen Brüder. All das sollte sie nur stärken, damit sie als eine skrupellose Kriegerin und nicht als Weichei aufwuchs. Dennoch hatte sie in ihrem tiefsten Inneren das Gefühl, dass Erold sie einfach zu hassen schien. Sie für etwas bestrafte, das sie nicht getan hatte. Doch Roxanne ließ ihr Handeln schon längst nicht mehr durch ihre Gefühle bestimmen.

Als Roxanne auf dem Marktplatz Duras' ankam, erhaschte sie zahlreiches Gemurmel der Bürger.

„Der Herr will Esmeralda entführen!", meinte eine Frau an dem Fleischstand. Roxanne stellte sich daneben, die Beute in ihrer Hand und wurde sofort auf die Frauen aufmerksam. Soweit sie wusste, war Esmeralda die Herrin der Melna.

„Er will herausfinden, wo die Zaubersteine sind!", erzählte die Frau weiter.

Roxanne wusste, dass Erold Esmeralda entführen wollte, doch sie hatte nicht geahnt, dass er seinen Plan so schnell umsetzen würde, ohne seine Kräfte gänzlich zurückerlangt zu haben.

„Er hat seine Männer doch schon losgeschickt!", verkündete eine jüngere Frau, noch aufgeregter als die andere. Da hielt Roxanne inne. Jeden Mittwoch ging sie zu Erolds Burg, um dort neue Aufträge anzunehmen. Manchmal bekam sie keinen, meistens aber schon. Gestern hatte Erold ihr nichts darüber erzählt, dass er seinen Plan schon diese Woche beginnen wollte, obwohl er genau wusste, dass Roxanne sich auch beteiligen wollte. Hatte er es etwa vor ihr verheimlicht? Verfolgte er etwa die Absicht, sie aus seinem Vorhaben auszuschließen, obwohl er doch meinte, sie würde eine große Rolle darin spielen? Wütend drängelte Roxanne sich nach vorne und knallte ihre Beute auf den Tisch.

„Das Übliche, diesmal möchte ich 25 Lysmen!", donnerte sie in Richtung des Fleischers.

„Du wirst ja immer teurer", beschwerte sich dieser, ein dicker, bärtiger Mann mit stinkendem Atem.

„Das Wetter wird immer kälter", keifte Roxanne, „Nimm es oder ich verkauf es jemand anderem."

Der Fleischer nahm es an sich.

„Ist ja schon gut", murrte er. Seine Kundschaft wollte er auf keinen Fall verlieren. Roxanne packte das Geld in ihren Stoffbeutel und ging zu der anderen Theke, um über das Geweih zu verhandeln. Doch sie hatte es sich in den Kopf gesetzt, so bald wie möglich in die Burg zu gehen und Erold zur Rede zu stellen. Sie würde sich das unter keinen Umständen gefallen lassen.

MADELEINES GRÖSSTE ANGST

Seit mehreren Stunden schon brannte die heiße Sonne über Madeleines Kopf und das ununterbrochene Wandern machte sie durstig. Doch sie lief, ohne zu trinken weiter, weil sie ihre Vorräte nicht sofort aufbrauchen wollte. Sie wollte zunächst die Wüste verlassen und sich dann, an einem kühleren Ort, die Hinweise genauer ansehen.

Als sie nach mehr als einem halben Tag endlich an eine dicht bewachsene Stelle im angrenzenden Wald gelangt war, legte sie eine kurze Pause ein. Sie kramte die Truhe hervor und zerstreute die Gegenstände auf der Wiese. Schon als sie sich in Ylmi die Dinge angesehen hatte, war in ihr die Vermutung aufgekommen, dass sie höchstwahrscheinlich verzaubert waren. Wenn dem so war, musste irgendetwas die magische Wirkung, die in ihnen schlummerte, auslösen. Ihr erschien es am besten, mit ihrem Wissen über verzauberte Gegenstände im Hinterkopf, alles durchzuprobieren, was man mit ihnen anfangen konnte. Sie fing an mit dem Taschenspiegel: Sie drehte ihn in ihrer Hand, strich über die goldene Umrandung, ließ das Sonnenlicht an seiner Oberfläche reflektieren, klopfte auf das Glas, inspizierte jede einzelne Faser und versuchte durch Sprechen herauszufinden, ob sich jemand darin verbarg. Doch sie bemerkte nichts Ungewöhnliches, also ging sie zu der Sanduhr über. Sie ließ die Uhr mehrmals durchlaufen und zählte, wie viel Zeit sie maß: genau zwanzig Minuten. Bei den Ylmi war ihr beigebracht worden, dass magische Sanduhren meistens dazu dienen, die Zeit zu beeinflussen, um sie zu stoppen, zu verlangsamen oder schneller vergehen zu lassen und sie musste wissen, ob dies der Fall war. Da sie dafür ein weiteres Messgerät brauchte, baute sie sich aus einem großen Ast, welchen sie auf einer Fläche, auf der kein Gras wuchs, senkrecht platzierte eine Sonnenuhr und merkte sich, wo der Schatten des Stabes sich befand. Anschlie-ßend drehte sie die Sanduhr mehrere Male und beobachtete, ob sich der Schatten schneller oder langsamer bewegte, als es eigentlich sein müsste. Dies dauerte mehrere Stunden, aber auch dieses Mal deutete nichts auf Magie hin.

Madeleine sah in den Himmel. Seine rötliche Farbe zeigte, dass es bis zum Sonnenuntergang nicht mehr lange hin war. Sie schnaubte und lief wütend zum nächsten Gegenstand. Sie experimentierte stundenlang weiter, bis es stockdunkel wurde. Eigentlich wollte sie nicht aufhören, ehe sie irgendwelche Fortschritte gemacht hatte, doch es war so dunkel, dass sie nicht einmal ihre eigene Hand erkennen konnte und nachdem ihr auch noch ein Gegenstand vor Müdigkeit aus der Hand fiel, akzeptierte sie, dass es keinen Sinn mehr hatte, weiterzumachen. Schnaubend legte sie sich hin, höchst unzufrieden mit sich selbst.

Am nächsten Tag setzte Madeleine ihre Untersuchungen fort. Dieses Mal in einem schnelleren Tempo und noch ehrgeiziger als am Tag zuvor. Nun hatte sie das orangerote Schmuckstück aus Jaspis ins Visier genommen und probierte den Ring an all ihren zehn Fingern. Natürliche Schmucksteine wie dieser hatten immer eine bestimmte Wirkung, die etwas mit Boden oder Wasser zu tun hatten. Daher vergrub sie den Stein in der Erde und wartete, dass etwas passierte. Vergeblich. Als sie ihn ausgrub, hatte sich nichts an ihm verändert. Weitere drei Stunden verbrachte sie damit, einen Fluss aufzusuchen, um den Ring in einer natürlichen Quelle zu waschen. Nichts. Langsam zerrte das vergebliche Probieren an ihren Nerven. Stampfend wanderte sie weiter und versuchte es anschließend mit dem Notizbuch. Sie schrieb hinein, murmelte sämtliche Zaubersprüche, die sie kannte, machte es nass, legte etwas zwischen die Seiten und sah wieder hinein, öffnete und schloss das Buch, warf es in die Höhe, blätterte durch sämtliche Seiten und zählte deren Anzahl, riss eine Seite heraus und betrachtete jede Faser des Pergaments. Nicht, nichts, nichts. Am Ende konnte Madeleine ihre qualmende Wut nicht mehr zurückhalten und warf das Buch gegen einen Baum, wo es trostlos auf dem Gras liegen blieb.

Madeleine schnaubte erst, riss jedoch die Augen auf und hechtete sofort dorthin, als ihr klar wurde, was sie getan hatte. Dem Notizbuch war zum Glück nichts passiert, aber Madeleine griff sich an die Stirn. Die Truhe und ihr Inhalt gehörten zu den wenigen Dingen, die von ihrem Großvater übriggeblieben waren und so ging sie damit um? Sie befahl sich selbst, sich zusammenzureißen. Geduld war noch nie ihre Stärke gewesen. Aber sie musste geduldig sein. Das hatte sie ihrer Familie und ihrem Volk versprochen.

Den ganzen restlichen Tag untersuchte sie die Gegenstände Millimeter um Millimeter. Am nächsten Morgen gab sie erneut ihr Bestes, stand ab und zu wieder kurz vor einem Wutausbruch, versuchte sich zu beherrschen, und machte weiter. Zwei weitere Tage verstrichen, in denen sie nur wahllos durch den Wald lief und alles Mögliche mit den Gegenständen anstellte, ohne Erfolge zu erzielen. Nun machte sie sich daran, komplexere Wege auszuprobieren, indem sie mit mehreren Gegenständen gleichzeitig experimentierte. Sie bastelte Konstruktionen aus Holz und Blättern und schrieb die Seiten des Notizbuches mit Zaubersprüchen voll, bis ihre Finger voller Blei waren. Danach probierte sie es mit Zauberritualen; sammelte Blätter, Zweige, Äste und Blumen, mischte alles zusammen und kochte es, versuchte, sich angestrengt an alles zu erinnern, was ihre Oma jemals über Jeldrik verraten hatte, aber es funktionierte nicht. Frust legte sich über Madeleine und sie versuchte, sich von ihr zu befreien, um einen klaren Kopf zu bewahren. Sie durfte nicht aufgeben. Ganz Ylmi zählte auf sie. Ihre Großmutter vertraute ihr.

Aber auch nach drei Tagen und vier Nächten war sie kein Stück weitergekommen. Ihr Frust wandelte sich langsam in Verzweiflung. Die Auswahl an Möglichkeiten wurde immer kleiner. Nach zwei Wochen verbreitete sich eine tiefe Hoffnungslosigkeit in ihr aus. Was, wenn sie es nicht schaffte? Würde Erold dann tatsächlich die Weltherrschaft an sich reißen? Was würde ihre Oma nur sagen, wenn sie mit leeren Händen nach Ylmi zurückkehrte?

„Nein, nein, nein", murmelte Madeleine nur beim Gedanken daran. „Nein, ich werde nicht scheitern..." Panisch holte sie ihre Handtasche von der Schulter und schüttete alles heraus. Sie bereitete die Gegenstände auf dem Gras aus, wie sie es wahrscheinlich schon fünfzig Mal getan hatte, und atmete tief ein und aus. Eine einzige Idee blieb ihr noch. Im Unterricht der Ylmi hatte sie gelernt, dass mächtige Zauber meistens ein Zauberritual mit mehreren Komponenten forderten, welche im Zusammenspiel den Zauber auslösten. So musste es auch bei dem Inhalt der Truhe sein.

Madeleine klappte das Notizbuch auf und stellte es aufrecht ins Gras, sodass man nun zwei offene Seiten sehen konnte. Einen Meter weiter platzierte sie den Dolch und suchte einen Ast, damit die Klinge aufrecht stand und auf die rechte Buchseite zeigte. Anschließend schnitt sie einen langen Faden von dem Garn in ihrer Handtasche ab und band den Ring daran. Dann kletterte sie auf einen naheliegenden Baum und befestigte das Garn mit dem Schmuckstück an dessen längsten Ast. Der Ring hing nun genau zwischen der Buchseite und dem Dolch. Sie hatte vor, mit dem Spiegel in der Hand auf den Olivenbaum neben ihrer Konstruktion zu klettern und das Sonnenlicht zu der Klinge des Dolches zu leiten. Die Klinge sollte dann das Sonnenlicht durch den Ring auf das Notizbuch spiegeln und es verbrennen, bis die Sanduhr, welche Madeleine ebenfalls in ihrer Hand halten würde, ablief. Zum Schluss würde Madeleine die Asche des Buches aufheben und einen Zauberspruch murmelnd auf den Boden streuen. Madeleine hoffte, dass die Asche dann ein Wort bildete: der Ort, an dem sich Astra befand. Mit klopfendem Herzen stieg sie den mächtigen Olivenbaum hinauf. Obwohl ihre Hand mit der Sanduhr und dem Spiegel voll war, raufte sie sich geschickt hoch. Oben angekommen, legte sie die Sanduhr auf eine geeignete Fläche und versuchte, mit dem Spiegel die Sonne zu treffen. Doch das Sonnenlicht ging knapp daran vorbei. Madeleine streckte sich, um ihren Arm länger zu machen, aber sie war zu weit von dem Einfallswinkel des Sonnenlichts entfernt. Sie musste einen anderen Weg finden. Madeleine lehnte ihren Fuß an den Baumstamm und drückte sich selbst nach vorne. „Komm schon", ächzte sie, während sie ihren Arm so weit nach vorne streckte, dass es wehtat. Das Sonnenlicht traf die Oberfläche des Erbstücks, aber nicht die Mitte des Spiegels, so wie es eigentlich sein sollte. Sie machte ihr Bein länger und rückte noch weiter nach vorn. Daraufhin wankte sie und verlor um ein Haar die Balance, krallte sich aber in letzter Sekunde an den Ast, auf dem sie saß. Madeleine atmete tief ein. Das war ihre einzige Chance. Sie durfte jetzt keine Fehler machen. Sie streckte ihr Bein aus und schob sich selbst Stück für Stück nach vorn. Die Baumrinde kratzte an ihrem Bein, sodass ihre Haut abblätterte, aber es klappte tatsächlich! Der Lichtstrahl traf den Dolch fast. Es fehlten nur noch ein paar Zentimeter... Mit den Augen verfolgte sie, wie die Sonnenstrahlen sich der Mitte des Spiegels näherten. Gleich hatte sie es...

Plötzlich hörte Madeleine ein Knarzen unter ihr. Bevor sie auch nur nach unten sehen konnte, brach der Ast, auf dem sie saß. Madeleine packte die Zweige über ihr, konnte sich jedoch nicht festhalten und fiel den sechs Meter hohen Baum herunter, wobei seine Äste ihr in den Rücken peitschten und schlug hart auf dem Gras auf.

Madeleine konnte sich für mehrere Sekunden nicht bewegen. Seitlich lag sie mit ihrem Gesicht auf der Wiese. Sie fühlte sich, als wäre sie von einem schweren Wagen plattgedrückt worden. In zwei ihrer linken Rippen fühlte sie einen durchbohrenden Schmerz und spürte sämtliche Zehen am linken Fuß nicht mehr und hatte ihr Fußgelenk verzerrt, wie sie vermutete. Ihre Augenbraue war aufgeplatzt. Hätte sie sich nicht an dem Ast festgehalten und den Sturz verlangsamt, wäre sie ohne Frage bewusstlos geworden und für eine lange Zeit nicht mehr aufgewacht. Sie konnte von Glück reden, dass sie den sechs Meter hohen Fall überhaupt überlebt hatte.

Aber Madeleine war in diesem Moment weder dankbar, noch dachte sie ansatzweise an ihre körperlichen Schäden. Schmerzhaft rappelte sie sich auf und sah um sich. Da sie so schnell aufgestanden war, wurde ihr sofort schwindelig und sie lehnte sich an einen Baum, um nicht umzukippen. Ihr war speiübel. Mehrere Minuten brauchte Madeleine, um zu sich zu kommen, und richtete sich dann erneut auf. Ein stechender Schmerz durchzog ihren linken Fuß, doch ihr war das alles vollkommen egal. Alles, woran sie noch denken konnte, war, was mit den Gegenständen geschehen war, die sie beim Fall in der Hand gehabt hatte.

Der Taschenspiegel war ihr aus der Hand gerutscht und entsetzt stellte sie fest, dass er in tausend Scherben zerbrochen war. Auch die Sanduhr war gefallen und entzweigebrochen.

„NEIN!", schrie Madeleine und rammte ihre heile Faust gegen einen Baum. Sie fiel auf ihre Knie. Jetzt war alles vorbei. Sie hatte es nicht geschafft. Tränen rannten ihr übers Gesicht. Was würde Oma von ihr denken, ihr Volk, ihre Familie? Der Gedanke ließ Madeleine schluchzen. Sie wollte nicht weinen, aber es gab einfach keinen Ausweg mehr. Sie war am Ende angelangt, ohne, dass ihre Reise erst richtig angefangen hatte.

Still weinte sie vor sich hin und dachte an Freyas Worte beim Abschied.

„Du schaffst das, Madeleine. Du musst dich nur selbst überwinden", hatte sie gesagt. Sie hatte tatsächlich an ihre Enkeltochter geglaubt. Wie hatte Madeleine...

Mitten im Gedankengang hielt sie inne.

„Du musst dich selbst überwinden." Plötzlich wurde ihr glasklar, was Freya mit diesem Satz gemeint hatte. Madeleine hörte auf zu weinen. Ihr größtes Hindernis war nicht das Rätsel der Gegenstände oder, dass sie zerbrochen waren, es war der Druck, den sie auf sich legte. Weil sie wusste, dass alle auf sie zählten.

Madeleine richtete sich auf. Wie konnte sie sich sicher sein, dass es endgültig vorbei war? Vielleicht würden die Gegenstände gar nicht mit einem Ritual aktiviert werden und es gab noch eine andere Methode. Sie sammelte alle Gegenstände, ob zerbrochen oder nicht, zusammen. Von Frust und Angst befreit, war ihr Kopf viel klarer. Ihr Blick fiel zunächst auf den rotbraunen Ring. Er bestand aus Jaspis. In Ylmi sagte man, dieses Gestein stand für einen eisernen Willen und Durchhaltevermögen. Das musste ein Zeichen für sie sein, durchzuhalten. Dann blickte Madeleine auf die Sanduhr. Diese hingegen spiegelte Geduld, die sie brauchte, um das Rätsel der Gegenstände zu entschlüsseln. Dann sah sie auf das Bild, auf dem Jeldrik und Freya zu sehen waren. Es sollte sie höchstwahrscheinlich an ihre Familie erinnern. Der Grund, warum sie diese ganze Reise überhaupt auf sich nahm. Und der Dolch stellte das nötige Geschick und die Stärke für ihre Mission dar, welches sie durchaus besaß, obwohl es ihr nie genug vorkam. Dann hob Madeleine das Notizbuch auf. Bücher symbolisierten Intelligenz und Weisheit. Freya hatte selbst ein Notizbuch, in das sie ihre Weisheiten hineinschrieb. Wollte Jeldrik ihr damit etwa sagen, dass sie an diese denken sollte? Madeleine horchte in sich. Freya sagte ihr oft sehr weise Dinge. Sie versuchte stets, diese zu befolgen, doch eine Weisheit ihrer Großmutter hatte sie noch nie wirklich beherzigt. Jene, die Freya ihr immer sagte, wenn sie wieder einmal eine Sache aufgab, die sie nicht gut konnte. *„Wunder geschehen immer dann, wenn wir unseren Träumen mehr Kraft geben als unseren Ängsten."*

Sobald sie diesen Gedanken zu Ende gedacht hatte, vernahm sie ruckartig ein helles Geräusch. Madeleine wirbelte herum. Es kam von einer Spiegelscherbe neben ihr im Gras. Sie leuchtete bläulich grün! Sofort beugte sie sich herunter und hob das Glasstück auf. In verschnörkelter, blauer Schrift stand dort „bel". Madeleine sammelte eine weitere Scherbe auf und stellte fest, dass dort ebenfalls Buchstaben waren. Aufgeregt setzte sie alle Überbleibsel des Spiegels wie ein Puzzle zusammen. Die Buchstaben bildeten zusammen zwei Wörter. Madeleine atmete schnell ein und aus. Die Lösung des Rätsels lautete:

Nebeltal, Minabaxhöhle.

Madeleine lachte laut. Sie hatte es geschafft! Ein breites Lächeln stahl sich auf ihr Gesicht. Sie blickte hinauf in den Himmel und rief: „Danke, Opa!"

STADTBUMMEL IN MELNA

Luna, Leon und Senia standen vor der großen Villa und beäugten das Gebäude mit großen Augen. Als Luna von einer fernen, magischen Welt ohne Technologie gehört hatte, hatte sie an ein kleines Waldhaus gedacht, nicht an eine vierstöckige Villa, welche von einem schönen Garten mit den edlen, tropischen Pflanzen umrandet wurde.

Ehe die Geschwister jeden Winkel des prachtvollen Anwesens ansehen konnten, trat Senia schon vor. Der Wächter machte ihr ohne Anstalten das Zauntor auf, stoppte jedoch, als Luna und Leon ihr hinterhergehen wollten.

„Kein Durchgang ohne Erlaubnis", sagte er knapp und schloss das Tor vor ihrer Nase zu. Senia drehte sich abrupt um.

„Oh, das sind meine Gäste", erklärte sie. Die Wächter akzeptierten die Erklärung ohne Weiteres und ließen die Geschwister durch.

Leon starrte beim Vorbeigehen ehrfürchtig auf die metallenen Rüstungen der Männer, die jeweils ein Speer in den Händen trugen.

„Starr nicht so, Leon, das ist unhöflich", raunte Luna ihm zu.

„Dass du auch jetzt auf Manieren achtest", murrte Leon tadelnd, doch Luna hatte ihren Bruder nicht nur wegen Manieren gemahnt, sondern weil sie einfach vorsichtig sein wollte. Senia mochte so nett sein, wie sie will, doch wer konnte wissen, ob es die Verteidiger Melnas auch waren.

Schließlich standen alle drei vor der Haustür und Senia klopfte an. Niemand öffnete. Sie klopfte noch einmal, dieses Mal stärker. Erneut kam niemand vor die Tür.

„Komisch", meinte Senia und holte ihren Haustürschlüssel hervor. „Lasst eure Schuhe ruhig an", kommentierte sie, nachdem sie mit nackten Füßen auf das Parkett der Villa getreten war. Zögerlich folgten ihr die beiden.

Das Innere der Villa war noch prächtiger als das Äußere: Schöne Gemälde von verschiedenen Landschaften, schmückten die

Wände aus Eiche. Die Möbel waren überwiegend weiß, golden und grün. So auch der elegante, lange Teppich in dem Eingangsraum, die vielen schmuckvollen Pflanzentöpfe in Gold und die weiße Sofagarnitur mit grünen und ordentlich nebeneinandergelegten Kissen. Senia sah sich kurz um. Das Haus hatte ein offenes Wohn- sowie Esszimmer, sodass man schon einen großen Teil der Etage sehen konnte. Kein Mensch war da.

„Mutter?", fragte Senia ins Leere, aber es kam keine Antwort.

„Ist es normal, dass niemand da ist?", fragte Luna, nur um sicherzustellen, dass alles in Ordnung war.

„Eigentlich nicht, aber vielleicht sind sie ja unterwegs. Zurzeit hat jeder viel um die Ohren", erwiderte Senia. „Na egal, wir brauchen eh nur meine Großmutter. Kommt mit."

Senia winkte ihre Gäste zu sich und führte sie über eine steile Treppe ins obere Stockwerk. Dort erwartete sie ein breiter Flur, dessen Enden in weitere Gänge führten. Dann lief ein Mann auf sie zu, der schwarz-weiße Kleidung hatte und dessen Hände ordentlich übereinander gefaltet waren. *Das ist vermutlich der Butler,* schätzte Luna anhand seiner Uniform. Ein so großes Anwesen musste doch sicherlich Bedienstete haben.

„Fräulein, Sie sind wieder zurück! Welch ein Wunder!", freute er sich und machte dabei ein überaus erleichtertes Gesicht. „Ich hoffe, es ist Ihnen auch gut ergangen. Und Sie haben auch Gäste dabei?" Der Butler beäugte argwöhnisch die Geschwister. Ohne Zweifel wusste er, dass sie nicht hier sein sollten, wenn alles nach Plan gelaufen wäre, doch er blieb trotzdem höflich.

„Ja, die Mission. Ähm ... die ist *einigermaßen* gut gelaufen, aber nicht ganz so, wie die Herrin es gewollt hätte", meinte Senia etwas zerknirscht. Ihr Gesicht lief rot an.

„Deshalb muss ich sie jetzt unbedingt sprechen, meine Großmutter, meine ich", schob sie hinterher.

Auf Sir Andrews Stirn bildeten sich Falten. „Es tut mir leid, Ihnen das mitteilen zu müssen, Fräulein, aber das ist jetzt gerade nicht möglich."

„Wieso nicht? Das ist jetzt viel wichtiger als eine Ratssitzung!", beharrte Senia. „Es geht um die Zaubersteine!"

83

„Es gibt leider nichts, das ich tun könnte, Fräulein. Die Herrin ist gerade in einem Visionsschlaf."

Senia stutzte.

„Visionsschlaf? *Jetzt?*", wiederholte sie verständnislos. „Aber heute ist doch der Tag meiner Rückkehr, wie kann sie denn jetzt eine Vision haben? Sie wusste doch, dass ich mit den Zaubersteinen zurückkommen werde."

Sir Andrew sah nicht so aus, als könnte er Senias Einwänden wirklich eine Erklärung liefern. „Es kam für alle sehr plötzlich", gestand der Butler. „Gleich nachdem Sie in das Portal getreten sind, hat die Herrin angekündigt, dass sie die letzten Tage einen Visionsschlaf vorbereitet habe und nun in Trance treten werde. Sie möchte unter keinen Umständen gestört werden, daher beharrte sie darauf, dass alle die Villa verlassen und erst heute Mittag, um elf Uhr, wiederkommen sollen. Dann würden sie nur höchstens eine Stunde warten, bis Sie von ihrer Mission zurückkehren, damit hoffentlich alle beisammen sind, wenn die Herrin aufwacht. Seitdem ist allein die Herrin Esmeralda im Haus. Und natürlich meine Wenigkeit."

Senia war baff. Ihre Oma war in einen Visionsschlaf gefallen, das war nichts, was man auf die leichte Schulter nehmen konnte. Denn eine Vision war ein Traum, der einen in sich hineinzog, sodass man sich seelisch in ihm befand. Doch man konnte ihr nie vertrauen, denn Visionen waren wie Irrgärten. Falls man sich in ihnen verirrte, bestand die Gefahr, dass man nie wieder herauskam und für immer in einer Trance gefangen war. Esmeralda wäre nicht in eine Vision gegangen, wenn es nicht unvermeidlich gewesen wäre. Aber warum ausgerechnet nach Senias Abreise? Das konnte doch kein Zufall sein.

„Aber... aber wie?", stammelte Senia und lief aufgeregt auf und ab. Diese plötzliche Vision beunruhigte sie sehr.

„Hat sie denn sonst nichts gesagt? Wie haben die anderen das einfach so hingenommen?"

Sir Andrew machte ein bekümmertes Gesicht. Anscheinend war er ebenfalls besorgt. „Die Herrin gab keine weitere Auskunft und bat um Respekt vor ihren Entscheidungen."

Senia lief noch schneller auf und ab. Dabei fiel ihr Blick auf die Geschwister, welche an der Treppe standen und zuhörten, ohne wirklich zu wissen, was sie sagen oder tun sollten. Senia erinnerte sich an ihr Versprechen.

„Gibt es keine Möglichkeit, dass sie früher aufsteht, Sir?", erkundigte sich Senia.

„Leider nicht, Fräulein. Wie ich schon angemerkt habe, wird Ihre Großmutter erst in knapp einer Stunde erreichbar sein", gab dieser zurück. „Ich befürchte, Ihr Anliegen wird so lange warten müssen."

Senia legte den Kopf in den Nacken. Es war ihr äußerst unangenehm, dass sie ihr Versprechen nicht sofort erfüllen konnte.

„Was sollen wir jetzt machen?", fragte Luna. Sie hatte gehofft, dass die Sache so schnell wie möglich erledigt sein würde.

„Es tut mir leid", wendete Senia sich an die Geschwister. „Ich wusste auch nichts von dieser Vision, aber ich glaube, Sir Andrew hat recht. Meine Großmutter wird in circa einer Stunde aufwachen, also haben wir noch genug Zeit, um Luna zu befreien und euch zurückzubringen, bevor das Portal zugeht."

Die Geschwister waren unentschlossen. Die Gefahr, dass sie, wenn etwas schieflaufen sollte, für eine längere Zeit hierbleiben mussten, bereitete ihnen Sorgen. Doch was blieb ihnen schon für eine Wahl? „Okay, bleiben wir hier. Es ist besser, als noch einmal nach Lewendia zu kommen, wenn das überhaupt möglich sein wird", befand Luna.

Senia lächelte erleichtert.

„Okay, von mir aus", brummte Leon.

„Kann ich Ihnen oder Ihren Gästen so lange etwas anbieten?", meldete sich Sir Andrew.

„Nein, danke, Sir", antwortete Senia. „Wir kommen zurecht."

Als die Geschwister ebenfalls nickten, ging Sir Andrew weg. Als er außer Reichweite war, stieß Leon einen tiefen Seufzer aus. „Was sollen wir denn eine Stunde lang machen? Warum ist deine Oma denn ausgerechnet jetzt in diesem Visionsdings?"

„Es ist gerade eine Krisensituation, wahrscheinlich hat sie einfach nur nach Rat gesucht", vermutete Senia.

„Ist es denn wirklich sicher, dass sie auch um Punkt zwölf Uhr aufwacht? Nicht, dass wir umsonst warten", wollte Luna sich versichern.

„Meine Oma kann das kontrollieren. Sie wird bestimmt zeitig aufwachen", gab Senia Auskunft.

Luna seufzte. Warten war das letzte, was sie jetzt wollte.

Senia blickte zerknirscht zu Boden, doch dann kam ihr plötzlich eine Idee.

„Vielleicht müssen wir ja gar nicht warten! Ich könnte euch in der Stadt herumführen, wenn ihr schon mal hier seid?", schlug sie vor.

„Na ja, es ist besser, als hier herumzusitzen", fand Luna.

„Hmm", überlegte Leon, „Ich komme nur mit, wenn es auch wirklich spannend wird."

„Langweilig wird es auf gar keinen Fall, ihr werdet zum ersten Mal Magie sehen!", antwortete Senia. „In der Innenstadt wimmelt es von magischen Dingen."

Das klang schon mal aufregender, daher willigten die Geschwister ein.

„Sir Andrew?", rief Senia. „Es gibt doch noch etwas, was Sie für uns tun können!" Dann erklärte Senia ihm, dass er sie sofort benachrichtigen sollte, sobald Esmeralda aufwacht. Sir Andrew holte eine durchsichtige, smaragdgrüne Kugel aus seiner Tasche und versprach Senia, dass er sie gleich, nachdem Esmeralda ihre Augen geöffnet hatte, benachrichtigen würde. Zur Sicherheit sah Senia noch mal nach, ob sie ihre eigene Kristallkugel, ein magisches Kommunikationsapparat, noch hatte, und willigte ein. Als das geklärt war, verließen sie das Stammhaus der Melna, von wo aus Senia sie in die Innenstadt führte.

Als sie dort ankamen, staunten die Geschwister nicht schlecht. Die Innenstadt von Melna sah genauso aus wie ein Einkaufsviertel auf der Erde, nur dass jegliche Geschäfte einem das Gefühl gaben, vor einem Antiquitätenladen zu sein. Ganz viele Geschäfte, in denen man sowohl Kleidung und Alltagsgegenstände als auch verzauberte Gegenstände und etwas zu essen kaufen konnte, reihten sich an der weiten Straße entlang. Mehrere Menschen liefen mit Einkaufsbeuteln aus Stoff herum und trugen ihre Waren mit sich. Während Luna und ihr Bruder durch die Straßen liefen und ihre Umgebung betrachteten, beantwortete Senia nebenbei noch all ihre offenen Fragen.

„Warum hat deine Oma dich allein losgeschickt?", fragte Luna. „Wäre es nicht besser gewesen, wenn ein erfahrener Zauberer gekommen und die Sache schnell mit Magie erledigt hätte?"

Senia machte ein ratloses Gesicht. „Glaub mir, das frage ich mich auch schon die ganze Zeit", gestand Senia. „Nicht, dass ich diese Aufgabe nicht wollte, aber Lewendias Schicksal und auch ihr eigenes Leben hängt davon ab. Da müsste sie doch eigentlich auf Nummer sicher gehen. Eigentlich hätte sie meine Geschwister oder Cousins hinschicken können."

„Vielleicht hatte sie ja einen anderen Grund", meinte Leon schulterzuckend. „Ich kenne deine Oma nicht, aber unsere hat immer verrückte Überraschungen parat."

Da kam auch Luna eine Frage auf. „Senia, du hast doch gesagt, dass ihr die Magie der Zaubersteine für die Jagd benutzt, also damit die Menschen hier am Leben bleiben können. Aber nach dem Kampf müsst ihr doch 40 Jahre ohne diese Magie ausgekommen sein?"

„Na ja, das stimmt nicht so ganz", entgegnete Senia und erzählte ihnen von den Magiekristallen.

Luna lachte. „So hast du es also geschafft, mein Zimmer zu durchwühlen und meine Zahnbürste vom Waschbecken zu stoßen, ohne dass ich dich nachher gesehen habe! Und ich dachte, ich wäre verrückt geworden!"

Senia grinste halb schuldbewusst, halb amüsiert. „Tut mir leid."

Luna sah sich beim Laufen die Läden fasziniert an und nahm den Geruch von exotischen Gewürzen wahr. Sie kamen von einem kleinen Laden, welcher aus schwarzem Ebenholz gebaut und mit goldenen Schnörkeln verziert war. Auf dem Schild an der Seite hieß es: „Isabelles Kräuterecke – magische Gewürze". Luna blieb stehen und spähte durch das Schaufenster. Im Ladeninneren waren schwarze Regale mit ganz vielen Reihen von braunen Beuteln. An jeder Reihe war ein Schild, das angab, um welches Gewürz es sich handelte. Es gab „Gegenteilpfeffer", „Wahrheitskurkuma", „Findungsrosmarin", „Schnelligkeitsbasilikum" und noch viele mehr.

„Schon interessant, diese magischen Gewürze, oder?", fragte Senia.

„Ja, schon. Man kann also einfach mit diesen Gewürzen kochen und so jemanden verzaubern?", erwiderte Luna. „Dann gibt es ja außer den Zaubersteinen noch ganz viele Möglichkeiten zu zaubern?"

„Ja, genau. Man kann nicht nur mit den Zaubersteinen, sondern auch mit magischen Kräutern, Gewürzen oder Pflanzen zaubern. Manche in Lewendia bevorzugen es, Zaubertränke zuzubereiten, andere verwenden lieber Rituale, Zaubersprüche oder verzauberte Gegenstände, aber nur sehr mächtige Zauberer wie zum Beispiel Erold oder Esmeralda können ohne ein Ritual oder Zauberspruch zaubern. Sie machen es einfach mit ihren Händen", entgegnete Senia. „Der Unterschied ist aber, dass die Magie der Steine viel stärker ist und vor allem ewig andauert. Ein Zauberstein verliert nie seine Magie, ein Zauberspruch aber schon."

Sie liefen noch einige Zeit weiter in der Innenstadt umher und besichtigten weitere Läden. Luna wollte in einen Parfümladen, in dem jedes Parfüm wie die Gewürze vorhin eine individuelle magische Wirkung hatte. Das Geschäft war größer als der Kräuterladen und war sehr grell beleuchtet. Die Böden waren hochglanzweiß, die vielen Regale pink und rosa und es standen darin ganz viele Parfümflaschen aus Glas, die in den verschiedensten Formen und Farben ausgestellt waren. An der Seite jedes Regals war eine kleine, durchsichtige Kiste mit Nägeln befestigt, in der kleine Papierstücke waren, mit denen man jedes Parfüm gratis testen konnte. Senia klatschte vor Begeisterung in die Hände. Sie sah aus wie ein Kind in einem Süßigkeitenladen.

„Kommt, lass uns die Parfüms ausprobieren!", schlug sie mit glühenden Wangen vor.

Sie stellte sich an ein Regal und nahm eine kleine, rautenförmige Flasche mit einer violetten Flüssigkeit heraus. Sie sprühte etwas aus der Flasche auf einen Probestreifen, den sie ohne Vorwarnung Luna vor die Nase hielt.

„Riech mal", sagte sie grinsend.

„Wofür ist das?", wollte Luna wissen, während sie den süßen Duft von Vanille wahrnahm, gemischt mit irgendwelchen Kräutern, von denen sie nur Minze ausmachen konnte. Im ersten Moment fühlte sie gar nichts, doch als Leon und Senia dann zu lachen anfingen, wurde sie misstrauisch.

„Was ist denn so lustig?"

„Guck mal dein Gesicht an!", gab Leon glucksend zurück.

Luna drehte sich zu dem Spiegel um, der an einem der Regale hing. Bei ihrem eigenen Anblick schnappte sie nach Luft. Ihre Nase war doppelt so groß und krumm, sie hatte mindestens drei riesige, haarige Warzen bekommen und ihre eitrigen Augen verschönerten den grässlichen Anblick nicht besonders.

„Oh mein Gott!", schrie sie auf und packte ihre Nase, „Was ist mit meinem Gesicht?!"

„Hexenvanille", säuselte Senia auf das Parfüm deutend. „Aber keine Sorge, die Wirkung verfliegt in zwei Minuten."

Leon prustete los. „Du siehst aus wie ein Warzenschwein!"

„Na warte", sagte Luna, schritt zu dem Regal und holte eine neongrüne Flüssigkeit in einer runden Flasche heraus.

Senia, die das Schildchen mit dem Namen schon gesehen hatte, riss ihre Augen auf. „O nein, nicht das, nicht das, nicht das!", flehte sie und hielt ihre Arme schützend vor das Gesicht, doch Luna schaffte es trotzdem, das Parfüm an ihre Wange zu sprühen. „Oh-oh", japste Senia und griff an ihren Kopf, der anfing, größer zu werden, als würde man ihn wie ein Ballon aufblasen.

Leon sah dem Spektakel mit offenem Mund zu und Luna stand daneben, die Flasche mit der Aufschrift „Dehnungsorchidee" in der Hand haltend. Leon sprang amüsiert auf und ab.

„Oh Mann LUNA!", lachte Senia und machte sich daran, aus dem Schrank noch andere Flaschen herauszusuchen, um Luna damit zu besprühen. Das motivierte Leon dazu, auch ein paar Parfüms auszuprobieren, und sprühte seine Schwester mit dem

„Erdbeerschrumpf-Duft" ein, wonach sie nach wenigen Sekunden nur noch bis zu seinen Knien reichte.

So neckten sie sich noch einige Zeit, bis die Ladenbesitzerin auf sie aufmerksam wurde und sie wütend aus dem Geschäft scheuchte, da sie die Kundschaft mit ihren Albernheiten störten. Als Entschuldigung dafür kaufte Senia das Schrumpfparfüm, aber das schien nicht sonderlich zu helfen.

„Verschwindet und lasst euch nie wieder blicken!", war das Letzte, was die wütende Frau, die so roch, als hätte sie jede Parfümflasche des Geschäfts über ihren Kopf gekippt, zu sagen hatte.

„Ups", machte Leon während Senia und Luna immer noch glucksten und schleunigst machten sich alle drei aus dem Staub.

„Wo sollen wir als Nächstes hin?", fragte Senia.

„Oh dahin, dahin!", antwortete Leon begeistert und deutete auf einen Tortenladen, der einen sehr teuren Eindruck machte. Leon starrte durch die Scheiben und ihm lief dabei das Wasser im Mund zusammen. „Kann man das auch gratis probieren?", fragte er, während sein Blick noch auf der Torte klebte.

Senia rief einen Mann herbei, der ihm ein Stück zum Probieren gab. Luna bemerkte dabei Senias unterschwelliges Grinsen und schlich unauffällig zu ihr hinüber.

„Und diese Torte ist ganz normal?", flüsterte sie ihr zu. „Pscht, es wird lustig, warte", sagte Senia.

„Bist du sicher, dass du das essen willst?", fragte Luna ihren Bruder trotzdem und Senia versuchte, einen Lachanfall zurückzuhalten.

„Ja klar, wieso denn nicht?", antwortete er völlig bedenkenlos.

Luna zuckte mit den Schultern. Ihr Bruder hatte schon einen riesigen Happen genommen. Senia schwieg. Jetzt sah Luna am Regal, wie die Torte hieß: „Schwitzige Schokotorte". Luna drehte den Kopf zu Senia, die den Zeigefinger auf die Lippen legte. Nachdem Leon die Torte gegessen hatte, sahen sie sich noch ein wenig um und verließen dann das Geschäft. Als sie auf den belebten Straßen der Innenstadt schlenderten, fing Leon plötzlich an, sich zu beklagen.

„Warum ist es hier auf einmal so heiß?" Er wischte sich keuchend den Schweiß von der Stirn. „Ich brauche sofort ein Glas Wasser!"

Luna und Senia lachten leise. Leon hechelte und wischte sich alle zwei Sekunden die Stirn, da sein Körper wie am Fließband Schweiß produzierte.

„Ich kann nicht mehr, ich brauche sofort einen Pool! Seit wann steht die Sonne eigentlich so hoch?"

Die Mädchen prusteten los.

„Was ist los, warum lacht ihr?", bemerkte Leon ihr Verhalten.

„Ach nichts", sagte Luna. „Aber mir ist nicht warm, dir, Senia?"

„Nein, überhaupt nicht, es ist gerade schön angenehm", antwortete sie.

„Ihr wisst doch etwas!", sagte Leon entrüstet und verschränkte die Arme vor der Brust.

„Vielleicht hatte es ja was mit der Torte zu tun", überlegte Luna.

„Ja, kann sein. Etwas mit der *Schwitzigen Schokotorte*", zog Senia ihn auf.

Leon machte ein wütendes Gesicht.

„Ich hätte es wissen sollen! Warum sollte ein Stück Schokotorte auch umsonst sein!"

Nach der Aktion hatten sich die Geschwister an Lewendia gewöhnt und bummelten wie bei einem Schulausflug umher. Sie hatten so viel Spaß, dass sie ganz vergaßen, warum sie überhaupt hier waren. Als Nächstes gingen die drei in ein Geschäft, das allerlei magische Gegenstände und anderen Krimskrams verkaufte. Das Innere war sehr dunkel, da es nur spärliche Beleuchtung gab. Die Wände bestanden aus sehr dunklem Holz und die Regale waren dunkelgrün angestrichen. Luna ließ ihren Blick über die vielen interessanten Gegenstände schweifen, an denen ein kleines Stück Papier gebunden war, der den Namen des Artikels verriet. Lunas Blick blieb an den *animierenden Armbändern*, silberne Schmuckstücke, neben denen eine kleine Tube mit Anhängern stand, haften. Auf jedem der Anhänger war ein Buchstabe. Luna bildete das Wort *Regen* und hängte die Buchstaben an das Armband. Als sie es dann an ihr Handgelenk band, bildete sich über ihrer Hand eine klitzekleine Wolke, aus der winzige Regentropfen kamen. Das Wasser kitzelte Lunas Handfläche.

„Das ist ja süß", sagte Luna und staunte über das kleine Spektakel.

„Ja, oder?" Senia kam neben sie und sah das Regal entlang. „Hier, das ist auch toll", meinte sie und zeigte Luna einen Gegenstand namens *ortendes Okular*. Es sah aus wie ein kurz geratenes Fernrohr, das mit durchsichtigen, bunten Glasperlen geschmückt war, welche zusammen ein Mosaik bildeten. „Denk mal an irgendeine Person", forderte Senia sie auf, „Du musst sie dir aber ganz fest vorstellen, sonst funktioniert es nicht."

Luna dachte an ihre Mutter.

„Und jetzt, guck mal rein", meinte Senia.

Luna nahm das Okular in die Hand und schaute hindurch. Zu ihrem Erstaunen sah sie, wie ihre Mutter gerade in dem Hotel in Norwegen frühstückte.

„Wow, das ist so echt!", kommentierte Luna fröhlich. „Ich sehe meine Mutter ganz genau vor mir, als würde sie jetzt hier stehen!"

Senia lachte. „Das ist halt Magie! Aber sei damit nicht zu verschwenderisch, es funktioniert nur zehnmal."

Nach einer Minute verblasste das Bild wieder und Luna sah durch die Linse nur noch Senias lächelndes Gesicht vor sich. Senia wandte sich von ihr ab und sprach eine vorbeigehende ältere Frau, die gerade einem Kunden geholfen hatte, an. „Entschuldigung, wie viel kostet dieser Gegenstand hier?"

„15 Lysmen", antwortete die Frau. „Das ist eines unserer beliebtesten Artikel, willst du es kaufen?"

Senia nickte. „Ja, bitte", gab sie zurück und die Frau verpackte das Okular in braunes Papier. Das tat sie dann in eine Umhängetasche aus weißem Stoff. Senia bezahlte mit schwarzen und ovalförmigen Metallplatten, bedankte sich und drückte die kleine Tasche dann Luna in die Hand.

„Für mich?", erwiderte Luna überrascht. „Das wäre gar nicht nötig gewesen."

„Ach was, das ist nur ein kleines Geschenk meinerseits, aber zeig es niemand anderem auf der Erde, die Magie muss geheim bleiben", wendete Senia ein. Luna lächelte.

„Versprochen. Danke, Senia." Ihr erster Eindruck war richtig gewesen. Senia war tatsächlich niemand, der einem schaden könnte. Ganz im Gegenteil, sie war sogar sehr nett. Wer weiß, wenn sie sich unter anderen Umständen getroffen hätten, wären sie vielleicht sogar Freundinnen geworden?

In dem Moment kam ein leises Klingeln aus Senias Tasche. Sie kramte sofort ihre Kristallkugel hervor, auf der das Gesicht von Sir Andrew erschienen war, als würden sie ihn durch die Linse einer Kamera sehen.

„Die Herrin ist soeben aufgewacht, Fräulein", teilte er ihr mit.

Senia nickte hektisch und packte ihre Kugel schnell weg. „Wir müssen sofort los!", meinte sie.

Luna sah sich nach ihrem Bruder um, der sich gerade über einen Artikel namens *singende Sanduhr* hermachte und packte seinen Arm. „Esmeralda ist aufgewacht, Leon", verkündete Luna und Leon legte die Sanduhr, welche gerade einen schrillen Operngesang abspielte, weg.

Senia leitete sie aus dem Laden heraus und führte sie die menschengefüllten Straßen entlang. Gemeinsam sprinteten sie zum Stammhaus, in der Hoffnung, dass Esmeralda Neilon aus Lunas Handgelenk herausholen und alles wieder normal werden würde.

Keiner konnte das erraten, was als nächstes geschehen würde.

ESMERALDAS VISION

Als die drei ankamen, trudelten auch schon andere Familienmitglieder von Senia ein, um Esmeralda zu sehen.

„Senia?!", schrie ein langhaariges Mädchen, welche gravierende Ähnlichkeiten mit Senia hatte, als sie die Drei sah. „Du bist zurück, hast du die Steine? Und wer sind diese Leute?"

„Ich werde alles später erklären, aber jetzt muss ich schnell zu Oma!", japste Senia und hastete mit den Geschwistern im Schlepptau an dem Mädchen vorbei und stürmte ins Haus hinein. Die Menge blieb verdutzt vor der Villa stehen und blickte ihnen nach.

Luna, Leon und Senia stiegen im Eiltempo die Treppe hoch und blieben vor der letzten Tür des Flures stehen. Senia öffnete sie und sie sahen eine Frau auf einem großen Bett mit gold verzierten Kanten liegen. Senia huschte sofort ans Bett.

„Oma! Ich habe die Steine!", begann sie, holte das Tuch mit Qualin aus ihrer Tasche und wedelte damit aufgeregt vor dem Gesicht ihrer Großmutter. „Hier ist Qualin, aber es ist etwas sehr Komisches passiert. Das ist Luna, Penelopes Enkelin und Neilon steckt in ihrem Arm. Sie hat mich gesehen, als ich Neilon holen wollte und dann..."

Esmeralda tätschelte Senias Hand. „Ich weiß, Senia."

Ihre Enkeltochter verstummte.

„Wie ... wie meinst du das?"

„Sir Andrew, würden Sie uns kurz entschuldigen?", bat die Herrin ihren Butler, der kerzengerade neben der Tür stand. „Und sagen Sie bitte auch den anderen, dass sie vorerst draußen warten sollen?"

„Natürlich, Herrin", erwiderte er und ging hinaus. Nun waren sie allein im stillen Zimmer.

„Ich wusste von Anfang an, dass das passieren würde", gestand Esmeralda. „Dass du in Penelopes Haus auf ihre Enkel treffen würdest und auch, dass diese dich sehen würden. Ich habe es unter der Wirkung des Zaubertranks gesehen."

Senia konnte es nicht glauben. Ihre Großmutter hatte gewusst, dass sie an der Mission scheitern würde?! Warum hatte sie denn gelogen? „Aber ich verstehe das nicht, warum hast du nicht die Wahrheit gesagt? Dann wäre ich ein anderes Mal gegangen und nicht erwischt worden und Neilon würde jetzt nicht in Lunas Arm sein...“

„Nein, es musste so kommen“, sagte Esmeralda. „Dass du von Penelopes Enkeln gesehen wirst und sie hierher bringst, war geplant, all das war haargenau so vorgesehen. Deswegen durfte Penelope dich auch nicht sehen. Ich habe es dir nicht gesagt, weil es sonst nicht passiert wäre.“

Senia sagte nichts, weil sie darauf nichts erwidern konnte. Esmeralda jedoch richtete ihren Blick auf Luna. Ein Kribbeln durchlief Lunas Körper, denn sie konnte ahnen, was das bedeutete. Wenn all das vorausgesehen war, dann hatte es auch einen Sinn. Und der bestand garantiert nicht darin, dass Esmeralda sie jetzt von Neilon befreite und sie nach Hause zurückkehren konnten.

„Das ist ja alles sehr interessant, aber können wir bitte zur Sache kommen? Senia hat uns hierher verschleppt, damit Neilon aus Lunas Arm herauskommt. Dann ist Luna frei und sie haben ihren geliebten Zauberstein“, schritt Leon ein. „Und wir haben auch nicht mehr viel Zeit. In knapp einer Stunde schließt sich das Tor zur Erde.“

„Ich kann dein Bedürfnis verstehen. Du willst zu deinem Zuhause zurück, in Sicherheit. Es tut mir leid, dass es nicht so kommen kann“, sagte Esmeralda mit brüchiger Stimme.

„Wie? Was meinen Sie mit, *dass es nicht so kommen kann?*“ In Leons Stimme lag eine Mischung aus Verwirrung und Wut.

„Oma, ich habe es ihnen versprochen. Du musst einen Zauber machen, damit wir Neilon bekommen“, stimmte auch Senia ein.

„Kinder, hört mir zu“, verlangte Esmeralda. „Ich habe in letzter Zeit sehr viele Zaubertränke gebraut, die mir zeigen sollten, was gegen Erold zu tun ist. Schon diese Zaubertränke haben mir Ausschnitte gezeigt, mit denen ich zum Entschluss gekommen bin, dass es neue Meister geben wird. Doch was dieses Bild mir zeigte, hat mich besorgt. Ich konnte es nicht glauben, vielleicht auch nicht wahrhaben. Aus dieser Besorgnis heraus habe ich mich in einen Visionsschlaf versetzt, um die Situation klarer zu erkennen." Dann legte Esmeralda eine Kunstpause ein und ließ ihren Blick über die drei schweifen.

„Senia und Luna", sagte sie. „Ihr seid beide Meisterinnen. Die neuen Meister sind die Enkel der ehemaligen."

Eine Sekunde lang sagte niemand etwas. Luna und Senia blickten sich an, als würden sie erwarten, dass die andere sagt, dass sie etwas falsch verstanden hatte. Leon schaute zu seiner Schwester und zeigte Esmeralda einen Vogel.

„Nein, ich spinne nicht, Leon", widerlegte Esmeralda seine Handbewegung, woraufhin er erschrocken den Kopf zu ihr reckte.

„Woher kennen Sie meinen Namen?"

„In meiner Vision habe ich alles erfahren", antwortete die Herrin. „So schwer es auch zu glauben ist, die Steine haben euch zwei und noch zwei andere Mädchen namens Madeleine, Jeldriks Enkelin, und Roxanne, die Nachfolgerin von Erold, auserwählt. Deshalb habe ich genau *dich* exakt zu dieser Zeit auf die Mission geschickt, Senia. Ich wusste, dass Penelopes Enkel kommen und dass du gesehen werden würdest. Deshalb steckt Neilon auch in Lunas Arm: weil er dorthin gehört. Luna hat in eurer Konfrontation den Stein so lange in der Hand gehalten, dass das Ritual durchgeführt wurde. Sie ist jetzt offiziell Meisterin und du wirst es auch sein."

Senia und die Geschwister waren baff. Was sagte Esmeralda da?! Das konnte doch nicht sein?! Doch bevor einer der drei irgendetwas hervorbringen konnte, ergriff Esmeralda wieder das Wort.

„Ich weiß, dass es sehr plötzlich kommt und euch unmöglich scheint, einen so mächtigen Zauberer wie Erold zu stoppen; ich hatte anfangs genau die gleichen Gedanken wie ihr. Aber nach der Vision ist mir klar geworden, dass es keinen Ausweg gibt. Die Steine haben *euch* ausgewählt und *ihr* müsst Erold stoppen. Mit den Zaubersteinen, die nun euch gehören", führte sie aus. „Findet die restlichen Zaubersteine, bringt sie zu den neuen Meistern und vereint eure Kräfte gegen Erold. Nur so könnt ihr ihn aufhalten. Aber beeilt euch, denn Erold ist auch hinter den Steinen her. Wenn er sie vor euch kriegt, wird er sich mit seinem Ritual zum Meister aller vier Steine machen."

„Aber das geht nicht!", protestierte Leon brüllend. „Sie müssen den Stein aus Lunas Handgelenk herausholen und dann müssen wir nach Hause! Nur deshalb sind wir in *euer* Land gekommen, damit Luna freikommt!" Er war außer sich. Sie kannten diese Frau noch nicht einmal und jetzt bestand sie darauf, dass seine Schwester ihre Welt rettete!

„Hören Sie", meldete sich Luna und versuchte dabei, ruhiger zu sein als ihr Bruder, aber das Beben in ihrer Stimme war merklich zu hören. „Wir gehören nicht hierher. Wir sind von der Erde und ich bin nicht dafür geeignet, eine Meisterin zu sein. Wie soll ein vierzehnjähriges Mädchen, das erst seit ein paar Stunden weiß, dass es Magie überhaupt gibt, euch helfen können, wenn nicht einmal *Sie* es vor Jahren schaffen konnten? Und Sie sagen selbst, dass Erold mächtig und gefährlich ist. Sie müssen Neilon herausnehmen und sich jemand anderen suchen, der das auch wirklich schaffen kann."

Esmeralda seufzte. „Kinder, das geht nicht", legte sie fest. „Man kann sich dem Willen der Steine nicht widersetzen. Das weiß ich aus eigener Erfahrung." Esmeralda deutete auf ihre stockdünnen, kohlefarbenen Arme.

„Luna wurde dem Ritual unterzogen und Neilon gehört jetzt ihr, bis er sich für jemand anderen entscheidet und sich eigenmächtig von ihr löst. Wenn der Stein einmal in ihrem Handgelenk ist, kann man dies nicht mehr rückgängig machen und ihn nicht herausholen. Dies ist nur mit einem sehr mächtigen, schwarzen Zauber möglich, den Jeldrik im Krieg gegen Erold angewandt hat. Er selbst hat diesen Enteignungszauber nicht überlebt und Erold hat viele Jahre damit verbracht, sich von ihm zu erholen. Euch würde der Zauber womöglich töten."

Senia schnappte nach Luft.

„Oma...", setzte sie an, aber sie wusste nicht, was sie sagen sollte. Die Herrin hatte sich angehört, als stünde alles schon fest. Schon *bevor* sie die Geschwister getroffen hatte.

„Was soll das heißen... töten", stammelte Luna. „Ich... Wir müssen..."

„Das geht nicht! Luna kann nicht hierbleiben und schon gar nicht gegen diesen Erold kämpfen!", schrie Leon Esmeralda an. Niemand sagte etwas. Leon wandte sich seiner Schwester zu.

„Luna, das können wir doch nicht so hinnehmen?! Wenn die uns nicht helfen wollen, dann gehen wir halt mit diesem Stein nach Hause, was soll's!" Luna gab keine Reaktion. Sie schien immer noch damit beschäftigt zu sein, all das zu verarbeiten, und dachte nebenbei nach.

„Tun Sie doch etwas! Bringen Sie uns nach Hause!", klagte Leon wild gestikulierend.

Esmeralda senkte den Kopf.

„Oma, mein Versprechen", flüsterte Senia bedrückt. „Sie haben mir vertraut."

Esmeralda nahm ihre Hand. Genau in dem Moment kam Sir Andrew schlagartig hereingeplatzt. Er keuchte und jegliche Farbe war ihm aus dem Gesicht gewichen.

„Herrin", sagte er, bevor seine Stimme versagte. Schweißperlen hatten sich auf seiner Stirn gebildet.

„Was ist los, Sir Andrew?", fragte Esmeralda. „Sprechen Sie!"

„Die Stadt wird angegriffen. Es sind Erolds Kämpfer, mehrere", meldete er. „Sie sind bewaffnet und schießen auf die Bürger." Alle vier rissen ihre Augen auf. Esmeralda drückte Senias Hand.

„Hört mir zu, ihr drei, wir haben keine Zeit mehr. Senia und Luna, ihr seid auserwählt worden und jetzt gibt es kein Zurück mehr. Erold muss aufgehalten werden und ihr seid die Einzigen, die das können. Ihr müsst euch sofort auf den Weg machen! LOS!"

Senia und die Geschwister sahen sich gegenseitig an. Da ertönte ein ohrenbetäubender Schuss, der das Fenster von Esmeraldas Zimmer durchlöcherte und nur um Zentimeter Lunas Gesicht verfehlte.

„Ihr müsst sofort von hier weg!", rief Esmeralda. Dann kam noch ein Schuss auf das Haus und alle fünf zogen die Köpfe ein. Esmeralda wirbelte umher und holte neben ihrem Bett einen gefüllten Rucksack hervor.

„Den habe ich vor meinem Visionsschlaf für euch gepackt, weil ich geahnt habe, dass ihr gehen müsst." Sie drückte den Rucksack Senia in die Hand. „Sir Andrew, sorgen Sie dafür, dass sie sicher aus der Stadt herauskommen, ganz Lewendia hängt davon ab." Sir Andrew nickte hektisch und machte eine Handbewegung, damit die drei ihm folgten. Diese wussten nichts anderes zu tun und rannten mit dem Butler zur Tür hinaus. Außerhalb des Zimmers herrschte ein riesiger Tumult. Senias komplette Familie hetzte panisch umher.

„SENIA!", schrie das Mädchen von vorhin, als sie sie erblickte. Doch sie wurde von einem weiteren Schuss unterbrochen, auf dem heilloses Geschrei der ganzen Familie folgte.

„ERGEBEN SIE SICH AUF DER STELLE ODER WIR WERDEN SIE GEWALTSAM HOLEN!", brüllte eine tiefe Stimme von draußen. Luna, Senia, Leon und Sir Andrew hetzten geduckt die Treppe herunter, als Senia einen Blick auf ihre Mutter erhaschte, welche hinter das Sofa gekrochen war.

„Senia, was ist hier los? Wo gehst du hin?", fragte Senias Mutter besorgt.

„Oma hat gesagt, dass ich Meisterin bin! Ich soll Erold aufhalten", fasste Senia zusammen. Sir Andrew hatte sie schon zur Hintertür geführt, die an der linken Seite des Hauses, die noch nicht von Erolds Männern umzingelt war, herausführte.

„Ich erkläre dir später alles, aber jetzt muss ich los. Mach dir keine Sorgen um mich", rief Senia noch hinterher, ehe sie mit den anderen nach draußen rannte. Sobald sie aus der Villa getreten waren, hörten sie Bürger erschrocken rufen und wegrennen. Sir Andrew sprach zu den zwei mit Speeren bewaffneten Wachposten vor dem Ausgang, die sie dann auf die Straße geleiteten. Von der linken Seite der Villa aus konnten sie einen Seitenblick auf den Haupteingang erhaschen. Vier in schwarz gekleidete Männer, die jeweils auf einem Ross saßen und eine Armbrust bei sich hatten, standen dort. Immer wieder schossen sie als Warnung in den Himmel, oder direkt auf das Zimmer.

„UNSERE GEDULD GEHT LANGSAM ZU ENDE!", schrie der Vorderste. „KOMMEN SIE HERAUS ODER WIR HOLEN SIE!"

Die Passanten entfernten sich hysterisch kreischend vom Haus. Währenddessen wurden Leon, Luna und Senia von den zwei Wachen vor dem Ausgang angewiesen, weiterzulaufen. Verschreckt liefen sie mit, während die Wachen ihren Rücken deckten. Senia jedoch drehte sich ständig zu der Villa um und wollte zurückkehren.

„Ich kann nicht einfach so verschwinden!", stammelte sie. „Sie greifen mein Zuhause an!"

Die Wache hörte nicht auf sie und schubste sie und die Geschwister weiter. Sie standen schon auf der Straße, ein paar Meter von dem Geschehen entfernt. „Bitte, lasst mich los!", rief Senia und versuchte, sich aus dem Griff der Wachen loszureißen, aber sie schaffte es nicht.

„Nein! Was wird aus Oma?"

„Ihr müsst aus der Stadt heraus. Das ist der Befehl der Herrin", gab die Wache an und ließ sie nicht gehen. Duckend entfernten sie sich von dort und bogen in eine Seitenstraße. Überall waren Erolds Kämpfer und drängten jeden zurück, der sich ihnen in den Weg stellte. Es herrschte pures Chaos.

Mit rasenden Herzen wurden Senia und die Geschwister von den zwei gerüsteten Wachen immer weiter in die Stadt geführt. Gerade, als sie noch einmal abbiegen wollten, stolperte Leon, weil so viel gedrängelt wurde. Als er sich aufrichtete, fiel sein Blick auf den Wald neben Melna, der sich zwischen den Häusern zeigte. Zufälligerweise sah er den Hang, über den Senia sie in die Stadt geführt hatte. Da fiel ihm alles wieder ein, als hätte jemand einen kalten Wassereimer über seinen Kopf ausgekippt.

„LUNA!", brüllte er, damit seine Stimme über das Geschrei hinweg zu seiner Schwester durchdrang. Leon zerrte sie am Arm.

„Was ist?!", fragte sie verwirrt.

„Luna, wir können nicht weg! Wir müssen doch nach Hause! Das Portal schließt sich!", schrie er und Luna entsann sich ebenfalls. Leon drehte sich um, weil er in die entgegengesetzte Richtung, zum Portal, rennen wollte. Dort stand jedoch einer der Eindringlinge, der gerade Spaß daran zu haben schien, eine Gruppe von Bürgern in eine Ecke zu drängen. Luna hielt ihren

Bruder auf und zog ihn zu sich, bevor er mitten in den Angreifer hineinrannte.

„Was machst du?!", zeterte Leon. „Das Portal schließt sich!"

„Leon, siehst du nicht die Kämpfer?", entgegnete Luna. „Wenn wir dahingehen, sterben wir und kommen gar nicht mehr nach Hause!"

„Aber das Portal ist in dieser Richtung. Es schließt sich doch bald! Dann bleiben wir hier für was weiß ich wie lange!", schrie Leon panisch. Sein Geschrei machte den Mann vor ihnen auf sie aufmerksam.

„Was macht ihr denn da?", sagte er und ging mit gehobenem Schwert auf sie zu. „Niemand entkommt, ehe Esmeralda nicht bei uns ist!"

Die beiden Melnawachen stellten sich schützend vor die drei. „Rennt!", befahl einer von ihnen und fing an, mit dem Mann zu kämpfen. Senia und die Geschwister waren für eine Sekunde wie erstarrt, ehe sie alle zu rennen anfingen. Die Rückkehr war sinnlos. Stehenbleiben konnten sie auch nicht, da der Angreifer eine Schusswaffe hatte und eindeutig stärker war als die beiden Melnawachen.

„Wo gehen wir eigentlich hin?", fragte Luna atemlos, als sie schon so weit geflüchtet waren, dass die Geräusche hinter ihnen abnahmen.

„In den Fabelwald", keuchte Senia, während ihre kurzen Haare ihr beim Rennen ins Gesicht peitschten. „Er grenzt direkt an Melna und da können sie uns nicht finden."

Als sie glaubten, sie seien in Sicherheit, wurde der Tumult in der Stadt schlagartig größer. Mehrere Schüsse folgten aufeinander und die Menge kreischte.

„DIE HERRIN!", brüllten alle so laut, dass es durch ganz Melna hallte. Senia bremste abrupt und sah hinter sich.

„Sie haben meine Oma, sie bringen sie weg!", schrie sie aufgelöst.

„Du kannst nichts mehr für sie tun, Senia!", meinte Luna und rüttelte ihren Arm.

„Komm jetzt, Senia!", brüllte Leon.

Senia rannte endlich weiter. Nach ein paar Minuten sahen sie einen dichten Wald mit hohen Bäumen. Das musste der Fabelwald sein. Alle drei stürmten mitten hinein, bis sie schließlich stehenblieben. Luna atmete schwer. Senia setzte sich zu Boden, um sich auszuruhen, und Leon keuchte ebenfalls. Nachdem sie eine Weile verschnauft hatten, ergriff Luna das Wort.

„Was machen wir jetzt?" Ratlos blickten Leon und Senia in ihr Gesicht.

„Zurück können wir nicht, es ist zu gefährlich", meinte Senia. „Die Kämpfer sind immer noch da."

Leon wirbelte herum. „Aber das Portal!", wandte er ein. Er hatte nicht die Absicht, noch eine Sekunde länger in Lewendia zu bleiben.

Luna blickte auf ihren Arm. Der schimmernde Zauberstein ruhte friedlich in ihrem Handgelenk. Dann sah Luna zu Senia, die niedergeschlagen auf dem Boden saß. Luna musste daran denken, wie sie sich an ihrer Stelle gefühlt hätte.

„Wir müssen das machen, was Esmeralda gesagt hat", kündigte Luna nach einem Moment Stille an.

Senia hob ihren Kopf.

„Was?!", schrie Leon, „Spinnst du?! Erst willst du mit Senia nach Lewendia und jetzt sollen wir hierbleiben und gegen diesen Erold kämpfen? Erold ist ein Schurke aus Lewendia. Die Leute hier sollen sich um ihn kümmern, nicht wir von einer anderen Welt! Wir haben nichts mit alledem zu tun! Das ist nicht unsere Sache!"

„Doch, ist es", unterbrach ihn Luna. „Oma kam auch aus Lewendia und ich bin ihre Nachfolgerin. Neilon kommt nicht aus meinem Arm heraus, ob ich es will oder nicht. Wenn ich nach Hause gehe, nehme ich eine der stärksten Waffen dieser Welt mit, die man gegen Erold einsetzen könnte, und Menschen werden meinetwegen sterben. Oder ich mache das, was von mir verlangt wird und nutze diesen Zauberstein, anstatt ihn in meinem Handgelenk verrotten zu lassen."

Leon drehte sich weg und guckte finster drein. Was ihn so zornig machte, war, dass er nichts auf Lunas Argumente erwidern konnte. Denn sie hatte recht. Sie konnte nicht einfach nach Hause gehen und eine komplette Welt im Stich lassen, wenn jeder auf sie zählte. Luna legte einen Arm auf die Schulter ihres Bruders.

„Komm schon, Leon", bat sie. „Wir können nicht einfach verschwinden. Lass uns das hier so schnell wie möglich beenden und dann gehen wir zurück."

Leon sah seine Schwester an. „Du weißt, wie gefährlich das ist und wie viel Sorgen sich Oma und auch Mama und Papa machen werden, oder?"

Luna nickte.

„Was sollen wir denn sonst tun?"

Leon zuckte mit den Schultern.

„Na schön", akzeptierte er schließlich und sah in die Runde. „Und wie machen wir das?"

Senia kramte das Tuch mit Qualin aus ihrer Umhängetasche. „Vielleicht sollten wir damit anfangen, dass ich auch offiziell Meisterin werde."

Senia packte Qualin aus und hielt ihn fest, ohne sich davor zu scheuen, dass der Stein sich rasant erwärmte. Qualin fing zu glühen und zu leuchten an, so wie es vor ein paar Stunden mit Neilon passiert war. Nach ein paar Sekunden wurde ein kleiner Teil des Waldes von Licht durchflutet. Als das Licht erlosch, war es vollendet: Qualin war nun in Senias linkem Unterarm.

„O Mann", machte Leon, weil er keine anderen Worte fand.

Plötzlich vibrierte der Rucksack auf Senias Rücken, den Esmeralda ihr gegeben hatte. Erschrocken warf sie ihn zu Boden, alle taten einen Schritt zurück. Die Laschen des Rucksacks platzten auf und es kam etwas schimmernd Blaues in der Größe von Lunas Kopf herausgeflogen. Es hatte große, blaue Augen, einen ovalförmigen Körper und einen runden Kopf, jedoch nur kurze Ärmchen und keine Beine oder Flügel. Da es gerade lächelte, konnte Luna sehen, dass sie winzige spitze Zähne im Mund hatte.

„Femy!", sagte Senia erfreut und ging auf das blauäugige Geschöpf zu.

„Ist das dein Haustier?", vermutete Luna.

„Femy ist ein Lichtgeist. In meiner Kindheit habe ich immer mit ihr gespielt", informierte Senia.

„Lichtgeist?", wunderte sich Leon, weil man es anfassen und sein buschiges Fell streicheln konnte.

„Ja, ihre Tierart heißt so, weil sie im Dunkeln leuchten", klärte Senia auf und wandte sich der Tasche zu.

„Sie muss die ganze Zeit über hier geschlafen haben. Bestimmt hat Oma noch andere nützliche Sachen in den Rucksack getan." Senia machte sich über den Rucksack her und kramte noch allerlei andere Sachen heraus: ein Haufen Äpfel als Proviant, ein Beutel voller schwarzer und silberner Münzen, Decken, Dolche, Schwerter, ein paar Tonbehälter und eine Karte von Lewendia. Esmeralda hatte an alles gedacht. „Sag mal, wie passt das ganze Zeug überhaupt da rein?", wunderte sich Leon.

„Und wie konntest du ihn die ganze Zeit mit dir tragen?", schob Luna hinterher, der Rucksack müsste ja äußerst schwer gewesen sein.

„Ach, meine Oma hat den Rucksack bestimmt mit ein paar Zaubern belegt", antwortete Senia, als wäre es das normalste auf der Welt. „Das ist bestimmt ein Raumzauber in Kombi mit einem Gewichtszauber. Den wendet sie auch immer an dem Rucksack von Personen an, die jagen gehen." Senia faltete die Karte aus und zeigte sie den Geschwistern.

„Das ist also Lewendia", stellte Luna überwältigt fest.

„Sieht eher aus wie ein Land als eine Welt", kommentierte Leon.

Senia nickte. „Stimmt auch. Vorher war Lewendia mal eine komplette Welt, aber vor Jahrhunderten wurde es durch einen Zauber geschrumpft. Teile ganzer Länder verschwanden oder wurden auf magische Weise verkleinert, sodass die Klimazonen nun viel näher beieinander liegen."

Luna und Leon staunten immer wieder darüber, was sie über diese Welt erfuhren.

„Die Frage ist: Wo könnten sich denn die Steine befinden? Mexus und Astra?", überlegte Luna, während sie das Land auf der Karte betrachtete.

Senia beugte sich näher über das Pergament. „Jeldrik war der ehemalige Meister von Astra", erinnerte Senia. „Weiter weg von hier, außerhalb vom Fabelwald befindet sich Jeldriks altes Haus. Vielleicht finden wir da einen Hinweis, wo er Astra versteckt hat."

Das klang nach einer guten Idee, fand Luna. Außerdem war es die Einzige, die sie hatten. Also entschlossen sie sich dazu, sich auf den Weg zu Jeldriks Haus zu machen. Senia packte alles wieder in den Rucksack und rief Femy, die zwischen den Bäumen spielte, zu sich, wo sie über Senias Schulter in der Luft schwebte. Die Mädchen gingen schon los, doch Leon hatte noch etwas einzuwenden.

„Bis zu Jeldriks Haus ist es doch bestimmt ein ewig langer Weg. Kann uns Luna nicht mit Neilon hin teleportieren?", wollte er wissen.

„Ähm, ich weiß nicht, ob ich das kann", antwortete Luna. Sie hatte Neilon noch nie ausprobiert.

„Das sollten wir lieber nicht tun", warnte Senia. „Luna ist gerade erst Meisterin geworden und sie kennt sich überhaupt nicht mit Magie aus. Wenn sie versucht, uns zu teleportieren, kann das schlimm enden. Einer von uns könnte zurückbleiben oder einzelne Körperteile von uns. Oder sie könnte uns irgendwo hinbringen, wo es gefährlich ist und wir überhaupt nicht hinwollen."

„Heißt das, ich brauche noch Übung?", fragte Luna.

Senia nickte. „Wir brauchen beide noch Übung. Und vor allem müssen wir unser volles Potenzial noch erreichen. Das geht aber nur, wenn die Meister ihre Kräfte vereinen. Bis dahin solltest du lieber keine Menschen teleportieren."

Luna konnte sich zwar nicht vorstellen, wie sie eines Tages in der Lage sein sollte, Gegenstände oder gar Menschen von einem Ort zum andern zu bringen, doch das gehört wohl dazu, wenn man sich spontan dazu entschied, eine fremde Welt zu retten. Und das mit ihrem zehnjährigen Bruder, einem gleichaltrigen, schüchternen Mädchen und einem fliegenden Fabelwesen.

DER AUFTRAG IHRES LEBENS

Roxanne hatte den ganzen Tag die üblichen Arbeiten zum Überleben im Wald erledigt und geduldig gewartet, denn Erold war tagsüber nie zu sprechen. Als die Dämmerung anbrach, nahm sie ihren Rucksack und ihren Dolch mit und zog los. Wütender denn je preschte sie durch das Gebüsch und schließlich durch die Straßen von Duras, bis sie an der gewaltigen, aus schwarzen Backsteinen gebauten Burg ankam. Das Gebäude war sehr hoch und Fackeln mit brennendem Licht reihten sich entlang. Das von zwei gerüsteten Männern bewachte Holztor war riesengroß und wie nahezu alles in Duras schwarz. Roxanne marschierte schnurstracks darauf zu.

„Es ist nicht Mittwoch. Du darfst hier nicht einfach so ohne die Erlaubnis des Herren hinein", hielt einer der Wachen sie ab. Roxanne funkelte ihn an und schlug seinen Arm weg.

„Ich bin Erolds Enkelin", sagte sie in einem drohenden Tonfall. „Was ich darf, habt ihr nicht zu entscheiden. Macht das Tor auf!"

Die Wachen sahen einander schulterzuckend an. Roxanne kochte vor Wut und die beiden hatten wahrhaftig nicht die Lust dazu, weiterhin von ihr angeschrien oder sogar angegriffen zu werden (was sie schon einmal getan hatte). Also ließen sie sie rein.

Die Burg war eiskalt und dunkel, da nur ein paar einzelne Fackeln die kahlen Wände zierten und ihr Licht auf den schwarzen Steinboden warfen. Roxanne kannte sich in der Burg aus wie in ihrer eigenen Manteltasche. Zielsicher ging sie zu Erolds Thronsaal, wo er sich die meiste Zeit befand. Als sie ankam, stellte sie sich kerzengerade vor die beiden Wächter. „Ich muss sofort mit Erold sprechen", verlangte sie.

„Der Herr ist gerade beschäftigt", meinte der Linke.

„Lügt mich nicht an!", keifte Roxanne.

„Der Herr ist in einem wichtigen Gespräch und kann niemand anderen sprechen", offenbarte der Rechte, bereute aber auf der Stelle, das Wort *Gespräch* erwähnt zu haben, und bekam dafür einen mahnenden Blick von seinem Kollegen.

„Mit wem spricht er?", bohrte Roxanne nach. Hier war eindeutig etwas am Laufen.

„Weitere Informationen dürfen wir nicht geben", verkündete der andere ernst.

Roxanne machte einen Schritt auf die beiden Männer zu und zückte ihren Dolch, den sie in ihre Richtung hielt. „SAGT ES MIR SOFORT!"

Die Wachen schwiegen. Ohne die Erlaubnis ihres Herrn wollten sie nichts preisgeben. Roxanne stampfte auf den Boden. Sie hob ihren Dolch sichtbar für beide Wachen in die Höhe. Beide Wächter wussten, dass sie dazu imstande war, sie ernsthaft zu verletzen.

„Die Herrin von Melna wurde hergebracht", gab der Linke schließlich nach. „Sie befindet sich gerade im Thronsaal."

Roxanne senkte ihren Dolch und trat einen Schritt zurück. Die Gerüchte unter den Bürgern stimmten also. Erold hatte den Plan ohne sie ausgeführt. Sie musste bei diesem Gespräch auf jeden Fall mithören. Wortlos drehte sie den Kopf weg und ließ die Wachen hinter sich. Sie kannte eine Stelle in der Burg, an der sich ein Fenster zum Thronsaal befand. Wenn sie geschickt handelte, würde sie mit dessen Hilfe ein paar Worte erhaschen können. Am Fenster, vor dem schwarze Gitterstäbe waren, angekommen, stellte sie ihren Rucksack auf den Boden, den sie als Hocker nutze. Sie war nun hoch genug, um ihr Ohr an das Gitter lehnen zu können und hörte zwei Stimmen, die miteinander diskutierten. Roxanne vernahm nur leise und undeutliche Fetzen des Gesprächs, doch sie konnte beide verstehen. Die tiefe und raue Stimme gehörte ihrem Großvater, daher ordnete sie die weiche und brüchige Stimme Esmeralda zu.

„Es ist wahr, Erold!", rief Esmeralda. „Und du kannst nichts dagegen tun!"

Wovon spricht sie? Was Erold darauf antwortete, konnte sie nicht verstehen, doch seine Stimme klang aufgebracht.

„Jetzt ist endgültig der Zeitpunkt gekommen, deine Gier hinter dir zu lassen. Die Steine gehören jetzt jemand anderem", sprach Esmeralda weiter.

Jemand anderem? Roxanne presste ihr Ohr noch näher an das Gitter. Esmeralda schien etwas gegen Erold zu verwenden, das ihn beunruhigte. Etwas, das seinen Plan stören könnte.

„Die Zaubersteine gehören mir!", donnerte Erold. „Wenn es sein muss, werde ich jeden entwürdigen, der es wagt, sich als Besitzer *meiner Steine* auszugeben!"

„Die Steine gehören den Meistern!", konterte Esmeralda.

„Du weißt genau, dass es Wege gibt, die Steine ihren Meistern zu entreißen", erwiderte Erold mit einem gefährlichen Tonfall, als spräche er davon, jemanden zu ermorden. „Ich wollte es schon einmal tun und ich werde keine einzige Sekunde zögern, es noch einmal zu tun. Auch wenn der Tod die Folge sein möge."

Tod? Musste Erold diese neuen Meister töten, um ihnen die Steine wegzunehmen?

„Das kannst du nicht machen!", schrie Esmeralda aufgelöst. „Der Zauber ist tödlich! Wenn man jemanden entwürdigt, kann es für beide tödlich enden!"

Jetzt verstand Roxanne langsam, wovon sie sprachen. Sie kannte nur eine Person, die einen Entwürdigungszauber angewandt hatte und das war Jeldrik, ehemaliger Meister Astras. Er war kurz darauf gestorben.

„Das ist mir egal", meinte Erold eiskalt.

„Wie kannst du nur so skrupellos sein?", klagte Esmeralda. „Willst du etwa deine eigene Enkelin umbringen?"

Roxanne weitete ihre Augen. *Enkelin?* Erold hatte nur eine Enkelin. Und das war sie. Das musste bedeuten...

„Roxanne wird nichts davon erfahren. Sie wird Mexus nie in die Hände kriegen und ich werde den Zauber nicht an ihr anwenden müssen."

Roxanne dachte, sie höre nicht richtig. Sie wusste, dass etwas vor ihr verheimlicht wurde, doch niemals hätte sie sich vorstellen können, dass es sich dabei um ein so großes Geheimnis handelte.

„Wie kannst du dir da so sicher sein?", fragte Esmeralda und die Sicherheit in ihrer Stimme ließ Roxanne innehalten. Irgendetwas würde Erolds Plänen ernsthaft in die Quere kommen und sie steckte mittendrin.

„Früher oder später wird sie es von irgendjemandem hören. Die Gerüchte verbreiten sich im Nu", versicherte Esmeralda. „Nicht einmal du kannst das vermeiden."

„Dann bleibt mir keine andere Wahl", betonte Erold und Roxannes Puls beschleunigte sich. Sie ahnte, was jetzt kommen würde. Sie kannte Erold sehr gut. Er war das skrupelloseste Wesen, das es jemals geben könnte. Nichts und niemand interessierte ihn, außer er selbst. Doch wie weit könnte er gehen?

„Nichts wird mich von meinem Schicksal abbringen. Wenn es sein muss, dann werde ich eben meine Enkelin töten", sagte er.

Roxanne traf es wie ein Schlag in die Magengrube. Alles um sie herum schien sich zu drehen, während sie die Informationen verarbeitete. Mexus, einer der mächtigsten Gegenstände, hatte sie auserwählt... Der Stein, der einmal ihrem Großvater gehört hatte und einem die Kraft der Unsichtbarkeit verlieh. Mit dem sie sich um einiges mächtiger machen könnte, als sie war. Zu jemanden, der wirklich angesehen wurde und sich Erold nicht unterwerfen musste. Sie könnte... Roxanne schüttelte sich. *Nein*. Sie durfte sich Erold nicht widersetzten. Wie mächtig sie auch immer mit Mexus wäre, weitaus mehr Macht würde sie erlangen, wenn Erold sein Ziel erst einmal erreicht hatte. Wenn sie es schaffte, sich ihm zu beweisen, würde er sie zur zweitmächtigsten Person des Landes ernennen. An Erolds Seite müsste sie nie mehr die Drecksarbeit für irgendjemanden erledigen. Nie mehr im Wald leben und sich von Hirschen ernähren müssen, nie mehr irgendwelche Aufträge annehmen, bei denen ihre Arbeit nicht einmal wertgeschätzt wurde. Sie würde an der Spitze stehen. Wenn sie sich Erold aber widersetzte, würde sie ihr Leben lang gejagt werden, nur um am Ende ihren Zauberstein zu verlieren und mit ihrem Leben bezahlen zu müssen.

„DU BIST EIN MONSTER, EROLD!", riss Esmeraldas Schrei sie aus den Gedanken. „Du wirst es niemals schaffen! Die Meisterinnen werden es nicht zulassen! Sie werden dich aufhalten!"

„Was könnte irgendjemand gegen mich anrichten?", spöttelte Erold.

„Mehr, als du denkst", feixte Esmeralda mit einem warnenden Unterton, der Erold verärgerte. Niemand unterschätzte seine Macht.

„Das reicht jetzt!", polterte er fuchsteufelswild. „Ich werde diese Meister finden und sie in meinen Kerker sperren, bevor sie überhaupt erst von den Zaubersteinen träumen können! Und DU wirst mir dabei eine große Hilfe sein."

„Niemals werde ich dir auch nur ansatzweise helfen", zischte Esmeralda hasserfüllt.

Erold ignorierte ihren Protest. „Sag mir, wie sie aussehen."

„Niemals!", schrie Esmeralda.

„Sag mir, wie sie aussehen", wiederholte er und seine Stimme klang so gefährlich, dass sie einen Schauder über Roxannes Rücken jagte.

„Nein!", weigerte sich Esmeralda. Damit hatte sie die letzte Grenze überschritten. Roxanne wusste, es hatte Konsequenzen, wenn man Erold verärgerte. Ihr blühte, was er mit der alten Frau vorhatte.

„DANN WERDE ICH ES EBEN ERZWINGEN!", donnerte Erold und richtete beide Hände auf Esmeralda. Über das Gitter drang helles grünes Licht zu Roxanne und Esmeraldas schmerzverzerrter Schrei hallte durch die kahlen Gänge der Burg. Roxanne kannte diesen Zauber. Sie hatte schon einmal erlebt, wie Erold ihn an einem Naturmagier angewandt hatte. Es waren erst zwei Jahre her, da hatte Roxanne den Mann auf Erolds Befehl hergebracht und dieser wollte von ihm wissen, wie man ein Heilkraut züchtete, das ihn wieder zu Kräften bringen sollte. Doch der Dörfler hatte sich geweigert und somit war Erold in seinen Kopf eingedrungen.

„Es hat keinen Zweck, sich zu wehren!", ächzte Erold und erhöhte die Intensität seines Zaubers. Esmeralda klagte so bitterlich, dass Roxanne davon eine Gänsehaut bekam. Dennoch blieb sie dort und hörte dem Geschehen zu, ohne mit der Wimper zu zucken. Esmeralda gab nicht nach. Erold wurde dadurch so wütend, dass er noch kräftiger zuschlug.

„Sag... es... mir!" Das Brüllen der ehemaligen Meisterin verwandelte sich in eine Mischung aus Schmerzensschrei und Weinen, ihre Kraft reichte einfach nicht mehr, um dem Zauber standzuhalten.

„Blonde Haare, grüne Augen, langer Zopf", sprach Erold laut aus, so als würde er ein Buch lesen.

„NEIN!", keuchte Esmeralda. Erold durfte nicht erfahren, wie die Meister aussahen, wie Senia aussah. Sie waren Lewendias einzige Chance! Erold gackerte amüsiert über ihre Verzweiflung.

„Kurzes, braunes Haar, rosafarbene Kleidung", zog Erold noch weiter aus ihr heraus.

„Hör auf, Erold!", klagte Esmeralda, aber es hatte bei Erold etwa den Effekt, als würde man ein Glas Wasser anpusten, in der Hoffnung, es einzufrieren.

„Junge, blonde Haare, grüne Augen", war das Letzte, das Erold sagte, bevor das grüne Licht schlagartig erlosch. Esmeralda sackte zu Boden.

Roxanne hörte, wie etwas auf den Steinboden plumpste. Danach breitete sich Stille aus. Man nahm lediglich Esmeraldas leises Wimmern wahr. Schließlich brach Erold das Schweigen. „Kargon!", rief er seinen Befehlshaber herbei.

„Ja, Herr", antwortete dieser.

„Bring sofort den besten Maler herbei, den du findest. Er soll mir paar Porträts zeichnen", wies er ihn an. „Sie sollen so oft dupliziert werden, wie es geht und überall im Land als Fahndungsplakate aufgehängt werden. Wer die drei Gesuchten findet, bekommt eine Belohnung von tausend Lysmen. Schickt einen Suchtrupp los, der die Personen nebenher suchen soll."

Esmeraldas Weinen wurde noch lauter. „Bitte tu das nicht!"

„Schluss mit dem Gejammer!", keifte Erold und wandte sich wieder seinem Befehlshaber zu. „Schafft sie von hier weg und bringt mir auf der Stelle Roxanne her!"

Als Roxanne das hörte, kam sie alarmiert von ihrem Rucksack herunter. Blitzschnell hängte sie ihn sich um und huschte den Gang entlang. Sie musste sofort zurück zu ihrem Bau, bevor irgendjemand merkte, dass sie in dem Schloss gewesen war und das ganze Gespräch gehört hatte. Die Wachen vor dem Thronsaal stellten dabei kein Problem dar. Sie waren viel zu feige, um Erold zu sagen, dass Roxanne sie ausgefragt hatte, weil sie dafür womöglich bestraft werden könnten. Aber jeder, der sie jetzt sah, würde sie auf der Stelle verpetzten, denn in Erolds Burg liefen nur seine treuesten Männer umher, die nichts vor ihm verheimlichten. Roxanne kannte einen geheimen Ausgang in dem westlichen Teil der Burg, aus dem sie schnell zum Wald gelangen konnte. An genau diesem Ausgang ging sie heraus und rannte aus der Stadt. Glücklicherweise war sie sehr schnell, sodass sie bei ihrem Bau ankam, bevor einer von Erolds Männern – ein Zentaur – kurze Zeit später vor ihrem Zuhause stand und verkündete, sie müsse auf den Befehl des Herrn mit ihm kommen. Roxanne, die so getan hatte, als stabilisierte sie die Holzpfähle von dem Gerüst, ließ alles liegen und ging wortlos mit dem Zentauren mit. *Warum will Erold sie jetzt sprechen?* Hatte er jetzt doch die Absicht, sie in sein Vorhaben mit einzubeziehen? Falls ja, warum hatte er dann nicht bis zum Morgengrauen gewartet und sie gleich nach dem Gespräch mit Esmeralda hergerufen? Roxanne wurde erst aus ihren Gedanken gerissen, als sie vor dem Tor des Thronsaals standen und der Zentaur die Wachen dazu aufforderte, das Tor zu öffnen. Beim Durchschreiten des Tors warf Roxanne den Wächtern einen giftigen Blick zu, um sie abermals davor zu warnen, etwas auszuplaudern. Der Zentaur blieb draußen stehen und Roxanne setzte ein starres Gesicht auf, mit dem sie den Saal betrat. Dieser war riesengroß und hatte eine noch höhere Decke, an der schwarze, metallene Kronleuchter mit Hunderten von flackernden Kerzen hingen, wie auch zahlreiche Käfige, groß wie klein, welche von schweren Metallketten festgehalten wurden, damit Erold seine Gefangenen verhören konnte. Die Mitte der Halle war völlig kahl.

„Du hast mich gerufen“, sagte Roxanne.

„Ja, habe ich“, betonte Erold. Er saß auf seinem Thron ganz am Ende des Raumes.

„Ich habe einen wichtigen Auftrag für dich.“

„Ich höre", erwiderte Roxanne ganz Ohr. Wie wichtig könnte dieser Auftrag wohl sein, wenn Erold so viel vor ihr verheimlichte?

„Der Plan hat begonnen", offenbarte er. „Meine Männer machen sich auf die Suche nach den Zaubersteinen und Esmeralda wurde schon hergebracht."

„Warum gibst du mir erst jetzt Bescheid?", gab Roxanne zurück.

„Weil du erst jetzt mitmachen wirst", ging Erold auf ihre Frage ein. „Dir werde ich eine verantwortungsvolle Aufgabe übertragen, die du ganz allein erledigen sollst. Du weißt, ich muss ein Ritual anwenden, um mich zum Meister aller vier Steine zu machen. Es ist sehr komplex und ich benötige bestimmte Gegenstände. Du wirst diese zusammentragen."

Roxanne riss ihre Augen auf. Das Ritual war der Schlüssel zum Erfolg von Erolds Plan. Wenn sie diesen Auftrag erfüllte, war ihr der Platz an Erolds Seite sicher.

„Das ist eine äußerst schwierige Aufgabe, für die nicht jede geeignet ist", betonte Erold. „Die gesuchten Komponenten sind äußerst schwierig in die Hände zu kriegen. Daher habe ich auch *dich* dafür ausgesucht. Ich *vertraue* dir."

„Ich werde dich nicht enttäuschen", sagte Roxanne. Diese Mission war genau das, worauf sie so lange gewartet hatte. „Sag mir, wann ich losmuss, und ich werde aufbrechen."

Erold lachte zufrieden. „Du wirst sofort aufbrechen", verkündete er und gab seinem persönlichen Befehlshaber, der stets neben dem Thron ausharrte, ein Handzeichen. „Kargon wird dich zur Waffenkammer führen, aus der du alle Waffen kriegst, die du brauchst. Pack deine Sachen zusammen und mach dich sofort auf den Weg."

Roxanne nickte. Bevor sie ging, streckte Erold seine Hand aus und sein Befehlshaber gab ihm eine giftgrüne Glaskugel und ein Stück Pergament in die Hand.

„Nimm diese Kugel mit. Ich werde dich kontaktieren, um nachzufragen, wie weit du bist. Auf dem Zettel stehen alle Gegenstände für das Ritual. Bring mir sie so schnell wie möglich", meinte Erold, als Kargon ihr die Sachen gab.

„Ich werde mein Bestes geben", versprach Roxanne.

Kargon bewegte sich zur Tür und Roxanne ging ihm nach. Auf halbem Weg zur Waffenkammer zögerte sie jedoch und blieb stehen. Was würde aus Mexus werden, wenn sie für lange Zeit auf der Suche nach den Gegenständen war?

„Ist etwas?", fragte Kargon und drehte sich zu ihr um.

„Nichts", erwiderte Roxanne und lief weiter. Was sollte schon daraus werden? Nachdem sie ihren Auftrag durchgeführt und Erold seine Pläne verwirklicht hatte, würde sie an seiner Seite über Lewendia herrschen. So wie sie es immer wollte. Das war das einzig Richtige.

Kargon führte sie zu einem Teil der Burg, in dem sie noch nie gewesen war. Oder besser gesagt, nie sein durfte, da die besten Waffen ihren Brüdern vorbehalten waren und sie mit einfachen Schwertern auskommen musste. Jetzt aber war sie auf dem Weg zur Goldgrube aller Waffen. Die Waffenkammer war ein gut verschlossener Raum, ganz am Ende eines abgelegenen Ganges. Kargon musste fünf schwere Schlösser aufschließen, bevor die riesige Tür aufging und sie hinein kamen. Das Innere war in glühend dunkelrotes Licht gehüllt, das aus großen Kugeln, die aus Erolds Magie entstanden waren, kam. Der Raum ähnelte einer Art Grotte und stand voll mit Regalen, auf denen sich die gefährlichsten Waffen befanden, die Roxanne jemals gesehen hatte. Von spitzten meterlangen Speeren mit Giftstacheln, bis hin zu Handgranaten und Keulen nahm alles darauf Platz. Erolds Beauftragter hechtete zum zweiten Regal in der dritten Reihe und reichte Roxanne einen zwanzig Zentimeter langen Dolch. Dann lief er weiter und gab ein Schwert, einen aufklappbaren Speer und ätzende Wurfkugeln. Nachdem Kargon Roxanne alle Waffen gegeben hatte, eilte er zurück in den Thronsaal. Roxanne wiederum ging zu ihrem Bau, wo sie ihren Rucksack zusammenpackte. Als sie fertig damit und bereit zum Aufbruch war, war es stockdunkel draußen. Sie holte eine Gaslampe aus ihrem Rucksack und entfernte sich schließlich von Duras, unwissend, was sie alles auf ihrem langen und gefährlichen Weg erwarten würde. Nur in einer Sache war sie sich so sicher: Sie würde keinen Fuß nach Duras setzen, ehe sie nicht den Auftrag erfüllt hatte. Doch sie wusste nicht, dass Erold sie nicht nur wegen ihren außerordentlichen Fähigkeiten auf die Mission geschickt hatte, sondern auch, damit sie von dem Geschehen in Duras fernblieb. Und niemals erfuhr, was sie längst wusste.

EINE LÄNGST VERLASSENE STUBE

„Meine Füße tun weh", jammerte Leon.

„Komm schon, Leon. Senia ist barfuß", wandte Luna ein, damit er sich nicht so anstellte. Doch auch ihre Füße schmerzten. Seit die Geschwister, Senia und Femy Melna verlassen hatten, war schon ein Tag vergangen und sie waren schon seit mehreren Stunden unterwegs.

„Ach, ich bin daran gewöhnt", sagte Senia und stapfte weiter durch den dichten Wald. Der Fabelwald, eine Art tropischer Regenwald, hatte sehr hohe Bäume mit so dichten Baumkronen, dass das Sonnenlicht nur einzelne Punkte auf den Boden warf und es sich so anfühlte, als stünde man unter einer Decke aus Blättern. Zudem wuchsen die saftig grünen Pflanzen so dicht aneinander, dass man sich kaum bewegen konnte.

„Wie spät ist es eigentlich?", erkundigte sich Luna. Sie hatte jegliches Zeitgefühl verloren.

„Es ist vermutlich so gegen Mittag", vermutete Senia, woraufhin Leon einen tiefen Seufzer ausstieß.

„Wie weit ist es denn noch? Müssten wir den Wald nicht eigentlich schon durchquert haben?"

Senia machte ein schuldiges Gesicht. „Wir sind vorhin falsch abgebogen", gab sie zerknirscht zu. „Aber jetzt sind wir wieder auf dem richtigen Weg, ganz sicher!"

„Ähm, ich glaube nicht", meinte Luna und deutete auf einen krummen Baum, der im Vergleich zu den restlichen eher klein war. „Hier sind wir schon einmal vorbeigekommen."

Das gab Leon den Rest. „Willst du mir sagen, dass die letzten drei Stunden umsonst waren und wir immer noch tief im Fabelwald sind?!", brüllte er und sackte zu Boden. Auch Luna stand am Rande der Verzweiflung. Sie sehnte sich nach einer riesigen Weide auf den Bergen, wo sie frei herumlaufen und vernünftig atmen konnte. Selbst Femy, welche die ganze Zeit neben ihnen herflog, hatte vor Erschöpfung herabgesenkte Lider.

„Kann ich mal die Karte haben, Senia?", bat Luna, in der Hoffnung, etwas gegen ihre Lage tun zu können. Senia reichte ihr die Pergamentrolle aus ihrem Rucksack. „Von Melna sind wir auf jeden Fall weit weg und wir sind immer nach Südosten gelaufen. Das heißt, wir müssen uns so ungefähr in diesem Gebiet befinden", spekulierte sie und deutete auf einen Fleck in der Nähe des Randes des Fabelwaldes.

„Ich habe gerade eine Sylphe gesehen, ihr Territorium kann also nicht weit weg sein", überlegte Senia mit. Sylphen waren handgroße, fliegende Geschöpfe mit winzig kleinen Flügeln. Sie waren Naturgeister und passten sich bei Gefahr ihrer Umgebung an, um sich als Blätter, Blumen oder Früchte zu tarnen.

„Das ist doch schon mal gut. Das heißt, wir haben keinen so weiten Weg mehr vor uns", feierte Luna die guten Nachrichten. Dann blickte sie auf Leon, der immer noch auf dem Boden saß. „Ich finde, wir sollten erst eine Pause machen und gestärkt weitermachen", schlug sie daher vor.

„Was für eine wunderbare Idee!", seufzte Leon.

„Hat jemand Hunger?", fragte Senia und öffnete ihren Rucksack, aus dem alle etwas zu essen herausnahmen. Eine Viertelstunde später waren sie wieder energiegeladen und setzten ihren Weg fort. Als sie gerade einmal zwanzig Minuten gelaufen waren, kam eine Art Knurren aus Leons Richtung. Luna sah ihren Bruder belustigt an.

„Ich habe dir doch gesagt, iss lieber ein bisschen mehr, Leon. Wer weiß, wann wir das nächste Mal Halt machen?"

„Ähm, aber das kam gar nicht von meinem Magen."

Leon wurde blass. Neben ihm auf einem Strauch zitterten die Blätter und ein weiteres, wesentlich lauteres Knurren ließ die Erde vibrieren.

„Das ist kein Knurren", flüsterte Senia alarmiert. Sie kannte dieses Geräusch nur zu gut. „Das sind Trolle!"

Ehe sie sich versahen, standen ihnen zwei steinerne, moosbewachsene Trolle in der Größe von zwei starken Männern gegenüber. Ein Troll hatte etwas Hellbraunes an, was von seiner linken Schulter bis zu den Knien reichte. Der andere Troll trug das Gleiche, nur in Grau. Sie rannten mit hölzernen Keulen auf sie zu und gaben ein lautes und bedrohliches Knurren von sich.

„RENNT!", brüllte Luna, doch das wäre gar nicht nötig gewesen, da alle drei auf der Stelle die Flucht ergriffen. Im Zickzack schlängelten sie sich an den Pflanzen vorbei und Blätter peitschten ihnen bei der Flucht ins Gesicht. Die Trolle waren dicht hinter ihnen und zudem schneller als sie.

Plötzlich blieb Leons T-Shirt an einem Ast hängen. Er befreite sich sofort, aber nun waren die Trolle viel näher an ihm dran. Leon rannte, doch er spürte schon den schweren Atem der Trolle in seinem Nacken, als ihn der Troll mit brauner Kleidung am Kragen packte.

„Leon!", rief Luna und drehte sich um. „Lass ihn los!", brüllte sie den Troll an und Senia zückte ihren Dolch aus dem Rucksack ihrer Großmutter, obwohl sie nur wenige Male eine solche Waffe in der Hand gehalten hatte.

„Essen!", lachte der Troll und packte Leon hoch, wo er ihn an seine Nase hielt und seinen Geruch einsog. Luna machte das fuchsteufelswild. Wutentbrannt sprang sie den Troll an und trat ihm ins Gesicht. Er verlor das Gleichgewicht und taumelte nach hinten. Senia wiederum nutzte diese Chance und versuchte Leon aus den Fängen des Trolls zu befreien, indem sie ihn am Arm zog. Luna klammerte sich währenddessen an den Hals des Wesens wie eine Würgeschlange, woraufhin er Leon schließlich losließ. Samt Senia, die einfach mitgerissen wurde, krachten sie zu Boden. Der andere Troll versuchte nun, Senia und Leon mit seiner Keule platt zu quetschen. Er schlug seine Waffe wie eine Fliegenklatsche auf den Boden. Leon rollte sich weg, um nicht erwischt zu werden, und Senia griff den Troll mit dem Dolch an. Dieser bekam jedoch nicht einmal einen Kratzer ab und ging mit der Keule auf Senia zu, die gerade noch rechtzeitig ausweichen konnte. Femy, die aus Rache an ihr Frauchen wütend um seinen Kopf flog, schleuderte er einfach zur Seite. Der Troll mit brauner Kleidung hingegen hatte sich von Lunas Klammergriff gelöst und sie an den Füßen gepackt. Er wollte sie gegen einen Baum schleudern, doch als er ausholte, schlug jemand von hinten seinen Arm ab. Luna fiel mitsamt dem steinernen Arm des Trolles auf den Boden, der jedoch sofort wieder zum Troll zurückkehrte und ins Gelenk sprang, als würde sein Körper ihn magnetisch anziehen. Luna rappelte sich auf und sah ihren Retter: Er war ein Zentaur mit dem Oberkörper eines Menschen und dem restlichen Körper eines Pferdes. Er hatte ein langes Schwert in der Hand und schlug nun den anderen Arm des Trolles, der Luna angegriffen hatte, ab. Bevor der Troll sich wieder zusammensetzen konnte, stach der Zentaur sein Schwert in dessen Bauch, woraufhin er nach hinten kippte. Der graue Troll hatte sich derweil über Senia gebeugt, als er aber den Zentauren auf ihn zukommen sah, trat er zurück.

„Wenn du nicht wie dein Kumpel enden willst, verschwinde von hier", drohte der Zentaur.

Der Troll ließ sich das nicht zweimal sagen. Ohne sich um seinen Freund zu kümmern, rannte er davon. Dann half der Zentaur Senia beim Aufstehen. Sie schüttelte die Erde von ihrer Kleidung.

„Geht es Ihnen gut, Fräulein?", fragte er sie.

Luna fiel sofort auf, dass er Senia mit *Fräulein* ansprach, wie Sir Andrew und die Wachen aus Melna es getan hatten. Erst jetzt sah sie auch, dass er eine Kette trug, an dem ein Anhänger aus Leder hing. Es war ein weißer Kreis, in dessen Mitte zwei Blätter abgebildet waren.

„Mir geht es gut, danke", erwiderte Senia. „Sie haben uns gerettet."

Auch Leon und Luna bedankten sich. Dann fiel auch Senia das Symbol an der Halskette des Zentauren auf und ein Lächeln trat auf ihr Gesicht. „Sind Sie ein Kämpfer des Melnavolkes?"

Der Zentaur nickte. Er hatte ein kantiges Gesicht und rötliche Augen. „Ich gehöre zur persönlichen Garde der Herrin", antwortete er, „Wir sind losgezogen, um sie zu finden, doch dummerweise habe ich mich, nachdem wir uns getrennt haben, verlaufen. Da treffe ich auf Sie im Wald."

„Wir sind auf einer wichtigen Mission", klarte Senia ihn auf. „Die Herrin hat es aufgetragen. Wir müssen die Zaubersteine

119

finden und zu ihren neuen Meistern bringen." Senia zeigte ihren Arm, in dem Qualin steckte.

Der Zentaur weitete seine Augen. Er hatte noch nie einen echten Zauberstein gesehen und hatte nicht erwartet, dass dies jemals passieren würde. Schon gar nicht in dem Arm eines jungen Mädchens.

„Sie haben bestimmt schon von den neuen Meistern gehört. Meine Freundin Luna und ich sind zwei von ihnen. Aber es gibt noch zwei mehr und wir müssen sie finden und unsere Kräfte vereinen, um Erold aufzuhalten", erzählte Senia weiter.

Der Zentaur hörte zu und richtete sich dann auf. „Diese Mission ist höchstgefährlich, Fräulein. Ich kann sie unmöglich alleine lassen. Als Mitglied der persönlichen Garde der Herrin habe ich die Verantwortung, Sie zu begleiten."

Leon, Luna und Senia sahen sich an. Sie könnten Hilfe dringend gebrauchen. Gerade wären sie fast gestorben und das erst am Anfang ihrer Reise.

„Ja, bitte!", willigte Leon sofort ein.

„Ich habe nichts dagegen einzuwenden", meinte auch Senia. „Übrigens müssen Sie mich nicht siezen. Nennen Sie mich einfach Senia."

Der Zentaur nickte. „Ich bin Adrian", stellte er sich vor und die Geschwister machten es ihm nach.

Nachdem die Vorstellungsrunde beendet war, weihte Senia ihren Zuwachs in den Plan ein.

Adrian nickte nur. Als alle Fragen geklärt waren, gingen sie wieder los. Leon, der auf Adrian Platz genommen hatte, weil er zu müde zum Laufen war, ritt mit ihm voraus. Die Mädchen gaben sich mit Laufen zufrieden und schlenderten hinter Adrian her, der ihnen glücklicherweise auch die Blätter auf dem Weg zur Seite schob.

Dank Adrian kamen sie viel schneller voran. Er kannte den Fabelwald gut und half ihnen mit seinem weitaus größeren Körper, sich durch das Unterholz zu schlängeln. Wer erschöpft war, setzte sich zudem einfach auf seinen Rücken und sparte seine Kräfte. So wechselten sich die Freunde ab und kamen schon bald aus dem Fabelwald heraus.

„Endlich, Sonnenlicht!", freute sich Leon. „Ich dachte, wir kommen da nie raus!"

Sie befanden sich auf einer riesigen Rasenfläche, auf der weit und breit kein einziger Baum zu sehen war – zu ihrem Glück, denn auch Luna konnte für lange Zeit keine Bäume mehr sehen.

„Wir haben nur noch ein Stückchen bis zu Jeldriks Haus", verkündete Senia erfreut. „Das Haus liegt in der Nähe der Di'ragella-Wüste, also sollten wir an der trockenen Landschaft merken, dass es nicht mehr weit weg ist."

Tatsächlich wechselte die Farbe des Grases schon bald von Hellgrün auf Gelb, sodass es nach einer Weile nur noch wie Stroh aussah. Senia hatte wohl recht mit den Klimazonen. Vor ein paar Stunden waren sie noch in einem Regenwald gewandert und jetzt hatten sie sich der Wüste genähert. Da erblickte Luna mitten im Nichts ein großes Haus mit einer Veranda.

„Da ist es!", rief sie und die anderen sahen auf. „Jeldriks Haus!" Alle rannten auf das Haus zu, wie Kinder, die an einem heißen Sommertag zu einem Eiswagen rannten.

Das Haus war alt und verlassen. Es war aus Holz gebaut und hatte einen grünen Anstrich, von dem über die Jahre jedoch nur Spuren übriggeblieben waren. Vor den Fenstern hingen gelbliche Vorhänge, die vor einiger Zeit mal weiß gewesen sein mussten. Die vier betraten die Veranda, deren Holz dabei knarzte. Vor ihnen war eine grüne Holztür.

„Wie sollen wir die Tür aufbekommen?", überlegte Leon.

Adrian ging nach vorne und trat mit voller Wucht gegen das Holz, woraufhin die Tür lautstark nach hinten krachte und eine riesige, braune Staubwolke hinterließ. Damit war die Frage wohl geklärt.

Luna wagte sich als Erste hinein ins Haus.

„Wann war das letzte Mal jemand hier drin?", fragte Luna.

„Nach Jeldriks Tod hat seine Familie es nicht übers Herz gebracht, ohne ihn hierherzukommen, es muss also vierzig Jahre her sein", mutmaßte Senia. Sie lief etwas herum und betrachtete den Raum. Beim Laufen hinterließen ihre Füße Abdrücke auf der dicken Staubschicht. Ihr Haustier blieb an ihrer Seite und beäugte alles misstrauisch. Jeldriks Haus hatte einen kleinen, leeren Eingangsbereich, der an das Wohnzimmer grenzte. Die Möbel waren von einer zentimeterhohen Staubschicht bedeckt. Das Sofa war zerrissen, der Holztisch angeknabbert und auch alle anderen Möbel sahen alt und unbrauchbar aus, als könnten sie bei jeder einzelnen Berührung in sich zusammenfallen. Überraschenderweise funktionierte eine alte Standuhr aber noch. Ihr monotones Ticken war das einzige Geräusch weit und breit, abgesehen von den sanften Schritten der drei und Adrians Hufe auf dem Parkett.

„Warum hatte Jeldrik eigentlich ein Haus so weit weg von seinem Volk?", wollte Luna dann wissen. Sie hatte auf der Karte gesehen, dass die Ylmi in der Di'ragella-Wüste lebten, weiter im Süden.

„Ich glaube, er mochte es, allein zu sein", vermutete Senia schulterzuckend.

Während die drei sich unterhielten, sah sich Adrian schon mal gründlich um. „Wonach genau suchen wir denn eigentlich?", fragte er. Die anderen drei hielten inne. Tatsächlich hatten sie vom ganzen Aufruhr mit den Trollen gar nicht darüber nachgedacht, was für eine Art Hinweis sie im Haus finden könnten.

„Also, ich hätte da an so etwas wie eine verschlüsselte Nachricht oder ein Rätsel gedacht", meinte Luna. „Vielleicht auch ein Zettel oder ein Brief."

Da niemandem etwas anderes einfiel, hielten sie sich an Lunas Beschreibung und fingen mit der Durchsuchung an. Adrian nahm sich das Wohnzimmer vor, Leon die Küche, Luna Jeldriks Schlafzimmer und Senia sein Arbeitszimmer und gemeinsam stellten sie das ganze Haus auf den Kopf. Doch auch nach einer halben Stunde hatten sie noch nichts gefunden.

„Und, hast du irgendetwas?" Luna kam zu Senia ins Arbeitszimmer. Sie selbst war mit leeren Händen aus dem Schlafzimmer des verstorbenen Meisters gekommen. Als sie den großen, mit langen Bücherregalen gefüllten Raum betrat, hatte Senia eine kleine, verzierte Schachtel in der Hand. Luna ging an ihre Seite. „Was ist das?"

„Ach nichts, es ist nur eine Spieluhr." Senia zeigte ihr die goldverzierte, dunkelbraune Schachtel, die vermutlich aus Eichenholz gefertigt war. Sie sah sehr edel aus und hatte mit einem Pinsel gemalte Muster wie Schlingen und Wellenlinien. Kleine Pferde aus Porzellan waren an der Schachtel befestigt und ein weißes Einhorn in einer grünen Landschaft war darauf abgebildet. Senia hatte sich auf den Boden gesetzt und betrachtete verträumt die Schachtel. Sie wirkte traurig. „Ich hatte als Kind auch so eine", sagte sie leise.

„Oma hatte sie mir geschenkt." Senia versank in ihren Gedanken und bei der Erwähnung ihrer Großmutter füllten sich ihre Augen mit Tränen.

Luna legte ihr tröstend eine Hand auf die Schulter. „Wir werden sie aus Erolds Fängen befreien, Senia", sprach Luna ihr entschieden zu. „Aber wir dürfen nicht die Hoffnung verlieren."

Senia wischte sich eine Träne von der Wange. „Du hast recht. Nicht die Hoffnung verlieren."

Dann öffnete sie die Spieluhr. Hervor kam ein goldenes Miniaturpferdekarussell mit blinkenden Lichtern, wie auf einem Weihnachtsmarkt. Die Pferde waren alle reiterlos, außer eines, auf dem ein schwarzhaariges Mädchen saß. Senia drehte das Rad an der Seite des Karussells einmal und die weißen Pferde aus Porzellan drehten sich im Kreis. Es erklang eine freundliche Melodie eines Xylofons. Nach einer Runde stoppte das Karussell.

„Denkst du, es wäre okay, wenn ich sie mitnehme?", fragte Senia etwas unsicher. Sicher war es nicht richtig, ohne zu fragen das Eigentum von jemandem zu nehmen, doch der Besitzer lebte nicht mehr. „Nur bis wir meine Oma befreit haben, danach tue ich sie sofort wieder zurück."

„Ich glaube nicht, dass jemand etwas dagegen hätte, wenn du sie ausleihst", fand Luna. „Jeldrik lebt nicht mehr und seine Familie lässt sie hier nur verstauben."

Senia tat die Spieluhr erfreut in ihren Rucksack. Luna fiel jedoch etwas an ihr auf. Sie hatte das Gefühl, die Pferde schon einmal irgendwo gesehen zu haben. Prompt rannte sie in Jeldriks Schlafzimmer.

„Luna, was ist denn los?!", rief Senia ihr verwirrt nach. Luna war so eifrig, dass sie Senia und Femy verdattert hinter sich ließ und sich direkt an eines der Bücherregale stellte. Dort holte sie aus dem zweiten Regal sämtliche Bücher heraus und legte sie auf den Boden. Als sie vor ein paar Minuten das Zimmer durchsucht und zwischen die Buchseiten geguckt hatte, war ihr die Gravur eines Pferdes an der Wand des Regales aufgefallen. Es war das gleiche Pferd wie auf dem Karussell. Luna tastete die ganze Fläche mit ihren Fingern ab und fand einen kleinen Spalt an der Seite.

„Luna, was machst du?", fragte Senia und kam in den Raum gerannt, Femy neben ihr herfliegend.

„Ich glaub, ich habe etwas gefunden. Kommt mal alle her!", rief Luna die anderen. Leon und Adrian stürmten ins Zimmer.

„Habt ihr etwas gefunden?", erwartete Leon aufgeregt.

„Ich glaube schon", erwiderte Luna und betrachtete das Pferdemuster akribisch. „Senia, kannst du mir bitte die Spieluhr geben?"

„Okay, aber was hast du vor?" Senia drückte Luna den Gegenstand in die Hand.

„Hier ist ein Pferdemuster an dem Regal und es sieht genauso aus wie die Pferde in der Spieluhr, seht doch!", sagte Luna und ihre Freunde spähten auf die Holzplatte. „Hier ist so ein Spalt und ich glaube, er führt zu einer Art Geheimfach." Luna hantierte mit der Spieluhr und ließ die Melodie abspielen. Ein Knarzen kam von dem Regal.

„Sie hat recht!", freute sich Adrian, „Probier es weiter, Luna!"

„Braucht man dafür nicht irgendeine Kombination oder so etwas?", fiel Leon ein. „Vielleicht gibt es einen Code, der abhängig von der Spiellänge geknackt werden kann?"

Das war naheliegend, aber keinem von ihnen fiel etwas dazu ein. Daher versuchten sie sich alle nacheinander an der Spieluhr, bis das Knarzen plötzlich noch einmal ertönte, als Senia die Uhr in der Hand hatte. „Mach das noch einmal!", forderte Leon.

Senia wiederholte ihre Bewegung und das Knarzen kam noch einmal.

„Hier passiert etwas!", sagte Luna aufgeregt, während sie alle beobachteten, wie die Holzwand sich von der Wand hinter ihr abhob und prompt nach vorne kippte, wie eine richtige Tresortür. Luna türmte Jeldriks Bücher auf und benutzte sie als Hocker. Dann streckte sie ihren Arm in den Hohlraum hinter dem Regal und bekam ein kleines, rotes Notizbuch aus Leder zu fassen.

Luna kletterte vom Bücherturm herunter und blätterte in dem Buch. Die anderen linsten gespannt auf ihre Hände. Die Seiten waren alle vollgeschrieben mit einer schnörkeligen und altmodisch aussehenden Handschrift. Die Aufzeichnungen füllten die komplette Seite und auf jeder stand ein Datum am Rand.

„Ich glaube, das sind Tagebucheinträge", erkannte Adrian und nahm das Notizbuch selbst in die Hand.

„Hier zum Beispiel, 20. 11. 1983." Er zeigte es den anderen und blätterte dann zur letzten Seite. „19. 12. 1983 war der letzte Eintrag."

„Das ist der Tag, an dem Jeldrik gestorben ist. Und das erste Datum liegt gar nicht mal so weit zurück. Ich glaube, Jeldrik hat nach dem Kampf bis zu seinem Tod jeden Tag einen Eintrag gemacht, um seinen Zustand zu dokumentieren, nachdem er den Enteignungszauber an Erold angewendet hat", schlussfolgerte Senia.

„Aber wie soll uns das bei der Suche nach Astra helfen? Ich meine, er hat ja nur geschrieben, *dass* er seinen Stein versteckt hat und nicht *wo*", meinte Leon und prüfte noch einmal, indem er hineinlas. „*Der Zauberstein muss an einen sicheren Platz, gut aufbewahrt vor dem Rest der Welt. Besonders vor jenem, dessen Gier seinen Geist ergriffen und die schwarze Magie ihm monströse Taten begehen lassen hat.*

Bla, bla, bla. Dann kommt am 17. 12. 1983:

Heute war der Tag, an dem ich mich von meinem treuen Gefährten, dem ich geschworen hatte, ihn bis zu meinem letzten Atemzug für das Wohl der Gemeinde einzusetzen, getrennt habe. Ich habe mein Versprechen erfüllt und meine Tage sind gezählt. Doch ich werde mit dem Wissen gehen, dass Astra bis in alle Ewigkeit dort allein ruhen wird, so wie ich es schon bald, tief unter der Erde, tun werde. Falls dieses Wissen sich jedoch lediglich als Hoffnung herausstellen wird, habe ich Vorbereitungen getroffen.

Und diesen Teil hat er unterstrichen:

In dem Fall, dass irgendjemand diese Einträge jemals lesen sollte, möchte ich doch hoffen, dass dieser wohlwollende Absichten hat.

Danach kommt nichts mehr mit Astra."

Leon blickte enttäuscht drein. Endlich hatten sie eine Entdeckung gemacht und dann war sie nutzlos.

„Bist du sicher? Steht da nichts anderes, was vielleicht auffällig ist?", fragte Senia. Sie blätterte angespannt durch das Notizbuch.

„Wenn es nicht nützlich wäre, warum sollte Jeldrik dann so einen Aufwand machen, um es zu verstecken?", wendete Luna ein. „Und seht doch mal, an den Seitenrändern sind so kleine Muster und Zeichen, vielleicht sind das verschlüsselte Hinweise."

Die anderen hatten sich so sehr auf den Text fixiert, dass sie die Zeichen an den Rändern nur als Kritzeleien wahrgenommen hatten.

„Meinst du?", überlegte Senia.

„Vielleicht sind die Zeichen nicht unbedingt ein Hinweis, aber irgendwo in diesem Buch wird wohl etwas sein. Immerhin steht da ganz schön viel Text und wir müssten uns erst alles gründlich durchlesen, bevor wir zu einer Entscheidung kommen", urteilte Luna. Damit waren sich alle einig, dass sie etwas gefunden hatten.

„Sagen wir mal, wir finden eine Botschaft, wie sollen wir sie dann entschlüsseln?", gab Leon zu bedenken.

„Irgendwie werden wir es schon herauskriegen", hoffte Senia. „Vielleicht sind die Zeichen ja auch Runensprache, die wird in manchen Gebieten Lewendias noch häufig genutzt. Wir könnten in der nächsten Stadt in eine Bibliothek und da nachfragen. Vielleicht wissen die auch etwas mit den Einträgen anzufangen." Damit waren sie hier fertig.

Mit einem Blick auf die Karte sagte Adrian schließlich: „Die nächste Bibliothek ist in der Stadt Bikras." Er schaute in die Runde. „Nichts wie hin."

SO SCHRECKLICH WIE DER TOD

Kieselsteine knirschten unter Roxannes Füßen, als sie den nassen Waldpfad entlangging. Obwohl sie die ganze Nacht gewandert war, verspürte sie nicht den Hauch einer Erschöpfung und wanderte pausenlos weiter. Auf dem Weg hatte sie sich die Liste der Gegenstände für das Ritual durchgelesen und sich jeden Einzelnen gemerkt, für den Fall, dass die Liste ihr abhandenkommen sollte. Die Komponenten lauteten: dreihundert Gramm Rotperlenerz, ein halber Liter Wasser vom Fluss der Toten, das Blut eines frisch gestorbenen Pfeilgiftfrosches und der wertvollste Gegenstand eines verstorbenen Meisters.

Roxanne hatte sich entschieden, das Wasser vom Fluss der Toten als Erstes zu besorgen, da sie dafür am wenigsten Weg zurücklegen musste. Der Fluss der Toten floss nämlich durch die Unterwelt, ein verlassener und unscheinbarer Ort, dessen Eingang nicht weit von Duras entfernt war. Die Totenkönigin herrschte über diesen Ort. Roxanne wusste nicht viel über die Unterwelt, da sich nur sehr wenige dorthin wagten und, wenn sie es taten, selten lebend zurückkamen. Ihr war nur bekannt, dass es dort gefährliche Wesen gab, von denen man sagte, sie seien aus den Überresten der Urzeitwesen Lewendias entstanden. Roxanne konnte sich also vorstellen, wie scheußlich diese Wesen aussehen mussten.

Roxanne lief immer weiter, über die Brücke über den Fluss Gonrol und weiter in den Osten. Anhand der Landschaft merkte sie, dass der Eingang nicht mehr weit sein musste: Die Vegetation in ihrer Umgebung wurde immer weniger, Bäume gab es nur sehr wenige, und wenn, waren sie fast ausgetrocknet, was dem Wald ein kahles Aussehen gab. Je weiter Roxanne kam, desto karger wurde die Gegend. Der Himmel war vollkommen grau und ebenso der Boden rissig.

Schließlich betrat Roxanne eine Art Lichtung, in deren Mitte sich ein Brunnen befand. Sämtliche Bäume (falls man diese krummen und schwarzen Gewächse als Bäume bezeichnen konnte) bildeten einen großen Kreis um den Brunnen und keine Pflanze wuchs auch nur einen Zentimeter darüber. Alles, was die dunkelgrauen Backsteine umgab, waren schwarze Schlingpflanzen, die sich in alle Richtungen ausbreiteten, als würden sie jede Person, die sich dem Brunnen näherte, beim Fuß packen wollen.

Hier muss es sein, dachte Roxanne im ersten Moment, als sie die Gegend erblickte. Sie kramte ein langes Seil aus ihrem Rucksack und ging auf das graue Gemäuer zu. Den Enterhaken, der am Ende des Taus befestigt war, machte sie am Brunnen fest und ließ das lange Seil hinab, wo es von der Dunkelheit verschlungen wurde. Dann kletterte sie über den eiskalten Stein und tastete sich an der nassen Wand ab.

Das Innere des Brunnens war stockdunkel und Roxanne verlor jegliche Sicht, bewegte sich jedoch weiter.

Nach einer gefühlten Ewigkeit berührte ihr Bein den festen Boden und sie sprang hinunter. Sie landete in einem unterirdischen Kanal, der sich scheinbar nach beiden Seiten in die Unendlichkeit erstreckte. Zu ihrer Überraschung gab es eine schwache, kaltweiße Beleuchtung, doch sie konnte zunächst nicht erkennen, woher das Licht kam. Als sie sich jedoch umdrehte und alles entlang der abgerundeten Mauern analysierte, merkte sie schnell, was die Quelle des unheimlich schimmernden Lichts war: Mehrere durchsichtig schimmernde Gestalten schwebten durch die Luft. Sie waren quer im Kanal verteilt und summten beim Schweben eine unheimliche, dröhnende Melodie, als würden sie jemanden hypnotisieren wollen. Ohne sich davon einschüchtern zu lassen, ging Roxanne den Steinweg weiter entlang. Um für Angriffe gewappnet zu sein, holte sie ihr Schwert hervor und hielt es angriffsbereit vor sich. Während sie immer tiefer in das Unbekannte hineinlief, hörte sie das Krabbeln von Insekten auf dem Boden. Tiere, die wie eine Mischung aus Skorpion und Vogelspinne aussahen, streiften ihre Füße. Nach einer Weile wurden die Tiere immer mehr und begannen, ihr im Weg zu stehen. Roxanne schob die Insekten genervt aus dem Weg.

„Dumme Viecher!", schimpfte sie. Doch die vielen Insekten waren so hartnäckig, dass sie wiederkamen und ihre Beine hochkletterten. Roxanne strampelte mit den Beinen, um sie loszuwerden, aber sie klebten an ihr und wollten nicht weggehen. Roxanne holte ihre Streichhölzer hervor und begann, die Wesen auf dem Boden zu verbrennen und warf die auf ihren Beinen mit den Händen weg. In schnellerem Tempo als vorher ging sie an ihnen vorbei. Sie musste diesen verdammten Fluss finden.

Je weiter Roxanne lief, desto größer und skurriler wurden die Wesen. Es gab Tiere mit Schlangenzungen, einem Wolfskörper und Insektenbeinen sowie Geschöpfe mit einem Froschkopf und Bärenkörper. Auf dem Boden stampfend, damit die Insekten zerquetscht wurden, ging sie weiter. Doch nun reichten die Geschöpfe bis zu ihren Knien, sodass sie ihr Schwert einsetzen musste.

„Geht weg, ihr Biester!", schrie Roxanne und hackte einem Geschöpf nach dem anderen die Köpfe ab. Da die Schar an Wesen zu groß war, nahm sie eine mit Säure geladene Kugel in die Hand und warf sie auf den Boden, wo sie mehrere der Viecher verätzte. Die meisten wurden jedoch nicht vollständig getötet, sondern nur verletzt und hinkten der rennenden Roxanne hinterher. Unbarmherzig brachte Roxanne alle Wesen auf ihrem Weg um und sah in der Ferne ein Tor. Das Rauschen eines Flusses war zu hören.

Ihr Bein und ihr rechter Arm bluteten, als sie an das Tor kam und es harsch aufriss. Ein gigantischer Saal erwartete sie dahinter. Er war so groß, dass locker tausend Personen darin Platz hätten finden können, doch sie bezweifelte, dass jemals so viele Personen bis hierhin durchdringen könnten. Die Halle war vollkommen leer und große, graue Statuen von Menschen standen an den Wänden. Allesamt hatten sie die Arme vor der Brust gekreuzt, als lägen sie in einem Sarg. Wie in Erolds Thronsaal hingen große Kronleuchter von der Decke, die allerdings die doppelte Größe hatten und nicht Kerzen, sondern leuchtende weiße Kugeln trugen. Alle Kugeln gaben ein höllisches Summen von sich, das Roxanne an Esmeraldas qualvolle Schreie erinnerte.

Abgesehen von den Kugeln schwirrten Tausende und Abertausende von Geistern herum, die einen dichten, unheimlichen Nebel entstehen ließen, sodass der Großteil des Saals ihr verborgen blieb. Roxanne nahm das Rauschen des Flusses noch immer wahr und suchte danach, bis sie ihn zu ihrer Linken erblickte. Doch er verschwand in dem Nebel, sodass das Ende des Flusses ihr verborgen blieb. Die Flüssigkeit im Fluss war pechschwarz und breitete den abscheulichsten Gestank aus, den Roxanne je in ihrem Leben gerochen hatte. Jede Sekunde schwebten neue Geister aus dem Wasser heraus und verteilten sich im Raum. Daher hatte der *Fluss der Toten* wohl seinen Namen.

Roxanne handelte blitzschnell. Innerhalb von wenigen Sekunden holte sie den Krug aus ihrem Rucksack, in den sie das Wasser tun sollte, und beugte sich über den Fluss. Sie ging in die Hocke und versuchte, den Krug in den Fluss zu halten, doch der Gestank war so entsetzlich, dass sie fürchtete, jede Sekunde umzukippen. Mühselig versuchte Roxanne, den Würgereiz zu unterdrücken, und hielt ihren Atem an, doch es nütze alles nichts. Sie musste sich umdrehen und erbrach. Keuchend rappelte sie sich wieder auf und wandte sich dem Fluss zu. Langsam füllte sie den Krug mit Wasser.

„WIE KANNST DU ES WAGEN, MICH ZU BESTEHLEN!" Eine kräftige, kalte Stimme dröhnte durch den ganzen Saal und ließ den Boden erzittern. Von sämtlichen Statuen bröselte Stein auf den Boden.

Roxanne wirbelte herum. *Die Totenkönigin.* Ihre Zeit wurde knapp. Sie legte all ihre Vorsicht beiseite und kniete sich noch tiefer zu dem Fluss hinab.

„DU HÖRST ALSO IMMER NOCH NICHT ZU?!", hallte die Stimme der Monarchin bedrohlich. Roxanne hatte den Krug voll und wollte sich abwenden, doch auf einmal strömten mehrere Geister aus dem Gewässer direkt auf ihr Gesicht zu. Sie drehte sich panisch weg, wobei sie den Krug fallen ließ. Sie wollte ihn wiederholen, doch es kamen immer mehr Geister aus dem Fluss, wie Bienen aus einem Bienenstock. Hunderte von Untoten kreischten schrill und schwebten geradewegs durch sie hindurch. Ro-

xanne wollte sich umdrehen, um dem Strom an Geistern zu entkommen, doch sie war regelrecht von ihnen gefangen, da ihr jede
Sekunde Geister entgegenflogen, was sich bei jedem Mal so anfühlte, als würde man ihre Lebenskraft rauben. Roxanne drehte
und wendete sich, wirbelte mit den Armen herum, als wolle sie
einen Schwarm Vögel verscheuchen, doch es klappte alles nicht.

„Lasst mich in Ruhe!", brüllte sie. Roxanne hatte ihren Gleich-
gewichtssinn verloren; sie wusste nicht einmal mehr, wo oben
und unten war, da überall nur Geister waren. Dann erhaschte
sie für den Bruchteil einer Sekunde einen Blick auf den rabenschwarzen Fluss und erinnerte sich an ihre Mission. Sie musste diese Plage loswerden. Ächzend kämpfte Roxanne gegen die
Geister an und zog sich selbst mit aller Kraft nach vorne. Wie
durch ein Wunder fand sie den Krug und kam paar Zentimeter
in Richtung des Gewässers.

„HALTET SIE AUF!", kreischte die Herrscherin hysterisch.
Roxanne drängte weiter und weiter nach vorne, während die
Geister sie umkreisen und so laut kreischten, dass sie sich von
den Schallwellen zerdrückt fühlte. Die große Menge an Geistern fegte sie auf den Boden und sie knallte mit dem Rücken auf
den harten Untergrund. Ihr Rucksack glitt ihr von den Schultern und öffnete sich, wobei eine der Heilpflanzen, die Roxanne
aus ihrem Bau eingepackt hatte, heraus fiel. Es war eine Ringel-
blume, die sie für die Heilung offener Wunden mitgenommen
hatte. Die Blume hatte mehrere Blütenblätter in einem kräftigen Orangeton und war relativ frisch gezupft. Schlagartig stoben alle Geister auseinander, als würden sie von der Pflanze abgestoßen werden. Mit dem sonderbaren Ereignis einhergehend
begann die Totenkönigin klagend zu schreien.

„Schafft es weg hier!", blökte sie, als hinge ihr Leben davon ab.
Roxanne sah zu der Blume. Sie wusste zwar nicht, wie sie
das machte, sah sie jedoch als eine Chance, schnappte sofort
die Pflanze und hielt sie den Geistern entgegen, die panisch
vor ihr flohen. Die qualvollen Rufe der uralten Frau und den
erbärmlichen Geruch des Flusses ignorierend, füllte sie ihren
Krug erneut.

„VERSCHWINDE!!", grölte die Königin und schien dabei nicht einmal zu bemerken, dass der Eindringling einen halben Liter ihrer kostbaren Quelle entwendet hatte. Roxanne verschloss den Krug mit einem Korken, stopfte ihn in ihre Tasche und rannte mit der Blume aus dem Saal heraus, gefolgt von den Geistern, die kreischend hinter ihr herflogen. So schnell, wie sie nur wenige Male in ihrem Leben gerannt war, preschte sie den ganzen Weg durch den Gang mit den Insekten entlang, stampfte erbarmungslos auf ihre Überreste und sah schon bald Licht am Ende des Ganges. Tageslicht, das von oben auf den unterirdischen Tunnel schien. Keuchend hielt Roxanne darauf zu und erreichte endlich das Seil, mit dem sie heruntergeklettert war. Wie ein Eichhörnchen schwang sie sich nach oben und kam der Oberfläche näher. Doch beim Klettern hatte sie die Blume zwischen ihre Finger der linken Hand geklemmt und konnte sie den Geistern nicht entgegenhalten. Daher kamen sie immer näher; sie hörte das dröhnende Gekreische hinter ihrem Rücken und spürte ihren eiskalten Atem in ihrem Nacken. Mit schnappender Atmung kletterte Roxanne umso schneller und kam schließlich an das Ende des Brunnens, wo sie über den Rand des Gebildes nach draußen stieg, gerade, bevor einer der Geister wieder durch sie durchfliegen konnte. Keuchend taumelte sie von dem Steingebilde weg und krabbelte über den trockenen Boden.

Roxannes Puls raste. Ihre sonst zu Schlitzen verengten Augen waren weit aufgerissen und starrten entsetzt auf den Brunnen. Von alledem, was sie schon in ihrem Leben gesehen hatte, war nichts schlimmer gewesen, als das, was sich dort unten befand. Roxanne atmete schwer, immer noch auf den Brunnen starrend. Es fühlte sich so an, als würden die Geister immer noch neben ihr schweben. Dann aber gab sie sich einen Ruck und zwang sich selbst, sich aufzurappeln.

Noch ein letztes Mal blickte sie ausdruckslos auf das triste Steingebilde und kehrte dem Ort ihren Rücken zu, in der Hoffnung, nie mehr wieder zurückkehren zu müssen.

EIN ALTER BEKANNTER

Mitten in der Nacht wachte Roxanne auf. Dieses Mal waren es keine Krähen oder ihr Instinkt für Gefahren gewesen, sondern etwas anderes, das sie aus dem Schlaf geweckt hatte. Sie lag auf ihrem Bärenpelz, neben ihr der Rucksack und mit einem Dolch in der Hand, jederzeit bereit für den Kampf.

Nach ihrem Aufenthalt in der Unterwelt war sie einige Kilometer weitergelaufen und hatte an einer geeigneten Stelle ein Nachtlager aufgeschlagen.

Roxanne blickte leer vor sich hin. Es war stockdunkel und die Holzscheite auf dem Boden glühten immer noch. Aus irgendeinem Grund fühlte sie sich unruhig. Als würde sich etwas gegen sie erheben, ohne dass sie etwas davon bemerkte. Roxanne hielt sich nicht weiter mit dem Gedanken auf und wandte sich stattdessen ihren Bisswunden an den Beinen zu, welche die Insekten in der Unterwelt ihr zugefügt hatten. Mit den Kräutern in ihrem Rucksack machte sie mehrere Verbände und verband sie mit etwas Wasser und Erde zu Salben. Diese Technik hatte ihre Mutter ihr beigebracht. Rabea kannte sich sehr gut mit Heilkunde aus und hatte ihrer Tochter das beigebracht, damit sie besser im Wald zurechtkam. Nachdem Roxanne alle Stellen mit der Salbe eingeschmiert hatte, legte sie sich wieder hin.

Am nächsten Morgen kam sie schon früh auf die Beine. Als Nächstes auf Erolds Liste stand das Rotperlenerz, welches aufgrund seiner Schönheit und Seltenheit als einer der kostbarsten Stoffe Lewendias galt. Da dieser Rohstoff so selten und teuer war, gab es viele Leute, die es sammelten; sowohl legal als auch illegal. Roxanne kannte jemanden von früheren Missionen, der es definitiv in seinem Besitz hatte. Er nannte sich selbst X und sammelte seltene Gegenstände, um sie dann auf dem Schwarzmarkt zu verkaufen. Roxanne hatte ihn zum ersten Mal getroffen, als sie für Erold ein exotisches Kraut besorgen musste, das sie von einem seiner Schiffe stehlen wollte. Damals war sie erwischt und von seinen Handlangern zu ihm gebracht worden, doch X hatte sie wieder freigelassen, da er von ihrem Mut und ihrer Kampfkunst in solch einem jungen Alter beeindruckt gewesen war. Er behauptete, Roxanne sei ihm im Grunde ähnlich, weil auch er schon in seiner Kindheit mit dem Stehlen angefangen hatte. X und Roxanne hatten ausgehandelt, dass sie gehen durfte, wenn sie niemanden von ihrer Begegnung erzählte und ihm jederzeit zur Verfügung stand, wenn er sie brauchte. Schließlich war Roxanne die Enkelin von einem der mächtigsten Zauberer im Land und kam an Dinge heran, die niemand sonst dem Geschäftsmann bringen konnte.

Roxanne hatte Erold nie von X erzählt, da sie kein schlechtes Licht auf ihre Arbeit werfen wollte, doch seither kontaktierte X sie hin und wieder, wenn er einen Zaubertrank benötigte, der in Erolds Besitz war. Diesen nutze er dann für verschiedene Zwecke, darunter auch für das Manipulieren seiner Geschäftspartner. Inzwischen war X so einflussreich, dass sich Roxanne sicher war, dass er über das Rotperlenerz verfügte. Sicher würde Roxanne es ihm abkaufen können, wenn der Deal stimmte. Geld hatte sie ja von Erold bekommen.

X' Hauptquartier, in dem er sich die meiste Zeit befand, als Ziel gesetzt, lief Roxanne in Richtung Südwesten. Als sie dort eintraf, war es schon dunkel und das Licht aus den wenigen Häusern der Stadt schien in einem schwachen Gelb auf die Straßen. Im Vergleich zu Duras war Vyckins Hill eine kleinere Stadt mit hohen Betonhäusern, in denen jedoch nicht viele Menschen lebten. Ins Bild passend war die Gegend zwielichtig und verlassen. Da es gerade geregnet hatte, schmatzten Roxannes Füße, während sie im schnellen Stritt die Straße entlanglief.

Als sie die grellen Lichter aus einem Fenster herausscheinen sah, blieb sie stehen. Sie hatte ihr Ziel erreicht. Das Hauptquartier von X war als ein normaler Imbiss getarnt, in dem gerade ein paar Leute an Stehtischen standen und sich unterhielten. Roxanne trat ein. Das „Restaurant" war grell beleuchtet und kahl eingerichtet. Es gab nur ein paar Sitzbänke und wenige Tische, an denen die verschiedensten Wesen wie Trolle, Zentauren, Oger,

Hexen oder Zwerge waren. Als Roxanne hereinkam, verstummten ihre Gespräche und sie blickten misstrauisch, manche sogar belustigt, drein, dass eine Vierzehnjährige sich so spät nachts hier hineinwagte. Roxanne erwiderte das Starren der Leute mit einem giftigen Blick, sodass ihr spöttisches Grinsen erstarb und sie sich wieder ihren eigenen Angelegenheiten zuwandten. Roxanne marschierte geradewegs auf die Theke zu, an der ein gutgebauter Mann mit mürrischem Gesichtsausdruck die Getränke zubereitete.

„Ein Carailavin bitte", sagte sie. Dies war ein Code, den man benutzte, um ein dringendes Gespräch mit X zu verlangen. Niemand schöpfte Verdacht. Der Barmann verstand sofort und bereitete ein Getränk vor. Schließlich kam er von der Theke hervor und Roxanne, die so getan hatte, als würde sie es trinken, stellte das Getränk nach einer Weile hin und folgte ihm. Der Mann hatte auf sie gewartet und öffnete die Tür vor ihnen.

Der Raum dahinter schien für jeden anderen, der nicht in X' Geschäfte eingeweiht war, eine Küche zu sein. Wenn man aber genauer hinsah, erkannte man, dass der Tellerwäscher eine Schusswaffe in der Schürzentasche trug und die Regale nicht mit Geschirr, sondern mit Waffen gefüllt waren.

Der Barmann ging an ein wandhohes Regal und schob es zur Seite, hinter der sich eine weitere Tür verbarg. Der Mann schloss sie auf und eine steil herabführende Wendeltreppe kam zum Vorschein, die Roxanne und der Barmann hinabstiegen, bis sie in einem Empfangsraum tief unter der Erde waren. Direkt vor ihnen war eine edle Doppeltür, hinter der laute Geräusche zu hören waren.

Der Barmann schwang die Tür auf und sie betraten ein großes Casino mit blutrotem Teppich, mehreren runden Tischen und Leuten, die spielten und sich dabei zu amüsieren schienen. In der Ecke des Casinos befand sich eine weitere Treppe, die eine Etage höher führte.

„X ist in seinem Büro", ließ der Barmann Roxanne wissen und deutete auf die Treppe.

Roxanne stieg sie hoch und fand sich in einem Gang voller verschlossener Räume wieder. Das Büro von X war das vorletzte Zimmer auf der rechten Seite und wurde von zwei Männern im schwarzen Smoking bewacht. Ein goldenes Schild mit der Aufschrift „X" war an die Tür gehängt.

„Ich will X sprechen. Es geht um eine dringende Angelegenheit", informierte Roxanne trocken. Einer der Männer machte die Tür auf und teilte X ihr Ankommen mit.

„Oh, Roxanne", erwiderte X sowohl überrascht und neugierig, als auch erfreut. „Sie soll eintreten."

Roxanne betrat das große Zimmer. Auf dem Boden lag ein langer, roter Teppich, der zu einem großen Schreibtisch führte, auf dem Familienfotos, Dokumente, Stifte und eine Lampe ausgebreitet waren. Vor dem Tisch waren zwei große, grün gepolsterte Stühle. X, der an dem Schreibtisch saß, hatte ebenfalls so einen Sitz, nur dass dieser viel breiter und höher war. Hinter ihm an der Wand hingen ein großes Gewehr und mehrere ausgestopfte Tiere.

„Nimm Platz, Roxanne", bot X ihr an. „Schon lange her, dass wir uns gesehen haben. Was machst du denn so?" Er war ein breitschultriger Mann im Alter von vierzig mit gegelten schwarzen Haaren und einem kantigen Gesicht. Zudem hatte er einen Schnurrbart und ekelhaft gelbe Zähne, von denen mehrere aus Gold oder Silber waren. Gekleidet war er in einen teuren, grauen Anzug, auf der eine silberne Kette baumelte.

„Ich habe keine Zeit für Geschwafel", übersprang Roxanne die Förmlichkeiten. „Ich bin für ein Geschäft hier."

X legte seine immens großen Hände mit wurstdicken Fingern übereinander und lehnte sich auf seinem Sitz gemütlich nach hinten.

„Na, dann lass mal hören."

„Ich brauche Rotperlenerz, dreihundert Gramm. Hast du etwas davon?"

X lehnte sich wieder zu seinem Schreibtisch und kramte in seinen Akten. Nachdem er sie kurz durchgeguckt hatte, wandte er sich wieder Roxanne zu und strich seinen Schnurrbart entlang.

„Das ließe sich machen, ja", antwortete er und gab dem Mann, der mit Roxanne ins Zimmer hereingekommen war, ein Handzeichen, dass er es herbringen soll.

„Wofür brauchst du denn etwas so teures?", nahm X das Gespräch wieder auf.

Roxanne verdrehte ihre Augen. Sie hasste es, wie geschwätzig X war.

„Geht dich nichts an", keifte sie zurück. „Kannst du es mir geben oder nicht?"

X lachte herzhaft. „Du hast dich kaum verändert, Roxanne", behauptete er, bevor er mit dem Lachen aufhörte und sein Händlergesicht aufsetzte. „Es geben kann ich dir schon, doch es hat einen ziemlich hohen Preis."

Roxanne holte ihren Geldbeutel aus ihrem Rucksack und knallte ihn auf den Tisch. „Das sind 200 Lysmen."

X leerte den Inhalt des Stoffbeutels aus und verteilte das Geld über die Tischplatte. Dann hielt er die Münzen ins Licht, drehte sie in alle Richtungen und betrachtete sie für einige Sekunden. Mit einem zufriedenen Gesichtsausdruck legte X sie schließlich weg und sah zu Roxanne.

„Nun ja, das ist gut, aber nicht genug", beurteilte er spitz. „Du musst verstehen, das Rotperlenerz ist nahezu unauffindbar und sein Wert steigt von Jahr zu Jahr an."

„Mehr habe ich aber nicht", erklärte Roxanne und mehr wollte sie ihm auch nicht geben. Zwar war noch etwas Geld in ihrer Hosentasche, doch das brauchte sie für ihre eigene Versorgung auf dem Weg.

Als X etwas darauf erwidern wollte, kam der Mann mit einer Holzplatte in seiner Hand, auf dem ein durchsichtig roter, faustgroßer Stein war, zurück, und stellte sie auf den Tisch. X runzelte die Stirn, seinen Blick auf den Rohstoff gerichtet, den er ansah wie sein eigenes Kind.

„Dann lösen wir es anders", schlug er vor. „Ich behalte das Geld und gebe dir einen Auftrag. Wenn du ihn erfüllst, kriegst du das Rotperlenerz von mir."

„Abgemacht", ging Roxanne auf seinen Vorschlag ein. „Was willst du?"

X rutschte auf seinem Sessel nach vorn und verzog das Gesicht. „Es gibt da ein paar Oger, mit denen ich Geschäfte gemacht habe. Insgesamt sind es drei", begann er zu erzählen. „Anfangs waren sie noch vertrauenswürdig und hielten sich an unsere Abmachungen, doch im Lauf der Zeit wurden sie gierig. Sie wollten mehr haben als ihnen zu stand und bei mir konnten sie das nicht kriegen. Daher schlossen sie sich meinem Rivalen an, in dem Glauben, dass es für sie lukrativer wäre. Mir war das egal, denn ich hatte nicht vor, die Partnerschaft weiterzuführen, nachdem sie ihren Nutzen für mich erfüllt haben. Doch ich habe sie wohl unterschätzt, denn sie haben mich bestohlen. Zwar ist der Großteil der Ware nur eine Fälschung und für mich ein Kinderspiel zu ersetzen, allerdings haben sie auch meinen Kobold mitgenommen, als er beim Einbruch Alarm geschlagen hat. Sie haben ihre Beute und ihn wahrscheinlich auf eine Yacht geladen und dürften in zwei Stunden vom Südhafen von Tahran abfahren."

„Ich soll also dein Haustier zurückbringen?", erwiderte Roxanne abwertend.

X sah ganz empört aus. „Nicht nur irgendein Haustier", verteidigte er. „Chaq ist seit meiner Kindheit mein treuer Gefährte. Dazu ist er sehr nützlich für mich. Kleinere Wesen erreichen mehr Orte und dazu auch noch unauffällig, wenn du verstehst, was ich meine."

Natürlich verstand Roxanne. X brauchte seinen Kobold, um jeden unbemerkt zu bestehlen.

„Und warum erledigst du es nicht selbst?", hakte sie skeptisch nach.

„Na ja, die Tat der Oger darf ja nicht ungestraft bleiben, nicht wahr?", sagte X. „Und für meine Rache ist es wichtig, dass sie glauben, ich wüsste nicht, dass sie die Diebe sind. Wenn einer meiner Männer geht, würden sie sofort wissen, dass ich dahinterstecke. Aber du könntest genauso gut eines der obdachlosen Kinder am Hafen sein, welche die Beute auf dem Boot gerochen hat."

Roxanne nickte. Sie kannte X gut und diese Begründung schien ihr einleuchtend genug, dass sie den Auftrag annehmen konnte, ohne zu befürchten, angelogen zu werden.

In den nächsten Minuten bekam sie von X weitere Informationen darüber, wo die Oger sich befanden und was sie über sie wissen musste. Als sie alle nötigen Dinge wusste, verließ Roxanne das Lokal und machte sich sofort auf den Weg. Tahran war eine halbe Stunde von dort entfernt, doch Roxanne sputete sich trotzdem, um sie auf gar keinen Fall zu verpassen.

Zwanzig Minuten später hockte sie zwischen zwei Kisten in einer stillen Gegend. Vor ihr war die Anlegestelle, in dem viele Yachten ankerten und Boote vertäut waren. Das Schild vor ihr verriet, dass es sich um den Hafen von Tahran handelte. Zwischen den Kisten erhaschte sie einen Blick auf die Oger und deren Yacht: Es war dunkelblau angestrichen und größer als die anderen Wassertransportmittel. Zwei Oger waren gerade dabei, große Kisten auf die Yacht zu laden. Es handelte sich um zweieinhalb Meter große, breite und einäugige Wesen mit freien Oberkörpern und kurzen, braunen Hosen, welche mit Gürteln an ihren dicken Bäuchen befestigt waren. An ihren Gürteln waren auch ihre Keulen geschnallt, die jeder Oger als Zeichen für seine Stärke nie weglegte. Der eine Oger war um einen Kopf größer als sein Kumpan.

In dem Moment kam auch der dritte Komplize aus der Yacht, welcher sich als der Größte unter den dreien entpuppte und einen Käfig von einen der Kisten auf die Schulter nahm. Roxannes Blick fiel sofort auf das Gestell, X hatte gesagt, sein Kobold sei in einem Käfig gefangen. Dieser hier sah von außen aus wie ein Vogelkäfig, doch es hielt ein ganz anderes Tier gefangen: ein zwanzig Zentimeter großes, am ganzen Körper mit grünem Fell bedecktes Wesen, das laut kreischte. Das musste X' Haustier sein.

Ohne sich noch länger aufzuhalten, schlich Roxanne näher an die Yacht heran, bis sie an der Seite des Schiffes hockte. Als zwei der Oger sich umgedreht hatten, nutzte sie diesen Moment aus und huschte wie eine Maus, auf das Deck. Sofort hielt sie nach einer geeigneten Ecke zum Verstecken Ausschau und wartete dort, bis auch der dritte Oger die Yacht verließ und zu dem Kistenstapel draußen lief.

Roxanne schlich unter Deck; sie suchte die Kajüte, in den der größere Oger den Käfig abgestellt hatte, doch es gab mehrere

Zimmer, also fing sie an, alle abzusuchen. Gerade, als Roxanne das dritte Zimmer inspizierte, kam einer der Oger wieder zurück und stellte eine weitere Kiste ab. Roxanne floh hinter die Tür und lugte nach vorn, um zu sehen, wann er ging. Zu ihrem Unglück kam jedoch auch sein Komplize unter Deck und bewegte sich genau auf ihre Richtung zu. Roxanne hastete schnell von dort weg, allerdings sah sie dabei der dritte, der kleinste Oger, der gerade herunterkam.

„Hey! Du da, du hast da nichts zu suchen!"

Der Oger stellte die Kiste ab und rannte auf sie zu. Roxanne reagierte schnell und war zudem noch vorbereitet. Sie hatte ihre Waffen vorher in die Hosentasche gesteckt, um sie schnell zur Hand nehmen zu können. Sie griff nach einer der Säurekugeln und schleuderte sie ins Gesicht des Ogers. Roxanne war eine sehr gute Schützin und traf direkt ins Auge. Der Oger schrie auf und taumelte mit beiden Händen an das Auge haltend nach hinten. Die anderen beiden bemerkten sie jetzt auch, ließen ihre Kisten an Ort und Stelle fallen und schnappten ihre Keulen, um Roxanne anzugreifen. Diese drehte sich um, wuchtete eine Kiste vom Boden und schlug sie ihren Angreifern entgegen. Sie hätte die Oger auch ernsthaft verletzten können, doch ihre Absicht war es, den Kobold zu schnappen, daher wollte sie sie nur aufhalten. Nachdem Roxanne die beiden Oger getroffen hatte, zersprang die Kiste in tausend Stücke, woraufhin kostbare Diamanten und teure Schmuckstücke herausfielen. Die Oger, irritiert vom Ganzen, blieben für ein paar Sekunden stehen, doch Roxanne stoppte keineswegs. Sie drehte sich rasch um und sah ein Zimmer weiter den Käfig. Er hing an einem Haken an der Decke. Roxanne marschierte sofort in den Raum und machte sich daran, auf eine der Kisten zu klettern, um ihn zu erreichen. Sie griff nach dem Käfig und versuchte, ihn mit den Fingerspitzen zu sich zu ziehen, doch der Kobold biss ihr mit seinen winzigen, jedoch scharfen Zähnen in die Finger.

„Ich will dich retten, du blödes Vieh!", schimpfte Roxanne, während die beiden Oger, welche sich von Roxannes Angriff erholt hatten, auf sie zustürmten.

„Lass unsere Beute in Ruhe!", polterte der Mittlere.

Roxanne bemerkte die beiden schnell genug und schaffte es, sich in letzter Sekunde nach links zu retten, sodass die vor Wut schäumenden Oger die Kiste, auf der sie gestanden hatte, einfach umschmissen. Roxanne kam blitzschnell auf die Beine, während die beiden Oger einen zweiten Anlauf nahmen, und schaffte es noch, zur Seite zu weichen. Doch der größere Oger hatte sie schon am Arm gepackt und rüttelte an ihr.

„Lass mich los!", keifte Roxanne und schlug ihr Schwert kräftig gegen den Kopf ihres Gegenübers. Dadurch wurde dem größten Oger schwindelig und er blickte orientierungslos durch die Gegend. Roxanne verpasste ihm einen harten Tritt und schließlich ließ er ihren Arm los. Sobald sie vom Oger befreit war, sah sie sich nach dem Käfig um.

„Du!", donnerte der Mittlere tosend. „Ich zerquetsche dich mit bloßen Händen!"

Mit geballten Fäusten ging er auf sie los, doch diesmal konnte Roxanne nicht schnell genug ausweichen, sodass sie quer durch den Raum geschleudert wurde. Sie knallte gegen die Wand und umklammerte wütend ihr Schwert. Sie würde es diesem hohlen Oger schon zeigen! Pfeilschnell stand sie auf und rammte ihre Klinge in seinen Bauch hinein, woraufhin er einmal laut aufbrüllte und schließlich rücklings zu Boden fiel, wo er sich nicht mehr bewegte. Sein Kamerad, der Größte, rappelte sich derweil auf und griff nach seiner Keule. Auch der kleinste Oger, dessen Auge verätzt worden war, kam in den Raum und schloss sich seinem Komplizen an. Zu zweit preschten sie von unterschiedlichen Seiten auf Roxanne zu. Diese zog ihr blutverschmiertes Schwert aus dem Bauch des Ogers und erwiderte den Angriff. Sie wich nach hinten aus und entkam so dem größten Oger, woraufhin sie sich zu dem anderen drehte. Noch in ihrer Drehung schnitt sie dem kleinsten Oger eine tiefe Linie über seine Brust, die sofort zu bluten anfing. Ächzend schrie das Untier auf und schlug seine Keule nach Roxanne. Sie bückte sich und trat ihm mitten ins Gesicht. Ehe der Oger wusste, wie ihm geschah, hetzte Roxanne hinter den Rücken ihres Gegners und sprang auf ihn drauf, wo sie sich an seinen breiten Schultern festklammerte.

„Geh runter von mir!", schrie der kleinste Oger, schlug um sich und trampelte durch den Raum, wobei er sämtliche Kistenstapel umwarf. Roxanne konzentrierte sich währenddessen darauf, ihre Stellung auszunutzen, um auch seinen Kumpan aus dem Weg zu schaffen. Denn auf dem Rücken ihres Feindes hatte sie den Höhenvorteil.

Sie packte ihr Schwert und sah zu dem größten Oger, der Roxanne zu treffen versuchte. Roxanne schnitt ihm so viele Wunden wie möglich. Das Wesen schrie auf, war jedoch so wütend, dass er nicht darauf achtete, wohin er lief oder auf was er schlug. Währenddessen wollte der kleinere Oger Roxanne von seinem Rücken abschütteln, schaffte es aber immer noch nicht, denn sie war viel zu hartnäckig.

Nun zog sie auch noch an den Ohren ihres Gegners und lehnte sich mit ihrem ganzen Körpergewicht nach links. So lenkte sie ihn immer näher an den Mittelgroßen, welchen Roxanne in den Bauch gestochen hatte und tot auf dem Boden lag. Schließlich stolperte der Oger über ihn und krachte mit dem Rücken zu Boden. Roxanne, die mit ihm gefallen war, nahm ihr Schwert und stach es genau in sein Auge hinein. Sie sah auf. Jetzt fehlte nur noch der letzte Oger.

„Meine Brüder!", donnerte er beim Anblick seiner toten Komplizen. „DU WIRST DAFÜR BEZAHLEN!"

Wie ein wild gewordener Stier rannte er auf sie zu. Der Kobold, welcher den ganzen Kampf über gequiekt hatte, kreischte auf. Sein Käfig lag in der Ecke des Raumes, weil einer der Oger es von dem Haken gefegt hatte. Roxanne hechtete zum Gestell hin und packte es.

„RENN BLOß NICHT WEG!", brüllte der vollkommen ausrastende Oger.

Roxanne schob den Koboldkäfig durch seine Beine hindurch zur Tür, wo er über den Holzboden nach vorne glitt. Dann holte Roxanne die letzte übrige Säurekugel aus ihrer Hosentasche und schmiss sie auf die Brust des Ogers, wo sie ihm die meisten

Wunden zugefügt hatte. Schmerzverzerrt kippte er um und wälzte sich vor brennenden Schmerzen weiter auf dem Boden. Ohne ihm weitere Beachtung zu schenken, kam Roxanne auf die Beine und verließ mitsamt ihrem Schwert das verwüstete Zimmer. Vorne schnappte sie den Käfig, ging an Bug und sprang über Bord.

Draußen angekommen, sprintete sie genau die Route entlang, die sie hergekommen war. Der Kobold im Käfig schrie den ganzen Weg von Tahran bis zum Quartier ununterbrochen, während Roxanne durch den Wald rannte. Das hirnlose Geschöpf dachte immer noch, sie sei sein Feind, doch sie bemühte sich nicht einmal, es vom Gegenteil zu überzeugen. Stattdessen machte sie es noch schlimmer, indem sie gegen den Käfig schlug, damit das Wesen die Klappe hielt.

Nach einer knappen halben Stunde war sie wieder bei dem Lokal. Da der Morgen schon fast anbrach, befand sich keine Menschenseele darin. Roxanne ging auf direktem Wege zur Küche des Lokals, um von dort aus nach X zu kommen. Der Koch, welcher als Einziger noch da war, blickte sie überrascht an. Immerhin blutete sie an ein paar Stellen, ihre Haare waren durch den Kampf vollkommen zerzaust und sie hatte ein schreiendes Wesen bei sich. Doch an die Situation gewöhnt, stellte er keine weiteren Fragen und schob den Schrank in der Küche zur Seite, wo wieder die Tür zum Vorschein kam. Roxanne hastete die Treppe herunter und rannte vom Casino bis zu dem Büro von X. Die Männer wussten bereits Bescheid darüber, dass sie ankommen sollte, und ließen sie wortlos ein.

„Hier hast du dein Kuscheltier", sagte Roxanne und knallte den Käfig auf den Schreibtisch. Als der Kobold sein Herrchen sah, hörte er zu quieken auf und klammerte sich an die Käfigstäbe. „Allerdings brauchst du keine Rache mehr an den Ogern zu nehmen; das habe ich schon erledigt", fügte Roxanne ausdruckslos hinzu.

X sah zuerst zu seinem Haustier, dann zu Roxanne. Zufrieden grinsend fing er lautstark zu lachen an.

„Ach, ich wusste es!", meinte er und knallte seine tellergroße Hand auf den Schreibtisch, was alle Stifte in ihren Haltern erzittern ließ. Dann zog er den Käfig an sich und brach ihn mit einem Werkzeug aus seiner Schublade auf. Der Kobold kletterte erfreut auf den Arm seines Besitzers, wo X das Fell streichelte. Roxanne interessierte die Bindung zwischen ihm und seinem Kobold nicht einen Hauch. „Ich will jetzt meine Belohnung", forderte sie.

X warf ihr einen zufriedenen Blick zu. „Also gut", sagte er. „Ich halte mich an die Abmachung." Er machte eine Schublade auf und holte das rote Erz hervor. Roxanne nahm ein Tuch aus ihrem Rucksack und verstaute es darin. Dann nahm sie ihre Tasche, in der sie das Tuch hineintat, und ging zum Ausgang.

„Es ist immer wieder schön, mit dir Geschäfte zu machen, Roxanne. Bis zum nächsten Mal", verabschiedete sich X.

Roxanne sah daraufhin kurz nach hinten, drehte ihm dann aber – ohne irgendetwas zu erwidern – den Rücken zu. Sie hatte wesentlich wichtigere Dinge zu erledigen, als mit X zu quatschen.

Das Rotperlenerz und das Wasser vom Fluss der Toten hatte sie schon an sich genommen, es fehlte also noch das Blut eines Pfeilgiftfrosches und der wertvollste Gegenstand eines toten Meisters. Während sie das Lokal verließ, erinnerte sie sich daran, dass Erold auf die Liste mit den Gegenständen eine Randnotiz gekritzelt hatte. Diese sagte, dass sie als den wertvollsten Gegenstand eines toten Meisters den Smaragd in Jeldriks Haus beschaffen sollte. Roxanne vertraute auf diese Angabe, da Erold alles über Jeldrik wusste, da sie einst wie Brüder gewesen waren. Der Smaragd könnte sich in Jeldriks altem Haus befinden, es war jedoch ebenfalls möglich, dass seine Familie ihn in ihren Besitz genommen hatte und Roxanne zu ihnen nach Ylmi gehen musste.

Während sie geräuschlos durch den Wald lief, um einen guten Platz für ein Lager zu finden, überlegte sie schon einmal, wie sie es schaffen könnte, den Smaragd zu besorgen. Da sie konzentriert nachdachte und es stockdunkel war, bemerkte Roxanne nicht, dass eine Gestalt sich zwischen den Gebüschen verbarg, die in der Dunkelheit auf sie gelauert hatte. Diese kam mit einem Mal hinter den Bäumen hervor und Roxanne wurde mächtig auf den Kopf geschlagen, was sie sofort zu Boden fegte. Sie versuchte, ihre Augen offen zu halten, um ihren Angreifer zu sehen, doch sie nahm lediglich verschwommene Umrisse von einem großen, einäugigen Wesen wahr.

„Dachtest du, dass du einfach so davonkommen kannst?", zischte eine hasserfüllte Stimme in Roxannes Ohr, bevor sie bewusstlos wurde.

VERSCHLEPPT

Die klobigen Füße des Ogers zerstampfen das Gras und hinterließen große Fußabdrücke, während er seine Gefangene auf seinem Rücken trug. Um sicherzugehen, hatte er sie an den Händen, Füßen und Knien gefesselt sowie sie geknebelt, damit ihm nicht das gleiche Schicksal widerfuhr wie seinen toten Kameraden.

Die Sekunden, nachdem er von der Säurekugel getroffen worden war, hatte er so unerträgliche Qualen erlitten, dass er sogar aufgeben hatte wollen. Doch dann hatte ihn eine Wut gepackt, die schlussendlich über seinen Schmerz gesiegt hatte. Schäumend vor Wut war er aus der Yacht gestürmt und hatte nur eines im Sinn: Den Tod seiner Brüder zu rächen, indem er ihre Mörderin den qualvollsten Tod bescherte, den er sich nur vorstellen konnte.

Zu seinem Glück hatte der Kobold so laut geschrien, dass er ihre Spur mit Leichtigkeit hatte verfolgen können. Und nun brachte er sie zum Reich der Oger, damit sein Alpha sie bei lebendigem Leib auffressen und er genüsslich dabei zusehen konnte.

Während er so durch den Wald wanderte, spürte er plötzlich ein Zappeln an seinem Rücken. Roxanne öffnete ihre Augen. Im ersten Moment wusste sie nicht, was ihr geschehen war und wo sie sich überhaupt befand. Doch nach ein paar Blicken auf den Oger und die Umgebung verstand sie schnell, was passiert war, und ballte wütend ihre Faust zusammen: Wie hatte sie nur so einen Fehler machen können, den letzten Oger nicht auch zu töten?!

An der Umgebung nach zu urteilen, brachte er sie ins Reich der Oger, höchstwahrscheinlich um sie dem Alphaoger als Fraß vorzuwerfen.

Roxanne strampelte mit den Füßen, doch sie waren so fest aneinandergebunden, dass sie sie kaum einen Zentimeter bewegen konnte. Anstatt sie zu lockern, gruben sich die Seile sogar noch tiefer in ihre Haut hinein. Roxanne versuchte, sich umzudrehen, in der Hoffnung, dass sie dort mehr Glück hatte, doch der Oger schlug sie zur Seite.

„Beweg dich bloß nicht, sonst schlage ich dich tot!", drohte er. Er hatte ohnehin schon Mühe, die Nerven zu behalten. Wenn Roxanne auch nur eine weitere Sache tat, die ihn aufregte, könnte er seinen Plan ganz spontan ändern und sie doch selbst umbringen. Roxanne durfte ihn also nicht weiter reizen, wenn ihr ihr Leben lieb war, oder, woran sie ebenfalls dachte: ihre Mission.

Doch Roxanne hatte eine Flucht sowieso schon längst außer Betracht gezogen. Selbst, wenn sie ihre Fesseln lösen könnte, würde sie niemals ohne ihren Rucksack gehen, welchen der Oger in seiner Hand trug. Um ihn wegzunehmen, würde sie eine Waffe brauchen, aber diese wurde ihr ebenfalls abgenommen. Die einzige sinnvolle Möglichkeit war, abzuwarten, bis sich bessere Chancen boten. Dann stoppte der Oger abrupt. Roxanne spähte nach vorne, um zu sehen, warum sie stehengeblieben waren, und sah im Boden eine Art Falltür aus Holz, welche einen Durchmesser von ungefähr drei Metern hatte. Der Oger bückte sich und schloss die Tür mit einem großen Schlüssel auf, den er aus der Hosentasche gezogen hatte.

„Jetzt wird aus dir Menschenbrei!", hechelte der Oger voller Vorfreude und schleppte Roxanne eine steile Treppe herunter. Von unten drangen eintausend verschiedene, polternde Stimmen. Als sie ganz unten ankamen, konnte Roxanne das Reich der Oger mit eigenen Augen sehen. Es war eine überdimensional große, unterirdische Stadt. An der Decke hingen riesige Kronleuchter mit Kerzen und sorgten mitsamt den an den Wänden befestigten, unzähligen Fackeln dafür, dass der Ort in ein warmes, flackerndes Licht gehüllt wurde. Hunderte von Ogern saßen an gewaltigen, länglichen Tischen, auf denen die verschiedensten Gerichte serviert waren. Die Oger lachten gackernd und aßen ihr Festmahl wie Schweine, die man drei Tage hatte hungern lassen: Das Essen fiel ihnen beim Kauen aus dem Mund oder flog beim Beißen auf die Teller der anderen, ganz zu schweigen von dem Wein, den sie sich entweder vollständig den Rachen herunter kippten oder über den ganzen Tisch verschütteten.

Roxannes Entführer schleppte sie an dem Speisebereich vorbei zum Inneren der Ogerstadt, wo sich die Märkte und Wohnsiedlungen befanden. Mehrere Häuser aus Erde und Ton standen dort, jedes in einer anderen Größe und Form. In jeder einzelnen Ecke des Reiches lag Müll und zerfetzte Ogerkleidung sowie verschimmelte Essensreste. Während Roxanne sich angewidert die Gegend ansah, drang der Oger mit ihr immer tiefer in das Reich ein. Während Roxanne sich jede Straße des Reiches genau einprägte, um einen Fluchtplan zu schmieden, bemerkte sie, dass eine der Straßen eher abgelegen und nicht sehr bewohnt war. Soweit Roxanne in die riesigen, abgerundeten Fenster hineinsehen und es abschätzen konnte, lebten dort auch nur alte Oger oder die schäbigen Gebäude waren gänzlich verlassen. Bei ihrer Flucht würde sie locker durch diese Straße hindurch kommen können. Zu ihrem Glück endete sie in der Nähe des Ausgangs, der nur von ein paar Ogern bewacht wurde. Wenn sie erst einmal ihre Waffen hatte, würde sie mit denen locker fertigwerden.

Roxanne stellte innerlich schon ihren Fluchtplan fertig, als der Oger eine riesige Wand aus elegantem Holz erreichte. Diese stellte eine Trennwand zwischen diesem Teil des Reiches und dem Bereich dahinter dar. Allerlei Motive von Ogern in sich selbst präsentierenden Posen waren in das helle Material eingearbeitet. Vor der Barriere führte eine sehr breite Treppe zu einer imposanten, von mehreren Ogern bewachten Doppeltür mit hohem Bogen.

Roxanne verzog bei dem Anblick ihr Gesicht. Sie konnte einschätzen, was hinter der Wand war: der private Bereich des Alphaogers; sprich, der Saal, in dem ihm alle zwei Monate, wenn er wieder einmal eine Mahlzeit zu sich nehmen musste, gefangene Kinder zum Futter wurden und seine Gemächer, in denen er die meiste Zeit schlief.

Roxannes Geiselnehmer stieg die Stufen zur Barriere hoch und kam zu den vier Wächtern vor dem Eingang.

„Ich habe Futter für den Alpha mitgebracht", teilte er ihnen mit. Zwei der Wächter schritten auf sie zu und streckten die

Hände aus, um Roxanne entgegenzunehmen. Der Oger zögerte jedoch, bevor er ihnen seine Beute übergab.

„Ich habe noch eine wichtige Bitte", fügte er hinzu und funkelte Roxanne böse an. „Wenn dieses *Ungetüm* hier verspeist wird, möchte ich unbedingt dabei sein."

„Wenn es dem Alpha recht ist, soll es so sein", erwiderten die Wächter knapp und nahmen ihm Roxanne und ihren Rucksack ab. Roxanne spielte mit dem Gedanken, die Oger zu treten, verwarf diese Idee jedoch in Anbetracht dessen, dass sie am ganzen Körper gefesselt war und die fünf Oger sie an der Treppe definitiv einholen würden. Daher ließ sie sich von den beiden Wächtern in den Raum hinter der Barriere tragen. Dieser entpuppte sich als eine Art Vorraum, in dem ein Tor war, das von noch zwei Wächtern bewacht wurde.

Die beiden Wächter vor dem Tor öffneten ihren Kameraden und sie kamen in einen ausladenden Saal mit hohen Wänden. An diesen waren Ebenen aus Holz mit mehreren Stufen gebaut, wie die Tribünen eines Stadions. An jeder der fünf Ebenen an der Wand reihten sich massenweise Käfige, in denen Kinder, die meisten im Alter von fünf bis zehn, gefangen waren. Es gab jedoch auch kleinere. Die Gefangenen weinten und schrien, riefen nach ihren Eltern, hämmerten protestierend auf den Käfigboden oder kauerten still in ihren winzigen Gefängnissen.

An der vorderen Seite war ein gewaltiges Tor in der dreifachen Größe des Eingangs. Wie auch an der Barriere zuvor waren in diesem Bilder eingeritzt. Abgebildet war ein fünf Meter großer Oger mit einem wallenden Bauch, gewaltigen Nasenlöchern und einem gierigen Gesichtsausdruck. In der Hand hielt er ein frisch geborenes Kind, das er gerade zu seinem sperrangelweit offenstehenden Mund führte. Hier hauste vermutlich der Alphaoger.

Als die beiden Wächter Roxanne noch festhielten, kam ein breiter Oger mit einem riesigen Muttermal in seinem Gesicht herbei. In der Hand trug er einen Käfig, wie die, in dem die anderen Gefangenen waren, passend für Roxannes Größe. Einer der Wächter stopfte Roxanne unsanft in den großen Metallkäfig hinein. Dann kam der Oger mit dem Muttermal, der im Gegensatz zu den Wächtern keine Rüstung, sondern gewöhnliche Ogerkleidung trug. Dieser musste also der Wachmann sein, der die gefangenen Kinder im Saal bewachte. Er ging nah an Roxannes Käfig heran und betrachtete sie mit seinem blutroten Auge. Roxanne konnte seinen stinkigen Atem riechen.

„Die werden wir noch reichlich füttern müssen, bis daraus ein ordentliches Stück Fleisch wird", scherzte er und grapschte nach Roxannes Mund, von dem er ihr den Knebel wegriss, da ihr Mund zum Essen frei sein musste. Roxanne nutzte diese Gelegenheit und biss dem Oger kräftig in den Finger. Das Ungetüm schrie auf, doch sie ließ nicht locker, bis Blut aus dem Finger des Ogers quoll.

„Du verdammte Göre!", fluchte er, warf sich selbst gegen den Käfig und versuchte, Roxanne durch die Gitterstäbe zu packen. Doch sie war zu weit weg von ihm und das Metall trennte sie, sodass er sie nicht erreichen konnte.

„Warum kommst du nicht näher?", zischte Roxanne. „Bist du etwa nicht mutig genug, *Jammerlappen?*"

Der Oger geriet daraufhin vollkommen aus der Fassung und machte Anstalten, Roxannes Käfig aufzubrechen, während die Wachen ihn wegzogen.

„Sie gehört dem Alpha, komm zur Vernunft!", redeten sie ihm ein. Der Oger kochte zwar noch, doch er schüttelte sich und erinnerte sich an seine Aufgabe. Aus Wut gab er Roxannes Käfig noch einen Tritt.

„Du hast das mit Absicht gemacht, oder?", fragte er boshaft. „Tja, deine Mätzchen nützen dir jetzt auch nichts mehr!"

Die Aktion hatte Roxanne zwar wirklich nicht geholfen zu entkommen, doch sie hatte, was sie wollte. Während der Wächter versucht hatte, sie zu verletzen, hatte Roxanne sich seinen Gürtel genauer angesehen. An ihm steckte ein Schlüsselbund in einer angenähten Schlaufe und Roxanne hatte sich genau gemerkt, welcher Schlüssel an dem Bund ihren Käfig öffnete. Als der Oger sie angegriffen hatte, waren ihre Hände zwar noch gefesselt gewesen, doch an der Schlaufe zu ziehen, war ihr noch gelungen und sie hatte die Naht gelockert. Sie war stark genug, um den Schlüsselbund bei Gelegenheit gänzlich abzureißen. Die aufgewühlten Oger hatten nichts von alledem mitbekommen und machten sich gerade daran, Roxannes Käfig auf der dritten Ebene an der rechten Seite des Saals zu platzieren.

„Genieße deine letzten Tage", flüsterte der mit dem Muttermal ihr zu, als sie Roxannes Käfig abgestellt hatten.

„Zisch ab!", keifte Roxanne zurück und hätte ihn damit fast dazu gebracht, sich wieder auf sie zu stürzen, doch er hielt sich zurück und ging die Stufen hinab. Auf dem Boden angekommen, nahm er den beiden Wächtern Roxannes Rucksack ab und sperrte ihn in einen Käfig, der in der hintersten Ecke des Raumes stand. Dann verließen die Wächter den Saal, um wieder vor dem Eingang zu wachen, und auch der Aufpasser der Kinder kehrte zu seinem Posten zurück. Seine Aufgabe bestand darin, den ganzen Saal auf und ab zu tigern und dabei alle Gefangenen im Auge zu behalten.

Roxanne blieb in ihrem Käfig auf der drei Meter hohen Ebene eingesperrt und dachte nach. Sie wusste, dass der Alphaoger das gleiche Essverhalten wie Krokodile hatte: Er aß nur selten, aber wenn er aß, dann war dies eine riesige Mahlzeit, die ihm für die nächsten Wochen reichen würde. Sie wusste zwar nicht, wann die nächste Mahlzeit des Ogers anstand, doch ihr blieb vermutlich noch etwas Zeit.

In den nächsten Tagen wurde Roxanne massenweise Essen geliefert, damit sie zu einem möglichst großen Happen für den Alphaoger wurde. Doch sie war schlau genug, um nur so viel zu essen wie sonst auch. An der ganzen Sache kam ihr zugute, dass die Oger so dumm waren, ihre Fesseln zu lösen, damit sie essen konnte, und zu faul waren, um sie erneut zu fesseln. Abgesehen davon nutzte Roxanne die Zeit, um einen Plan auszuklügeln. In dem Saal befand sich an Personen, die ihr in die Quere kommen konnten, nur der Wächter, da alle anderen Oger vor dem Saal waren. Erst musste sie ihm den Schlüssel zu ihrem Käfig abnehmen und kampfunfähig machen, dann könnte sie aus dem Saal ausbrechen. Doch dafür musste sie sich eine Lügengeschichte ausdenken, um den Oger zu sich zu locken. Danach stünde der Oger jedoch immer noch vor ihr und würde sie sofort wieder einsperren. Deshalb brauchte sie jemanden, der ihr bei der Ablenkung des Ogers half, damit sie ihn ohnmächtig schlagen konnte, während sie den Schlüssel an sich nahm. Doch diesen Partner musste sie erst finden. Roxanne sah sich links und rechts von ihr um, nach einem Kind, das dieser Aufgabe gewachsen aussah. Der Junge neben ihr, der ungefähr dreizehn Jahre alt war, hockte in der Ecke seines Käfigs und wippte hin und her. Als Roxanne ihn ansah, drehte er verängstigt seinen Kopf weg. Der war es definitiv nicht. An ihrer linken Seite, ein Stückchen weiter, hauste ein Mädchen in ihrem Alter. Nach ihrem abgemagerten Gesicht und ihren zahnstocherdünnen Armen zu urteilen, war sie schon länger hier und weigerte sich, das Futter der Oger zu essen. Sie war eindeutig zu schwach, um Roxanne zu helfen. Genervt drehte sie sich weg und blickte nach vorne. Diejenigen unter ihr waren wiederum viel zu jung und daher ungeeignet. Roxanne schnaubte. Ihr blieb zwar noch etwas Zeit, doch bisher standen ihre Chancen für einen Ausbruch schlecht.

UNERWÜNSCHTE PLANÄNDERUNG

Madeleines Blick war auf die rot-blaue Nadel des Kompasses gerichtet, während sie durch den dichten Wald wanderte. Wenn sie sich nicht verschätzte, musste sie noch zweieinhalb Wochen pausenlos laufen, um zum Nebeltal zu gelangen, wo ihr Großvater Astra versteckt hatte.

Plötzlich ertönte ein lautes Magenknurren. Madeleine hatte seit Ewigkeiten nichts mehr gegessen, weil sie keine Pause einlegen wollte. Als sie aber in ihre Handtasche schaute, musste sie feststellen, dass nicht mehr viel von den Vorräten übrig war. Sie musste an einem nahe gelegenen Dorf Rast machen. Soweit sie wusste, lebten in dieser Gegend lauter Völker, die in verschiedenen Dörfern heimisch waren. Auf eines davon musste sie ja stoßen.

Mit diesem Gedanken lief sie weiter und kam nur eine Stunde später zu einem Waldweg. Ihm folgend sichtete sie ein paar Meter weiter ein Dorf, in dem lauter Zelte aufgestellt waren und sowohl Pferde als auch andere Nutztiere gehalten wurden. Auch die Einheimischen selbst konnte sie sehen: Es waren allesamt groß gewachsene, muskulöse Menschen mit viel Körperbemalungen. Madeleine duckte sich hinter einen Busch und beobachtete sie, um auszumachen, welchen Stamm sie gerade vor sich hatte. Dies war eine äußerst wichtige Information, denn die Ylmi waren mit manchen Stämmen dieser Gegend verfeindet, da sie in die Wüste kamen und ihre Vorräte raubten.

Madeleine konnte die Farbe der Bemalungen erkennen: Sie waren blutrot, feindlicher Stamm. Sie würde also nicht einfach ins Dorf spazieren und sich etwas zu essen kaufen können. Andererseits würde sie vielleicht verhungern, bis sie die nächste Siedlung fand, die mit den Ylmi befreundet war. Madeleine schlug ihre Faust auf den Boden.

Nun blieb ihr keine andere Wahl. Sie musste in eines der Zelte eindringen und daraus stehlen. Problematisch war jedoch, dass immer jemand drin war oder außen stand. Sie musste also warten, bis niemand in der Nähe war, um sich in die Unterkünfte zu schleichen. Sie duckte sich so, dass niemand sie sah, sie aber trotzdem einen Blick auf die Zelte hatte, und wartete. Nach einer Weile ertönte auf einmal ein lauter Gong. Mehrere Menschen fingen zu jubeln an, ließen ihre Tätigkeit liegen und rannten zu einem bestimmten Punkt. Madeleine wirbelte herum. Zahlreiche stark mit roter Farbe bemalte Männer kamen auf Pferden dahergeritten. In der Hand hatten sie große Säcke. Einer der Männer präsentierte angeberisch ein großes Hirschgeweih. Offenbar waren dies Jäger, die mit guter Beute von der Jagd zurückgekehrt waren.

Ganz zu meinem Glück, dachte Madeleine erfreut und schmunzelte, denn alle Bürger stürmten regelrecht auf die Jäger zu. Die Ankömmlinge selbst winkten ihrem Volk stolz zu, zeigten sich selbst mit ihren Jagdtrophäen und sahen niemand anderen als das ihr zujubelnde Volk. Damit waren sämtliche Dörfler abgelenkt. Das war Madeleines Chance.

Sofort huschte sie aus dem Busch hervor und schlich in das nahegelegenste Zelt. Davor stand eine kleine Wiege aus Holz, in der ein Baby schlummerte. Die Mutter des Kindes hatte es wohl in den Schlaf gewogen und war dann zu den Jägern gegangen. Madeleine ging vorsichtig an dem schlummernden Baby vorbei und trat ins Zelt.

Schnell durchsuchte sie das Innere nach etwas Essbarem und fand eine Kiste mit lauter Tonbehälter, in denen Maisbrot, Stachelbeerkuchen, getrocknetes Büffelfleisch und Bohnen waren.

Als Madeleine noch den Inhalt der Kiste begutachtete, kam plötzlich ein Rascheln von außen. Sie stopfte alles in ihre Tasche und spähte vorsichtig durch die Zeltöffnung. Alles, was sie durch den Spalt sah, war das schlafende Baby in seinem Bett. War etwa seine Mutter gekommen? Dann ertönte eine sehr tiefe Stimme, welche definitiv nicht von der Mutter des Kindes oder irgendeinem anderen Dörfler stammte.

„Sieh mal, Pal, was für ein Prachtstück!", polterte die Stimme. „Siehst du, war doch nicht so schlimm, dass wir diese Heulsuse von gestern nicht kriegen konnten!"

„Hast recht", meinte eine andere Stimme. „Mir läuft schon das Wasser im Mund zusammen, wenn ich dieses weiche Frischfleisch fühle!"

Madeleine sah, wie der dicke Finger einer gigantischen Hand über die sanfte Wange des Babys strich und wie eine Sekunde später ein glatzköpfiges, einäugiges Wesen sich seinem Gesicht näherte. Madeleine hätte fast lautstark nach Luft geschnappt, doch sie konnte sich gerade noch davon abhalten. Das waren Oger! Und sie wollten das Kind entführen!

Sie ging ein Stückchen aus dem Zelt heraus, gerade einmal so viel, dass ihr lockiger, schwarzer Haarschopf herauslugte. Die beiden Oger holten gerade einen Sack hervor. Madeleines Inneres brodelte. Sie durfte nicht zulassen, dass diese Monster das Baby entführten! Vorsichtig lehnte sie sich über den Stoff des Zeltes und schaute nach vorne zu den Dörflern, welche immer noch die Jäger willkommen hießen und nichts von alledem bemerkten. Madeleine musste sie irgendwie herrufen. Die Oger waren jeweils mit zwei schweren Keulen bewaffnet und sie würde alleine nur schwer gegen sie ankommen können. Andererseits wollte sie aber auch nicht von den Dörflern gesehen werden, da sie sicherlich nicht erfreut darüber sein würden, dass sie ihnen das Essen stahl. Ganz besonders nicht, wenn diese Person auch noch von den Ylmi stammte, was man ganz genau an ihrer Kleidung festmachen konnte. Nein, sie musste es anders erledigen. Angestrengt dachte sie nach und ihr kam eine passende Idee.

Madeleine nahm ihren Bogen vom Rücken und zielte genau auf das Ohr des Ogers. Sie legte einen Pfeil an, spannte die Sehne so weit, wie ihre Kraft reichte – und sie hatte viel Kraft –, ließ den spitzen Pfeil los und er schoss genau auf sein Ziel, wo er das Ohr des Ogers durchbohrte. Der Oger brüllte auf und packte sich wie ein hingefallenes Kind ans Ohr. Dabei ließ er jedoch die mindestens fünf Kilo schwere Keule in seiner Hand los, welche dumpf auf seinen Fuß fiel und ihn nochmals aufschreien ließ.

Der Lärm, den der heulende Oger veranstaltete, reichte aus, um die Aufmerksamkeit der Einheimischen auf sich zu ziehen. Sie reckten ihre Köpfe in ihre Richtung und brüllten alarmiert, als sie die beiden Wesen sahen. Sofort rannte das gesamte Volk mit ihren Speeren auf die Oger zu. Während das Volk brüllte und die Oger, einer von ihnen erstarrt und der andere schmerzverzerrt, zusahen, machte sich Madeleine schnell aus dem Staub und floh in den Wald hinein.

Der zweite Oger, der die ganze Zeit versucht hatte, auszumachen, wer den Pfeil auf seinen Partner abgeschossen hatte, sah, wie sie in die Ferne huschte. Doch er konnte ihr nicht nachjagen, da er schon von zehn Männern angegriffen wurde. Madeleine preschte schadenfreudig den Waldpfad entlang, die brüllenden Stimmen der Oger und Dörfler hinter sich lassend.

Das ist ja mal gut gelaufen, dachte sie amüsiert. Sie hatte sowohl ihre Vorräte aufgestockt als auch das Baby gerettet und war von dort verschwunden. *Zwei Fliegen mit einer Klappe,* dachte sie, als sie sich in sich hineinlachend vom Geschehen entfernte. Doch sie wusste nicht, dass ihr Triumph nicht lange anhalten würde.

SENIA ÖFFNET IHR HERZ

„Was?!", staunte Leon, als die vier aus dem Haus gingen. Es war schon dunkel.

„Schätze, wir haben beim Suchen die Zeit ganz vergessen", bemerkte Adrian.

Sie liefen noch ein paar Stunden durch die Landschaft und als die Nacht dann anbrach, schlugen sie an einem geeigneten Plätzchen ihr Lager auf. Senia verteilte die Decken aus dem Rucksack und Adrian machte mit zwei Steinen ein Feuer, damit sie nicht allzu sehr froren. Denn das Unglückliche an der Wüste war, dass es tagsüber unerträglich warm und nachts bitterkalt war.

Dann legten sie sich schlafen, Leon, Adrian und Femy nickten sofort ein, doch die Mädchen konnten kein Auge zu machen. Luna wälzte sich auf ihrer braunen Wolldecke herum. Als Senia aufstand und Jeldriks Spieluhr anmachte, gab Luna ihre Versuche auf und setzte sich neben sie ans Feuer. Still saßen beide da und hörten das ruhige Lied der Spieluhr, während das Lagerfeuer vor sich hin knisterte.

„Weißt du, Luna... ", brach Senia die Stille. Ihre Stimme war brüchig. „Wenn meine Oma stirbt, dann wird es größtenteils meine Schuld sein."

Luna sah zu ihr auf. „Sag doch so etwas nicht, Senia! Wir hatten doch gesagt, dass wir nicht die Hoffnung verlieren werden!"

Senia seufzte. „Es ist nicht nur die Mission. Ich rede von vorher. Noch bevor ich auf die Erde gekommen bin."

„Was ist denn vorher passiert?", wollte Luna wissen und sah auf Senias Gesicht, auf das orangenes Licht vom Feuer geworfen wurde.

„Du weißt ja von Esmeraldas Fluch, den sie mit Zaubern bekämpft hat. Diese funktionierten auch und hielten ihn zurück, aber in letzter Zeit war das wohl nicht so", erzählte Senia schweren Herzens. „Aber Oma hat es niemandem gesagt, damit wir uns keine Sorgen machen und niemand von uns hat es gemerkt.

Wir waren alle so sehr mit uns selbst beschäftigt. Und du hast ja mit eigenen Augen gesehen, was daraus geworden ist …"

Luna legte einen Arm um Senias Schulter. „Trotzdem ist es nicht deine Schuld, Senia. Esmeralda wollte nicht, dass ihr es wisst, und hat es deswegen verheimlicht. Mach dir keine so großen Vorwürfe."

Senia schniefte. „Nein, Luna, es ist nicht so, wie du denkst", verriet sie. „Es war nicht sonderlich schwer, ihre Lage zu bemerken. Wenn jeder nicht so sehr mit seinen eigenen Problemen beschäftigt wäre, hätten wir es sicherlich gemerkt. Aber keiner hat sich um Esmeralda gekümmert."

„Jeder hat mal Sorgen und wegen der Lage mit Erold hatte jeder sicherlich viel um die Ohren", wendete Luna ein. „Da ist es vollkommen normal, dass man nicht alles um sich herum wahrnimmt."

Senia schüttelte den Kopf. „So ist es nicht", beharrte sie. „In meiner Familie denkt niemand an den anderen. Sie haben alle nur die Absicht, einen hohen Rang beim Volk zu erringen und Esmeralda zu gefallen, um der nächste Anführer von Melna zu werden. Bevor ich zu euch gekommen bin, wollten die Erwachsenen nur, dass Esmeralda eine vernünftige Entscheidung für alle trifft und sie in Sicherheit sind, ohne sonderlich viel dafür tun zu müssen."

Dieses Mal hatte Luna nichts zu sagen. Sie hörte ihr einfach nur zu, weil sie wusste, dass sie wahrscheinlich die erste Person war, mit der Senia das teilte.

„Bei denen, die noch nicht erwachsen sind, ist es nicht viel besser. Sie haben es alle nur auf die Position als Esmeraldas Nachfolger abgesehen und deswegen wollen sie ihr gefallen und das geht am besten mit der Jagd. Dieses Jahr stand wegen Erold in Frage, ob sie stattfindet und jeder hat nur mit Esmeralda diskutiert, damit sie sich für die Jagd entscheidet, anstatt sie auch nur ein einziges Mal zu fragen, wie es ihr geht."

Luna hörte bedrückt zu. In ihrer Familie war es ganz anders. Man sorgte sich um den anderen, es ging nie um etwas wie *Anse-*

hen beim Volk oder einen *hohen Rang in der Gesellschaft.* Ihr wurde erst jetzt klar, dass es nicht jedem so ging.

„Genau deswegen fühle ich mich auch so schuldig", sagte Senia. „Ich habe mich genauso wenig für sie interessiert, da ich auch nur die Jagd im Sinn hatte."

Luna konnte sich einfach nicht vorstellen, dass Senia so egoistisch war, wie sie es von sich dachte.

„Du? Warum du? Ich bin mir sicher, dass du dich am meisten um Esmeralda gekümmert hast."

Zum ersten Mal im Gespräch huschte Senia ein Lächeln über das Gesicht, das jedoch schnell durch eine schuldige Miene ersetzt wurde. „Danke, dass du so denkst, Luna. Aber leider ist das nicht so. Ich war auch zu sehr auf meine eigenen Interessen fokussiert. Dieses Jahr wäre meine erste Chance gewesen, zum ersten Mal auf die Jagd zu kommen. Es ist quasi mein Probejahr und die Jahre danach entscheidet der Jagdleiter, ob man mitkommt oder nicht. Ich habe mich wochenlang darauf vorbereitet."

„Du warst bestimmt aufgeregt, oder?", ergriff Luna das Wort.

„Und wie", lächelte Senia. „Ich habe ständig nur daran gedacht, wie ich mit den anderen gehe und allen zeige, dass sie falschlagen."

„Falsch womit?", hakte Luna nach.

Senia ließ ihre Schultern hängen. „Es ist so, dass die anderen, also meine großen Geschwister, Cousins und Cousinen, viel besser sind als ich. In allem. Sie sind immer diejenigen, welche die größte Beute machen, die schlauesten Lösungen für Probleme finden, dem meisten Menschen mit ihren hervorragenden Talenten helfen und die Familie immer am stolzesten machen. Ich bin nur Senia. Der Tollpatsch, der immer auf alles reinfällt und *zu nichts nutze* ist. Ich hatte gehofft, dass ich bei der Jagd das Gegenteil zeigen kann."

Luna hörte Senia mitfühlend zu. An jemanden, der aus einer Herrscherfamilie kommt, hatte man sicherlich hohe Ansprüche. Ständig wurde sie mit allen verglichen, selbst wenn sie älter waren als sie und andere Stärken hatten. Das musste ihr ständig das Gefühl geben, sich ändern zu müssen.

„Und, hast du das geschafft?", wollte Luna wissen.

Senia schüttelte den Kopf. „Es kam nicht so, wie ich es erhofft hatte. Die anderen wollten mich nicht mitnehmen. Und sie haben mich nicht gerade *nett* zurückgewiesen." Senia sah zu Boden. „Ich dachte, mir wird unrecht getan. Die Zeit danach war ich deshalb nur mit meiner eigenen Lage beschäftigt, während meine Oma mit dem Tode ringt."

Luna blickte Senia mitfühlend an. „Du brauchst keine Schuldgefühle haben, Senia. Jeder hätte vor lauter Aufregung an nichts anderes mehr gedacht. Du wolltest einfach stoppen, dass jeder dich herunterzieht", sprach Luna.

„Meinst du?", hakte Senia nach.

„Natürlich. Außerdem seid ihr eine große Familie. Da liegt die Schuld nicht bei einer aufgeregten Vierzehnjährigen", sagte Luna. „Außerdem gibt es doch gar nichts, was du hättest tun können, wenn du Esmeraldas Zustand bemerkt hättest. Dass du es gemerkt hättest, wäre also nichts anderes als eine emotionale Last gewesen."

Lunas Worte beruhigten Senias Gewissen. Jetzt, wo sie darüber nachdachte, erinnerte sie sich, wie die Herrin gesagt hatte: *All das war genau so vorgesehen.* Sie zermarterte sich also die ganze Zeit über grundlos.

„Ich glaube, du hast recht, Luna", befand Senia. „Danke." *Danke, dass du mich nicht allein lässt*, fügte sie in Gedanken hinzu.

„Ich habe doch gar nichts gemacht", erwiderte Luna und zuckte bescheiden mit ihren Schultern.

Senia lächelte breit. „Vielleicht klingt es komisch, wenn ich das sage, aber ich bin froh, dass du hier in Lewendia bist."

Luna verstand, was sie meinte, musste aber trotzdem lachen.

„Danke, dass du das sagst, aber wiederhole das lieber nicht neben Leon. Sonst denkt er wieder, dass du mit Esmeralda unter einer Decke steckst und ihr uns mit Absicht hierher verschleppt habt", raunte Luna.

Diese Erinnerung entlockte auch Senia ein Lächeln. Nein, sie war nicht alleine. Nicht wie in Penelopes Haus und auch nicht wie die Jahre davor. Während die beiden ruhig vor dem Lagerfeuer saßen, packte Luna spontan Jeldriks Notizbuch aus, um noch mal ihr Glück zu versuchen. Die Zeichen nahm sie besonders ins Visier. Es waren einfache Formen bis hin zu komplizierten Schriftzeichen. Es gab zum Beispiel einen Halbkreis mit einem Punkt darin, zwei geschwungene Linien mit einem Viereck in der Mitte oder ein Sechseck, in dem noch ein kleineres Sechseck war, in dessen Mitte sich wiederum ein Viereck befand. Und vor allem schien sich immer die gleiche Reihenfolge an Schriftzeichen, die nebeneinanderstanden, zu wiederholen. Die Sandkörner am Boden wehten Korn für Korn weg, während Luna konzentriert das Notizbuch betrachtete und Senia neben ihr die Melodie der Spieluhr summte.

„Luna?", sagte sie, „Ich glaube, dieses Mädchen auf dem Pferd ist Jeldriks Tochter."

Luna hob ihren Kopf. „Wie kommst du darauf?"

„Einmal sind die Leute aus dem Ylmivolk zu uns nach Melna gekommen, weil Esmeralda sie zu einer Friedensverhandlung eingeladen hatte. Damals war Oma noch der Überzeugung gewesen, dass die Völker sich wieder vereinen können. Diese Verhandlungen haben jedoch nichts genützt, da die Ylmi der Meinung waren, es würde bestimmt wieder zu Streit kommen, deshalb wollten sie nichts mehr mit den anderen zu tun haben. Wie auch immer, bei dieser Verhandlung waren Jeldriks Frau und seine Kinder da, die alle schon erwachsen waren. Jeldrik hat nur eine Tochter und dieses Mädchen sieht genauso aus wie sie, nur als Kind", erklärte Senia.

„Darf ich mal sehen?" Luna nahm die Spieluhr. In dem Moment drehte sich das Karussell und blieb stehen. Das Mädchen, das auf einem der Pferde saß, hatte lockige, schwarze Haare und Augen. Ihre Haut war etwas dunkel und sie hatte ein breites Lächeln auf den Lippen. Außerdem trug sie Sandalen, auf denen ein Herzmuster gestickt war. Während sie sich das Mädchen ansah, fiel ihr Blick auf den unteren Teil des Karussells. Der Fuß des Mädchens befand sich genau über einer Gravur in dem golden angemalten Holz: Es war ein Sechseck mit noch einem Sechseck darin und einem Viereck in dessen Mitte. Luna schnappte nach Luft.

„Was ist? Was ist los?", fragte Senia erschrocken.

„Diese Zeichen... Das sind die gleichen wie im Notizbuch!" Senia hechtete zu Luna und überzeugte sich mit eigenen Augen, während Luna die Zeichen auf der Spieluhr zählte.

„Es sind sechsundzwanzig. Wie die sechsundzwanzig Buchstaben des Alphabets!", kombinierte sie.

„Aber dann... warte mal", bat Senia und drehte ununterbrochen an dem Rädchen an der Seite und merkte sich, wie viele Runden möglich waren. Nach der sechsundzwanzigsten Drehung ließ sich das Rad nicht mehr drehen.

„Das ist es!", rief Senia mit glänzenden Augen, „Eine Drehung der Spieluhr steht für den ersten Buchstaben des Alphabets: A. Das Zeichen, über dem sich der Fuß dieses Mädchens am Ende der Karussellfahrt befindet, steht also für A!" Eifrig drehte Senia an der Spieluhr und Luna schrieb mit Stift und Papier aus Senias Rucksack auf, welcher Buchstabe für was stand. Nach diesem Prinzip kamen sie Schritt für Schritt voran und entzifferten die Botschaft.

„...ebe ... ebel...", löste Luna die ersten paar Zeichen am Rand der letzten Seite. Senia drehte immer flinker am Rädchen. Der Lärm, den sie beim unzähligen Abspielen der Spieluhr machten, weckte die anderen auf.

„Was ist los? Woher kommt dieses Lied?", murrte Leon schlaftrunken, gefolgt von Femy, die genervt dreinblickte. Auch Adrian erhob sich verwirrt.

„Wir sind gerade dabei, die Zeichen zu entschlüsseln!", ließ Luna ihn aufgeregt wissen. Als sie das hörten, standen sie von ihren Decken auf.

„Nebeltal!", rief Senia, als sie das erste Wort herausgefunden hatten. „Astra befindet sich im Nebeltal!" Alle vier blickten sich gegenseitig an. Sie hatten das Rätsel gelöst!

„Wartet, das zweite Wort ist noch nicht komplett", stoppte Luna. Nach einer Minute fanden sie auch das heraus.

„Minabaxhöhle", reimte sich Leon zusammen. „Warte mal, *Minabaxhöhle? Wo zur Hölle ist das?"*

„Das ist eine Höhle im Nordosten des Nebeltals, da muss sich Astra befinden!", informierte Adrian sie.

„Ja, ich weiß von dieser Höhle!", freute Senia sich und wandte sich den anderen zu. „Wir haben das Rätsel gelöst!" Sie und Luna gaben sich einen High Five und Leon stimmte mit ein, obwohl er nahezu den ganzen Prozess verschlafen hatte. Adrian jedoch freute sich nicht mit ihnen.

„Wir sollten uns nicht zu früh freuen", mahnte er. „Das Nebeltal ist ein gefährlicher Ort. Außerdem haben wir einen weiten Weg vor uns. Wir sollten uns gut erholen und morgen früh aufstehen."

Senia griff wieder zur Karte. Tatsächlich lag das Nebeltal im Nordosten des Landes, während sie sich im Süden befanden. Sie hatten also nicht nur einen weiten, sondern einen *sehr* weiten Weg vor sich. Und dieser führte quer durch das Land.

TIEF UNTER DER ERDE ...

Weitere drei Tage verbrachte Roxanne damit, sich eine Alternative zu überlegen, wie sie aus dem verdammten Käfig rauskommen konnte, doch es boten sich einem nicht sehr viele Möglichkeiten, wenn man unbewaffnet in einem riesigen Saal voller schwächlicher Kinder gefangen war und jede Sekunde von einem Oger bewacht wurde, der als einziger den Schlüssel zu ihrem winzigen Käfig hatte. Das Heulen der an Existenzangst leidenden Gefangenen und der begrenzte Platz im Käfig machten es nicht gerade besser. Außerdem wurden täglich neue Kinder hergebracht, doch jedes einzelne stellte sich als Nichtsnutz heraus. Allmählich hatte Roxanne wahrlich Schwierigkeiten, ihre Nerven im Schach zu halten.

Als sie wieder einmal damit beschäftigt war, sich irgendeinen anderen Fluchtplan auszudenken, der ohne einen Partner funktionieren könnte, kamen die beiden Wächter mit einem großen Stoffbeutel in der Hand. Wieder ein neuer Gefangener. Wie bei den anderen Neuankömmlingen auch, betrachtete der Aufpasseroger die Größe des Beutels und holte aus dem Raum nebenan einen Käfig. Die beiden Wächter öffneten den Beutel und schmissen ein schwarzhaariges Mädchen mit langen, wilden Locken heraus.

Bäuchlings lag Madeleine auf dem Boden und rührte sich nicht. Nachdem sie sich vom Dorf entfernt hatte, war sie plötzlich von den beiden Ogern, die ihr offenbar nachgegangen waren, überrascht worden und sie hatten sie entführt. Madeleine hatte sich zwar gewehrt und wäre fast entkommen, wenn diese verdammten Oger nicht zu zweit gewesen wären und ihren Bogen zerbrochen hätten. Anschließend hatten sie sie mühsam (da sie die strampelnde Madeleine nur schwer hatten bändigen können) in einen Beutel gesteckt und hierher verfrachtet. Madeleine, die wusste, dass sie als Futter für den Alphaoger dienen sollte, blieb weiter auf dem Boden liegen. Nicht etwa, weil sie zu schwach war, sondern weil sie etwas vorhatte. Aus ihren Augenwinkeln beobachtete sie jede einzelne Bewegung der Oger, die nicht ihre Entführer, sondern zwei neue in silbernen Rüstungen waren. Dann versuchte sie sich langsam aufzurappeln, stürzte aber kraftlos auf den Boden. Jedenfalls täuschte sie das so vor. Die Oger lachten und Roxanne, die das Geschehen neugierig beobachtet hatte, in der Hoffnung, dass wenigstens diese neue Person ihr für die Flucht nutzen könnte, drehte uninteressiert ihren Kopf weg.

Wieder so ein Nichtsnutz, dachte sie genervt, während der Aufpasseroger, der gerade den Käfig abgestellt hatte, sich mit dem Schlüssel in der Hand dem Mädchen näherte und über ihre jämmerliche Lage spottete. Madeleine, die noch auf dem Boden lag, musterte seine Schritte genau. Nur noch ein kleines Stückchen ... ein paar Zentimeter ... ganz wenig ... jetzt! Schlagartig sprang Madeleine auf und verpasste dem Oger mit der bloßen Faust einen Schlag ins Gesicht. Sie rannte von ihm weg und erst dann waren der Aufpasseroger und die beiden Wächter in der Lage, zu reagieren, und jagten ihr nach. Diese überraschende Wendung weckte Roxannes Interesse. Sie drehte sich wieder zurück und beobachtete den Kampf aus ihrem Käfig. Madeleines Schlag war zwar hart gewesen, doch es handelte sich immerhin um einen immens großen Oger, der davon nicht lange aufgehalten wurde und ihr nachjagte. Madeleine rannte auf den Ausgang zu, doch sie hatte so lange bewegungslos in dem Sack gesteckt, dass ihre Beine eingeschlafen waren und sie nicht schnell genug war. Einer der Oger überholte sie und packte sie am Arm. Madeleine riss ihn weg und schlug ihm erneut mit der Faust, diesmal in den Bauch, wo sie genau den Magen des Ogers traf. Der Schlag war so hart, dass er zurückfiel und Madeleine wieder fliehen konnte. Doch die beiden anderen Wächter durchkreuzten ihre Pläne; sie rannten ihr hinterher und griffen mit ihren Schwertern, Waffen, die nur die Wächteroger am Eingang besaßen, an. Madeleine wich jeglichen Schlägen geschickt aus und die Klingen zischten haarscharf an ihr vorbei, doch sie schlug mit ihren Händen zurück. Es begann ein Kampf zwischen Madeleine und den drei Ogern, in dem die großen Ungetüme mit Klingen angriffen und sie sich mit ihren Händen und Füßen wehrte.

Roxanne musterte von ihrem Käfig aus jede einzelne Bewegung des fremden Mädchens. Sie war sehr schnell und ließ sich nicht ein einziges Mal treffen. Zudem besaß sie nicht nur Kraft, sondern durchdachte jeden ihrer Angriffe, indem sie genau dorthin schlug, wo sie die Oger am meisten verletzen konnte. Ihre Strategie war Roxanne fremd, aber sie war effektiv und man merkte, dass sie Erfahrung hatte. Roxanne beugte sich weiter nach vorne. Das war diejenige, die sie für ihren Plan brauchte. Madeleine kämpfte mit aller Kraft weiter, doch sie reichte gegen alle drei Oger nicht aus, zumal sie keine Waffen hatte. Die Oger packten sie und zerrten sie in den Käfig. Roxannes Mundwinkel zuckten nach oben.

„Nein! Lasst mich los!" Madeleine kämpfte weiter gegen die drei mächtigen Wesen, konnte jedoch nicht gegen sie ankommen und wurde weggesperrt. Der Aufpasseroger schulterte ihren Käfig und trug ihn die Treppen zu den Etagen an der Seite des Saals hoch. Er kam auf der dritten Ebene an, lief weiter … und blieb genau an dem freien Platz zu Roxannes Linken stehen. Er stellte den Neuankömmling dort ab und ging.

Madeleine schnaubte und trat vor Wut so hart gegen die Gitterstäbe, dass das Metall erzitterte und ein schallendes Geräusch ertönte.

„Ruhe da oben!", donnerte der Guardian, der Madeleines Handtasche gerade in den Käfig am Ende der Etage gesperrt hatte.

„Ach, halt die Klappe", blaffte Madeleine zurück und trampelte weiter gegen das Metall.

„Das wird nichts nützen", raunte ihr plötzlich eine Stimme neben ihr zu. „Damit vergeudest du nur deine Kraft."

Madeleine drehte sich zu der Stimme um. Sie kam von einem Mädchen in ihrem Alter, das ihre Haare zu einem Dutt gebunden hatte, aus dem die pechschwarzen Strähnen in ihr ungewöhnlich blasses, schmales Gesicht fielen, das sie wie eine Leiche aussehen ließ. Aufgrund ihrer festen Kleidung schätzte Madeleine, dass sie aus den kälteren Gebieten des Landes kam.

Zudem erinnerte sie Madeleine aus einem unerklärlichen Grund an eine Schlange.

„Was interessiert dich das, ob ich Kraft habe oder nicht?", keifte Madeleine zurück. Wenn sie wütend war, war sie auf niemanden gut zu sprechen. Schon gar nicht auf fremde Personen, die sie grundlos ansprachen.

„Es geht mich etwas an, weil du Kraft brauchen wirst, um mit mir aus diesem Loch zu entkommen", erwiderte Roxanne genauso giftig.

Madeleine drehte sich zu ihr um. „Wer hat gesagt, dass ich mit dir zusammenarbeite?"

„Weil ich von all diesen Taugenichtsen hier die Einzige bin, mit der du eine Chance hast, zu fliehen. Ich versuche schon seit Tagen, eine Möglichkeit zu finden, wie ich entkommen kann, aber man kommt hier nicht ohne einen Partner heraus", erklärte Roxanne. „Entweder du hockst hier weiter so rum und wartest darauf, gefressen zu werden, oder du hilfst mir, zu entwischen."

Madeleine dachte einen Moment über das Angebot des fremden Mädchens nach. Sie vertraute ungern jemandem, den sie nicht kannte und dieses Mädchen sah nicht sehr vertrauenswürdig aus, aber dieses Mal stand weitaus mehr auf dem Spiel als jemals zuvor. Die Zusammenarbeit mit der Fremden war womöglich ihre einzige Chance und Madeleine hatte den Eindruck, dass sie wusste, wovon sie sprach.

„Und was schlägst du vor?", fragte Madeleine erwartungsvoll.

Das Mädchen kroch zu Madeleine und flüsterte ihr den Plan zu. Madeleine war nicht ganz überzeugt davon, aber alles war besser, als gefangen auf ihren Tod zu warten. Daher willigte sie ein.

„Wann geht es los?", fragte sie.

„Jetzt gleich", gab Roxanne zurück und ging zur Mitte ihres Käfigs. Auch Madeleine stellte sich auf Position und hielt sich bereit. Ihr schwerer Atem hinterließ Dampf auf den kalten Gitterstäben ihres Käfigs, während sie den auf und ab tigernden Wächter betrachtete.

Nach ein paar Minuten nickte Roxanne Madeleine zu. Diese erwiderte die Geste, womit sie Roxanne zeigte, dass sie bereit war.

„Hey, Wächter!", rief Roxanne und verstellte dabei ihre Stimme, sodass sie sich krächzend anhörte. Der Oger ignorierte sie.

„Hey, ich habe dich gerufen!"

Endlich drehte er sich zu ihr um. „Was ist?", schnauzte er sie an.

Plötzlich bekam Roxanne einen Hustenanfall. Madeleine wusste zwar, dass sie nur so tat, aber selbst für sie schien es glaubwürdig.

„Ich bin krank. Es ist etwas Ernstes", spielte Roxanne schniefend vor. „Wenn ihr nicht sofort einen Arzt holt, werde ich hier sterben!"

Der Oger betrachtete sie argwöhnisch. Roxanne senkte ihre Augenlider, sodass sie müde aussah. Ihre blasse Gesichtsfarbe verstärkte die Wirkung, wodurch sie tatsächlich einen kranken Eindruck machte.

„Mir egal. Du wirst sowieso sterben, wenn du vom Alpha gefressen wirst", erwiderte der Oger und wandte sich ab.

„Willst du etwa, dass sich dein Alpha mit der Todesplage ansteckt, wenn er mich frisst?", hustete Roxanne und umklammerte dabei die Käfigstangen, als würde sie vor Schwäche umfallen, wenn sie sich nicht festhielt. „Ich infiziere noch alle anderen Kinder, sodass es gar kein Futter mehr gibt! Möchtest du deinen Alpha verhungern lassen?"

Der Oger zögerte. Er wurde den Eindruck nicht los, dass sie etwas im Schilde führte, aber er machte sich allmählich sorgen, dass Roxanne für die restliche Beute tatsächlich eine Gefahr darstellte.

„Woher soll ich wissen, dass du nicht lügst?", wollte er schließlich wissen.

„Komm doch her und sieh selbst, in welchem Zustand ich bin! Ich habe sogar Flecken im Mund!", log Roxanne und keuchte schwer. Der Oger kam hoch zu Roxannes Käfig. Mit Absicht krabbelte sie ganz an den linken Rand des Metalls, damit sie möglichst nah an Madeleine war. Derweil stand der Oger schon vor ihr und versuchte herauszukriegen, ob sie wirklich krank war oder nicht. Roxanne hustete noch kräftiger.

„Hier, sieh selbst. Alles ist ganz geschwollen!" Roxanne öffnete ihren Mund, um dem Oger ihre angeblichen Flecken zu präsentieren. Dieser beugte sich zu ihr nach vorne und sah in ihren Mund. In dem Moment packte Roxanne durch die Gitterstäbe den Hals des Ogers und würgte ihn. Ehe er es sich versah, trat Madeleine ihm aus dem Käfig nebenan heftig gegen das Knie, sodass er zu Boden fiel. Madeleine riss am Schlüsselbund, der sich von der Schlaufe, die am Gürtel befestigt war, löste, da Roxanne vorher die Naht davon gelockert hatte. Mit dem passenden Schlüssel brach sie aus ihrem Käfig heraus. Der Oger brüllte wütend und machte Anstalten, sich aus Roxannes Würgegriff zu befreien, während Madeleine seine Keule abnahm und ihm damit kräftig auf den Kopf schlug. Bewusstlos kippte der Oger nach hinten.

Die umstehenden Gefangenen reckten erstaunt die Köpfe in ihre Richtung, in der Hoffnung, dass sie auch freikamen. Doch die Kinder waren nicht die einzigen, denen die Konfrontation auffiel. Auch die Wächter, welche hinter dem Tor zum Saal standen, waren auf sie aufmerksam geworden.

„Hey! Was ist da los?", rief einer von ihnen.

Madeleine legte die Keule weg und öffnete schnell Roxannes Käfig. Sobald diese befreit war, stieß sie den ohnmächtigen Oger die Etagen hinab, sodass er über etliche Käfige rollte und schließlich auf den Steinboden plumpste. Jetzt begann die zweite Phase des Plans. Roxanne blickte nach rechts, zu dem Käfig, in dem der Oger ihre Taschen eingesperrt hatte. Madeleine hatte den passenden Schlüssel dafür schon herausgesucht und ihn an sich genommen.

„Mach schnell, ich kümmere mich um die Wächter!", herrschte Roxanne Madeleine an und drehte sich sofort zu den beiden Wächtern um, die schon das Tor zum Saal aufgeschlossen hatten und die Etagen an der Wand hochgerannt kamen. Derweil hechtete Madeleine in die andere Ecke des Raumes, um ihre Taschen zu holen. Die beiden Oger griffen zu ihren Schwertern, um Roxanne damit zu schlagen. Diese schnappte sich die Keule des Aufpasserogers vom Boden und griff den vorangehenden Wächter damit an. Er schlug mit seinem Schwert nach ihr, aber seine Waffe verfing sich in dem Holz der massiven Keule. Roxanne schleuderte sie, und somit auch das Schwert des Ogers, weg, sodass sie beide nun unbewaffnet waren. Dann packte sie den Wächter an der Rüstung, stopfte ihn in ihren ehemaligen Käfig und schloss ab. Der gefangene Wächter brüllte und tobte, doch er hatte keine Chance. Jetzt hatte Roxanne nur noch den zweiten Wächter vor sich, der sich mit vor Zorn glühenden Augen auf sie stürzte.

„ACHTUNG!", schrie plötzlich jemand von unten. Madeleine, welche die Taschen an sich genommen hatte, stand dort unten mit Roxannes Bogen in der Hand, den sie genau auf den Oger gerichtet hatte. Sie feuerte einen Pfeil genau in die Kehle des Ogers, welcher erstarrte und dann kerzengerade nach hinten kippte.

„Jetzt müssen wir nur noch diese Eingangstür aufbekommen", stellte Madeleine mit einem Blick auf den Oger fest, da die Wächter das Tor des Vorraumes schon aufgeschlossen hatten, um sie aufzuhalten. Roxanne nickte nüchtern und nahm ihren Rucksack von Madeleines Rücken. Bevor sie sich jedoch um die Ausgangstür kümmerten, machte sich Madeleine daran, die Käfige aller anderen Gefangenen aufzuschließen.

„Was machst du da? Das ist nicht Teil des Plans!", herrschte Roxanne sie an und Madeleine drehte sich ruckartig zu ihr um. „Nicht Teil des Plans? Wir können sie doch nicht hierlassen!", blökte sie und ließ sich nicht an ihrer Arbeit hindern. Wer würde diese Kinder schon hierlassen, in dem Wissen, dass sie sterben werden? Roxanne schnaubte genervt, diskutierte aber nicht weiter, mit dem Gedanken, dass die zusätzlichen Leute auch als eine Art Kanonenfutter dienen oder die Oger aufhalten könnten, während sie einen Abgang machte. Madeleine befreite ein Kind nach dem anderen, wobei die Babys und Kleinkinder, die noch nicht laufen konnten, von den Älteren getragen werden mussten.

„Du wirst doch nicht auch *die* mitnehmen, oder?", meinte Roxanne mit einem abfälligen Blick auf die Kleinen. „Sie müssen so kampffähig sein wie möglich, damit der Plan klappt. Sie sind doch nicht einmal bewaffnet." Madeleine warf sich entrüstet die Haare aus dem Gesicht und schritt auf Roxanne zu. „Dann geben wir ihnen halt unsere Waffen." Roxanne wollte eine giftige Antwort geben, doch dann ließ sie es sein. Es hatte keinen Sinn, mit Madeleine zu streiten. Für jetzt war sie von ihr abhängig und musste mitspielen. Wenn sie hier raus war, hatte Madeleine dann all diese Gören am Hals. Madeleine rüstete sich mit Roxannes Bogen aus. Roxanne ließ es zu und nahm einen Metallspeer aus ihrem Rucksack. Am Ende standen sie mit einer Mannschaft von etwa dreißig Kindern da, von denen manche ein anderes Kind in ihren Händen trugen und ungefähr fünf bewaffnet waren.

„Ihr müsst mir jetzt alle zuhören", verkündete Madeleine. „Wir müssen zusammenarbeiten, damit wir es gemeinsam hier herausschaffen."

Alle Kinder, ob klein oder groß, wandten sich ihr zu, sogar die Babys verstummten und schienen ihren Worten zu lauschen „Seht ihr diese Tür da vorne?" Madeleine zeigte zu der Doppeltür und wartete auf das Nicken der anderen. „Dahinter sind genau vier Wächter, zwei auf der rechten und zwei auf der linken Seite. Sobald wir diese Tür aufmachen, stürzt ihr euch auf der Stelle auf die Wächter. Ihr müsst sie nicht ernsthaft verletzen. Es reicht, wenn ihr dafür sorgt, dass sie uns nicht davon abhalten können, zu fliehen." Madeleine war sich zwar nicht sicher, ob die ängstlichen Kinder den Plan begriffen, da die meisten sie nur zitternd anstarrten, doch sie erklärte trotzdem weiter. „Roxanne kennt den Weg, wie wir aus der Stadt heraus können, ohne zu viel Aufmerksamkeit auf uns zu ziehen. Ihr müsst ihr einfach nur folgen, so schnell ihr könnt. Jeden, der euch in die Quere kommt, schubst ihr weg und lasst euch nicht erwischen!"

„Ansonsten geht niemand zurück, um euch aufzusammeln, und ihr bleibt hier", legte Roxanne bei und jagte den Kindern damit erheblich Angst ein. Madeleine verdrehte die Augen, aber andererseits konnte sie Roxanne auch nicht widersprechen. Dieser Plan war ihre einzige Chance und inmitten einer Ogerstadt konnten sie sich nicht auch noch auf die Suche nach kleinen Kindern machen.

„Hat noch jemand Fragen?", ging Madeleine sicher und blickte in die Runde.

Alle Anwesenden schüttelten den Kopf.

„Dann kann es losgehen."

DER PLAN B

Roxanne bediente sich erneut an dem Schlüsselbund des Aufpasserogers und nahm den Schlüssel zur Tür heraus. Alle waren schon in den Vorraum des Saals gegangen und hatten sich
vor der riesigen Tür platziert. Auch Madeleine stand dort und
wartete, bis Roxanne die Tür aufmachte, damit sie ihren wag-
halsigen Plan durchführen konnten.

Roxanne stellte sich ganz nah an den Ausgang, schloss ihn auf
und alle ehemaligen Gefangenen strömten wie ein Schwarm wild
gewordener Bienen heraus und warfen sich auf die Wächter. Diese waren von dem Dutzend Kinder, das auf sie zukam, so über-
mannt, dass sie zur Seite stolperten, ohne überhaupt ihre Waffen zücken zu können. Madeleine und Roxanne rannten derweil
schnurstracks durch das Gewusel in genau die Seitenstraße hinein,
die Roxanne als abgeschieden und deswegen sicher beschrieben
hatte. Der Rest ließ die verwirrten Wachen hinter sich und rannte ihnen sofort nach. Infolgedessen rauschten dreißig Kinder mit
ihren paar Waffen von Roxanne oder den besiegten Ogern sowie
Kleinkindern im Arm durch die Straßen des Reiches, gefolgt von
vier Wachen, die sich von dem Überraschungsangriff erholt hatten.

„Bleibt sofort stehen!", brüllten die Oger ihnen nach und
hielten ihre Schwerter auf sie gerichtet.

Madeleine blickte nach hinten. Der Vorsprung, den sie sich
verschafft hatten, wurde Sekunde für Sekunde kleiner. Die Oger
waren ihnen auf den Fersen. Um sie zu verlangsamen, griff
Madeleine nach einem Pfeil und schoss ihn auf einen Wächter,
der aber gerade noch auswich. Die Wachen ließen sich nicht von
den Gegenangriffen beeindrucken und nahmen stattdessen die
langsamsten Kinder ins Visier, die sie mit ihren klobigen Händen
an der Kleidung zu packen versuchten. Die Betroffenen schrien
hysterisch und rannten vor Angst noch schneller. Eines von ihnen trug jedoch eine Zweijährige mit sich und war zu erschöpft,
um ihren Sprint zu beschleunigen. Japsend bettelte sie um Hil-

fe, während der Oger nur noch ein paar Zentimeter hinter ihr war und seine Finger nach ihr ausstreckte.

Madeleine feuerte ihr Geschoss auf die Hand des Ogers und traf! Der Wächter brüllte auf, blieb stehen und riss den Pfeil heraus, doch das Mädchen konnte ihm in dieser Zeit entkommen. Der Oger, dessen Hand nun blutete, wurde von seiner Wut geblendet und hatte nur noch Madeleine im Blick. Seine drei Mitstreiter begannen derweil, Dinge, die sie auf der Straße fanden, nach ihnen zu werfen. Die Ausgebrochenen bückten sich, um nicht von den Steinen, Zaunpfählen oder Ästen getroffen zu werden, und wedelten mit ihren spitzen Waffen herum, in der Hoffnung, sie könnten die Gegenstände damit wie mit einem Baseballschläger abwehren.

„Da ist das Tor!", meldete Roxanne. „Jetzt müssen wir die Route wechseln." Allesamt bogen sie in eine Straße hinein, die mitten durch das Reich verlief und daher viel belebter war als der Weg zuvor. Mehrere Oger liefen herum, Karren standen auf dem Bürgersteig und auf der Straße. Die Passanten beiseite drängend, hetzten sie die Straße entlang und rannten quer durch das ganze Reich, wobei die Oger sie das eine oder andere Mal fast erwischten. Keuchend sah Madeleine nach vorne. Sie hatten schon die Hälfte des Weges zurückgelegt. Plötzlich ließ etwas den Boden erzittern. Jegliche Ogerhäuser wackelten und die Früchte, die an Marktständen verkauft wurden, fielen zu Boden. Nur eine Sekunde später ertönte eine markerschütternde Stimme:

„WO SIND SIE?!"

Sämtliche Fußgänger, Wachen und Ausgebrochenen verharrten an Ort und Stelle und starrten nach hinten zu der goldfarbenen Barriere, aus der das Dröhnen gekommen war. Der Alphaoger war erwacht. Und er hatte die Abwesenheit seines Futters bemerkt. Noch bevor sie aus ihrer Schockstarre erwachen konnten, zerbarst die Wand am hinteren Ende des Reiches und ein schmerbäuchiges, grölendes Wesen in der Größe zweier aufeinandergestapelter Elefanten wurde sichtbar. Roxanne erkannte sein Aussehen, denn es war haargenau das gleiche, das in der Wand des Saals abgebildet war. Der Alphaoger hatte einen riesi-

gen Mund, aus dem Sabber lief, faulige Zähne, einen so stinkigen Atem, dass er bis zu ihnen durchdrang, wabbelnde und vor
Wut dunkelrote Wangen sowie feurige Augen. Er ließ den Blick
durch sein Reich schweifen und als er die Ausgebrochenen erblickte, brüllte er und die Erde an der Decke bröselte nach unten. Sein Zorn vervielfachte sich und er trampelte tosend auf
sie zu, wobei er die ganze Stadt unter seinen gewaltigen Füßen
zerschmetterte. Alle stießen einen spitzen Schrei aus.

„Lauft!", schrie Madeleine den anderen zu und rannte um ihr
Leben. Die Oger auf der Straße flohen ebenfalls, in der Angst,
dass ihr Alpha sie zertrampelte. Dieser tobte durch das Reich
und die Häuser erzitterten, Marktstände kippten um, Bewohner stolperten und standen wieder auf und jeder schrie.

„GEBT MIR MEINE BEUTE!", donnerte die vier Meter große Bestie und streckte seine übermäßig große Hand nach ihnen aus. Die Menge stob auseinander und kreischte. Roxanne
biss die Zähne zusammen.

„Dieses Scheusal wird uns alle umbringen!", rief sie beim
Rennen. Dieser Riese ruinierte ihren Plan. Madeleine ging es
genauso, sie brauchten dringend einen Plan B oder dieser Oger
würde ihr Ende werden.

Plötzlich fiel etwas von oben auf sie. Madeleine sah hoch. Die
Decke bröckelte auseinander und zwar nicht nur ein paar Kör-
ner, sondern auch größere Erdbrocken. Alle legten ihre Arme
über die Köpfe, um sich zu schützen.

Madeleine sah hektisch nach oben, um eine Lösung für das
Ganze zu finden. Beim Hochsehen fiel ihr Blick auf die vielen
gigantischen Kronleuchter. Sie waren an festen Tauen befestigt,
von denen manche aber schon ziemlich alt und vermodert waren. Da kam ihr plötzlich eine Idee. Der Plan B.

„Roxanne!", rief Madeleine und sie drehte ihren Kopf zu ihr.

„Was ist?", brüllte Roxanne zurück und auf Madeleines Handzeichen kam sie näher zu ihr, damit sie sich besser hörten.

„Ich habe eine Idee, wie wir den Oger aufhalten! Du musst
schnell nach vorne rennen. Schmeiß deinen Speer auf diesen
Kronleuchter, wenn ich einen Pfeil in die Höhe schieße!"

Madeleine zeigte auf die Leuchte, die sie meinte, und Roxanne verstand sofort. Im Eiltempo überholte sie alle Fliehenden und sprintete so schnell sie konnte, bis sie eine passende Stelle erreicht hatte. Aus diesem Winkel konnte sie hervorragend den Speer abwerfen.

Derweil griff der Alphaoger in die Menge hinein, um eines der Kinder zu erwischen, und hatte es dabei auf Madeleine abgesehen. Diese merkte, wie die Hand des Ungetüms auf sie zukam und rannte keuchend vor ihm weg. Jeder andere an ihrer Stelle hätte vor Panik alles vergessen, doch Madeleine schaffte es, beim Rennen einen klaren Kopf zu bewahren und gleichzeitig die Decke im Auge zu behalten. Es fehlten nur noch ein paar Meter, bis der Alphaoger an der richtigen Position stand. In ihrem Sprint fingerte Madeleine schon einmal einen Pfeil aus dem Köcher an ihrem Rücken und bespannte ihren Bogen. Da sie rannte, drohte der Pfeil von der Sehne zu fallen und ihr Halt war nicht sehr stabil, aber Madeleine schaffte es, das zu verhindern. Sie blickte zur Decke. Sie waren fast da. Der Oger bewegte sich weiter auf sie zu und stand letztlich genau unter dem Kronleuchter. Er hätte sie um ein Haar erwischt, doch genau dann ließ Madeleine den gespannten Pfeil los und er schoss in die Höhe. Roxanne, die ein paar Meter weiter das Zeichen sah, schleuderte daraufhin ihren metallenen Speer auf das verfaulte Seil, das den Kronleuchter trug.

Madeleine verfolgte den flitzenden Speer mit ihren Augen. Es kam ihr so vor, als würde er in Zeitlupe durch die Luft schießen, bis er schließlich genau auf das Seil des Kronleuchters traf und ihn durchtrennte, woraufhin der Metallkörper genau auf den Kopf des Alphaogers fiel. Der Oger kippte nach hinten und alle Umstehenden brachten sich aus der Reichweite. Das Untier landete mit einem lauten Schlag auf dem Boden, sodass die Staubkörner auf dem Boden aufgewirbelt wurden. Der Alphaoger regte sich nicht. Für ein paar Sekunden bewegte sich auch niemand anderes und alle starrten nur auf seinen gewaltigen Körper. Dann kam plötzlich ein hitziger Schrei aus der Menge.

„Sie haben unseren Alpha getötet! Sie haben den Alpha getötet!" Auf diesen Ruf folgten mehrere weitere Schreie der Bewohner. Manche hoben kampflustig ihre Arme hoch, während andere auf sie zeigten.

Mist, schoss es Madeleine durch den Kopf. Daran hatte sie nicht gedacht. Sie hatten gerade praktisch den Allvater der Oger umgebracht, sie hätte wissen müssen, dass die Oger nicht sehr erfreut darüber sein würden.

„PACKT SIE!!", brüllte einer der verärgerten Bürger und all seine Mitstreiter stürmten auf die Ausgebrochenen zu. Sie waren auf Rache aus und schnappten sich alles, was sie auf dem Weg fanden, um es als Waffe gegen sie einzusetzen. Madeleine, Roxanne und all die anderen Gefangenen preschten auf den Ausgang zu. Dabei warfen sie den rasenden Ogern alles zu, was sie hatten, um sie abwehren zu können. Aus Verzweiflung warfen manche ihre Waffen auf die Köpfe ihrer Verfolger, weil sie damit nicht kämpfen konnten. Die ganze Ogerstadt hetzte den dreißig Gefangenen hinterher, doch sie kamen trotzdem wie durch ein Wunder an dem Ausgang an. Madeleine sah, wie Roxanne mit einem der Wächter vor dem Ausgang kämpfte und sie selbst knüpfte sich dessen Kumpan vor. Da Madeleine nur einen Bogen, und keine Nahkampfwaffe bei sich hatte, schlug sie den Oger mit ihren Fäusten. Zur Hilfe kamen ihr zwei andere Kinder, die jeweils ein Schwert bei sich hatten. Ächzend trieben die drei den Oger in die Enge und stürzten ihn gemeinsam um, indem sie ihm in die Kniekehlen schnitten. Roxanne jedoch hatte nicht so viel Glück. Da sie den Speer weggeworfen hatte, musste sie ohne eine Waffe mit dem Wächter, der ein Schwert bei sich hatte, fertig werden. Der Oger war geschickter als erwartet und schnitt ihr fast ins Gesicht. Roxanne nahm den Rucksack von ihrem Rücken und schleuderte ihn ihrem Gegenüber entgegen. Der Oger taumelte nach hinten, kam aber zurück und riss ihr dabei den Rucksack aus der Hand, der ein paar Meter wegrutschte. Das Untier hob sein Schwert, doch in dem Moment schoss Madeleine einen Pfeil in seinen Rücken. Irgendwie hatten auch die anderen Kinder es geschafft, die Wachen zu überwinden, und drängten sich alle zum Ausgang der Ogerstadt. Roxanne wurde mit ihnen mitgezogen, doch sie hielt sich an dem Türrahmen fest und blickte nach vorne. Ihr Rucksack mit all den Gegenständen für Erolds Ritual lag ein Stückchen vor ihr noch auf dem Boden, aber sie konnte ihn wegen den Kindern und den hinterherrennenden Ogern nicht erreichen.

„Mein Rucksack!", lärmte sie und zeigte auf ihre Tasche, während sie sich nach vorne drängte, aber nicht gegen die Schar an fliehenden Kindern ankommen konnte. Madeleine, die sich noch nicht zum Ausgang gedrängt hatte, weil sie mit den wütenden Bürgern der Ogerstadt beschäftigt war, bemerkte Roxannes Ruf und hechtete zu ihrem Rucksack.

„Hab ihn!", ließ sie Roxanne wissen, bevor diese außer Reichweite gedrängt wurde und hinter der Ausgangstür verschwand. Während Roxanne danach die Treppe zur Oberfläche emporschnellte, hechtete auch Madeleine mit ihrer eigenen Handtasche über der Schulter, dem Pfeil und Bogen in der Hand, und Roxannes Rucksack am Rücken zum Ausgang. Die rachsüchtigen Oger verfolgten sie zur Treppe, die zur Oberfläche führte. Hinter ihnen donnerten ihre Schreie und das Geklapper von den Gegenständen in ihrer Hand, während Madeleine schon die Klappe am Ende der Treppe erblickte. Tageslicht strömte in den unterirdischen Raum, während die ehemaligen Gefangenen sich gegenseitig an die Oberfläche zogen. Madeleine hetzte als eine der Letzten zu der Klappe, doch einer der Oger packte ihr Fußgelenk und riss sie zurück.

„Du gehst nirgendwo hin, du Mörderin!", blökte der Oger, während Madeleine versuchte, ihn wegzutreten. Mehrere Kinder, die es schon nach oben geschafft hatten, zogen sie an ihren Armen hoch.

„Nimm das, du Oger!", kreischte ein Junge und warf dem Oger einen Felsbrocken ins Gesicht. Madeleine kam frei und rette sich nach oben. Bevor noch ein einzelner Oger durch die Klappe greifen konnte, schlossen sie sie allesamt ab und setzten sich darauf, damit sie nicht aufging, bis Roxanne und fünf weitere Ausgebrochene einen großen Felsen aus dem Wald heranschleppten und auf der Luke platzierten. Alle Anwesenden starrten auf die Klappe. Das zornige Brüllen der Oger drang zu ihnen durch und sie sahen, wie die Oger sie nach oben zu drücken versuchten.

„Das hält sie nicht lange auf", warnte Roxanne. „Wir müssen schnell hier weg."

Das ließen sich Madeleine und die anderen nicht zweimal sagen. Von Adrenalin erfüllt, rannten sie und Roxanne in den tiefen Wald, so weit wie nur möglich weg von dem Reich der Oger.

ZWEI WEGE KREUZEN SICH NIE UMSONST

Madeleine konnte nicht genau sagen, wie lange oder wohin sie gerannt waren, doch an den Bäumen konnte sie erkennen, dass sie sich sehr weit entfernt hatten. Denn anstelle der breitstämmigen Pinien wimmelte es nun von großen Lindenbäumen in dem Wald. Außerdem war es nun nicht mehr hell, sondern dunkel. Doch sie wanderten immer noch weiter, um bloß sicherzustellen, dass die wütenden Oger sie nicht fanden. Die meisten von ihnen waren schon sehr erschöpft und kriegten nur schwer ein Bein vor das andere. Auch Madeleine fühlte sich schon müde und die Last ihres Gepäcks machte es nicht besser. Sie hatte Roxanne ihren Rucksack zurückgegeben, doch die Lasche ihrer Handtasche schnitt ihr in die Schulter.

„Wann hören wir auf?", jammerte eines der Kinder und sackte zu Boden. Die anderen machten es ihm nach und setzten sich.

„Wir sollten hier ein Nachtlager aufschlagen, bevor es noch dunkler wird", schlug Madeleine vor.

Roxanne, die voranging, überprüfte die Umgebung. Sie waren auf einer Art Lichtung im Wald, daher standen nicht viele Bäume um sie herum und sie hatten genug Platz. Zudem war ein steiler Hang direkt neben ihnen, sodass von der Seite keine Gefahren kommen konnten. Roxanne betrachtete alles noch ein zweites Mal und nickte dann.

„Hier ist es gut", entschied sie und begann anschließend, Holz für das Lagerfeuer zu sammeln.

„Werden wir jetzt hier übernachten?", fragte ein sechsjähriger Junge eingeschüchtert.

„Ich dachte, wir gehen nach Hause?"

Madeleine griff sich an den Kopf. Sie war so sehr auf die Flucht konzentriert gewesen, dass sie ganz vergessen hatte, wie all die Kinder nach Hause kommen sollten.

„Ach, ja", machte Madeleine und sah zu Roxanne. „Was wird aus diesen Kindern?"

„Was soll aus ihnen werden?", erwiderte sie genervt. „Sie sind jetzt frei und jeder geht seinen eigenen Weg."

„Wie sollen sie denn alleine zurückfinden? Die meisten leben doch bestimmt weit weg von hier und sie könnten sich im Wald verirren."

Roxanne blickte sie verständnislos an. „Was kümmert mich das? Ich habe ihnen einen Gefallen getan. Dank mir konnten sie den Ogern entkommen und jetzt werde ich sie ganz bestimmt nicht auch noch babysitten."

Madeleines Geduldfaden, der ohnehin nicht sonderlich lang war, wurde immer kürzer, je länger Roxanne sich so unkooperativ verhielt. Wie konnte ein Mensch nur so egoistisch sein, um dreißig Kinder alleine im Wald zurückzulassen?

„Wir haben Verantwortung für sie", erinnerte Madeleine sie, als ob das nicht schon offensichtlich wäre. „Wir können sie niemals allein hier zurücklassen. Wie sollen sie denn etwas zu essen oder zu trinken finden?"

„Ich werde sie auf gar keinen Fall nach Hause bringen", meinte Roxanne. „Ich habe weitaus wichtigere Dinge zu tun, als mich um irgendwelche Kinder zu kümmern. Wenn sie dir so sehr am Herzen liegen, dann mach du es eben."

Madeleine drehte ihren Kopf von Roxanne weg. Sie würde offensichtlich keine Hilfe sein, daher musste sie es selbst tun. Was hätte sie gemacht, wenn sie sich als Kind aus Ylmi entfernt und in der Wüste verirrt hätte? Was hatte sie bei den Ylmi gelernt? Dann fiel ihr schlagartig etwas ein. *Die Feen!* In der Dorfschule in Ylmi gab es ein Schulfach, in dem ihnen etwas über diese Wesen beigebracht wurde. Zum Glück hatte Madeleine ein gutes Gedächtnis und konnte sich noch genau an die Lektionen über die Feen erinnern: Die Feen waren Wesen, die Menschen in Not halfen. Um auch wirklich jeden zu erreichen, selbst Leute, die abgeschieden in der Wüste oder den Bergen lebten, flogen sie auf einem Luftschiff, welches permanent in Bewegung war. Auf manchen Karten konnte man den Kurs ihres Luftschiffes ablesen, welcher sich immer in einem bestimmten Zyklus wiederholte. Madeleines Lehrer hatten ihr damals sogar gezeigt, wie man die Feen in einer Notsituation zu sich rufen konnte. Sie war sich ziemlich sicher, dass sie das Ritual noch gut in Erinnerung hatte.

Madeleine kniete sich auf den Boden und legte ihre Hände flach auf die Erde. Dabei zeigten ihre Hände jeweils in die entgegengesetzte Richtung, die Finger lagen eng aneinander und die Daumen lagen übereinander, sodass es wie ein Paar Flügel aussah, das von einem kleinen Körper abstand. Hätte Madeleine das in einem Schattenspiel gemacht, hätte es wie eine Fee ausgesehen.

„Was machst du da?", fragte ein neugieriges Mädchen und beugte sich über die Erde.

„Ich werde die Feen zu uns rufen, damit sie euch holen und nach Hause bringen", erläuterte Madeleine.

„Und das kannst du wirklich tun?", fragte das Mädchen erstaunt und lenkte damit die Aufmerksamkeit von ein paar anderen auf sie.

„Zumindest glaube ich, dass ich es kann, aber jetzt müsst ihr still sein. Ich muss mich konzentrieren", sagte Madeleine und alle umstehenden Kinder legten gespannt den Finger auf die Lippen, während Madeleine ihre Arbeit fortführte. Roxanne beobachtete das Geschehen aus der Ferne. Madeleine bewegte nun ihre Hände jeweils nach außen und fegte dabei die Erde beiseite, was den Flügelschlag einer Fee anmutete.

„Zur Hilfe", flüsterte Madeleine und hielt inne. Sie stand auf und starrte gespannt auf die Erde. Dann ertönte plötzlich ein *Plopp!* und ein faustgroßes, durchsichtiges Luftbläschen stieg aus der Erde empor. Es flog nach oben und blieb genau auf der Höhe von Madeleines Gesicht stehen.

„Ich bin Madeleine. Mit mir sind genau einunddreißig andere im Alter von zwei bis zehn. Wir sind von Ogern entführt worden und uns ist gerade die Flucht gelungen. Jetzt sind wir hier im Wald in der Nähe des Reiches der Oger und wissen nicht, was wir tun sollen. Dreißig von uns wollen nach Hause gebracht werden. Können Sie uns helfen? Ende", sprach Madeleine in das Luftbläschen. Sobald sie die Worte ausgesprochen hatte, bildete sich inmitten des Bläschens eine glühende gelbe Kugel, die sich langsam drehte und dann stehen blieb. Dies war das Zeichen, dass die Kugel ihre Nachricht abgespeichert hatte. Fasziniert verfolgten alle die Bewegungen des Luftbläschens, das zielstrebig in die Höhe flog und schließlich hinter dem Horizont verschwand.

„Das Luftschiff der Feen müsste sich gerade im Südosten befinden", erinnerte sich Madeleine an den Kurs des Schiffes, den sie ebenfalls im Unterricht auswendig lernen musste. „Es ist nicht so weit weg von hier, also dürfte es nur circa eine oder zwei Stunden dauern, bis die Feen ankommen. So lange müssen wir warten."

Die Kinder, denen noch immer die Münder offen standen, nickten. Um die Wartezeit zu überbrücken und in der Zwischenzeit nicht zu frieren, bauten sie ein provisorisches Lager auf. Madeleine verteilte die Decken, während sich andere um das Lagerfeuer kümmerten. Als keine Decken mehr in Madeleines Handtasche übrig waren, griff sie zu Roxannes Rucksack, den diese, nachdem auch ihre Schultern geschmerzt hatten, auf den Boden abgestellt hatte. Beim Durchwühlen der Tasche bemerkte Madeleine, dass Roxanne einige verpackte Dinge dabeihatte. Sie nahm an, dass es sich um weitere Waffen oder Nahrung handelte und suchte weiter, bis sie auf eine kleine, grüne Kugel stieß, die auffallend rot blinkte. Eine Kommunikationskugel. Madeleine drehte ihren Kopf. Roxanne war gerade außer Reichweite und damit beschäftigt, das Feuer zu machen. Madeleine wusste, dass es sich nicht gehörte, in den Sachen anderer herumzuwühlen, doch ihre Neugier siegte über ihre Vernunft. Roxanne war ihr vom ersten Moment an seltsam vorgekommen und sie musste einfach überprüfen, ob sie damit richtig lag oder nicht.

Madeleine entfernte sich unauffällig von den anderen und blieb hinter dem Gebüsch stehen, wo sie die Kristallkugel aus dem Rucksack fischte. Das Blinken bedeutete, dass jemand eine Nachricht an sie gesendet hatte, die offenbar sehr dringend war, denn es war leuchtend rot. Madeleine tippte zweimal auf das Glas und die Kugel glühte auf.

„Du hast dich seit Tagen nicht gemeldet, Roxanne", meinte eine tiefe, raue Männerstimme, die Madeleine ein unbehagliches Gefühl gab. Zusätzlich lag eine Spur von Wut darin, was der Sprecher jedoch gut versteckte. „Wie weit bist du mit der Suche nach den Gegenständen? Wie viele hast du schon zusammen?"

Madeleine lehnte ihr Ohr an die Kugel. Von was für Gegenständen redete er?

„Du weißt, diese Mission ist mehr als nur wichtig. Das Ritual ist essenziell, damit ich Meister aller Steine werden und Lewendias Herrschaft an mich reißen kann. Ohne das Ritual war all die Mühe umsonst."

Madeleine erstarrte. War hier etwa von den *Zauber*steinen die Rede? Es musste ja so sein, denn der Sprecher sprach von Meistern. Aber wenn dem so war, dann konnte diese Stimme nur einer Person gehören...

„Ich vertraue dir, Roxanne. Ich weiß, dass du mich nicht enttäuschen wirst, so wie du es bisher auch nicht getan hast", fuhr Erold fort. Seine Stimme hörte sich kalt an und Madeleine nahm einen drohenden Unterton wahr. Dann legte er eine Pause ein. Madeleine hörte allein die quatschenden Kinder um das Lagerfeuer herum und den pfeifenden Wind.

„Wenn du es aber doch tust, dann drohen dir Strafen, die dir bisher nur in deinen kühnsten Albträumen widerfahren sind!", polterte Erold. „Und du weißt, dass es bei meiner Bestrafung keinerlei Unterschied macht, ob du meine Enkeltochter bist oder nicht!"

Madeleine schnappte nach Luft. Roxanne war Erolds Enkelin?! Aber bedeutete das nicht, dass sie eine Meisterin war? Freyas Worte waren eindeutig gewesen: Die Enkel der ehemaligen Meister waren nun die rechtmäßigen Besitzer der Zaubersteine. Also musste Roxanne, genau wie Madeleine, eine Meisterin sein. Meisterin von Mexus. Madeleine sah erschrocken zu Roxanne, hielt dann aber inne. Es musste nicht unbedingt Roxanne sein, sie könnte ja auch Geschwister haben. Madeleine beruhigte sich ein wenig, doch sie war noch nicht vollständig überzeugt. Was, wenn sie nun doch Meisterin war? Dann müsste sie mit ihr zusammen gegen Erold arbeiten. Da stutzte Madeleine, da ihr etwas seltsam vorkam. Wenn Roxanne eine Meisterin war, nur mal angenommen, warum zog sie dann durchs Land, um die Gegenstände für Erolds Ritual zu finden? Das wollte Erold doch machen, um *ihren* Zauberstein an sich zu reißen? Dann würde das bedeuten, dass Roxanne gegen sich selbst arbeitete. Madeleine machte einen Schritt nach vorne und schielte zu Roxanne hinüber. Wäre es möglich, dass sie gar nichts davon wusste? Schließlich hatte es Madeleine von ihrer Großmutter erfahren und Erold wäre die Person, die es Roxanne hätte erzählen müssen. Aber er wäre wohl kaum so dumm, ihr zu verraten, dass sie Mexus' Meisterin war, da er die Steine bestimmt für sich alleine haben und seine Enkelin nicht gegen sich aufhetzen wollte. Andererseits wäre es auch nicht unwahrscheinlich, dass Roxanne es wusste, Erold aber trotzdem gehorchte, weil sie die gleichen bösen Absichten verfolgte wie er. Oder sie hatte Angst vor ihm. Natürlich gab es immer noch die Möglichkeit, dass sie keine Meisterin war ...

Madeleine musste erfahren, welche Theorie stimmte. Und sollte Roxanne wirklich Meisterin sein, musste sie sie auf ihre Seite ziehen. Egal wie unmöglich das schien. Dafür war sie schließlich losgezogen.

Madeleine steckte die Kristallkugel zurück in Roxannes Rucksack und untersuchte den restlichen Inhalt der Tasche. Die Dinge, die ihr vorher aufgefallen waren, stellten sich als ein gefüllter Tonkrug mit schwarzem Wasser und ein eingewickeltes, rotes Gestein heraus. Madeleine war sich sicher, dass das die Gegenstände für das Ritual waren. Schnell stopfte sie alles zurück in den Rucksack.

Madeleine hatte schon einen Plan: Wenn alle Kinder weg waren, würde sie Roxanne ansprechen und sie eventuell davon überzeugen, sich mit ihr zu verbünden und gegen Erold zu arbeiten. In der Zeit, wo die Kinder aber noch hier waren, nahm sie sich vor, schon einmal herauszufinden, welche ihrer Vermutungen stimmte. Sie wusste auch schon, wie sie das anstellen sollte.

Ohne sich irgendetwas anmerken zu lassen, ging sie zu den anderen, die inzwischen um das Lagerfeuer herum im Kreis saßen. Roxanne hatte sich neben den Kindern an einen Baum gelehnt und starrte vor sich hin. Madeleine gesellte sich zu ihnen und setzte sich absichtlich gegenüber von Roxanne, damit sie sie genau im Auge behalten konnte. Ihre eigene Handtasche sowie Roxannes Rucksack stellte sie so neben sich ab, dass sie außer Roxannes Blickfeld und jederzeit für sie greifbar waren.

„Vor lauter Aufregung in der Ogerstadt habe ich gar nicht gefragt, wie ihr alle eigentlich heißt", begann Madeleine das Gespräch. Ein paar Kinder drehten sich zu ihr um.

„Ich heiße Mina", meinte eine Neunjährige und wies auf den Fünfjährigen neben sich. „Und das hier ist mein Bruder Felix."

„Wir sind Zari und Nala", stellten sich die blonden Zwillinge vor, die ungefähr sieben oder acht waren.

„Ich bin Daniel", meldete sich ein Sechsjähriger mit blauen Augen. „Und du?"

„Madeleine", stellte sie sich vor und drehte sich dann zu Roxanne, die noch gar nichts gesagt hatte.

„Wie heißt du denn?", fragte Zari schließlich das, was Madeleine auch fragen wollte. Roxanne antwortete nicht. Anscheinend hatte sie keine Lust, sich am Gespräch zu beteiligen.

„Warum antwortest du nicht?", wollte Daniel wissen.

„Hast du deine Zunge verschluckt?", fragte Mina.

„Roxanne", knurrte sie schließlich genervt und drehte sich von den Kindern weg.

„Wie kam es dazu, dass ihr von den Ogern entführt worden seid?", lenkte Madeleine das Gespräch weiter.

„Wir haben in unserem Dorf Fußball gespielt, da ist der Ball in den Wald gerollt", erzählte Daniel. „Als ich ihn holen wollte, hat mich ein Oger erwischt."

Die Zwillinge senkten den Kopf. „Uns hat der Oger ausgetrickst", meinte Zari.

„Er hat gesagt, dass er nur ein Spiel spielen will, aber dann hat er uns in den Sack gesteckt!", fuhr Nala fort und schüttelte sich bei der schrecklichen Erinnerung daran.

„Mir sind die Oger nachgeschlichen", erzählte Madeleine. „Ich war auf einer Reise und habe gesehen, wie die Oger ein Baby mitnehmen wollten. Dann habe ich die Dörfler auf sie aufmerksam gemacht und sie konnten sie aufhalten. Stattdessen haben die Oger dann mich verschleppt."

Die Kinder nickten erstaunt über Madeleines Rettungsaktion.

„Auf was für einer Reise warst du denn?", hakte Mina nach.

Madeleine schmunzelte unterschwellig. Die Neugier der Kinder kam ihr sehr zugute. „Ihr habt bestimmt schon gehört, dass Erold Dörfer angreift. Mein Dorf hat es leider auch getroffen und ich wurde von meinen Eltern getrennt. Sie haben mir gesagt, dass ich mich in Sicherheit bringen soll, und ich musste sie zurücklassen. Seitdem suche ich sie", log Madeleine. Bei Erolds Namen horchte Roxanne auf und drehte sich wieder zu ihnen.

„Oh, das tut mir leid", sprach Zari ihr Beileid aus. „Erold greift in letzter Zeit ganz viele Dörfer an. Ich habe gehört, er ist auf der Suche nach den vier Zaubersteinen." Die Kinder lenkten das Gespräch genau in die richtige Richtung…

„Was will er denn noch haben? Er war doch schon Meister von Mexus und Jeldrik hat ihn enteignet. Es gibt keinen Grund, immer noch so gierig zu sein", meinte Madeleine. Aus den Augenwinkeln sah sie, wie Roxanne ihre Augenbrauen nach unten zog. Dass sie ihren Großvater schlechtredete, schien sie offenbar zu provozieren.

„Ich habe gehört, dass er unsterblich werden will", gab Nala preis.

„Davon habe ich auch gehört!", stimmte Daniel mit ein. „Manche sagen sogar, dass es neue Meister gibt und sie ihm in die Quere kommen werden!"

„Neue Meister? Unsterblich machen? Ach, das ist nur ein lächerlicher Mythos", spielte Madeleine absichtlich herunter. „Niemand kann sich unsterblich machen. Schon gar nicht *Erold,* wenn er doch so geschwächt ist nach dem Krieg. Ich weiß ja nicht, wie ihr denkt, aber für mich klingt das ziemlich weit hergeholt."

Damit hatte Madeleine die Grenze erreicht. Roxanne drehte sich wütend zu ihnen um. „Das ist ganz bestimmt kein lächerlicher Mythos!", fauchte sie. „Erold ist schon längst wieder zu Kräften gekommen und er wird alles tun, um die Steine zu kriegen. Und für jeden, der ihn unterschätzt, wird es schlimm enden!"

Die Kinder konnten gar nicht nachvollziehen, warum Roxanne so wütend geworden war, wo sie doch so locker miteinander plauderten. Madeleine konnte aber sehr wohl etwas aus Roxannes Verhalten deuten. Wenn sie allen Angst vor ihrem Großvater machte und sie davor warnte, wie mächtig er war, hatte sie nicht die Absicht, Erold aufzuhalten. Nein, sie schien sogar fest davon überzeugt, dass Erold sein Ziel erreichen würde. Das verringerte die Chance, dass sie Meisterin war...

Nachdem Roxanne gesprochen hatte, herrschte eine trübe Stille, aber Madeleine musste ihr noch mehr Informationen entlocken. Daher ergriff sie wieder das Wort.

„Wenn Erold wirklich so gefährlich ist, können nur diese neuen Meister Lewendia vor ihm schützen", sagte sie.

„Ich frage mich, wer diese neuen Meister wohl sind." Mina starrte träumerisch vor sich hin.

„Ich auch!", stimmte Nala mit ein. „Wer könnten diese Meister sein?"

Roxannes Wut verstrich schlagartig und ihre Gesichtszüge wurden für ein paar Sekunden weicher. Sie starrte auf den Boden und wippte nervös mit ihrem Fuß. Vielleicht zog Madeleine auch voreilige Schlüsse, doch durch Roxannes vielsagenden Blick änderte sie ihre vorherige Meinung: *Sie wusste davon.* Sie war Meisterin und wusste es. Anders konnte sich Madeleine einfach nicht erklären, warum ihr Ausdruck sich plötzlich verändert hatte. Aber warum sammelte sie dann die Gegenstände, die es Erold erlaubten, für immer über ihren Zauberstein Besitz zu ergreifen?

„Bestimmt sind es die mächtigsten Personen auf dem ganzen Land!", sagte Felix überzeugt, was Madeleine aus ihren Gedanken riss. Stimmt, sie sprachen ja immer noch über die neuen Meister und sie brauchte Informationen.

„Wie sollen sie Erold aufhalten?", fragte sich Zari.

„Falls es diese Meister wirklich gibt, müssen sie schnell handeln", bekräftigte Madeleine, der schon eine neue Idee gekommen war. Wenn Roxanne Mexus' Meisterin war, musste sie sich den anderen anschließen. „Erold ist besessen von den Zaubersteinen und davon überzeugt, dass niemand anderes sie besitzen darf. Wenn es jetzt neue Meister gibt, würde er ihnen *ihr Eigentum* gewaltsam abnehmen. Stellt euch vor, wie es dann den Meistern gehen muss, wenn sie die mächtigsten Gegenstände des Landes verlieren." Madeleine betonte dabei besonders, dass die Zaubersteine den neuen Meistern gehörten und wie mächtig sie waren. Denn sicherlich fand Roxanne es auch verlockend, Mexus zu besitzen, aber irgendetwas hielt sie davon ab, Meisterin sein zu wollen. Madeleine sprach weiter: „Wenn die Meister aber gemeinsam gegen ihn arbeiten, dann schaffen sie es, ihn endgültig zu stürzen. Da bin ich mir sicher."

„Und wenn Erold gestürzt ist, dann herrscht wieder Frieden!", freute sich Daniel und streckte beide Arme feierlich nach oben.

„Ich vertraue den Meistern. Sie werden uns befreien", hoffte Nala. Die restlichen Kinder nickten.

Madeleine schielte zu Roxanne hinüber. Vertraute sie den Meistern auch? Nachdem, was sie vor ein paar Minuten über die Gefahr, die von Erold ausging, gesagt hatte, tat sie das nicht. Gehorchte sie ihm deshalb, weil sie nicht glaubte, dass die Meister ihn besiegen konnten? Oder konnte sie ihrem Großvater einfach nicht den Rücken zuwenden? So oder so. Roxanne musste überredet werden. Doch wie, wenn sie so stur war?

Madeleine zermarterte sich das Gehirn, da sprangen plötzlich ein paar der Kinder auf und zeigten aufgeregt in den Himmel.

„Da sind sie! Da sind sie!", rief Felix fröhlich auf und ab hüpfend, während er seinen Blick in den schwarzen Nachthimmel warf.

„Sie sind gekommen, um uns nach Hause zu bringen!", lachte Zari erleichtert, wobei sie sich an die glühenden Wangen fasste.

Madeleine raffte sich ebenfalls hoch. Dreißig Feen kamen für dreißig Kinder angeflogen. Sie trugen allesamt schöne, glitzernde Kleider, von denen jedes eine andere Farbe hatte und im Wind flatterte. Sie waren etwas größer als Madeleine und besaßen große, leuchtende Flügel, die einen märchenhaften Lichtschleier hinterließen. Außerdem zogen sie jeweils ein gläsernes Gefährt, kleine Fahrzeuge mit ein oder zwei Sitzen, mit sich, die in der Luft neben ihnen her schwebten.

„Wer von euch ist Madeleine?", wollte eine blonde Fee mit einem Kleid, das länger und prächtiger als das der anderen war, wissen. Offenbar war dies die Anführerin.

„Ich", meldete sie sich und trat hervor. „Es ist alles so passiert, wie ich im Hilferuf gesagt hatte. Diese Kinder müssen alle nach Hause." Madeleine bereitete demonstrativ die Arme aus. „Können Sie das tun?"

Die Fee lächelte mild. „Selbstverständlich. Sie müssen uns nur sagen, wo sie jeweils wohnen, und wir bringen sie hin. Bei denen, die es uns nicht sagen können, machen wir einen Rückverfolgungszauber."

Madeleine lachte erleichtert und die Kinder sprangen in die Höhe. Die Feen sammelten die überglücklichen Kinder ein und setzten sie in die Fahrzeuge. Nach ein paar Minuten saßen alle Kinder in den Transportmitteln, nur Roxanne und Madeleine blieben übrig.

„Was ist mit euch? Wollt ihr nicht nach Hause gebracht werden?", fragte die Anführerfee.

„Ach, um uns brauchen Sie sich keine Sorgen machen. Wir kommen schon alleine zurecht", antwortete Madeleine und schüttelte der Fee die Hand. „Danke für Ihre Hilfe."

Die Fee nickte zufrieden. „Dafür sind wir da. Um anderen zu helfen", meinte sie und schlug dann mit den Flügeln. Gemeinsam mit ihren neunundzwanzig Helferinnen erhob sie sich in den Nachthimmel und sie flogen mit all den Kindern davon. Madeleine beobachtete das Spektakel. Wenigstens war jetzt ein Problem gelöst. Doch das Schwierigste stand erst bevor. Denn jetzt waren nur noch sie und Roxanne auf der Lichtung. Madeleine holte tief Luft. Es würde nicht einfach werden, aber sie war in dem Wissen über die Schwierigkeiten dieser Reise losgezogen. Sie war vorbereitet.

Langsam aber entschlossen drehte Madeleine sich zu Roxanne um. Sie saß immer noch an dem Baum gelehnt auf dem

Boden und machte keinerlei Anstalten, die Decken der Kinder wegzuräumen oder auch nur einen Finger zu bewegen. Madeleine lief auf Roxanne zu und blieb kerzengerade vor ihr stehen.

„Ich weiß, dass du eine Meisterin bist, Roxanne", platzte sie heraus. Es hatte keinen Sinn, um den heißen Brei zu reden und Madeleines Bauchgefühl sagte ihr, dass Roxanne Meisterin war.

Roxanne drehte sich zu Madeleine um und ihre Miene verfinsterte sich. Sie baute sich vor ihr auf und sah ihr bedrohlich in die Augen. „Was redest du für ein Schwachsinn?!", schnauzte sie sie an. „Du hast wohl zu lange nichts gegessen."

„Du brauchst mir nichts vorzuspielen", meinte Madeleine. „Ich weiß es, weil ich selbst eine Meisterin bin."

Roxannes Miene veränderte sich. Für den Bruchteil einer Sekunde schien es wie der geschockte Blick einer Person zu sein, die jemanden gefunden hatte, von dem sie nicht sicher war, ob sie ihn wirklich sehen wollte oder nicht. Doch dann wurden ihre Augen wieder starr.

„Ich weiß, dass du für die Gegenstände für Erolds Ritual sammelst", verriet Madeleine.

Roxanne riss die Augen auf. Doch nicht wegen dem, was Madeleine gesagt hatte, sondern, weil ihr einfiel, dass sie ihren Rucksack noch nicht an sich genommen hatte. Sie drehte ihren Kopf zur Seite, wo ihr Rucksack auf dem Boden lag. In dem Moment schoss ihr nur eine Sache durch den Kopf, doch Madeleine handelte schneller. Bevor Roxanne den Rucksack erreichen konnte, rannte sie auf ihn zu und schnappte ihr die Tasche vorweg.

„Das ist mein Rucksack, gib ihn sofort her!", befahl Roxanne und griff nach Madeleines Hand, doch diese wich nach hinten zurück.

„Hör zu, du musst das nicht tun", redete Madeleine auf sie ein. „Warum du das auch immer machst, du kannst sofort damit aufhören. Erold will Mexus, aber der Stein gehört dir! Schließ dich uns an, lass dich nicht von ihm kleinkriegen!"

„Das geht dich gar nichts an, von wem ich mich kleinkriegen lasse!", keifte Roxanne und trat einen Schritt auf ihr Gegenüber zu. „Gib mir jetzt sofort meine Tasche!"

„Warum lässt du dich von Erold ausnutzen und erledigst seine Arbeit? Wenn er erst mal die mächtigste Person im Land ist, wird er sich um niemanden mehr scheren. Er wird dich dafür nicht belohnen!", gab Madeleine zu bedenken.

„Misch dich nicht ein! Das ist meine Sache!" Allmählich wurde Roxanne wütend.

„Du darfst Mexus nicht einfach Erold überlassen! Du bist die Meisterin, du hast eine Verantwortung!", stritt Madeleine mit ihr.

„Ich kann machen, was ich will!", schrie Roxanne.

„Nein, kannst du nicht!", konterte Madeleine. „Es hängt mehr davon ab als du selbst! Wenn Erold gewinnt, wird er ganz Lewendia unter seine Herrschaft ziehen. Menschen werden leiden! Ist es das, was du willst? Du kannst nicht zulassen, dass all das passiert!" Madeleine bebte vor Aufregung. Wie konnte Roxanne nur so ignorant sein? Wie konnte sie es hinnehmen, dass ihretwegen Tausende von Leben ruiniert werden würden?

„Ich mache das, was ich *will*", beharrte Roxanne und griff noch einmal nach ihrem Rucksack.

„Nein", sagte Madeleine fest entschlossen und packte den Griff der Tasche noch fester. „Das werde ich nicht zulassen."

Roxanne ging weiter auf sie zu und berührte den Stoff ihres Rucksacks, doch Madeleine streckte ihren Arm aus, sodass sie ihn nicht mehr erreichen konnte. Roxanne ging die Geduld aus. Was dachte sich dieses Mädchen, wer sie ist?!

„Gib. Mir. Die Tasche."

Madeleine konnte sehen, wie Roxannes Halsmuskeln zuckten, doch sie war unbeirrbar. Sie würde ihr unter keinen Umständen den Schlüssel für Erolds Ziele geben.

„Nein", bestimmte Madeleine und blickte Roxanne fest in die Augen.

Roxanne lief weiter, dieses Mal beschleunigte sie ihren Schritt und Madeleine lief vor ihr davon, über die ganze Lichtung.

„Komm mit mir und wir finden Mexus zusammen", schlug Madeleine vor, doch Roxanne wollte nicht hören. Es war, als würde jemand ihre Ohren zuhalten. Ihre Augen funkelten vor Wut.

„GIB MIR DIE TASCHE, HAB ICH GESAGT!"

„Nein, werde ich nicht!", sagte Madeleine noch ein letztes Mal, bevor Roxanne sich auf sie stürzte. Madeleine sah, wie ihre Faust auf sie zuschoss, doch sie wich dem Schlag zur Seite aus. Roxanne holte noch einmal aus und dieses Mal traf sie Madeleine voll ins Gesicht, woraufhin ihre Lippe aufplatzte. Blut tropfte auf Madeleines beiges Kleid. Roxanne versuchte, ihren Rucksack zu packen, doch Madeleine schubste sie mit der Handfläche von sich weg.

„Wir müssen nicht kämpfen!", wollte Madeleine sie überreden, aber ihre Worte gingen vollkommen an Roxanne vorbei und sie attackierte sie erneut. Madeleine sah den Angriff rechtzeitig voraus und schleuderte ihrem Gegenüber die Tasche ins Gesicht. Im Gegenzug dazu packte diese Madeleine am Kleid und machte mit ihre eine 180°-Drehung. Madeleine trat ihr Gegenüber mit dem Fuß, um sie abzuhängen, und schlug ihr mit der freien Hand ins Gesicht. Roxanne wiederum krallte sich mit der einen Hand an Madeleines Gesicht und streckte ihre freie Hand nach dem schwarzen Rucksack aus. In der Auseinandersetzung stolperten beide und landeten direkt neben ein paar Waffen, die die Kinder dort liegen lassen hatten. Beide starrten auf die Schwerter. Madeleine schnappte sich eines und Roxanne ein noch größeres. Nun standen sie sich gegenüber. Madeleine keuchte, sie hatte Roxannes Rucksack immer noch in der Hand und war auch nicht willig, ihn jemals loszulassen.

Roxanne preschte als Erste auf ihre Gegnerin zu und rammte ihr Schwert in ihre Richtung. Madeleine hob ihre eigene Waffe und stemmte sie gegen die von Roxanne, sodass ein schepperndes Klirren ertönte. Die beiden standen sich dabei so nah gegenüber, dass Madeleine die Schweißperlen sehen konnte, die sich auf Roxannes Stirn gebildet hatten. Roxanne wartete nicht und griff wieder an. Sie fanden sich in einem wilden Kampf wieder. Beide schlugen ihr Schwert so hart gegen das der anderen, dass das Geräusch der aufeinandertreffenden Klingen den ganzen Wald erfüllte. Madeleine fuchtelte herum, wobei sie einem Schlag ausweichen wollte, doch das nutzte Roxanne aus, um sie zu rammen. Sie stolperte nach hinten. Sie schaffte es, das Gleichgewicht zu halten, jedoch glitt der Rucksack ihr aus der Hand. Roxanne stürmte ihrer Tasche nach, wurde aber von Madeleine aufgehalten, als diese mit dem Schwert ihr ins Knie schnitt. Roxanne ächzte auf und drehte sich tobsüchtig zu ihr um. Mit ihrer Waffe drohend, drängte sie ihre Gegnerin immer weiter zurück. Madeleine leistete Roxanne Widerstand und ging dabei so geschickt mit ihrer Waffe um, dass sie alle Mühe hatte, gegen sie anzukommen. Die beiden duellierten sich Auge um Auge, Zahn um Zahn im dunklen Wald. Ihre Schläge waren pfeilschnell, die Wunden, die sie einander zufügten, tief und das tosende Brüllen so laut, dass alle Vögel im Umfeld krächzend davonflogen. Beiden ging es schon längst um viel mehr als nur um den Rucksack. Ihnen ging es um *Stolz*. Wer siegte, würde beweisen, dass er stärker war.

Sie drängten sich an den Rand der Lichtung und schlugen kräftig aufeinander ein, bis Madeleine beim Blick auf Roxannes Rucksack einfiel, worüber ihr Streit angefangen hatte. Sie hatte sich wieder einmal von ihrer Wut lenken lassen und das Ziel aus den Augen verloren.

Schnell wich Madeleine zur Seite, um Roxannes Schlägen zu entkommen, und rannte zum Rucksack. Sie berührte ihn mit den Fingerspitzen, doch Roxanne zog sie zurück. Dabei packte sie Madeleines Arm, und wollte sich dabei die Tasche krallen. Mit voller Kraft drehte Madeleine sich um, womit sie dem Griff ihrer Gegnerin entkommen konnte, und schmiss die Tasche weit von sich weg, bevor Roxanne sie kriegen konnte. Nun lag er genau an der Kante des Hanges, der steil hinabführte. Roxanne und Madeleine jagten beide darauf zu und prügelten sich regelrecht, damit die andere nicht zuerst an den Rucksack kam. Sie fanden sich in einem Gefecht wieder, der nur wenige Zentimeter neben dem Hang stattfand. Ein falscher Schritt und jemand würde abstürzen. Madeleine blickte zu dem Hang, der mindestens drei Meter hinabführte. Sie musste diesen Kampf jetzt endlich beenden!

Fest griff sie nach ihrem Schwert und drehte es um, sodass der Griff zu Roxanne und die Klinge zu ihr zeigte. Madeleine trat

Roxanne gegen einen Baum, der genau an der Kante des Hanges wuchs. Sie holte weit aus und zielte mit dem Griff des Schwertes genau auf Roxannes Kopf. Diese sah voraus, was ihre Gegnerin vorhatte, und schubste Madeleine von sich weg, gerade als diese den massiven Griff auf ihren Kopf schlug. Roxanne sackte bewusstlos zu Boden, während Madeleine durch Roxannes Tritt nach hinten taumelte. Sie versuchte sich zu fangen, aber ihre Füße rutschten wegen des unebenen Bodens ab.

Das Letzte, was Madeleine beim Absturz sah, war Roxannes Blut, das ihr von der Wunde über ihre Stirn rannte. Den Rucksack hinter ihr schleifte sie beim Sturz mit sich und rollte den steilen, pflanzenbewachsenen Hang hinunter. Unten angekommen stieß sie mit dem Kopf auf eine Wurzel, die aus dem Boden ragte, und ihr wurde schwarz vor Augen.

ABKÜRZUNG ZUM NEBELTAL

Die brennende Wüstensonne schien hoch über ihren Köpfen, als Senia, Luna, Leon und Adrian am nächsten Morgen aufwachten (Femy schlief weiterhin, da Lichtgeister laut Senia mehr Schlaf benötigen als Menschen). Nachdem die Mädchen in der letzten Nacht die Nachricht in Jeldriks Notizbuch enträtselt und erfahren hatten, dass sein Zauberstein sich in einer Höhle im Nebeltal verbarg, konnten sie etwas besser schlafen als zuvor. Denn alles war besser, als nicht zu wissen, was einen am nächsten Tag erwartete. Das wussten sie zwar immer noch nicht, denn laut Adrian war das Nebeltal ein gefährlicher Ort, aber immerhin kannten sie ihr Ziel und irrten nicht wahllos in der Wüste herum.

„Lasst uns sofort aufbrechen. Das Nebeltal ist weit weg", sagte Adrian. Er hatte sich schon aufgerichtet und starrte auf den weiten Sand.

„Jetzt schon? Ich dachte, wir ruhen uns noch etwas aus?", gähnte Leon.

Luna schüttelte den Kopf. „Leider nicht. Die Zaubersteine warten schon auf uns." Sie wühlte ihrem Bruder aufmunternd durch das Haar.

„Erold wartet auch nicht", ergänzte Senia und packte die Decken in ihre Tasche, in die praktischerweise so viel hineinpasste, wie man wollte, ohne etwas am Gewicht zu ändern.

Als Leon und Femy auch endlich aufstanden und halbwegs bereit für den anstehenden Marsch waren, gingen sie los. Sich auf Adrians Rücken abwechselnd, kamen sie schnell voran. Schon nach ein paar Stunden sah die Landschaft wieder ganz anders aus: Es war nicht mehr so trocken und man sah durchaus mehr Pflanzen und Bäume um sie herum, die ihnen etwas Schatten spendeten. Nur waren die Wälder nicht so belebt wie der Fabelwald und man sah nur ab und zu ein Insekt herumfliegen.

Als es Mittag wurde, hielten sie an, um etwas zu essen. Beim Öffnen von Senias Rucksack merkten sie jedoch, dass ihre Vorräte, jetzt wo auch Adrian da war, nicht mehr lange ausreichen würden.

„Wir haben nur noch zwei Äpfel", zählte Luna.

„Auf dem Weg kommen wir an ein paar Dörfern vorbei, da können wir doch etwas holen", schlug Senia vor. „Unser Geld haben wir ja noch nicht ausgegeben."

Da auch Adrian etwas Geld bei sich hatte, einigten sie sich, beim nächsten Dorf anzuhalten und ihre Vorräte aufzustocken. Nach weiteren drei Stunden befanden sie sich in einem Dorf mit vielen kleinen Hütten aus Strohdächern. Zu ihrem Glück waren sie geradewegs auf einen Marktplatz gelangt, auf dem die Menschen mittelalterlich angezogen waren und alle einen Korb mit sich schleppten.

„Das hier ist ein Farmerdorf", kommentierte Senia. „Wir dürften hier alles finden, was wir brauchen."

Die anderen sahen sich um. Dort waren mehrere Stände mit Obst und Gemüse, aber auch ein Bäcker, ein Töpfer, ein Kleidungsstand und sogar eine Frau, die Perlenschmuck verkaufte.

„Ich finde, wir sollten uns aufteilen, dann sind wir schneller", schlug Luna vor. „Senia und ich könnten Lebensmittel kaufen und ihr vielleicht warme Kleidung. So weit im Norden, wo sich das Nebeltal befindet, ist es bestimmt kalt."

Die anderen willigten ein und jeder machte sich auf, um die jeweiligen Dinge zu besorgen. Senia und Luna gingen zu einem Obststand und kauften ein paar Äpfel und Birnen. Neben ihnen waren zwei Frauen, eine klein und pummelig, die andere groß und dünn mit einer großen Nase, die aufgeregt miteinander redeten. Unfreiwillig konnte Luna ihr Wispern neben sich verstehen.

„Hast du schon gehört? Esmeralda wurde von Erold entführt und sie hat ihm verraten, wo die Zaubersteine sind", stupste die pummelige Frau die dünnere an.

Luna wurde aufmerksam. Sie wusste, dass Lauschen sich nicht gehörte, aber was sich unter den Bürgern herumsprach, könnte auch für sie nützlich sein.

„Na klar, wer weiß das denn nicht? *Ich* habe gehört, dass es neue Meister gibt und Esmeralda sie auf die Suche nach den Steinen geschickt hat." Sie nickte wichtigtuerisch und die pummelige Frau weitete ihre Augen.

Eine andere Frau mit dunkelbrauner Kleidung, die etwas jünger zu sein schien, beteiligte sich nun auch am Gespräch. „Ach, das ist doch nichts Besonderes gegen das, was ich erfahren hab. Ich weiß sogar, wer diese neuen Meister sind!", beteuerte sie.

Die kleinere und größere Frau machten ein neugieriges Gesicht. „Und wer sind sie?", fragten sie wie aus einem Mund.

Die dunkelgekleidete Frau hob hochnäsig ihren Kopf und sagte nichts. Anscheinend wollte sie ihr kostbares Wissen nicht preisgeben.

„Nun sag schon!", drängte die größere Frau.

Die andere gab den Frauen ein Handzeichen, dass sie näherkommen sollten. Die drei Frauen steckten ihre Köpfe zusammen und die in braun gekleidete begann zu flüstern. Luna hörte auf, ihre Tasche zu füllen und versuchte angestrengt zu verstehen, was sie sagte.

„Es sind diese Kinder auf den Plakaten!", flüsterte die dritte Frau.

Luna stutze. Von was für Plakaten sprach sie? Während sie noch rätselte, blickten die Frauen enttäuscht drein.

„Die Kinder auf den Plakaten? Dass ich nicht lache", schnaubte die Größere.

„Pah, und ich habe doch tatsächlich geglaubt, dass du etwas weißt, aber es ist doch nur wieder dummes Gerede", meinte die andere.

Die in braun gekleidete Frau war von dem Verhalten der anderen regelrecht beleidigt. „Warum sind denn sonst überall diese Fahndungsplakate? Was könnten diese Kinder denn so Wichtiges gemacht haben, dass man überall Plakate für sie aufhängt und es sogar eine Belohnung gibt?", motzte sie die Frauen an. „Erolds Beauftragter hat sogar hier im Dorf eine Rede gehalten, dass wir sie unmittelbar überbringen sollen, falls wir sie sehen."

Luna fing langsam an, sich Sorgen zu machen. Könnte es stimmen, was die Frau sagte? Oder war es wieder nur ein Gerücht?

„Das sind ganz normale Kinder. Sie können unmöglich Meister sein", glaubte die Kleine der anderen immer noch nicht.

„Von wegen! Merkt ihr denn nicht, wie ähnlich die eine Esmeralda ist? Ich bin mir sicher, das ist ihre Enkelin", beharrte sie.

Luna rollte die Birne aus der Hand. Panik überfiel sie. *Das kann kein Zufall mehr sein.* Sie fing sofort an, nach Senia zu suchen, und sah, wie sie gerade die Äpfel bezahlte. Luna packte sie am Arm.

„Senia, wir müssen sofort von hier verschwinden!", raunte sie ihr zu.

„Wieso, was ist denn los?" Senia schaute sie verwirrt an.

Luna zog sie vom Stand weg. „Ich habe gerade ein paar Frauen beim Tratschen belauscht und ich glaube, Erold hat Fahndungsplakate von uns aufhängen lassen!"

Senia war baff. „Aber, aber das kann doch nicht sein. Woher soll er unsere Gesichter kennen?"

„Du hast doch gesagt, er ist ein mächtiger Zauberer, vielleicht hat er Esmeralda irgendwie verzaubert und es so herausbekommen?", befürchtete Luna.

Senia überlegte ein wenig und dann stand auch ihr die Angst ins Gesicht geschrieben. Das war tatsächlich möglich. „Warte, lass uns nicht direkt vom Schlimmsten ausgehen, noch sind wir nicht sicher, ob das unsere Gesichter auf den Plakaten sind", sagte Senia, aber sie wusste nicht, ob sie damit Luna oder sich selbst beruhigen wollte. „Besorgen wir einfach alles, was wir brauchen und gehen dann." Senia drehte sich um und ging zum Bäcker, aber Luna war sich da noch nicht so sicher.

„Warte, Senia, lass uns keine Risiken eingehen!", riet Luna und zog sie am Arm. Da sah sie es. Ein paar Meter vor ihnen war ein Pfahl. Dort hing ein großes Plakat mit ihrem, Leons und Senias Gesicht. Darunter stand in großen, schwarzen Buchstaben: „*Gesucht –lebendig, Belohnung: 1000 Lysmen*". Luna wich jegliche Farbe aus dem Gesicht. Sie zerrte Senia zu sich und deutete auf den Mast.

„Wir müssen die anderen holen, schnell!", sagte Luna und zog Senia mit sich, die vor Schock wie erstarrt war. Sie drängten sich durch die Menschenmenge und sahen suchend umher, bis sie Leon und Adrian sahen, die einen Pelzmantel vor sich hielten. Die beiden rannten auf sie zu. Plötzlich stürmte ihnen ein Kind entgegen und rempelte Senia zur Seite, sodass sie gegen einen Mann stieß, der in Gesellschaft war und auf einem Barhocker saß. Das Glas des Mannes kippte um und sein Getränk wurde auf seine Hose geschüttet.

„Hey, was soll das, du Miststück?!" Der Mann stand auf und schimpfte hinter ihr her.

„Tut mir leid!", entschuldigte sich Senia und rannte weiter. Luna drehte sich kurz nach hinten und keuchte entsetzt auf. Der Mann war aufgestanden und rief ihnen hinterher, dass sie stehen bleiben sollten!

„Senia, ich glaube, er hat uns erkannt!", schrie Luna panisch und preschte noch schneller zu ihrem Bruder. Die beiden rannten fast in Leon und Adrian hinein.

„Leon! Adrian!", keuchte Senia und erklärte ihnen die Lage.

Leon ließ den Mantel in seiner Hand fallen. „W-Was für Plakate?"

„Schnell! Diese Männer sind hinter uns her!", unterbrach Luna ihn und zeigte auf sie. Erst jetzt sah sie, dass der Mann und seine vier Kameraden, die mit ihm gekommen waren, eine Waffe bei sich hatten. Eine Schusswaffe. Adrian und Leon ließen alles fallen, was sie in der Hand hatten, und rannten mit den Mädchen los. Sich durch die Menge schlängelnd, flohen sie vor ihren Verfolgern, die ihnen immer näherkamen.

„Hierhin!", sagte Adrian und zog sie in eine Gasse hinein. Luna warf einen Blick nach hinten. Die Männer hatten sie fast erreicht. Als sie ihren Kopf wieder nach vorne drehte, sah sie, dass Adrian stehen geblieben war.

„Geht doch wei...", wollte Luna sagen, doch sie verstummte abrupt. Zwei der Männer standen vor ihnen. Alarmiert sah Luna nach hinten und stellte fest, dass auch dort drei bewaffnete Männer waren. Ihr Herz rutschte ihr in die Hose. Natürlich kannten sich die Männer in ihrem eigenen Dorf besser aus als sie. Und jetzt waren sie umzingelt.

„Ergebt euch!", forderte der Bärtige vor ihnen, den Senia angerempelt hatte. „Sonst müssen wir euch zwingen!" Er richtete seine Waffe auf sie.

„Was machen wir jetzt?", japste Leon atemlos. Seine Hände zitterten.

Adrian stellte seinen großen Pferdekörper schützend vor sie. „Lasst uns in Ruhe! Verschwindet!"

Die Männer ließen sich nicht davon beirren und wurden wütend. „Du glaubst wohl, wir haben Angst vor dir?", spöttelte der eine und schoss eine Kugel auf den Boden, die fast Senias Fuß getroffen hätte. Sie kreischte auf und rückte nach hinten. Auch die anderen wollten nichts riskieren und wichen verängstigt nach hinten. Lunas Herz schlug ihr bis zum Hals und sie spürte, wie es in ihrer Kehle bebte. Auf dem Plakat stand *lebendig*. Aber konnte sie darauf vertrauen, dass die Männer auf die Anweisung hören?! Die zwei vor ihnen rückten immer näher und die Freunde wichen nach hinten aus, doch damit liefen sie den anderen dreien hinter ihnen in die Arme. Sie waren in einer Zwickmühle.

„Entweder ihr ergebt euch jetzt oder wir sorgen dafür!", brüllte einer der Männer vor ihnen und ließ einen Warnschuss in die Höhe pfeifen. Die Geschwister und Senia zuckten zusammen.

„Luna", wimmerte Leon und Luna konnte die Schweißperlen, die ihm vor Angst auf die Stirn getreten waren, im Licht schimmern sehen. „Luna, tu etwas! Benutz Neilon!"

Luna hätte nichts lieber getan, als sie aus dieser Situation zu befreien, aber Senias Warnung schwirrte ihr immer noch im Kopf. Sie hatte Neilon noch nie benutzt, nicht einmal bei kleinen Gegenständen. Niemals würde sie es schaffen, vier Leute auf einmal weg zu teleportieren. Sie wusste doch nicht einmal wohin!

„Ich kann es nicht, Leon. Ich weiß nicht wie!", wisperte sie verzweifelt. Inzwischen kamen die Männer ihnen immer näher, es waren nur noch ein paar Meter zwischen ihnen.

„Doch, kannst du! Du bist eine Meisterin!"

Die Männer traten noch näher und sie mussten aneinanderrücken. Luna spürte Senias schnellen Atem an ihrem Arm.

„Nein, Leon, es ist zu riskant. Was, wenn einer von uns zurückbleibt?", gab sie zurück und nun wurden sie so sehr eingedrängt, dass ihre Füße die der anderen und Adrians Hufe berührten.

„Luna, bitte!", flehte Leon.

Senia drehte ihren Kopf zu Luna. Sie konnte ihr nicht sagen, dass sie Neilon benutzen sollte, da sie ihr selber davon abgeraten hatte, aber es gab keinen anderen Ausweg. Die Männer hatten sie von beiden Seiten in die Enge gedrängt und die Freunde standen nun Rücken an Rücken auf einem kleinen Fleckchen. Es gab keine Möglichkeit zu entkommen.

„Ich weiß nicht, wie es geht, Leon, ich weiß es nicht!", schrie Luna panisch und ihre Stimme klang dreimal so hoch wie sonst.

„Ergebt euch!", befahl der Mann vor ihnen, der nur ein paar Schritte von ihnen entfernt war. Er hielt seine Waffe hoch, die nun direkt auf ihre Stirn zeigte. Luna trat die Hitze ins Gesicht. *Ich muss etwas tun! Ich muss etwas tun!*, redete sie sich innerlich zu. In dem Moment packte jemand Leon am Arm.

„LUNA!", rief er, als einer der Männer ihn wegziehen wollte.

Luna kniff ihre Augen zusammen, ballte ihre Hände zu Fäusten und stieß plötzlich einen spitzen Schrei aus. Der Stein in ihrem Arm wurde glühend heiß und es war, als würde sie für eine Sekunde ihr Bewusstsein verlieren. Ohne dass sie verstand, was geschehen war, befand sie sich im nächsten Moment plötzlich unter Wasser. Die Wellen tobten über ihr und Luna kam nur schwer wieder an die Oberfläche, wo sie schwer atmete. Die Strömung war so stark, dass sie wie ein Segelboot von ihr mitgerissen wurde. Mühevoll blickte sie um sich und erblickte dort die anderen. Sie hatte es geschafft! Sie hatte sie alle wegteleportiert! Luna stieß einen innerlichen Freudenschrei aus und wollte zu ihren Freunden schwimmen, doch in dem Moment begann Neilon erneut zu glühen. Luna sah zu ihrem Handgelenk und schüttelte heftig den Kopf.

„Nein, stopp, nicht je..." Ihre letzten Worte endeten in einem hysterischen Schrei, da sie fast eine metertiefe Schlucht heruntergestürzt wäre. Doch Senia packte sie an ihrem Oberteil und zog sie zu sich. Beide fielen auf Stein und Lunas ganzer Körper wurde von einem starken Schmerz durchzuckt. Das aktivierte Neilon erneut und sie spürte, wie er sich wieder erwärmte. In der nächsten Sekunde befanden sie sich meterhoch in der Luft, auf dem Rücken eines gigantischen Schmetterlings. Im Flug wehte ihnen so viel Wind entgegen, dass sie fast herunterfielen. Sobald Luna realisierte, wo sie war, zog sie sofort ihre Hände vom haarigen Rücken des Insekts. Senia war kurz davor zu hyperventilieren.

„BRING UNS HIER WEG! BRING UNS HIER WEG!", kreischte sie. Luna starrte auf ihren Arm, schloss die Augen und brachte sie, ohne wirklich zu wissen, was sie tat, irgendwohin. Als sie ihre Augen wieder öffnete, lagen sie auf warmem Sand. Luna richtete sich langsam auf. Neben ihr lag Senia, die von dem Schmetterling noch traumatisiert aussah und ihre Augen weit aufgerissen hatte, als säße sie immer noch auf dem monsterhaften Insekt.

„Mach ... das ... nie wieder!", keuchte Adrian.

„Sicher nicht", brachte Luna zitternd hervor und sah sich nach ihrem Bruder um. „Wo ist Leon?"

„AAAHHHHHHH!", blökte Leon und kroch so schnell zu ihnen, wie es überhaupt nur möglich war. Sein Gesicht war kreidebleich, er zitterte und zeigte mit seinem Finger vor sich. Luna drehte sich dorthin und erblickte ein riesiges, quietschlebendiges Krokodil, das sie aus finsteren Augen anglotzte. Lunas Herz machte einen Satz, ihre Augen wurden doppelt so groß und sie begann zu schreien. Neilon leuchtete auf und im nächsten Moment war das Krokodil verschwunden. Luna lag mit dem Gesicht auf dem Boden und hörte, wie Senia immer noch kreischte, bis auch sie bemerkte, dass das Tier weg war. Luna wollte sich hochraffen, um zu sehen, wo sie waren, doch aus einem unerklärlichen Grund fühlte sie sich so erschöpft, als wäre sie stundenlang pausenlos gerannt. Sie hatte nicht einmal genug Energie, um ihren Finger zu rühren, daher blieb sie regungslos auf dem Boden liegen und atmete schwer. Die anderen standen ächzend auf. Ein kleines Piepen kam aus Senias Rucksack und

Femy streckte ihren Kopf heraus. Ihr sonst so strahlend blaues Gesicht war leicht grün geworden. Währenddessen drehte sich Leon vorsichtig hin und her, um zu gucken, ob es hier sicher war. „Wo sind wir?"

Adrian trat ein paar Mal auf den Boden, damit wieder Kraft in seine braunen Pferdebeine kam. „Keine Ahnung. Ich kann nichts erkennen." Tatsächlich war die Gegend so dicht benebelt, dass man nur ein paar Meter weit sehen konnte.

„Geht es allen gut?", meldete sich nun Senia, die zwar stand, aber noch wankte. „Luna, wo bist du?"

Luna wollte antworten, dass sie auch da war und es ihr gut ging, doch alles, was sie herausbringen konnte, war ein schwacher Laut, der wie ein leises Gähnen klang. Senia fand sie schließlich auf dem Boden und kniete sich zu ihr. „Luna? Bist du wach?"

Luna hob in Zeitlupe die Hand, um ein Lebenszeichen von sich zu geben.

„Ach, du lebst!", atmete Senia auf. „Bist du verletzt?" Leon und Adrian kamen nun auch zu ihr und sie konnte das warme blaue Licht auf ihrem Gesicht spüren, das Femy ausstrahlte. Luna versuchte, langsam aufzustehen, fiel dann aber wieder auf den Boden.

„Mir ... geht es gut", murmelte sie. „Ich bin nur erschöpft."

„Das liegt bestimmt daran, dass du Neilon so oft hintereinander benutzt hast", vermutete Senia. „Ich schätze, da du noch nicht so viel mit Magie zu tun hattest, muss es dich sehr anstrengen, so einen mächtigen Zauber zu machen."

Luna nickte schwach. Das klang plausibel.

„Mächtig hin oder her, du musst echt noch üben!", beteuerte Leon aufgeregt. „Wir wären fast gestorben!"

„Wenigstens habe ich uns aus dieser Situation gerettet", verteidigte sich Luna.

„Und wir sind noch ganz, das ist schon einmal ein Anfang", ergänzte Senia und half Luna beim Aufstehen. Diese nahm erst jetzt wahr, an was für einem ungewöhnlichen Ort sie sich befanden. Sie hatte sie in einen Wald mit hohen, dunkelgrünen Tannen gebracht. Neben den Tannen wuchsen nicht sonderlich viele Pflanzen, außer das Unkraut, das aus allen Ecken wucherte, und ein paar andere Büsche mit gezackten Blättern. Der Boden war ebenfalls nicht von Gras, sondern von graubraunem Sand bedeckt. Luna bekam von dem eiskalten Klima eine Gänsehaut und dichter Nebel umhüllte den gesamten Ort, sodass alle fernen Gebiete bedrohlich und unscheinbar aussahen. Die abstoßenden Geräusche von einer Krähe, die sich die Lunge aus dem Leib krächzte und ein unregelmäßig quakender Frosch verstärkten die unheimliche Wirkung.

„Wo sind wir?", fragte Leon ein zweites Mal. Beim Reden wurde sein Atem zu einer Rauchwolke.

Adrian sah sich um. Die Antwort war eigentlich ganz offensichtlich. „Im Nebeltal."

ZU BESUCH BEI DEN UNTOTEN

Madeleines ganzer Körper schmerzte. Sie versuchte, ihre Augen aufzumachen, doch ihre Lider fühlten sich so schwer an, dass sie immer wieder zufielen. Noch sah sie nicht viel, doch was sie sah, war vollkommen verschwommen und alles schien sich rasant zu drehen. Madeleine versuchte, sich daran zu erinnern, was geschehen war. Es flirrten undeutliche Bilder vor ihrem geistigen Auge. Das Letzte, was sie noch im Kopf hatte, war, dass sie und Roxanne sich gestritten hatten, was in einem Kampf geendet hatte. Aber wieso? Wieso würde sie sich mit jemandem streiten, den sie nicht einmal kannte?

Madeleine wälzte sich auf dem Boden, in der Hoffnung, dass ihr Rücken dann weniger schmerzte, doch die Umdrehung ließ ihren gesamten Körper vor Schmerz zusammenzucken und sie knallte auf den Boden. Erst nach einer Weile konnte sie sich aufrappeln und betrachtete ihre Knie. Auf ihnen waren mehrere Beulen und Schnittwunden. Außerdem blutete ihre Lippe und sie hatte eine Schwellung am Hinterkopf. Es war schon Nacht geworden. Madeleine drehte sich um und sah den Hang über ihr. Trotz der Dunkelheit konnte sie erkennen, dass mehrere Pflanzen umgeknickt waren. Das rief ihr schlagartig alle Erinnerungen wieder ins Gedächtnis und sie horchte auf. *Der Rucksack!* Wo war er?

Sofort suchte sie die ganze Gegend nach ihm ab und atmete nach einer Minute erleichtert auf, als sie die Tasche ein paar Meter weiter im Gebüsch fand. Madeleine schnappte sie sich und sah zum Hang. Roxanne war nicht in Sicht. Noch nicht. Daher musste sie schnellstmöglich von hier weg.

Madeleine wollte gerade gehen, da fiel ihr etwas Wichtiges ein und sie blieb stehen. Sie hatte ja noch ihre eigene Handtasche dort oben! Sollte sie schnell den Hang hochklettern und sie holen? Aber damit riskierte sie, dass Roxanne aufwachte und ihr den Rucksack abnahm. Andererseits war dort die Truhe ihres Großvaters. *Mist!*, fluchte sie innerlich. Nein, sie konnte sie nicht hierlassen. Dies waren die einzigen Dinge, die sie von ihrem Großvater noch hatte. Sie musste sie holen. Madeleine ging zum Hang und bewegte langsam einen Fuß vor den anderen, um nicht wegzurutschen. Sich an allen Pflanzen, die von ihrem Absturz noch heil davongekommen waren, festhaltend, kletterte sie langsam aber sicher hinauf. Auf halbem Weg stützte Madeleine sich versehentlich an einer krummen Pflanze, die daraufhin abbrach. Sie stieß einen Schrei aus. Ihr Fuß rutschte weg und fast wäre sie abgestürzt, doch sie krallte sich an die Rinde des Baumes neben sich. Madeleines Herz schlug schnell. Sie durfte jetzt keinen Fehler begehen.

Mit ein paar Atemzügen beruhigte sie sich und kam endlich oben an. Neben ihr sah sie Roxanne, die gegen den Baum gelehnt war, an den Madeleine sie gedrängt hatte. Sie war bewusstlos, doch Madeleine konnte nicht darauf vertrauen, dass dieser Zustand lange anhielt. Ohne viel Zeit zu verlieren, hechtete sie zu ihrer Handtasche, die immer noch neben dem Lagerfeuer war. Sobald sie den Griff ihres Gepäcks zu fassen bekam, verschwand sie schnell von dort. Unten angekommen, sprintete sie außer Reichweite und ließ alles andere hinter sich zurück. Ohne darauf zu achten, wohin sie lief, preschte Madeleine durch den stockdunklen Wald. Sie musste eine Unterkunft suchen, denn sie konnte nicht länger im Dunkeln rennen, aber sie brauchte ein sicheres Plätzchen. Und wo war es schon sicher in einem Wald, der sich neben dem Reich der Oger befand und eine Person barg, mit der sie gerade gekämpft, sie bewusstlos geschlagen und anschließend bestohlen hatte?

Nach einer Weile hörte Madeleine aus der Ferne einen rauschenden Fluss. Sie versuchte, dem Rauschen zu folgen, doch wo sie auch hinlief, sie wurde das Gefühl nicht los, dort schon einmal vorbeigekommen zu sein. Die Bäume sahen alle bedrohlich aus und die Schwärze der Nacht verschlang jedes Detail, das man zur Orientierung hätte finden können. Ihr kam es so vor, als würde sie ohne jeglichen Anhaltspunkt umherirren, gefolgt von dem Eindruck, dass sie sich verirrt hatte. Madeleine wollte es nicht wahrhaben, aber nach weiteren Minuten war es nicht mehr abzustreiten.

„Nein, das darf nicht sein", schimpfte sie mit sich selbst und sah hoffnungsvoll nach oben, doch der Himmel wurde von dunklen Wolken abgedeckt und es war kein einziger Stern zu sehen, an dem sie sich hätte orientieren können. Madeleine seufzte. Ihre Reise verlief nicht gerade erfolgreich. Als wäre das nicht schon genug, fing auch noch ein Regen an, der sich in ein extremes Schütten verwandelte und Madeleine von Kopf bis Fuß durchnässte. Und als jemand, der in der Wüste lebte, war sie nicht gerade wettergerecht gekleidet. Madeleine legte ihren Kopf in ihren Nacken, richtete sich dann aber wieder auf. Sie hatte nicht vor, die Hoffnung zu verlieren. Sie hatte bereits gelernt, dass man geduldig sein musste und mit klarem Kopf schon einen Weg finden würde. Als sie nachdachte, während die Regentropfen ihr das Gesicht herunterrannen, kam plötzlich ein merkwürdiges Geräusch von geradeaus. Es klang wie das Flackern einer Flamme und ein hypnotisches Summen zugleich. Madeleine wirbelte herum, sah aber nichts. Von wem das Geräusch auch kam, es musste sich in dem Unterholz verstecken.

„Wer ist da? Zeig dich!", befahl Madeleine. Sie zückte ihren Dolch, ihre einzige Waffe, die nicht im Reich der Oger abgeblieben war.

Auf Madeleines Befehl folgte keine Antwort, sondern ein erneutes Flackern. Eine kleine, leuchtende Kreatur kam wie aus dem Nichts aus der Dunkelheit hervorgeflogen. Es war eine geisterhafte Gestalt, die nur aus tiefblauem Licht zu bestehen schien und keine Gliedmaßen, sondern nur einen Kopf besaß. Es summte immer wieder eine unheimliche Melodie vor sich hin und schwebte an einer Stelle, als würde es auf etwas warten.

„Ein Irrlicht", hauchte Madeleine. In ihrem Volk erzählte man viele Geschichten über Irrlichter, doch sie hatte noch nie eines mit eigenen Augen gesehen und jetzt, wo sie es vor sich sah, wurde sie von seinem intensiven Licht regelrecht in den Bann gezogen. Das Irrlicht bewegte sich mehrmals nach hinten, als wolle es Madeleine andeuten, ihm zu folgen. Sie wollte es fast tun, doch dann schüttelte sie harsch den Kopf und befreite sich so aus der Hypnose.

Sie musste sich zusammenreißen. In Ylmi sagte man, Irrlichter seien listige Kreaturen, welche Leute, die ihren Weg verloren hatten, an gefährliche Orte führten, an denen man angeblich immer starb. Viele aus Ylmi, die aus der Wüste herausgegangen waren und nicht über die Wesen des Waldes informiert gewesen waren, sollen so ihren Tod gefunden haben. Der Legende zufolge waren Irrlichter Seelen toter Menschen, die aufgrund ihrer schlechten Taten zu Lebzeiten als stummer Geist leben und ihre Taten büßen mussten. Vermeintlich waren sie Untertanen der Totenkönigin, die mit ihrer Hilfe an noch mehr Seelen gelangte, nach denen es ihr so durstete.

Das Irrlicht flog noch einmal vor und zurück und leuchtete noch heller.

„Nein, ich werde nicht mit dir kommen", versicherte Madeleine der Kreatur. Sie wollte sich umdrehen und eine andere Richtung einschlagen, aber irgendetwas hielt sie zurück. Was, wenn es kein Zufall war, dass ihr das Irrlicht begegnet war? Natürlich war es das nicht, denn es war ja gekommen, weil Madeleine sich verirrt hatte. Aber was, wenn es noch einen anderen Grund gab?

Ihrem Gefühl folgend, drehte sie sich wieder zu der Kreatur, die in der Dunkelheit schimmerte wie das Leuchtorgan eines Anglerfisches im kohlenschwarzen Meer. Noch einmal schwebte das Irrlicht nach hinten und wiederholte dies einige Male. Madeleine blieb auf ihrem Fleck stehen und folgte ihm nicht. Nach einer Weile hatte es sich so weit entfernt, dass Madeleine es kaum noch sehen konnte. Wenn sie noch länger dastand, würde es bald verschwinden.

Madeleine gab sich einen Ruck und lief dem Irrlicht hinterher. Es flackerte hell auf und wich weiter nach hinten, schneller als vorher, sodass auch Madeleine ihren Gang beschleunigte. So führte es sie immer tiefer in den Wald hinein und Madeleine konnte den Weg irgendwann nicht mehr nachverfolgen, da das Wesen willkürlich im Zickzack zu fliegen schien. Unter anderem gingen sie auch über eine Brücke und schienen für eine Ewigkeit weiterzugehen, bis sie schließlich an einen Ort kamen, der aussah, als hätten hier hundert Jahre lang Hexen gelebt und alles mit ihren boshaften Zaubern verseucht. Jedenfalls konnte sich Madeleine nur so erklären, warum alles so leblos und abscheulich aussah: Die Bäume waren krumm, vollkommen trocken, und das, obwohl es doch gerade erst geregnet hatte. Noch etwas weiter sah Madeleine auch noch ein paar Krabbeltiere auf dem Boden, während sie dem Irrlicht weiter folgte.

Als die Bäume immer weniger und die Käfer zunehmend mehr wurden, blieb es schließlich stehen. Sie befand sich nun in einer Art Kreis, auf dem keinerlei Pflanzen wuchsen und in dessen Zentrum ein Brunnen gebaut war. Madeleine sah erwartungsvoll zum Irrlicht.

„Hier bringst du mich hin?" Das Irrlicht bewegte sich nicht und schwebte einfach friedlich vor sich hin. Madeleine sah zum Brunnen hinter dem Wesen. Wollte es etwa...? Sie bewegte sich zum Steingebilde und sah erst hinab, dann wieder zum Irrlicht.

„Du willst doch nicht, dass ich *da* heruntergehe?" Das Irrlicht blieb kurz stehen und huschte dann urplötzlich in den Brunnen hinein. „Warte! Wo willst du hin?", rief Madeleine ihm nach, konnte ihn jedoch nicht aufhalten, da es längst in der Dunkelheit verschwunden war. Madeleine atmete schwer aus. Was die Kreatur wollte, war eindeutig: Sie musste hinabklettern. Sie war sich nicht mehr so sicher, ob das eine gute Idee war, doch jetzt gab es kein Zurück mehr. Sie war dem Irrlicht einmal gefolgt und jetzt, wo sie mitten im Nirgendwo war, musste sie tun, was es wollte.

Madeleine kramte in ihrer Tasche nach einem Tau, aber leider hatte sie nichts, womit sie es im Boden verankern könnte. Daher bediente sie sich stattdessen an Roxannes Sachen und fand zu ihrer Überraschung ein passendes Seil, das sie mit einem Haken an dem Brunnen festmachte. Furchtlos kletterte sie den stockdunklen Brunnen hinab, bis sie schließlich an einen finsteren Ort kam. Er entpuppte sich als ein unterirdischer Tunnel, in dem es nur so von widerwärtigen Insekten wimmelte. Madeleine wählte eine beliebige Richtung und drang so in die Weiten des Tunnels ein.

Je weiter sie kam, desto größer wurden die Käfer und nahmen plötzlich unwirkliche Formen an. Angewidert verzog Madeleine ihr Gesicht, doch sie brauchte sich nicht vor den Kreaturen zu fürchten. Denn die Tiere wichen ihr auf wundersame Weise einfach aus. Wenn sie sich ihnen näherte, krabbelten sie an die Wand und blieben dort regungslos stehen. Erstaunt betrachtete Madeleine die widerwärtigen Viecher. Hinzu kamen hallende, geisterhafte Stimmen, die wirr durcheinanderredeten. Unbeirrt setzte sie ihren Weg fort und kam schon bald an ein großes, schwarzes Gittertor. Sie starrte auf die hohen Gitterstäbe. Der Bereich hinter dem Tor war so dicht benebelt, dass sie nicht erkennen konnte, was sich dort verbarg. Plötzlich überkam sie ein mulmiges Gefühl. *Was mache ich hier eigentlich?*, schoss es ihr durch den Kopf, doch dann gab sie sich einen Ruck. Sie musste ihrem Bauchgefühl vertrauen und das sagte ihr, dass sie tun musste, was das Irrlicht sagte.

In dem Moment schwang das Tor plötzlich von alleine auf. Madeleine betrat langsam den Raum dahinter. Der Nebel um sie herum stob schlagartig auseinander und das Tor knallte scheppernd hinter ihr zu. Jetzt bot sich ihr der Anblick eines riesigen Saals, auf dessen linker Seite ein Fluss war, in dem sich eine zähflüssige Masse befand. In dessen Nähe wurden die Stimmen deutlich lauter und Madeleine merkte auch, dass der Nebel, der gerade im Saal verteilt gewesen war, in dem Fluss verschwand. Verwirrt sah sie genauer hin und erkannte, dass es sich um gar keinen Nebel handelte, sondern um durchsichtige Menschenkörper, die in einem Strom in den Fluss hineinschwebten.

Madeleine wich erschrocken zurück. Die Geschichten waren wahr. Es gab die Totenkönigin. Jene unsterbliche Frau, die seit Jahrhunderten in der Unterwelt lebte und deren Durst nach Seelen nicht zu stillen war, da sie angeblich ihre Lebenskraft aus ihnen zog, existierte. Und das Irrlicht hatte sie direkt vor ihre Füße gebracht.

„Furchteinflößend, nicht wahr?"

Madeleines Kopf schnellte zu der Stimme. Ein Schauer lief ihr über den Rücken. Da saß eine Frau am Ende des Saals. Ihr schwarzer Thron erhob sich vom Boden in zwei Meter Höhe. Auf seinem dunklen Metall zeichneten sich Umrisse von Skeletten ab und es ragten auch ganze Knochen aus ihm heraus, von denen sich Madeleine sicher war, dass sie von Menschen stammten. Die Frau, welche auf dem Thron Platz genommen hatte, war so extrem mager, dass Madeleine ihre Knochen erkennen konnte. Das bisschen Haut, das ihre Knochen abdeckte, war so weiß wie ein Blatt Papier. Auf ihrem Kopf, aus dem nur wenige lange, weiße Haare wuchsen, trug sie eine große, schwarze Krone, deren Zacken ebenfalls schwarze Knochen waren. Sie waren mit grauen und schwarzen Steinen verziert und ragten in die Höhe wie riesige Klauen. Außerdem waren sie mit einem blassweißen Netz, welches wie Spinnweben aussah, miteinander verbunden. Als Kleidung trug die Frau ein sehr langes, weißes Kleid, das an dem Saum ganz zerrissen war.

„Furchteinflößend, wie auch wundervoll", meinte die Königin und schloss entspannt ihre Augen.

Madeleine atmete tief durch. Wenn sie schon einmal hierhergekommen war, musste sie die Situation zu ihren Gunsten wenden.

„Warum haben Sie mich hierhergeführt?", fragte sie mit fester Stimme, die durch den ganzen Saal hallte.

„Die Frage ist nicht, warum ich dich hergeführt habe, sondern warum du gekommen bist?", wollte die Königin im Gegenzug wissen.

Madeleine ließ sich nicht von ihr beirren. „Ich bin gekommen, weil ich davon überzeugt war, dass ich das muss. Ich glaube, dass Sie mich aus einem bestimmten Grund hergeführt haben. Aber wenn das nicht so ist, werde ich wieder gehen."

Die Monarchin schmunzelte. „Du hast dein Ziel immer im Auge, das gefällt mir." Sie überschlug ihre stockdünnen Beine und beugte ihren Körper näher zu Madeleine. „Und ja, es stimmt. Ich habe mein Irrlicht aus einem bestimmten Grund geschickt. Du hast etwas, das mir gehört."

Madeleine zog eine Augenbraue hoch. „Und das wäre?"

„Vor ein paar Tagen ist ein Mädchen in mein Reich geschlichen und hat etwas entwendet, das von unvorstellbarem Wert für mich ist." Sie deutete zum Fluss. „Das Wasser meines Flusses."

Jetzt verstand Madeleine. Sie erinnerte sich, in Roxannes Rucksack einen Krug mit schwarzem Wasser gefunden zu haben. Roxanne musste hier gewesen sein und hatte etwas Wasser vom Fluss gestohlen, weil es eine der Zutaten für Erolds Ritual war. Madeleine kramte den Krug heraus und öffnete den Verschluss, den sie der Königin hinhielt. „Meinen Sie das hier?"

Die Augen der Frau leuchteten auf und plötzlich wurde sie ganz zappelig. „Komm näher!", befahl sie und streckte ihre Arme nach Madeleine aus.

Madeleine näherte sich ihr, hielt aber genug Abstand, damit sie den Krug nicht erreichte. „Stimmt es, dass dieses Wasser ihre Lebensquelle ist?"

Die Königin nickte hysterisch und biss ihre Zähne zusammen. „JA, IST ES! GIB ES MIR!"

Madeleine zog den Krug weiter von ihr weg. „Und was kriege ich dafür?"

Die Königin verzog ihre Miene, ihr Blick wurde eiskalt und sie richtete sich auf. „So ist das also. Du willst etwas im Gegenzug."

„Ja, will ich. Sonst kriegen Sie den Krug nicht."

Der Blick der Königin verfinsterte sich, aber der Anblick des Kruges schien sie zu überzeugen. Für eine Weile starrte sie Madeleine durchbohrend in die Augen. Diese hielt den Blick stand.

„Ich besitze etwas, das dir für deine Reise eventuell nützlich sein könnte", brachte die Königin schließlich hervor. „Falls du dich fragst, woher ich von deiner Reise weiß, ich habe meine Augen und Ohren überall. Meine Untertanen sind im ganzen Land verteilt und überbringen mir Nachrichten von der Oberfläche, der Luft und dem Wasser. Ich weiß über Dinge, die du nicht einmal erahnen kannst."

Madeleine bemerkte, dass die Totenkönigin sie einschüchtern wollte, es klappte aber nicht. „Was wollen Sie mir geben?", griff sie stattdessen wieder das Thema auf.

Die Monarchin schnippte mit den Fingern. Hinter ihrem Thron traten unzählige Kreaturen hervor und krabbelten zu den Wänden des Saals, in denen sie einfach verschwanden. Nach einer Weile kamen die Tiere wieder aus den Wänden hervor und trugen eine schwarze Schachtel. Die Regentin nahm sie an sich und öffnete sie. Heraus nahm sie einen schwarz-weißen Kompass, in dessen Mitte ein Totenschädel abgebildet war. Die Nadel war vollkommen grau.

„Dieser Kompass wurde für mich persönlich angefertigt. Ich habe es im Zuge einer Abmachung bekommen, doch er hat seinen Zweck nicht erfüllt. Jetzt, wo er keinen Nutzen mehr für mich hat, verstaubt er in meinen Gemächern", verriet die Totenkönigin. „Du kannst ihn haben. Flüstere in den Kompass irgendeinen Ort hinein, an den du hinkommen willst, und die Nadel zeigt dir den Weg dorthin. Mit den Worten ,Regina animarum' aktivierst du ihn." Die Königin lehnte sich auf ihrem Thron nach vorne, um Madeleine den Kompass zu geben, doch dann zögerte sie. Sie behielt den Kompass kurz in der Hand und strich über dessen Seiten, als würde sie sich den Handel noch einmal überlegen. Für eine Sekunde schien es sogar so, als würde etwas Durchsichtiges in den Kompass hineingehen, doch es verschwand so plötzlich, wie es gekommen war, daher nahm Madeleine an, es sich nur eingebildet zu haben. Die Königin übergab ihr den Kompass, doch Madeleine ließ den Krug noch nicht los.

„Wenn der Kompass seinen Zweck nicht erfüllt hat, wie kann ich dann sicher sein, dass er funktioniert?"

„Er hat seinen Zweck *für mich* nicht erfüllt", behauptete die Königin. „Aber das hatte nichts mit dem Gegenstand, sondern mit den Bedingungen meines damaligen Vorhabens zu tun. Dir wird er hervorragend nützen."

Madeleine war sich immer noch nicht sicher, ob die Herrscherin die Wahrheit sagte. Schließlich war sie alles andere als eine barmherzige Persönlichkeit und damit nicht vertrauenswürdig.

„Woher weiß ich, dass ich Ihnen vertrauen kann?", bohrte Madeleine weiter, „Vielleicht wollen Sie mich in den Tod stürzen und meine Seele ergattern?"

Die Königin lachte, doch es klang nicht amüsiert, sondern wütend. Ihr Gackern schallte in Madeleines Kopf und sie befürchtetet, dass sie diesen fürchterlichen Klang für alle Ewigkeit nicht mehr loswerden würde.

„Bevor es zu deiner Seele kommt, stehen da noch ein paar andere auf der Liste", meinte die Regentin. „Und eine von denen ist die mächtige Seele Erolds. Wäre es nicht zu schade, mir sie entgehen zu lassen, wenn er sich unsterblich macht?"

So ist das also. Die Totenkönigin wollte nicht, dass Erold sich unsterblich machte, weil sie dann seine Seele nicht ergattern konnte. Daher half sie Madeleine. Wahrscheinlich war das ein weiterer Grund, warum sie das Wasser ihres Flusses so unbedingt zurückhaben wollte.

„Also gut", ging Madeleine den Handel ein und überreichte der Herrscherin den Behälter. Diese nahm ihn an sich und wandte sich dann wieder Madeleine zu, mit einem höchst zufriedenen Blick.

„Du bist ein kluges Mädchen, ich hoffe, du erreichst dein Ziel."

„Das werde ich, machen Sie sich da keine Sorgen", erwiderte Madeleine und drehte sich zum Ausgang. Das Tor schwang von allein für sie auf. Sobald sie den Saal verlassen hatte, schwebten die Geister wieder aus dem Fluss heraus und schwärmten durch den Raum. Als sie den Insekten im Kanal den Rücken zudrehte, verteilten sie sich wieder und liefen wild umher. Sie konnte ihr Tapsen hinter sich hören.

Madeleine erreichte ihr Tau und zog sich daran hoch. Unter ihr war der Boden vor lauter Krabbeltieren nicht mehr auszumachen und Madeleine fragte sich, wie es wohl bei Roxanne gewesen sein musste, die im Gegensatz zu ihr *nicht* in der Unterwelt erwünscht gewesen war. Sie wollte sich gar nicht vorstellen, was all die Insekten und Geister gemacht hatten.

Innig hoffend, dass sie nie mehr zurückkehren musste, stieg Madeleine aus dem Brunnen. Der Sonnenaufgang hatte schon begonnen und legte ein schwaches, orangenes Licht über die tote Landschaft. Ihr eigener Schatten zeichnete sich auf dem trockenen Boden ab, während eine Kakerlake darüber lief. Madeleine tat den Tau in ihre Tasche und holte den Kompass hervor.

„*Regina animarum.*" Nachdem sie die Worte ausgesprochen hatte, begann das eiskalte Metall zu vibrieren. Der Totenkopf inmitten des Kompasses erwachte zum Leben; er ruckelte und bewegte seinen Kiefer, der wie eine lange nicht geöffnete Tür knarzte.

„Zielort?", dröhnte der Schädel.

„Die Minabaxhöhle im Nebeltal", befahl Madeleine.

„Dort ist es nicht geheuer, bist du sicher?", hakte er nach.

„Ja, bin ich! Führ mich dorthin!", betonte Madeleine entschieden.

„Na gut, ich hatte dich gewarnt", gab der Schädel zurück und die Nadel des Kompasses fing schlagartig zu drehen an. Dann blieb sie stehen und zeigte in Richtung Nordosten.

ZWEI WEGE, EIN ZIEL

„Dieser Ort ist mir nicht geheuer", murmelte Leon, während er und die restliche Gruppe durch den Wald stapften und hin und wieder auf etwas Matschiges traten, von dem sie nicht wussten, was es war. Die anderen konnten ihm nur zustimmen. Luna, die sich inzwischen von der Nutzung ihres Zaubersteines erholt hatte, fühlte sich ebenfalls unbehaglich und ihr kam es ständig so vor, als würde etwas auf ihr krabbeln, obwohl das nicht der Fall war.

„Keine Sorge, die Höhle dürfte nicht mehr weit weg sein", kommentierte Adrian, der sich als einziger nicht beschwerte. Anscheinend waren Zentauren in einem kalten Wald viel besser dran als Menschen.

„Au!", machte Senia plötzlich und hielt ihren Fuß. Darin steckte etwas Schwarzes mit Zacken. „Was ist das?" Senia betrachtete es kurz und warf es dann sofort weg, wonach sie angeekelt weiterlief.

Luna kam es so vor, als würde das Nebeltal immer gefährlicher werden, je weiter sie in den unheimlichen Wald eindrangen.

„Wie es aussieht, hat Jeldrik dieses Versteck nicht umsonst ausgewählt", schlussfolgerte Luna und sah dabei stets auf den Boden, während Femy beim Herumfliegen eine Gefahr von den Bäumen befürchtete. „Wer würde schon freiwillig an so einen Ort gehen?"

„Er hat sich auf jeden Fall gut darum gekümmert, dass Astra verborgen bleibt", stimmte Senia zu.

Mittlerweile verlief ihr Weg steil und eine Weile später kamen sie zu einem Hang und gingen ihn hinauf, was nach einer Weile ziemlich anstrengend wurde, weil der Hang immer steiler verlief. Ihre Beine taten schon weh, aber das war noch nicht alles. Schon nach ein paar Minuten war der Hang so steil, dass die Freunde sich an den Bäumen festhalten mussten, um nicht abzurutschen. Die spitzen Nadeln der Tannen, nach denen sie bei jedem Schritt griff, stachen in Lunas Hände. Ihre Haut hatte sich an der Stelle schon abgepellt und das dünne Holz schnitt nur noch mehr in die wunde Stelle hinein. Mühevoll rafften sie sich nach oben.

„Ich kann nicht mehr!", klagte Leon und hielt seine Beine fest. Es fühlte sich an, als würden seine Muskeln reißen, mit jedem Schritt, den er machte.

„Haltet durch, wir schaffen das", versuchte Luna den anderen Mut zuzureden, was sie alle gerade nötig hatten. Am meisten tat sich Senia schwer, die nach wie vor keine Schuhe anhatte. Ihre Füße bluteten inzwischen an mehreren Stellen. Sie packte den nächstbesten Ast vor sich und bemerkte vor Erschöpfung nicht, dass er zu dünn war, um sie zu halten. Der Ast brach ab und ihre Füße rutschten auf dem glatten Boden ab. Senia schrie und Femy flog ihr energisch hinterher, aber sie konnte ihr aufgrund ihrer Größe nicht helfen.

„Senia!", rief Luna und hielt ihr T-Shirt fest, doch es rutschte ihr aus der Hand. Zum Glück war Adrian zur Stelle, der hinter ihnen stand und Senia auffing, bevor sie vollkommen den Halt verlor. Er half ihr, sich wieder festzuhalten.

Senias Herz trommelte in ihrer Brust. Sie blickte kurz hinter sich, wo sie erkannte *wie* steil und hoch der Hang eigentlich war und schluckte. Hätte Adrian sie nicht festgehalten, hätte sie diesen Sturz womöglich nicht überlebt.

„Danke", brachte sie zitternd hervor.

„Gerne, aber sei vorsichtig. Das nächste Mal kann ich dich vielleicht nicht halten", mahnte Adrian.

Senia nickte verängstigt. Luna lief ein Schauer über den Rücken, als sie wieder nach vorn sah. Wenn jetzt schon Lebensgefahr für sie bestand, wie würde es dann erst in der Höhle ablaufen?

Madeleine stapfte über den matschigen Boden. Die Tannen um sie herum ragten hoch in den Himmel und warfen einen unbehaglichen Schatten auf sie, während sie vor Kälte fast erfror. Der dichte Nebel versperrte ihr jegliche Sicht auf ihre Umgebung, doch sie vertraute dem Kompass der Totenkönigin in ihrer Hand, der sie zweifellos ins Nebeltal geführt hatte. Anscheinend hatte die Totenkönigin doch nicht gelogen. Madeleine rieb die Hände aneinander und strich über ihre Arme, in dem Versuch sie zu erwärmen. Trotzdem lief sie zielstrebig weiter. Die Minabaxhöhle dürfte nicht mehr weit sein. Und so auch Astra, der Zauberstein ihres Großvaters, der jetzt ihr gehörte.

Etwas später zeigte die Kompassnadel vom Weg ab, zu einem steilen Hang. Vorsichtig stieg Madeleine ihn hinauf und achtetet darauf, keine dünnen Äste zu greifen oder auf etwas Nasses zu treten. Die Erfahrung, dass eine hohe Rutschgefahr bestand, hatte sie nach ihrem Kampf mit Roxanne ja schon gemacht. Besonders, wenn man Sandalen trug.

Während Madeleine sich an den Tannen festhaltend den Hang hinaufstieg, kamen plötzlich mehrere Stimmen von irgendwo. Eine schien von einem Jungen zu stammen, der nach dem hohen Klang zu urteilen, noch nicht so alt war. Madeleine verharrte in ihrer Position, um zu hören, was die Person sagte, doch die Stimmen verstummten. Sie wartete ein paar Sekunden. Als dann aber immer noch nichts zu hören war, nahm sie an, dass sie vor lauter Müdigkeit Halluzinationen hatte und machte sich zurück an die Arbeit.

Gerade als sich der Nebel noch mehr gelegt hatte, ertönte wieder eine Stimme, die von links zu kommen schien. Madeleine war sich sicher, dass dieses Mal nicht ihre Fantasie mit ihr durchging. Sie konnte sich zwar nicht erklären, warum jemand sich im Nebeltal aufhalten sollte – da hier nicht einmal Menschen in der Nähe lebten –, aber diese Stimmen waren echt. Madeleine näherte sich ihnen, bis sie alles Gesagte halbwegs gut verstehen und trotzdem versteckt bleiben konnte. Glücklicherweise war der Nebel hier nicht allzu dicht, sodass Madeleine die Besitzer der Stimmen sogar erkennen konnte. Tatsächlich waren da mehrere Personen: Ein etwa zehnjähriger, blonder Junge und zwei gleichaltrige Mädchen kletterten ebenfalls den Hang hinauf. Über einem Mädchen flog ein kleines, blaues Wesen, welches Madeleine als einen Lichtgeist identifizierte.

„Ein Glück, dass du … direkt … den ganzen Weg bis hier-herlaufen … Hügel hoch! Meine Beine fühlen … als hätte … ein LKW…", nörgelte der Junge.

Madeleine ging näher heran und konnte sie jetzt klarer hö-ren. Was war ein *LKW*?

„Ein Dankeschön tut es auch, Leon", meinte das blonde Mäd-chen. Ihrer Ähnlichkeit nach zu urteilen, waren die beiden Ge-schwister. Madeleine war verwirrt. Warum sollten drei Kinder ohne einen Erwachsenen in so einer Gegend spazieren?

„Hoffen wir mal, dass sich unsere weite Reise lohnt", mel-dete sich eine weitere Stimme, deren Besitzer Madeleine nicht sehen konnte. Dann kam ein Zentaur zwischen den Bäumen hervor, der die anderen drei offenbar begleitete. Doch aus ir-gendeinem Grund kam Madeleine etwas an ihm merkwürdig vor. Sie kannte sich gut mit Wesen Lewendias aus und in Ylmi hatte Freya ihr vor noch nicht so langer Zeit etwas über Zentau-ren erzählt. Madeleine rief sich das Bild, welches ihre Großmut-ter ihr gezeigt hatte, ins Gedächtnis und verglich es mit dem, was sie sah. Dieser Zentaur war für die Verhältnisse eines aus-gewachsenen Männchens viel zu klein und hatte krallenartige Nägel an den Fingern. Dazu war sein Oberkörper im Gegensatz zu seiner Rasse nur spärlich behaart und seine Hände viel zu groß. Was Madeleine aber wirklich argwöhnisch machte, war, dass er rötliche Augen hatte. Kein Zentaur hatte rote Augen, sie waren meistens grün oder braun. Madeleine hielt inne. Tatsäch-lich gab es nur wenige Wesen, die rote Augen besaßen … und sie hatte den starken Verdacht, die wahre Identität des Wesens erkannt zu haben.

Daemonum metamorpher, Gestaltwandler mit der ursprüng-lichen Form eines Dämons. Madeleine hielt inne. Es gab nicht mehr viele von ihnen, doch von denen, die übrig geblieben wa-ren, arbeiteten die meisten für Erold. Und selbst wenn nicht, wa-ren sie keine gutmütigen Wesen. Madeleine spähte noch einmal zu ihm hinüber, da sie sich nicht hundertprozentig sicher war, doch das schlechte Gefühl, das sie bei ihm hatte, verschwand nicht. Die Art, wie er seine Augenbrauen wölbte und leicht grinste, während er den Kindern hinterherlief, war ihr nicht geheuer. Ob Gestaltwandler oder nicht, er war nicht vertrauenswürdig. Aber was war mit den anderen dreien? Waren sie Verbündete von ihm oder trickste er sie aus? So gut es ging versuchte Madeleine, die Gruppe zu beobachten, ohne selbst gesichtet zu werden, und lief dabei in gleichem Tempo wie sie hinauf. Irgendwann wurde es zu schwierig, sie weiter zu verfolgen und gleichzeitig zu laufen und Madeleine konzentrierte sich auf ihren eigenen Weg. Trotzdem blieb sie in Reichweite und schnappte ein paar Wortfetzen von dem Gespräch der anderen auf.

„Ja, wir sind da!", rief der Junge plötzlich. „Ich ... die Höhle!"

Madeleine kam zeitgleich mit den anderen oben an und bemerkte erleichtert, dass es hier gar keinen Nebel mehr gab. So konnte sie alles viel besser erkennen. Sie mied es, wie die anderen weiterzulaufen, und huschte stattdessen hinter einen Baum, um die drei Menschen, den Zentaur und den Geist zu beobachten. *Sie wollen also auch zur Höhle.* Das konnte nur eins heißen: Sie waren auch hinter Astra her. Denn die Minabaxhöhle war ein sehr unbekannter und abgelegener Ort, an dem man nicht kam, um einen Spaziergang zu machen. Madeleine sah, wie alle vier Unbekannte nacheinander vor dem Höhleneingang eintrudelten.

„Endlich", schnaufte das blonde Mädchen und fasste sich erschöpft an die Beine. Madeleine fiel auf, dass sie sehr komische Kleidung trug. Madeleine hatte weder solchen Stoff noch Kleidungsstil jemals irgendwo gesehen. Ein weiterer Grund, argwöhnisch zu sein.

„Seht mal! Mit dem Eingang stimmt etwas nicht", bemerkte das zweite Mädchen mit kurzen, braunen Haaren, deren Kleidung Madeleine sehr wohl bekannt vorkam. Der rosa Rock, der dem Mädchen bis zu ihren Knien reichte, und die kurzärmlige Kleidung wiesen darauf hin, dass sie aus einer warmen Gegend stammte, und der Stoff ähnelte Madeleines eigener Kleidung. Außerdem hatte sie eine Kristallkette, das typische Accessoire von jemandem, der nahe des Fabelwaldes lebte. Sie schien auch der Besitzer des Lichtgeistes zu sein, da er ständig in ihrer Nähe blieb.

Dann fiel Madeleines Blick auf den großen, schwarzen Höhleneingang, auf den das braunhaarige Mädchen deutete. Vor dem Eingang war eine Art roter Lichtschleier, der unheimlich schimmerte. Eindeutig war die Höhle verzaubert und da der Schimmer vor dem Eingang war, musste es ein Raumzauber sein. Solche Art von Magie legte verschiedene Zauber auf den ganzen Raum und war äußerst schwierig auszuführen, weshalb nur erfahrene Meister sich daran wagten. Madeleine vermutete, dass Jeldrik den Zauber gemacht hatte, um Astra zu schützen. In dem Fall war er so schwierig zu überwinden wie das Rätsel mit der Truhe. Madeleine ballte die Fäuste. Als hätte sie nicht schon genug Probleme damit, dass die anderen hier aufgetaucht waren, jetzt musste sie auch noch Jeldriks Zauber umgehen. Sie konnte niemals einfach so blind in die Höhle hineinspazieren. Wer weiß, was sie da drinnen erwartete? Es könnte lebensgefährlich sein. Doch die anderen schienen nichts von der Gefahr zu ahnen. Das blonde Mädchen ging nach vorn und hielt ihre Hand vor den Schleier, die wie ein Magnet abgestoßen wurde. „Jeldrik muss den Eingang verzaubert haben", schlussfolgerte sie.

„Natürlich hat er das. Ich wäre auch überrascht, wenn es ein einziges Mal einfach wäre", murrte der Junge.

Der Zentaur trat nun auch vor den Eingang. „Jeldrik ist schon viele Jahre tot, also ist auch der Zauber alt. Ich glaube, er ist abgeschwächt genug, dass wir mit etwas Kraft reinkommen."

Das denkst aber auch nur du, dachte Madeleine. Raumzauber waren äußerst langanhaltend und wurden nur über Jahrhunderte hinweg schwächer. Vielleicht konnten sie in die Höhle eindringen, doch das hieß nicht, dass der Rest einfach werden würde.

Der Zentaur berührte den Schleier und versuchte, durchzukommen. Nach ein paar Sekunden stand er auf der anderen Seite.

„Adrian, hörst du uns?", fragte das brünette Mädchen.

„Ja, man hört alles ganz klar", antwortete er knapp. „Hier ist übrigens nichts, ihr könnt kommen."

Die anderen schritten auch durch den Schleier. Madeleine blieb draußen allein zurück und überlegte, was sie jetzt tun sollte. Sie konnte der Gruppe unmöglich folgen. Wer weiß, was für unheilvolle Zauber sie im Inneren der Höhle erwarteten? Außerdem würden sie, wenn auch Madeleine in die Höhle ging, zweifellos aufeinandertreffen und sie war eindeutig in der Unterzahl, falls die anderen schlecht gesinnt waren. Auch wusste sie nicht, ob sie irgendwelche Waffen bei sich trugen, Gepäck hatten sie jedenfalls dabei. Am klügsten erschien es ihr daher, draußen zu warten. Wenn die Gruppe zurückkam und Astra bei sich hatte, konnte sie ihnen den Zauberstein einfach abnehmen. Vielleicht musste es ja gar nicht zu einem Kampf kommen und sie konnte ihnen einfach erklären, dass sie eine Meisterin war. Und im Fall, dass sie nicht zurückkehrten, könnte Madeleine die ihr lauernde Gefahr in der Höhle zumindest besser abschätzen.

DIE MINABAXHÖHLE

Luna durchquerte den roten Schleier und trat in die Höhle ein. Das Innere leuchtete in einem bedrohlichen Violett, das von unzähligen Kristallen ausging, welche die Wände vollkommen bedeckten. Dem hingegen wirkte Femys Leuchten nur wie das von einem Lämpchen einer Lichterkette. Es war ungewöhnlich still und das Einzige, was man hörte, waren Wassertropfen, die hin und wieder von der Decke auf den mit Kies bedeckten Boden fielen.

„Wie sollen wir hier Astra finden?", zweifelte Leon. „Wer weiß, wie riesig diese Höhle ist?"

„Wir müssen weiter hinein. Es wird sich schon zeigen, wo er ist", sagte Luna und machte den ersten Schritt voran. Die Kieselsteine auf dem Boden knirschten unter ihrem Schuh. Die anderen trauten sich hinterher und sie liefen langsam und vorsichtig durch die Höhle. Doch komischerweise wurde das Weiterlaufen mit der Zeit immer schwieriger, als wollte eine unsichtbare Kraft sie davon abhalten, weiterzulaufen. Nach ein paar Schritten schien die Höhle sie regelrecht abzustoßen und sie mussten ihre Körper gegen die Luft stemmen. Es war, als gäbe es eine Wand vor ihnen, die sie von sich wegdrücken mussten.

„Was … ist … hier … los", presste Leon zwischen zusammengebissenen Zähnen hervor, während er gegen die Barriere anzukommen versuchte.

Senia keuchte. „Das muss der Zauber sein. Jeldrik wollte nicht, dass irgendwelche Leute hierherkommen."

„Bestimmt wird der Zauber immer stärker, je weiter wir uns Astra nähern", vermutete Luna. Und sie hatte recht. Nach nur einer Sekunde mussten sie sich um einiges mehr anstrengen, um überhaupt laufen zu können. Femy piepste angestrengt und kniff ihre Augen zusammen. Doch dabei blieb es nicht.

„Leute", sagte Senia. „Was ist mit meiner Hand?"

Lunas Kopf schnellte zu ihr. Senias linke Hand begann zu schrumpfen. Bevor sie verstanden, was geschah, war sie nur noch so groß wie eine Mandarine.

„Bei mir ist es auch!", klagte Leon. Bei ihm hatte es sein Bein getroffen und er fiel auf den Boden. Luna fasste ihn an den Armen und half ihm wieder auf.

„Wir können nichts dagegen tun! Laufen wir einfach weiter und verschwenden keine Zeit!", drängte Adrian. Sie hatten ohnehin keine andere Wahl und je schneller sie hier raus waren, desto besser. Die Freunde liefen schneller und auch Femy, deren kurze Ärmchen so lang geworden waren wie Spaghetti, versuchte, schneller zu fliegen. Kurz danach trat das Phänomen auch bei Luna auf und ihr Auge begann größer zu werden. Sie hoffte, dass das unkontrollierte Wachstum irgendwann aufhörte, doch es wurde sogar noch schlimmer und ihr Auge wurde nun wechselweise größer und kleiner. Das gleiche passierte auch mit Senias Arm und Leons Bein, die in der ersten Sekunde doppelt so groß waren wie gewöhnlich und in der zweiten nur noch die Größe wie bei einem Kleinkind hatten. Leon fiel ständig hin und humpelte, daher entscheid er sich lieber auf einem Bein zu hüpfen, als beide zu verwenden. Bei Adrian hingegen schrumpfte und vergrößerte sich sein Oberkörper, wodurch er beinahe zu schwer für seinen Pferdekörper oder so klein war, dass es so aussah, als wäre nur noch eine Hälfte von ihm übrig. Als der Zauber auch andere Körperteile angriff und die Freunde wie ein surreales Kunstwerk von Picasso aussehen ließ, war es kaum noch auszuhalten. Sie schrien allesamt vor Verwirrung und Angst, was an den Wänden der Höhle zu ihnen zurück hallte.

„Gebt nicht auf, Leute! Es ist nur halb so wild", sprach Luna den anderen Mut zu, doch der nächste Zauber ließ sie erheblich daran zweifeln. Mitten in der Höhle begann urplötzlich der heftigste Regen, den sie je in ihrem Leben erlebt hatte.

„Femy! Du musst dich schützen!", kreischte Senia und öffnete ihren Rucksack, in den sie hinein huschte. Senia schloss ihren Rucksack und hielt ihn unter dem Arm, damit kein Wasser hineinkam, denn dieses war tödlich für Wesen wie Femy, da es sich auf ihnen erhitzte, bis von ihnen nichts mehr übrig war. Im Gegensatz zu Femy konnten die anderen sich nicht schützen und Tausende von Regentropfen schütteten auf sie, als würde jemand jede Sekunde einen riesigen Eimer eiskaltes Wasser über sie kippen. Bibbernd stemmten sie sich weiter gegen die unsichtbare Wand. Als wäre der Regen nicht schon genug, fing auch noch ein Windsturm an und blies sie nach hinten. Lunas permanent schrumpfende Beine trugen sie nicht mehr und sie wurde weggefegt. Um nicht davonzufliegen, klammerte sie sich an der Wand fest, wodurch jedoch einer der violetten Kristalle in ihre Hand stach und deren Spitze dort stecken blieb. Es fühlte sich so an, als wäre ein Nagel in ihre Hand geschlagen worden und Luna schrie vor Schmerz auf. Blut quoll aus ihrer Hand.

„Luna!", brüllte Senia so laut es nur ging, damit Luna sie über den tosenden Wind hinweg hörte. „Du musst ihn sofort rausholen, er könnte giftig sein!"

Luna sah zu ihrer Hand, um Senias Rat zu folgen, doch da war es schon zu spät. Ein intensiver Schmerz durchzuckte sie und ihre Hand lief blau an. Luna traten Tränen in die Augen. Sie wollte den Kristall aus ihrer Hand herausziehen, doch sie war vom Schmerz gelähmt, konnte sich nicht mehr bewegen und der Wind peitschte ihr ins Gesicht. Ihre Haare flogen nach hinten, ihr Oberteil flatterte und langsam rutschte sie auf dem Kies ab.

„Luna, du musst weiter! Sonst wirst du weggerissen!", schrie Leon. Luna wollte ihm antworten, sie wollte sich vorwärts ziehen, irgendetwas tun, doch alles, was sie wahrnahm, war der unerträgliche Schmerz in ihrer Hand. Ihre Füße rutschten weiter ab, eine weitere Sekunde und sie hätte sich nicht mehr halten können, doch da packte Senia Lunas Hand und stabilisierte sie. Dann kniff Senia ihre Augen zusammen, Qualin strahlte grell und Luna fühlte, als würde ihre Hand über einen strömenden Fluss gleiten, dessen Wasser eine angenehm warme Temperatur besaß. Einen Wimpernschlag später hörte der Schmerz wie auf Knopfdruck auf und der Kristall in ihrer Hand fiel auf den Boden. Die Mädchen sahen einander an. Auch Senia hatte es geschafft. Sie hatte ihren Zauberstein genutzt, um Luna zu heilen. Doch sie konnten das nicht groß feiern, denn der Wind wurde immer stärker und sie kamen nur schwer gegen ihn an. Gemeinsam mit Senia drängte Luna sich weiter nach vorne und hielt dem Wind stand, während sie gegen die unsichtbare Kraft ankämpften, die sie nicht weiterlassen wollte. Regentropfen rannen über Lunas Haut, ihre ganze Kleidung war klitschnass und sie konnte sehen, dass ihre Finger so lang waren wie Senias Haare. Als sie dachten, es könne gar nicht mehr schlimmer kommen, fielen plötzlich heiße Kieselsteine von der Decke, wie bei einem Meteorregen. Die Freunde rissen ihre Arme hoch, um sich so vor den Steinen zu schützen. Aber ihr Schutz war nicht gerade effektiv und die Steine verbrannten etliche Stellen auf ihrer Haut, wo sie weißlich-rote Flecken hinterließen. Doch sie gaben nicht auf.

Mit letzter Kraft stemmten sie sich weiter, doch ihre Erschöpfung machte sich langsam bemerkbar. Leon hatte bald keine Energie mehr, um alledem standzuhalten.

„Luna! Helft mir!", rief er verzweifelt.

Luna streckte ihren Arm aus. „Halt meine Hand!"

Leon packte die Hand seiner Schwester und Adrian nahm seine andere, während Senia Lunas festhielt. Aneinandergekettet hielten sie dem immensen Wind stand und schritten entschlossen weiter. Vor sich erblickten sie einen größeren Raum, vor dessen Eingang ebenfalls ein Schleier – dieses Mal in Blau – war. In der Mitte des Raumes zeigte sich ein Felsbrocken, von dem ein kräftiger, weißer Lichtstrahl nach oben ausging.

„Da ist er! Astra ist nicht mehr weit!", rief Adrian und er lief noch schneller. Doch auch der Zauber erreichte nun seinen Höhepunkt: Die brennenden Steine prasselten noch stärker auf sie, der Wind war doppelt so stark wie am Anfang, ihre Augen und Nasen schrumpften und vergrößerten sich in Sekundenschnelle.

„Nur ... noch ... ein Schritt!", sagte Senia mit zusammengebissenen Zähnen. Die Freunde sammelten all ihre Kraft und taten den letzten Schritt nach vorn, womit sie den blauen Lichtschleier durchquerten. Im nächsten Moment wurde ihnen schwarz vor Augen.

Als die Schwärze verschwand, war trotzdem alles verschwommen. Lunas Kopf surrte und alles drehte sich. Senia lag neben ihr auf dem Boden. Sie setzte sich erst hin und ließ Femy aus ihrer Tasche, da sie dort keine Luft mehr bekam, und stand dann langsam auf, wankte jedoch und wäre fast hingefallen.

Nach ein paar Sekunden konnte Luna wieder klar sehen. Sie befanden sich in einem großen, runden Bereich innerhalb der Höhle. Von der hohen Decke ragten Stalaktiten nach unten und alles war in ein türkisfarbenes Licht gehüllt, das vom Boden auszugehen schien. Dieser war mit Kieselsteinen bedeckt, unter denen das Licht hervordrang, und komischerweise verteilten sich auf dem Untergrund Löcher. Als Luna in eines hineinsah, konnte sie kein Ende erkennen. Sie wollte gar nicht wissen, was passierte, wenn man in eines hineinfiel. Zur Mitte des Raumes hin, wo der große Felsen stand, wurden die Löcher immer mehr. Und Luna erkannte auch, wieso: Genau auf dem Felsen schwebte der perlweiße Zauberstein Astra.

Bevor sie sich jedoch auf den Stein fokussierte, wollte sie erst einmal sichergehen, dass all ihre Freunde den Durchgang überstanden hatten.

„Geht es allen gut?", fragte sie und drehte sich zu all ihren Freunden, bis sie plötzlich erstarrte. Vor ihr stand ein Mann mit rabenschwarzer und schuppiger Haut, wie die einer Schlange, der zwei Meter groß war und sie aus glühend roten Augen anstarrte. Zwei scharlachrote Hörner, die denen eines Stiers ähnelten, wuchsen aus seinem kantigen Kopf und er hatte riesenhafte, muskulöse Hände mit langen, dicken Fingern, an denen die schärfsten Krallen prangten, die Luna je zu Gesicht bekommen hatte. Ein Schauer lief ihr über den Rücken.

„Was ist los, warum siehst du mich so an?", fragte die Gestalt. Beim Reden kamen fünfzig braungelbe, scharfe Zähne in seinem Mund zum Vorschein. Luna wollte wegrennen und schreien, doch sie konnte sich nicht mehr bewegen. Das Schreien übernahm Femy für sie, welche so schrill quiekte, dass Luna davon einen Tinnitus bekam. Senia schloss sich ihr mit einem hysterischen Kreischen an und Leon rannte zitternd an die Wand.

„W-w-wer b-bist du?", stotterte Senia mit bebender Stimme, wobei ihr Haustier wie wild um ihren Kopf flog.

Luna wollte um Hilfe schreien, doch da bemerkte sie, dass einer von ihnen fehlte. Lunas Herz setzte aus. Sie starrte die Gestalt entgeistert an. „Du!", zeterte sie die Kreatur an. „Du bist Adrian!"

„Natürlich bin ich d-", wollte das Geschöpf erwidern, doch beim Reden gestikulierte er und sein Blick fiel auf seine rabenschwarzen Hände. Irritiert schaute er auf sich, als wäre er in dem Körper einer anderen Person aufgewacht.

„Du bist keiner der Melna", sagte Senia und ihr Blick verfinsterte sich. Mit ihrem Zeigefinger deutete sie auf das Geschöpf. „Du bist ein Betrüger! Ein Handlanger von Erold!"

Adrian blickte auf. Er biss seine Zähne zusammen und funkelte sie aus dämonischen Augen an. „Ihr dummen Gören!", brüllte er und ging auf Senia zu.

„Lass mich los!", schrie sie und versuchte, Adrian wegzuschubsen, aber er war zu stark. Die Geschwister eilten ihr zur Seite und hielten Adrian an beiden Armen fest. Doch er riss sich sofort los und schlug Leon ins Gesicht, der daraufhin auf den Boden knallte. Seine Lippe blutete. Luna wiederum wehrte sich, indem sie sein Bein trat und es schaffte, dass er zurückfiel. Doch das hielt ihn nicht einmal für ein paar Sekunden auf und er schaute Luna boshaft in die Augen.

„Ich will nur den Stein. Töten muss ich euch nicht", knurrte er. „Gebt ihn mir und ich verschone euer Leben."

„Niemals!", schrie Senia ihn an. „Du willst nicht nur Astra, du willst *alle* Zaubersteine. Deshalb hast du uns auch nicht an Erold ausgeliefert, obwohl er dich dafür losgeschickt hat. Du wolltest, dass wir dir vertrauen und dich zu Mexus und Astra führen. Und am Ende hattest du vor, beide Steine und uns Erold auszuliefern, damit er uns enteignet und alle Zaubersteine besitzt!"

„Klug kombiniert", zischte Adrian bedrohlich. „Ob ihr mir vertraut oder nicht, am Ende werde ich euch ohnehin ausliefern! Mein Herr kann euch lebend die Zaubersteine abnehmen und ihr habt noch eine Chance, den Enteignungszauber zu überleben … oder ich mache kurzen Prozess mit euch!"

Luna lugte zu Senias Rucksack. Er war offen und ein Dolch ragte heraus. Mit einem Satz sprang sie an Senias Seite und schnappte sich den silbernen Dolch mit dem gemusterten Griff und streckte ihn Adrian entgegen.

„Du wirst uns weder töten noch zu Erold bringen! Bleib weg von uns!", drohte Luna.

Adrian grinste hämisch. Lunas Versuche kamen ihm jämmerlich vor.

„Dann lasst ihr mir keine andere Wahl." Er richtete seine prankenartigen Hände auf sie und holte zu einem Schlag aus, der beide Mädchen treffen sollte. Luna hielt schützend den Dolch vor ihr Gesicht und Senia schützte sich ebenfalls, indem sie ihre Hände vor sich hielt, doch Adrians Schlag war zu hart und fegte sie zur Seite. Senia krachte gegen die Wand und handelte sich so etliche Schrammen an ihren Armen ein. Femy fauchte wütend und flog ihm um den Kopf, aber Adrian spuckte sie an. Das Wasser verbrannte ihre Haut und wimmernd flog sie beiseite. Nun stand Luna dem monströsen Wesen allein gegenüber. Sie konnte sehen, wie Adrians Nasenflügel bebten, wenn er schnaufend ein und ausatmete. Adrian machte den ersten Angriff, doch bevor seine Pranken Luna erreichen konnten, verfingen sich seine Finger an dem Dolch, den Luna hochhielt. Einem gewöhnlichen Wesen hätte das die komplette Hand aufgeschnitten, aber bei Adrian hinterließ es keinen einzigen Kratzer auf seiner schuppigen Haut. Luna sah schockiert auf ihre Waffe und wendete Kraft an, damit sie ihn doch verletzte. Der nach wie vor unversehrte Adrian lachte über Lunas Versuch und riss ihr die Klinge aus der Hand. Dann schleuderte er Luna weg und sie prallte schmerzvoll gegen die harte Höhlenwand, an der glücklicherweise keine Kristalle mehr waren.

Nachdem Adrian sie alle drei überwunden hatte, schritt er entschlossen auf Astra zu, da flog ihm Femy vor das Gesicht und blockierte seine Sicht. Während Adrian sie wie eine Fliege verscheuchen wollte, sprang Leon von hinten auf seinen Rücken und verdeckte seine Augen. Adrian wirbelte erblindet umher. Diesen Moment nutzte Senia aus, indem sie seine Beine mit dem

Seil aus ihrem Rucksack fesselte. Luna wiederum bemühte sich, ihm den Dolch abzunehmen, den er ihr genommen hatte. Die Taktik der Freunde war zwar sehr improvisiert, doch sie schien zu funktionieren: Senia hatte Adrians Beine festgeknotet und Luna brauchte nur noch ein paar Zentimeter, um den Dolch aus seinen Krallen angeln zu können.

„Na wartet!", knurrte er und plötzlich fing seine Hautfarbe an, sich zu verändern. Er wurde braun und begann zu schrumpfen. In Sekundenschnelle wuchsen ihm Haare auf den Armen.

„Was ist das?!", quiekte Leon. „Was machst du da?"

Adrian wuchsen unzählige weitere Beine, in seinem Gesicht bildeten sich Kieferklauen und er schrumpfte noch weiter.

„Er verwandelt sich!", schrie Luna. „Leon, pass auf!"

Adrian war zu einer Vogelspinne geworden und krabbelte auf das Bein ihres Bruders. Gerade als er ihn beißen wollte, fegte Luna die Spinne weg, doch seine Zähne hatten Leons Haut schon berührt und er kippte zu Boden. Senia ging zu Leon, um ihn zu heilen, doch Adrian, der nun wieder seine Zentaurengestalt angenommen hatte, trat mitten in ihren Bauch. Senia stieß einen Schmerzenslaut aus und zu Lunas Entsetzen konnte sie ihr Gleichgewicht nicht mehr halten und stolperte in eines der dunklen Löcher.

„Senia!", japste Luna. Femy kreischte entsetzt und flog ihrem Frauchen hinterher, um ihr zu helfen.

„Femy, nicht!", wollte Luna sie aufhalten, doch es war zu spät und Femy verschwand in der Dunkelheit. Währenddessen krümmte sich Leon neben Luna vor Schmerzen. Luna blickte erst zum Loch, dann zu ihrem Bruder und schließlich zu Adrian.

„Was hast du getan?!", brüllte sie und ballte ihre Hände zu Fäusten. Sie schäumte vor Wut, während sie auf ihren Bruder starrte. Dabei fiel ihr Blick auf den Dolch, den Adrian bei seiner Verwandlung verloren hatte. Adrian verfolgte ihren Blick.

„Du wagst es nicht!", herrschte er sie an und wollte sich die Klinge schnappen, doch sie handelte schneller. Luna hob den Dolch auf, rannte auf ihn zu und dachte dabei an nichts anderes als ihre Freunde und was er ihnen angetan hatte. Schreiend schnitt sie Adrian in den Arm und Blut strömte sofort heraus, da seine Menschenhaut anders als die Haut eines Dämons durchdringlich war. Er wollte Luna mit der Faust ins Gesicht schlagen, doch sie wich ihm aus und verpasste ihm einen heftigen Tritt auf seinen Pferdekörper. Adrian stolperte nur für eine kurze Zeit nach hinten, bis er wieder stabil vor ihr stand und sie treten wollte. Luna aber war so zornig, dass es ihr egal war, was der Tritt eines ausgewachsenen Pferdes ihr antun könnte, und sie hielt den Dolch weiterhin auf ihn gerichtet. Adrian ahnte, dass er Luna in diesem brodelnden Zustand nicht aufhalten konnte, ohne selbst verletzt zu werden. Also mied er es zu kämpfen und packte stattdessen den zusammengekrümmten Leon vom Boden und hielt ihn über eines der Löcher.

„Wenn du dich einen Schritt weiter bewegst, schmeiße ich ihn rein!"

Luna hielt ruckartig inne, wobei Adrians Blick zu dem Felsen in der Mitte des Raumes wanderte, über dem Astra schwebte. Lunas Herzschlag setzte für einen Augenblick aus.

„NEIN!", schrie sie und Adrian ließ ihren Bruder los und rannte zum Felsen. Luna flitze zu Leon, der sich gerade noch rechtzeitig festhalten konnte und Lunas Hand nahm.

„Ich hab dich, Leon", sagte Luna und versuchte, ihren Bruder hochzuziehen.

„Ich zieh dich hoch, keine Sorge", presste sie hervor und zerrte weiter an seinem Arm. Mit großen Augen blickte Leon seine Schwester an, während diese verzweifelt versuchte, ihn zu retten. Doch sein Arm bewegte sich keinen Zentimeter, denn sein gesamter Körper steckte bereits in dem Loch und die Schwerkraft zog ihn immer weiter hinein.

„Komm schon!", brüllte Luna und Leon sah, wie Adrian sich an den Löchern vorbei zu dem Felsen schlängelte. Gleich hatte er den Stein. Das durften sie nicht zulassen.

„Luna", wisperte er mit schwerem Herzen, „Du musst mich loslassen."

„Nein! Ich halte dich fest, ich hole dich da raus", keuchte Luna und versuchte, ihren Bruder hochzuziehen.

„Es hat keinen Sinn, du musst Adrian aufhalten! Er kriegt den Stein gleich!", beharrte er. Luna hörte ihm nicht zu, ihre gesamte Aufmerksamkeit lag darin, ihn zu retten. Leon steckte bereits bis zu seinen Schultern in dem Loch. Seine Hand glitt langsam von Lunas verschwitzten Fingern. „Es ist zu spät, Luna! Kümmere dich um Adrian!"

Luna stiegen Tränen in die Augen. Mit der linken Hand packte sie Leons Arm, während ihre rechte noch seine Hand festhielt, so versuchte sie es weiter, doch wie sehr sie sich auch anstrengte, das Loch zog ihren Bruder immer weiter in sich hinein. Nur noch sein Gesicht war mittlerweile sichtbar.

„Nein, du darfst nicht hineinfallen! Das lasse ich nicht zu!", weinte Luna, doch ihre Kräfte ließen nach. Ihre Arme konnten das Gewicht ihres Bruders nicht mehr halten. Leon blickte sie ruhig an, doch Luna konnte die Angst an seinen Augen erkennen. Er schüttelte langsam den Kopf, um seiner Schwester zu zeigen, dass es vorbei war. Seine Hand schlitterte immer weiter, sie konnte nur noch seine Fingerspitzen packen...

„Halte Adrian auf!"

Das war das Letzte, das Leon sagte, bevor er vollständig in der Schwärze verschwand. Luna war am Boden zerstört. Sie waren weg. Alle. Femy, Senia und Leon. Ihr Bruder, ihre Freunde... Waren sie... Luna schüttelte den Kopf, in dem Versuch den Gedanken wegzudrängen, doch Tränen strömten über ihr Gesicht. „Leon!", rief sie weinend. „Senia!" Luna schluchzte und schrie in die Tiefe, doch es kam keine Antwort. Die Zeit schien stillgestanden, alles um sie herum schien eingefroren zu sein. Sie wollte nur noch hier sitzen und weinen, doch da fiel ihr etwas ein. Die Bitte ihres Bruders. Womöglich die letzte. Sie musste Adrian aufhalten. Das war sie den anderen schuldig.

Luna erhob sich, wischte sich die tränengefüllten Augen ab, um wieder sehen zu können und drehte ihren Kopf zur Seite. Adrian, wieder in seiner Dämonengestalt, schlängelte sich dort um die Löcher herum und hatte sich dem Felsen schon genähert. Luna musste klug handeln. Bis zu Astra trennten Adrian nur noch ein paar Meter, also war es für sie schon zu spät, um ihn rechtzeitig zu erreichen. Aber es gab noch eine andere Möglichkeit, ihn aufzuhalten.

Luna blickte auf ihren Unterarm, wo der gezackte Zauberstein ruhte. Das war ihre einzige Chance. *Ich habe es schon einmal gemacht, ich kann es noch mal tun*, dachte Luna und spürte, wie ihr Herz pulsierte. *Ich muss.* Luna schloss ihre Augen und stellte sich vor, in diesem Moment neben dem Felsen zu stehen. Sie sah das Bild ganz klar vor sich und ihre Wut trieb sie an. Das lieferte ihr die nötige Kraft, um ihren Zauberstein zu aktivieren. Neilon glühte, Luna machte einen tiefen Atemzug und schloss ihre Augen. Als sie sie wieder öffnete, fand sie sich direkt neben dem klobigen Felsen wieder. Sie hatte es geschafft. Da war er. Nur ein paar Zentimeter von ihrer Hand entfernt schwebte Astra über dem Steinklotz. Luna blickte geradeaus und sah Adrian ein paar Meter vor ihr. Und zum ersten Mal auf ihrer gesamten Reise bemerkte sie, dass er sich fürchtete.

„Nein...", sagte er und schüttelte heftig seinen Kopf. „NEIN!"

Luna blickte auf Astra hinab. „Du wirst dafür bezahlen!"

Luna griff in den Lichtstrahl hinein und schnappte sich den zackigen weißen Stein mit den goldenen Linien. Sie war zwar nicht die Meisterin von Astra, doch ein Fremder konnte den Stein trotzdem verwenden, zumindest nur wenn der Stein es einem erlaubte. Luna machte einen großen Schritt nach vorne und verpasste Adrian mithilfe der unglaublichen Stärke, die Astra ihr gab, einen so harten Schlag, dass er meterweit nach hinten flog. Brüllend stürzte er mitten in eines der Löcher und seine wütende Stimme hallte durch die Höhle. Luna hechelte. Er war weg. Sie hatte Adrian besiegt.

Doch sie konnte sich keinen Moment darüber freuen, denn sie wusste nicht, was mit Senia, Leon und Femy war. Pfeilschnell rannte sie zu dem Loch, in das sie alle hineingefallen waren.

„Senia? Femy?", rief sie ins Nichts hinein. „Leon, hört ihr mich?"

Es kam keine Antwort. Luna holte eine Schachtel Streichhölzer aus ihrer Handtasche, die ihr Senia gegeben hatte, als sie ihr Gepäck zur Sicherheit aufgeteilt hatten. Luna zündete zitternd das Hölzchen an und hielt es in das Loch hinein. Die kleine Flamme reichte jedoch nicht aus, da die Schwärze undurchdringlich war und das Feuer erlosch, bevor sie irgendetwas erkennen konnte. Sie zündete ein zweites an.

„Leeeeon!", rief sie, so laut sie konnte. „Seniaaaa!" Die Flamme brannte zu Ende. Niedergeschlagen nahm Luna noch ein weiteres Streichholz heraus.

„Hööört ihr miiiiiich?", schrie sie aus Leibeskräften. Nichts. Keine Antwort. Kein Zeichen. Kein Geräusch. Nichts.

„Könnt ihr mich hören? Wo seid ihr?" Luna griff erneut in die Streichholzschachtel. Es waren nur noch drei Hölzer übrig. Sie blinzelte, weil sie spürte, dass ihr erneut Tränen kommen wollten. „Könnt ihr mich hören?" Was, wenn sie für immer fort waren? Wenn sie *tot* waren?

„Nein, nein, nein, nein!", dachte Luna laut. „Sie sind nicht weg. Sie leben noch, ich weiß es!"

Luna stand auf, verstaute Astra in ihrer Hosentasche und rannte den gesamten Weg zurück, was ihr jetzt, da sie Astra bei sich hatte und der Zauber der Höhle gebrochen war, keinerlei Probleme bereitete. Wenn sie hier nichts anrichten konnte, dann vielleicht draußen. Sie mussten draußen sein, sie konnten nicht gestorben sein... Ihre Glieder schmerzten beim Rennen, doch das alles war ihr im Moment egal. Ihre Sinne waren vollkommen taub, sie konnte weder sehen noch hören, außer ihre innere Stimme, die darum flehte, dass es den anderen gut ging.

Nun hatte sie den Höhleneingang erreicht und stolperte hinaus ins Freie. Ihr Herz pochte so schnell, dass ihr Brustkorb zu platzen drohte. Luna atmete schwer, Schweißperlen rannten ihr den Rücken hinunter und die eisige Kälte ließ ihre Knochen erzittern. „Leon? Senia? Wo seid ihr?"

DER WETTKAMPF

Roxanne öffnete langsam ihre Augen. Ihr Kopf pochte so unerträglich, wie als würde ein Kolibri seinen Schnabel dagegen hämmern. Roxanne drehte sich zur Seite und stützte sich mit den Händen ab, um aufzustehen. Sitzend betrachtete sie ihre Umgebung, als plötzlich ein stechender Schmerz durch ihr Knie schoss. Ausgetrocknetes Blut war darauf. Genauso wie auf ihrer Hose und dem Boden unter ihr. Zudem hatte sie ein blutiges Schwert in der Hand. Da dämmerte Roxanne, was passiert war, sie schreckte auf und sah sich hektisch um. *Ihr Rucksack war weg!* Madeleine musste ihn genommen haben! Panisch rannte Roxanne den Hang herunter, in der Hoffnung, dass sie die Diebin noch finden konnte, doch vergeblich. Wo sie auch hinsah, welche Richtung sie auch einschlug, Madeleine war nirgends zu finden. Genauso wenig wie ihr Rucksack mit den Gegenständen für Erolds Ritual. Roxanne tobte vor Wut. Sie schlug um sich und schrie, weil sie so dumm gewesen war und Madeleine nicht aufhalten hatte können. Sie war sogar in die Unterwelt gegangen, um die Gegenstände zu besorgen, und Madeleine, ein dahergelaufenes, starrköpfiges Mädchen, das dachte, es könne die Welt retten, hatte sie einfach gestohlen.

Ich werde es ihr zeigen! Sie wird dafür bezahlen!, dachte Roxanne immer und immer wieder, während sie auf und ab lief und ständig auf die Bäume um sich schlug. Sie stampfte auf den Boden und zerfetzte einen Busch, aber nichts reichte aus, um ihre kochende Wut abzukühlen. Roxanne stand kurz davor, sich die eigenen Haare auszureißen. Sie musste Madeleine finden. Auf der Stelle. Und sie musste es ihr heimzahlen. Auf die schlimmstmögliche Art. Wenn sie Madeleine fand, könnte sie auch ihre Tasche zurückholen und sich weiter auf die Suche nach den Gegenständen machen. Denn sie könnte unmöglich alle Dinge nochmal sammeln, ganz ohne Ausrüstung. Sie hatte nicht einmal Proviant, Waffen, eine Karte oder irgendetwas anderes, das sie zum Überleben brauchte.

Nachdem sie genug geflucht und Madeleine auf verschiedenste Weisen den Tod gewünscht hatte, begann sie also den Spuren nachzugehen. Mehrere Stunden irrte Roxanne umher, doch nirgends fand sie auch nur den kleinsten Hinweis. Auch nach zwei weiteren Stunden hatte sie noch keine einzige Spur. Madeleine war wohl sehr vorsichtig gewesen, dumm war sie ja nicht. Daher entschied sich Roxanne die Suche nach Madeleine aufzugeben und überlegte, was sie als nächstes tun sollte. Alle Gegenstände neu zu besorgen, klang nicht attraktiv. Bis zu X war es ein weiter Weg und sie war sowohl erschöpft als auch verletzt, abgesehen von der Frage, was X wieder für das Erz (wenn er überhaupt noch eines hatte) verlangen würde. Und für die Unterwelt galt das erst recht. Am klügsten schien es Roxanne, sich erst einmal mit dem Geld, das ihr übrig geblieben war, die Dinge zu holen, die sie für ihre Reise am dringendsten brauchte. Danach konnte sie überlegen, was sie als Nächstes tat.

Aus dem Gedächtnis wusste Roxanne, dass in der Nähe des Waldes ein Dorf sein musste. Sie brauchte nur eine halbe Stunde, bis sie in dem Dorf namens *Tawyn* ankam, das für die Verhältnisse eines Dorfes sehr modern war und viele Geschäfte besaß. Roxanne drang zum Marktplatz durch, wo sie die Läden und ihre Ware in Augenschein nahm. Schnell merkte sie, dass die Besorgungen teurer werden würden, als sie Geld hatte, doch das stellte kein Problem für sie dar. Roxanne drehte sich von dem Schaufenster eines Kleidungsgeschäfts weg zu den Bürgern, die sie analytisch beäugte, und schlich sich dann lässig an eine Frau heran. Mühelos schnappte sie sich beim Vorbeigehen den Geldbeutel aus der Tasche ihres Kleids und stellte entzückt fest, dass er auch noch schwer war. Nachdem sie das ein paar Mal wiederholt hatte, vollkommen gleichgültig, wie oft und bei wem, hatte sie genügend Geld in der Tasche, womit sie in einen Laden nach dem anderen spazierte. Sie kaufte als erstes einen neuen Rucksack, welchen sie dann mit Proviant, einer Decke, einer Landkarte, einem Tau und anschließend einem Taschenmesser füllte. Als sie aus dem letzten Geschäft hinausging, fiel ihr ein Plakat an der Wand des gegenüberliegenden Geschäftes auf. Roxanne näherte sich und erkannte, dass es sich dabei um ein Fahndungsplakat handelte. Abgebildet waren zwei Mädchen in ihrem Alter und ein etwas jüngerer Junge. Das eine Mädchen hatte ihr bis zu den Schultern reichendes, brünettes Haar und ebenso kastanienbraune Augen. Das andere war blond und grünäugig, zudem waren ihre langen Haare zu einem Zopf gebunden und der Junge daneben sah ihr sehr ähnlich. Irgendwoher schien Roxanne die drei zu kennen, doch sie erinnerte sich nicht, sie jemals gesehen zu haben.

Blonde Haare, grüne Augen, langer Zopf, schoss es ihr plötzlich durch den Kopf. Woher kannte sie diese Worte? *Kurze, braune Haare.* Wessen Stimme war das?

Junge, blonde Haare, grüne Augen. Erold. Jetzt erinnerte sich Roxanne. Erold hatte das gesagt, als er in Esmeraldas Kopf eingedrungen war. Sie hatte es vom Gitter aus gehört. Diese Worte waren die Beschreibung für die neuen Meister. Mit einem Mal überfiel Roxanne ein mulmiges Gefühl, das sie noch nie empfunden hatte. Unfreiwillig musste sie an die neuen Meister denken. Wahrscheinlich jagten sie gerade quer durch Lewendia, mit ihren eigenen Zaubersteinen in den Handgelenken. Wer weiß, ob sie Madeleine schon getroffen hatten, die ihrer Bestimmung auch schon tüchtig nachging, was Roxanne ja mit eigenen Augen gesehen hatte. Womöglich wanderten sie gemeinsam umher. Hatten sie Mexus vielleicht schon gefunden?

Unbewusst wanderte Roxannes Blick auf ihr rechtes Handgelenk. *Genau dort könnte jetzt Mexus sein.* Sie könnte eine Meisterin sein und wäre somit mächtiger als Erold, der den Steinen seit Jahren hinterherjagte. Selbst der Gedanke daran schien Roxanne wie verboten. Wütend darüber, warum sie überhaupt daran dachte, einen anderen Weg zu wählen, als den der mächtigsten Person im Land, fegte sie alle Bedenken aus dem Kopf. Alles, woran sie denken musste, war ihre Mission, mit der sie zu Erolds rechten Hand werden würde. Das war schon ihr ganzes Leben ihr Ziel gewesen und so würde es auch bleiben.

Mit einem klaren Kopf entfernte Roxanne sich von dem Plakat und verließ die Stadt. Als Nächstes plante sie, die Zutaten zu besorgen, welche sie noch nicht an sich genommen hatte, bevor ihr Rucksack gestohlen worden war. Sie hatte sich den wertvollsten Gegenstand Jeldriks ausgesucht, bei dem es sich laut Erolds Liste um einen Smaragd handelte, der ihm von seiner Frau geschenkt worden war.

Roxanne hielt sich an die Vermutung Erolds und schlug die südwestliche Richtung ein. Schon nach ein paar Stunden kam sie in eine trockene Wüstenlandschaft und sah letztendlich in der Ferne die verschwommenen Umrisse eines grünen Einfamilienhauses. Der Sand knirschte unter Roxannes Füßen auf dem Weg dorthin. Der Anblick eines alten Hauses mit Veranda zeigte sich ihr und dessen Holzstufen der Treppe knarzten, als sie hochstieg. Oben angelangt hielt Roxanne inne. Die Haustür war aus den Angeln gerissen und lag auf dem Boden. Sofort ging sie hin und musterte sie. Im Holz befand sich eine Kuhle. Der Abdruck sah aus wie von einem Pferdehuf. Jemand war schon vor ihr hier gewesen. Und vielleicht war dieser jemand sogar noch hier.

Roxannes Augen verengten sich zu Schlitzen. Sie holte ihr Taschenmesser hervor und schritt vorsichtig über die Türschwelle und weiter über den vergilbten Parkettboden. Im Haus war es mucksmäuschenstill. Es schien leer zu sein. Roxanne blieb trotzdem auf der Hut und sah sich nach dem Smaragd um.

Systematisch klapperte sie ein Zimmer nach dem anderen ab und fand schließlich eine antike, schöne Schachtel in einer Schrankschublade im Arbeitszimmer. Sie war außen tiefrot und mit goldenen Schnörkelmustern verziert. Innen waren eine gleichfarbige Polsterung und ein rotes Tuch, in das behutsam der leuchtend grüne Smaragd gewickelt war. Roxanne freute sich nicht, denn sie war sich noch nicht sicher, ob der Stein echt war. Zunächst prüfte sie die Härte des Steins, indem sie ihn auf den Boden fallen ließ. Er blieb unversehrt. Dann hielt sie ihn in die Sonne, woraufhin das Licht in mehrere Strahlen gebrochen wurde. Als der Stein auch diesen Test bestanden hatte, schüttete sie etwas Wasser über ihn. Wenn er tatsächlich echt war, müsste er dadurch seine Farbe wechseln. Angespannt wartete Roxanne, dass etwas passierte. Nur ein paar Sekunden brauchte es und der Smaragd nahm eine feuerrote Farbe an. Er war echt.

Zufrieden packte Roxanne ihn in ihren Rucksack, doch ihre Skepsis schwand nicht. Warum sollte sich ein so wichtiger Gegenstand in der Schublade von einem Schrank befinden? Müsste er nicht bei Jeldriks Frau sein? Was sie aber eigentlich beschäftigte, war, was wohl diejenigen vor ihr in Jeldriks Anwesen gewollt hatten. Wenn es Plünderer gewesen wären, hätten sie den Smaragd unter keinen Umständen zurückgelassen. Abgesehen davon war jedoch das ganze Haus durchwühlt worden, Schubladen standen offen und Tische hatten sich von ihren vorherigen Stellen verschoben, was man an den Abdrücken im dichten Staub sah. Jemand hatte das Haus durchsucht und doch standen alle Wertgegenstände noch an Ort und Stelle. Wer auch immer hier gewesen war, musste nach etwas Bestimmtem gesucht und den Rest liegengelassen haben.

Höchst misstrauisch schlenderte Roxanne im totenstillen Anwesen umher. Ihre festen Schuhe machten dumpfe Geräusche beim Laufen. An dem Bücherregal des Schlafzimmers stoppte sie, denn vor ihr stand ein Stapel aus Büchern. Roxanne drehte sich um und war groß genug, um zu sehen, dass sich etwas im Holz der Regalwand befand. Sie stellte sich auf die Zehenspitzen und bemerkte, dass dort eine Öffnung war. Sie griff hinein, doch es war leer. Wer auch immer hier gewesen war, er musste den Inhalt dieses Tresors geleert haben. Und wenn Jeldrik sich so viel Mühe gemacht hatte, es zu verstecken, mussten sie etwas äußerst Wertvolles entwendet haben, wertvoller als der Smaragd. Vielleicht hatte sich Erold ja geirrt und er war nicht Jeldriks wertvollster Gegenstand. Aber wer sonst wusste von Erolds Ritual und suchte danach?

In einer unruhigen Stimmung trat Roxanne wieder zurück auf die Veranda. Wenn sie es sich recht überlegte, gab es gar kein Problem. Erold hatte ihr diesen Gegenstand aufgeschrieben, also hatte sie ihre Mission erfüllt und musste nicht über

Weiteres nachdenken. Doch in der Praxis funktionierte das nicht wirklich. Der Gegenstand musste der Richtige sein, damit das Ritual klappte.

Die ganze Zeit, auf dem Weg zum Nebeltal für das Blut des Pfeilgiftfrosches dachte sie zudem darüber nach, wer wohl in Jeldriks Haus gewesen war. Seine Familie war ausgeschlossen, denn dann wäre die Tür nicht aufgebrochen worden. Eine andere Möglichkeit kam Roxanne ebenfalls in den Sinn. Anfangs hielt sie es für weit hergeholt, doch je mehr sie darüber nachdachte, desto sinnvoller schien es ihr: Es mussten die Meister gewesen sein. Denn es könnte sein, dass in dem Tresor Astra gewesen war. Wieder wurde Roxanne unbehaglich. Sie wollte es sich zwar nicht eingestehen, doch bisher schienen die Meister ihr überlegen. Denn so sehr sie sich auch auf sich selbst zu konzentrieren versuchte, dies hier war ein Wettkampf. Ein Wettkampf zwischen den Meistern und ihr, beziehungsweise jedem, der auf Erolds Seite stand. Und sie musste diesen Wettkampf gewinnen, was auch passierte.

Schnaubend beschleunigte Roxanne ihre Schritte. Sie musste auf der Stelle ins Nebeltal, um das Blut des Pfeilgiftfrosches zu beschaffen, sie musste auf der Stelle ihre Mission beenden. Und das noch bevor die Meisterinnen sich gegenseitig oder irgendeinen der Steine fanden.

NEUFORMIERUNG

Madeleine schreckte hoch. Die ganze Zeit über hatte sie sich an einen Baum gelehnt und gewartet, bis jemand aus der Höhle herauskam. Nun blickte sie mit aufgerissenen Augen zum Höhleneingang. Das blonde Mädchen namens Luna stand davor und keuchte wie wild. Sie sah sehr aufgewühlt aus und hatte mehrere Kratzer im Gesicht und an den Armen, von denen ein paar bluteten und Stellen, die wie Brandwunden aussahen. Madeleine verstand sofort, dass sie in der Höhle auf etliche Gefahren gestoßen sein musste. Doch das erklärte nicht die Kratzer an ihr oder die blauen Flecken. Dort drin musste sich ein Kampf abgespielt haben. War da etwa jemand drin, der den Stein bewachte? Die eigentliche Frage war allerdings, wo die anderen steckten, denn Luna war vollkommen allein. War ihnen etwas zugestoßen?

„LEON ... SENIA ... HÖRT IHR MICH?" Lunas brüllende Stimme echote durch die Weiten des Waldes. Niemand antwortete. Luna sackte zu Boden. Sie fing zu schluchzen an und Tränen flossen ihr über das Gesicht. Sie waren weg. Ihr Bruder, Senia, Femy. Und es war ihre Schuld. Hätte sie Adrian aufhalten können, wären sie alle noch da.

Luna musste unfreiwillig an ihren Bruder denken, der sie angefleht hatte, nicht nach Lewendia zu gehen. Dann dachte sie an Senia. Wie sie ihr das Okular aus dem Geschäft in der Innenstadt geschenkt hatte, damit sie sich immer an sie und Lewendia erinnerte, wenn sie wieder zu Hause sein würden. Aber jetzt würde das alles nicht wahr werden, denn alles war vorbei...

Plötzlich hielt Luna inne. Das *Okular*. Das Okular, das einem zeigte, was die Menschen gerade machten, an die man dachte. Damit könnte sie ihre Freunde doch orten, oder? Luna hörte mit dem Weinen auf, holte das Okular sofort aus ihrer Handtasche heraus und schloss ihre Augen. Sie stellte sich das Gesicht ihres Bruders so scharf und detailreich vor, wie es überhaupt nur möglich war, und lugte dann mit angehaltenem Atem in das Okular hinein. In der ersten Sekunde sah sie wieder nichts als Schwärze und Luna befürchtete das Schlimmste. Doch dann zeigte sich ein verschwommenes Bild. Die Stimme ihres Bruders kam aus dem magischen Gegenstand, gefolgt von Senias Stimme. Lunas Herz machte einen Satz. *Sie lebten!* Das Bild in dem Okular wurde schärfer und nun sah Luna, dass Leon auf einem Ast von einem großen Baum saß. Daneben war ein weiterer Ast, an dem Senia sich mit ihrem rosa T-Shirt verfangen hatte und Femy versuchte sie irgendwie mit ihren kurzen Armen zu befreien.

„Ihnen geht es gut!", sagte Luna erleichtert und fasste sich ans Herz. Jetzt musste sie sie nur noch finden, daher blickte sie noch einmal in das Okular, um den Ort wiederzuerkennen. Doch es war einfach ein gewöhnlicher Baum. Senia fasste gerade Leons Bein an der Stelle, wo ihn Adrian gebissen hatte. Offenbar versuchte sie, ihn zu heilen. Luna vermutete aufgrund des Nebels, der nicht ganz so dicht war, dass sie sich in der Nähe befinden mussten. Sie ließ ihren Blick durch die Gegend schweifen. Weiter entfernt von ihr, zu ihrer Linken, flogen Krähen am Himmel, die von irgendetwas aufgescheucht wurden. Da mussten sie sein! Luna rannte zu der Stelle und rief dabei immer wieder nach Leon und Senia.

Madeleine, welche Luna die ganze Zeit über hinter dem Baum beobachtet und anhand ihres niedergeschlagenen Zustandes kombiniert hatte, dass den anderen etwas zugestoßen sein musste (und es war höchstwahrscheinlich der Zentaur gewesen, da sie nicht nach ihm rief), rannte ihr hinterher. Womöglich hatte einer von ihnen Astra bei sich. Obwohl Luna blitzschnell durch den Wald preschte, hielt Madeleine mit ihrem Tempo mit und rannte unauffällig hinter Luna her. Diese nahm nach ungefähr hundert Metern Rufe von Senia und Leon, sowie Femys Piepsen wahr und folgte den Geräuschen.

„Ich bin hier! Hört ihr mich?" Luna rannte ununterbrochen weiter und achtete auf nichts anderes, als auf die Stimmen ihrer Freunde.

„Hier sind wir!", kam Senias Schrei aus der Ferne. Luna ging ihm nach und erreichte sie dann endlich.

„Ihr lebt!", rief Luna überglücklich, „Ich dachte, ihr wärt für immer verschwunden!"

Senia strahlte auf, als sie sie sah. „Luna!" Vor Freude ignorierte sie, dass ihr T-Shirt noch immer am Ast klemmte und sprang einfach vom Baum, sodass ein Stück davon hängen blieb. Doch niemand scherte sich darum und die Mädchen umarmten sich einfach nur. Femy machte schnelle Runden um Luna herum und sie streichelte ihren Kopf.

„Geht es dir gut?", fragte Senia, als auch Leon langsam von der Tanne herunter kletterte.

„Luna, was ist passiert? Hat Adrian dir etwas getan? Und hast du es geschafft?!"

„Mir geht es gut, keine Sorge", beruhigte Luna sie. Dann griff sie in ihre Hosentasche und öffnete langsam ihre Hand. Hervor kam der schimmernd weiße Stein.

Madeleine, die hinter einem Baum auf die Freunde lugte, fasste sich mit der Hand an den Mund, um nicht laut nach Luft zu schnappen. Wegen dem Nebel konnte sie alles nur schemenhaft erkennen und nahm nur Fetzen des Gesprächs wahr, doch zweifellos war etwas Glänzendes in Lunas Hand, das nur Astra sein konnte. Ihr Zauberstein. Leon und Senia klappte der Mund auf und Femys Augen nahmen die Größe von Tennisbällen an.

„Du hast es geschafft!", rief Leon und brachte eine Mischung aus einem Keuchen und erleichterten Lachen hervor. Er konnte es nicht fassen. „Du hast es geschafft, Luna!" Vor Freude sprang Leon in die Höhe, wo er Femy fast wegfegte.

Senia sah Luna strahlend an.

„Wir haben Astra!!" Dann nahm ihr Gesicht wieder den üblichen besorgten Ausdruck an. „Aber ich verstehe das nicht... Was ist aus Adrian geworden und wie hast du uns überhaupt gefunden?"

Das frage ich mich auch, schoss es Madeleine durch den Kopf. Sie war immer noch skeptisch. Dieses Mädchen konnte doch niemals gegen einen Zentauren ankommen, der auch noch andere Gestalten annehmen konnte, und das *alleine*. Könnte es vielleicht sein, dass der Dämon und diese Luna unter einer Decke steckten und die anderen an der Nase herumführten? Oder dass der Dämon Luna in seinen Bann gezogen hatte und sie nun kontrollierte? Während Madeleine noch grübelte, setzte Luna zur Erklärung an und berichtete von allem, was nach ihrem Sturz passiert war.

„DU?", wiederholte Leon, nachdem sie fertig war. „Du hast Neilon benutzt, ohne irgendwo am anderen Ende der Welt zu landen?"

„Ja! Ich habe es wirklich geschafft!", meinte Luna stolz. „Ich glaube, ich kann es jetzt!"

Leon und Senia gaben sich ein High Five, während Femy eine Siegerfaust machte. „Aber was macht ihr eigentlich hier?", fiel Luna noch ein.

„Nachdem ich in das Loch gestürzt bin, hat es mich genau hier im Himmel wieder ausgespuckt und ich bin auf den Baum gefallen", klärte Leon auf.

„Ich war ohnmächtig und bin erst dank Femys lautem Protest aufgewacht", ergänzte Senia und Femy klopfte stolz auf ihre Schulter, dafür, dass sie Senia aufgeweckt hatte. „Dann habe ich Leon neben mir vorgefunden und habe ihm von dem Spinnenbiss geheilt."

„Ich fasse es einfach nicht", sagte Luna. Es kam ihr wie ein Traum vor, dass sie alle unversehrt waren und Astra bei sich hatten.

„Heißt das, wir haben jetzt gewonnen?", fragte Leon ebenfalls ungläubig.

„Noch nicht", befand Luna. „Adrian ist auch in so ein Loch gefallen, deshalb muss er ja hier irgendwo in der Nähe gelandet sein. Wir müssen schnell hier weg, bevor er uns noch findet."

Senia nickte. „Und wir haben noch ein *klitzekleines* Bisschen mehr Arbeit vor uns, als Astra zu finden."

Dann verstaute sie den neuen Zauberstein sicher in ihrem Rucksack.

Madeleine biss hinter dem Baum die Zähne zusammen. Sie hatte ihren eigenen Zauberstein, wegen dem sie wochenlang durch das Land gezogen und etliche Gefahren sowie Geduldsproben überstanden hatte, nur ein paar Meter vor sich, aber sie konnte ihn dennoch nicht an sich nehmen. Nicht jetzt.

„Jep, wir müssen auch noch Mexus und die anderen Meister finden", erinnerte Luna sie.

„Stimmt, und dieses Mal wird es etwas kniffliger", legte Senia hinzu. „Astra hat Jeldrik höchstpersönlich versteckt, aber bei Mexus weiß niemand, wo er abgeblieben ist. Damals ist er im Krieg einfach spurlos verschwunden."

„Stimmt, was machen wir jetzt?", fragte Leon in die Runde.

„Lasst uns erst einmal hier weg", schlug Luna vor. „Wenn wir uns in Sicherheit gebracht haben, können wir ja noch weiter darüber nachdenken."

Senia blickte in den Himmel. „Die Sonne geht auch bald unter, wir sollten uns einen Platz für ein Lager suchen." Dem stimmten alle zu und Senia, Leon und Femy gingen voran.

„Wartet noch kurz auf mich!", sagte Luna, um ihren vom Kampf völlig zerzausten Zopf zurechtzumachen. Als sie ihren rechten Arm hob, wurde dort der gezackte, rotbraune Kristall sichtbar.

„Bist du fertig?", fragte Leon ungeduldig.

„Wartet noch", rief Luna.

Beim Anblick des Zaubersteins erstarrte Madeleine. Durch den Nebel hatte sie die Steine nicht erkennen können, aber wie war ihr das nicht schon früher aufgefallen? Die zwei Mädchen waren genauso alt wie sie und ebenfalls auf der Suche nach den Zaubersteinen und dessen Besitzern. Sie hätte wissen müssen, dass sie auch Meisterinnen waren. Madeleine machte sich bewusst, was das für sie bedeutete: Sie hatte zwei der Meisterinnen gefunden, zusammen mit drei Zaubersteinen. Fünf Fliegen mit einer Klappe. Aber was sollte sie jetzt tun? Sie konnte doch nicht einfach vor sie treten und ihnen erzählen, dass sie ebenfalls eine Meisterin war. Sie würden ihr doch niemals glauben oder ihr nur im Geringsten vertrauen. Schließlich würde sie selbst es auch nicht glauben, wenn ein Mädchen aus dem Nichts hinter den Bäumen erschien und behauptete, sie sei Meisterin von Astra. Ganz im Gegenteil, sie würde denken, dass die Fremde für Erold arbeitete und den Stein in die Hände kriegen wollte. Außerdem war es nicht das einzige Mal, dass sie von Erolds Handlangern ausgetrickst worden waren.

„Bin schon fertig", sagte Luna, womit sie Madeleines Gedankengang unterbrach und ihren Freunden hinterherlief.

Nun war Madeleine sich ganz sicher. Sie konnte den anderen so nicht gegenübertreten. Zumindest nicht jetzt. Sie musste es anders angehen. Und bis ihr eine gute Strategie einfiel, würde sie ihnen folgen.

DIE TORMYS

Luna spürte, wie ihre Füße vom langen Laufen schmerzten, als sie sich auf ihre Decke legte, die sie auf dem harten Boden ausgebreitet hatte. Eigentlich hätte sie nach all den Ereignissen vor Müdigkeit sofort einnicken müssen, aber die eisige Kälte, die trotz des Lagerfeuers, das sie gemeinsam gemacht hatten, herrschte, und das Adrenalin hielten sie wach. Von all den Dingen, die sie in den letzten Tagen erlebt hatte, schwirrte ihr einfach zu sehr der Kopf, um einzuschlafen. Sie konnte immer noch nicht aufhören, an Adrian zu denken. *Er hätte uns jeden Moment töten können.* Der Gedanke bereitete ihr Gänsehaut. Doch Luna wollte nicht mehr darüber nachdenken. Sie waren Adrian los und hatten gelernt, nicht mehr jedem zu vertrauen – selbst wenn diese Erfahrung sie fast das Leben gekostet hatte.

Luna blickte zu ihren Freunden und grübelte, was sie wohl noch erwartete. Was es auch war, sie war sich sicher, dass sie es meistern würden. Es stimmte, dass sie sich eigentlich nicht für diese Mission eigneten, doch keiner von ihnen hatte vor, aufzugeben oder den anderen im Stich zu lassen. Das konnten Erolds Anhänger sicherlich nicht von sich behaupten. Das löschte Lunas Bedenken vollkommen aus und sie schlief mit klarem Kopf ein.

Der Schrei eines Raben weckte die Mädchen, Leon und Femy am nächsten Morgen allesamt aus dem Schlaf. Obwohl der Ruf erbärmlich klang, waren die Freunde froh, ihn zu hören, schließlich erinnerte es sie daran, noch am Leben zu sein. Senia und Luna erhoben sich schon einmal auf die Beine, um ihr kleines Lager aufzuräumen, während Femy es vorzog, sich weiter auf Senias Rucksack zu wälzen und ihnen zuzusehen. Wenig später kam auch ein Lebenszeichen von Leon; ein lautes Gähnen. Er sah blass aus und hatte dunkle Ringe unter den Augen und das war nicht nur die Müdigkeit. Auch wenn Adrians Spinnengift nur kurze Zeit in seinem Körper gewesen war, hatte es ihm eindeutig zu schaffen gemacht.

„Hast du gut geschlafen?", fragte Luna.

„So gut, wie es in diesem unheimlichen Wald geht", erwiderte er mürrisch.

„Mir persönlich war der Fabelwald auch viel lieber", befand Luna.

„Der Fabelwald kommt mir wie ein Paradies vor, jetzt, wo ich das Nebeltal gesehen habe. Ich bin froh, dass wir endlich verschwinden", sagte Leon und kam dann ins Überlegen. „Wenn wir schon über Verschwinden sprechen, wo gehen wir eigentlich als Nächstes hin?"

„Ich muss ehrlich sein, ich weiß es nicht. Es gibt keinerlei Spur von Mexus", gab Senia zu.

„Gibt es denn niemanden, der etwas wissen könnte?", fragte Luna. „Vielleicht ein anderer mächtiger Zauberer, der sich mit den Zaubersteinen auskennt oder ein Bekannter von den alten Meistern?"

„Also in Filmen findet man meistens etwas in einem mysteriösen Buch in der Bibliothek", überlegte Leon.

Senia legte ihren Kopf schief. Von einer Sekunde auf die andere erhellte sich ihre Miene.

„Ich hab eine Idee!", verkündete sie. „Die Feen!"

„Die *Feen*?", wiederholte Leon ungläubig. „Soll jetzt ernsthaft eine herkommen und mit ihrem Glitzerzauberstab unsere Wünsche wahr werden lassen?"

Senia verstand nicht einmal, was Leon damit meinte. „Was für ein Glitzerzauberstab?"

„Ach nichts, erzähl du weiter", meinte Luna.

„Also, es ist so: Die Feen gehören zu den Wesen mit dem meisten Wissen auf ganz Lewendia", sagte Senia und erklärte ihnen, dass die Feen auf einem bewegten Luftschiff lebten, um möglichst vielen Menschen zu helfen. „Also eigentlich habe ich gehört, dass die Feen gar nicht so nett sind, wie sie sich darstellen, aber wie auch immer. Der Punkt ist, dass sie immer alles im Blick haben und somit über alles Bescheid wissen", erzählte Senia weiter. „Vielleicht wissen sie, was mit Mexus geschehen ist?"

„Ja, das könnte wirklich funktionieren", fand Luna. „Aber wie kommen wir auf das Schiff, wenn es in der Luft fliegt?"

Senia schlug sich auf die Stirn. „Daran habe ich gar nicht gedacht", gab sie zu. „Und da gibt es noch das Problem, dass wir gar nicht wissen, wo das Schiff jetzt ist. Ich habe den Kurs mal auswendig gelernt, aber ich habe alles vergessen..."

„Gibt es keinen anderen Weg, wie man auf das Schiff kommt?", äußerte sich Leon dazu.

„Ja, es gibt bestimmt Wege", nickte Senia und kramte die Landkarte von Lewendia aus ihrem Rucksack. „Wir könnten in einer Bibliothek nachsehen, wie man zur Feenstadt kommt", sagte Senia. „Etwas weiter von hier ist eine Stadt, in der wir eine finden können."

Da jeder von ihnen keine einzige Sekunde weiter im Nebeltal verbringen wollte, einigten sich die Freunde darauf und nahmen Kurs auf die Stadt namens *Zywei*.

Sie waren schon fast aus dem Nebeltal heraus, da hielt Luna plötzlich inne. Sie meinte, von irgendwoher ein Geräusch gehört zu haben, konnte aber nicht identifizieren, was es war.

„Was ist los?", wunderte sich Senia.

„Hört ihr das nicht?", wisperte Luna zurück und lauschte. Femy kam zu ihr herübergeflogen und versuchte ebenfalls herauszufinden, was das war. Luna erkannte nun, dass es zwei verschiedene, quietschende Kinderstimmen waren, die sich laut miteinander unterhielten. Leon zeigte nach links. „Ich glaube, es kommt von da." Sie stapften in die gezeigte Richtung und tatsächlich erkannten sie da etwas.

„Tormys", flüsterte Senia. „Tormys sind Erdwesen, eine Unterart der Trolle."

Sie bestanden – wie die Bezeichnung Erdwesen schon verriet – vollkommen aus Erde und ihr dunkelbrauner Körper war mit Moos und anderen Pflanzen bewachsen, wie es bei den Trollen im Fabelwald gewesen war. Die beiden Tormys, auf die die Freunde nun starrten, reichten nur bis zu Lunas Knien und ihre Form erinnerte irgendwie an Marshmallows, da sie etwas pummelig waren und einen platten Kopf hatten. Beide Tormys trugen Kleidung aus Tannenzweigen, Steinen und Blättern. Einer von ihnen war ein Mädchen, das andere ein Junge und sie stritten sich um einen glitzernden Stein.

„Lass los, Perla! Ich hatte ihn zuerst!", zeterte der Junge.

„Gar nicht wahr, *ich* habe ihn vor dir gefunden!", rief das Mädchen zurück.

Leon beugte sich weiter vor, um zu sehen, worum die Tormys sich stritten, da das Gebüsch ihm die Sicht störte.

„Leon, bleib zurück. Wir wissen nicht, ob sie gefährlich sind", warnte Luna ihn.

„Das sind nur ein paar kleine Kinder, was könnten sie uns denn antun? Außerdem streiten sie sich um etwas Glitzerndes, das ist unser Stichwort, Luna!", zischte er zurück und lehnte sich weiter vor. Auch Senia wollte ihn davon abhalten, doch bevor sie die Möglichkeit dazu bekam, stolperte Leon über einen Ast, der in dem Gebüsch lag und kippte nach vorn. Luna zerrte an seinem Shirt, aber das hielt ihn nicht auf und er fiel den Tormys direkt vor die Füße. Diese hörten schlagartig auf zu streiten und blickten sie alle vier verschreckt an.

„Gehen wir einfach ruhig nach hinten", flüsterte Senia. Sie machten langsam einen Schritt nach hinten, während Femy ruhig über ihre Köpfe flog, die Augen der Erdwesen waren dabei immer noch auf sie gerichtet. In dem Moment fiel der Blick des Tormyjungen auf Neilon in Lunas Handgelenk, der unglücklicherweise ebenfalls glitzerte. Der Junge ließ den Stein, um den er sich gerade gestritten hatte, fallen und sprang auf Luna, wo er sich wie ein Äffchen an sie klammerte. Luna taumelte nach hinten und versuchte, den Tormy abzuschütteln, doch das Wesen bewegte sich keinen Zentimeter und machte Anstalten, Neilon aus ihrem Arm zu fischen.

„Lass sie los!", rief Leon und zerrte an dem Tormy. Senia und Femy kamen ebenfalls hinzu, doch dadurch bemerkte das Mädchen, dass Senia Qualin trug und tat es ihrem Bruder gleich. Senia schrie, als das Mädchen in ihren Arm biss, um den Stein mit den Zähnen herauszukriegen, wobei sie sich an dem Riemen ihres Rucksacks festhielt. Senia und Femy rangen mit dem

Tormymädchen und die Geschwister mit seinem Gefährten, als plötzlich der Riemen von Senias Rucksack riss und das Tormymädchen mit ihm auf den Boden fiel. Das lenkte die Aufmerksamkeit des Mädchens auf Senias Gepäck und sie fing an, es durchzuwühlen.

„Hör auf damit!", forderte Senia und zerrte an ihrem Eigentum, doch das Wesen war, trotz seiner Größe unheimlich stark, was vermutlich daher kam, dass sie von Trollen abstammten. Anstatt loszulassen, riss das Mädchen Senia den Rucksack aus der Hand und durchwühlte ihn. Dabei fand sie auch das Tuch mit Astra darin und schmiss es beiseite, wobei der Stein herauskullerte. Zeitgleich sahen Senia und das Tormymädchen zu dem Zauberstein und stürzten sich auf ihn. Senia packte ihn, doch die dicken Finger des Tormykindes kriegten den Stein vor ihr zu fassen.

„Ich kann dir etwas viel Besseres geben als das, wenn du nur loslässt", redete Senia auf das Wesen ein.

„Lügnerin!", zischte sie und biss dieses Mal in Senias Hand.

„Au, hör auf!", machte Senia und zog ihre Hand weg.

„Ich hab es!", ließ das Mädchen schadenfroh ihren Begleiter wissen, der sich dann endlich von Luna losriss. Die beiden Tormys rannten davon.

„Sie haben Astra!", schrie Senia panisch und die Freunde jagten ihnen alarmiert hinterher.

„Bleibt stehen, ihr Diebe!", rief Leon, aber die Erdwesen hörten ihnen nicht einmal zu. Sie und die Freunde machten regelrecht eine Verfolgungsjagd quer durch das Nebeltal.

Schließlich rannten die beiden Kinder in eine Art Wohnsiedlung hinein. Ganz viele ihrer Art liefen durch die Gegend und überall standen kleine moosbedeckte Hütten aus Holz und Blättern. Die Freunde schlängelten sich durch die Menge an Tormys, den Kindern an den Fersen. In dem Moment prallten die Tormykinder gegen einen älteren Artgenossen, der einen auffälligen Kopfschmuck aus Zweigen und ein geschmücktes Gewand trug. Die Kinder blieben vor ihm stehen, sodass die Freunde sie endlich erreichten.

„Was macht ihr denn, was soll dieser Tumult?", fragte der ältere Tormy und sah erst die Kinder, dann die Freunde an.

„Fasku, wir können alles erklären!", fing der Junge an.

„Was willst du erklären?", unterbrach Leon, als er gerade damit beginnen wollte. „Hören Sie, alter Mann, die hier haben uns bestohlen!" Leon deutete auf den Stein in der Hand des Mädchens und Femy gab einen schnaubenden Laut von sich.

Fasku sah zu dem Zauberstein in der Hand des Kindes. „Stimmt das? Habt ihr gestohlen?", wollte er wissen. Die jüngeren Tormys senkten ihre Köpfe.

„Wir wollten doch nur Kronsteine sammeln!", verteidigte sich das Mädchen und deutete auf Lunas Arm. „Sie haben ganz viele, die richtig viel glitzern! Wir wollten auch etwas davon haben."

Fasku schüttelte den Kopf. „Kinder, egal welcher Grund dahinter steckt ihr dürft niemals stehlen. Das gehört sich nicht und Tormys machen so etwas nicht. Jetzt gebt den Leuten ihr Eigentum zurück."

Perla schmollte erst, drückte Astra Senia dann doch in die Hand. „Entschuldigung", murmelten sie und der Junge.

„Gut, jetzt geht zurück zu eurem Zuhause und geht das nächste Mal nicht allein hinaus", befahl Fasku. Die Tormykinder warfen noch einen letzten sehnsüchtigen Blick auf die Zaubersteine und trabten dann auf ihren kurzen Beinen davon. Fasku wandte sich den Freunden zu.

„Es tut mir leid für diese Unannehmlichkeiten."

Die Freunde nickten. Sie wollten gerade erwidern, dass sie den Tormys verziehen hätten, weil sie ja noch Kinder seien, da fuhr Fasku fort. „Die Kleinen dachten nur, ihr hättet Kronsteine und wollten etwas davon, aber ich bin erfahren genug, um zu wissen, dass das kein Kronstein ist. Ich konnte seine Kraft spüren, obwohl ich ihn nicht einmal angefasst habe. Wie kommt ihr an einen so mächtigen Stein?"

Die Freunde sahen einander an. Sie hatten schon einmal den großen Fehler begangen, jemanden einfach so zu vertrauen. Aber sie wollten auch nicht lügen, daher konnten sie Fasku nicht antworten. Dieser bemerkte nun den Stein in Senias

Handgelenk und trat zu ihr, um ihn sich genauer anzusehen. Senia ging ein paar Schritte zurück und spielte mit dem Gedanken, ihre Hand hinter dem Rücken zu verstecken, doch sie zögerte und dann hatte der Tormy schon ihren Arm gefasst. Senia spürte, wie die feuchte Hand des Wesens, die lediglich aus Erde bestand, über ihr Handgelenk strich. Als sie Qualin berührte, weiteten sich Faskus Augen.

„Das ist ein Zauberstein!" Der Alte sah zu ihnen hinauf. „Seid ihr etwa Meister?"

Die Freunde wussten immer noch nicht, ob sie antworten sollten oder nicht. Fasku schien ihr Zögern aufzufallen.

„Ich merke, ihr seid verschreckt", zeigte er und winkte einen Tormy herbei. „Harmony soll euch etwas Warmes zu trinken geben. Ihr seid fürs Erste unsere Gäste."

Das Tormymädchen, das sich eben zu ihnen gesellt hatte, war etwas älter als die Kinder von vorhin. Sie trug ein Kleid aus Zweigen und Blumen und einen Kranz auf dem Kopf.

„Hallo, ich bin Harmony." Sie hatte eine freundliche Stimme. „Ihr braucht keine Angst zu haben, kommt einfach mit mir." Die Freunde zögerten erst, doch die Tormys schienen gutmütig zu sein, also folgten sie Harmony. Sie führte die Vier zu einer Hütte, die nur ein paar Schritte von ihnen entfernt war. Harmony verschwand hinter dem Gestrick aus Zweigen und Blättern, das die Tür des kleinen Gehäuses darstellte, und kam wenig später mit einem kleinen Tablett, auf dem vier Krüge Blütentee, in der Größe von Kinderspielzeug, standen, wieder heraus. Für Femy hatte das Tormymädchen eine winzige Schüssel Waldbeeren mitgebracht. Der süß duftende Dampf des Tees stieg Luna in die Nase, als Harmony ihr die Tasse gab und sie schlürfte von dem Getränk. Er schmeckte herrlich. Als die Freunde den Tee tranken, wurden auch die anderen Tormys auf sie aufmerksam. Zwei Frauen kamen mit mehreren Bärenpelzen herbei und bedrängten sie, diese anzuprobieren. Andere kümmerten sich um ihre Wunden und rieben sie mit Kräutersalben ein, während ein paar Kinder ihnen Armbänder bastelten. Luna staunte, wie liebevoll und neugierig die Tormys waren, im Gegensatz zu den Trollen.

Drei Kinder spielten gerade mit Lunas Haaren.

„Deine Haare sind ja superlang!", meinte die eine mit grünen Augen.

„Wie heißt du?", fragte unterdessen die Blauäugige.

„Warum hast du einen Stein in deinem Arm?", wunderte sich die kleinste von ihnen.

Luna fühlte sich überwältigt von all den Fragen, doch die Tormykinder erinnerten sie an ihre kleine Schwester Lotte, deswegen fühlte sie sich ein bisschen wie zu Hause. Während sie damit beschäftigt war, auf alle Fragen zu antworten (wobei immer welche hinterherkamen), schien es Senia und Leon bei den Tormys ebenfalls zu gefallen.

Leon probierte die verschiedenen Marmeladensorten, welche die Tormys aus Beeren hergestellt hatten und ihm nacheinander anboten.

„Lecker!", schmatzte er und schleckte an seinen Fingern.

Senia wiederum unterhielt eine Gruppe von den Wesen, indem sie ihnen mit ein paar Kieselsteinen Zaubertricks vorführte und Femy war ihre Assistentin. Noch eine Weile hatten sie weiterhin viel Spaß, bis ein Tormy ihnen mitteilte, dass Fasku sie am Lagerfeuer erwartete, an dem offenbar jeder teilnahm. Das Lagerfeuer lag in der Mitte der Siedlung und war ein Kreis aus Holzplatten, in dessen Zentrum ein Feuer brannte. Fasku hatte die größte Platte von allen und die Freunde nahmen neben ihm Platz.

„Ich hoffe, es hat euch bei uns gefallen", ergriff Fasku das Wort. Die Freunde nickten.

„War alles ganz toll, danke", bestätigte Leon.

Fasku senkte den Kopf und Luna hatte gelernt, dass dies bei den Tormys eine Geste der Zufriedenheit war.

„Bei uns könnt ihr so lange wie ihr wollt bleiben, ihr seid jederzeit willkommen", sagte er dann. „Aber wir wissen alle, dass Kinder in eurem Alter normalerweise ein eigenes Zuhause haben und niemals alleine im Nebeltal herumirren würden. Vor allem nicht mit so mächtigen Zaubersteinen. Falls ihr euch dazu bereit fühlt, würde ich gerne wissen, wie es zu all dem kam."

Die Freunde waren sich dieses Mal alle einig, dass sie Fasku vertrauen konnten und erzählten den erstaunten Tormys alles von Anfang an. Als sie fertig waren, herrschte eine erdrückende Stille, in der nur das prasselnde Lagerfeuer zu hören war. Fasku blickte besorgt drein.

„Ihr seid noch sehr jung. Diese Mission ist gefährlich."

Die Freunde blieben still. Ihnen war bewusst, in was für eine Gefahr sie sich begaben, wenn sie sich mit Erold anlegen wollten.

„Gibt es irgendeinen Weg, wie wir euch helfen können?", fragte Fasku dann. „Es wäre uns eine Ehre, wenn wir zu eurer Mission einen Beitrag leisten könnten."

„Ähm, wir wollen als Nächstes in die Feenstadt, weil wir hoffen, dass sie uns etwas darüber sagen können, wo sich Mexus befindet. Wissen Sie vielleicht, wo die Feenstadt gerade ist und wie wir dahin kommen?", fiel Luna ein.

Fasku lächelte matt und nickte dann. „Da weiß ich tatsächlich etwas. Entschuldigt mich kurz." Der Tormy stand auf und schlenderte zu seiner Hütte. Als er zurückkam, hatte er ein paar Stoffbeutel in der Hand.

„Es gibt viele Wege, eine Fee sofort zu sich zu rufen, wenn man Hilfe braucht. Doch keine Fee würde euch auf das Luftschiff bringen, wenn es keinen anderen Ausweg gibt, da die Feen nicht gerne Besucher haben. Aber ich kenne einen Weg für euch", sagte er und öffnete die Beutel. Hervor kamen runde Gebäckstücke. „Eine alte Freundin namens Helene hat mir diese verzauberten Plätzchen gegeben, damit ich sie jederzeit in der Feenstadt besuchen kann. Natürlich war das geheim. Wenn ihr vor dem Luftschiff steht und in eines dieser Plätzchen hineinbeißt, werden sie euch direkt hochbringen." Fasku händigte ihnen die Plätzchen aus und Senia tat sie in ihren Rucksack.

„Helene arbeitet für das Feenkomitee, das von den obersten Feen geleitet wird. Ich bin mir sicher, dass sie auch euch weiterhelfen kann. Sagt ihr, dass ich euch geschickt habe", legte der Tormy bei.

„Danke sehr, Sie haben uns einen großen Gefallen getan", bedankte sich Senia.

„Wissen Sie zufällig auch, wo das Luftschiff gerade ist?"
Luna zeigte ihm die Karte und Fasku deutete in den Südosten.

„Wenn ich mich recht erinnere, muss es gerade hier fliegen. Der beste Weg dorthin führt über das Meer. Da gibt es keine Gefahr von Ogern oder anderen Tieren", empfahl Fasku. „Ihr könnt eines von unseren Booten nehmen." Ein paar Minuten später kamen die Tormys mit einem selbst gemachten, aber äußerst stabilen Segelboot zurück, das zwar in Menschengröße, dennoch recht klein geraten war.

Sie blieben noch eine Weile bei den Tormys, wobei ihnen Fasku noch einige wichtige Details nannte, und bedankten sich herzlich für ihre Hilfe. Dann entschieden sie sich aufzubrechen, bevor es dunkel wurde.

„Danke für alles", sagte Luna ein weiteres Mal, als sie am Rande der Tormysiedlung mit ihrem Gepäck, in das haufenweise Geschenke von den Wesen verstaut waren, und dem Segelboot standen.

„Wir stehen in eurer Schuld", meinte auch Senia dankbar und Femy nickte zustimmend. Fasku tätschelte den Freunden die Hände.

„Ganz im Gegenteil: Wir stehen in eurer Schuld, weil ihr all das für Lewendia in Kauf nehmt. Wir wünschten, wir könnten euch noch mehr helfen", sagte er. „Haltet Erold auf und seid vorsichtig, Kinder."

„Wir tun unser Bestes", erwiderte Leon, der versuchte, die vielen Marmeladengläser festzuhalten, welche ein paar Tormys ihm noch mitgegeben hatten. Vollgepackt mit den Marmeladengläsern und dem Gepäck, sowie mit Blumenkränzen auf ihrem Kopf, schleppten die Freunde (genauer gesagt Senia und Luna, da Leon keine Hand mehr frei hatte und Femy, selbst wenn sie nicht zu faul dafür wäre, ihnen keine große Hilfe sein könnte) und ein paar Tormys, die sie bis zum Meer begleiten würden, das Segelboot. Als sie das Wasser erreicht hatten, winkten die Freunde den Tormys zu und diese riefen ihnen ein lautes „Viel Glück!" hinterher.

„Verdammter Mist!", fluchte Madeleine und fragte sich, das wievielte Mal sie das seit ihrem Aufbruch schon sagte. Sie stand in einem Strauch, wo die kleinen Äste in ihre Haut stachen und sie sich ständig hin und her wandte, doch ihre Position blieb nach wie vor die ungemütlichste, die man sich vorstellen konnte. Als Luna, Leon, Senia und Femy letzte Nacht ein Lager aufgestellt hatten, war Madeleine auf die Suche nach einer eigenen Bleibe gegangen. Dabei hatte sie sich natürlich schwergetan, da der Platz sowohl geeignet als auch versteckt genug sein sollte, damit sie nicht gesehen wurde. Trotzdem musste er nah an der Gruppe liegen, damit sie es merkte, wenn sie am Morgen aufwachten. Madeleine hatte am Ende eine halbwegs geeignete Stelle gefunden und war ihnen am Morgen bis zu einer von Tormys bewohnten Siedlung gefolgt. Da hatte sie zugesehen, wie die Freunde sich von ihnen verwöhnen ließen, während sie in den nebenstehenden Sträuchern hockte. Da sie ihnen auch dort nicht hätte gegenübertreten können, hatte sie sie weiter beobachtet und das Gespräch am Lagerfeuer belauscht. Einerseits fand sie es gut, dass die Freunde schon einen Weg gefunden hatten, etwas über Mexus' Aufenthaltsort zu erfahren, andererseits war der Weg dorthin nicht gerade günstig für sie. Wenn die Freunde jetzt über das Meer zogen, dann würde Madeleine sie aus den Augen verlieren und sie konnte ihnen auch nicht folgen, da sie kein Boot hatte. Madeleine legte den Kopf in den Nacken und die Hände an die Stirn. Eine Haltung, die sie beim Nachdenken immer einnahm. Es blieb nur eine Möglichkeit. Sie konnte zwar nicht auf das Meer, doch sie kannte das Ziel der Freunde. Sie würde einfach eine Route zur Feenstadt nehmen, die über das Land führte und die Gruppe dann ansprechen, wenn sie dort ankamen. Zwar musste sie dann das Risiko auf sich nehmen, einen Oger zu treffen, aber Madeleine konnte von sich behaupten, dass sie nun erfahrener war. Doch es gab noch ein weiteres Problem: Da die Freunde über das Meer und sie über das Land gehen wollte, könnte es sein, dass sie sich gar nicht trafen. Und wenn das passierte, würde sie sie vermutlich gar nicht mehr wiederfinden. Sie konnte es nicht riskieren, die Freunde aus den Augen zu verlieren. Daher musste sie einen anderen Weg finden. Sie musste auf die Feenstadt. Dort hatte sie bessere Chancen, die Freunde zu finden. Dafür brauchte sie jedoch auch so ein Gebäckstück. Madeleine seufzte und sah hinüber zu Faskus Hütte. Auf Zehenspitzen und immer nach Tormys Ausschau haltend, schlich sie sich an. Ihr Gewissen sagte ihr, dass sie das nicht tun und den Tormys lieber alles erklären sollte, doch das würde viel zu lange dauern, wenn es überhaupt klappte. Deshalb hörte sie nicht auf ihre innere Stimme. Jetzt waren rationale Entscheidungen gefragt. Schließlich tat sie das für das ganze Land und manchmal musste man eben das ganze Bild betrachten ...

TOSENDE WELLEN

Der Wind blies Luna durch die Haare, und sie sah hoch in den Himmel. Es war bewölkt und die Sonne nicht in Sicht … nicht gerade das beste Wetter für eine Segelfahrt. Sie waren gerade einmal ein paar Meter von der Küste entfernt.

„Kannst du segeln, Senia?", erkundigte sich Luna, nachdem sie sich auf die kleine Bank am Boot gesetzt hatte. „Leon und ich waren bisher noch nie auf einem Boot."

„In der Schule hatten wir das mal durchgenommen, damit wir allein in der Natur überleben können, aber es ist schon ein paar Jahre her", antwortete Senia. „Ihr könnt aber schwimmen, oder? Nur für den Notfall."

Leon verzog das Gesicht. Schwimmen war nie eine seiner Stärken gewesen. Luna merkte, dass ihr Bruder nicht unbedingt seine Schwäche preisgeben wollte, und antwortete für sie beide.

„Wir können beide schwimmen, nur Leon ist etwas wasserscheu."

„Jep", kommentierte er knapp. „Luna kann aber besser schwimmen als ich. Sie hat schon an ganz vielen Turnieren teilgenommen und so."

Senia atmete erleichtert auf. „Puh", sagte sie und wischte sich über die Stirn. „Das wäre sonst echt eine große Verantwortung für mich. Aber dann ist ja gut."

„Ja genau", versuchte Leon gelassen zu klingen, aber sein säuerliches Gesicht verriet alles. Luna biss die Zähne zusammen. Sie konnte nur hoffen, dass auf der Fahrt bloß nichts passierte.

Während Senia das Segel bediente, Femy ruhig schlief und Leon gerade Kombinationen aus Obst und Marmelade probierte, sah Luna aufs Meer hinaus. Die Segel flatterten im ruhigen Wind und es schien, als gäbe es weit und breit niemand anderen als sie.

Nach einer Weile bemerkte Luna, dass der Wind etwas stärker wurde. Ihre Haare peitschten umher und sie reckte den Kopf in den Himmel. Er war sogar noch grauer geworden als vorher und auch die Wolken hatten eine dunkelgraue Farbe angenommen. Beunruhigt rutschte Luna auf dem Holz. Das Wetter verschlechterte sich und ein paar Minuten später wurde Senia das Segel aus der Hand gerissen. Dann begann es auch noch zu nieseln, was Femy aufweckte, die sich daraufhin sofort in Lunas Handtasche versteckte.

„Hoffentlich wird der Regen nicht schlimmer", wünschte Senia und versuchte, das Segel wieder unter Kontrolle zu bekommen, das ihr immer wieder aus der Hand glitt. Luna stand auf und half ihr damit.

„Das sieht nicht so aus, Leute", meinte Leon und deutete in den Himmel. Aus den kleinen Wolken war eine sehr große entstanden, die zunehmend näher zu kommen schien. Der Nieselregen wurde allmählich stärker und die Tropfen rannten über Lunas Gesicht. Nun war der Regen schon so stark, dass sich Wasser im Boot sammelte, welches leicht zu schwanken anfing. Die Wolken gaben ein bedrohliches Rumoren von sich.

„Ich glaube, ein Gewitter zieht auf", befürchtete Leon. Seine Stimme zitterte. „Was machen wir jetzt?"

Luna drehte sich zu ihrem Bruder um, weil sie ihm eine Antwort geben wollte, und da sah sie, dass Senias Rucksack hinter ihm fast über Bord fiel.

„Pass auf die Tasche auf!", warnte Luna und Leon hetzte sofort zu dem Rucksack. In letzter Sekunde packte Leon seinen Riemen und zog die nasse Tasche wieder ins Boot. Zur Sicherheit fasste er auch Lunas Handtasche.

„Ganz ehrlich, was machen wir jetzt?", wiederholte Leon mit einem Anflug von Panik in seiner Stimme, während die Regentropfen auf seinen Kopf prasselten.

Senia machte ein gestresstes Gesicht. Sie und Luna versuchten, das Segel im Zaum zu halten und ihr Boot wankte immer schlimmer. „Halte dich gut fest Leon, und pass auch auf, dass die Taschen nicht vom Boot fallen", wies Senia ihn an. „Wir gucken so lange, dass wir das Boot stabilisieren können."

Leon hielt sich an der Bootskante fest, das Gepäck fest umklammert. „Gebt euer Bestes", murmelte er leise.

Der Wind wurde immer stärker und der Halt des Bootes immer instabiler. Plötzlich merkte Luna, wie ihre Fußknöchel nass wurden, und sie sah nach unten. Das Segelboot war bis dorthin mit Wasser vollgelaufen und ihre Schuhe waren vollkommen durchnässt.

„Leon, du musst das Wasser über Bord kippen!", befahl Luna und musste dabei schon schreien, damit sie gegen den heulenden Wind ankam. Leon kramte die Tonbehälter aus Senias Rucksack. In dem Moment kam ein heftiger Windstoß und ließ das gesamte Boot nach links kippen. Er fiel hin und wurde patschnass, doch er raffte sich wieder auf und beförderte mit den Tonkrügen das Wasser von Bord, doch der Regen war nun so stark, dass das Boot immer wieder volllief. Senia und Luna zogen derweil mit all ihrer Kraft an dem Segel, wobei die Tropfen auf ihre ohnehin schon durchnässten Körper peitschten. Trotz ihrer Bemühungen hatte das Boot sich zu stark nach links geneigt und es drohte umzukippen.

„Wir brauchen mehr Gewicht auf der rechten Seite!", rief Luna zu Senia, die sich energisch die nassen Haare vom Gesicht wischte. Die Mädchen lehnten sich so weit es ging nach rechts, doch es reichte trotzdem nicht aus. Sie kamen nicht gegen den Wind an und die Wellen wurden immer stärker. Aggressiv klatschen sie gegen das Segelboot, das kurz vor dem Umkippen stand. Die rechte Seite des Bootes schwebte nun ein Meter über dem Meer, während die linke fast hinein sank.

Vom Schrecken gepackt, sah Luna zu ihrem Bruder hinüber. „Leon, du musst auch hierhin!"

Leon versuchte, hoch zur rechten Seite des Bootes zu kommen, doch es war schon zu sehr geneigt und seine Füße rutschten vom nassen Boden ab. Luna streckte ihre linke Hand nach ihm aus, wobei sie sich mit der rechten an der Kante festhielt. Leon zog sich an ihr hoch und packte erleichtert die Bootskante. Er keuchte heftig. Mit Leon verteilte sich das Gewicht auf dem Boot gleichmäßig und es klatschte auf die Wasseroberfläche. Die Freunde kippten zur Seite und wären dabei fast über die Kante gefallen, doch sie schafften es, sich festzuhalten. Gerade als Leon wieder auf der Bank saß und die Mädchen sicher standen, kam ein heftiger Windstoß, der sowohl Luna als auch Senia von den Füßen riss. Das Segel flog ihnen aus der Hand und ihr Boot wurde zur Seite geschleudert. Dadurch verloren sie vollkommen die Kontrolle, fielen hin und rutschten über den durchnässten Boden. Die Wellen schwappten über, sodass Lunas Augen vom Salzwasser brannten. Leon verschluckte etwas davon und hustete heftig. Senia wiederum wurde vom ganzen Hin und Her übel und sie versuchte bitterlich, etwas zu fassen zu bekommen, um sich festzuhalten. In der Sekunde, als sie fast das Segel gepackt hätte, schleuderte ein weiterer Windstoß die Freunde nach links. Dabei entglitt Leon Senias Rucksack aus der Hand und rutschte an die Bootskante.

„Nein!", blökte Leon und sprang nach vorne, um die Tasche zu packen, in der Astra drin war.

„Leon, nicht!", kreischte Luna ihm hinterher und versuchte, den Fuß ihres Bruders zu greifen. Doch in genau diesem Moment, kurz bevor Luna das Fußgelenk ihres Bruders zu fassen bekam, kippte das Boot ein weiteres Mal und Leon mit Senias Rucksack in der Hand ging über Bord. Die Mädchen schlugen hart auf dem Boden auf. Luna wurde kurz schwarz vor den Augen und Senia blutete an der Stirn.

„Leon!", schrie Luna auf. Ohne überhaupt nachzudenken, sprang sie ins Meer. Die eisige Kälte des Wassers ließ sie in einen Schock fallen und sie konnte sich zunächst nicht bewegen. Dann aber erblickte Luna durch die Schwärze des Meeres ihren Bruder, der etwas entfernt von ihr panisch paddelte. Luna schwamm sofort zu ihm, doch Leon sank tiefer und sie konnte ihn nicht erreichen. Luna griff nach seiner Hand, während sie mit ihren Beinen paddelte, aber Leons Hand war zu weit von ihrer entfernt. Luna merkte, wie sich jegliche Muskeln in ihrem Körper angespannt hatten. Sie biss die Zähne zusammen und paddelte weiter. Leons Fingerspitzen berührten ihre. Noch ein kleines Stück.

Sie hatte ihn!

Erleichtert riss Leon seine Augen auf, während Luna ihn hochzog. Langsam verspürte sie das Bedürfnis, wieder Luft zu holen, und sie sah nach oben. Bis zu der Wasseroberfläche schien es noch ewig zu sein. Luna paddelte weiter, mit Leon an der Hand und erreichte dann endlich die Oberfläche.

Die Geschwister atmeten schwer. Sie sahen sich um, doch das Boot war nicht in Sicht.

„Senia? Wo bist du?", rief Luna.

„HALLOOOO?", kreischte Leon.

„Hier! Luna!"

Die Geschwister reckten ihren Kopf in die Richtung, von der Senias Stimme gekommen war. Ein Rettungsring wurde zu ihnen herübergeworfen.

„Haltet euch fest!"

Luna schnappte den Ring, Leon, welcher den Rucksack zu fassen bekommen hatte, packte auch an und sie ließen sich von Senia zum Boot ziehen. Das Gewitter tobte noch immer über ihren Köpfen. Senia half den Geschwistern auf das Boot und sie setzten sich. Luna bibberte. Sie war klatschnass.

„Geht es euch gut?", fragte Senia. Von ihren Haaren tropfte Regenwasser. Die Geschwister nickten taub. „Es gibt gute Nachrichten: Ich glaube, ich habe das Boot langsam unter Kontrolle", versicherte ihnen Senia, was sie ein bisschen erleichterte. Luna wollte ihr helfen, doch Senia bestand darauf, dass sie sich jetzt setzte. Daher beobachteten die Geschwister, wie Senia das Segel hin und herzog. Die Wellen waren immer noch riesig, doch irgendwann schaffte Senia es, sie aus der Gewitterzone herauszubekommen. Der Sturm legte sich auch schon und es sah aus wie vorher. Der Wind blies ihnen sanft gegen den Rücken, es hörte auf zu regnen. Nichts wies darauf hin, dass dieses friedlich rauschende Meer sie noch vor ein paar Minuten fast getötet hätte. Das Boot schwankte immer noch, aber es herrschte keine Gefahr, dass es umkippte. Senia ließ das Segel los und sank erschöpft auf die Bank.

„Danke, Senia", sagte Luna. Ihr Herz klopfte immer noch schnell. „Ohne dich hätten wir das nie geschafft."

Senia schenkte ihr ein erschöpftes Lächeln. „Um ehrlich zu sein, staune ich immer noch darüber, dass ich das Boot tatsächlich gesteuert habe."

Luna wischte sich über das nasse Gesicht. „Ich bin mir sicher, Esmeralda wäre stolz auf dich."

Senia lachte. „Es soll zwar nicht arrogant klingen, aber das bin ich auch."

ERGIEBIGES AUFEINANDERTREFFEN

Roxanne sog die eiskalte Luft des Nebeltals ein, während sie nach dem knallorangenen Pfeilgiftfrosch Ausschau hielt. Nur zehn Tage hatte sie gebraucht, um herzukommen, da sie mit Ausnahme von sechs Stunden Schlaf keine Pausen eingelegt hatte. Jetzt hatte sie zwar eine pochende Blase am Fuß, doch sie kümmerte sich nicht darum und suchte weiter nach dem Tier, dass sich aber nirgends zeigte. Stattdessen kam Roxanne an einen Sumpf mit trübem, braunem Wasser. Sie näherte sich ihm, denn wo Wasser war, konnte auch ein Frosch nicht weit sein, doch dann blieb sie abrupt stehen. Da vorne war jemand. Sie ging hinter einem Baum in Deckung und lugte zum Sumpf. Dort war eine große Gestalt, die erst wie ein ungewöhnlich großer Mensch aussah, bis Roxanne auch seinen Pferdekörper erblickte. Ein Zentaur. Er trug keine Waffen bei sich. In dem Glauben, dass sie mit ihm locker fertig werden würde, sollte es zu einer Konfrontation kommen, kam Roxanne hinter dem Baum hervor. Doch es dauerte nicht eine Sekunde und sie huschte wieder zurück. Dort passierte etwas mit der Gestalt. Sie veränderte ihre Farbe, wurde größer, wandelte sich und nach einem Augenblick stand dort ein ausgewachsener, rabenschwarzer Dämon mit riesigen Händen und ebenso großen, scharfen Krallen.

Er beugte sich zu dem Sumpf herunter und schien seinen Mund mit dem Wasser sauber zu machen, sofern es mit der dreckigen Brühe möglich war. Sein riesiger Mund voller wolfsähnlicher Zähne öffnete sich und Beschimpfungen kamen heraus. *Ein Gestaltwandler,* dachte Roxanne, und dazu noch ein dämonischer. Was machte so jemand im Nebeltal?

„Diese ekelhaften Gören!", hörte Roxanne den Dämon zetern. „Sie schneiden mir in den Arm und kommen damit auch noch davon! Niemand tut mir das an, ohne bestraft zu werden. Niemand!" Die Stimme des Dämons kam Roxanne irgendwie bekannt vor, doch sie wusste nicht, wo sie sie schon mal gehört hatte. Sie ging näher ran und stellte fest, dass er verletzt war und mit dem Sumpfwasser seine Wunden reinigte. Offenbar hatte er nichts anderes bei sich.

„Ich werde euch finden, ich werde euch finden", versprach die Gestalt vor sich hin. Es war, als hätte jemand in diesem Moment auf einen Lichtschalter in Roxannes Kopf gedrückt, denn nun fiel ihr ein, woher sie diese Stimme kannte: Der Dämon war einer von Erolds Männern. Nicht nur irgendeiner, sondern sein vermutlich bester und treuester!

„Adrian!", rief sie zu ihm herunter. Der Dämon schreckte auf und sah zu ihr. Im Gegensatz zu Roxanne erkannte er sie sofort. Denn die berüchtigte Enkelin seines Herrn, hatte er schon sehr oft zu Gesicht bekommen. Denn jedes Mal, wenn Roxanne – immer ein wenig blutverschmierter und erschöpfter als das letzte Mal – in das Schloss kam, nachdem sie etwas für ihren Großvater besorgt hatte, war er dabei gewesen. Bei allem. Er hatte beobachten können, wie sie von ihren zwei jüngeren Brüdern, die im Gegensatz zu ihr wohlbehalten in Erolds Burg lebten, verspottet wurde. Auch, wie Erold sie angeschrien hatte, wenn etwas nicht so gelaufen war, wie er es haben wollte. Und wie er ihr manchmal sogar, wenn Roxanne besonders großer Lebensgefahr entkommen und auf ein bisschen Ansehen seinerseits gehofft hatte, sagte, alles sei umsonst gewesen. Er erinnerte sich noch ganz genau an Roxannes am Boden zerstörten Gesichtsausdruck und an ihren immer größer werdenden Hass. Nun, wo Roxanne so vor ihm stand, wurde ihm noch einmal klar, dass Erold sie von einem kleinen Kind zu einem kaltschnäuzigen Monster gemacht hatte.

„Was tust du hier?" Roxanne war zu ihm herübergelaufen und musterte ihn argwöhnisch. „Mit wem hast du gekämpft?"

Adrian sagte nichts. Erold hatte ihm angeordnet, dass Roxanne niemals von seiner Mission erfahren sollte, die Meister zu finden und zu ihm zu bringen. Denn sie durfte niemals von den neuen Meistern erfahren, weil sie sonst darauf kommen würde, dass sie auch eine Meisterin war. Doch Adrian wusste genau, dass Roxanne ihm seine Ausrede nicht abkaufen würde. „Waren sie das?"

Adrian blickte sie überrascht an. Sie konnte doch unmöglich ahnen...

„Guck mich nicht so an, ich weiß von deinem Auftrag", bestätigte Roxanne seine Vorahnung. Adrian war verwirrt. Wie konnte sie davon wissen?

„Haben *sie* dich etwa in diesen Zustand versetzt?", fragte Roxanne. In ihrer Stimme lag ein höhnischer Unterton, der Adrian ganz und gar nicht gefiel. „Du hast dich von Kindern verprügeln lassen?" Roxanne entglitt ein hohles Lachen. Adrians Gesichtsmuskeln spannten sich an. Er war mindestens genauso stolz wie Roxanne und niemand machte sich über ihn lustig.

„Diese *Kinder*", zischte er mit zusammengebissenen Zähnen, „hatten zwei Zaubersteine bei sich. Falls du es nicht weißt; das sind die mächtigsten Gegenstände im ganzen Land. Jeder hätte bei einem Kampf mit ihnen versagt, doch ich hätte sie fast getötet."

„Aber es ist dir nicht gelungen und sie sind dir entwischt", keifte Roxanne zurück. Dieses Mal war es kein Spott, es lag pure Wut in ihrer Stimme. Sie war wütend auf Adrian, da er die Meister nicht aufgehalten hatte und sie immer noch dort draußen herumliefen, um Erolds Plänen in die Quere zu kommen. *Ich* habe die Meister im Gegensatz zu jedem anderen gefunden und sie davon überzeugt, dass ich ihnen helfen will. Diese dummen Blagen haben mir voll und ganz vertraut", prahlte Adrian. „Wäre diese verdammte Höhle nicht gewesen, hätte ich sie zusammen mit drei Zaubersteinen dem Herrn ausliefern können."

„Sie haben alle drei Zaubersteine?!" Roxanne brüllte fast. Sie hatte Mühe, ihre Wut im Zaum zu halten, doch vor Adrian musste sie das verstecken. Je weniger sie über sich preisgab, desto besser.

„Ja, haben sie", bejahte Adrian. „Aber ich werde sie finden und allesamt zu Erold bringen, bevor sie irgendetwas tun können." Adrian wandte den Blick von Roxanne ab. Er schien seine Gedanken zu sortieren. „Die eigentliche Frage ist, was du hier treibst."

Roxanne erwiderte nichts. Sie wollte es ihm ungern erzählen, doch eine spontane Lüge fiel ihr nicht ein, zumal Adrian diese enttarnen würde.

„Erold hat mir den Auftrag gegeben, die Zutaten für das verbotene Ritual zu finden", rückte sie heraus.

„Und? Wie weit bist du?"

„Ich hatte das meiste zusammen, aber es wurde mir gestohlen", gab Roxanne unwillig nach. „Jetzt suche ich nach einem Pfeilgiftfrosch. Ich brauche sein Blut."

Adrian musterte sein Gegenüber. Gerade eben hatte er nicht darüber nachgedacht, weil Roxannes Spott ihn abgelenkt hatte, aber nun blieb er bei dem Gedankengang hängen. Wenn Roxanne von den neuen Meistern und seinem Auftrag sie zu finden wusste, was war ihr noch bekannt? Hatte sie schon eine Vermutung, wer die neuen Meister waren oder dass sie eine von ihnen war? Wenn ja, was hieß das dann für ihre Treue gegenüber ihrem Großvater?

„Was hältst du davon, wenn wir zusammenarbeiten?", bot er aus dem Nichts an. Roxanne hob ihre Augenbrauen. „Warum sollte ich mit dir zusammenarbeiten?"

„Na ja", sagte Adrian, „Bei uns beiden lief der Auftrag nicht gerade gut. Ich habe die Meister aus den Augen verloren und du wurdest bestohlen. Aber wenn wir uns gegenseitig helfen – du mir bei der Suche nach den Meistern und ich dir bei der Suche nach den Gegenständen für das Ritual –, wären wir viel erfolgreicher. Am Ende hätten wir beide, was wir wollen, und Erold würde uns reichlich belohnen. Er muss ja nicht wissen, dass wir unsere Arbeit nicht allein erledigt haben." Als er den letzten Satz aussprach, grinste er unterschwellig.

Roxanne dachte über den Vorschlag nach. Normalerweise wäre sie nie auf ihn eingegangen, denn sie erledigte ihre Arbeit immer allein. Doch dieses Mal ging es um etwas sehr Wichtiges und der Vorschlag war verlockend. Als Gestaltwandler konnte Adrian sich in jedes in Lewendia lebendes Wesen verwandeln, was ihr bei der Suche von übermäßig großem Nutzen wäre. Sie hatte schon genug Zeit verschwendet, aber mit Adrian könnte sie diese verlorene Zeit aufholen. Zudem hatten sie mehr oder weniger die gleichen Interessen: Roxanne wollte ebenfalls, dass die Meister aufgehalten werden. Das war der entscheidende Punkt.

„Abgemacht", willigte sie schließlich ein und warf Adrian einen durchbohrenden Blick zu. „Erold wird nichts davon erfahren, klar?"

Adrian streckte zufrieden seine Hand aus. „Wie gesagt, es bleibt unter uns."

Roxanne schüttelte knapp die schuppige Hand Adrians, der immer noch in seiner Dämonengestalt war, und riss sie dann weg.

„Erst gehen wir den Gegenständen nach. Ich brauche diesen Frosch", bestimmte Roxanne. „Du weißt hoffentlich, wie Pfeilgiftfrösche aussehen und wie sie sich anhören?"

Roxanne wartete nicht einmal auf eine Antwort, drehte Adrian den Rücken zu und machte sich auf die Suche. Dieser ließ sich von ihrem abfälligen Verhalten nicht verärgern und nickte zufrieden hinter ihr. Roxanne hatte einen Vorteil von dieser Zusammenarbeit, deshalb hatte sie auch eingewilligt. Was sie aber nicht wusste, war, dass Adrian schon immer einen sehr listigen Charakter besaß und sich mehr dabei gedacht hatte, als nur die Missionen der beiden. Denn er hätte die Meister locker auch ohne Roxannes Hilfe finden können. Darum ging es ihm nicht. In Wahrheit beabsichtigte er ausschließlich, die Enkeltochter seines Herrn im Auge zu behalten. Wenn Roxanne nämlich tatsächlich Wind davon bekommen hatte, dass sie Meisterin war, auf welcher Weise auch immer, sollte sie nicht auf dumme Gedanken kommen.

DIE FEENSTADT

„Sind wir schon da?", fragte Leon schlaftrunken. Er war vor gerade einmal zwei Sekunden aufgewacht, während Luna und Senia sich die ganze Nacht beim Steuern des Bootes abgewechselt hatten. Gerade war Luna an der Reihe und Senia saß auf dem Boden; Femy schlummerte immer noch.

„Noch nicht, aber es ist nicht mehr weit", klärte Senia ihn auf und blickte in die Ferne. Eine Welle schwappte gegen das Boot und Leon huschte sofort an die andere Kante. Das gestrige Gewitter musste ihn stark mitgenommen haben.

„Ich kann für den Rest meines Lebens das Wort *Welle* nicht mehr hören", meinte er mit der Hand am Herz. Dann hielt er kurz inne und rieb sich den Kopf. Seine Erinnerungen nach dem Sturz ins Wasser waren verschwommen. „Sagt mal, wie haben wir dieses Gewitter überlebt?"

Luna und Senia lachten. Es war eher ein erleichterter Lacher als ein amüsierter.

„Das war ziemlich verrückt", gestand Luna und begann zu erzählen.

Leon verzog sein Gesicht, als Luna ihren Bericht beendet hatte. „Soll das heißen, dass Senia die mutige Seefahrerin war, du die selbstlose Retterin und ich die Jungfrau in Not?"

Senia zuckte mit den Schultern und Luna grinste. „Glaub mir, es ist nicht so aufregend, wie es in Filmen immer dargestellt wird", versicherte Luna und ihr lief ein Schauder über den Rücken bei der Erinnerung daran, dass ihr die Rettung nur haarknapp gelungen war.

„Da ist die Küste!", rief Senia plötzlich. „Wir sind da!"

Jetzt kam auch Leon aufgeregt auf die Beine und alle starrten in die Weite. Luna steuerte das Boot in Richtung Land, wo sie es gemeinsam an die Küste zogen.

„Endlich wieder Boden unter den Füßen!", atmete Luna erleichtert auf, als sie auf den sandigen Untergrund trat. Es war erleichternd zu wissen, dass nicht jeden Moment eine Welle oder ein Windstoß kommen und sie von den Füßen fegen konnte.

Leon hüpfte fröhlich vom Boot, doch es fühlte sich komisch an, dass sein Untergrund nicht wackelte. Er musste sich erst wieder an Land gewöhnen. Senia weckte Femy behutsam auf, die sich anschließend mürrisch an Senias Schulter platzierte, und zog sich den Rucksack über den Rücken. Derweil betrachtete Luna die Gegend.

„Wie schön es hier ist", bemerkte sie. Ein paar Meter entfernt von der Küste wuchsen hohes Gras und ganz viele Blumen in vielen bunten Farben. Luna erkannte Orchideen und Lilien, aber auch andere Blumen, die ihr fremd, aber so schön waren, dass sie ihren Blick nicht von ihnen abwenden konnte. Das Sonnenlicht strahlte über die Graslandschaft.

„In diesem Teil von Lewendia war ich noch nie", staunte auch Senia und drehte sich einmal um die eigene Achse. Leon wiederum sah nicht so begeistert aus, sondern blickte etwas nachdenklich auf das Segelboot.

„Ähm, Leute", unterbrach er die Mädchen. „Die Landschaft ist zwar schön und gut, aber was machen wir jetzt mit dem Boot?"

Luna und Senia warfen sich gegenseitig einen ratlosen Blick zu.

„Hmm, ich finde, wir sollten es an einer sicheren Stelle in der Nähe der Küste lassen. Vielleicht brauchen wir es ja noch", schlug Luna vor. Sie zogen das Geschenk der Tormys weiter von der Küste weg, wo sie es an einen Baum banden. Anschließend bewegten sie sich in die Richtung, in die Fasku gedeutet hatte. Ein wenig später zeigte sich etwas am Himmel, das für die Geschwister zunächst wie ein Zeppelin aussah, das sich mit jedem Schritt vergrößerte. Schließlich zeichnete sich ein riesiges, fliegendes Schiff ab. Übergroße Propeller und Räder befanden sich auf der Unterseite des Schiffes, die den Feen die Steuerung ermöglichten. Was das Schiff in der Luft hielt, war eindeutig Magie, die sich an der nahezu unsichtbaren, himmelblauen Hülle um das ganze Gebilde herum kenntlich machte.

„Wow", staunte Leon. Der Anblick des gigantischen Schiffes raubte ihnen den Atem und Luna klappte der Mund auf. Senia holte währenddessen die Gebäckstücke heraus. Sie gab jedem – auch Femy, die zwar fliegen, aber nicht die Schutzhülle des Schiffes durchdringen konnte – ein Plätzchen.

„Fasku hat gesagt, ein Biss bringt uns hoch, wenn wir in der Nähe des Schiffes sind und mit dem anderen kommen wir wieder herunter, wobei wir wieder möglichst nah an dem Eingang sein müssen", erinnerte Senia sie. Die Freunde nickten einander zu und zeigten somit, dass sie bereit waren, obwohl es keiner von ihnen wirklich war. Aber das musste wohl reichen.

„Dann auf drei", verkündete Luna. „1 ... 2 ... 3!"

Gleichzeitig bissen sie in die mit silberner Glasur verzierten Plätzchen. Es schmeckte süß, nach Brombeeren mit einem Hauch von Vanille, und zerschmolz auf ihrer Zunge. Leon schluckte seinen Bissen als Erster herunter und verschwand in einer ebenso süß duftenden Rauchwolke. Im nächsten Moment verschwand auch Senia, gefolgt von Femy und letztlich schluckte Luna den Teig mit pochendem Herzen herunter. Sofort verbreitete sich Rauch um ihren Körper herum, der zu ihrer Überraschung angenehm warm war. Sie klimperte kurz mit ihren Augen und ehe sie sich versah, fand sie sich neben Senia und Leon wieder. Sie stand auf blank poliertem Holz und war in einem ausladenden Bereich, der von einem schwarzen, mit Blütenmustern verzierten Zaun eingekreist war. Dies sollte wohl eine Art Empfang darstellen. Neben ihnen standen ein paar Fahrzeuge aus Glas, die kleinen Autos ähnelten, jedoch keine Räder besaßen. Was es eigentlich zu bestaunen gab, war das imposante Tor, dessen meterhohe Stangen aus purem Gold bestanden und majestätisch glänzten. Es war bewacht von zwei Feenmännern, die jeweils einen goldenen Speer in der Hand hielten. Die Freunde wickelten ihre halben Plätzchen in ein Tuch, das sie in ihre Hosentasche packten (Femy und Senia taten es in den Rucksack, da sie keine Hosentaschen hatten) und gingen auf das Tor zu. Die Wächter bauten sich direkt vor ihnen auf.

„Was treibt ihr hier?", fragte der braunhaarige Feenmann skeptisch. Fasku hatte wohl recht damit gehabt, dass die Feen ungern Besuch hatten.

„Äh, hallo", sagte Luna. „Wir sind hier, um mit der Fee Helene zu sprechen. Es geht um eine sehr wichtige Angelegenheit."

Als die Wachen den Namen Helene hörten, entspannte sich ihr strenger Blick. Sie zögerten etwas, ließen sie aber schließlich ein. Sobald sie den ersten Schritt durch das Tor gemacht hatten, wurde die Stadt, welche vorher wegen der magischen Hülle wie ein normaler Himmel ausgesehen hatte, sichtbar.

Die Stadt war farbenfroh und wunderschön. Überall wuchsen bunte Blumen, die einen herrlichen Duft ausbreiteten. Einzigartige Feen, jede von ihnen in verschiedenen Größen, Farben und mit einer anderen ungewöhnlichen Frisur, schwirrten unbekümmert durch die Gegend. Zusammen mit den vielen verschiedenen Geschäften, Häusern, Parks und Gebäuden sah die Stadt wie in einem Bilderbuch aus.

„Wie sollen wir Helenes Haus jetzt finden?", sorgte sich Leon.

„Indem wir durch die Gegend dackeln und die Leute fragen, ob sie wissen, wo die – wie war das? – Felgerstraße 12 ist?"

„Na ja, Fasku hat uns keine Beschreibung gegeben, also können wir nichts anderes tun", antwortete Senia, „Die Feen sind hilfsbereite Wesen, wir finden das Haus bestimmt schnell."

Drei Minuten später waren die Freunde zu unwissenden Touristen geworden und fragten die Passanten nach Helenes Adresse. Nachdem die ersten fünfzehn Feen es nicht wussten, probierten sie ihr Glück bei einer kleinen Fußgängerin mit einem azurblauen Kleid und kleinen, blitzschnell schlagenden Flügeln.

„Ah, ja, ich weiß, wo das ist!"

„Könnten Sie es vielleicht beschreiben?", bat Senia höflich. Dieses Mal klang ihre Stimme noch leiser als vorher, damit die Fee sich nicht genervt wegdrehte, wie die letzten zwei.

„Ja, klar. Meine Mutter wohnt auch dort, es ist nur zwei Straßen von hier entfernt. Ihr müsst von hier ein paar Meter geradeaus laufen, bis ihr zu einer Kreuzung kommt. Biegt dort links ab und geht bis zu der Felgerstraße. Am Straßenende ist ein sehr großes Haus mit knallgelbem Anstrich, das wird euch sofort auffallen. Da biegt ihr rechts ab, bis zu der Hausnummer, die ihr sucht", beschrieb die Fee.

„Danke sehr!", bedankte sich Luna und machte sich mit den anderen sofort auf, um der Beschreibung zu folgen.

„Das ist es!", machte Senia sie auf eines der Häuser aufmerksam. Es war rosa angestrichen und hatte Blumenmuster. Neben den vielen Lilien, die in Blumentöpfen steckten, welche auf der Veranda standen, und rankenartigen Pflanzen, war das knallige, pinke Schild, auf der die Zahl 12 in silbernen Buchstaben prangte, besonders auffällig. Die Freunde schritten auf die Tür zu. Luna atmete kurz ein und traute sich dann anzuklopfen. Zunächst passierte nichts. Dann klingelte Luna.

„Vielleicht ist sie nicht zu Hause", vermutete Leon.

„Fasku hat gesagt, dass die Feen nicht gerne Besucher haben", erinnerte sich Senia, „Ich glaube, sie macht die Tür deshalb nicht auf."

Luna zuckte mit den Schultern und drückte noch einmal die goldene Klingel, um die ein bunter Vogel herum aufgemalt war.

„Komm schon!", grummelte Leon. Es kam immer noch nichts. Luna blickte sie enttäuscht an. Dann trat Femy vor und hämmerte so sehr gegen das Holz, dass Senia sie davon wegziehen musste, bevor es als Ruhestörung der Nachbarschaft ausgelegt werden konnte. Luna meinte, einen leisen Ruf von innen gehört zu haben, aber sie war sich nicht sicher. „Hallo? Helene? Sind Sie da drin?", rief sie höflich durch die Tür. „Wir sind Faskus Freunde und brauchen dringend Ihre Hilfe."

Als wieder nichts geschah, wollten die Freunde sich schon umdrehen. Doch dann öffnete eine Fee im mittleren Alter schwungvoll die knarzende Tür.

„Ich bin da! Tut mir leid, dass ich erst so spät aufmache, ich hatte gerade ein kurzes Nickerchen gemacht und dann kam plötzlich das Klopfen...", keuchte sie. Ihr zerzaustes Haar und ihr Kleid, das so schief saß, als hätte sie es sich hastig übergezogen, bestätigte ihre Aussage.

„Ist schon gut, tut uns leid, dass wir stören, aber es ist wirklich wichtig", sagte Luna entschuldigend.

„Ach, es ist gar nicht schlimm, ich helfe gern. Kommt doch herein, dann könnt ihr es mir erzählen." Helene öffnete einladend die Tür und die Freunde traten ein. Luna schwebte sofort eine Duftwolke von exotischen Blumen ins Gesicht. Helenes Haus war voll mit bunten Möbeln.

„Setzt euch", lud Helene sie ein, auf dem rosa Sofa Platz zu nehmen. „Kann ich euch etwas zu trinken anbieten?" Helene setzte sich vor sie auf den Sessel.

„Nein, danke, es geht schon", antwortete Senia, als sie alle drei sich setzten. Femy blieb nach wie vor auf ihrer Schulter und warf Helene einen prüfenden Blick zu.

„Also, ich habe nicht oft Besuch. Schon gar nicht von Menschen", begann Helene. „Es ist doch hoffentlich nichts Schlimmes, was ihr mir sagen wollt?"

„Na ja, es sind nicht gerade die besten Neuigkeiten", sagte Leon, wofür er sich einen mahnenden Blick von seiner Schwester einhandelte.

„Geht es um Erold?"

Die Freunde nickten bedacht, aber sie waren auch überrascht, dass Helene sofort richtig geraten hatte. Dann versuchte Luna, noch einmal mit der Erklärung anzusetzen. Auch Helene gab sie, wie sie es bei Fasku getan hatten, eine ausführliche Erklärung für ihre Reise und ihr Anliegen. Helene hörte die ganze Zeit nur zu, nickte und sagte für eine Weile nichts.

„Dann stimmt die Prophezeiung also", meinte sie schließlich. „Nach vierzig Jahren ohne Besitzer kommt eine neue Zeit für die Zaubersteine. Und somit auch neue Meister..."

Die Freunde sahen sich überrascht an, verwundert darüber, dass dies für Helene gar nichts Neues war.

„Es gibt eine Prophezeiung über neue Meister?", wunderte sich Senia. „Davon habe ich nie gehört."

Helene warf ihr einen Blick zu, der etwas beschämt aussah. „Das liegt daran, dass es eine geheime Information ist. Es wird seit Jahren verheimlicht."

„Und woher wissen Sie das dann?", bohrte Leon nach.

Die Fee zögerte. „Na ja, jetzt, wo es raus ist, spricht ja nichts dagegen, dass ihr es wisst", befand sie. „Die Feen wissen schon seit Jahren davon. Wie sie es erfahren haben, weiß ich nicht genau, aber ich kenne die Legende, weil ich im Feenkomitee arbeite. Die obersten Feen haben damals, als es herausgekommen ist, beschlossen, es von dem Rest der Welt geheim zu halten, in der Hoffnung, dass sie nicht in Erfüllung geht. Sie waren der Meinung, dass die Zaubersteine nur Unheil bringen, und waren dagegen, dass es neue Meister geben sollte. Deswegen haben sie die Prophezeiung für eine lange Zeit ignoriert, bis sie sich eingestanden haben, dass sie ernst genommen werden muss und sie Maßnahmen ergreifen sollten, um eine neue Ära der Zaubersteine zu verhindern. Daher fanden sie nach dem Krieg heraus, wo die Steine sind, und versteckten sie gut, falls das nicht schon der Fall war."

Den Freunden klappte vor Staunen der Mund auf.

„Aber das heißt doch", grübelte Luna, „dass sie die ganze Zeit wussten, wo die Zaubersteine sind?!"

Helene senkte den Kopf. Sie wusste selbst, dass es nicht richtig vom Komitee gewesen war, eine solche Entscheidung zu treffen, aber sie hätte es nicht verhindern können. Was die obersten Feen entschieden, das galt.

„So ist es", bejahte sie. „Die obersten Feen haben ein Suchtrupp losgeschickt, um das exakte Versteck für jeden Zauberstein zu finden, die sie dann in Karten dokumentiert haben. Die Verstecke sollten für alle Ewigkeit geheim gehalten werden, damit die Steine nie gefunden werden. Genau deshalb unternehmen die obersten Feen nichts gegen Erold, da sie wissen, dass er die Steine ohnehin nicht finden wird. Denn nach ihrer Überzeugung würde das niemand jemals tun." Leon zog die Augenbrauen hoch. „Öhm, da haben sie sich anscheinend geirrt." Er zuckte mit den Schultern.

Luna und Senia warfen ihm böse Blicke zu.

„Ja, haben sie", erwiderte Helene. Sie war irgendwie angespannt.

„Aber das ist doch gar nicht schlimm. Wir haben gute Absichten und wollen die Steine nutzen, um Erold aufzuhalten", wandte Senia ein, doch bevor sie ausreden konnte, wurde sie von Helene unterbrochen.

„So ist das leider nicht", behauptete sie. „Die obersten Feen vertreten die feste Meinung, dass die Zaubersteine und diejenigen, die sie besitzen, gefährlich für Lewendia sind. Was ihr ihnen auch sagt, sie werden dabei bleiben und denken, dass auch ihr irgendwann wie Erold werdet. Sie wollen nach wie vor, dass die Zaubersteine verborgen bleiben. Und als Mitglied des Feenkomitees muss ich auch diesem Ziel nachgehen." Sie machte eine kurze Pause, um in den Gesichtern der vier zu lesen, dabei knetete sie ihre Finger. „Versteht ihr, indem ihr so vor mir steht ... mit drei Zaubersteinen bei euch und von mir verlangend, dass ich euch helfe, steckt ihr mich in eine schwierige Situation", vertraute sie ihnen an. „Eigentlich müsste ich euch jetzt dem Komitee melden, damit sie entscheiden, was jetzt zu tun ist, da ihr die Steine gefunden habt ... aber das werde ich nicht tun."

Die Freunde waren sprachlos.

Leon hatte Mühe, es zu verstehen. „Heißt das, Sie helfen uns jetzt nicht?!"

Helene antwortete nicht.

„Aber das können Sie nicht machen", widersprach Luna. „Ich meine, wir haben die Steine ja schon gefunden und sie uns angeeignet. Jetzt gibt es kein Zurück mehr. Wenn wir die Steine gefunden haben, könnte das Erold auch tun. Wenn wir Mexus aber vorher finden, können wir ihn aufhalten."

„Genau!", stimmte Senia zu. „Es ist doch ohnehin unrealistisch, dass die Steine nie gefunden werden. Irgendwann würde es sowieso passieren und da ist es doch besser, wenn die Meister sie finden."

Helene sah aus, als stecke sie in einer Zwickmühle. „Aber ihr seid noch Kinder. Erold ist viel zu mächtig", wandte sie ein.

„Trotzdem sind wir die Einzigen, die Erold am ehesten das Handwerk legen können, weil wir die Zaubersteine haben! Oder gibt es irgendwelche anderen Freiwilligen?", argumentierte Leon.

Helene seufzte. „Ich stimme euch ja zu. Und ich wünschte, dass ihr vollkommen recht hättet, aber ihr wisst doch bestimmt nicht einmal richtig, wie man mit den Steinen umgeht."

„Eigentlich schon", widersprach Senia und erzählte ihr davon, wie sie die Steine schon eingesetzt hatten. „Wenn Sie jetzt sagen, dass wir in einem Kampf gegen Erold viel mehr machen müssen, als das, kann ich Ihnen auch etwas sagen: Wenn wir erst einmal unsere Kräfte mit den anderen Meistern gebündelt haben, sind wir viel stärker. Außerdem sind wir schon so weit gekommen!"

Helene sah die Freunde abwechselnd an. Noch nie hatte sie eine so entschlossene Gruppe von Menschen gesehen, die sich in Lebensgefahr begab, um das Land zu retten. Vielleicht steckte in den Kindern ja wirklich mehr Potenzial, als es den Anschein hatte. Andererseits waren da ja noch die obersten Feen…

„Bitte helfen Sie uns, Helene. Sie wissen nicht, was für einen großen Gefallen Sie uns tun würden", bat Luna.

Helene hörte auf zu grübeln. Hier gab es nur eine richtige Entscheidung und sie wusste nun, welche das war. „Okay, ich helfe euch", willigte sie ein.

Die Freunde strahlten auf.

„Also sagen Sie uns wirklich, wo Mexus ist?", wollte Senia noch einmal klarstellen.

„Ich kann es euch nicht sofort sagen, weil ich es nicht weiß. Aber die obersten Feen schon. Wie ich gesagt habe, haben sie eine Karte, die Mexus' genauen Aufenthaltsort beschreibt. Ich bin im Feenkomitee, daher kann ich euch zu ihnen bringen, damit ihr sie um die Karte bitten könnt", entgegnete Helene.

„Ja! Danke schön, wir sind nicht umsonst hierhergekommen", freute sich Leon und Luna stieß ihn freundschaftlich in die Seite. Femy tänzelte auf Senias Schulter, sie selbst hatte aber noch Bedenken.

„Aber werden die obersten Feen uns die Karte auch geben?", stellte sie in den Raum.

Helene stand von ihrem Platz auf. „Das werden wir gleich sehen."

IM HAUPTSITZ DER FEEN

„Der Hauptsitz des Feenkomitees ist im Zentrum der Stadt", erklärte Helene. Gerade führte sie leicht keuchend die Freunde durch die belebten Straßen der Feenstadt auf dem Weg zu ebendiesem Hauptsitz. Ihre Flügel setzte sie dabei nicht ein, da das viel zu anstrengend wäre, wie schwimmen für einen Menschen. „Wir werden jedoch etwas aufdringlich sein müssen, um direkt zu den obersten Feen zu gelangen. Wie ihr euch denken könnt, haben sie viel zu tun und lassen sich nicht gerne stören."

„Erzählen wir ihnen doch direkt, dass es etwas mit Erold zu tun hat. Dann nehmen sie uns bestimmt ernst", spekulierte Senia.

„Ich schätze, das ist die beste Idee, die wir haben", gab Helene zurück und bugsierte sie durch die Menge an Feen.

Ein wenig später standen sie vor dem imposanten Hauptsitz der Feen und bestaunten das Gebäude. Es war ein rundes Gebilde aus weißen Backsteinen, das eine im Licht schimmernde Glaskuppel hatte. Zahlreiche Pflanzen mit farbenfrohen Blüten umschlungen es. In Kombination mit der modernen Architektur des Gebildes und den großen Marmorstatuen von Feen auf dem Platz davor, bot sich ihnen ein überwältigender Anblick.

Helene schritt entschlossen auf vier Feenmänner zu, die den Eingang bewachten, gefolgt von den anderen vieren. Dann holte sie ein Abzeichen hervor, auf dem das Symbol eines weißen Holzstabes mit eingeritzten Blumen- und Schlingenmustern abgebildet war. Auf die schiefen Blicke der Wächter erwiderte sie, dass die Freunde ihre Gäste seien, womit sie ihnen freien Eintritt in die Eingangshalle des Gebäudes verschaffte. Auf dem edlen Holzboden klackten ihre Schuhe und Luna musste sich nach allen Seiten umdrehen, da alles so eindrucksvoll war. Die hohen Wände aus dunkelbraunem Holz, die umstehenden Bänke, welche gepolstert waren und der große Empfangstresen, vor dem auf der Wand in goldenen Buchstaben „Hauptsitz des Feenkomitees" stand. Des Weiteren führte der Saal zu etlichen langen Fluren, deren Ende man nicht ausmachen konnte. Außerdem war es merklich still und nur das Rascheln von Papier war zu hören, das von der Fee hinter dem Tresen kam. Helene steuerte auf sie zu.

„Guten Tag", begrüßte sie die Empfangsfee, die ihre hellbraunen Haare zu dem strengsten und ordentlichsten Dutt hochgesteckt hatte, den Luna je gesehen hatte. Sie war recht jung, besaß kalte, blaue Augen und eine dunkelblaue Uniform. Träge wie gelangweilt hob sie den Kopf.

„Ja?"

„Hallo, wir sind hier, um mit den obersten Feen zu sprechen. Es geht um eine dringende Angelegenheit, die etwas mit Erold zu tun hat."

„Die obersten Feen sind beschäftigt", wimmelte die Empfangsfee, die, soweit man es von ihrem Namensschild ablesen konnte, Ruth hieß, sie ab und vertiefte sich wieder in ihre Papiere.

„Ich verstehe, aber es kann wirklich nicht warten, die obersten Feen müssen auf der Stelle davon Bescheid wissen", drängte Helene. „Womit auch immer sie gerade beschäftigt sind, das hier ist definitiv wichtiger. Es betrifft das Wohl von ganz Lewendia."

Ruth blickte nicht einmal auf, ihre Augenlider waren nur halb geöffnet, sodass sie aussah, als wäre sie gerade aufgewacht.

„Einen Termin gibt es für nächste Woche Dienstag, auf Wiedersehen."

Leon konnte sich nicht mehr zurückhalten.

„Hören Sie, Erold ist frei, er will ganz Lewendia erobern. Wenn sie uns nicht durchlassen, wird das Hunderte Leben kosten." In dieser Situation kam ihnen seine Ungeduld zugute. Die Fee gab einen tiefen Seufzer von sich und hob wieder in Zeitlupe ihren Kopf.

„Zwei Minuten." Sie erhob sich von ihrem Sessel und kam hinter dem Tresen hervor. „Folgt mir."

Ruth stakste mit ihren Stöckelschuhen durch den Saal, bog in einen der langen Flure ab und die Freunde trotteten ihr hinterher. Dabei fielen Luna die eintönigen Türen auf, hinter denen sich vermutlich etliche Büros befanden. Im Gegensatz zur Feenstadt war die Atmosphäre in dem Gebäude merklich kalt.

„Wenn diese Ruth schon so mies drauf ist, dann will ich mir die obersten Feen gar nicht vorstellen", raunte Leon seiner Schwester zu.

Luna lugte zu Helene hinüber. Mit jedem Schritt, den sie tat, stieg ihre Anspannung. „Wenigstens können sie uns nicht abwimmeln, weil wir die Zaubersteine bei uns haben", kommentierte Luna. „Im schlimmsten Fall tun sie nach wie vor einfach gar nichts."

Senia hörte dem Gespräch der Geschwister zu und nickte stumm, wobei Femy wankte, weil sie auf ihrer Schulter saß. Senia wusste nicht wirklich, was sie von alledem halten sollte. Plötzlich riss sie die Augen auf. Ein schrecklicher Gedanke war ihr gekommen.

„Leute", wisperte sie und zog ihre Freunde zu sich „Was, wenn die Feen uns die Steine wegnehmen wollen? Oder wenn sie uns verbieten, etwas zu unternehmen?"

Luna und Leon steckten die Köpfe zusammen. „Warum sollten sie so etwas tun?", hinterfragte Leon.

„Helene hat doch gesagt, dass sie damals nach dem Kampf wollten, dass die Steine nie mehr gefunden werden. Aber wir haben sie gefunden und das durchkreuzt ihre Pläne. Ich denke nicht, dass sie uns die Karte geben werden, sogar ganz im Gegenteil..."

„Nein, das glaube ich nicht", stritt Leon ab. „Okay, das alles läuft nicht nach ihrem Plan, aber sie können uns die Steine ja nicht ohne diesen Enteignungszauber oder wie auch immer wegnehmen. Und uns etwas zu verbieten, das wäre doch schräg, oder?"

„Wahrscheinlich werden sie sich anfangs weigern wie Helene, aber vielleicht können wir sie überzeugen. Wenn das auch nicht klappt, müssen wir Mexus selbst finden, aber diesen Enteignungszauber werden sie niemals machen, er soll doch tödlich sein. Also können sie uns die Steine gar nicht wegnehmen", sagte Luna.

Senia zupfte nervös an ihrem Shirt. „Neilon und Qualin vielleicht nicht, Astra aber schon", murmelte sie. „Und ich habe da so eine Befürchtung, dass sie mich danach zurück in mein Dorf schicken und euch in die Menschenwelt."

Luna machte ihren Mund auf, um etwas zu sagen, doch sie wurde von Helene unterbrochen. „Kinder, was macht ihr da?"

Sie drängte die vier, weiterzulaufen und sie folgten Ruth und ihr, die schon an das Ende des Ganges gelangt waren. Jetzt, wo sie nah an Ruth waren, redeten sie nicht mehr weiter, doch das Schweigen brachte Luna erst recht ins Grübeln. Senia hatte einen berechtigten Einwand, doch sie wollte sich nicht zu sehr den Kopf zerbrechen, bevor sie die obersten Feen nicht einmal gesprochen hatten. Ruth führte sie immer tiefer in den Hauptsitz hinein, wobei die Gänge immer dunkler wurden. Schon längst war der Anfang des Ganges nicht mehr zu sehen, geschweige denn das Tageslicht, das aus der Kuppel über dem Eingangssaal drang. Dann stiegen sie mit Ruth eine lange Wendeltreppe herunter. Das Stockwerk, in das sie kamen, war ungelüftet und mit sehr viel dunklerem Holz gebaut als das obere. Wie in einem Ameisenbau waren die Flure kurz und führten zu immer mehr Abzweigungen, in denen man sich glatt verirren konnte. Luna konnte schon nicht mehr zählen, wie oft sie abgebogen waren, da stach ihr etwas in einem Gang neben ihnen ins Auge. Eine der Türen an dessen rechter Wand war wesentlich größer als die anderen. Nicht nur das, mit ihrem runden Bogen und dem großen, festen Schloss glich es eher einem Tor als einer Tür. Was sich auch immer dahinter verbarg, es musste etwas sehr Wertvolles sein. Luna machte Senia und Leon auf ihre Sichtung aufmerksam.

„Denkt ihr, da drin ist die Karte für Mexus?", grübelte Leon.

Das war auch Lunas erster Gedanke gewesen.

„Könnte sein", antwortete Senia.

Luna sah die Tür lange an und merkte sich ab jetzt, wo sie hingingen. Sie durfte nicht vergessen, wo sich die Tür befand.

Ruth blieb vor einer großen Doppeltür stehen, welche die Größe der Freunde um ein Vielfaches überragte.

„Wir sind da", ließ Helene sie flüsternd wissen. „Das ist der Gesprächssaal des Komitees, in denen die obersten Feen sitzen. Dort diskutieren sie immer und teilen uns dann ihre Entscheidungen mit."

„Aha", meinte Leon kleinlaut. Er hielt jetzt schon nichts von den obersten Feen. Genauso wenig wie Femy, die einen abfälligen Gesichtsausdruck machte.

Ruth klopfte an die Tür. Zunächst war nichts zu hören, doch dann kam ein strenges „Herein!" zurück.

Ruth drehte sich zu ihnen um.

„Gleich bekommt ihr die obersten Feen zu sehen. Ich hoffe, euch ist klar, wie ihr euch zu verhalten habt, ansonsten werden Maßnahmen wegen Respektlosigkeit gegen euch getroffen", sagte sie in so einem schnippischen Ton, als wolle sie die Freunde anschnauzen.

„Okay, okay, schon klar", murmelte Leon, wobei er glücklicherweise nuschelte, sodass Ruth nichts hörte.

Diese öffnete die schwere Tür und stellte sich in den Raum dahinter, wobei sie die Freunde und Helene außerhalb warten ließ.

„Was hast du uns mitzuteilen?", wollte eine Frauenstimme wissen.

Ruth räusperte sich. „Frau Helene hat dringlich um ein Gespräch gebeten, es sei lebenswichtig. Sie hat drei Kinder und einen Lichtgeist bei sich und meint, sie seien ihre Gäste."

„Hast du ihnen nicht gesagt, dass wir beschäftigt sind?", donnerte eine tiefe Männerstimme.

„Habe ich, doch sie bestanden darauf", verteidigte sich Ruth.

„Sie sollen hereinkommen", forderte ein anderer Mann daraufhin.

Ruth öffnete Helene und den Freunden die Tür und sie traten in den breiten Saal herein. Im Kontrast zu den Gängen waren die Wände hier so weiß und die Beleuchtung, welche von schwebenden Leuchtkugeln an der Decke auskam, so grell, dass Luna erst ihre Augen zusammenkneifen musste. An den Wänden des Saals standen lauter Sitzblöcke aus edlem Holz und nur ein Gang in der Mitte war leer, sodass der mintgrüne Boden zu sehen war. Ganz vorne war der höchste und mächtigste Sitzblock im Raum, der auf einer erhöhten Plattform erbaut war.

Die Wand dahinter war als einzige mit Holz abgedeckt, auf der in imposanten Buchstaben „*Sitz der Obersten Feen*" stand. Luna erinnerte das Ganze an einen Gerichtssaal und sie sträubte sich.

„Also, Frau Helene, weshalb sind Sie hier?", fragte eine der obersten Feen.

Es waren zwei Frauen und zwei Männer. Die Frau an dem Platz ganz links von dem erhöhten Sitzblock war schlank und hatte lange blonde Haare, die sie zu einem hohen Pferdeschwanz gebunden hatte. Neben ihr saß ein muskulöser Feenmann mit einem strengen Gesichtsausdruck und braunen Haaren, der andere Feenmann zu seiner Rechten war ein älterer Herr in einem dunkelblauen Anzug. Letztlich gab es auch noch die circa vierzigjährige Fee, deren lockige, rote Haare um ihren Kopf wallten, welche Helene angesprochen hatte.

„Und machen Sie es kurz", ergänzte sie.

Helene räusperte sich. „Also, es gibt da eine Entwicklung, was Erold und die Zaubersteine angeht."

„Hat er die Steine etwa gekriegt?", fragte der muskulöse Feenmann. Seine Augen funkelten.

„Nein, das nicht", antwortete Helene halblaut und erklärte ihnen Esmeraldas Vision und den Auftrag, den sie ihnen gegeben hatte.

Ein Raunen ging durch die obersten Feen.

„Was soll das heißen, vier Kinder sind die Meister?", höhnte die blonde Fee. „Wie können Sie es wagen, unsere Zeit mit so einem Schwachsinn zu verschwenden?"

„Nein, es ist kein Schwachsinn, wirklich", versicherte Helene, war aber etwas eingeschüchtert.

Luna und Senia sahen einander an. Gleichzeitig traten sie einen Schritt nach vorne, um die Zaubersteine in ihren Handgelenken herzu zeigen. Die Feen rissen die Augen auf.

„Wie kann das sein?", hauchte der ältere Herr. Er sah durcheinander aus, so als hätten sie ihnen gerade erzählt, dass sie ihren Platz einnehmen wollten.

„Wie seid ihr eigentlich an die Steine gekommen? Das ist gar nicht möglich...", fragte die Blonde dann.

„Und könnt ihr sie überhaupt nutzen?", bohrte der ältere Feenmann nach und Senia lieferte ihm schnell die gleichen Informationen, die auch Helene hatte. Ihre Antwort gefiel den Feen überhaupt nicht. Alle vier Feen hatten ihre Gesichter verzogen.

„Sind das alle Steine, die ihr in eurem Besitz habt?", fragte die Rothaarige. Ihre Stimme war so kalt, dass sie die Freunde hätte gefrieren können.

„Ja, das sind alle, die wir bisher haben", antwortete Senia.

„Nur noch Mexus fehlt, damit wir mit den anderen Meistern Erold aufhalten können", kam Luna zur Sache. „Das ist eigentlich auch der Grund, warum wir hier sind. Sie sind sehr weise Wesen und sicher wissen Sie, wo Mexus ist." Sie erwähnte absichtlich nicht die Karte, damit die Feen nicht merkten, dass Helene ihnen etwas verraten hatte. Die obersten Feen blieben still.

„Du erwartest, dass wir einer Minderjährigen den Aufenthaltsort von einem der mächtigsten Gegenstände der Welt verraten?", zischte die blonde Fee.

„Es mag sein, dass wir Kinder sind, aber die Steine haben uns ausgewählt", versuchte Luna sie umzustimmen. „Indem Sie uns nicht helfen, tun sie nichts anderes, als Erold einen Vorteil zu verschaffen. Damit gefährden sie ganz Lewendia. Wenn Erold das Ritual durchführt, wird er über unendliches Leben und Macht verfügen."

„Genau deshalb hätten die Steine nie gefunden werden sollen, weil man damit einfach zu viel Unheil anrichten kann!", donnerte der muskulöse Feenmann. „Nicht wir gefährden Lewendia, sondern *ihr,* weil ihr die Steine aus ihren Verstecken holt und Erold vor die Füße liefert!"

„Sir, ich verstehe Ihre Besorgnis, aber wir sollten ihnen Vertrauen schenken", versuchte es Helene immer noch höflich. „Vertrauen? Wir haben den alten Meistern auch vertraut und sie waren zu nichts nutze, genauso wie auch diese Kinder hier! Wie konnten Sie nur so närrisch sein und sie zu uns bringen? SIE SIND GEFEUERT!"

Die Worte der Fee machten Luna fuchsteufelswild. Diese hochnäsigen Feen wollten einfach nicht einsehen, dass ihr Plan nicht mehr funktionieren konnte.

„Helene ist nicht närrisch!", schrie Luna. „Sie wollte uns helfen; für das Wohl von Lewendia und sie hat dafür in Kauf genommen, von Ihnen beleidigt zu werden, weil sie schon geahnt hat, dass Sie viel zu stolz sind, um zu akzeptieren, dass drei Kinder mehr Mut zusammenbringen als Sie! Was haben *Sie* denn die ganze Zeit gemacht, als hier herumzusitzen, während wir quer durch das Land gereist sind?"

Ihre Freunde drehten erstaunt ihre Köpfe zu ihr, die sie noch nie so wütend erlebt hatten. Den obersten Feen gefiel Lunas plötzlicher Ausbruch eher weniger; sie sahen noch wütender aus, als sie gerade war. Der ältere Herr sprang mit voller Wucht von seinem Sitz.

„Wie kannst du so mit den obersten Feen reden?!", donnerte er, „SCHMEISST SIE RAUS!"

Senia, Femy und Leon sprangen sofort an Lunas Seite.

„Nein!", erhob Senia Einspruch, „Sehen Sie es endlich ein! Ihr Plan wird nicht klappen. Erold hat seine Leute überall in das Land geschickt, damit sie die Steine finden und sie werden es auch schaffen, wenn wir nicht schneller sind. Also sagen Sie uns, wo Mexus ist, damit wir etwas unternehmen können!"

„Sei still, kleines Mädchen!", keifte die blonde Fee. „Ihr kleinen, respektlosen Gören denkt wohl, ihr seid besser als wir. Na wartet, bis ihr eure wertvollen Steine nicht mehr habt."

Plötzlich zückte die Fee ihren schwarzen Zauberstab und richtete ihn auf die Freunde. Die Mädchen wichen nach hinten, doch Leon ging noch weiter nach vorne und zeigte mit dem Zeigefinger auf die Fee.

„Jetzt passen Sie mal gut auf, Frau Oberfeenboss! Wir sind nicht den ganzen Weg hierhergekommen und wären dabei fast ertrunken, nur damit vier aufgeblasene Feen uns einfach die Steine wegnehmen! Wenn Sie uns nicht sagen, wo Mexus ist, dann finden wir es eben selbst heraus!"

Der muskulöse Feenmann erhob sich ebenfalls. „Dazu wird es gar nicht erst kommen."

Im Bruchteil einer Sekunde holte er einen Zauberstab hervor und feuerte einen giftgrünen Lichtblitz auf sie. Die Freunde stoben auseinander, womit sie dem Lichtstrahl nur knapp ausweichen konnten. Die anderen drei Feen taten es dem Braunhaarigen gleich.

„Ruth!", zeterte der ältere Herr. „Schnappen Sie sich die Kinder!"

Ruth ließ sich das nicht zweimal sagen und schoss auf die Freunde, als wünschte sie sich das schon seit der ersten Sekunde, als sie sie gesehen hatte. Grelle Lichtblitze flogen auf sie und sie huschten wie von großen Katzen gejagte Mäuse umher. Wo die Blitze auch einschlugen, verursachten sie einen Knall und die Freunde rannten auf der Stelle an den Ausgang, um von dort zu verschwinden. Luna rüttelte an dem Tor, doch anstatt aufzugehen, zeigte sich ein Seil aus grünem Licht um die Klinke.

„Dachtet ihr, dass ihr einfach so davonkommen könntet?", gackerte der muskulöse Feenmann und schon fing er an, auf sie zu schießen, was seine Kollegen ihm gleichtaten. Auf Luna und Senia hatten es die obersten Feen anscheinend am meisten abgesehen, da sie die Meister waren, und jede Sekunde schoss ein weiterer Blitz auf sie. Die Blonde und der Ältere knüpften sich beide Senia vor und warfen gleichzeitig aus zwei verschiedenen Richtungen. Senia wusste nicht, in welche Richtung sie ausweichen sollte, da sie rechts und links flankiert wurde, vor ihr Ruth und direkt hinter ihr die Wand war. Sie stand genau in der Schusslinie von einem der feuerroten Lichtblitze.

Luna riss ihre Augen auf. „SENIA!"

Reflexartig streckte sie ihren rechten Arm nach ihr aus, als könne sie Senia so retten. Wie aus dem Nichts kam eine rotbraune Rauchwolke hervor und ehe sie wusste, woher diese kam oder was sie überhaupt war, löste sich der Lichtblitz nur wenige Zentimeter vor Senias Gesicht in Luft auf. Luna stutze.

„Wo...?" Auf einmal ertönte hinter ihr ein Knall, der sie zusammenzucken ließ. Sie drehte sich nach hinten und sah, dass der gleiche feuerrote Blitz, dessen Licht noch immer dort schimmerte, einen Brandfleck an der Wand verursacht hatte. Doch niemand hatte diesen Blitz abgefeuert. Leon und Luna sahen sich verwirrt an und Senia schaute fragend um sich.

„Was ist passiert?", wunderte sie sich. Femy kam zu ihr herübergeflogen und zeigte aufgeregt piepsend auf Luna.

„Das warst du, Luna", meinte Leon plötzlich.

Luna sah auf Neilon. Der Stein glühte.

Sie drehte sich noch einmal zu der Stelle hinter ihr um. „Ich glaube, ich habe den Blitz teleportiert. Ich wusste gar nicht, dass ich das kann."

Senia wollte etwas darauf erwidern, aber sie wurde von einem akuten Ächzen unterbrochen, das die Freunde auf Helene aufmerksam machte. Sie war gerade in einem wilden Kampf mit den beiden weiblichen Feen verwickelt, die sie in die Enge trieben. Ein Lichtstrahl flog direkt auf sie zu.

Das schaffe ich nochmal, dachte Luna, hob ihren Arm und fokussierte ihren Blick auf den Blitz, als würde sie einen Bogen benutzen. Mit etwas Anstrengung kam erneut der Rauch aus ihrem Arm. Luna stieß einen erschöpften Lacher aus und der Blitz vor Helene verschwand. Stattdessen wechselte er die Richtung und flog nun auf die rothaarige Fee zu. Diese war so sehr von dem plötzlichen Angriff irritiert, dass sie nichts dagegen tun konnte und mitten in die Brust getroffen wurde. Fesseln aus purem, blendend hellem Licht legten sich um ihre Arme, Beine und Taille, sodass sie unfähig war, sich zu bewegen.

„Ja, Luna!", jubelte Leon und gab seiner Schwester aus der Luft einen High Five, während er mit Femy an seiner Seite den Angriffen der Feen auswich. Senia sah um sich. Überall flogen Blitze und ihre Freunde rannten umher, was die Feen nur noch wütender machte. So konnte das nicht weitergehen. Dieser Kampf half niemandem.

„Hört auf, uns anzugreifen! Das nützt nichts. Wir können auch gehen, ohne dass jemand verletzt wird", sagte sie doch ihre Worte gingen im Gefecht unter wie ein Kieselstein auf dem Meer. Senia entschied sich um und kramte aus ihrem Rucksack einen Dolch heraus. Wenn der Kampf schon nicht aufhörte, dann mussten sie sich gegen die Feen wehren, anstatt verzweifelt wegzurennen. Da attackierte sie der ältere Feenmann. Senia konnte nichts dagegen tun, doch dann prallte der Blitz gegen das Metall ihres Dolches und wurde einfach abgeleitet. Senia feierte innerlich und warf Luna und Leon einen Dolch zu, damit sie ihn als Schutzschild benutzen konnten. Femy brauchte keinen, da die Blitze ihr als magisches Wesen nichts anhaben konnten, daher machte sie sich anderweitig nützlich, indem sie versuchte, den Feen die Sicht zu blockieren. So schoss Helene Blitze gegen ihre ehemaligen Chefs, die Freunde wehrten einen Blitz nach dem anderen mit den Dolchen ab, sodass ein Feuerwerk aus farbigen Strahlen um sie herum entstand, und Femy hinderte die Feen am Sehen.

„Ihr werdet schon sehen, was ihr davon habt, uns anzugreifen!", zeterte die Blonde, deren vorher so ordentlicher Pferdeschwanz nun völlig zerzaust war. Ihr Gesicht war vor Zorn dunkelrot geworden und sie schwang rasend ihren Zauberstab, aus dem eine Druckwelle kam, welche die Freunde allesamt zu Boden fegte. Doch die Feen ließen nicht locker; ein anderer traf Leon mit einem seiner Blitze, was ihn im Gesicht bluten ließ. Senia und Luna wurden magische Pfeile entgegengeschleudert. Luna raffte sich hoch und wollte wegrennen, doch Ruth sprang herbei und packte ihren Arm.

„Du freche Göre!", beleidigte sie, während Luna sich loszureißen versuchte. Doch Ruths Griff war so fest, dass sich ihre Finger in Lunas Haut bohrten.

„Lass sie in Ruhe!" Senia kam zur Hilfe und zerrte an Ruths Arm. Die drei rangen miteinander, was die obersten Feen ausnutzten, um sie weiter zu beschießen. In dem Moment schubsten Luna und Senia die Fee von sich weg und ein Blitz traf sie. Auf der Stelle erstarrte Ruth, als hätte man sie in eine Statue verwandelt. Sie bewegte sich nicht mehr.

„NEIN!", kreischte die Blonde, da die Freunde nun zwei von ihnen (die Rothaarige war noch immer in Fesseln) außer Gefecht gesetzt hatten. Brüllend kamen die übrigen drei obersten Feen von ihrer Plattform zu ihnen herunter und rannten direkt auf die Mädchen zu. Es kam so plötzlich, dass sie nicht wussten, wie sie sich wehren sollten, also setzten sie die erstbeste Idee um, die ihnen kam: Sie schnappten sich Ruths bewegungslosen Körper und warfen ihn ihren Gegenübern entgegen, was sie für ein paar Sekunden aufhielt. Doch dann warfen die erzürnten Feen Ruths erstarrten Körper einfach zur Seite, als wäre sie eine Schaufensterpuppe, und griffen die Mädchen an. Die blonde Fee verpasste Senia einen Stromschlag und sie zuckte mit schmerzverzerrtem Gesicht zusammen. Der muskulöse Feenmann knüpfte sich Luna vor und zauberte ihr Hunderte von Fledermäusen um den Kopf. Luna, die eine Höllenangst vor Fledermäusen hatte, stieß einen ohrenbetäubenden Schrei aus und schlug panisch um sich. Die Viecher kreischten schrill, was einen schrecklichen Lärm verursachte und ihre Flügel peitschten ihr ins Gesicht. Leon rannte zu seiner Schwester, die hilflos ihre Arme um den Kopf geschlungen und die Augen fest zugekniffen hatte. Er versuchte sie zu retten, doch sie war regelrecht in der Schar aus Fledermäusen gefangen und kam nicht heraus.

Plötzlich packte ihn jemand von hinten und hielt ihn fest. Es war der muskulöse Feenmann und Leon verpasste ihm Tritte. Doch er ließ nicht locker, sondern richtete seinen Zauberstab gegen Leons Kopf, um ihn einem Schlafzauber auszusetzen. Leon war das jedoch nicht bewusst und aus Angst schnitt er dem Feenmann mit dem Dolch in seine Hand, woraufhin er ihn fallen ließ. Leon rutschte auf dem Boden vor dem Feenmann weg, doch dieser richtete schon seinen Zauberstab auf ihn.

„Rühr ihn nicht an!", schrie jemand auf einmal. Es war Helene. Sie griff ihren ehemaligen Chef an, der Leon plötzlich völlig vergaß.

„Ihr müsst verschwinden, Leon!", sagte Helene, wobei sie immer noch den Feenmann in Schach hielt und ihm dann einen Erstarrungszauber entgegenfeuerte. Doch die blonde Fee, die das gesehen hatte, richtete schon ihren Zauberstab auf sie. „Ich halte sie auf, aber ihr könnt hier nichts mehr machen!"

„Was wird aus dem Tor?", gab Leon zurück. Helene konnte in dem Gefecht schwer antworten. „Solange mein Erstarrungszauber noch wirkt, ist der Zauber aufgehoben!", schrie sie nur und vertiefte sich wieder in den Kampf. Leon sah auf den erstarrten Feenmann, der das Tor verzaubert hatte, und verstand, was Helene meinte. Er nickte, rappelte sich auf und ging sofort wieder zu Luna. Irgendwie brachte er es fertig, sie durch die Masse an Fledermäusen, die sie umzingelt hatte, zu packen, und schüttelte sie. „Luna, wir müssen gehen!"

Luna reagierte nicht. Sie hatte ihre Augen zu und ihre Arme noch über den Kopf und gab keinen Mucks von sich. Alles, was sie noch wahrnahm, waren die Fledermäuse, die sie von überall umzingelten.

„Reiß dich zusammen, Luna! Jetzt ist nicht der Zeitpunkt für Phobien!" Leon rüttelte so fest an ihr, dass sie ihre Augen aufriss. „W- was?"

Er zog sie weit von den Fledermäusen weg. „Luna, wir müssen abhauen!"

Luna kam endlich in Bewegung und sie suchten nach Senia und Femy. Der ältere Feenmann griff sie gerade an, doch Luna reagierte schnell. Sie richtete ihren Arm auf ihre Freunde und teleportierte sie direkt neben sich. Die dabei entstandene, rotbraune Rauchwolke blockierte die Sicht des Feenmannes, weshalb er mit den Armen umher wedelte, um den Rauch zu vertreiben. Femy und Senia waren so verwirrt, dass sie erst mal um sich blickten.

„Wir hauen ab, Leute!", brachte sie Leon auf den neusten Stand und alle vier setzten sich in Bewegung.

Gerade, als sie die große Tür aufgeschwungen hatten und aus dem Saal rennen wollten, drehte sich Senia um. „Wartet! Was ist mit Helene?"

Leon zerrte sie am Arm. „Sie wollte, dass wir sie zurücklassen! Wir müssen jetzt weg!"

Senia warf Luna einen traurigen Blick zu. Sie zögerten beide, doch sie wussten auch, dass es ihre einzige Chance war. Luna sah noch einmal dankbar zu Helene. Diese erwiderte Lunas Blick mit einem ängstlichen Gesichtsausdruck.

„Jetzt geht!" Das waren ihre letzten Worte, bevor die Freunde aus dem Saal stürmten.

„Nein! Sie dürfen nicht entkommen!", brüllte der ältere Feenmann ihnen hinterher.

Luna biss die Zähne zusammen, während sie mit den anderen den Flur entlang rannte. Überall hier waren Büros und andere Zimmer; sie hatte Angst, dass die anderen Feen im Hauptsitz auch auf sie aufmerksam würden. Doch leise sein war beim Rennen schlicht unmöglich und rennen war in dem Moment ihre einzige Wahl, die obersten Feen waren wahrscheinlich schon hinter ihnen her. Eine Sekunde später ertönte eine ohrenbetäubende Sirene durch das ganze Gebäude.

„Mist!", fluchte Leon. „Sie haben den Alarm ausgelöst!"

„Wir müssen so schnell wie möglich hier raus!", dröhnte Senia.

„Hat sich irgendjemand den Weg gemerkt?"

„Ich!", meldete sich Luna und schritt voran. Sie stürmten durch die dunklen Gänge des Hauptsitzes, während die Sirene in ihren Köpfen dröhnte. Luna kam es vor, als befänden sie sich in einem riesigen Labyrinth, in dem es unendliche Gänge gab, die alle gleich aussahen. An einer Gabelung bogen sie links ab und trafen auf etliche Feen, an denen sie einfach vorbeirannten.

Die Feen brüllten, sie sollen stehenbleiben, doch die Freunde machten nicht Halt und flohen nur noch schneller. Aber das Gebrüll der Feen machte andere Angestellte im Hauptsitz auf sie aufmerksam, welche die Türen ihrer Büros aufrissen und den Freunden nachjagten.

„STOPP! BLEIBT STEHEN!"

Sie schossen den Freunden Lichtblitze hinterher. Die Blitze gaben einen Knall von sich, wann immer sie gegen etwas prallten und die Freunde mussten beim Rennen nach hinten sehen, um ihnen ausweichen zu können. Keuchend versuchte Luna schneller und trotzdem in die richtige Richtung zu rennen, aber die Gänge sahen alle gleich aus. Nach einer Weile musste sie einfach improvisieren und darauf hoffen, dass sie den richtigen Weg nahm.

In dem Moment packte eine Fee Senias Oberteil und sie schrie los. Aus dem Affekt streckte Luna ihren Arm nach ihr aus und ließ die Fee verschwinden. Das gefiel ihren anderen Verfolgern ganz und gar nicht, daher sprinteten sie ihnen noch schneller hinterher.

„Hört auf, bitte, lasst uns gehen!", schrie Luna, da sie niemand anderen wegteleportieren wollte, aber die Feen hörten nicht. Wenn sie näher an sie herankamen, griffen sie die Freunde an. Sie ließen Luna keine Wahl, daher ließ sie noch eine Fee verschwinden, woraufhin ein paar ihrer Kollegen verschreckt stehenblieben, andere aber umso wütender wurden.

„Sag mal ... wo ... bringst du sie ... überhaupt hin?", fragte Leon und rang dabei so oft nach Luft, dass er den Satz in mehreren Stücken aufsagen musste.

„Keine Ahnung", japste Luna und hoffte dabei innig, dass es den Feen dort, wo sie gelandet waren, auch gut ging. Luna dachte schon darüber nach, auch sich und die anderen zu teleportieren, obwohl sie damit ein ziemlich großes Risiko einging, da stach ihr beim Vorbeirennen die große, fest abgeschlossene Tür von vorhin ins Auge. Sie stoppte abrupt und starrte auf die Tür. *Die Karte.* Wenn sie jetzt ohne sie flohen, war ihre ganze Mühe umsonst gewesen. Luna drehte sich zu ihren Freunden um.

„Luna, was machst du da?", rief Senia entsetzt und sah nach hinten.

Luna ignorierte ihre Frage. „Kannst du die Feen kurz zurückhalten, Senia?"

Senia zögerte. Schließlich war auszuweichen und ihren Dolch einzusetzen das Einzige, was sie gegen die Feen anrichten konnte. „Ich glaub' schon, aber ich weiß nicht, für wie lange."

Leon starrte seine Schwester an. Er ahnte, dass sie wieder eine verrückte Idee im Sinn hatte. „Was hast du vor, Luna?" Leons Blick fiel auf die Tür. „Du willst doch nicht ... Nein, dafür haben wir keine Zeit, die Feen schnappen uns gleich!"

Doch Luna hatte ihre Entscheidung getroffen und jetzt war sie nicht mehr umzustimmen.

„Gebt mir Astra!", verlangte sie. Femy quiekte und Leon warf ihr einen entgeisterten Blick zu.

„Nein, Luna, wir müssen gehen!"

„Wir können die Stadt nicht mit leeren Händen verlassen!"

„Nein, Luna, wir..." Leon seufzte, aber er wusste, es hatte keinen Sinn, weiter Zeit zu verschwenden. Er ging zu Senia, welche mit der Klinge ihres Dolches versuchte, die einzelnen Blitze von sich abprallen zu lassen, schnappte sich Astra aus ihrem Rucksack und drückte den Stein seiner Schwester in die Hand.

„Was auch immer du vorhast, BEEIL DICH!"

Luna rannte damit sofort zu der Tür. Lunas Herz pochte wie wild. Sie musste das jetzt schaffen. Sie atmete tief ein; rannte dann auf die Tür zu und schlug mit voller Wucht ihre rechte Hand, mit der sie Astra festhielt, auf sie. Der Zauberstein strömte gleißendes, weißes Licht aus und die vor einer Sekunde noch bombenfeste Tür zersprang in tausend Splitter. Eine Staubwolke flog auf Lunas Gesicht zu, aber sie ignorierte sie und trat in den Raum. Kisten waren auf dem Boden und an den Wänden reihten sich Regale, die mit Tresoren gefüllt waren. Luna wirbelte herum und suchte alles nach einem Hinweis ab. Von draußen kamen Geräusche von Tritten und Schlägen sowie Femys angriffslustiges Piepsen.

„Luna, schnell!", rief Senia. Luna fühlte, wie die Hitze ihr ins Gesicht stieg.

Genau in dem Moment stach ihr was ins Auge: Auf einem der Tresore war ein Schild mit der Aufschrift *Zaubersteine*. Sie versuchte, das Metallschloss mit Astra aufzubrechen, aber es schien nicht zu klappen. Das Schloss bewegte sich nicht, da Astra nicht mehr glühte. Denn Luna war nicht seine Meisterin, der Stein hatte ihr schon genug erlaubt, ihn zu nutzen.

„Nein, Astra, nicht jetzt", flehte sie und zog panisch an dem Tresor. „Ich brauche dich nur noch für ein paar Sekunden, bitte."

Astra glühte immer noch nicht. Sie schüttelte ihren Arm, um den Stein irgendwie zu aktivieren. Ein Schrei kam gerade von Leon.

„Komm schon!", jammerte Luna.

Noch ein Schrei. Dieses Mal Senia. Luna sah verzweifelt auf den zackigen Stein auf ihrer Handfläche.

„Ich werde dich nie wieder benutzen, nie. Nur dieses einzige Mal", versprach sie. Wie durch ein Wunder begann Astra wieder zu glühen. Luna packte sofort das Schloss des Tresors und zerdrückte es, dann riss sie die Tür auf. Vier vergilbte Pergamentrollen kullerten heraus. Alle hatten ein rotes Wachssiegel darauf und jedes von ihnen zeigte einen Buchstaben: Q, A, N und M. Der letzte musste für Mexus stehen. Luna schnappte sich die Rolle, steckte sie mitsamt Astra in ihre Hosentasche und raste aus dem Raum heraus. Draußen kämpften Senia und Femy gegen zwei Feenmänner und Leon, der eine blutende Schramme an dem Arm hatte, gegen eine dunkelhaarige Fee. Sie hatte Leons Dolch in der Hand und richtete ihn auf ihren Bruder. Ohne zu überlegen, rammte Luna die Fee, sodass sie zu Boden fiel und der Dolch aus ihrer Hand rutschte. Leon hob ihn sofort auf und rannte damit auf die Feenmänner zu, die Lichtblitze auf Senia schossen. Damit wehrte er die Blitze ab und Luna sammelte unterdessen all ihre Konzentration zusammen. Sie deckte alle drei Feen mit dem rotbraunen Rauch ein und sie landeten plötzlich an der Decke, wo sie nur eine Sekunde blieben, ehe sie allesamt zu Boden stürzten und regungslos dort liegen blieben. Lunas Kinnlade klappte herunter.

„Sie sind doch nicht tot, oder?" Senia beugte sich zögerlich herunter und prüfte nacheinander ihren Puls. „Nur bewusstlos", nuschelte sie, was Luna erleichtert aufatmen ließ. Genau in dem Moment bewegte eine der Feen ihre Hand.

„Aber nicht für immer", stellte Leon fest und die Freunde verschwanden schnell von dort. „Hier lang", dirigierte Luna sie durch die gefühlt endlosen Flure des Hauptsitzes. Leider liefen ihnen immer wieder andere Feen über den Weg, die von dem Alarm gehetzt aus ihren Büros strömten. Die vier rannten – beziehungsweise flogen – einfach an den Feen vorbei. Luna keuchte, ihr schneller Atem schnitt ihr in die Kehle. Sie brauchte dringend eine Pause, aber das war nicht möglich.

Endlich erreichten sie die Wendeltreppe, die Ruth sie heruntergeführt hatte, und jagten sie hoch. Im oberen Stockwerk befanden sich zu ihrem Unglück mehr Feen als im unteren. Sie wurden von allen Seiten angegriffen. Dennoch rannten sie weiter zu dem Ausgang des Gebäudes und stürmten hinaus ins Freie. Die Wächter hängten sich ihnen an, genauso wie all die anderen Feen, doch die Freunde hatten draußen auf den bunten Straßen der Feenstadt den Vorteil, dass sie sich in der Menge verstecken konnten. Beim Vorbeirennen rempelten sie unzählige Passanten an, doch sie ignorierten jeden. Luna ging langsam die Puste aus. Auch Senia und Leon konnten vor Erschöpfung nur noch langsam laufen und Femys Atem hörte sich an wie eine Geburtstagströte.

„Ich kann nicht mehr", hechelte Leon.

„Haltet durch, es ist nicht mehr weit", ermutigte Senia sie japsend. Tatsächlich sahen sie vor sich das Tor, durch das sie ins Schiff gelangt waren.

„Die Wachen werden uns nicht durchlassen, was machen wir jetzt?", sorgte sich Senia.

„Wir müssen es so versuchen!", gab Luna zurück, da ihnen keine Wahl mehr bleib. Entweder sie taten es jetzt, oder sie wurden geschnappt. Die Freunde kramten hastig wieder ihre halben Plätzchen heraus und hofften, dass sie funktionierten, wenn man sich noch weiter weg befand.

„1 ... 2 ... 3", zählte Luna und alle vier bissen in das Gebäck hinein. Der süße Teig wurde auf Lunas Zunge feucht, der Rauch kreiste sie ein und ehe sie sich versah, stand sie wieder an der gleichen Stelle, an der sie den ersten Bissen genommen hatte. Luna sah neben sich. Leon, Senia und Femy hatten es ebenfalls geschafft. Das Luftschiff, auf dem sie gerade noch die wildeste Verfolgungsjagd ihres Lebens gemacht hatten, schwebte ruhig über ihren Köpfen. Um ganz sicherzugehen, dass die Feen sie für verschwunden hielten, eilten die Freunde in den Wald nebenan.

Als sie außer Reichweite waren, ließen sie sich erschöpft auf den Boden fallen. Ihre Gesichter waren vom Rennen knallrot geworden.

„Das war knapp", bemerkte Senia mit hämmerndem Herzen.

Leon deutete dramatisch auf die Schnittwunden an seinen Armen. „Das kannst du laut sagen!"

Senia ging auf Leon zu und heilte seine Wunden. Luna ruhte sich immer noch im Gras aus.

„Aber wir haben es geschafft. Wir haben, was wir wollen."

Ihre Freunde blickten sie verwirrt an. Luna zog grinsend die Pergamentrolle aus ihrer Hosentasche und hielt sie triumphierend in die Höhe.

„Guckt mal, was ich gefunden habe!"

VERSPÄTETE VEREINIGUNG

„Das kann doch gar nicht sein." Senia starrte fassungslos auf das zerknitterte Pergament. „Mexus ist in Tarraka?!"

Die Freunde sahen mit zusammengesteckten Köpfen auf die Karte herab. Der Weg zu Mexus war mit schwarzer Tinte aufgemalt, wie bei einer Schatzkarte.

„Was ist Tarraka?", wollte Leon wissen. „Und warum sollte es unmöglich sein?"

Senia antwortete nicht. Auf ihrer Stirn hatten sich Falten gebildet. Schlagartig schnappte sie nach Luft. „Jetzt ergibt alles Sinn! Deshalb konnte er nicht gefunden werden!"

Die Geschwister und Femy verstanden nur Bahnhof.

„Ähm, was ergibt Sinn?", fragte Leon. Erst dann bemerkte Senia die ratlosen Gesichter ihrer Freunde.

„Tarraka ist die Hauptstadt von Nerotanien, das Land der Nixen und der Meerjungfrauen."

„Meerjungfrauen?!", rief Leon und klatschte sich die Handfläche gegen die Stirn. „Das hat uns noch gefehlt!"

Luna brauchte erst einen Moment, um Senia zu glauben, dass es in einer Welt mit Feen wahrscheinlich auch Meerjungfrauen gab. Als ihr Gehirn endlich schaltete, fiel ihr etwas anderes ein, was nicht gerade zu ihren Gunsten war.

„Aber dann ... dann ist das Land ja unter Wasser!"

Sicherheitshalber warf Luna noch einen Blick auf die Karte und stellte bestürzt fest, dass die Weganweisung tatsächlich ins Meer führte.

Senia nickte. „Deswegen war ich gerade so verwirrt. Die Nixen und Meerjungfrauen lebten seit Anbeginn der Zeit friedlich in einem Land namens Nerotanien und sicherten sich ihr Überleben hauptsächlich durch Rotperlenerz, das sie als Baustoff ihrer Häuser benutzen. Dieses ist sehr schön und wertvoll, deshalb suchen Sammler immer danach, aber es ist fast unmöglich zu finden. Eines Tages sind jedoch ein paar Piraten zufällig nach Nerotanien gelangt und haben herausgefunden, dass die Bewohner Rotperlenerz besitzen. Seither wurde Nerotanien von zahlreichen Piraten angegriffen, die es klauen wollten, aber die Einheimischen wehrten sich. Deswegen ist ein Krieg ausgebrochen. Man dachte zuerst, dass die Nerotanier gewinnen würden, aber dann hat man plötzlich nie wieder von ihnen gehört und auch nicht von den Piraten. Nicht nur die Lebewesen, auch das Land an sich war einfach verschwunden und jeder hat angenommen, dass die Piraten doch gesiegt und alles zerstört hatten."

Senia legte eine kurze Pause ein, um ihre Gedanken zu sortieren.

„Der Unterwasserkrieg war zeitgleich mit dem Krieg zwischen den Meistern an der Oberfläche. Jeldrik hatte Erold damals enteignet und Mexus ist danach auch verschwunden und wurde nie mehr gesehen. Doch anscheinend ist er gar nicht verschwunden, er muss ins Meer gelangt sein und die Bewohner von Nerotanien haben ihn nach ihrem Sieg über die Piraten gefunden. Und jetzt nutzen sie vermutlich seine Unsichtbarkeitskraft, damit niemand sie jemals wiederfindet und noch einmal so ein Krieg um Rotperlenerz ausbricht. Das erklärt, warum man das Land nicht mehr finden kann."

„Du denkst, dass sie mit Mexus das ganze Land unsichtbar machen?", wollte Luna noch einmal sichergehen. „Wer weiß, wie gut sie diesen Stein dann bewachen..."

Leon schnaubte. „Wollt ihr mir gerade wirklich erzählen, dass Mexus in einer seit Jahren verschollenen, aber doch noch existierenden, unsichtbaren Stadt unter Wasser ist?! Warum können die Steine es uns nicht einmal einfach machen?"

Luna nickte stumm. Dieses Mal übertrieb Leon nicht.

„Wie wollen wir Mexus jetzt holen? Das ist doch unmöglich, wir können unter Wasser gar nicht atmen und da wollen wir auch noch einen Zauberstein stehlen", bemerkte Leon.

„Die Piraten konnten damals doch auch unter Wasser kämpfen, also muss es einen Weg geben", fiel Luna ein.

„Ja, das stimmt, aber solche Zauber bekommt man nicht überall", erklärte Senia zerknirscht. „Ehrlich gesagt kenne ich nur einen Ort, wo so etwas verkauft wird."

Die Geschwister und Femy starrten sie gebannt an. Leon trat einen Schritt nach vorn. „Und wo ist das?"

Senia machte ein säuerliches Gesicht und hob langsam ihren Arm. Ihr Finger deutete nach links oben. Dort konnte man noch schemenhaft das Luftschiff der Feen erkennen. Luna schüttelte langsam den Kopf. „Nicht die Feenstadt, oder?"

Senia nickte bedauernd.

Leon schlug sich zum zweiten Mal gegen die Stirn. „Echt jetzt?! Da können wir jetzt eindeutig nicht mehr..."

Bevor er den Satz beenden konnte, ertönte ein knackendes Geräusch von hinten. Die Freunde wirbelten herum. Dort war eine in beige gekleidete Gestalt zwischen den Blättern. Reflexartig griffen Senia und Leon nach ihren Dolchen und Luna streckte ihren Arm aus. Ohne dass sie es kontrollieren konnte, kam dabei Rauch heraus und verfehlte die Gestalt knapp. Verschreckt drehte diese sich um und floh in den Wald.

„Warte!", rief Luna und die Freunde rannten hinterher. „Wir wollten dir nicht wehtun!"

Die Gestalt hörte nicht zu.

„Wo gehst du hin?", rief Senia. Plötzlich stolperte die Gestalt über eine Wurzel und die Freunde holten sie ein und versperrten ihr den Weg. Sie wollte wieder wegrennen, doch ein Baum schnitt ihr den Weg ab und sie konnte nichts anderes tun, als sich gegen ihn zu lehnen, da ihr keine Fluchtmöglichkeit geblieben war. Jetzt konnten die Freunde sie zum ersten Mal genauer betrachten.

Die Gestalt war ein Mädchen im Alter von Luna und Senia. Sie hatte lockige schwarze Haare, die ihr lässig über die Schultern fielen. Sie trug eine beigefarbene Handtasche und auch noch einen schwarzen Rucksack am Rücken, der nicht zu dem Rest ihrer Kleidung zu passen schien.

„Wer bist du?", fragte Luna.

Das Mädchen antwortete nicht, doch sie sah nicht erschrocken, sondern eher verwirrt aus, so als wären ihr bei einem Schulvortag die Karteikarten durcheinandergeraten. Senia starrte sie perplex an. Aus irgendeinem Grund kam ihr das Mädchen sehr bekannt vor.

„Kennen wir uns irgendwoher?", fragte sie unsicher.

Das Mädchen antwortete immer noch nicht, doch Senia fiel es von alleine ein. Sie kramte in ihrem Rucksack und nahm Jeldriks Spieluhr heraus. Das Sonnenlicht fiel auf das Karussell und erhellte das Kind auf einem der Pferde. Luna starrte erst auf die Uhr, dann zu der Fremden. Sie sahen sich zum Verwechseln ähnlich.

„Wo habt ihr das her?", wollte das Mädchen wissen. In ihrer Stimme lag ein Anflug von Ärger und sie nahm die Spieluhr aus Senias Hand.

Luna brauchte erst ein wenig, bis sie verstand, was das bedeutete. „Bist du Jeldriks Enkelin?", platzte sie heraus.

Das Mädchen blickte ihr überrascht in die Augen. „Woher weißt du das?"

Die Freunde sahen einander schockiert an. Aber Luna hatte ihren Gedankengang nicht ganz zu Ende geführt. „Heißt das dann nicht, dass du..."

Bevor sie die Chance dazu bekam, ihren Satz zu beenden, übernahm das Mädchen diese für sie.

„Ich heiße Madeleine. Und ja: Ich bin Jeldriks Enkelin, also auch eine Meisterin, so wie ihr."

Allen vieren klappte die Kinnlade herunter.

„Wie... Was machst du hier?", fragte Senia. „Wie hast du uns gefunden?"

Madeleine berichtete ihnen von ihrer eigenen Reise und wie sie sie seit dem Nebeltal verfolgte.

Als sie fertig war, sahen die Freunde Madeleine geschockt an. Die Tatsache, dass sie so lange heimlich beobachtet worden waren, war nicht gerade angenehm.

„Du- du hast uns die ganze Zeit verfolgt?!", empörte sich Leon. „Du hast uns ausspioniert, weil du dachtest, dass wir dir nicht *glauben* werden?" Er stieß einen wütenden Lacher aus und zeigte auf Madeleine. „Wie sollen wir dir denn vertrauen, wenn du uns die ganze Zeit für dumm verkauft hast, du hinterlistiger Spion!"

Madeleine zeigte keinerlei entschuldigendes Verhalten. Stattdessen funkelte sie Leon an, weil er sie so anblaffte.

„Ich hatte gute Gründe, euch nicht anzusprechen, okay? Würdest du jemandem vertrauen, der plötzlich hinter den Bäumen hervorkommt und behauptet, er sei ein Meister, wenn du gerade erst von einem von Erolds Dienern ausgetrickst worden bist? Ich bin nur meiner Mission nachgegangen!"

Darauf konnte Leon nichts mehr erwidern. Auch die Mädchen blieben still und Femy beäugte Madeleine argwöhnisch. Luna war unentschlossen, was sie von ihr halten sollte.

„Du warst also die ganze Zeit bei uns, seit dem Nebeltal?"

Madeleine nickte. „Ich habe auf einen guten Moment gewartet, damit ich zu euch gehen kann."

„Okay, aber wie bist du uns übers Meer gefolgt?", wandte Luna ein.

„Genau! Was für eine Erklärung hast du dafür?", stimmte Leon mit ein.

„Ich habe gehört, dass ihr zu der Feenstadt reist, als ihr mit den Tormys gesprochen habt. Da ich natürlich kein Boot hatte, habe ich einfach eine Route übers Land genommen, die ich kannte", erwiderte Madeleine. „Eigentlich hatte ich geplant, euch hier anzusprechen und alles vernünftig zu erklären, bis ihr mich plötzlich angegriffen habt."

„Aber du konntest dir doch gar nicht sicher sein, dass du uns hier triffst, weil wir schließlich auf das Luftschiff wollten. Hast du das Risiko einfach auf dich genommen?", hakte Senia nach.

„Nein, natürlich nicht." Madeleine zog einen Stoffbeutel aus ihrer Hosentasche. „Dieser Tormy, mit dem ihr geredet habt, hatte noch mehr von diesen Plätzchen in seiner Hütte."

Senia riss ihre Augen auf. „Du hast sie ... gestohlen?!"

Luna war sprachlos. Madeleine wiederum zog vorwurfsvoll ihre Augenbrauen hoch.

„Jetzt tut nicht so, als wärt ihr total empört darüber", entgegnete sie. „Was macht ihr denn die ganze Zeit über? Wie seid ihr an die Spieluhr von meinem Großvater gekommen? War das nicht auch Diebstahl?"

„Die habe ich nur ausgeliehen. Ich wollte sie wieder zurückbringen", rechtfertigte Senia sich.

„Und wen hast du dabei gefragt? Jeldriks Geist?"

Senia sah schuldbewusst auf den Boden.

Luna blieb kurz still und nahm dann einen festen Atemzug.

„Okay, wir haben alle Dinge getan, die nicht richtig waren, aber es musste schließlich sein", sagte sie. „Ich finde, wir sollten das vergessen und uns auf das konzentrieren, was wir als Nächstes tun werden."

Sie streckte ihre Hand nach Madeleine aus. „Ich bin Luna, die Enkelin von Penelope."

Madeleine zögerte, doch dann schüttelte sie Lunas Hand. Die anderen waren ebenfalls unentschlossen, doch sie taten es Luna gleich.

„Da fällt mir noch etwas ein", sagte Luna und kramte in ihrer Hosentasche. Dann streckte sie ihre Hand aus, damit der glitzernde Zauberstein zum Vorschein kam.

„Ich schätze, der gehört dir."

Madeleine nahm Astra fasziniert in die Hand. Ein paar Sekunden später wiederholte sich das Ritual, der Wald wurde von weißem Licht erhellt und er hatte seinen Platz in Madeleines Handgelenk gefunden. Madeleine war nun offiziell eine von ihnen. Um sie in ihre Pläne einzuweihen, zeigte Senia ihr die Karte zu Mexus.

„Die haben wir von den obersten Feen, ähm ... *ausgeliehen*. Sie zeigt an, wo Mexus ist." Madeleine sah auf die Karte und zog sofort verwirrt ihre Augenbrauen zusammen, doch da brachte sie Senia auf den neuesten Stand. Als sie fertig war, hielt Madeleine sich die Hand nachdenklich ans Kinn.

„Und jetzt wollt ihr diesen Zauber, mit dem man sich kurzzeitig in eine Nixe oder Meerjungfrau verwandeln kann?"

„Genau, allerdings kennen wir nur einen Ort, wo es solche Zauber gibt, und das ist die Feenstadt. Dort können wir aber nicht mehr hin, nachdem wir die Feen bestohlen haben und mit Karacho vom Luftschiff herunter gekommen sind", ergänzte Luna. Dann fiel ihr Blick auf den Stoffbeutel in Madeleines Hand und sie schaute ihr ins Gesicht. Dann sah sie zu Senia, die sie verschmitzt anlächelte. Offenbar war den beiden die gleiche Idee gekommen.

Luna, ihr Bruder, Senia, Femy und Madeleine hockten hinter einem großen Baum und reckten ihre Köpfe hoch zu dem gigantischen Luftschiff. Das Schiff an sich war unverändert, nur dass dieses Mal etliche Feenpolizisten in fliegenden Wägen nach den Freunden suchten. Der Abdruck der harten Baumrinde bildete sich auf Lunas Hand, während sie die Polizisten im Auge behielt.

„Also, nur um es noch einmal klarzustellen", sagte Madeleine, einen von Faskus Gebäckstücken in der Hand haltend. „Ich soll einen Bissen von diesem Plätzchen nehmen und es bringt mich hoch zu der Feenstadt, wo ich dann dieses verzauberte Nahrungsmittel besorgen soll ...Dieses... "

„Flossengeißl", erinnerte Senia sie und reichte Madeleine ihren Geldbeutel. „So viel Geld sollte ausreichen."

„Und wenn du an den Wachen vor dem Eingangstor vorbeikommst, sag einfach, dass du eine Bekannte von der Fee Ruth bist und wegen einem Notfall kommen musstest", redete Leon ihr grinsend ein.

Luna und Senia sahen ihn schief an.

„Was?" Leon zog die Schultern hoch. „Das funktioniert hundertpro!"

„Okay, Bekannte von Ruth", merkte sich Madeleine. „Nachdem ich den Zauber gekauft habe, beiße ich zum zweiten Mal in das Plätzchen und komme wieder hierher."

Die Freunde nickten einstimmig und Femy zeigte Madeleine einen Daumen.

„Wenn alles rund läuft, werden wir genau hier auf dich warten", hoffte Luna. „Wir müssen nur aufpassen, dass die Feen uns nicht erwischen."

Madeleine stand auf. „Okay, dann los..."

„Viel Glück", wünschten ihr die Freunde und sahen dabei zu, wie sie aus dem Wald stapfte und unauffällig auf das Luftschiff zuging, bis sie direkt darunter war. Dann nahm sie einen Bissen des magischen Gebäcks, wurde in pinken Rauch gehüllt und verschwand. Die Geschwister, Senia und Femy blieben hinter dem Baum zurück und warteten auf sie.

Luna hatte keinen blassen Schimmer, wie sie die darauffolgende Stunde durchgestanden hatten, ohne dass die Feen sie entdeckten. Teilweise hatten sie sich bei jeder kleinsten Bewegung eines Polizisten, der auch nur annähernd in ihre Richtung kam, hektisch von dort entfernt und somit nahezu jede Minute ihr Versteck gewechselt. Erst nach einer halben Ewigkeit tauchte unter dem Luftschiff endlich eine kleine Rauchwolke auf und die Freunde erkannten die Umrisse von Madeleine, die ein kleines Gläschen in der Hand hielt. Alle vier atmeten erleichtert auf. Senia sah nach links und rechts, um sicherzugehen, dass gerade kein Polizist in der Nähe war, und wedelte dann mit den Armen. Madeleine erblickte das Zeichen und huschte zu den Freunden.

„Ich hab's!" Sie zeigte ihnen das Gläschen, das mit einem Korken verschlossen und mit etwas gefüllt war, das nach Gewürzgurken aussah. Senia nahm ihr das Gefäß aus der Hand, zog den Korken heraus und roch an der Substanz. Sofort verbreitete sich der Duft nach verfaultem Fisch. Angewidert verzog Senia ihr Gesicht.

„Ja!", hustete sie. „Das ist eindeutig der richtige Zauber!"

Luna wischte sich erleichtert über die Stirn. „Puh! Dann nichts wie weg hier!"

Die Freunde nickten einander zu und rannten an die Stelle, wo sie das Boot versteckt hatten. Gemeinsam zogen sie es ins Meer und brachen auf. Hoffentlich hatten sie dieses Mal mehr Glück als das erste Mal.

SPURENSUCHE

„Du hast doch gesagt, dass du das Blut von diesem Tier brauchst, oder?"

Adrian, wieder in seiner am meisten geliebten Zentaurgestalt, stand neben einem Felsen vor einem gewaltigen Nadelbaum und starrte auf die winzige Kreatur, die ahnungslos auf dem grauen Gestein quakte. Er und Roxanne suchten schon seit einer halben Stunde in jedem Winkel des frostigen Nebeltals nach dem hochgiftigen Tier. Jetzt endlich hatte Adrian es gefunden. Roxanne trat neben ihn und sah auf den Felsen herab, auf dem der knallorangene Pfeilgiftfrosch mit hellblauen Beinen saß. Er nahm nur etwa Roxannes Handfläche ein, doch sein Gift allein konnte zehn Menschen umbringen.

„Ja, ich brauche sein Blut, aber er muss tot sein", gab Roxanne zurück.

„Das lässt sich leicht machen." Adrian beugte sich zu der Amphibie herab. Als Zentaur hatte er den Vorteil, dass das Gift für ihn keine Bedrohung darstellte, solange er das Tier nicht verschluckte, oder die Sekrete seine Nase erreichten. Was bedeutete, dass er ihn anfassen konnte. Er streckte seine klobige Hand aus und packte das Wesen. Roxanne ahnte, was jetzt passieren würde. Adrian wollte den Frosch *zerdrücken*.

„Bringen wir es hinter uns", verkündete er schulterzuckend und Roxanne kramte derweil in ihrem Gepäck. Tatsächlich fand sie eine kleine Phiole, die mit Wasser gefüllt war. Sie schüttete es aus, um das Blut dort einzufangen. Doch irgendwie wurde ihr unbehaglich. Ein leichtes Kribbeln ging durch ihre Finger, während sie das Fläschchen hielt und sich vorstellte, dass es gleich mit dem Blut eines Tiers gefüllt sein würde. Jenem Tier, in dessen tiefe, unschuldige Augen sie gerade starrte. Es schien zu ahnen, dass gleich etwas Schlimmes geschehen würde, denn sein schnell pochendes Herz ließ seinen ganzen Körper vibrieren. Adrian begann, seine Hand langsam zu schließen. Roxanne kam es so vor, als würde der Moment wie in Zeitlupe ablaufen. Ihr ganzer Körper war wie taub. Warum benahm sie sich so? Sie hatte schon so viele Wesen getötet, dann würde es ihr doch wohl nichts ausmachen, einen glibberigen Frosch sterben zu sehen?

Adrians Hand nahm dem kleinen Tier immer mehr Raum und es begann hilflos zu quaken. In letzter Sekunde drehte Roxanne schlagartig ihren Kopf weg. Sie hörte noch das letzte, verzweifelte Zirpen des Wesens, als sie auf den Boden starrte, ehe die Geräusche vollständig verstummten. Für einen kurzen Moment wurde ihr übel, dann aber kam sie wieder zu klarem Bewusstsein. Sie verhielt sich ja wie ein Weichei!

Schnell richtete sie sich auf und wandte sich Adrian zu, bevor er noch sehen konnte, dass sie sich weggedreht hatte. Adrians rechte Hand war vollkommen verschlossen und dunkelblaues Blut tropfte heraus. Roxanne entfernte den Korken des Fläschchens, hielt es darunter und wartete, bis er zur Hälfte mit dem Blut gefüllt war. Dann verstaute sie es wieder in ihrer Hosentasche.

Nachdem Adrian sich im Sumpf die Hände gewaschen hatte, zogen sie weiter, ohne wirklich ihr Ziel bestimmt zu haben. Doch eigentlich hatten sie ein klares, gemeinsames Ziel: die Meister zu finden. Denn Adrian brauchte die Drei auf dem Fahndungsplakat und Roxanne Madeleine, weil sie ihren Rucksack wollte.

Während die beiden über den schlammigen Boden des Nebeltals liefen und an den meterhohen Tannen vorbeikamen, bemerkte Roxanne, dass eine von ihnen merkwürdig verkrümmt war. Nahe der Spitze waren die Äste entweder abgebrochen oder verbogen, als hätte jemand darauf gesessen. Sie ging näher an das Geäst heran und sah nach oben. Dort hing ein pinker Fetzen Stoff an einem Ast. Roxanne rüttelte an dem Baum, sodass er ihr in die Hände fiel. Es sah aus, als hätte er mal zu einem Stück Kleidung gehört. Roxannes Gedanken schweiften zu dem Fahndungsplakat in der Bauernstadt. *Eine der Meisterinnen trug ein pinkfarbenes Oberteil.* Sie lief ein Stückchen weiter und bemerkte schon bald mehrere Fußspuren, die sich in dem getrockneten Schlamm abzeichneten.

„Die Meister", stellte sie fest. „Sie waren hier."

Adrian wirbelte bei dem Wort *Meister* herum und nahm Roxanne das Stück Stoff aus ihrer Hand, was er akribisch betrachtete. Er erkannte es sofort wieder.

„Das gehört Senia." Er sah vom Stoff auf. „Wo hast du das gefunden?"

„Es hing in einer Tanne. Hier sind auch Fußspuren." Roxanne zeigte auf den Boden.

„Das kann aber nicht sein. Senia ist in ein Loch in der Höhle gefallen", bezweifelte Adrian.

„Offenbar war es ein Portal und es hat sie hierher befördert", stellte Roxanne trocken fest.

Adrian betrachte die Fußspuren. Sie gehörten drei verschiedenen Personen und an einer erkannte man jeden einzelnen Zeh, was wohl hieß, dass die Person barfuß war.

„Das war auf jeden Fall Senia", meinte Adrian mit einem feurigen Eifer in seinen Augen. „Wir müssen diesen Spuren nach. Sie dürften nicht weit sein." Ehrgeizig gingen sie den Spuren nach, die sie immer weiter in den Süden aus dem Tal herausführten. Nach mehreren Kilometern verschwanden die Abdrücke langsam, doch Adrian nahm eine Wolfsgestalt an, in der er die Fährte von Senias Kleidung aufnahm und sie fanden sich in einer Siedlung wieder. Lauter kleine Hütten aus Blättern und Holz standen dort und kleine Wesen, die nur bis zu ihrem Knie reichten, wimmelten umher.

„Tormys", erkannte Roxanne. „Sie gelten eher als freundliche Wesen."

„Meinst du, die haben ihnen geholfen?", wollte Adrian wissen und funkelte die Erdwesen aus der Ferne zornig an.

Roxanne nickte stumm. Sie hätten niemals ganz ohne Hilfe aus dem Nebeltal herausfinden können.

Adrian machte einen Schritt nach vorne. „Hast du eine Waffe?"

Roxanne drückte ihm ihr Taschenmesser in die Hand. Er schleuderte es nach vorne und es schoss in einen der Bäume inmitten der Siedlung hinein. Sämtliche Tormys schreckten hoch und stießen ängstliche Schreie aus, als sie sahen, dass das Messer von Adrian, der dreimal so groß war wie sie, geworfen worden war.

„Ihr holt mir jetzt sofort euren Anführer!", befahl Adrian. Seine brüllende Stimme durchschnitt förmlich die Luft. „Ich sage das nicht noch einmal!"

Die Tormys begannen, panisch durch die Gegend zu rennen, wie ein Schwarm Ameisen.

„FASKU!", schrie eines und platzte in eine der Hütten hinein. Wenige Sekunden später trat ein alt wirkender Tormy, ebenfalls gekleidet in ein Gewand aus Blättern und Zweigen aus der Hütte heraus und ging auf die beiden zu.

„Sie baten, mich zu sprechen", sagte er ruhig.

„Wo sind sie?!", herrschte Adrian ihn mit vor Wut herausquellenden Augen an.

Die Tormys, die sich hinter die Bäume verschanzt hatten, zuckten zusammen. Der ältere Tormy aber ließ sich von Adrians aggressiven Verhalten nicht aus der Fassung bringen.

„Wo ist *wer*?"

Dass der Tormy keine Angst vor ihm hatte und ihm nicht direkt eine Antwort gab, regte Adrian noch mehr auf. Mit bebenden Händen ging er auf das Wesen zu und hätte es auch angegriffen, wäre Roxanne nicht gewesen, die ihn zurückhielt. Dieser Idiot würde das Wesen noch töten, bevor es die Informationen ausgespuckt hatte!

„Wir wissen, dass hier vor Kurzem drei Leute waren. Was haben sie gemacht und wo wollten sie hin?", fragte Roxanne.

„Nun, diese Information ist sehr vertraulich. Ich kann sie euch nicht preisgeben, ehe ich mich nicht vergewissert habe, dass ihr Freunde seid."

Adrian konnte sich nicht länger gedulden. Wenn der Tormy es nicht von sich aus verraten wollte, würde er es eben anders tun müssen. Er drehte sich um und lief gegen eine der Hütten, welche gänzlich unter seinem Gewicht zerbrach. Die Tormys schrien und Fasku zog an Adrians Bein, doch er schüttelte ihn einfach ab. Dann fischte er unter den Trümmern der Hütte ein kleines Kind heraus und hielt es in die Höhe. Auf der anderen

Seite des zersplitterten Holzes kletterte eine weinende Tormy heraus und schrie, als sie ihren Sohn in den Händen des Zentauren sah.

„Mein Sohn! Lass ihn los!", kreischte sie, aber Adrian schubste sie genervt weg. Fasku klopfte erbost mehrmals mit seinem Gehstock auf den Boden. „Lass ihn sofort herunter!" Seine kurzen, grauen Härchen auf dem Kopf zitterten.

„Dann sag: Wo sind sie?", forderte Roxanne im Gegenzug.

Fasku sah zwischen Roxanne und dem Jungen in Adrians Pranken, der panisch nach seiner Mutter schrie, hin und her. Er wollte seine Freunde nicht verraten, da er schon ahnte, dass diese beiden keine guten Absichten hatten. Aber auf der anderen Seite stand das Leben eines Kindes auf dem Spiel.

„Hilf mir, Fasku!", bettelte es. „Fasku, bitte, Hilfe!"

Adrian knurrte. „Wo sind sie, habe ich gesagt! Verrate es mir, nur dann lasse ich ihn los!"

„Lass das Kind herunter und wir verhandeln in Ruhe", schlug Fasku mit zitternder Stimme vor und richtete seinen Gehstock auf den feindseligen Zentauren.

„Hier gibt es nichts zu verhandeln, sag es, oder wir töten das Kind!", brüllte Adrian, ging zu seinem Taschenmesser und hielt es dem Kind an die Kehle.

Dieses wimmerte verzweifelt, am ganzen Leib zitternd und seine Mutter rannte sofort zu Adrian.

„Nein! Tu ihm nichts!", flehte sie bitterlich. „Sie sind zur Feenstadt gegangen!"

Sämtliche Tormys in der Nähe schnappten nach Luft. Adrian senkte den Dolch, ließ den Jungen aber noch nicht los. „Weiter?"

„Die Stadt ist gerade im Süden von Lewendia und sie wollten dorthin, um etwas über den Zauberstein Mexus zu erfahren", plauderte die erpresste Mutter aus. Tränen kullerten über ihre Wangen. Adrians Mundwinkel zuckten zufrieden hoch. „Und jetzt gib mir meinen Sohn zurück!", schrie die Mutter. Adrian senkte seine Hand, doch Roxanne hielt ihn zurück.

„Die Feenstadt ist ein Luftschiff", raunte sie Adrian zu und wandte sich an die Tormy. „Wie wollen sie da hoch?"

Die Mutter sagte nichts. Dann hielt Adrian wieder den Dolch zum Jungen.

„Ihr braucht welche von Faskus Keksen", platzte die Tormyfrau heraus.

Adrian drehte sich zu Fasku, wobei er den Jungen und den Dolch noch immer festhielt. Fasku seufzte erschüttert.

„LOS!", bellte Adrian und drückte den Dolch gegen die Haut des Jungen. Fasku blieb keine andere Wahl. Ergeben ging er zu seinem Zuhause und überreichte die Plätzchen widerwillig Roxanne.

„Ein Biss, wenn ihr vor dem Schiff steht, und ihr kommt hoch." Er konnte nicht glauben, was er gerade tat.

Adrian gackerte vergnügt. Triumphierend ließ er das Kind los, das direkt von seiner weinenden Mutter in die Arme geschlossen wurde. Adrian und Roxanne stapften unterdessen durch die Siedlung und ließen die Tormys zufrieden hinter sich. Fasku, alle anderen seinesgleichen und auch die von Schuldgefühlen übermannte Mutter starrten den beiden erschrocken hinterher, wobei Letztere am meisten betroffen aussah. Sie hatte gerade unschuldige Kinder, die ihnen vertraut hatten, an diese Halunken verraten. Verraten. Und damit das ganze Land in Gefahr gebracht. Doch niemand konnte es ihr verübeln.

Roxanne und Adrian liefen tagelang in den Süden. Die meiste Zeit ritt Roxanne auf seinem Rücken, um schneller voranzukommen, und sie legten nur wenige Pausen ein. Roxanne kannte den Kurs des Feenschiffes auswendig und führte sie genau an den richtigen Ort. Auf dem Weg sprachen sie wenig, da weder Roxanne sehr gesprächig war noch Adrian irgendetwas über seine Erlebnisse mit den anderen Meistern verraten wollte, damit Roxanne keine tiefer gehenden Fragen stellte.

Nach vier Tagen waren sie endlich da. Roxanne bemerkte sofort das riesige Schiff, welches hoch über ihren Köpfen flog. Merkwürdig waren allerdings die zahlreichen Polizisten (soweit Roxanne sie an der blau-goldenen Uniform erkannte), die ausgeschwärmt waren und offenbar nach jemandem in der Gegend suchten.

„Was ist da oben los?", wunderte sich Adrian.

„Sie suchen nach jemandem. Und zwar nach jemand wichtigem, sonst wären da nicht so viele", mutmaßte Roxanne und sah mit zusammengekniffenen Augen hoch in den Himmel. Diese Lage schien ihr *äußerst* seltsam. Denn es blieb nicht bei den paar Polizisten, sondern immer mehr Feen, inzwischen mussten es ungefähr hundert sein, flogen bewaffnet aus dem Schiff und verteilten sich.

„Heißt für uns, dass wir noch unauffälliger sein müssen", befand Adrian, während Roxanne die Plätzchen auspackte und ihm eines reichte.

Zeitgleich bissen sie hinein und fanden sich, in eine duftende Rauchwolke gehüllt, auf dem Deck des Feenschiffes wieder. Die Feenpolizisten rauschten hektisch an ihnen vorbei und merkten nicht einmal, dass sich jemand unbefugt in ihrer Stadt befand. Roxanne sah ihnen skeptisch nach. Vor ihnen war ein übergroßes Tor, das jedoch weit offen stand, da mehrere Feen herausströmten. Mit Leichtigkeit schmuggelten sich Adrian und Roxanne durch die Menge, womit sie in das Wohnviertel der Feen gelangten, in dem ebenfalls ein großer Tumult herrschte. Die Feen sahen alle bestürzt aus und riefen einander etwas zu, aber Roxanne konnte wegen der dröhnenden Polizeisirene nicht verstehen, was sie sagten. Adrian streckte seinen Arm aus und hielt so eine vorbeifliegende Fee davon ab, an ihnen vorbei zu ziehen.

„Was ist hier los?"

„Die obersten Feen wurden bestohlen. Außerdem sollen sie und andere Beamte angegriffen worden sein", klärte sie mit piepsiger Stimme auf.

„Was haben sie gestohlen?", hakte Roxanne nach.

„Es soll wohl etwas aus den Tresoren gewesen sein, etwas sehr Wichtiges. Mehr weiß ich aber nicht", meinte sie und flog davon. Roxanne und Adrian sahen einander an.

„Denkst du, sie stecken dahinter?", fragte Adrian.

Roxanne hatte den gleichen Verdacht. Es konnte kein Zufall sein, dass die Meister zu den Feen wollten und diese genau zu dieser Zeit bestohlen worden waren. Roxanne sagte immer noch nichts, doch Adrian merkte an ihrem Gesichtsausdruck, dass sie ihm zustimmte.

„Sie waren es, ich wusste es! Sie waren vor uns hier!" Adrian schlug mit seiner Hufe auf den Boden. „Wir müssen ihnen sofort hinterher! Wenn sie Mexus auch noch finden, dann..." Den letzten Teil des Satzes konnte Roxanne nicht verstehen, da er sich umdrehte, um einem der Polizisten nachzugehen.

„Nein, was machst du da?!", ermahnte Roxanne und verkniff es sich, Adrian einen Idioten zu nennen. „Wenn die Polizisten sie finden, werden sie ohnehin hierhergebracht, warum gehst du ihm sinnlos hinterher?"

„Und was, wenn sie sie nicht finden?", blaffte Adrian zurück.

„Wenn so viele Feen sie aus der Luft nicht finden, dann erst recht nicht wir. *Wir* müssen stattdessen zum Hauptsitz der Feen, um herausfinden, was sie da wollten. Vielleicht finden wir heraus, wo sie hingegangen sind."

Adrian dachte kurz über ihre Worte nach und nickte dann. Sie gingen auf das große Backsteingebäude mit der Glaskuppel zu. Lauter Polizisten wimmelten im Hauptsitz, doch Adrian und Roxanne verschafften sich mit Leichtigkeit Zutritt, indem sie einen der Wesen bewältigten. Im Gebäude bemerkten sie als Erstes, dass auf dem Boden Blutspuren waren. Außerdem waren mehrere Stellen an den Holzwänden geschwärzt.

Sie liefen tiefer in das Gebäude hinein und erblickten allerlei Polizisten, die die Feen befragten, was passiert war.

„Sie hat ihn einfach verschwinden lassen!", weinte eine braunhaarige Fee.

„ES WAR EINE HEXE!", stimmte ihre Kollegin mit ein. Ihre Augen waren so weit aufgerissen wie Tennisbälle. Adrian und Roxanne schien ihr Verdacht immer wahrscheinlicher. Das *Verschwinden* von Personen klang eher danach, als hätte jemand sie *teleportiert*. Mit vielsagenden Blicken liefen die Partner weiter zum Tatort, dem Tresorraum, bei dem sie mit Sicherheit mehr über den Vorfall erfahren konnten.

„Hier ist es." Roxanne deutete auf eine große, offenstehende Tür, die mit schwarz-gelben Polizeibändern abgesperrt war.

Vor der Absperrung standen mehrere Polizisten und eine rothaarige Fee, die sich energisch mit ihnen unterhielt.

„Wie konnten solche Rabauken auf unser Schiff kommen? Wozu stehen diese ganzen Wachen vor dem Tor? Was macht ihr eigentlich den ganzen Tag?!", schimpfte sie so laut, dass ihre schrille Stimme durch den ganzen Gang widerhallte. „Der Schutz der Feen, vor allem der Schutz des Feenhauptquartiers, hat oberste Priorität! Es kann nicht sein, dass drei kleine Kinder einfach so hereinspaziert sind! Wozu seid ihr denn eigentlich gut, wenn ihr nicht einmal sie aufhalten könnt?!"

Der Polizist versuchte sie zu beruhigen. „Ich verstehe Sie, aber..."

„Nichts, aber!", schnauzte die Rothaarige ihn an. „Diese Eindringlinge haben uns im Gesprächssaal eingesperrt und sind mit der Karte davongekommen! Wissen Sie eigentlich, von welch hoher Bedeutung sie war?"

Der Polizist machte ein entschuldigendes Gesicht. Er machte den Mund auf, um etwas zu sagen, doch die Fee brüllte weiter, bevor er irgendetwas hervorbringen konnte. „Haben Sie nur den Hauch einer Ahnung, was passiert, wenn diese Kinder noch einen Zauberstein in die Hände kriegen? Wissen Sie, was das für die Feen, für Lewendia bedeutet? UND DAS ALLES WEGEN IHNEN, SIE NICHTSNUTZ!"

Aus dem Augenwinkel sah Roxanne, wie Adrian wütend seine Fäuste ballte.

„Wir können sie noch rechtzeitig finden, wenn Sie uns sagen, wohin die Karte sie führt", versuchte der Polizist die oberste Fee zu beruhigen.

„Machen sie mir nichts vor!", blockte sie energisch ab und hielt ihren Zeigefinger auf den Polizisten. „Wie wollen Sie sie bitte mitten auf dem Meer finden?"

Die beiden diskutierten noch ewig weiter, doch Roxanne und Adrian konnten nichts Weiteres erfahren, das ihnen nützen könnte. Daher verließen sie das Gebäude, ohne irgendwem aufzufallen.

„Und was machen wir jetzt?" Adrian schnaubte genervt. Roxanne war insgeheim noch wütender als er. Seinetwegen waren sie gerade auf dem Weg zu Mexus! Adrian ging unruhig auf und ab.

„Ich weiß, wie wir sie finden können."

Adrian reckte neugierig seinen Kopf zu Roxanne. „Wie?"

„Ich kenne da eine Hexe namens Griselde. Sie lebt im Norden Lewendias und ist mächtig genug, um einen Zauber zu machen, mit dem wir sehen können, wo sie sind", erklärte Roxanne.

Adrian zog seine Augenbrauen hoch. „Eine Hexe?"

„Nicht irgendeine Hexe. Sie ist über hundert Jahre alt und hat mehrmals mit Erold höchstpersönlich verhandelt. Ich weiß, wovon ich rede. Wir müssen zu ihr."

NÄCHSTER HALT: MEXUS

„Du warst wirklich in der Unterwelt?" Senia starrte Madeleine fassungslos an, während sie das Segel hielt. Sie saßen gerade auf ihrem Segelboot und die Wellen schwappten ruhig hin und her. Am Himmel gab es keine einzige Wolke, nur Femy, die fröhlich über ihren Köpfen schwebte. „Ich dachte immer, die Unterwelt wäre ein Kindermärchen."

Madeleine schüttelte den Kopf. Sie erzählte ihnen gerade, was sie alles auf ihrer Reise erlebt hatte.

„Kein Kindermärchen", bestätigte sie. „Und die Totenkönigin gibt es auch, ich habe höchstpersönlich mit ihr geredet."

Bei dem Begriff *Totenkönigin* bekam Luna eine Gänsehaut. „Es gibt eine Totenkönigin? Ist sie auch so eine Art Bösewicht wie Erold?" Nicht, dass sie im Laufe ihres Abenteuers es auch noch mit ihr zu tun bekämen.

„Nicht wirklich", gab Madeleine zurück. „Also, sie ist zwar furchteinflößend und hat es auf die Seelen toter Menschen abgesehen, aber ich glaube nicht, dass sie sich sonst für die Oberwelt interessiert."

Luna stieß erleichtert den Atem aus.

„Ich hätte auch gerne diese Rieseninsekten gesehen", behauptete Leon. Er saß dieses Mal möglichst nah am Segelmast, damit er sich immer festhalten konnte.

„Das sagst du jetzt so, bis du sie triffst und Angst hast", entgegnete Luna grinsend.

„*Ich* und Angst? Pah! Ich habe einem echten Krokodil ins Gesicht gesehen!", prahlte Leon.

Madeleine sah auf. „Krokodil? Wo seid ihr denn überall hingereist?"

Leon und Senia warfen Luna einen vielsagenden Blick zu.

„Ach, das … Luna hat uns eine kleine Spritztour quer durch Lewendia beschert", meinte Senia beiläufig.

„Zum Glück hat sie nur dreißig Sekunden gedauert", beschwichtigte Leon.

Luna verdrehte die Augen. „Ich habe uns mit Neilon nach zig verschiedenen Orten teleportiert, als ich mal richtig Angst hatte."

„Darunter auch an eine Klippe, auf einen Riesenschmetterling, in einen eiskalten Fluss...", zählte Leon auf.

„Danach habe ich uns aber direkt an unser Ziel gebracht!", verteidigte sich Luna.

Madeleine blickte beeindruckt drein. „Nicht schlecht. Aber nichts kann toppen, dass ich im Reich der Oger war..."

Madeleine erzählte ihnen noch den ganzen Nachmittag von ihrer Reise und die Freunde erfuhren unter anderem, dass sie die vierte Meisterin getroffen hatte, die offenbar Roxanne hieß.

„Ich habe versucht, sie zu überreden, sich mir anzuschließen, aber sie hat nicht zugehört. Ich schätze, sie wollte Erold nicht untreu sein", berichtete Madeleine.

„Ich bin mir sicher, sie ist nicht vollkommen okay damit, dass Erold sich Mexus aneignet, obwohl er ihr gehört", überlegte Luna. „Wer würde das schon? Einfach so zusehen, wie jemand sein Eigentum nimmt, und das bei so einer wertvollen Sache. Ich glaube eher, sie zweifelt an uns. Sie denkt wahrscheinlich, dass wir Erold niemals stürzen könnten, und will am Ende nicht auf der Seite der Verlierer stehen."

Senia legte den Kopf schief; das tat sie immer, wenn sie gerade nachdachte. „Vielleicht hat sie ja Angst vor Erold und tut deshalb, was er sagt."

Madeleine zuckte mit den Schultern.

„Also, wenn ihr mich fragt, dann tut sie einfach das, was ihr am meisten Macht einbringt", spekulierte Leon. „Wenn sie Erold die Gegenstände für sein Ritual bringt, dann wird er sie zu seiner rechten Hand machen und mit ihr über das ganze Land herrschen. Und das ist für sie verlockender, als mit einer zusammengewürfelten Truppe gegen ihren Großvater anzutreten."

„Das denkt sie bestimmt, aber ich denke nicht, dass es so kommt", sagte Madeleine.

Senia drehte sich vom Segel zu ihr. „Dass *was* nicht so kommt?"

„Na ja, ich glaube einfach nicht ... nein, ich bin mir sogar ziemlich sicher, dass Erold sie nicht zu seiner rechten Hand ernennen wird."

„Aber du hast gesagt, dass Erold einen obersten Befehlshaber braucht, wenn er die Welt beherrscht. Und seine eigene Enkelin kommt doch durchaus in Frage?", wandte Luna ein.

Madeleine nickte. „Ich weiß, aber Erold nutzt sie meiner Meinung nach nur aus. Er wird sie nicht in eine so hohe Position setzen. Irgendetwas sagt mir, dass er es einfach nicht tun wird."

Sie berichteten sich gegenseitig noch den ganzen Tag über ihre Erlebnisse. Am Ende hatte sich jeder an den anderen gewöhnt und es kam ihnen vor, als würden sie schon seit Jahren durch das Land ziehen. Zwischendurch machte Senia eine Durchsage, wo sie sich ungefähr befanden, während Luna ihr beim Steuern des Boots half und Madeleine ihren magischen Kompass im Auge behielt, damit sie auch immer in die richtige Richtung fuhren. Nebenbei versuchte Leon, Femy zu zähmen, damit sie genau das tat, was er wollte, doch sie schien ihren eigenen Willen zu haben und führte nie Leons Befehle aus. In der übrigen Zeit gab Madeleine ihnen Kampfunterricht, um sich besser gegen Gegner verteidigen zu können. Sie waren schon ein paar Tage auf See, da wurde Madeleine plötzlich laut.

„Was ist das?", fragte sie und starrte verblüfft auf ihren Kompass.

Luna stand auf. Die Kompassnadel war schwarz geworden und bewegte sich nicht, als Madeleine ihn in eine andere Richtung drehte.

„Wie war noch einmal dieser Spruch, mit dem du den Totenschädel gerufen hast?", wollte Luna wissen.

„Vielleicht ist er irgendwie ausgegangen oder so?" Senia, Leon und Femy kamen zu ihnen herüber und sahen es sich selbst an.

Madeleine lehnte sich mit dem Gesicht näher an den Kompass. „*Regina animarum!*"

Die Freunde starrten die Nadel an. Es passierte nichts. „*Regina animarum!*", wiederholte Madeleine in einem aufdringlicheren Ton. Von dem Kompass kam keine Reaktion.

„Ich glaube, das Ding ist kaputt", befand Leon.

„Das kann doch nicht sein, dass er jetzt kaputt ist", widersprach Senia und Madeleine ging derweil noch näher an den Kompass heran, sodass eine schwarze Locke sein Metall streifte.

„*Regina animarum!*", donnerte sie so laut, dass Femy zusammenzuckte. Dann endlich passierte etwas hinter der Scheibe des Kompasses. Weißer Nebel bildete sich und begann langsam Form anzunehmen, die Form eines Totenschädels.

„Schon gut, nicht so ungeduldig", krächzte das leblose Etwas durch die Scheibe hindurch.

„Warum ist die Nadel schwarz geworden?", fragte Luna und wunderte sich, dass sie mit einem Totenschädel sprach.

„Na, warum wohl?", polterte der Schädel patzig. „Ihr seid am Zielort! Tarraka befindet sich gleich unter euch!"

Mit diesen Worten verschwand der Schädel wieder. Die Freunde sahen einander an. In ihren Gesichtern lag Freude, dass sie ihr Ziel erreicht hatten, aber auch eine gewisse Nervosität.

Senia packte das Gläschen mit dem Flossengeißl heraus – oder Glibbergurken, wie Leon sie getauft hatte – und zog den Korken heraus.

„Eine Frage, bevor wir dieses ekelhafte Zeug schlucken: Was werden wir eigentlich da unten machen? Wir haben doch gar keine Ahnung, wie wir Mexus stehlen sollen", bemerkte Leon.

„Also, die Herrscher der Nerotanier zu fragen, fällt schon mal weg. Wir haben ja gesehen, wie gut das bei den Feen geklappt hat", schloss Luna aus.

„Abgesehen davon haben wir auch nicht genug Zeit, um den Herrschern alles zu erklären und sie zu überreden. Der Zauber wirkt nur für eineinhalb Stunden", fügte Senia hinzu.

„Dann bleibt uns wohl nichts anderes übrig, als einfach nach Tarraka zu gehen und unseren Plan dort zu schmieden. Da können wir besser beurteilen, wie unsere Chancen stehen", schlug Madeleine vor.

Luna schluckte schuldbewusst. Was Madeleine meinte, war natürlich, wie ihre Chancen standen, Mexus zu stehlen. Doch sie musste diese Schuldgefühle verdrängen. Wenn sie Lewendia retteten, würde das alles beglichen werden. Die Freunde nahmen sich Waffen aus Roxannes und Senias Rucksack, während Senia dann das Flossengeißl verteilte. Luna bekam eines mit einer hellgrünen Farbe, die neonblau gesprenkelt war. Die „Gurke" fühlte sich hart und feucht an, außerdem hatte es eine eher eckige als abgerundete Form. Senias Glibbergurke hatte das gleiche Aussehen, während Madeleine und Leon eine größere und braungrüne erhielten. Lunas Hände zitterten. Sie würde sich gleich in einen Meermenschen verwandeln, meterweit unter Wasser tauchen und den Bewohnern Nerotaniens den möglicherweise wichtigsten Gegenstand stehlen, der jemals in ihrem Besitz gewesen war.

„Also, der Zauber ist eigentlich ganz einfach: Man beißt in eine hinein und verwandelt sich dann in eine Nixe oder Meerjungfrau. Die Verwandlung dürfte nur ein paar Sekunden dauern und ist schmerzlos. Nach eineinhalb Stunden müssen wir, wie gesagt, wieder auf der Wasseroberfläche sein", erklärte Senia.

Femy gab einen traurigen Laut von sich, als sie ihnen dabei zusah, wie sie sich bereit machten, abzutauchen … und sie auf dem Segelboot zurückzulassen. Denn der Zauber war nur für Menschen gedacht.

„Keine Sorge, Femy. Wir kommen schnell wieder und du passt solange auf das Boot auf", tröstete Senia sie. Dann nahmen sie all ihren Mut zusammen und wollten gerade gleichzeitig einen Biss nehmen, als Leon sie stoppte. „Wartet mal! Was wird eigentlich aus unseren Klamotten? Wir, ähm, werden als Nixen doch etwas anhaben, oder?"

„Die verwandeln sich mit uns in die Kleidung der Einheimischen", beantwortete Senia beide Fragen.

„Na wenigstens das", sagte Leon. Als das auch geklärt war, gab es nichts mehr, was sie hätte zurückhalten können.

Luna atmete tief ein. Die Freunde hatten gerade einen Kreis gebildet. Gleichzeitig bissen sie in das Flossengeißl hinein. Sobald die Gurke ihre Zunge berührte, verzog Luna angewidert das Gesicht. Es war das mit Abstand Widerlichste, das sie jemals gegessen hatte, und sie musste sich anstrengen, um es nicht sofort wieder auszuspucken. Die Gurke schmeckte unheimlich bitter und zerplatzte, als sie darauf biss. Heraus kam eine schleimige Flüssigkeit, die an ihren Zähnen kleben blieb. Luna hatte Mühe, ihren Würgereiz zu unterdrücken und schluckte die Gurke schnell herunter, bevor sie erbrach.

In dem Moment überkam sie ein kribbelndes Gefühl, als würden Tausende von Ameisen über ihren Körper laufen. Auf ihrem Arm bildeten sich plötzlich farblose Schuppen, die auf ihrer Haut glänzten wie Glasperlen. Nicht nur ihr Arm war betroffen, auf ihren ganzen Körper legte sich eine glänzende Schicht. Ihre Kleidung verwandelte sich in ein kurzes Shirt aus Schuppen, das wie die Haut eines Fisches an ihr klebte.

Plötzlich fiel sie auf den Boden und bemerkte, dass ihre Beine zu einer Flosse zusammengewachsen waren. Dann zog sich ihr Gesicht merkwürdig zusammen und auf einmal nahm sie ihre Umgebung in einem gelblichen Ton wahr, als läge ein Filter über ihren Augen. Einen Moment später bekam sie plötzlich schwer Luft und ihre Kehle schnürte sich zu. Luna rang nach Atem und sprang zur Not ins Wasser. Zu ihrer Verblüffung fühlte es sich an, als würde sie in der Luft schwimmen. Das Wasser war weder kalt noch dunkel oder schwer zu durchdringen, sie konnte ganz normal durch die Nase atmen und sich bewegen, als wäre sie gar nicht unter Wasser. Luna betrachtete ihren neuen Körper. Es war, als würde sie auf jemand anderen herabsehen. Sie bewegte ihren Arm mit nur einer Flosse, um sicherzugehen, dass ihr Körper ihren Befehlen auch gehorchte, und ja, das tat er.

Neben Luna schwammen Senia, Leon und Madeleine, die genauso verwirrt aussahen. Senia hatte sich in eine Meerjungfrau mit einem meerblauen Schuppenkleid verwandelt, wohingegen Leon und Madeleine die Gestalt von zwei Nixen angenommen hatten. Deren Haut war vollkommen grün, ihre Haare sahen aus wie Algen, ihre Zähne waren scharf und ihre Flossen, vor allem ihre zackigen Rückenflossen, um einiges größer als die von Senia und Luna.

„Geht es allen gut?", versicherte sich Luna und stutzte, weil man ihre Stimme klar hören konnte und sich beim Sprechen auch keine Luftblasen bildeten.

„Mir geht es gut", meldete sich Senia.

„Das ist zwar komisch, aber ja, mir auch", meinte Madeleine.

Leon war von seinem neuen Aussehen begeistert. Entzückt betrachtete er seine Hände, die nun doppelt so groß waren. „Macht ihr Witze? Das ist super!"

Nachdem sie sich vergewissert hatten, dass jeder die Verwandlung sicher überstanden hatte, tauchten sie ab. Durch ihre neue Gestalt glitten sie elegant durch das Wasser und kamen enorm schnell voran.

„Seht mal!", machte Senia aufmerksam, als sie schon fast am Meeresgrund angelangt waren. Dort, wo sie hindeutete, schwammen zwei Fische und verschwanden dann plötzlich. Das Gleiche passierte mit einem anderen Fisch, links neben Madeleine, der in dieselbe Richtung geschwommen war.

„Das muss die Unsichtbarkeitshülle um das Land herum sein. Mexus macht es ja unsichtbar", stellte Luna fest und die Freunde schwammen sofort auf die Stelle zu. Leon streckte seine Hand aus, die daraufhin nicht mehr sichtbar war. Begeistert wagte er sich weiter hinein, es folgten seine Arme, dann sein Oberkörper, bis schließlich nichts mehr von ihm zu sehen war.

„Wow!", staunte seine Stimme aus dem Nichts. „Ihr müsst unbedingt kommen, hier ist es richtig cool!"

Die Meisterinnen warteten nicht allzu lange und schwammen ihm hinterher. Was sie dort erblickten, war so wunderschön, dass es ihnen den Atem verschlug. Es war eine Stadt, in der kunterbunte Fische überall herumschwammen und förmlich mit ihrer Schönheit prahlten. Luna erkannte Clownfische, zitronengelbe und weiß gestreifte Falterfische, türkisfarbene Schwalbenschwänzchen und noch viele andere Arten in lila, blau, grün, pink, rot und allen anderen denkbaren Farben. Außerdem schwebten verschiedene Nixen und Meerjungfrauen sowie -männer friedlich im Wasser. Die Häuser der Nerotanier, welche aus Korallen, Perlen, Muscheln und dem begehrten Rotperlenerz gebaut waren, sahen mit ihren runden Fenstern genauso schön aus. Neben ein paar Häusern standen tellerähnliche Fahrzeuge, so groß, dass mehrere Menschen darauf Platz gefunden hätten, an denen jeweils eine Stange mit einem Lenkrad war. Das mussten wohl die Autos der Meermenschen sein.

Als die Freunde noch die Stadt bestaunten, rief ihnen plötzlich jemand zu: „Hallo? Wo seid ihr denn gewesen?"

Luna sah verblüfft nach unten. Dort war eine Art Empfangshäuschen in der Form einer geschwungenen Muschel und eine grün geschuppte Meerjungfrau mit lockigen blonden Haaren streckte den Kopf heraus.

„Hallo, ich rede mit euch!"

Die Freunde erstarrten. Die Meerjungfrau meinte eindeutig sie. Leon wurde panisch. „Was sollen wir jetzt machen?!"

„Wegrennen kommt nicht infrage, wir müssen noch Mexus stehlen!", flüsterte Madeleine energisch und lächelte dabei, damit die Meerjungfrau, welche sie immer noch anstarrte, nicht argwöhnisch wurde.

„Bleiben wir erst einmal ruhig und lassen uns nichts anmerken", raunte Luna ihnen zu. Schnell warfen sie ihre Waffen hinter eine Koralle und schwammen zu der Meerjungfrau.

„Hallo", begrüßte Senia sie lächelnd und tat ihre Hände hinter den Rücken, damit niemand sah, dass sie zitterte.

„Hallo! Ich würde gerne euren Erziehungsberechtigten sprechen", erwiderte die Meerjungfrau. Sie hatte warme, braune Augen und machte einen wesentlich freundlicheren Eindruck als Ruth, die letzte Empfangsdame, die sie getroffen hatten. Von dem Schild auf der Theke konnte Luna ablesen, dass sie Kelly hieß. „Euch hat doch jemand nach außerhalb begleitet, oder?" Sie warf ihnen einen prüfenden Blick zu, unter dem Senia noch mehr zu zittern anfing.

„Ähm, ja, natürlich", stammelte Senia. „Mein Vater ist mitgekommen, aber er hat noch etwas zu tun, deshalb ist er gerade nicht hier."

„Komisch, ich erinnere mich gar nicht an euch, wie heißt ihr denn?", fragte Kelly.

Die Freunde nannten alle ihre Namen, woraufhin die Meerjungfrau anfing, ihre offenbar wasserdichten Papiere durchzuwühlen. „Heute sind nur ein Herr Kieler und eine Frau Lenien herausgegangen, ihr wart nicht dabei..." Sie machte ein skeptisches Gesicht und ihre Augen schienen die Freunde förmlich zu durchbohren.

„Ähhh..." Senias Stimme zitterte.

Kelly beugte sich über die Theke. „Sagt mal, habt ihr euch etwa rausgeschlichen?"

Senia nickte heftig, erleichtert, dass ihre Tarnung nicht aufgeflogen war. „Ja, wir- wir haben uns rausgeschlichen, weil ... weil..." Sie warf Luna einen Hilfe suchenden Blick zu.

„Ähm, wir haben uns herausgeschlichen, weil ... mein Fisch weggeschwommen ist und wir ihn unbedingt wiederfinden mussten", erfand Luna spontan.

Kelly legte ihren Kopf schief. „Aha. Aber ihr wisst, dass das verboten und sehr gefährlich ist, oder?"

„Ja, äh, wissen wir, tut uns leid", entschuldigte sich Leon.

„Es kommt auch nie wieder vor", beteuerte Madeleine und schwamm langsam nach hinten. Die Anderen taten es ihr gleich. Gerade, als sie sich umgedreht hatten, rief Kelly ihnen hinterher. „Bleibt hier! Wie heißen eure Eltern? Ich befürchte, dass ich sie informieren muss."

„Nein, nein, das ist überhaupt nicht nötig, wir wissen jetzt, dass wir ohne einen Erwachsenen nicht rausgehen dürfen", sagte Senia und wedelte energisch mit ihren Armen herum.

Kelly machte ihren Mund auf, um etwas zu sagen, doch dann hielt sie schlagartig inne. Ihre Augen weiteten sich. „Ist das..."

Luna wirbelte zu Senia. Ihr rechtes Handgelenk war direkt Kelly zugewandt. Lunas Herz rutschte ihr in die Hose.

„Das ist Qualin!", schrie Kelly keuchend.

„Oh, oh", machte Leon. Madeleine, Senia, Luna und Leon setzten gleichzeitig zur Flucht an und schwammen energisch in eine willkürliche Richtung.

„Nein, wartet! Ich will euch nichts tun!" Kelly schwamm aus ihrem Häuschen und packte Luna an der Hand. „Geht nicht weg, ihr könnt mir vertrauen!"

Luna wollte sich erst losreißen, doch dann sah sie Kellys besorgtes Gesicht.

„Bitte, ihr braucht keine Angst vor mir zu haben."

„Lass Luna los!" Leon kam zur Hilfe und zerrte an seiner Schwester.

„Nein, warte, Leon. Ich glaube, sie will uns nur helfen." Ihre Freunde sahen Luna entgeistert an.

„Luna, was machst du denn?", zischte Senia ängstlich.

„Nein, wirklich. Ich denke, wir sollten ihr zuhören", gab Luna zurück, woraufhin Madeleine und Senia zögerlich an ihre Seite schwammen.

„Danke", sagte Kelly und sah beruhigt auf Lunas Arm. Sie berührte Neilon und zog dann wieder ihre Hand weg. „Ist das wirklich ein Zauberstein?"

Die Meisterinnen zögerten, doch dann hoben sie alle drei ihre Arme.

„Das sind alles Zaubersteine", antwortete Madeleine.

Kelly schwieg für eine Weile, in der sie nachdenklich ihren Blick über die Freunde schweifen ließ. „Ihr seid gekommen, um Mexus zu holen, oder?"

Die Freunde sahen einander an. „Ähm..." Leon sah zu seinen Freunden, die ihm still ihr Einverständnis gaben. „Ja, aber woher wissen Sie davon?"

„Ihr könnt mich ruhig duzen, ich bin Kelly", sagte sie. „Ich weiß davon, weil meine Mutter mir immer von neuen Meistern erzählt hat. Nicht nur mir, sie hat jedem erzählt, dass sie von einer Legende erfahren hat, aber niemand hat ihr geglaubt. Doch meine Mutter war stets davon überzeugt, dass es neue Meister geben wird und wir Mexus eines Tages abgeben müssen, aber ich hätte nicht gedacht, dass dieser Tag so früh kommen würde."

Die Freunde warfen sich vielsagende Blicke zu. Wieder diese Legende, welche die Feen jahrelang für sich behalten hatten. Offenbar hatten sie jedoch nicht völlig verhindern können, dass sie geheim blieb.

„Warum wunderst du dich denn? Weißt du es noch nicht?", fragte Senia.

„Was weiß ich nicht?" Kelly blickte sie abwechselnd an und die Freunde schilderten ihr die Situation mit Erold. „Dann ist die Lage also so ernst?", fragte die Meerjungfrau erschrocken.

Die Freunde nickten.

„Ihr habt schon drei der Steine und jetzt fehlt euch nur noch Mexus und ihr seid auch keine Meermenschen, sondern habt euch mit einem Zauber verwandelt", kombinierte Kelly.

Die Freunde nickten erneut. Ihr Vorhaben war nicht gerade schwer zu durchschauen.

„Ich will euch helfen!", verkündete sie plötzlich.

„Unsere Herrscher werden Mexus nicht freiwillig hergeben, das weiß ich, aber ihr braucht Mexus. Nur so könnt ihr Lewendia retten. Und ihn zu stehlen wird sehr schwer werden, also braucht ihr Unterstützung. Unterstützung von jemandem, der sich hier auskennt."

Die Freunde sahen einander an.

„Du willst uns helfen? Warum?", fragte Madeleine mit deutlich hörbarem Misstrauen in ihrer Stimme. „Mexus bietet seit Jahren Schutz für dein Land, Schutz vor Krieg. Und du willst dein Land verraten für uns?"

„Ich glaube sowieso daran, dass die Zeiten sich geändert haben und Nerotanien sich nicht mehr verstecken muss. Abgesehen davon wird es noch viel schlimmer kommen, wenn Erold unsterblich wird. Nicht einmal wir unter Wasser werden dann vor ihm sicher sein", erwiderte Kelly, „Besser Nerotanien ist sichtbar, als Lewendia unter Erolds Herrschaft."

„Wenn das nur jeder kapieren würde", seufzte Leon. Kelly hatte die Freunde überzeugt. Sie nickten einander einstimmig zu.

„Okay, aber wie willst du uns denn eigentlich helfen?", wollte Luna wissen.

Kelly überlegte, wobei sie zu dem Platz in der Stadtmitte herübersah. Wie auch in Melna waren dort ganz viele Einkaufsgeschäfte und andere Läden, weshalb er mit Meermenschen überfüllt war. Ganz vorne war eine erhöhte Plattform aus cremeweißem Stein, die an den Seiten eingemauert war. In der Mitte dieser Plattform befand sich ein kleines, rundes Gebäude, das von hohen Säulen umgeben und von einer runden Kuppel überdacht war. Luna reckte ihren Kopf, um zu sehen, was sich dort drinnen befand, doch ihre Sicht wurde von sechs Wachen blockiert, die mit Speeren bewaffnet um die Plattform herum standen. Dort musste Mexus sein.

„Habt ihr euch schon überlegt, wie ihr vorgehen wollt?", erkundigte sich Kelly schließlich, da sie wohl selbst keinen Einfall hatte.

„Ähm, nicht wirklich. Geplant war eigentlich, dass wir hier die Lage abchecken und dann entscheiden, was wir machen", entgegnete Leon.

„Egal, was wir machen, wir müssen schnell sein. Der Zauber verliert in anderthalb Stunden seine Wirkung", warnte Senia wieder. Wenn sie es nicht rechtzeitig an die Oberfläche schafften, würde das ihren Tod bedeuten.

„Da fällt mir ein, dass wir ja noch Waffen haben", erinnerte Madeleine und schwamm davon, um sie zu holen. Etwas später präsentierte sie Kelly ihre Dolche und Speere. Danach fingen sie an, sich fieberhaft einen Plan auszudenken.

„Ein Ablenkungsmanöver wäre vielleicht gut. Wir können ja unmöglich gegen alle Wachen und die ganzen Meerjungfrauen dort gleichzeitig ankommen", befand Leon.

„Gute Idee. Aber ein Kampf ist trotzdem unvermeidlich", meinte Madeleine. „Es sind sechs Wachen und wir können nicht alle gut kämpfen, daher sollten wir uns lieber auf das Ablenkungsmanöver konzentrieren. Sogar mehrere Ablenkungsmanöver, wenn ihr mich fragt."

„Was, wenn uns Luna einfach dorthin teleportiert und wir dort gemeinsam gegen die Wachen kämpfen, Mexus holen und wieder gehen?", schlug Leon vor. Das schien zwar für ihn die einfachste Methode zu sein, doch Luna traute sich nicht unbedingt zu, fünf Leute auf einmal zu teleportieren und dies nach einem Kampf zu wiederholen. Und wenn sie es vermasselten, würden sie wahrscheinlich geschnappt werden und das wäre, in Anbetracht der Wirkungszeit des Zaubers viel zu riskant.

„Ich hab eine Idee!", sagte Luna nach einer Weile. „Die Ablenkung muss einen sehr großen Aufruhr erwecken, weil es sechs Wachen und auch noch die Menge gibt. Also würde ich sagen, jeder muss bewaffnet sein." Dann machte sie eine kurze Pause.

„Was haltet ihr davon, wenn Senia und Leon sich jeweils auf einer Seite des Platzes positionieren. Dort müsst ihr die Leute bedrohen, aber keiner wird verletzt, sondern sie bekommen nur Angst, sodass sie die Wachen auf euch aufmerksam machen. Kelly könnte sich als eine ganz normale Passantin ausgeben, die von dem ganzen Wind bekommt und den Wachen zurufen, dass sie zu Hilfe kommen sollen. Damit sind wir vorne bei Mexus schon mal drei bis vier Wachen los."

Die Freunde und Kelly hörten Luna gebannt zu. Ihre Idee hörte sich gar nicht mal so schlecht an.

„Leon und Senia greifen verschiedene Straßenseiten an, deshalb müssen sich die kommenden Wachen sich entweder aufteilen oder ihr kämpft zusammen gegen sie. Beides wäre machbar", fuhr Luna fort, „Wenn die Wachen weg sind, gehen Madeleine und ich zu dem Gebäude, überwältigen die restlichen Wachen und schnappen uns Mexus. Dann geben wir Senia und Leon ein Zeichen und es kommen alle wieder zusammen, um die Stadt zu verlassen."

Ihre Kameraden sahen Luna beeindruckt an. Dafür, dass sie sich den Plan in ein paar Minuten ausgedacht hatte, war er ziemlich durchdacht.

„Das könnte wirklich hinhauen", freute sich Senia.

„Du bist einfach genial, Luna!", lobte Leon.

Madeleine nickte. „Tun wir's!", sagte sie und verteilte die Waffen.

Luna, Madeleine und Senia bekamen Speere, Leon wurde mit einer Art Baseballschläger, den er sich im Farmerdorf besorgt hatte, ausgestattet und Kelly gaben sie einen Dolch für den Notfall.

„Ich würde in dem Supermarkt dort drüben für Ablenkung sorgen", sagte Senia und zeigte in die Ferne.

„Ich gehe zu diesem Kleidungsgeschäft", verkündete Leon und zeigte auf die andere Straßenseite.

„Und wir verstecken uns dann hinter der Mauer um das Gebäude herum, damit uns die Wachen nicht sehen", sprach Madeleine und Luna nickte ihr zu.

„Ich halte mich dann die ganze Zeit auf dem Platz nahe Leon und Senia auf", sagte Kelly als Letztes. Die Freunde nickten zustimmend. Luna atmete nervös ein und aus.

„Okay, dann los."

DER MASTERPLAN

Senia schwamm neben dem Supermarkt und blickte zu all den Meermenschen, die unbesorgt ihre Einkäufe erledigten. Kinder und ältere Nixen waren auch darunter. Wie sollte sie es schaffen, eine Ablenkung zu starten, ohne diese Wesen zu verletzen oder dabei vor Schuldgefühlen zu platzen? Geschweige denn, dass sie eine Ablenkung überhaupt korrekt hinbekam und der Plan weitergehen konnte. Senias Herz flatterte.

„Es wird alles gut", sprach sie sich selbst zu und sah sich um. Alle hatten sich auf ihre Plätze gestellt. Als sie sich halbwegs bereit fühlte, gab sie Leon ein Handzeichen. Dieser sah es und ging in das Kleidungsgeschäft hinein. Senia drehte sich um, umklammerte ihren Speer noch fester und stürmte in den Supermarkt hinein. Im ersten Moment, als sie das Geschäft betrat, holte sie mit ihrem Arm aus und schmetterte den Speer geradewegs in ein Regal hinein. Die Behälter darin fielen scheppernd auf den Boden und die Leute schreckten erst hoch und schrien dann auf. Alle schwammen von der Stelle weg und wollten sich in Sicherheit begeben. Senia taten die verschreckten Menschen so leid, dass sie fast eine Entschuldigung ausgesprochen hätte, doch dann erinnerte sie sich an den Plan. Und warum sie das tat. Es musste sein.

Etwas entschlossener bewegte sie sich zu dem Regal und zog ihren Speer heraus, den sie den Leuten drohend entgegenhielt. Sie kreischten noch mehr und kauerten sich verschreckt auf dem Boden zusammen. Senia wollte einen bösen Spruch loslassen, damit ihr Auftritt authentisch wirkte, aber ihr fiel einfach nichts ein und in der Zeit packte ein Meerjungmann unbemerkt ein Glas aus einem Regal. Er wollte es gerade auf sie werfen, doch sie wurde rechtzeitig darauf aufmerksam und richtete schnell die Speerspitze in seine Richtung.

„Niemand bewegt sich!", brüllte sie, wobei ihre Stimme eher ängstlich als angsteinflößend klang. Doch es wirkte trotzdem, denn beim Anblick der spitzen Waffe legte der Meerjungmann das Glas sofort auf den Boden. Senia ignorierte ihre zitternden Hände und fuchtelte mit ihrer Waffe herum, wobei sie gelegentlich zu den Wachen auf der Plattform starrte. Noch waren sie leider nicht auf sie aufmerksam geworden. Verzweifelt, was sie noch tun könnte, um die Ablenkung wirksam zu machen, driftete sie zögernd zu einem Regal und warf es um. Der Lärm des umfallenden Regals, das mit Gläsern gefüllt war, war so ohrenbetäubend, dass die Leute noch einmal schrien und ihre Köpfe schützten. Unzählige Lebensmittel schwammen durch die Gegend, während die Meermenschen außerhalb des Supermarktes den Tumult nun auch bemerkten. Die Wesen schwammen kreischend weg und Senia merkte, dass diese Taktik erfolgreicher war, also glitt sie zum nächsten Gestell und warf es um. Die Gläser prasselten zu Boden, wo sie in mehrere Einzelteile zerbrachen und ihr Inhalt sich mit dem Meerwasser vermischte. Das Geschrei der Menge wurde lauter und immer mehr Menschen flüchteten aus dem Supermarkt, sodass sich vorne am Eingang alles staute. Senia schmiss unterdessen, etwas selbstbewusster als vorher, ein Regal nach dem anderen mit einem ohrenbetäubenden Geräusch um und verwüstete den kompletten Supermarkt. Die Meermenschen drängten sich brüllend zum Ausgang und eine junge Nixe rief um Hilfe, doch niemand wollte sich selbst in Gefahr bringen. Senia ging mit dem Speer auf die Wesen am Ausgang zu und tat so, als wolle sie sie angreifen. Die Meermenschen schrien um ihr Leben und endlich wurden die Wachen aufmerksam: Zwei entfernten sich alarmiert von dort und kamen den Menschen im Supermarkt zur Hilfe.

Zehn Meter gegenüber von dem Geschehen machte sich auch Leon eifrig daran, für Aufruhr zu sorgen. Im Gegensatz zu Senia hatte er keine Hemmungen, jemanden zu verschrecken oder für Schaden zu sorgen. Denn genau das war der Plan. Mit Gebrüll rannte er in das Kleidungsgeschäft und schleuderte enthusiastisch seinen Schläger durch die Gegend, wobei er etliche Kleidungsständer umwarf. Die Meermenschen bemerkten ihn sofort und kreischten panisch, aber Leon machte nicht Halt, sondern begann auch noch die Regale und Kisten umzuschmeißen und noch mehr Chaos anzurichten. Die Kunden flüchteten vor ihm und schrien, was das Zeug hielt, was aber durch die tönende Alarmsirene, welche die Kassiererin ausgelöst hatte, unterging. Draußen bettelte Kelly die Wachen um Hilfe, doch sie wollten sich nicht entfernen, da schon zwei von ihnen gegangen waren. Aber Leon hatte eine Idee, wie er auch diese zu ihm bekam. Entschlossen blickte er auf das Schaufenster des Geschäfts und schwamm ohne zu zögern darauf zu. Mit seinem Schläger zerschmetterte er es in tausend Teile, die sich im Meer verteilten, und wedelte draußen seine Waffe wild im Kreis. Nun war *jeder* auf dem Platz auf ihn aufmerksam geworden. So viel Gefahr genügte. Kelly trieb näher zu den Wachen und blaffte sie an.

„Was steht ihr denn da rum? Hier sind Leben in Gefahr! HELFT UNS DOCH!"

Erst zögerten die Wächter, doch als noch ein Kreischen aus der Menge kam, trennten sich zwei von ihnen von den anderen und schwammen auf Leon zu.

Genau das war es, worauf Luna und Madeleine gewartet hatten. Madeleine kam zuerst hinter der Mauer hervor und schwamm auf die Wachen zu, während Luna noch abwartete. Die Mädchen hatten zuvor abgesprochen, dass Madeleine als hervorragende Kämpferin die Wachen aufhielt und Luna sich zu Mexus schleichen sollte, welcher sich auf einem Stab in der Mitte des Gebäudes befand. Der Meerjungmann bemerkte Madeleine sofort.

„Hey! Was machst du da?"

Madeleine ignorierte seine Warnung und schwamm weiter, sodass der Wächter sie angriff. Madeleine hielt ihren eigenen Speer schützend vor sich und stieß den ihres Gegenübers von sich weg. Doch der Wächter ließ sich davon nicht aufhalten und hob seine Waffe auf der Stelle noch einmal, um seine Gegnerin diesmal an den Bauch zu treffen. Madeleine wehrte auch diesen Angriff ab und rammte ihren Speer in die dünne Metallrüstung ihres Angreifers, was ihr eine Delle verpasste. Die Wache taumelte nach hinten und der zweite Wächter, welcher bemerkt hatte, dass sein Kamerad doch nicht allein gegen eine Vierzehnjährige zurechtkam, schloss sich dem Gefecht an. Beide schwammen zornig auf Madeleine zu, die jetzt noch schneller reagierte. Mit Astra schubste sie ihre Gegner weg, was sie jedoch nicht auf beide gleichzeitig anwenden konnte und sie mehr Kraft kostete. Besser war es, mit ihrer Waffe zu kämpfen, worin sie viel geübter war, also tat Madeleine stattdessen das. Die Männer waren daher beschäftigt und achteten nicht auf den Stab, was hieß, dass für Luna die Luft rein war. Sie teleportierte sich dorthin und musste sich zurückhalten, um nicht der ächzenden Madeleine zu helfen. Sie hatte schon ein paar Schrammen abbekommen, aus denen grünes Nixenblut wie eine Rauchfahne ins Meer kam, doch Luna durfte sich jetzt nicht davon ablenken lassen. Sie blickte nach vorn zu Mexus, doch da sah sie, dass der Stein von etwas eingeschlossen wurde. Es sah aus wie eine Art Kraftfeld.

„Was ist das?", murmelte sie und kniff die Augen zusammen. Das hatte sie nicht miteingeplant. Was nun? Plötzlich wurde sie von einem lauten Schrei aus den Gedanken gerissen. Luna wirbelte herum. Madeleine war schmerzhaft nach hinten gestoßen worden und schwebte wehrlos auf dem Rücken, Zentimeter vom Boden entfernt. Ihr Speer war ihr aus der Hand gerutscht und lag etwas weiter von ihr entfernt auf dem Boden. Sie versuchte es zu greifen, aber dann driftete einer der Wächter mit erhobener Waffe auf sie zu. Madeleine war wehrlos, alles, was sie tun konnte, war schützend die Arme vor sich zu halten, um sich vor dem wahrscheinlich tödlichen Schlag zu wehren. Doch in dem Moment hörte sie ein schepperndes Klirren. Sie senkte ihren Arm und sah, dass Luna ihren Speer gegen das des Wächters gerammt hatte, welches nur ein paar Zentimeter vor ihrem Gesicht war. Aber der Wächter war äußerst kräftig. Lange würde Luna ihn nicht mehr aufhalten können.

„Hol Mexus, Madeleine!", keuchte Luna mühevoll. Sofort sprang Madeleine auf und schwamm zu dem Stein, als Luna noch etwas einfiel. „Da ist ein Kraftfeld!"

Madeleine starrte auf die Kugel um Mexus und dann zu ihrem Zauberstein. Freya hatte ihr sehr viel über Astra erzählt und soweit sie wusste, konnte man mit dessen Kraft auch solche Schutzfelder durchbrechen. Doch die Frage war nicht, ob Astra das konnte, sondern ob *sie* das konnte.

„Ich glaube, ich kann es schaffen, das Feld zu überwinden, gib mir nur etwas Zeit!", rief Madeleine ihrer keuchenden Kameradin zu, die gerade um ihr Leben kämpfte, und wusste mit einem Blick auf Luna sofort, dass sie sich *wirklich* beeilen musste. Denn, dass Luna sich ziemlich gut anstellte und mit Madeleine auf dem Boot geübt hatte, änderte nicht die Tatsache, dass sie nicht gerade Erfahrung im Kämpfen hatte. Ab jetzt zählte jede Sekunde.

Madeleine wandte sich wieder dem Stab zu, bündelte ihre ganze Kraft und richtete ihre Konzentration auf ihre Hand. Innerhalb von Sekunden erwärmte sich Astra in ihrem Handgelenk. Ein grelles weißes Licht kam aus dem Zauberstein und das durchsichtige Kraftfeld um Mexus herum begann zu flackern. Madeleine musste sich konzentrieren, doch das fiel ihr schwer, da im Hintergrund Kampfgeräusche ertönten und sie ständig an Luna denken musste. Madeleine drängte jegliche Geräusche weg, sodass sie nur noch sich selbst und den Stab wahrnahm. Sie biss die Zähne zusammen. Ihre Hände zitterten schon vor Anstrengung. Das Kraftfeld flackerte schon etwas stärker.

„Madeleine, beeil dich!", kam Lunas brüchige Stimme, die Madeleine wie ein Summen in ihrem Ohr vorkam.

„Warte", sprach sie ihr zu, ohne dabei ihren Blick von Mexus abzuwenden. Sie brauchte noch etwas Zeit, nur noch ein bisschen.

Die Wachen schlugen Luna unterdessen immer aggressiver, sodass sie kaum die Zeit zum Atmen hatte. Sie wehrte wieder mühevoll einen heftigen Angriff ab und konnte nur eine einzige Sekunde ein Gefühl der Erleichterung verspüren, da stürmten die Wächter von beiden Seiten auf sie zu. Luna teleportierte sich ein paar Meter weg, die Wächter wirbelten herum und kamen wieder auf sie zu. Einer stach Luna seinen Speer entgegen, diese hechtete in letzter Sekunde zur Seite und die Waffe peitschte nur Millimeter an ihrem Gesicht vorbei. Ehe sie es sich versah, zielte die zweite Wache auf Lunas Hals. Sie schützte ihn mit ihrer eigenen Waffe und wurde rückwärts gedrängt, als sie den Speer ihres Gegenübers wegstieß. Die nächsten Schläge der Wächter kamen sofort hinterher, einem konnte Luna ausweichen, der andere jedoch schnitt ihr tief in den Arm hinein. Luna zog schmerzvoll ihr Gesicht zusammen und holte für einen Gegenangriff aus, womit sie die Wächter jedoch nur für ein paar Augenblicke von sich fernhalten konnte, bevor sie brüllend auf sie zu schwammen.

„Madeleine, ich kann sie nicht mehr lange aufhalten!", schrie Luna. Blitzschnell und vor Anstrengung keuchend wedelte sie ihren Speer durch die Gegend, um sich vor den harten Schlägen zu schützen. Einmal mehr teleportierte sie sich weg, doch das sog langsam ihre Kraft auf.

„Warte, Luna", gab Madeleine zurück, die sich nur noch darauf konzentrierte, Astras Wirkung stärker zu machen. Schweißperlen waren ihr auf die Stirn getreten. Keuchend mühte sie sich ab, ihre bebende Hand unter Kontrolle zu halten. Im Kraftfeld bildeten sich Löcher, die immer größer und wieder kleiner wurden. Aber keines war groß genug, um das Kraftfeld genügend zu beschädigen. Madeleine rang nach Atem.

Luna, nur ein Meter hinter ihr, hatte zahlreiche blutende Wunden. Sie wollte sich wehren und ihre Waffe heben, aber ihr Arm bewegte sich nicht mehr. Ihre Kräfte schwanden.

„Madeleine!", brüllte Luna und wehrte sich mehr schlecht als recht mit dem Speer, der sich für ihren schlaff gewordenen Arm tonnenschwer anfühlte.

Madeleine kniff noch weiter ihre Augen zusammen. Tiefe Falten hatten sich unter ihren Augen gebildet. Das Kraftfeld war nur noch zur Hälfte intakt, aber es reichte immer noch nicht, um es zu durchbrechen.

„Warte...", presste sie hervor. Aus dem Stab kamen klirrende Geräusche, gemischt mit einem intensiven Summen.

Die Wächter griffen Luna gleichzeitig an. Sie ließ sich zur Seite fallen und schlug in letzter Sekunde mit allerletzter Kraft zurück. Ihr Arm fühlte sich vollkommen taub an. Aber die Wachen machten nicht Halt und schlugen auf sie ein. Krampfhaft versuchte sie, sich zu wehren. Ihre Flosse war verletzt und brannte, das Blut aus ihren Wunden floss in Strömen heraus und Luna war völlig aus der Puste. Die beiden Meermänner grinsten sich an, da sie wussten, dass sie nun siegen würden, und stürzten sich mit ihren messerscharfen Waffen auf Luna.

„MADELEINE!"

Madeleine brüllte vor Anstrengung und durchdrang das Kraftfeld, welches von Astras Licht durchflutet wurde. In allerletzter Sekunde, packte sie den zackigen, schwarzen Stein, bevor die Druckwelle, welche das zerbrochene Kraftfeld verursachte, sie alle meterweit nach hinten schleuderte. Die beiden Wächter knallten auf den sandigen Meeresboden, während Luna auf dem Rücken landete und sofort ihren Arm auf sie richtete. Rotbrauner Rauch kam heraus und in der nächsten Sekunde waren beide weg. Luna stand auf und wollte zu Madeleine, welche weiter vorne, näher am Gebäude mit dem Stab stand, doch da erklang mit einem Mal in ganz Tarraka ein markerschütterndes, schallendes Geräusch. Luna sah nach oben, wo die glasige Kuppel über dem Land sich Stück für Stück auflöste, bis nichts mehr von ihr übrig war.

Das war's. Mexus' Schutz war weg. Nerotanien wurde sichtbar. Sämtliche Meermenschen auf dem Platz sahen gleichzeitig hoch und realisierten mit einigen Sekunden Verzögerung, dass ihr wichtigster Schutz verloren gegangen war. Panisch begannen sie herumzuschwirren und zu kreischen. Das Geschrei der Meermenschen gellte durch ganz Nerotanien und ließ die Korallen erzittern.

Luna erhaschte nur einen kurzen Blick auf das Chaos hinter ihr, ehe sie den Halt verlor und auf dem Boden zusammensackte. Madeleine kam ihr sofort zu Hilfe und packte sie an den Schultern, um sie hochzuziehen.

„Luna, ist alles in Ordnung?!" Madeleine bemerkte entsetzt, dass Luna aus zahlreichen Wunden blutete, und sie starrte auf die grüne Flüssigkeit, die daraus hervordrang.

„Es geht schon", versicherte Luna und rappelte sich an Madeleine stützend wieder auf. Beide Mädchen waren völlig erledigt. Luna jedoch hatte sich die meisten Verletzungen zugezogen. Madeleine keuchte und betrachtete Lunas zerkratztes Gesicht.

„Du bist die waghalsigste Person, die ich je getroffen habe!"

FLUCHT AUS DER TIEFE

Senias Lage war inzwischen ziemlich verzwickt, denn die Wachen, welche von dem Gebäude mit Mexus zu ihr herübergekommen waren, verfolgten sie gerade quer durch den Laden. Senia warf beim Flüchten die umstehenden Regale um, damit diese ihren Verfolgern den Weg versperren konnten, während sie gleichzeitig versuchte, von keinem der Speere der Wächter getroffen zu werden. Wahllos schmiss sie mit Produkten um sich, damit sie ihre Verfolger trafen, während sie sich fieberhaft wünschte, dass Madeleine und Luna nicht mehr lange brauchen würden.

Die Wachen brüllten ihr immer aggressiver entgegen. „Bleib stehen!"

Senia schüttelte trotzig den Kopf, was ihre Verfolger noch wütender machte.

„Bleib stehen, oder es gibt harte Konsequenzen!"

Aber Senia hatte alles andere vor, als sich erwischen zu lassen, und schwamm ununterbrochen weiter. Doch plötzlich endete der Gang. Sie konnte nicht rechtzeitig abbremsen und krachte deshalb mitten in ein Regal mit Meeresfrüchten hinein. Die Wächter blieben stehen und richteten ihre Speere auf sie.

„Ergib dich, es gibt keine Chance mehr zu entkommen!", fauchte ein Nixenmann.

Senia rappelte sich sofort auf und setzte wieder zur Flucht an, aber einer der Nixenmänner musste wohl genug von der ganzen Verfolgungsjagd haben, denn er schoss ihr einen Speer in die Flosse. Senia blieb auf der Stelle schweben, da sie nicht mehr weiterschwimmen konnte. Blut quoll aus der Stelle, in der nun die silberne Waffe steckte. Senia schrie vor Schmerzen, während die Wächter auf sie zu schwammen und sie an beiden Armen wegschleppten.

„Mach dich auf eine saftige Strafe gefasst, Kind", sagte der größere Nixenmann.

Senia gab keine Antwort, sie sah nur auf ihre Wunde.

„Wie kommst du nur auf den Gedanken, einen Supermarkt anzugreifen?", fragte der andere kopfschüttelnd.

Senia hörte gar nicht zu. Sie war mit etwas anderem beschäftigt. Während die Wächter ihr weiterhin erzählten, welch eine dumme Sache sie gerade getan hatte und welch schlimme Konsequenzen auf sie warteten, richtete sie ihren Arm unauffällig auf ihre Flosse. Sie stellte sich vor, wie die Wunde sich langsam schloss. Es dauerte nur ein paar Sekunden und der Speer kam aus der Stelle heraus und schwebte vor ihr weg. Ihre vorhin noch durchbohrte Flosse war unversehrt. Die Wächter glotzen, als hätten sie einen Geist gesehen.

„Aber ... da war gerade noch...", stammelte einer und ließ Senia vor Verwirrung los. Sein Kamerad rieb sich verblüfft den Kopf.

„Was... Das kann nicht sein..."

„Vielleicht träumt ihr ja auch nur!", rief Senia siegessicher und schwamm in Windeseile aus dem Supermarkt, ehe die Wächter sich überhaupt klarmachen konnten, ob sie richtig gesehen hatten.

Zeitgleich hatte es Leon mit den anderen zwei Nixenmännern zu tun. Wie ein Wilder wedelte er seinen Schläger durch die Gegend, weshalb die Wächter ziemliche Probleme hatten, sich ihm zu nähern. Sie schwammen ständig in seine Richtung, kamen aber einfach nicht an ihn. Leon grinste, doch er hatte sich offenbar zu früh gefreut, denn die Wächter schwammen mit ihren Speeren auf ihn zu, wobei sie dieses Mal keine Angst davor zeigten, von Leons Schläger erwischt zu werden. Leon hatte keinen Plan B parat, daher floh er einfach in die Menge auf dem Platz, damit die Wachen seine Fährte verloren. Nur sah er dabei nicht nach vorn und prallte mit seinem Schläger in eine Koralle hinein, welche die Größe eines ausgewachsenen Baumes hatte. Leon stoppte und wollte sich umdrehen, doch auf einmal gab das Meerestier ein gefährliches Knacksen von sich.

„Oh, Mist", fluchte Leon und sah nach oben. Die Koralle kippte auf ihn zu! Er schwamm blitzschnell zur Seite und nur wenige

Augenblicke später schmetterte die Koralle auf den Meeresgrund. Im gleichen Moment stob der Sand wie ein Wüstensandsturm in die Höhe und unzählige Fische strömten aus dem Nesseltier heraus. Die Einwohner Tarrakas kreischten auf und auf dem ganzen Platz entstand ein heilloses Durcheinander. Alles und jeder schwamm so wild durch die Gegend, dass man nicht erkennen konnte, ob es sich um einen Fisch oder Meermenschen handelte. Noch dazu versperrte das Ganze Leons Sicht auf die Plattform, sodass er nicht sehen konnte, was Madeleine und Luna gerade machten.

„Verdammt! Ich muss hier raus!", zischte er und kämpfte sich durch den Fischschwarm und die schreienden Einwohner hindurch. Dabei konnte er rein gar nichts erkennen und knallte hart gegen eine Person, die nach hinten taumelte.

„Tut mir leid!", entschuldigte die Person sich flüchtig, obwohl der Aufprall Leons Schuld gewesen war, und schwamm davon. Doch Leon stutze. Diese Stimme kam ihm bekannt vor. Bevor die Person davonschwimmen konnte, packte er sie am Arm.

„Senia!"

Die Meerjungfrau brauchte ein paar Sekunden, um ihr Gegenüber in seiner ungewöhnlichen Gestalt zu erkennen. Dann aber erhellte sich ihr Gesicht.

„Leon!", sagte sie erleichtert. „Was ist mit dem Plan? Haben Luna und Madeleine es gescha-"

Bevor sie die Frage ausformulieren konnte, unterbrach sie ein gellender Ton, der die ganze Stadt durchflutete. Ihre Köpfe schnellten nach oben, während sie ihre Ohren zuhielten und sahen, dass sich die Schutzhülle um die Stadt aufgelöst hatte.

„Ja, haben sie", schlussfolgerte Leon. Kurz darauf ertönte eine Polizeisirene.

Senia sah alarmiert zu Leon. „Wir müssen Luna und Madeleine sofort finden!"

Die beiden drängten sich durch die Menge, nach den beiden Meisterinnen Ausschau haltend.

„Da sind sie!", brüllte Leon schließlich. Senia reckte ihren Kopf. Weiter entfernt erkannte sie Luna, wie sie sich an Madeleine stützte. Sie musste verletzt sein. „Luna, Madeleine!", zeterten beide gleichzeitig, aber sie waren wegen des Tumults nicht zu hören. „HIER SIND WIR!"

Endlich hörten die beiden sie und drängten sich zu ihren Freunden.

„Geht's euch gut?", keuchte Senia.

„Ja, aber Luna wurde verletzt, du musst sie heilen, Senia", gab Madeleine zurück.

Senia hielt gerade ihre Hand über Luna, da sah Leon einen Haufen Polizisten auf sie zukommen.

„Erst mal müssen wir weg von hier, bevor die uns erwischen", warnte Leon. „Ihr habt Mexus doch, oder?"

Madeleine öffnete ihre Handfläche und zeigte den tiefschwarzen Stein, der von allen Zaubersteinen am meisten glitzerte. Senia und Leon nickten und die Freunde jagten davon, beziehungsweise schwammen nach oben an die Oberfläche, die hunderte Meter von ihnen entfernt war. Senia versuchte Luna nebenbei zu heilen, doch es war schwierig, wenn man gleichzeitig floh und ständig nervöse Blicke nach unten warf. Währenddessen schossen die Polizisten mit Pistolen auf sie. Die Freunde schwammen, so schnell sie konnten, davon, aber die Polizisten kamen immer näher. Leon und Senia wollten noch schneller schwimmen, aber sie mussten mit Luna und Madeleine Schritt halten, die etwas langsamer waren, da Luna sich immer noch stützen musste. Abgesehen davon waren Madeleine und Luna so aus der Puste, dass es für sie schwierig war, zu beschleunigen.

Luna blickte nach unten. Ihre Verfolger hatten sie fast eingeholt. Senia kreischte, da sie fast von einem Schuss getroffen worden wäre. Luna ließ ihren Blick über Senia und ihren Bruder schweifen. Die Angst stand ihnen in ihren Meermenschengesichtern geschrieben, während sie verzweifelt zu entkommen versuchten. Dann blickte sie zu Madeleine, die ihr beim Vorankommen half und dadurch enorm verlangsamt wurde. Die Polizisten würden sie gleich einholen.

„Ihr müsst gehen", sagte Luna plötzlich.

„Versuchen wir doch gerade!", gab Leon energisch zurück.

„Ohne mich."

„Wovon sprichst du, Luna?", fragte Senia empört. „Das kommt gar nicht infrage!"

„Wir gehen hier gemeinsam heraus!", bekräftigte Madeleine und griff Lunas glitschigen Arm noch fester.

„Seht ihr nicht, dass ich euch zu sehr verlangsame? So werden wir es nicht schaffen!", stritt Luna kopfschüttelnd, „Ihr müsst ohne mich weiter oder wir werden geschnappt!"

Die Polizisten erhöhten inzwischen die Schussfrequenz und die Freunde mussten nach links und rechts ausweichen, um nicht getroffen zu werden.

„Wir gehen auf keinen Fall ohne dich!", schrie Leon.

„Ihr habt keine andere Wahl, sonst ist unser ganzer Plan umsonst! Wir kriegen nicht noch einmal die Chance hierherzukommen!"

Zwischen den Polizisten und den Freunden waren nur noch ein paar Meter.

„Wir lassen dich nicht zurück!", konterte Madeleine.

„Ich komme schon klar, keine Sorge! Aber der Zauber ist fast vorbei und ihr müsst an die Oberfläche, bevor ihr euch verwandelt!"

„Und was wird aus dir?!", rief Senia verzweifelt.

„Ich schaffe das schon irgendwie! Aber wenn ihr mich nicht zurücklasst, dann werden wir geschnappt und keiner von uns schafft es! Dann haben wir Mexus verloren und sind geliefert!", argumentierte Luna flehend „Lass mich los, Madeleine, bitte!"

Die Kugeln flogen den Freunden um die Köpfe. Einer der Meermänner war nun so nah, dass Luna seine Augenfarbe erkennen konnte. Sie sah noch ein letztes Mal auf ihre Freunde und schielte auf Neilon. Das war ihre einzige Chance. Luna ignorierte die unterschwellige Angst, die ihr Herz flattern ließ, und aktivierte Neilon mit all der Kraft, die ihr noch geblieben war. Damit schaffte sie es, Senia meterweit weg zu teleportieren, Leon landete fünf Meter über ihr und Madeleine fand sich ein Stückchen vor Luna wieder. Ein Stückchen, das groß genug war, um den Polizisten zu entkommen. Luna wiederum blieb an Ort und Stelle zurück. Für sich selbst hatte ihre Energie nicht mehr gereicht. Sie sank nach unten, weil sie keine Kraft mehr zum Bewegen ihrer Flosse hatte und das schimmernde blaue Meer war das Letzte, das sie sah, bevor ihr die Augen zufielen.

EINE RETTUNGSMISSION, DIE ES EILIG HAT

Leon, Senia und Madeleine starrten verwirrt umher und wunderten sich, was passiert war, bis sie sich umsahen und begriffen, was Luna getan hatte. Leon riss die Augen auf.

„Lunaaaaaa!"

Die Polizisten schwammen auf die sinkende Luna zu, packten sie und legten ihr Handschellen an. Leon wollte zu seiner Schwester schwimmen und das verhindern, doch es war schon zu spät. Sie war gefangen und die Freunde waren zu weit weg, um die Polizisten jetzt noch einzuholen.

„Luna!" Leon kraulte panisch zu seiner Schwester, aber Senia und Madeleine zogen ihn zurück.

„Lasst mich los!", beharrte er verzweifelt, während die Polizisten Luna davontrugen. „Nein! Rührt sie nicht an!"

„Du kannst sie nicht mehr einholen, Leon, wir müssen weg!", drängte Madeleine.

„Nein! Ich lasse sie nicht zurück!", klagte er, immer noch in dem Versuch, sich loszureißen.

„So können wir sie nicht retten, wir sind ihnen unterlegen! Wenn wir jetzt auch gefangen werden, gibt es gar keine Rettung mehr für sie!", versuchte Senia ihn zu überzeugen. Die Polizisten waren ihnen nicht nur zahlmäßig überlegen, sie hatten auch Schusswaffen bei sich, gegen die sie nichts anrichten konnten, zumal Senia ihren Speer verloren und Madeleine ihren beim Altar gelassen hatte.

„Wir lassen sie auf keinen Fall im Stich, aber jetzt geht es nicht! Wir kommen wieder zurück, aber wir müssen uns beeilen!", beschwichtige Senia.

Leon sah mit tränenden Augen, wie Luna weggetragen wurde. Er streckte seine Arme nach ihr aus, obwohl sie ohnmächtig war und ihn ohnehin nicht sehen könnte.

„Es nützt nichts, wenn wir jetzt noch mehr Zeit verlieren! Lass Lunas Opfer nicht umsonst gewesen sein! Los jetzt!", befahl Madeleine und als der Polizist auf sie zu kraulte, setzte Leon sich endlich in Bewegung. Alle drei schwammen pfeilschnell davon, jedoch nicht an die Oberfläche, sondern erst zu dem Empfangshaus, wo sie abgemacht hatten, dass sie sich dort treffen würden. Kelly wartete darin, stutzte jedoch, als sie Luna nicht sah.

„Wo ist…"

„Kelly, die Polizisten haben Luna!", fiel Senia ihr ins Wort. Kelly machte den Mund auf, doch Senia unterbrach sie wieder. „Wir müssen sie irgendwie retten, aber der Zauber ist bald vorüber und wir haben keine Waffen bei uns."

Kelly fühlte sich von alledem überrumpelt, doch sie verstand schnell.

„Okay, okay, ähm … Geht ihr und bringt euch in Sicherheit!", riet sie. „Sie bringen Luna wahrscheinlich ins Polizeihauptquartier, mein Bruder arbeitet dort. Wir werden sie da irgendwie herausholen und dann kommt sie zu euch, versprochen!"

Die Freunde nickten dankbar und strömten davon, hoch an die Oberfläche.

Kelly driftete davon und machte sich sofort auf die Suche nach ihrem Bruder. Sie erinnerte sich, dass er heute auf Streife war. Normalerweise kontrollierte er immer das Gebiet um die Fungia spec Allee, doch es herrschte eine Notsituation wegen dem Diebstahl von Mexus, und es könnte sein, dass er sich woanders befand. Doch Kelly hatte nur diese eine Spur, deshalb hastete sie weiter. Nach zehn Minuten entdeckte sie endlich ihren Bruder, wie er zwei Straßen von seinem Kontrollgebiet entfernt davontrieb. Wahrscheinlich wollte er zum Hauptquartier.

„Marius!", schrie Kelly. Ihr Bruder, welcher wie eine männliche, nur schwarzhaarige Kopie von ihr aussah, drehte sich überrascht um und brauchte einen Moment, bevor er entdeckte, woher die Stimme kam. Kelly schwamm hastig zu ihm. „Wir müssen sofort zum Hauptquartier, ein Leben steht auf dem Spiel!"

Marius zeigte verwirrt nach rechts. „Da wollte ich gerade hin, aber was…"

„Wir müssen ein Kind da rausholen!", schrie Kelly so schrill, dass ihr Bruder zusammenzuckte. „Ich erkläre dir alles auf dem Weg, aber wir müssen uns beeilen! Wirklich beeilen!"

Kelly zog ihren Bruder mit sich und beide rauschten im Eiltempo durch die Straßen, während Kelly von den Ereignissen berichtete. Bestürzt hörte Marius zu und sein Schock verdoppelte sich mit jedem Satz, den Kelly sagte.

„Du hast den Kindern geholfen, Mexus zu stehlen?!", schrie er fassungslos.

„Schhh, nicht so laut!", zischte Kelly. „Du musst mich verstehen. Ganz Lewendia ist in Gefahr und niemand kann Erold aufhalten, außer *sie*."

Marius fasste sich an den Kopf. Was hatte sie getan? „Aber das ist Verrat, Kelly! Du hast dein Land verraten, Mexus war unser einziger Schutz vor der Außenwelt und jetzt... jetzt sind wir sichtbar!"

„Wir wissen schon seit unserer Kindheit, dass wir Mexus abgeben müssen, und jetzt ist dieser Zeitpunkt gekommen", argumentierte Kelly.

„Aber doch nicht *so*!"

„Was sollte ich denn sonst machen? Du weißt, dass niemand in Nerotanien den Stein freiwillig abgegeben hätte! Außerdem: Wäre es nicht egoistisch, wenn wir Mexus die ganze Zeit über verstecken, während Lewendia ihn mehr braucht als jemals zuvor?"

Marius stieß einen tiefen Seufzer aus. Obwohl er es nicht wahrhaben konnte, was sie gerade taten, hatte Kelly recht. Aus der Sache gab es keinen Ausweg.

„Übrigens brauchst du keine Schuldgefühle zu haben, du hast ihnen ja nicht geholfen. Ich war es. Und jetzt gerade hilfst du mir nur, um ein Leben zu retten", versuchte Kelly ihren aufgeregten Bruder zu beruhigen.

„Nein, Kelly, ich stecke da jetzt auch mit drin", meinte Marius und sein Gewissen kämpfte mit seinem Pflichtbewusstsein als Polizist, doch er schwamm trotzdem weiter.

Kelly war für sein Verständnis sehr dankbar. Sie konnte immer auf ihren Bruder vertrauen, ganz egal, was auch kam.

„Danke, Marius."

Ein paar Minuten später waren sie beim Polizeihauptquartier – ein imposantes, aus grauem Stein erbautes Gebäude – angekommen. Polizisten strömten aufgebracht aus der Eingangstür, da die Sirene, die Mexus' Verschwinden andeutete, immer noch tönte.

„Luna befindet sich sicherlich im Gehörzimmer D4. Dort bringen sie alle Schwerverbrecher hin", flüsterte Marius Kelly zu. „Ich versuche, an den Schlüssel zu kommen, und befreie Luna. Warte du am Hintereingang, dann können wir sie dadurch schleusen."

„Ok, guter Plan", sagte Kelly und Marius beschrieb ihr, wo sie hinsollte. Sie machte sich sofort auf den Weg, während Marius in das Gebäude eilte.

Drinnen herrschte das reine Chaos. Polizisten schwammen gestresst umher und alle Kristallkugeln schienen gleichzeitig zu leuchten, womit sie ein helles Geräusch von sich abgaben. Außerdem schallte die Notfallsirene durch die Hallen, Papiere flogen durch die Gegend und alle schwammen zum Ausgang, um Mexus' Diebe zu finden.

Marius drehte sich um und huschte zu seinem Schreibtisch. Dort war ein Schlüssel für die Handschellen, von denen jeder Polizist einen besaß. Er schnappte sich ihn, ohne vorsichtig sein zu müssen, da in dem Durcheinander sowieso niemand auf ihn achtete. Mit dem Schlüssel schlängelte er sich durch die Menge. Der Schlüssel für den Raum D4 befand sich normalerweise in dem Büro des Hauptkommissars. Wenn er Glück hatte, konnte er ihn nehmen und einfach in den Raum gehen und Luna war dort allein, da Mexus zu finden Priorität hatte.

Mitten auf dem Weg stoppte Marius. Der Hauptkommissar war im selben Gang und redete mit einem der Polizisten. Allerdings lag seine Bürotür vor ihm und er hatte ihr gerade den Rücken zugedreht. Marius schluckte. Es wäre ein großes Risiko, jetzt dorthin zu schleichen. Aber das war womöglich seine einzige Chance, denn jede Sekunde zählte. Er musste dieses Risiko eingehen. Unauffällig schlenderte er den Gang entlang, wobei er sich nicht entscheiden konnte, ob er langsam oder doch lieber schnell schwimmen sollte. Sein Herz schlug so schnell, dass er befürchtete, der Kommissar könnte es hören und die Röte stieg ihm ins Gesicht, während er krampfhaft versuchte, der Tür – also auch seinem Chef – näher zu kommen, ohne erwischt zu werden. Mit angehaltenem Atem schwamm er weiter und kam endlich in den Raum hinein. Sofort begann er, den Schreibtisch nach dem Schlüssel zu durchwühlen, als er sich plötzlich an den Kopf griff. *Den trägt der Kommissar doch bestimmt mit sich!* Mit zittrigen Händen ging er zu der Schublade für die Ersatzschlüssel.

„Wo ist er, wo ist er?" Plötzlich hörte Marius die Stimme seines Chefs näherkommen. Offenbar würde das Gespräch nicht mehr lange dauern. Er spürte, wie das Blut in sein Gesicht schoss. Wenn er jetzt erwischt würde, wäre alles vorbei.

Doch da war der gezackte Schlüssel: in einer der Schubladen. Marius nahm ihn an sich und schwamm sofort zur Tür hinüber, wo er durch den Türspalt lugte. Der Kommissar hatte den Polizisten hinter sich gelassen und schwamm auf sein Büro zu. Es fehlte nur noch ein Meter, bis er ankam. Marius Herz setzte aus.

„Und, Herr Gers", sagte der Kommissar und drehte sich plötzlich wieder zu dem Polizisten um.

Marius wartete keine Sekunde und schwamm sofort aus dem Büro.

„Seien Sie schnell, ganz Nerotanien hängt davon ab", warnte der Kommissar und setzte den Weg zu seinem Büro fort. „Herr Quennto, was machen Sie denn hier?"

Marius lief es kalt den Rücken herunter. Langsam drehte er sich um. „Ich ... Ich bin gekommen, um bei der Suche nach Mexus zu helfen", log er. „In so einer Notsituation konnte ich nicht weiter die Patrouille durchführen."

Der Kommissar kam näher und Marius schluckte. Doch dann klopfte sein Chef ihm auf die Schulter. „Gute Entscheidung. Gemeinsam sind wir stärker."

Marius fühlte, wie eine enorme Last von seinen Schultern fiel. Er nickte und lächelte verzerrt, da er plötzlich enorme Schuldgefühle hatte. Doch jetzt gab es kein Zurück mehr. Er drehte sich um und sobald der Kommissar außer Reichweite war, preschte er eilig auf Raum D4 zu. Zu seiner Erleichterung stellte seine Vermutung sich als richtig heraus; der Raum wurde nicht bewacht, da die Polizisten nach Mexus suchten. Blitzschnell schloss Marius die schwere Tür auf und platzte herein. Im Inneren fand er ein blondes Mädchen, das energisch an ihren Fesseln zerrte und aufschreckte, als sie ihn sah. Ihre Flosse war mit einer Alge bandagiert, offenbar war erste Hilfe geleistet worden, damit es Luna gut ging und sie später aussagen könnte.

„Keine Angst, ich bin Kellys Bruder, Marius", sagte Marius und machte sich daran, ihre Schellen zu lösen. „Ich bin gekommen, um dich von hier zu befreien."

„Kellys Bruder? Was ist mit den anderen? Konnten sie fliehen?", wollte Luna wissen.

„Ja, konnten sie, keine Sorge. Kelly hat mir alles erzählt. Aber du musst jetzt schnell hier heraus, bevor du wieder ein Mensch wirst."

Erst jetzt sammelte Luna sich wieder und erinnerte sich daran, dass sie in Lebensgefahr steckte.

„Wie soll ich hier denn rauskommen?", erkundigte sie sich, während sie Marius mit den Schellen half.

„Ich bringe dich von dem Hintereingang des Hauptquartiers heraus. Kelly wartet auch dort", fasste Marius zusammen und sah zur Tür. „Gleich, wenn wir rausschwimmen, musst du ganz vorsichtig sein. Sieh niemanden an und gib keinen Mucks von dir. Wenn dich jemand fragt, wer du bist, sag, dass du im Durcheinander deine Mutter verloren hast."

Luna nickte. Marius schwamm nach vorn und sah nach, ob jemand sich in dem Gang befand. Als die Luft rein war, schwamm er vorsichtig heraus, gefolgt von Luna, die hinter seinem Rücken blieb. Die wenigen Polizisten, die noch im Quartier waren, bemerkten Luna, die nicht gerade wie eine Schwerverbrecherin aussah, nicht einmal.

Marius führte sie in den hintersten Teil des Gebäudes, bis sie in einen abgelegenen Gang kamen. Plötzlich spürte Luna ein Kribbeln an ihren Händen. Sie sah auf sich herab. Ihre Schwimmhäute entwickelten sich langsam zurück. Luna schluckte und schwamm Marius umso schneller hinterher, der auf einmal einen Polizisten im Gang neben ihnen sah und sofort zurückwich. Doch Luna konnte er nicht rechtzeitig stoppen und sie wurde von ihm gesehen.

„Du da! Was machst du hier?", fragte der Meermann und glitt auf sie zu. Luna machte Marius hinter dem Rücken ein Zeichen, dass er sich verstecken sollte. Er war sich zwar nicht sicher, ob er sie allein lassen sollte, doch dann verschwand er hinter der nächsten Wand.

„Ich habe meine Mutter verloren, als wir in der Stadt waren. Sie wurde schon kontaktiert und kommt mich abholen", flunkerte Luna, wobei sie direkt in die gelblich-grünen Augen des Meermannes sah, damit er ihr glaubte.

„Ist gut, aber hier solltest du lieber nicht stehen. Deine Mutter kann dich am Haupteingang abholen." Der Polizist nahm ihren Arm, um sie wegzuziehen, aber sie bewegte sich nicht.

„Äh, nein, da sind zu viele Leute, da findet sie mich nicht!", meinte Luna und lugte auf ihren Arm, an dem ihre Hand schon vollkommen menschlich geworden war. Der Polizist hielt sie immer noch fest und Luna sah sofort auf, direkt in die Augen des Polizisten und hoffte innig, dass er den Blick nicht von ihren abwandte. In diesem Moment begann das Kribbeln auch in ihrer Flosse. Luna drehte sich lässig zur Seite, damit die menschlichen Teile ihres Körpers nicht im Sichtfeld des Polizisten lagen. Unter seinem prüfenden Blick schlug ihr Herz doppelt so schnell.

„Na schön", schnaubt er schließlich und ließ ihren Arm endlich los. „Dann warte hier, bis sie da ist." Damit schwamm er davon.

„Puh, das war knapp." Marius kam aus seinem Versteck und sah sich nochmal um, ob jemand in der Nähe war. „Wir sollten weiter."

Luna nickte und folgte ihm, wobei sich jetzt auch noch ihre Flosse zurückbildete. Die Fischschuppen an dessen Ende waren schon durch ihre Zehen ersetzt worden und es bildete sich langsam ihr Fußgelenk. Sie blieben vor einer großen, schweren Metalltür stehen, die Marius schnell mit einem Schlüssel aus seiner Jackentasche aufschloss. Hinter der Tür wartete Kelly, die nervös herumschwamm.

„Luna! Ihr habt es geschafft!" Kelly warf sich ihr und Marius um den Hals. Dann blickte sie kurz auf und erschrak bei Lunas Anblick. „Luna, dein Gesicht!"

Luna spürte das Kribbeln nun auch auf ihren Wangen. Ihre Schuppen verschwanden und ihre Haut nahm wieder ihre normale Farbe an.

„Wir haben nicht mehr viel Zeit, Kelly. Ich verwandle mich zurück!", sagte Luna zittrig und die Geschwister warfen einander gehetzte Blicke zu.

„Dann los, geh schon!", befahl Marius und Luna schwamm im Eiltempo nach oben, wobei sie hinter sich lauter werdende Geräusche bemerkte. Offenbar hatten die Polizisten ihre Abwesenheit bemerkt. Während Luna weiterschwamm, strömten diese schon auf den Hintereingang des Hauptquartiers zu, da dies ihre einzige Fluchtmöglichkeit gewesen sein konnte. Luna sah kurz hinter sich und bemerkte fünf Polizisten, die ihr zuriefen, dass sie stoppen sollte.

Marius und Kelly drehten sich verschreckt zu ihnen um und wollten schon davonschwimmen, da holten die Polizisten ihre Pistolen heraus und zielten damit auf Luna. „Zwing uns nicht, zu schießen!", rief einer von ihnen und Luna sah verschreckt hinter sich. Dort waren die Geschwister und sahen einander an. Sie brauchten nichts zu sagen, um zu verstehen, was dem anderen durch den Kopf ging. Kelly drehte sich zu Luna um.

„Schwimm weg, Luna, schnell!", rief sie und schwamm mit ihrem Bruder vor die Polizisten, die innehielten, weil sie keine Bürger, und vor allem keinen Polizisten erschießen wollten. Luna wusste, dass die beiden ihr nur Zeit verschaffen wollten und auch, was dann mit ihnen passieren würde. Sie würden wahrscheinlich ins Gefängnis gesperrt werden, doch sie konnte nichts dagegen tun.

Schweren Herzens drehte Luna sich um und ließ die Stadt hinter sich.

Mit ihrer halb zurückverwandelten, verarzteten Flosse schwamm sie, so schnell sie konnte, nach oben. Ihre Flosse schmerzte zwar immer noch und sie hatte wenig Kraft, doch sie hatte etwas Zeit zum Verschnaufen bekommen, bis Marius zur Rettung gekommen war. So kämpfte sie sich immer weiter hoch und das Kribbeln nahm währenddessen ihren ganzen Körper ein. Im nächsten Augenblick strampelte Luna mit ihren Beinen nach oben, weil ihre Flosse sich zurückgebildet hatte. Beim Kraulen sah sie auf ihre Arme, die nicht mehr glänzten und wie ihre helle Haut die Schuppen zu ersetzen begann. Als Nächstes setzte sich die Rückbildung an ihren Armflossen fort, bis zu den Schultern und dem Oberkörper. Das Schuppenkleid war weg und sie konnte wieder ihr weißes Oberteil sehen. Mit hämmerndem Herzen versuchte sie sich schneller hochzuziehen, doch um sie herum war weiterhin nur das unendliche Blau und nichts anderes.

Wann erreiche ich endlich die Oberfläche? Luna strampelte weiter und versuchte das Kribbeln zu ignorieren. Es war, als würde ein Ameisenschwarm auf ihr krabbeln, die Rückverwandlung arbeitete sich immer weiter hoch, es war schon über ihrem Bauchnabel. Luna begann panisch zu werden. Nicht mehr lange und ihr Hals würde sich zurückverwandeln, wo ihre Kiemen waren. Ohne sie würde sie nicht mehr atmen können und würde es nur noch wenige Sekunden unter Wasser aushalten. Lunas Beine fühlten sich tonnenschwer an, doch sie zwang sie dazu, schneller zu strampeln. Aber es schien alles nichts zu nützen. Die Oberfläche war nirgends zu sehen, alles um sie herum war das Meer.

Los, Luna! Schneller!, spornte sie sich selbst an. *SCHNELLER!*

Das Kribbeln wurde immer stärker. Luna fühlte das Bedürfnis nach Luft. Die Rückverwandlung hatte ihr schließlich die Kiemen genommen und sie musste ihren Atem anhalten. Endlich wurde das Wasser etwas heller. Sie näherte sich der Oberfläche! Für einen kurzen Augenblick freute sie sich so sehr, dass sie von ihrer schwindenden Kraft abgelenkt wurde, dann aber war dieser Augenblick vorbei und sie merkte, wie sich ihre Beine verlangsamten. Ihre Kraft reichte nicht mehr...

Plötzlich kam sie nicht mehr weiter hoch, ihr Strampeln war zu schwach. Panisch warf sie ihre Arme hoch, mehrere Luftblasen bildeten sich im Wasser, aber sie hatte keine Kraft mehr, um ihren Körper hochzubekommen. Luna ahnte nichts Gutes. Auf einmal tanzten Bilder von ihren trauernden Freunden vor ihre Augen.

Nein!, meldete sich plötzlich ihre innere Stimme, die alle Bilder verschwinden ließ. *Ich werde nicht sterben!*

Luna klammerte sich an diesen Gedanken und zog sich mit einem Mal so kraftvoll nach oben, wie es überhaupt nur möglich war und paddelte nach oben. Ein Funken Hoffnung tat sich in ihr auf, doch das war nicht das Einzige. Ein Engegefühl zog ihren Brustkorb zusammen und Lunas Puls jagte nach oben, als sie realisierte, wieso.

Ihr Sauerstoff wurde langsam knapp. Das Engegefühl wurde zunehmend stärker und dann bekam Luna Atemnot. Schlagartig kamen all die Gedanken wieder zurück.

Nein!, unterbrach Luna sich selbst. *Ich werde nicht sterben!* Aber schneller schwimmen konnte sie auch nicht. In dem Moment wurde ihr klar, dass es so nicht ging. Sie kniff ihre Augen zusammen und versuchte, ihre enorme Panik zu ignorieren, um sich konzentrieren zu können. Als wäre ein Wunder geschehen, leuchtete Neilon. Sie konnte ihren Zauberstein tatsächlich nutzen, obwohl sie so erschöpft war, und kam mindestens fünf Meter weiter nach vorne. Nun konnte sie durch das cyanblaue Wasser die Wolken am Himmel erkennen, doch sie stand auch kurz vor dem Ertrinken. Ihr Brustkorb fühlte sich an, als würde er gleich platzen.

Ihr Gesicht fing an, blau zu werden. Gleich würde sie ohnmächtig werden!

Luna gab ihrem Körper den heftigsten Ruck, den sie sich in ihrem ganzen Leben gegeben hatte, und raffte sich nach oben. Ihr Kopf erreichte die Oberfläche, wo sie den tiefsten Atemzug nahm, der für einen Menschen möglich war. Sie spürte, wie ihre Lungen sich mit Sauerstoff füllten und die frische Luft ihre

Kehle durchschnitt. Sie rang nach Atem. Eine weitere Sekunde und sie wäre ertrunken. Doch sie hatte es geschafft. Sie lebte.

Als Luna endlich wieder normal atmen konnte, sah sie sich um. In der Ferne entdeckte sie das Segelboot, auf dem ihre Freunde saßen.

„Hallo! Leute, ich bin hier!", machte Luna sich bemerkbar. Ihre Stimme hörte sich kratzig an. „Leon! Senia! Madeleine!" Luna versuchte, dem Boot entgegen zu schwimmen, wobei sie sich eher von den Wellen treiben ließ, als sich zu bewegen. Vor Erschöpfung konnte sie nicht mal mehr ihre Augen richtig offen halten. „Hier!", rief sie mit brüchiger Stimme.

Femy hörte ihren Ruf als Erste und flog wild um Senias Kopf, die sofort herumwirbelte und vor Freude in die Luft sprang, als sie sie sah. Die Anderen bemerkten Luna auch, riefen ihren Namen und Madeleine sprang ins Wasser, um ihr zu helfen. Sie schwamm mit Luna zum Segelboot, wo sie von Leon und Senia hochgezogen wurden.

„Du hast es geschafft, Luna!", sagte Senia mit Freudentränen in den Augen.

Leon schloss seine Schwester in die Arme. „Mach so etwas nie wieder!"

Luna lächelte schwach und ließ sich auf die Bank fallen. „Schon gut, ich bin doch hier."

„Hab ich doch gewusst, dass du es schaffst", sagte Madeleine munter und sie alle freuten sich, bevor ihnen einfiel, dass sie lieber weiterfahren sollten.

„Die Nerotanier sind bestimmt schon hinter uns her", erinnerte Luna und dachte an die Polizisten, vor denen sich Kelly und Marius gestellt hatten.

Leon nickte heftig. „Luna hat recht, verschwinden wir von hier!"

Madeleine nahm das Segel in die Hand und steuerte das Boot. Luna lehnte sich mit ihrem Rücken gegen den Mast, wo Femy es sich schon gemütlich gemacht hatte. Senia setzte sich zu ihr und nutzte ihren Zauberstein, um ihre Wunden zu heilen.

„Wie kommst du nur darauf, den Helden zu spielen?", fragte sie scherzhaft. „Ich dachte, das will nur Leon?"

Luna rang sich ein Lachen ab und ihr Bruder schüttelte den Kopf. Dann legte er theatralisch eine Hand ans Kinn.

„Also, nach Abwägung der letzten Ereignisse und gründlichen Überlegungen bin ich zu dem Entschluss gekommen, dass das Heldenspielen doch nicht so mein Ding ist!" Luna musste schmunzeln und Leon schüttelte heftig den Kopf. „Nein, jetzt mal ehrlich, jemand anderes kann der Held sein, ich mach so etwas niemals!"

DER LETZTE SCHRITT

„Das Einzige, was wir jetzt noch tun müssen, ist, diese Roxanne zu finden", erfasste Leon, als die Freunde am nächsten Tag darüber diskutierten, was sie als Nächstes tun sollten. Inzwischen hatten sie sich so weit von der Unterwasserwelt entfernt, dass sie durchatmen konnten, und dank Senia waren alle ihre Wunden geheilt.

„Also, das kann doch wohl nicht so schwer sein", kommentierte Leon, während er sein Brot mit der Marmelade der Tormys bestrich. Er war großzügig gewesen und hatte den anderen auch etwas abgegeben, weshalb jeder von ihnen jetzt mit einem Stück Brombeermarmeladenbrot dasaß. Femy brauchte kein Brot, also schleckte sie lediglich das Glas aus.

„Das glaube ich nicht. Das könnte vielleicht sogar der schwierigste Teil dieser Mission werden", widersprach Luna. „Schließlich versuchen wir, jemanden zu überreden, mit vier unbekannten Leuten gegen den eigenen Großvater zu kämpfen..."

Senia blickte betrübt vom Boot aus auf das graue Meer, das ihre Laune widerspiegelte. „Aber es muss doch einen Weg geben, damit sie uns glaubt. Sie wird auch nicht profitieren, wenn Erold gewinnt. Nicht einmal, wenn sie seine rechte Hand wird, was ich aber nicht glaube. Erold könnte ihr jederzeit diese Position wegnehmen, bei jedem kleinen Fehler. Wer will denn sein ganzes Leben lang Menschen unterdrücken und dabei ständig unter Druck stehen?"

Luna nickte stumm.

„Aber das akzeptiert sie ja nicht", brachte Madeleine ihnen genervt in Erinnerung. „Ich habe es schon versucht, als wir vor den Ogern geflohen sind. Ich habe ihr alle möglichen Argumente aufgetischt, aber sie hat sich dafür entschieden, gegen mich zu kämpfen."

„Vielleicht schaffen wir es dieses Mal, weil wir zu viert sind. Dann würde sie doch eher denken, dass wir es schaffen können, als wenn nur eine Person allein dasteht", überlegte Luna. „Außerdem haben wir Mexus auch bei uns, ihre Meinung könnte sich ja ändern, wenn sie ihren Zauberstein einmal vor Augen hat, sowie uns mit den anderen drei Steinen."

Die Freunde nickten. Zu viert (zu fünft, wenn man Femy mitzählte) und mit allen vier Zaubersteinen standen ihre Chancen besser.

„Erstmal müssen wir sie finden", befand Leon.

„Ich habe sie zuletzt dort im Wald gesehen, wo wir gekämpft haben", sagte Madeleine. „Danach habe ich nichts mehr von ihr gehört und ich habe keinen Schimmer, wohin sie gegangen sein könnte."

„Können wir nicht so einen Zauber machen, der sie findet? Wir leben hier in einem magischen Land, da gibt es doch bestimmt solche Tricks", erkundigte sich Leon. Gleichzeitig drehten sich alle zu Senia um, sie kannte sich am besten mit Zaubern jeder Art aus.

„Das kommt auf die Mittel an, die wir haben", sagte Senia. „Madeleine hat Roxannes Rucksack noch. Femy könnte mit einem Geruchsverstärkungszauber vielleicht ihre Fährte aufnehmen, aber dafür müssen wir an eine Stelle, wo Roxanne sich einmal befunden hat. Sonst ist es, als würde man eine Nadel im Heuhaufen suchen."

Luna und Madeleine sahen einander an.

„Du meinst, wir müssen zu der Stelle, wo Madeleine und Roxanne gekämpft haben?", fragte Luna, woraufhin Senia nickte.

Madeleine schüttelte sich die Krümel ihres Brotes von den Händen und stand auf. „Alles klar." Sie nahm das Segel in die Hand, um die Steuerung zu übernehmen. „Nichts wie hin."

Nur ein einziger Atemzug der modrigen und gammeligen Luft reichte, um festzustellen, dass Roxanne und Adrian sich im Norden Lewendias nahe des Nebeltals befanden. Wer die Augen öffnete und den Blick über die tote Landschaft schweifen ließ, konnte ebenfalls ahnen, dass dies der weitaus abstoßendste Ort Lewendias war, sogar noch schlimmer als Duras. Niemand konnte genau sagen, warum dieser Teil des Landes so widerwärtig war. Einzig Roxanne (und sicherlich noch ein paar andere, die wagemutig genug gewesen waren), wusste, dass genau unter diesem trockenen und harten Boden ein unterirdisches Gewässer floss, in dem alle Seelen strömten, welche die Totenkönigin in die Finger gekriegt hatte, weil sie ihr besonders reizend vorkamen. Denn jene Seelen waren es, die zu ihren Lebzeiten so boshaft gewesen waren, dass die Totenkönigin auf sie aufmerksam geworden war.

Mitten in ebendiesem toten Wald, der aus verdorrten und krummen Bäumen bestand, ritten ein Zentaur und ein Mädchen, deren Seelen die Königin bestimmt toll gefunden hätte, wären ihre Besitzer denn tot gewesen. Jedenfalls vermutete Roxanne, wenn sie darüber nachdachte, dass dies der Grund war, warum sie von den Untieren der Königin angegriffen worden war. Die Totenkönigin hatte es auf Roxannes hasserfüllte Seele abgesehen.

Während Roxanne auf Adrians Rücken hin und her ruckelte und schweigend in ihren eigenen Gedanken vertieft war, merkte sie nicht, dass auch ihn etwas beschäftigte. Seit dem Beginn seiner Partnerschaft mit Roxanne versuchte er nämlich herauszufinden, ob sie wusste, dass sie eine Meisterin war. Doch Roxannes Gesichtszüge waren stets so eiskalt, dass sie nicht einmal den Bruchteil einer Sekunde eine Emotion widerspiegelten, die es Adrian hätte möglich machen können, in ihren Kopf zu sehen. Den ganzen Weg lang hatte Roxanne ihn nie über die Zaubersteine befragt, obwohl sie wusste, dass er schon drei von ihnen mit eigenen Augen gesehen hatte. Dies könnte bedeuten, dass sie sich, wie üblich, für nichts anderes als ihren Auftrag interessierte oder auch, dass sie womöglich schon genug über die Meister und deren Steine wusste. Falls dem so war, schmiedete sie dann vielleicht schon Pläne, um ihren Großvater zu stürzen und Mexus an sich zu reißen? Würde sie diesen Weg wählen, um sich selbst und ihre Mutter von ihrem schrecklichen Leben zu befreien? Oder hatte Roxanne ihre Hoffnung begraben und sich dazu entschieden, Erold zu gehorchen, um nicht das Schicksal ihrer Mutter zu teilen?

„Wir sind da."

Roxannes kalte Stimme riss Adrian aus den Gedanken. Er hob seinen Kopf. Die beiden standen direkt vor einem Hügel. Roxanne sprang von seinem Rücken ab und landete mit einem dumpfen Schlag auf dem Boden.

„Ab hier müssen wir hochsteigen."

Roxanne begann hochzuklettern, während Adrian sich in einen Bigfoot verwandelte, um mit seinen großen Füßen besser hochzukommen. Oben angekommen, stießen sie auf eine schwarze Holzhütte mit einem Strohdach, das so alt und schimmelig war, dass der fürchterliche Geruch sich über das gesamte Areal ausbreitete. Dieser lockte Ratten in der Größe eines menschlichen Fußes, daumengroße Kakerlaken und andere Insekten an, als wäre es nicht schon widerwärtig genug hier. Abgesehen davon gab es aber noch etwas anderes, um Fremde fernzuhalten. Griselde hatte nämlich die ganze Fläche um ihr Zuhause herum verzaubert, damit gar niemand an es herankam. Denn die umstehenden, dürren Bäume waren keine normalen Pflanzen: Sie waren verzaubert und würden jeden angreifen, der sich Griseldes Anwesen nähern wollte.

„Das hier ist mein Partner, ihr braucht ihn nicht anzugreifen", sagte Roxanne zu den Bäumen.

Adrian blickte verwirrt in ihre Richtung.

„Ich meine die Bäume", beantwortete Roxanne seine unausgesprochene Frage und deutete auf das Geäst neben ihr. Es bewegte knarzend eines seiner Äste, die sich Adrian unauffällig genähert hatte.

„Aha", erwiderte Adrian und lief in Richtung Tür. Roxanne folgte ihm und klopfte dumpf gegen das morsche Holz. Beide warteten. Niemand machte auf. Sie warteten noch etwas länger. Adrian trat ungeduldig von einem Fuß auf den anderen.

„Vielleicht ist sie nicht da?" Seine Stimme war hörbar genervt.

„Sie ist da", versicherte Roxanne.

„Okay, und wie lange wird sie uns noch hier warten lassen?"

„So lange, bis sie genug über dich weiß, um dir die Tür zu öffnen."

Adrian öffnete den Mund, doch etwas unterbrach ihn.

„Goldrichtig."

Eine verkrümmte und schrumpelige Gestalt, die in dreckige Lumpen gekleidet war, öffnete die Tür. Sie hatte zerzauste, graue Haare, die in alle Richtungen abstanden, und eine überdimensional große, krumme Nase, auf der mindestens drei haarige Warzen waren. Ihre aus den Höhlen quellende Augen, von denen eines blind war, war von unzähligen roten Adern durchzogenen und blickten ihre Gäste neugierig an. Es war womöglich eines der hässlichsten Wesen, das ihnen jemals begegnet war. „Adrian Kand, Gestaltwandlerdämon und persönlicher Berater von Erold?"

Adrian riss beeindruckt die Augen auf, versteckte dies aber schnell.

„Was führt *euch* denn hierher?"

„Wir brauchen einen Zauber, um jemanden zu finden", erwiderte Roxanne. „Hast du die nötigen Zutaten gerade bei dir?"

Griselde überlegte einen Moment und zog dabei ihre hauchdünnen Augenbrauen hoch. „Müsste ich haben", antwortete sie. „Aber was springt dabei für mich raus?"

Roxanne zog einen Sack Gold aus ihrer Tasche, den sie noch vom Klauen in dem Dorf übrig hatte und drückte ihn der Hexe in die Hand. Griselde wiegte ihn mit der Hand. „Wie viel ist denn hier drin?"

„Zähl doch selbst", entgegnete Roxanne.

Griselde blickte in den Beutel und nickte beim Anblick der ganzen Münzen zufrieden. „Kommt rein."

Sie traten in das dunkle Haus, dessen Inneres noch mehr müffelte als der Bereich draußen. Es war gefüllt mit Regalen, in denen Gläser und Behälter in den verschiedensten Formen standen. Manche beinhalteten leuchtende Flüssigkeiten, andere bargen Körperteile wie etwa Zähne von Werwölfen oder Ohren von Kobolden und noch vieles mehr, das Roxanne nicht auf den ersten Blick erhaschen konnte. Die Fenster waren vor Schmutz abgedunkelt, sodass nur schwaches gelbes Licht und die leuchtenden Flaschen in den Regalen, sowie der leuchtende Kessel vor ihnen den Raum erhellten. Der Kessel war schwarz, rostig und neongrüner Dampf stieg aus ihm heraus.

„Also, jetzt erzählt das mal genauer", forderte Griselde. „Wen sucht ihr denn?"

„Drei Leute. Zwei sind ungefähr vierzehn und einer von ihnen ist ein Zehnjähriger. Gerade sind sie wahrscheinlich auf dem Meer und wir müssen sie dringend finden", erklärte Roxanne.

„Hmm, es gibt da verschiedene Möglichkeiten, aber ich müsste vorher mehr über sie wissen", krächzte die Hexe, „Habt ihr vielleicht einen Besitz von ihnen oder mehr Informationen über ihr Aussehen?"

Roxanne händigte Griselde den Stoff von Senias Kleidung aus, das sie im Nebeltal gefunden hatten, und Adrian gab ihr jegliche Informationen, die er über die Freunde wusste. Griselde hörte ihm mit einem Ohr zu und fing währenddessen an, durch ihr Zauberbuch zu blättern und in der Hütte nach Zutaten für ihr Vorhaben zu suchen. Nachdem sie beide Hände voll hatte, legte sie alle Dinge – Glasflaschen, Tierfelle und das Stück Stoff von Senias Kleidung – auf einen kleinen Tisch und mischte sie nacheinander in die brodelnde, grüne Brühe im Kessel. Um den Zauber fertigzustellen, bat sie Adrian und Roxanne zu schweigen und murmelte dann einen Zauberspruch.

„Auf Reisen sind drei Kinderlein,
zwei Mädchen groß, der Junge klein.
Mit bei ihnen ist ein Geist,
der meerblau ist und Femy heißt.

Im Besitz dreier Steine großer Macht,
segeln sie übers Meer, Tag und Nacht.
Die Haare sind blond und bei einer braun,
wo sind sie?
Lass uns doch mal schau'n."

Sobald sie ausgesprochen hatte, begann die Flüssigkeit im Kessel bedrohlich zu blubbern. Große Luftblasen bildeten sich und platzten wieder, wobei die Flüssigkeit über den Kesselrand spritzte. Sie beugten sich allesamt über das Gemisch, auf das sich langsam ein verschwommenes Bild abzuzeichnen schien. Langsam kamen auch Stimmen aus dem Kessel, doch es waren nur einzelne Fetzen, die zu leise und undeutlich waren, um sie zu verstehen.

„Das sind sie. Das sind ihre Stimmen!", versicherte Adrian und ging mit seinem Ohr näher heran. Roxanne konnte schon eine blaue Umgebung und einen groben hellbraunen Fleck auf der Brühe erkennen, auf dem sich Leute zu bewegen schienen. Roxanne und Adrian spitzten ihre Ohren, um die Stimmen zu verstehen. „Schließlich ... überreden ... eigenen."

„Was ist das? Geht das nicht besser?", regte sich Adrian auf.

„Etwas stört den Zauber. Eure Informationen waren wohl nicht ganz richtig", verteidigte die Hexe sich.

„Alles war richtig, du unfähiges Weib!", herrschte Adrian sie an. „Wir haben dir das ganze Geld nicht umsonst gegeben, also mach deine Arbeit verdammt nochmal vernünftig!"

„Niemand stellt meine Arbeit infrage!", krächzte Griselde. „Schon gar nicht so ein Hohlklotz wie du!"

„Hohlklotz?!" Adrian knirschte mit den Zähnen, mehr als bereit, sich mit der Hexe zu schlagen.

Roxanne hörte den beiden gar nicht zu. Während sie stritten, betrachtete sie stattdessen den Kessel, in dem das Bild der Freunde immer genauer wurde. Sie konnte schon Senia an ihrer pinken Kleidung identifizieren, die anscheinend nach unten blickte. Auf dem Boden lag eine Person, die sich an eine Art Säule lehnte. Diese war höchstwahrscheinlich Luna, da ihr Bruder neben ihr hockte, der genau die gleiche Haarfarbe hatte wie sie. Außerdem sah Roxanne einen blauen Fleck auf einer Bank. Das war vermutlich der Lichtgeist, von dem Adrian gesprochen hatte. Doch das war noch nicht alles. Es befand sich noch eine weitere Person bei ihnen.

Roxanne kniff die Augen zusammen. Sie hatte lange, schwarze Haare und helle Kleidung, die ihr bis zu den Knien reichte.

„Akzeptiert ... entschieden ... kämpfen", tönte es aus dem Kessel. Diese Stimme hatten sie bisher nicht gehört. Sie war neu. Roxanne kam sie aus irgendeinem Grund schrecklich bekannt vor. Sie lehnte sich so weit über die Brühe, dass der stinkende Dampf in ihre Nase drang und betrachtete jede einzelne Bewegung der schwarzhaarigen Person. Genau in diesem Moment drehte sie sich um, sodass ihr rundes Gesicht mit den knopfschwarzen Augen sichtbar wurde. In Roxannes Augen bildete sich purer Zorn, der aufflammte wie der Funke einer Leuchtkerze. Die vierte Person war Madeleine. Sie und die anderen Meisterinnen hatten sich gefunden und zusammengetan.

„Außerdem ... Mexus ... bei uns", sagte jemand.

Roxannes Augen weiteten sich. Mexus? Hatten sie Mexus etwa gefunden?

„Zumindest müssen ... sie erst mal finden."

Die Fetzen wurden langsam zu ganzen Sätzen und Roxanne spitzte noch weiter die Ohren. Ihr Gehirn arbeitete auf Hochtouren. Sie wollten also jemanden finden? Wen? Naja... vier Zaubersteine, drei Meisterinnen ... eine fehlte noch.

„Ich ... sie zuletzt im Wald gesehen."

Das war Madeleines Stimme, die da sprach.

„...nichts mehr ... gehört."

Von Sekunde zu Sekunde wuchs Roxannes Anspannung, wobei sie krampfhaft versuchte, Adrians und Griseldes nörgelnde Stimmen auszublenden. Sie musste wissen, wo sie als Nächstes hinwollten.

„Femy ... könnte so ... Fährte aufnehmen."

Es war glasklar, wessen Fährte gemeint war.

„Stelle ... wo sich ... befunden hat."

Roxanne hatte sich nun so weit über den Kessel gebeugt, dass nur noch ein Zentimeter fehlte, bis die Brühe ihre blasse Haut verbrannte.

„Madeleine ... gekämpft."

Bei diesem Satz setzten sich alle Puzzleteile in Roxannes Kopf zusammen. In dem Augenblick hörte der Kessel auf zu brodeln und das Bild, gefolgt von den Stimmen, verschwanden. Die Brühe war nur noch eine grüne Flüssigkeit, die vor sich hin schwappte. Adrian, der in eine hitzige Diskussion mit Griselde vertieft war, drehte sich schlagartig zu ihr um, als er merkte, dass die Stimmen verstummt waren.

„Was soll das?! Ist der Zauber jetzt abgelaufen?!", brüllte er Griselde an. „Damit können wir doch nichts anfangen, du dummes Weib!"

Die Hexe wollte sagen, dass es nicht ihre Schuld war, wurde aber unterbrochen.

„Doch, können wir."

Adrian und Griselde drehten sich gleichzeitig zu Roxanne um.

„Die Informationen waren wirklich falsch, weil da noch eine weitere Person bei ihnen war. Die dritte Meisterin. Ich weiß, wo sie hinwollen."

„Ach ja?", bezweifelte Adrian, doch insgeheim wusste er, dass sie die Wahrheit sagte. Das verrieten ihre durchdringend dreinblickende Augen, in denen sich ihr Ehrgeiz wiederspiegelte.

„Ja", bekräftigte Roxanne kalt. „Aber wir werden Verstärkung brauchen."

Adrian grinste so hämisch, dass sein Mund die doppelte Länge annahm. „Mach dir da mal keine Sorgen. Erold hat für die Suche nach den Meistern weitaus mehr Männer losgeschickt, als nur mich."

DAS WIEDERSEHEN

Zwei weitere Tage verbrachten die Freunde auf See, bis sie endlich das Land erreichten. Sie banden das Boot an einen Baum, falls sie es noch einmal brauchen sollten, und marschierten zu Fuß weiter zu der Stelle, die Madeleine als den Kampfort mit Roxanne beschrieb.

„Wir sollten vorsichtig sein, hier in der Nähe liegt das Reich der Oger. Die könnten überall herumlungern", mahnte Senia.

„Was du nicht sagst", erwiderte Madeleine. „Hier in der Nähe haben mich die Oger entführt."

Luna sah sich in der Gegend um. Die Bäume waren groß, viel bewachsen und hatten dicke, dunkle Stämme, hinter denen sich leicht ein Oger hätte verstecken können. Eine Gänsehaut überfiel sie und sie beschleunigte ihre Schritte. Noch eine Weile liefen sie, bis sie zu einer Art Lichtung kamen, auf der die Bäume nicht so dicht aneinander standen.

„Hier ist es", verkündete Madeleine. Auch für die anderen war es unschwer zu erkennen, dass dies die Stelle war, an der Madeleine und Roxanne gekämpft hatten. Das Gras war platt gedrückt, vermutlich von all den Kindern, die dort gesessen und auf die Hilfe der Feen gewartet hatten. Außerdem waren die Zweige auf dem Boden zerknackst und auch die nach hinten gedrückten Büsche wiesen auf eine Rauferei hin. Mitten im Ganzen war ein Kreis aus Steinen mit verbrannten Ästen, das Lagerfeuer. Senia tat ein paar Schritte nach vorne.

„Wenn das die richtige Stelle ist, sollten wir jetzt nach den Zutaten für den Geruchszauber suchen", bestimmte sie. „Also wir brauchen ein Haar und ein Stück Kleidung von Roxanne, den Saft von einer Pflanze, die sie berührt hat, frisch gezupfte Nelken, zwei Birkenpilze und die Feder von einem Gartrantvogel."

Die Freunde machten sich sofort auf die Suche. Leon, der zu den Büschen gegangen war, fand nach ein paar Minuten Umgucken einen schwarzen Kleidungsfetzen, der Roxanne vermutlich im Kampf mit Madeleine abgerissen worden war. Er sagte Senia Bescheid, die dann den Saft aus dem Busch zu gewinnen versuchte, an dem der Fetzen gehangen hatte (denn Roxanne musste die Pflanze ja berührt haben). Dabei wandte sie einen einfachen Zauber an, den sie in der Grundschule gelernt hatte. Derweil durchsuchte Luna Roxannes Rucksack, der von Madeleine geklaut worden war. Dort tauchte glücklicherweise Roxannes Haargummi auf, an dem noch ihr tiefschwarzes Haar hing. Madeleine und Femy hatten währenddessen ein Team gebildet, um die Vogelfeder zu finden, die irgendwo auf dem Boden liegen musste. Nach ungefähr einer halben Stunde hatten sie alle Zutaten zusammen. Die Freunde bildeten für die Zubereitung des Zaubers einen Kreis um Senia und hielten einen leeren Stoffbeutel, in dem vorher das Proviant gesteckt hatte, für sie. In dem vermischte Senia die Zutaten. Zunächst gab sie Wasser hinzu und zerdrückte die Bestandteile, bis das Gemisch eine dickflüssige Konsistenz annahm. Dann presste sie den Beutel zusammen, sodass ein paar Tropfen grünbrauner Flüssigkeit heraustropften. Luna hielt eines ihrer leeren Marmeladengläser darunter und fing die Tropfen auf.

„Fertig!", meinte Senia stolz und klatschte den Dreck von ihren Händen. Dann wandte sie sich an Femy und wies sie dazu an, das Gebräu zu trinken. Femy machte ein angewidertes Gesicht und versuchte davonzufliegen, doch die Freunde versperrten ihr den Weg.

„Femy, bitte, es sind nur ein paar Tropfen", bettelte Senia, doch das trotzige Schreien des Wesens übertönte sie.

Luna streichelte ihr behutsam den Kopf. „Du musst uns nur diesen einen Gefallen tun, dann möchten wir auch nie wieder etwas von dir."

Die Freunde setzten allesamt einen Hundeblick auf, was genügte, um Femy weich zu machen. Langsam näherte sie sich dem Gläschen in Lunas Hand und trank ein paar Tropfen davon. Sie verzog ihr Gesicht, trank aber weiter. Als das Fläschchen leer war, schnappte sich Madeleine sofort Roxannes Rucksack und hielt ihn Femy unter die Nase. In dem Moment waren alle Augen auf das blaue Tier gerichtet und jeder wartete angespannt darauf, dass etwas passierte. Ungefähr eine halbe Minute standen sie nur so rum, bis Femys Augen plötzlich aufblitzten und ihre kleine Stupsnase wie wild zu zucken begann. Sie stürzte sich auf den Boden und schwebte blitzschnell in den Wald. Die Freunde schossen ihr hinterher, doch sie konnten nur schwer mit ihr mithalten, da sie nicht eine Sekunde innehielt. Einerseits war Luna froh, dass der Zauber geklappt hatte, und andererseits kamen Zweifel in ihr auf, ob es auch richtig war, einfach so Roxannes Fährte nachzugehen. In dem rasenden Tempo, das Femy gerade draufhatte, würde es nicht lange dauern, bis sie Erolds Enkelin begegneten und was dann? Würden sie es schaffen, Roxanne auf ihre Seite zu ziehen? Und wenn nicht, was sollten sie dann tun?

Der keuchende Atem ihrer Freunde riss Luna aus den Gedanken.

„Femy!", hechelte Leon. „Könntest du vielleicht mal eine Pause einlegen? Ich habe die Nase voll vom Rennen!"

Femy schien Leons Bitte nicht einmal wahrzunehmen, da sie hoch konzentriert weiterflog. Als die Freunde kurz davor standen, vor Atemlosigkeit auf den Boden zu fallen, hielt sie endlich inne. Sie blieben stehen und verschnauften.

„Okay, wir können jetzt weiter", sagte Madeleine, nachdem sich alle gründlich erholt hatten. Doch Femy flog nicht weiter. Sie schwebte weiterhin an der gleichen Stelle und sah sich um.

„Femy, du kannst jetzt weitermachen", sagte Luna. Das Wesen antwortete nicht. Senia wechselte einen fragenden Blick mit den anderen und ging dann auf Femy zu. „Warum hast du gestoppt? Ist etwas?"

Immer noch keine Antwort. Sie schien zu überlegen.

„Hat sie vielleicht die Fährte verloren?", überlegte Madeleine. „Oder wirkt der Zauber nicht mehr?"

Senia schüttelte den Kopf. „Nein, das kann nicht sein. Der Zauber hält so lange, bis die jeweilige Person gefunden ist."

Luna beugte sich zu ihr hinüber. „Femy?" Femy blieb weiterhin wie erstarrt an der gleichen Position schweben. Auf einmal begann ihre Nase wieder zu zucken. Sie drehte sich langsam und fing dann an, in die entgegengesetzte Richtung zu fliegen.

„Femy, was machst du denn?", rief Senia ihr hinterher. Ihr Haustier flog einfach weiter.

„Wir müssen ihr nach, sonst verlieren wir sie!", sagte Luna und sie eilten nun den Weg entlang, den sie gerade gerannt waren.

„Äh, was soll das werden?", fragte Leon irritiert.

„Ich glaube, der Zauber hat nicht geklappt. Wir sollten stehen bleiben", meinte Madeleine.

„Vertrauen wir Femy erst mal, irgendetwas muss sie doch im Sinn haben", sagte Luna. Es musste einen Grund geben, warum sie sich so verhielt.

Nach fünfzehn Minuten hatten sie wieder die Stelle erreicht, wo sie gestartet hatten. Femy stutzte erneut, schnüffelte an dem Boden wie ein Suchhund und dann flog sie wieder weiter, dieses Mal in einen Teil des Waldes, der den Freunden unbekannt war. Nach ungefähr einer halben Stunde, blieb Femy mitten im Wald stehen. *„Miu."*

„Will sie uns mitteilen, dass sie am Ende der Fährte ist?", fragte Luna.

Senia zuckte mit den Schultern.

„Aber hier ist doch niemand", widersprach Leon.

„Miu", machte Femy und ihre Stimme hatte sich deutlich gehoben. Ihre Augen waren weit aufgerissen.

„Sie will uns etwas sagen", verstand Madeleine und sah in die Ferne. Luna sah in die gleiche Richtung, wobei ihr Blick zu dem Busch neben ihr wanderte. Dessen Blätter zitterten.

„Irgendetwas kommt auf uns zu", warnte Luna alarmiert. „Und es ist nichts Kleines!"

Alle richteten erschrocken ihre Köpfe geradeaus. Sie nahmen ein dumpfes Galoppieren wahr, doch es war noch nichts zu sehen. Senia und Madeleine nahmen beide ihre Taschen und zogen sicherheitshalber die Waffen heraus.

„Das sind bestimmt Oger. Macht euch bereit für einen Kampf", sagte Madeleine und verteilte die Schwerter. Ihr Herz flatterte.

Senia, Leon und Luna schluckten. Das letzte Mal, als sie so ein Beben wahrgenommen hatten, wären sie fast von Trollen gefressen worden.

„Warum stehen wir eigentlich hier und rennen nicht weg?", fragte Leon mit quietschender Stimme, woraufhin Femy auf der Stelle ein trotziges Piepen von sich gab. Aufgeregt deutete sie nach vorn.

„Femy will eindeutig, dass wir hierbleiben. Das muss doch einen Grund haben", sagte Luna.

„Aber warum fühlt es sich dann so an, als würden wir hier auf unser Verderben warten?!", fragte Leon mit ansteigender Panik.

„Selbst, wenn Fliehen etwas genützt hätte, ist es dafür schon zu spät", sagte Madeleine. „Wer auch immer das ist, er ist schnell und nicht allein. Wohin auch immer wir rennen, sie würden uns einholen." Das war nicht gerade das, was sie jetzt hören wollten. Luna umklammerte ihre Waffe fester.

Und da sahen sie es endlich: Ungefähr fünfzehn Meter vor ihnen ritt ein schwarzhaariges und in dunklen Farben gekleidetes Mädchen auf einem Zentauren. Begleitet wurden sie von zwei weiteren Zentauren, einem Troll und zwei muskulösen Männern, von denen einer vier Arme und schwarze Zähne hatte. In einem Affenzahn trabten sie auf die Freunde zu. Madeleine hatte recht. Wegrennen würde ihnen nichts bringen, da die Zentauren viel schneller waren, und sie sahen nicht so aus, als hätten sie gute Absichten.

Nach nur ein paar Sekunden standen sie den Fremden gegenüber. Obwohl Luna sie noch nie gesehen hatte, erkannte sie das Mädchen auf dem Zentauren sofort. Denn Madeleine hatte genau sie beschrieben, als sie auf dem Segelboot waren. Das war Roxanne. Femy hatte ihre Fährte tatsächlich richtig verfolgt. Erst die Fährte, die sie nach dem Kampf mit Madeleine hinterlassen hatte, dann hatte sie aber Roxanne selbst gerochen, die dann nah genug war und war umgekehrt. Roxanne sprang von ihrem Zentauren ab und in dem Moment realisierte Luna, dass er ihnen auch nicht unbekannt war.

Senia schnappte nach Luft. „Adrian?!"

Der Zentaur stieß ein höhnisches Gackern aus. „So sieht man sich wieder. Aber wie ich sehe, habt ihr Zuwachs bekommen." Er funkelte Madeleine an.

„Lasst uns in Ruhe, Adrian", zischte Luna. „Du wirst nicht davon profitieren, wenn du uns Erold auslieferst! Du wirst ihm den ganzen Rest deines Lebens dienen und dabei zusehen, wie schwache Leute unterdrückt werden, sonst nichts."

„Sprich nie wieder den Namen meines Herrn aus!", donnerte Adrian und warf ihnen einen garstigen Blick zu. „Wie ich sehe, seid ihr noch vorlauter geworden, als ihr ohnehin schon wart. Ihr haltet euch wohl für superschlau, was? Jetzt wo die dritte *Möchtegern-Meisterin* auch hier ist." Bei dem letzten Satz verstellte er so die Stimme, als wäre er ein weinerliches Kleinkind. Dann verdunkelten sich seine Gesichtszüge. „Aber dieses Mal", er schnaubte gefährlich und ballte seine Hände zu Fäusten, „ENTKOMMT IHR MIR NICHT!!!"

Ehe sie es sich versahen, stürzte Adrian auf sie zu und griff als erstes Luna an. Seine sechs Gefährten taten es ihm nach und rannten auf die Freunde zu.

Adrian schwang rasend schnell sein Schwert in Lunas Richtung. Was er jedoch nicht ahnte, war, dass Luna seit ihrem letzten Treffen ihren Zauberstein viel öfter benutzt hatte und besser geworden war. Sie teleportierte sich mühelos hinter Adrians Rücken und entging so seinem Angriff. Adrian war so verwirrt, wo Luna plötzlich abgeblieben war, dass er sich noch irritiert umsah, während Luna schon ihr eigenes Schwert gegen seinen Rücken schlug. Zu ihrem Unglück war Adrians Haut sehr dick, doch sie hatte hart genug geschlagen, um ihm trotzdem eine Wunde zu verpassen. Adrian fluchte, drehte sich um und schlug aggressiv auf Luna ein. Er schnitt ihr in den Arm und holte für einen neuen Hieb aus, doch Luna blockte ihn geschickt ab. Wie ihr Madeleine auf dem Segelboot gezeigt hatte, schob sie Adrians Schwert mit ihrem eigenen nach hinten, was ihn ein paar Sekunden davon abhielt, sie wieder anzugreifen. Aber Adrian hörte noch lange nicht auf. Durch seine Zentaurengestalt hatte er einen enormen Größenvorteil, außerdem war er stärker und schneller als seine Gegnerin. Erneut schlug er auf Lunas rechten Arm, damit sie ihren Zauberstein nicht mehr benutzen konnte. Luna teleportierte sich blitzschnell von der einen Stelle zu der anderen, damit er sie bloß nicht traf. Das brachte Adrian jedoch dazu, noch schnellere und härtere Schläge zu machen, denen Luna nur sehr schwer ausweichen konnte. Treffen konnte sie ihn nur ein paar Mal, was ihm nur kleine Kratzer zufügte. Im Vergleich dazu blutete sie selbst schon aus mehreren Stellen.

Als sie Adrians feurigen Zorn in den Augen bemerkte, sah sie keinen anderen Ausweg, als vollkommen von dort zu verschwinden. Sie aktivierte Neilon und fand sich ein paar Meter von dem Kampfgebiet entfernt wieder. Keuchend sah sie sich um und bemerkte, dass die beiden Männer gerade gegen Senia kämpften. Sie kam ihr sofort zu Hilfe und knüpfte sich den vierarmigen Mann vor. Sie versuchte, ihn von Senia abzuhalten, doch der Mann war sehr stark und vor allem blitzschnell. In jeder Hand hielt er einen Dolch und attackierte Luna damit, sodass sie zwischen den Angriffen nicht einmal Zeit zum Atmen bekam und es nicht schaffte, alle Arme zu blockieren. Luna teleportierte sich hinter ihn und schnitt ihm in den Nacken. Er stieß einen Schmerzensschrei aus, drehte sich zu ihr um und machte Anstalten, sie zu treffen, hatte aber keinen Erfolg.

Da fiel Luna auf, dass der Mann sich nur langsam umdrehen konnte, dies musste seine Schwachstelle sein. Luna nutzte das aus und blieb immer nur ein paar Sekunden auf einer Stelle stehen, bis sie wieder Neilon einsetzte. Ihr Plan funktionierte tatsächlich: Der Mann bewegte sich langsam, was Luna für ihre Attacken nutzte und ihn damit verletzen konnte. Sie war kurz davor, ihn zu besiegen, und holte ein letztes Mal aus, doch in diesem Moment kam der zweite Zentaur von der Seite und schlug Luna auf den Boden, die diesen Angriff nicht hatte kommen sehen.

Beide ihrer Gegner rannten gleichzeitig auf sie zu. Bei dem Versuch, sich aufzurappeln, packte der Zentaur Luna am Kragen und hob sie hoch. Sein Kumpan griff sich ihren rechten Arm und schnitt in das Handgelenk hinein, um Neilon herauszuholen. Luna schrie vor Schmerzen und Blut floss aus der Wunde. Der Mann gab nicht auf und stocherte weiter, während Luna strampelte.

Auf einmal stürzte sich Senia auf den Mann, wodurch er taumelte und Luna auf den Boden fiel. Senia kniete sich auf den Boden und schnitt dem Angreifer in beide Beine hinein. Dann knöpfte sie sich den Zentauren vor und verpasste ihm so viele Schläge, dass er nach hinten taumelte, wo er gegen einen Baum stieß. Luna stand auf und gemeinsam mit Senia schlugen sie ihm auf seine Brust. Ihr Feind sackte auf den Boden, seine Augen waren geschlossen.

„Geht's dir gut?", fragte Senia atemlos, nahm Lunas Arm in die Hand und richtete mit Qualin lilafarbene Strahlen auf ihre Wunde.

„Alles okay, danke, Senia", erwiderte Luna und starrte auf ihren Arm. Der Heilungsprozess dauerte länger als sonst. Senia musste ziemlich erschöpft sein, genau wie Luna, wenn sie Neilon zu oft benutzte. Schon jetzt fühlte sie sich von dem ganzen Teleportieren sehr müde. Doch der Kampf war noch lange nicht vorüber. Ein Seitenblick reichte, um festzustellen, dass Leon, Madeleine und Femy Hilfe brauchten. Daher verschwendeten die Mädchen nicht viel Zeit und teilten sich auf. Luna ging zu Madeleine, die gerade in einem Zweikampf mit Roxanne steckte.

„Dachtest du wirklich, du kommst ohne eine Revanche davon?", fauchte Roxanne.

„Roxanne, merkst du es denn nicht, du begehst einen Fehler!", versuchte es Madeleine immer noch. „Du bist eine Meisterin, du musst dich Erold nicht mehr unterwerfen! Kapier es endlich!"

„Hör auf, mir Märchen zu erzählen! Ich bin dieses jämmerliche Gerede leid!", schrie Roxanne und wollte ihre Gegnerin angreifen, doch Madeleine schlug sie mit Astra nach hinten.

„Mexus gehört dir! Und du willst ihn einfach deinem Opa überlassen. Warum? Damit du weiterhin seinen Befehlen gehorchen kannst?", konterte sie. „Erold wird niemals zufrieden mit dir sein, egal, was du machst! Du wirst niemals sein oberster Befehlshaber werden oder was du dir auch immer erträumst! Wach endlich auf!"

Damit traf Madeleine einen wunden Punkt. Wutschäumend schlug Roxanne ihr Schwert auf ihre Feindin und zerkratzte ihr Gesicht. Als Nächstes attackierte sie ihren Hals, doch Luna schritt ein und hinderte sie daran, indem sie ihre eigene Waffe dagegen schlug. Nun standen sich Luna und Roxanne gegenüber, deren Klingen gegeneinanderdrückten. Luna schaffte es, sich aus der Situation zu befreien und schnitt Roxanne ins Gesicht. Roxanne wischte das Blut von ihrer Lippe.

„Du bist also die sagenumwobene Luna, ja?", kläffte sie. „Noch jämmerlicher als ich gedacht hatte."

Luna wollte etwas sagen, um Roxanne vom Kämpfen abzubringen, doch bevor sie die Möglichkeit dazu bekam, rannte Roxanne mit erhobenem Schwert auf sie und Madeleine zu. Diese wehrten sich mit zwei harten Hieben, Madeleine schnitt ihr in den Arm und Luna in den Bauch. Ächzend fasste Roxanne an die Schnittstelle, während die Freundinnen sie in eine Ecke drängten.

„Wir wollen dich nicht verletzten, Roxanne, nur das Gute für Lewendia", sagte Luna. Roxanne hob ihren Kopf, während sie immer noch die Hand gegen ihren Bauch presste.

„Ach ja?", fragte sie mit einem hässlichen Unterton in ihrer Stimme. „Ich aber nicht!"

Bevor irgendjemand etwas sagen konnte, kam plötzlich der Troll von hinten auf sie zugeschossen und schleuderte sie beiseite. Mit seiner Keule wollte er auf Madeleine schlagen, doch Luna teleportierte seine Waffe außer Reichweite. Der verwirrte Troll sah sich erst um und dann rannte er wütend auf Luna zu. Panisch teleportierte sie sich weg, doch unglücklicherweise landete sie neben Roxanne, die ihr in den Bauch schlug. Luna stürzte schmerzhaft auf den Boden und musste noch mehr Schlägen von Roxannes Schwert ausweichen. Als sie sich noch einmal drehte, sah sie ihren Bruder gegen beide Zentauren kämpfen. Seine Nase blutete, während er verzweifelt versuchte, den aggressiven Schlägen der beiden Untiere auszuweichen.

Das reichte jetzt. Luna hatte genug. Schlagartig erhob sie sich und boxte Roxanne mit der bloßen Faust ins Gesicht. Sie wurde nach hinten geschleudert, verpasste vorher aber Luna mit der Hand einen Schlag. Nach einem kurzen Gefecht wurde Roxanne von ihrem Kumpan mit den vier Armen gerettet. Luna flüchtete nach hinten, wo sie gegen Adrian knallte. Er, Roxanne und der vierarmige Mann zielten aus drei verschiedenen Richtungen auf sie. Mit Neilon rettete sie sich aus deren Mitte und fand sich neben einem Baum wieder, wo sie eine gute Sicht auf den Kampf hatte.

Und dieser sah für ihre Freunde gar nicht gut aus. Sie besaßen zwar die Zaubersteine, doch ihre Gegner waren mit sieben Leuten eindeutig in der Mehrzahl, wohingegen sie mit Femy, die sich auch irgendwie zu beteiligen versuchte, nur zu fünft waren. Zudem hatten ihre Gegner auch noch einen enormen körperlichen Vorteil.

In dem Moment ertönte ein Hilferuf. Luna drehte ihren Kopf und erkannte, dass er von Leon kam. Ein Zentaur wollte ihn gerade in einen Sack stecken! Luna rannte sofort dorthin und schlug dem Zentauren den Beutel aus der Hand, sodass er auf den Boden fiel.

„Leon!", rief Luna, doch es kam keine Antwort. Er war bewusstlos. Luna hob ihren Kopf und sah, dass zwei Zentauren sie gleichzeitig angriffen. Blitzschnell hantierte sie mit ihrem Schwert, doch ihre Kräfte schwanden langsam. Während sie keuchend um sich schlug, ertönte hinter ihr Madeleines Schrei und ein triumphierendes Lachen seitens ihrer Angreifer. Sie war geschnappt worden. Direkt darauf hörte sie, wie Femy verzweifelt quiekte und ein anderer auf sie einredete, sie solle die Klappe halten.

Luna wollte sehen, was dort passierte, und achtete für eine Sekunde nicht auf die Angreifer. Genau dann traf einer der Zentauren sie mitten ins Gesicht. Lunas Lippe platzte auf, aus ihrer Nase quoll Blut heraus und auf ihrem rechten Auge konnte sie nichts mehr sehen. Doch sie gab nicht auf, hechelnd wehrte sie sich weiter mit ihrem Schwert.

„Ahhhh!"

Das war Senia. Ihr spitzer Schrei hallte in Lunas Ohren, wie ein endloses Echo, bis er nur noch dumpf aus einem Sack zu hören war. Luna teleportierte sich von den beiden Zentauren weg. Doch sie war so erschöpft, dass sie es nicht weiter als zwei Meter schaffte.

„Wegrennen nützt dir nichts mehr! Ergib dich!", keifte einer der Zentauren. Luna keuchte. Sie kämpfte weiter und bekam im Augenwinkel mit, wie Adrian ihren bewusstlosen Bruder vom Boden hob und in den Sack stopfte. Roxanne, der vierarmige Mann und der Troll gesellten sich mit schadenfrohen Mienen zu ihnen, sodass Luna nun fünf Leute vor sich hatte. Der muskulöse Mann schlenderte locker nebenher.

Luna wusste, dass sie nicht gegen sechs Leute gleichzeitig ankommen könnte, also sah sie sich nach einer Fluchtmöglichkeit um, doch hinter ihr stand Adrian. Sie war umzingelt. Und allein. Alle ihre Freunde waren geschnappt worden. Nun gab es nur noch sie, die mitten in dem Kreis ihrer Gegner stand. Als Erstes griff Adrian sie an, während die anderen zuschauten. Er schlug Luna hart ins Gesicht und sie taumelte nach hinten. Sie konnte kaum noch sehen, da ein Auge geschwollen war. Doch sie hob trotzdem ihren Kopf und baute sich vor Adrian auf, wäre aber fast gestolpert, weil ihr schwindelig war. Lautes Gelächter kam von den anderen.

„Ohne deine Freunde bist du nicht mehr so stark, was?", lachte der Vierarmige.

„Guckt mal, sie fällt gleich hin!", spottete ein anderer.

Adrian war von den Sprüchen seiner Kumpane höchst amüsiert und schlug noch härter auf Luna ein. Sie wusste, dass sie es jetzt nicht mehr schaffen konnte, doch sie wollte auf gar keinen Fall aufgeben. Sie würde weiterkämpfen, bis sie auch ihr letztes Stück Energie aufgebraucht hatte.

Je länger der Kampf dauerte, desto ungeduldiger wurde Adrian. „ERGIB DICH ENDLICH!", donnerte er.

Tonlos kämpfte Luna weiter. Nein, sie würde nicht aufgeben.

Dann hielt der Troll es nicht mehr aus und schlug sie von hinten auf den Kopf. Sie sackte zu Boden und alles um sie herum wurde schwarz.

Adrian lachte über Lunas ohnmächtigen Körper. Nachdem er seinen Sieg lange genug ausgekostet hatte, drehte er sich zu seinen Kumpanen um. „Wo ist Senias Rucksack?"

Einer der Männer hob seine Hand. „Hier."

Adrian kam zu ihm hinüber und packte den Riemen der Tasche. Dann drehte er sie auf den Kopf und leerte seinen gesamten Inhalt aus. Heraus kam unter anderem ein rotes Tuch, das er in die Hand nahm. Als er es auffaltete und den kantigen, schwarzen Stein zu fassen bekam, stahl sich ein triumphierendes Grinsen auf sein Gesicht. Er tat das Tuch mit dem Stein wieder in den Rucksack und hängte ihn sich um. Dann warf er einen abfälligen Blick auf Luna. „Stopft sie in einen der Säcke, wie die anderen."

Der Troll befolgte Adrians Befehl, während dieser auf Roxanne zuging. Sie stand bei dem Zentauren, der den Beutel mit Femy und Madeleine trug. Er griff in den Beutel nach dem Rucksack, den Madeleine auf dem Rücken trug.

„Lass mich los!", brüllte Madeleine und trat dem Zentauren gegen den Arm, entschlossen genug, um ihm den Knochen zu brechen. Doch in dem Stoffbeutel gequetscht hatte sie keine Chance gegen ihn und der Zentaur riss ihr den Rucksack vom Rücken und schnürte den Sack wieder zu. Roxanne nahm den Rucksack und begann energisch darin herumzuwühlen.

„Hast du die Sachen?", wollte Adrian wissen, der neben ihr stand und sie beobachtete. Hinter ihm ertönten trotzige Rufe von Senia, die in ihrem Stoffbeutel zappelte.

„Das Wasser vom Fluss der Toten ist nicht da", sagte sie in einem so zornigen Ton, dass es mehr wie ein Knurren klang. Roxanne trat gegen einen der Stoffbeutel. „Was habt ihr Idioten mit meinen Sachen gemacht?"

„Meinst du das Wasser vom Fluss der Toten? Es ist wieder bei seiner Besitzerin", keifte Madeleine, „Viel Spaß dabei, es zu holen."

„Es ist was?!" Roxanne wollte gerade auf den Sack mit Madeleine schlagen, doch Adrian hielt sie zurück. „Du willst ihnen diesen Sieg doch nicht gönnen, oder?" Roxanne schnaubte und ihre Nasenflügel bebten, doch sie rührte sich nicht.

„Geh es holen", meinte Adrian so, als hätte sie ihre Tasche bei sich zu Hause vergessen. „Aber beeil dich. Nachdem wir dem Herrn die Meister und die Zaubersteine übergeben haben, wird er auf der Stelle mit dem Ritual anfangen wollen. Seine Geduld ist jetzt schon fast am Ende."

Roxanne bebte vor Wut. Am liebsten hätte sie Madeleine und die anderen auf der Stelle verprügelt, doch dann hielt sie plötzlich inne. Denn da realisierte sie, was Adrians Worte bedeuteten und ihr fiel etwas ein. Und obwohl sie die Antwort schon wusste, konnte sie sich nicht zurückhalten, die Frage zu stellen, die ihr auf der Zunge lag.

„Wie will Erold denn mit dem Ritual anfangen, wenn Mexus noch gar nicht da ist?" Roxanne behielt Adrians Gesichtszüge genau im Auge. Hatte er es geschluckt? Oder wusste er, dass Roxanne sowieso schon bekannt war, dass die Meister Mexus gefunden hatten? Ein angeberisches Grinsen trat auf Adrians Gesicht. Er hatte es geschluckt.

„Mexus ist wohl da", sagte Adrian besserwisserisch.

Roxanne verkniff es sich „*Ich weiß*" zu sagen. Sie musste jetzt mitspielen. Daher tat sie so, als wäre sie verwirrt. Ohne dass sie überhaupt etwas sagen musste, griff Adrian in Senias Rucksack, den er auf dem Rücken trug. Und dann tat er genau das, was Roxanne die ganze Zeit gewollt hatte: Er holte ein rotes Tuch aus dem Rucksack und zeigte ihr den letzten Zauberstein, wie einen Pokal, den er gewonnen hatte.

„Hier ist er", sagte er grinsend. Er war so sehr in seine Angeberei vertieft, dass ihm gar nicht einfiel, ob es wirklich so schlau war, Roxanne ihren eigenen Zauberstein direkt vor die Nase zu halten. „Er war in Senias Rucksack. Offenbar waren diese Rotznasen schneller als wir, doch es hat ihnen trotzdem nichts genützt."

Roxanne ignorierte Adrians Geschwafel. Sie nahm es ohnehin nur als ein leises Rauschen in ihren Ohren wahr, da sie alles um sie herum ausgeblendet hatte und nur auf Mexus starrte. Aus irgendeinem Grund schlug ihr Herz schneller und da war eine Stimme in ihrem Kopf, die ihr etwas zuschrie. Doch der Schrei war zu weit entfernt, um zu hören, was er sagte. Aber da war auch noch etwas anderes. Etwas, das ihr eindeutig verbot, Mexus noch länger anzusehen. Roxanne gehorchte nicht.

Adrian bemerkte das Glitzern in Roxannes Augen nicht und drehte sich einfach zu den anderen um.

„Packt eure Waffen zusammen! Wir machen uns sofort auf den Weg nach Duras!"

Dann schloss er seine Hand und stopfte das Tuch wieder in den Rucksack, den er beim Gehen mit sich trug. Roxanne blieb allein zurück und stierte immer noch in die gleiche Richtung, obwohl da nicht mehr Mexus, sondern nur der braune Boden und ein paar vertrocknete Blätter waren.

Plötzlich überkam sie wieder ein mulmiges Gefühl. Jenes, das sie das letzte Mal bei der Sichtung von den Fahndungsplakaten gehabt hatte. Und wieder strömten ihre Gedanken, ohne dass sie sie kontrollieren konnte. Sie musste an Luna denken, wie sie sich ständig mit Neilon teleportiert hatte, oder an Madeleine und Senia, die ebenfalls ihre Zaubersteine genutzt und nicht nur sich selbst, sondern auch einander in schwierigen Situationen gerettet hatten. Sie hätte die Chance gehabt, eine Meisterin zu sein. Vielleicht hätte sie sogar zu ihnen gehört und wäre nicht mehr alleine gewesen.

Habe ich die falsche Entscheidung getroffen? Als Roxanne realisierte, was sie gerade gedacht hatte, stoppte sie ihre Gedanken sofort. Und mit ihm alles andere, das auch nur im Geringsten mit den Meistern oder Zaubersteinen zu tun hatte. Was dachte sie da für einen Unsinn? Es gab keine Entscheidung. Es gab nur einen Weg und der war, Erold zu folgen. Und am Ende dieses Weges würde sie endlich die Macht und das Ansehen erlangen, das sie wollte. Sie brauchte keinen Zauberstein und schon gar keine Partner.

Als Roxanne sich gefangen hatte und die Welt um sich wieder wahrnahm, sah sie, dass Adrian und die anderen schon losgingen. Sie hob ihren Rucksack vom Boden auf und tat dort das Fläschchen mit dem Froschblut hinein. Dann nahm sie ihn auf die Schultern und lief in Richtung des Brunnens, der zur Unter-

welt führte, um dort die letzte Zutat für Erolds Ritual wiederzu-
holen. Bevor sie ging, blickte sie noch ein letztes Mal zurück auf
Senias Rucksack, in dem sich gerade Mexus befand. Dann drehte sie Adrian und seinen Kumpanen den Rücken zu und ging.

GEFANGEN

Lunas Nacken und ihre Beine schmerzten. Sie versuchte, sich zu bewegen, doch es klappte nicht in dem winzigen Sack, in den sie gestopft worden war. Nicht nur ihre Beine und ihr Nacken taten weh, auch die Fesseln an ihren Handgelenken, welche Adrian und seine Kumpane ihr verpasst haben mussten, schnitten ihr wie Messer in die Haut. Sie versuchte, sie ein bisschen zu lockern, indem sie sich drehte und ihre Arme vor sich zu holen versuchte, da ihre Hände am Rücken gefesselt waren. Doch da bemerkte sie, dass es keine gewöhnlichen Fesseln waren. Sie glühten unheimlich grau. Luna sah ein, dass es keinen Sinn hatte, sie lockern zu wollen und versuchte stattdessen, ihren Zauberstein zu aktivieren, doch aus irgendeinem Grund klappte es nicht. Luna wollte es weiter versuchen, aber ihr wurde der Sauerstoff knapp. Um nicht zu ersticken, trat sie beharrlich gegen den Sack.

„Ich bekomme keine Luft!" Ihre eigene Stimme kam ihr beim Schreien fremd vor, weil sie so heiser klang. „Lasst mich hier raus!"

Luna hörte, wie Schritte auf sie zukamen. Kurz darauf öffnete der vierarmige Mann den Sack. Sonnenlicht strömte hinein, Luna streckte den Kopf heraus und schnappte nach Luft.

Nachdem sie ihre Lungen mit genug Sauerstoff gefüllt hatte, sah sie sich um. Die Landschaft, in der sie sich nun befanden, hatte keinerlei Ähnlichkeit mit dem, was Luna bisher gesehen hatte. Weit und breit stand kein einziger Baum, außer ein paar verkrümmter Äste, die man nicht einmal als Baum bezeichnen könnte, ohne dass es eine Beleidigung gegen die *wirklichen* Bäume gewesen wäre. Der Himmel über ihr war grau und wolkenüberzogen und nichts deutete auf Leben hin, außer die Gruppe von Zentauren, Menschen und einem Troll, die auf dem steinigen Weg marschierten. Neben Luna liefen die zwei Zentauren und der Troll, die jeweils einen großen Sack schleppten und sie selbst wurde vom muskulösen Mann getragen. Adrian, der eine Karte in der Hand hielt, und sein vierarmiger Kumpan gingen voran. Roxanne war nicht da.

„Wo bringt ihr uns hin?", fragte Luna wütend.

„Na, wohin wohl? Dort, wo ihr von Anfang an hättet sein müssen; nach Duras", gab Adrian zurück und gab dem Vierarmigen ein Handzeichen. Er trat zu Luna und stopfte ihren Kopf zurück in den Sack. „So, das ist genug Luft für dich."

Luna blieb wieder in dem dunklen Beutel zurück, der einzig von dem grauen Licht der Fesseln erhellt wurde. Sie wusste nicht, was sie tun sollte. Irgendwie mussten sie entkommen, bevor sie in Duras bei Erold ankamen. Sie probierte erneut, Neilon zu aktivieren, doch irgendetwas blockierte sie. Es war, als wäre eine Barriere zwischen ihr und dem Stein.

„Senia? Leon, Madeleine?", versuchte Luna, die anderen zu erreichen. Es kam keine Antwort. „Femy? Hört ihr mich?"

Als Luna noch einmal rief, kam von draußen lediglich das Gelächter der Männer.

„Schrei nicht so rum und sitz brav in deinem Sack", befahl jemand spöttisch. Luna ignorierte das und rief noch einmal nach ihren Freunden.

„Luna, bist du das?", kam eine sanfte Stimme.

„Senia? Ist alles okay?", fragte Luna.

„Mir geht es gut, hier ist es nur ein bisschen eng", gab Senia zurück.

„Senia, sie wollen uns nach Duras bringen! Wir..."

„Ruhe!", donnerte jemand.

„Leute?", meldete sich Madeleine.

„Boah, hier drin stinkt es nach Füßen!", gab Leon nun auch ein Lebenszeichen von sich und Femy piepste schrill, um ihnen mitzuteilen, dass sie auch wach war.

„Ruhe da drin!", befahl Adrian und schlug gegen einen der Beutel. „Wenn ich noch einen Ton von euch höre, dann..."

„Dann was?", unterbrach Madeleine. „Du wirst uns doch sowieso ausliefern! Was kannst du schon anderes tun, als deinen Auftrag zu erfüllen?"

„Dann liefere ich euch eben tot und nicht lebendig aus!",
drohte Adrian.

Die Stimmen verstummten. Aber Luna wollte das nicht hinnehmen. Fieberhaft dachte sie nach und da kam ihr eine Idee.

„Es ist aber nicht dein Auftrag, uns tot auszuliefern, Adrian. Willst du dich etwa deinem geliebten Herrn widersetzen?",
fragte sie provozierend.

„Ich kann machen, was ich will, habt ihr mich verstanden?!",
brüllte Adrian zurück. „Denk ja nicht, dass dein Leben in Sicherheit ist!"

Luna schnaubte. „Du kannst machen, was du willst? Musst
du nicht brav deinem Herrn gehorchen?"

Adrian knurrte verärgert. Die Freunde verstanden langsam,
was Luna vorhatte.

„Das sagst du jetzt nur so, aber vor deinem Herrn bist du
nicht mehr so selbstbewusst, was, Adrian?", stieg Madeleine
mit ein und es kam ein hässliches Lachen hinterher. Sie konnte ziemlich provokant sein, wenn sie wütend war und es klappte hervorragend.

„Haltet die Klappe!", brüllte Adrian und schlug noch einmal
gegen die Beutel. „Ihr seid jetzt ruhig, verstanden?"

Luna grinste. Sie hatten ihn fast da, wo sie wollten.

„Und was, wenn nicht? Wirst du dann *wütend*", fragte Leon
und gab einen bemitleidenden Laut von sich.

Das war der nötige Tropfen, der das Fass überlaufen ließ. Adrian stürzte sich brüllend auf die Säcke, doch bevor er irgendeinem der Freunde etwas antun konnte, wurde er von einem von
Erolds Männern zurückgehalten.

„Reiß dich zusammen, Adrian", redete er auf ihn ein. „Erold
möchte sie lebend haben. Wir müssen unserem Befehl gehorchen."

Adrian schnaubte verächtlich, verstand aber und wollte sich
schon abwenden, als Senia sagte: „Ja, Adrian, hör auf den Befehl. Sitz!"

Das fegte den Rest von Adrians Selbstbeherrschung weg und er
rannte tosend auf sie zu. Zuerst zerriss er Lunas Sack und wollte
sie packen, doch Luna hatte sich schon aufgerichtet und rannte

zu den anderen. Sie verpasste einem der Zentauren einen Tritt, der den Sack, in dem Leon steckte fallen ließ und sie angriff. Während Luna auswich, drückte Leon mit beiden Beinen gegen den Sack, sodass der Stoff zu zerreißen drohte. Femy knabberte mit ihren kleinen Zähnen daran, sodass ein Loch entstand und sie beide herauskonnten. Als Luna das sah, ließ sie den Zentauren hinter sich und rannte mit ihrem Bruder davon. Femy wiederum flog hinüber zu dem Sack, in dem Madeleine steckte. Der Träger war gerade abgelenkt und hatte den Sack auf den Boden gestellt, wo Madeleine heftig gegen den Stoff trat. Femy machte auch in diesen Sack ein Loch und Madeleine trat ins Freie, bereit für den Kampf. Denn genau da rannten mehrere Handlanger Erolds gleichzeitig auf sie zu. Madeleine trat den beiden Zentauren in den Bauch, Femy flog kreischend vor die Augen der anderen und die Geschwister machten sich derweil daran, auch Senia zu befreien. Es entstand ein heilloses Durcheinander, in dem Erolds Männer den Freunden nachrennen wollten, doch stattdessen gegeneinander knallten. Über dem ganzen Aufruhr ertönte Adrians ohrenbetäubendes Gebrüll. „SCHNAPPT SIE! LASST SIE NICHT ENTKOMMEN!"

„Schnapp du sie doch! Du hast sie erst entkommen lassen!", tobte ein anderer und auf einmal gerieten Adrian und seine Kumpane in ein Wortgefecht. Währenddessen kriegten die Geschwister es fertig, auch Senia zu befreien und schleuderten den Sack in die Ferne.

Die drei rannten sofort los, während Adrians Kumpane sich an ihre Fersen hefteten. Madeleine und Femy kamen ihnen nach, aber Adrian schnappte Femy an einem Arm und schleuderte sie durch die Gegend.

„Lass sie los!", kreischte Senia, da biss Femy ihm in den Arm, sodass er sie losließ. Gemeinsam hasteten sie davon und erst jetzt schnallte Adrian, was er getan hatte.

„Haltet sie auf!", schrie er und eilte ihnen nach.

Leon und Madeleine waren schon weiter entfernt, doch die beiden Zentauren holten sie im Trab schnell ein. Von beiden Seiten packten die Zentauren Madeleine und hoben sie, sodass ihre Füße über dem Boden schwebten. Sie drehte sich, aber die Zentauren hatten sie fest im Griff. Leon aber schaffte es noch, davonzurennen. Ein paar Meter hinter ihm waren Luna, Senia und Femy, die von den zwei Männern gejagt wurden. Es sah so aus, als würden sie tatsächlich entkommen.

Renn, Luna, renn!, dachte Luna und sah hoffnungsvoll nach vorn, wo ihre Hoffnung jedoch schwand. Der Troll hatte Leon fast erreicht und Madeleine war schon geschnappt worden! Sie durften sich nicht auch noch schnappen lassen!

Auf einmal packte etwas von hinten Lunas lange Haare, die beim Rennen flatterten. Luna schrie auf, konnte jedoch nicht verhindern, dass der vierarmige Mann sie gackernd an den Haaren zu sich zog. Luna versuchte, sich freizubekommen, aber der Mann hatte sie schon mit beiden Händen gefasst.

„Du Rotzgöre denkst wohl du bist was Besonderes?!", fauchte er und brachte sie zu Adrian. Er funkelte die strampelnde Luna boshaft an und sie erwiderte patzig seinen Blick.

„Wie konnten wir dir nur vertrauen?", zischte Luna, als Adrian plötzlich ihren Pferdeschwanz packte und so kräftig nach unten zog, dass sie fürchtete, er würde ihn gleich von der Kopfhaut reißen. Adrian näherte sein Gesicht an ihres, bis er nur noch ein paar Zentimeter entfernt war. Luna konnte seinen stinkigen Atem auf den Wangen spüren.

„Na warte", flüsterte er mit drohendem Unterton. „Wenn Erold mit dir fertig ist, werde ich dich mit eigenen Händen umbringen!"

Luna strampelte, doch da sah sie, dass Senia, Leon und auch Madeleine alle geschnappt wurden. Sie war erschüttert. Der Plan hatte nicht geklappt. *Sie*, die Guten, verloren. Und das nach alledem, was sie schon geschafft hatten.

Einer der Zentauren schleifte Senia mit sich, wobei ihr Arm Lunas streifte. Luna sah Senia an, doch sie sagte nichts. Weil sie einfach nicht wusste, was sie sagen sollte. Daher warf sie ihr einfach einen traurigen Blick zu. Senia erwiderte ihn, doch sie sah nicht nur traurig, sondern auch dankbar aus.

Luna schüttelte den Kopf. „Es hat nicht funktioniert."

„Stimmt, aber du hast es versucht. Es hat vielleicht nicht geklappt, uns aber einen großen Vorteil verschafft."

Der Zentaur zog Senia an Luna vorbei, die ihr verwirrt nachsah. Dann aber fiel es ihr ein. Der einzige Hoffnungsschimmer, der ihnen noch geblieben war: Die Säcke waren entweder zerrissen oder außer Reichweite, also mussten Erolds Männer sie festhalten und die Freunde konnten vor ihnen herlaufen. Das hieß, dass sie miteinander flüstern, Pläne schmieden und ihre Umgebung sehen konnten, um auf Fluchtmöglichkeiten zu achten.

„Lauf!", fauchte Adrian und zerrte Luna nach vorn. Seine riesengroße Hand drückte ihren Arm fest. Luna konnte nichts anderes tun, als zu gehorchen, also lief sie zwischen Senia und Madeleine her.

Je weiter die Gruppe ging, desto schmaler wurde der steinige Gehweg bis er schlussendlich auf eine unebene, gepflasterte Straße führte. Sie waren in Duras angekommen. Ein paar Meter weiter sah Luna, dass auch alles andere in der Stadt die gleich erdrückende, monotone Farbe hatte wie der graue Himmel: Die Häuser waren allesamt aus dunkelgrauem Stein gebaut, manche waren sogar tiefschwarz und sahen Jahrhunderte alt aus. Auch die Menschen in Duras hatten graue Kleidung und schritten grimmig über den Marktplatz, auf dem kleine Stände und lodernde Fackeln aufgestellt waren, deren Feuer im Wind tanzte. Niemand sagte ein Wort, obwohl dort so viele Menschen waren. Sie zogen lediglich ihre geflochtenen Einkaufskörbe mit sich und entschuldigten sich nicht, wenn sie jemanden anrempelten.

„Können die auch mal lachen?", fragte Leon ironisch, als ihn ein mürrisch dreinblickender Junge beim Vorbeigehen anstieß. „Oder sich entschuldigen?"

Madeleine schnaubte verächtlich, woraufhin der Troll, der sie am Arm festhielt, ihr einen Stoß gab, damit sie leise war.

„Ich glaube, sie sind so schlecht drauf, weil sie Duras jahrelang nicht verlassen haben. Sie dürfen es nämlich nicht", übermittelte ihnen Senia flüsternd. „Erold hält sie gefangen und wie ihr seht, ist es nicht besonders toll hier. Den Leuten mangelt es an allem Möglichen."

„Warum dürfen sie denn nicht raus?", erkundigte sich Luna. Madeleine beugte sich ein wenig zu ihr hinüber. „Erold will nicht, dass jemand außerhalb von Duras Informationen über seinen gesundheitlichen Zustand oder seine Zukunftspläne erfährt. Deshalb hält er einfach alle hier, damit nichts durchsickert, aber es gibt trotzdem ein paar, die fliehen können."

„Der Typ hat aber Vertrauensprobleme", meinte Leon schnaubend.

„Das stimmt", bestätigte Senia, obwohl es nur als Witz gemeint war. „Ich weiß von meiner Oma, dass Erold noch nie jemandem vertrauen konnte. Die einzigen, denen er jemals vertraut hat, waren die anderen Meister, aber das hat auch nicht lange angehalten. Das ist immer noch so, deshalb sind in seiner Burg nur wenige Wachen. Er lässt nur seine treusten Diener hinein, bei denen er sich sicher ist, dass sie ihn nie hintergehen würden."

Luna nickte nachdenklich. „Das ist dann ja ein Vorteil für uns, wenn es nur wenige Wachen gibt."

„Ja, das könnte uns zum Vorteil werden", sagte Madeleine. „Anderseits sind diese Wachen wahrscheinlich auch sehr kompetent."

„Wisst ihr noch mehr über das Schloss, was uns nützlich sein könnte?", erkundigte sich Luna.

„Nicht viel", gab Senia zurück. „Ich sag ja, man weiß nicht viel über ihn, weil er niemandem vertraut. Meine Oma hat mir nur erzählt, dass Erold seine Wertsachen immer in eine Kammer im Keller seiner Burg tat, als sie noch befreundet waren. Wenn er sein Versteck nicht geändert hat, könnte er dort die Gegenstände für sein Ritual und Mexus lagern."

Luna nickte und es wurde ihr flau im Magen, weil Erold bald Mexus in der Hand haben würde, er war ja noch in Senias Rucksack. Nicht nur das, Roxanne würde wahrscheinlich nicht lange brauchen, um die Liste für das Ritual zu vervollständigen, und dann fehlte nur noch ein Schritt in Erolds Plan: an Senia, Madeleine und ihr den Enteignungszauber durchzuführen. Der Zauber, der für sie tödlich enden könnte.

Während Luna trüb darüber nachdachte, wie sie entkommen könnten, merkte sie gar nicht, dass sie sich Erolds Burg genähert hatten. Nicht, bis von Leon ein ängstliches „Ohoh" kam. Luna hob ihren Kopf. Vor ihr befand sich ein riesiges, schwarzes Backsteingebäude. Es hatte zwei meterhohe Türme und ein Tor, das den Troll neben ihnen zweimal überragte und von zwei gerüsteten Männern mit Schwertern bewacht wurde. Das gesamte Areal um die Burg war von Hunderten von Fackeln umzingelt, deren Feuer allerdings nicht orange oder gelb, sondern in einem bedrohlichen Dunkelrot brannte, ein Zeichen dafür, dass sie verzaubert waren. Sie gingen auf das Tor zu und Adrian trat vor.

„Wir sind im Auftrag des Herrn hier, um ihn die gewünschten Personen zu überbringen."

Tonlos öffneten die Wachen das Tor und sie schritten in die Burg hinein, zusammen mit einen von Erolds Wachen, der neben dem Tor gewacht hatte. Das Innere schien doppelt so düster zu sein wie das Äußere. Die hohe Decke war von Schwärze erfüllt und die einzige Beleuchtung in dem eiskalten Gebäude bot das schwache, rubinrote Licht der Fackeln an den Wänden. Außerdem war es mucksmäuschenstill, sodass man einzig und allein die Schritte der Gruppe und das knisternde Feuer hörte. Nach einer Weile blieben sie vor einer schwarzen Tür stehen, aus der schwache Geräusche drangen. Die Wache schloss sie auf und ließ sie ein.

Luna riss die Augen auf. Der Raum war von etlichen Käfigen überfüllt, in denen nahezu verhungerte Menschen jeden Alters kauerten, die starr in die gleiche Richtung sahen. Luna wollte schlucken, um den Kloß, der sich in ihrem Hals gebildet hatte, wegzukriegen, aber ihr war die Spucke weggeblieben.

Auf einmal stieß Senia einen Schrei aus.

„Oma!" Sie riss sich von dem Zentauren los und rannte zu einem der Käfige am Ende des Raums. Der Zentaur wollte sie zurückholen, aber Adrian hielt ihn grinsend zurück. Er wollte zusehen, wie Senia ihre Familie leiden sah. Auch die Freunde konnten sich befreien und stellten sich neben Senia, die gerade vor dem Käfig ihrer Großmutter stand. Esmeralda war in einem so schlechten Zustand, dass sie kaum wiederzuerkennen war. Ihrem Gesicht war jegliche Farbe gewichen und sie war so abgemagert, dass man ihre Wangenknochen durch die Haut sehen konnte. Nicht nur das, auch ihre Krankheit war schlimmer geworden und selbst ihr Hals war mittlerweile pechschwarz. Senia presste die Hände gegen die Gitterstäbe. Sie hatte Tränen in den Augen.

„Oma, was haben sie mit dir gemacht?"

Esmeralda hob langsam den Kopf.

„Habt ihr…" Ihre Stimme brach. „Habt ihr die Steine?"

Senia nickte heftig. „Ja, wir haben sie, aber…"

Esmeralda drückte ihre Hand.

„Ihr müsst eure Kräfte vereinen, Senia. Die Meister müssen ihre Kräfte vereinen, nur so könnt ihr es schaffen."

Senia war nach Weinen zumute. Sie wusste, dass die Meister ihre Kräfte vereinen mussten, aber das war nur möglich, wenn *alle vier* mitmachten. Und eine fehlte.

„Sie will sich uns nicht anschließen, Oma. Wir können sie nicht überzeugen", erwiderte Senia bedrückt.

„Doch", beharrte Esmeralda. „Sie hat ein gutes Herz, Senia, ich weiß es. Es braucht nur ein wenig Zeit, um ihre harte Schale zu brechen."

Senia schüttelte langsam den Kopf. „Aber Oma, gibt es keinen anderen Weg…"

Bevor sie den Satz beenden konnte, zog einer der Zentauren sie weg.

„Das reicht jetzt mit eurem Familientreffen!" Er packte Senia, so wie Adrian und die anderen jeweils einen der Freunde packten und sie von Esmeralda wegzogen. Der Wächter sperrte einen leeren Käfig auf. Luna starrte ihn alarmiert an.

„Was habt ihr vor?!", schrie sie, doch da zerrte der vierarmige Mann schon Femy in das Metallgerüst hinein. Sie piepste schrill, konnte jedoch nichts gegen ihn tun. Senia streckte ihre Arme nach ihr aus und versuchte, sie zu befreien, aber es klappte nicht.

„Lasst sie los!" Luna stampfte auf den Boden „Das könnt ihr nicht machen! Sie ist nur ein Lichtgeist, sie tut niemandem etwas!"

Niemand hörte ihr zu. Luna versuchte Neilon zu benutzen, doch aus irgendeinem Grund funktionierte der Stein wieder nicht. Bei Madeleine, die dem Wächter mit Astra einen Schlag verpassen wollte, passierte das Gleiche. Beide starrten beklommmen auf ihre Zaubersteine.

„Tja, so schnell ist es vorbei mit den Zaubertricks", höhnte Adrian und tippte auf Lunas glühende Fesseln. Es musste an ihnen liegen.

„Wir müssen etwas tun!", keuchte Senia verzweifelt, aber sie wurde wie die anderen aus dem Raum gezerrt. Der Wächter schlug die Tür des Raumes zu und Femys hilflose Rufe verstummten mit dem lauten Zuknallen der Tür. Die Freunde wollten etwas tun, aber Adrian und seine Kumpane schubsten sie weiter. Beim Weitergehen warf Leon seiner Schwester einen verschreckten Blick zu. Er wusste, dass mit ihm das Gleiche passieren würde, denn Erold brauchte ihn nicht. Er brauchte nur die Meisterinnen. Und für diese würde es vielleicht sogar noch schlimmer kommen, als in einen Käfig gesperrt zu werden. Erold würde sie bei sich behalten, um beobachten zu können, wie sie vor sich hinsiechten.

„Was sollen wir tun, Luna?", piepste Leon. Er sah sie so hilflos an, dass Luna seinen Blick nicht mehr aushalten konnte und stattdessen auf den Boden sah. „Was sollen wir tun?", fragte er noch einmal.

Lunas Herz trommelte gegen ihren Brustkorb. Normalerweise spross sie vor Ideen, die Pläne vervollständigten sich in ihrem Kopf wie ein Puzzle, doch jetzt war da nichts, außer einer großen Leere. Nicht einmal, als sie angestrengt nachdachte, fiel ihr etwas ein. Luna sah ihren Bruder an und nun war sie genauso hilflos wie er. Bei ihren Freunden sah es nicht viel besser aus. Senia rang mit den Tränen. Der Troll schubste sie.

„Hör auf zu heulen und lauf!"

„Geh vernünftig mit ihr um!", schrie Madeleine und trat ihm ins Knie, was jedoch nur dazu führte, dass der Troll sie wuchtig nach vorne schubste und ihren Arm dann fester packte. Luna warf ihm einen garstigen Blick zu und sie stellte sich neben sie, sodass sie nun alle in einer Linie gingen.

Dann blieb der Wächter noch einmal stehen. Dieses Mal nicht vor einer Tür, sondern vor einem doppelt so großen, imposanten Tor, an dem Türklopfer mit Totenkopfschädeln aus Metall waren. Die Wache griff einen der Türklopfer und hämmerte gegen das Tor. Sobald das dumpfe Geräusch ertönt war, kam eine tiefe Stimme von drinnen. „Herein!" Langsam öffnete er die schwere Tür und eine riesige Halle trat zum Vorschein.

Die Wände waren mit Fackeln übersät, deren Feuer noch stärker loderte als draußen und die eine erdrückende Hitze verbreiteten. Luna wandte den Blick zu der Decke, die höher war als in der restlichen Burg. Ein gewaltiger, schwarzer Kronleuchter hing daran, an dem Spitzen waren, die gefährlich nach unten ragten. An der linken Seite hangen außerdem mehrere Metallketten herunter, an denen jeweils ein Haken war und das Innere der Halle wurde noch einmal von zwei Wachen bewacht. Doch das Furchteinflößendste stand am Ende des Saals: Ein Thron, auf dem ein großer und kräftiger Mann in einer schwarzen Robe saß.

Erold.

Luna überfiel eine Gänsehaut, als sie ihn musterte. Seine Haut war voller Narben, die so schlimm aussahen, dass Luna sich fragte, wieso er an diesen Verletzungen nicht gestorben war. Eine Narbe zog sich über eines seiner kalten, grauen Augen. Zudem hatte er kräftige Arme mit betonten, hervorkommenden Adern. Mit seinen schwarzen Haaren, die fast bis zu seiner Schulter reichten und von grauen Strähnen durchzogen waren, sah er im Grunde Roxanne ähnlich, nur dass er weitaus gefährlicher aussah als sie.

„Wir haben gebracht, wen Sie verlangt haben, Herr", verkündete Adrian laut, damit seine Stimme bis zum Ende des Saals durchkam.

Erold starrte kurz auf die Freunde und den Freunden wurde unbehaglich zumute. Dann streckte er seine Arme aus, wie eine Vogelscheuche, und legte den Kopf in den Nacken. Er begann lautstark zu lachen, so lange und laut, dass seine tiefe, raue Stimme an den Wänden des Saals widerhallte und den ganzen Raum erfüllte. Es war das hässlichste Geräusch, das Luna jemals vernommen hatte. Ihre Nackenhaare stellten sich auf und sie wünschte, dass sie sich irgendwie die Ohren zuhalten könnte, doch sie war immer noch gefesselt.

Sekunden, die sich wie Stunden anfühlten, verstrichen und Erold lachte triumphierend weiter.

„Endlich!", rief er schließlich und sein Lachen hörte auf. „Endlich sind sie da! Meine Steine sind endlich bei mir."

Er kam von seinem Thron herunter und ging auf sie zu. Luna wich nach hinten aus, aber Erolds Männer schubsten sie nach vorn, sodass sie stolperte. Erold packte ihren Arm. Luna wandte sich, doch er hielt sie so fest, dass es wehtat, wenn sie sich wehrte.

„Lass sie ihn Ruhe!", protestierte Leon und die Meisterinnen wollten auf sie zu rennen, doch sie wurden zurückgehalten. Erold zog derweil Lunas Arm hoch und betrachtete gierig den Zauberstein. Dann ließ Erold sie los und wandte sich Madeleine und Senia zu. Erst packte er Senias Arm, wo er Qualin sah, dann Madeleine und drehte sich dann suchend nach Adrian um.

„Wo ist Mexus? Wo ist mein Stein?", fragte er drängend.

„Er ist hier, Meister", sagte Adrian und kramte eilig in Senias Rucksack, aus dem er Mexus holte und Erold übergab. Dieser glotzte auf den Stein wie eine Motte, die auf das Licht starrte. Er streckte seine Hand aus, doch sobald er ihn auch nur minimal berührt hatte, verbrannte er sich die Hand. Denn Mexus gehörte ihm nicht mehr. Er war enteignet worden. Erold schnaubte verärgert.

„Wir müssen das Ritual sofort durchführen. SOFORT! Bereitet alles vor."

„Du wirst niemals wieder Meister sein, Erold!", wagte Luna, ihn zu unterbrechen. „*Wir* sind jetzt die Meister und *du* bist unwürdig!"

Erold drehte sich schlagartig zu ihr um und die Umstehenden schnappten nach Luft.

„Was machst du Luna? Hast du den Verstand verloren?", raunte Leon ihr leise zu.

„Wie kannst du es wagen, ohne Erlaubnis zu sprechen?!", brüllte Erold. „Die Steine gehören mir und nur mir!"

Luna sah, wie Erolds Gesicht rot anschwoll. Sie ahnte, dass jetzt etwas passieren würde, und ihr Herzschlag beschleunigte sich, doch sie bereute es trotzdem nicht, das gesagt zu haben. Und dann trat diese Sache ein: Erold packte Lunas Hals und drückte fest zu. Luna zappelte und rang nach Luft.

„Lass sie sofort los, Erold!", verlangte Madeleine und wandte sich, um Erold anzugreifen und der Troll hatte Mühe, sie zurückzuhalten. Erold ließ Luna los, die keuchend zu Boden fiel und drehte sich zu Madeleine um. In seinem Gesicht stand ein Ausdruck von Schadenfreude.

„Du bist also Jeldriks Enkelin." Er lachte schnaubend. „Willst du, dass ich dich umbringe, wie einst deinen Großvater?"

Madeleine stieß einen wütenden Schrei aus und schaffte es, sich vom Troll loszureißen. Beinahe hätte sie auch Erold getreten, doch da kamen die Wachen an dem Tor zur Stelle und hielten sie fest. Madeleine schrie und zappelte.

Erold stieß ein Schnauben aus. „Erbärmlich."

„Du wirst schon sehen, Erold!", schrie Senia plötzlich. Sie war die ganze Zeit still gewesen, nachdem sie ihre Großmutter so gesehen hatte, doch jetzt hatte sie genug. „Roxanne weiß, dass sie Meisterin ist! Sie weiß es und sie wird nicht auf Mexus verzichten, nur weil du es willst! Du verlässt dich ja darauf, dass sie dir die Gegenstände bringt und dir brav gehorcht, aber du irrst dich!", blökte sie und eine Stille trat in den Raum. Erolds Blick verfinsterte sich. Er ging auf Senia zu, so nah, dass sie die Struktur seiner Narben erkennen konnte. Doch sie wich keinen Schritt zurück und sah ihn trotzig an. In Erolds Augen spiegelte sich purer Zorn, er machte den Mund auf, um etwas zu sagen, aber dann ließ er es sein. Stattdessen drehte er sich zu Adrian um.

„Sperrt sie weg, sofort. Werft den Jungen in den Kerker, er ist nutzlos. Die anderen bleiben hier, bis Roxanne da ist. Ich will sehen, wie sie verzweifeln", befahl er. „Gebt mir auf der Stelle Bescheid, wenn Roxanne ankommt."

„Verstanden, Herr", antwortete Adrian. Die zwei Wachen an dem Tor ließen Madeleine los, sodass nur noch der Troll sie festhielt und schritten aus dem Saal. Sie kamen mit mehreren Käfigen zurück und sperrten die Mädchen mit Kargon ein. Die Mädchen konnten sich nicht wehren, weil sie eindeutig in der Unterzahl waren und eine nach der anderen warfen die Männer sie in die Käfige. Leon wiederum schleppten sie weg.

„Nein! Lasst ihn hier!", schrie Luna, obwohl sie wusste, dass es keinen Sinn hatte. Sie musste zuschauen, wie sie ihren Bruder immer weiter von ihr wegzogen.

„Wir holen dich da raus, Leon!", versprach sie ihm.

„Da kannst du lange warten!", versicherte Adrian gackernd und zog ihn am Arm, aber Leon wehrte sich. Er drehte sich zu Erold um.

„Dein Plan wird nicht klappen! Roxanne wird sich dir nicht unterwerfen!", schrie er und sah noch ein letztes Mal zu seiner Schwester, bevor er hinter dem Tor verschwand. Luna blieb im Thronsaal zurück und wusste nicht, wann oder ob sie ihn je wiedersehen würde.

DIE LETZTE CHANCE

Nach Leon verließen auch Erolds restliche Männer den Saal und nur der Troll blieb. Dieser ging auf eine Kurbel neben dem Tor zu und fuhr die Metallketten von der Decke herunter. Als Nächstes kam er zu den Käfigen der Mädchen und hing sie jeweils an drei Haken der Ketten. Als der Troll nun erneut an der Kurbel drehte, fühlte Luna, wie sie vom Boden abhoben und in die Höhe fuhren. Die Mädchen waren nun in meterweiter Höhe vom Boden. Als die Käfige schließlich ganz am Ende – es waren ungefähr fünfzehn Meter – angelangt waren und schon fast die Decke berührten, hörte er auf. Er verbeugte sich vor Erold und verließ den Raum. Nun waren die Meisterinnen alleine mit Erold in dem Saal. Erold setzte sich zurück auf seinen Thron und es wurde mucksmäuschenstill. Nur noch das flackernde Feuer war zu hören, das tanzende Schatten an die Mauern warf. Und die Mädchen blieben in den robusten Metallkäfigen, in fünfzehn Metern über dem Boden, ohne eine Chance zu entkommen, sofern niemand die Käfige herunterfuhr. Doch da war niemand, der so etwas tun konnte. Und es kam auch keiner.

Tage verstrichen, in denen die Mädchen in den winzigen Käfigen hockten und sich kaum bewegen konnten. Sie sprachen kein einziges Wort, denn jede von ihnen wusste, dass nichts mehr zu besprechen geblieben war. Für sie gab es keinen Weg heraus und es stand fest, was sie erwartete, wenn Roxanne ankam. Täglich wurde ihnen ein Stück Brot und ein Krug Wasser gebracht, damit sie nicht verhungerten oder verdursteten, bevor ihnen die Zaubersteine abgenommen werden würden. Erold wurde währenddessen von Tag zu Tag ungeduldiger und fragte seine Wächter in immer kürzeren Abständen, ob Roxanne schon angekommen war. Aber die Antwort war auch beim hundertsten Mal dieselbe: Von Roxanne gab es keine Spur.

Dann, am fünften Tag, kam ein Wächter in den Saal gestürmt und er war vollkommen aus der Puste. Erold erhob sich von seinem Thron, noch ehe er ein Wort herausbrachte, und die Mädchen rissen ihre Augen auf. Sie ahnten, was er sagen würde.

„Roxanne ist angekommen, Herr."

Luna rutschte das Herz herunter. Sie, Madeleine und Senia sahen einander an. Ihnen stand die Angst ins Gesicht geschrieben, die langsam die Form einer Panik annahm. Erold wiederum blitzten gierig die Augen.

„Ruft sie sofort zu mir!"

Der Wächter machte eine Kopfbewegung, bei der man nicht genau sagen konnte, ob es ein Nicken oder eine Verbeugung war, und verließ den Saal. Luna schluckte. Jetzt war der Moment gekommen. Der Moment, der alles entscheiden würde. Ob Senia recht hatte oder Erold.

Mit angehaltenem Atem warteten die Meisterinnen auf Roxanne, von der ihr Leben jetzt abhing. Wenige Minuten später kam sie auch schon in den Thronsaal hinein, gefolgt von Adrian. Roxanne hatte ihren Rucksack auf dem Rücken und Madeleine wünschte sich beim Anblick der Tasche, dass sie ihn und alles darin verbrannt hätte, bevor sie Roxanne wieder begegnet war.

„Hast du die Gegenstände?", fragte Erold.

Roxanne nahm ihren Rucksack vom Rücken und drückte ihn Erold in die Hand. „Sie sind hier drin."

Erold betrachtete das Innere der Tasche. Seinem Gesichtsausdruck zu urteilen, war er mit dem Ergebnis höchst zufrieden.

„Sehr gut, sehr, sehr gut." Dann sah Erold zu Kargon, welcher stets neben ihm stand. „Bereitet sofort das Ritual vor! Morgen bei Tageslicht werden wir es vollbringen!"

Kargon nickte, nahm Roxannes Rucksack und ging davon. Während die Mädchen ihm erschrocken hinterher sahen, bemerkten sie nicht, dass sich Roxannes Blick verändert hatte. Sie sah Erold direkt in die Augen, auf eine Weise, die sie nicht beschreiben konnten. Es sah wie eine Mischung aus Gier und Flehen aus. Sie wollte offenbar, dass er sie dafür lobte, die Gegenstände gebracht zu haben, aber es kam nichts. Daher nahm Roxanne es selbst in die Hand.

„Und was dann?", fragte sie andeutend. „Was passiert nach dem Ritual?"

Erold überschlug die Beine, doch er sah Roxanne nicht an.

„Wie ich gesagt habe. Sobald ich alle Steine besitze, werde ich Lewendia an mich reißen. Die Welt wird erzittern unter meiner Macht!" Er lachte gackernd.

Roxanne verzog weiterhin keine Miene. Sie hatte immer noch den Blick von vorhin, nur dass dieser ungeduldiger geworden war. „Du hast gesagt, dass du einen obersten Befehlshaber ernennen wirst." Sie formulierte es wie eine Aussage, doch es klang eher wie eine Frage. Die Frage, *wer* diese Person sein würde. Erold drehte sich so um, als wolle er es sich auf seinem Thron gemütlicher machen. Nun saß er fast mit dem Rücken zu Roxanne.

„Ja, werde ich. Der oberste Befehlshaber wird mich beraten, mir assistieren und wichtige Gebiete leiten. Sein Wort wird mehr wert sein, als das von jedem anderen meiner Untertanen."

Luna konnte sogar von mehreren Metern Entfernung spüren, wie Roxannes Geduld ein Ende nahm. Sie gab ein leises Schnauben von sich.

„Wann wirst du bekannt geben, dass ich das sein werde? Gleich nach dem Ritual?"

Erold drehte sich zu seiner Enkelin. Jetzt sah er sie das erste Mal, seitdem sie angekommen war, wirklich an. „Nicht nach dem Ritual."

„Wann dann?" Roxannes Stimme klang aufdringlich. Äußerst aufdringlich. „Wie lange wirst du mich noch warten lassen?"

„Für immer."

Roxanne stutzte. Die Mädchen sahen zum ersten Mal, dass sie eine andere Emotion außer Wut zeigte.

„Was heißt, für immer?", fragte sie und ihre Stimme, die sonst so fest und kalt war, kam den Mädchen fremd vor.

Erold beugte sich zu ihr. „Du wirst nicht der oberste Befehlshaber sein."

Für einen Moment lang dachte Roxanne, sie höre nicht richtig. Sie machte den Mund auf, aber es kam nichts anderes heraus als ein heiseres Krächzen. Sie wich nach hinten und ihr Gesicht verlor auch den letzten Klecks an Farbe. Jetzt glich sie mehr der Totenkönigin als einem Menschen.

„Wie... Was?" Sie lachte hohl, aber es war kein frohes Lachen. „Das ist wohl ein Witz?"

Erold zog die Augenbrauen herunter, als wäre er genervt von Roxanne. „Sehe ich so aus, als würde ich Witze machen?!", keifte er ihr ins Gesicht. „Dir werde ich die Position nicht geben."

Roxanne fühlte sich, als hätte man sie angespuckt. Sie machte wirre Handbewegungen.

„Was soll das heißen?!", schrie sie, aber sie war heiser. „Ich bin dafür bestimmt! Und ich bin bereit! Das bin ich schon seit einer Ewigkeit, und jetzt, wo ich dir alles für das Ritual besorgt habe, habe ich endgültig bewiesen, dass ich dieser Aufgabe gewachsen bin! Ich habe alles getan, was du wolltest! Was willst du noch?"

Roxanne sah sehr aufgewühlt aus. Luna, die das Geschehen aus ihrem Käfig beobachtete, tat sie schon fast leid, aber sie wusste, dass sie sich das selbst ausgesucht hatte. Sie hätte ihnen auch folgen und sich von Erolds Herrschaft befreien können. Aber sie hat sich anders entschieden.

„Deine einzige Aufgabe ist es, mir zu dienen. Du hast deinen Auftrag erfüllt und bekommst deswegen keine Bestrafung", sagte Erold mit bedrohlich gesenkter Stimme. „Warst du wirklich so dumm, zu denken, dass ich *dich* zum obersten Befehlshaber mache, nur weil du ein paar Aufträge erfüllt hast?"

Roxanne fühlte sich, als hätte sie einen Schlag in die Magengrube abbekommen. Aber sie erholte sich von dem Schock. Sie würde nicht so leicht aufgeben. Roxanne ging ein paar Schritte auf Erold zu.

„Ich bin die Erstgeborene! In meinen Adern fließt *dein* Blut!", blaffte sie schreiend. Sie klang entschlossen, aber ihre Stimme zitterte. „Seit meiner Geburt ist es *mein* Recht, die oberste Befehlshaberin zu werden! Und von niemandem anderem!"

Erold schlug seine Hand auf die Armlehne seines Throns.

„Was dein Recht ist und was nicht, entscheide ich! Und ich mache dich ganz bestimmt nicht zum obersten Befehlshaber!"

Roxanne begann zu zittern, aber sie hielt Erolds vernichtendem Blick stand. „Ich habe mein ganzes Leben daran gearbeitet, mich dir zu beweisen!", schrie sie. Nun klang sie nicht mehr wütend, sondern verzweifelt. „Während meinen Brüdern das Essen an den Tisch serviert wurde und sie im Schloss leben konnten, musste ich selber jagen gehen und im Wald leben. Du hast mich behandelt wie eine Verbannte, aber trotzdem habe ich nie aufgehört, deine Aufträge anzunehmen. Allem habe ich zugestimmt, ob es lebensgefährlich war oder nicht! Und ich habe dich kein einziges Mal enttäuscht. Niemand auf dieser Welt verdient diese Position mehr als ich! Ich will endlich den Preis für meine Mühe!"

„Deine Mühe schert mich kein Bisschen", zischte Erold erbarmungslos. „Dir war es nie vorgesehen, auch nur ein wenig Macht zu besitzen."

Roxanne stampfte auf den Boden. „Niemand anderes kann es machen als ich! Ich werde die oberste Befehlshaberin sein! ICH!" Ihre Stimme bebte so sehr, dass Luna sich wünschte, sie würde aufhören, mit Erold zu streiten, denn das machte es nur noch schlimmer. Er hatte seine Entscheidung getroffen und es schadete ihr nur, daran zu rütteln.

„Kargon wird es sein, bis dein Bruder alt genug ist", meinte er tonlos.

Jetzt geriet Roxanne völlig aus der Fassung.

„Amon kann das nicht!", brüllte sie wild gestikulierend. „Wie oft ist er schon gescheitert?! Er kann niemals diese Aufgabe übernehmen, NIEMALS! Aber ich habe jeden einzelnen deiner Aufträge erfolgreich erfüllt, egal wie viel es mich gekostet hat!"

„Dann wird es eben dein anderer Bruder."

Roxanne liefen Tränen über das Gesicht. Sie konnte es nicht glauben, nicht wahrhaben. Der Gedanke, dass sie all die Jahre alles umsonst ertragen hatte, zerriss sie innerlich.

„Ich bin die Erstgeborene", wollte sie erwidern, doch ihre Stimme versagte.

„Mag sein, aber du bist nicht die Richtige. Das Einzige, was du jemals bekommen könntest, ist eine Gefängniszelle, genau wie deine erbärmliche Mutter!", keifte Erold herzlos und in seiner Stimme lag Ekel.

Roxanne kullerte noch eine Träne über die Wange, bevor sie sie rasch wegwischte. Sie senkte ihre Arme und blickte Erold nur an, als könne sie so irgendwie ändern, was er gerade gesagt hatte. Aber es geschah natürlich nicht.

„UND JETZT VERSCHWINDE!", donnerte Erold so laut, dass es die Käfige der Meisterinnen erzittern ließ. Sein Brüllen echote in dem ganzen Thronsaal und niemand bewegte sich, ehe der Ruf vollkommen verhallt war. Im Raum wurde es mucksmäuschenstill. Erold ließ sich wieder in eine gemütliche Position sinken und Roxanne bewegte sich zum Ausgang. Die Wachen öffneten ihr das Tor.

„Roxanne!", rief Luna ihr zu. Roxanne nahm zwar nur eine leise Stimme wahr, doch sie drehte sich trotzdem zu ihr um. Luna zeigte ihr Neilon in ihrem Handgelenk und tippte auf den Zauberstein. Senia und Madeleine taten es ihr gleich.

„Es gibt einen anderen Weg", sagte Luna und die anderen blickten Roxanne flehend an, darauf wartend, dass sie reagierte. Luna wünschte es sich so sehr, dass sie für einen Moment glaubte, eine Zustimmung in Roxannes Augen zu erkennen. Luna erwartete, dass sie jetzt etwas sagte, eine Hoffnung bereitete sich in ihr aus. Aber da kam nichts. Roxanne drehte sich um, ohne auch nur eine Miene zu verziehen, und ging einfach aus dem Saal. Luna starrte ihr fassungslos nach.

Das kann nicht sein... Sie hörten, wie Senia in ihrem eigenen Käfig auf den Boden sackte, weil sie wusste, was das für sie bedeutete. Bei Luna traf der Gedanke später ein, wie ein verspäteter Zug.

Dies war ihre letzte Chance gewesen. Roxanne war ihre letzte Chance gewesen. Und jetzt war sie fort.

„ES GIBT IMMER EINEN AUSWEG"

Madeleine lehnte sich nach hinten gegen die kalten Gitterstäbe und legte den Kopf in den Nacken. Nach dem Kampf mit Roxanne in den Wäldern nahe dem Reich der Oger hatte sie immer gedacht, dass sie ihre Entscheidung ändern würde. Dass sie am Ende doch klug genug sein würde, um endlich zu verstehen, dass es ihr nichts bringen würde, Erold noch länger zu folgen. Denn Erold war eine schlechte Person und er würde niemanden zu der zweitmächtigsten Person im Land machen, den er dazu zwang, im Wald zu leben. Das hätte Roxanne wissen müssen. Madeleine hatte gedacht, dass sie das auch tat, nur verdrängte und bald zur Besinnung kommen würde. Aber das war nicht passiert. Jetzt wusste Madeleine, dass sie all das nur gehofft und diese Hoffnung letztendlich verloren hatte. Und jetzt war alles vorbei.

Senia hatte sich wie Madeleine gegen ihren Käfig gelehnt und starrte betrübt nach unten. Ihre geröteten Augen waren vom stummen Weinen wie ausgetrocknet. Luna wiederum wollte ihre Niederlage nicht wahrhaben.

„Wir haben nicht verloren!" Sie schüttelte den Kopf. „Wie könnt ihr das einfach so hinnehmen?"

„Wir nehmen es hin, weil es keine andere Möglichkeit mehr gibt", sagte Senia kaum hörbar. „Wir sind hier gefangen. Niemand kann uns retten. Roxanne hat sich gegen uns entschieden und Erold hat die Gegenstände für das Ritual. Es ist vorbei." Nicht einmal Lunas Kampfgeist konnte ihnen jetzt noch weiterhelfen.

„Wir haben noch eine Nacht Zeit bis zum Ritual. Woher wissen wir denn, dass Roxanne nicht doch ihre Meinung ändert?", wandte Luna ein.

Madeleine seufzte. „Sie tut es nicht, Luna. Wir haben schon so oft versucht, sie zu überreden, sie ist zu stur, um es zu verstehen. Selbst, wenn sie jetzt noch ihre Meinung ändert, kann sie nichts mehr tun. Das Ritual ist schon morgen. Sie kann es alleine nicht stoppen."

Senia senkte den Kopf. Luna konnte die Einstellung ihrer Freundinnen nicht nachvollziehen.

„Nein, wir dürfen nicht aufgeben!", rief sie. „Wollt ihr das einfach so hinnehmen, dass Erold ganz Lewendia versklaven wird?! Das Ritual könnte uns womöglich umbringen! Wir können nicht einfach so hier rumsitzen!"

„Was sollen wir denn sonst tun, Luna? Den Käfig aufbrechen und herunterspringen?", fragte Madeleine frustriert und hielt Luna ihre glühenden Handfesseln hin. „Siehst du die hier?" Dann deutete sie nach vorne, wo eine der Fackeln, die erst vor ein paar Tagen auf Erolds Befehl hergebracht worden war, grau leuchtete. „Oder die da?", wollte sie wissen. „Die sind verzaubert! Mit einem Zauber, der jegliche Form von Magie in seiner Nähe, die nicht stärker ist als er selbst, eliminiert. Also können wir die Steine nicht benutzen, es sei denn, wir verstärken unsere Macht, indem wir unsere Kräfte vereinen. Und das geht nur mit einer Person, die gerade nicht hier und keine Meisterin ist!"

Luna wollte es immer noch nicht akzeptieren. „Wollen wir Lewendia einfach so im Stich lassen? Was ist mit den ganzen Leuten, die so viel geopfert haben, um uns zu helfen? Helene, Kelly und Marius sitzen jetzt wahrscheinlich im Gefängnis!", machte sie weiter. „Und Senia, hast du nicht versprochen, dass du mich und Leon zurück nach Hause bringst? Vielleicht müssen wir einfach nur ein bisschen länger grübeln und es zeigt sich eine Lösung."

Senia schüttelte den Kopf, doch sie fühlte sich so elend wie noch nie in ihrem Leben. Sie hatte dieses Versprechen wirklich gegeben und es steckte in ihr, als hätte es jemand in ihr Herz gebrannt. Sie war schuld daran, dass die Geschwister erst nach Lewendia gekommen waren und jetzt nicht bei ihrer Großmutter die Ferien verbrachten. „Es tut mir leid, Luna."

Luna drehte ihren Freundinnen den Rücken zu. Ihre Kehle schnürte sich zu, doch sie verbat es sich, zu weinen, da sie nicht glauben wollte, dass sie verloren hatten. Es musste noch einen Ausweg geben. *Es gibt immer einen Ausweg*, dachte sie fest. Aber so sehr sie es auch wollte, sie konnte nicht ignorieren, dass ihnen nur noch wenige Stunden blieben. *Morgen* schien ihr plötzlich so nah vorzukommen, als würde die Zeit in diesem Saal schneller vergehen. Sie fragte sich, was Leon gerade machte und wie es ihm wohl ging.

Nach Leon wanderten ihre Gedanken zu ihrer Familie. Sie stellte sich Lotte vor, wie sie am nächsten Morgen hopsend zu Luna ans Bett gekommen war, jedoch niemanden vorgefunden hatte. Und ihre Eltern. Sie sah ihr Gesicht, als sie sie vor dem Haus ihrer Großmutter verabschiedet hatte. War dieser Abschied wirklich das letzte Mal gewesen, dass sie ihre Eltern gesehen hatte? Würde sie morgen wirklich... *sterben?* Luna schluckte.

Keiner der Meisterinnen tat in dieser Nacht ein Auge zu. Nach einiger Zeit des qualvollen Schweigens und Wartens kam wieder ein Rascheln von außen, das jemanden ankündigte, der Erold eine Nachricht überbringen wollte oder nur an dem Tor vorbeilief. Die Mädchen horchten nicht einmal auf. Luna drehte ihren Rücken zum Tor, damit sie nicht immer grundlos Hoffnung schöpfte. In diesem Moment schepperte das Schloss und jemand riss das Tor auf. Die Wachen im Saal drehten sich schlagartig um.

„Hey, wer bist du?", fragte einer von ihnen, doch ehe er sah, wer die Person war, stürzte sie sich auf seinen Kameraden und fegte ihn zu Boden. Er zückte sein Schwert, doch die Gestalt handelte schneller. Sie rammte mit so großer Wucht gegen ihn, dass er auch fast zu Boden fiel und vollkommen die Orientierung verlor. Er brüllte zornig und rannte auf den Eindringling zu. Dieser wich dem Wächter nicht aus, sondern wartete, bis er nahe genug war und feuerte ihm dann einen giftgrünen Ball ins Gesicht, aus dem Säure herausfloss. Er griff sich fluchend an die Augen und in dem Moment erhob sich die andere Wache, die hingefallen war und schlich sich von hinten an den Angreifer an. Dieser merkte es, drehte sich blitzartig um und schnitt dem Wächter mit einem Schwert ins Gesicht, das nicht von der Rüstung bedeckt wurde. Dann trat sie ihn so heftig, dass er nach hinten taumelte und schlug ihm auf den Kopf, woraufhin er bewusstlos hinfiel.

Der zweite Wächter, dessen Augen sich gut genug von dem Säureangriff erholt hatten, um zu sehen, was mit seinem Kollegen geschehen war, machte verschreckt einen Schritt zurück. Doch der Eindringling ließ sich nicht stoppen und rammte mit seinem Schwert eine Delle in seine Rüstung. Als dieser mit seinem eigenen Schwert einen Gegenangriff machte, fanden sich die beiden in einem schnellen Gefecht wieder. Der Eindringling kämpfte eindeutig besser. Seine Hiebe waren so kräftig, dass der Wächter nicht einmal die Chance bekam, zurückzuschlagen. Denn die Gestalt schlug so gnadenlos auf ihn ein, als hinge ihr Leben davon ab. Der Wächter fand sich schließlich mit dem Rücken an die Mauer des Saals gepresst wieder. Als die Gestalt noch einmal weit ausholte, hielt der Wächter schützend die Arme vor sich, was sie aber nicht davon abhielt, auf seinen Kopf zu schlagen. Danach bewegte er sich nicht mehr.

Von den Meisterinnen, die das Geschehen aus ihren Käfigen beobachteten, erkannte Madeleine den Eindringling als Erstes. Ihre seit fünf Tagen glasigen Augen blitzten auf.

„Roxanne." Sie sah die Mädchen an, auf deren Gesichtern sich eine Mischung aus Freude und Schock widerspiegelte. „Sie ist gekommen, um uns zu retten!", sagte Senia und betonte es wie eine Frage, weil sie es noch nicht ganz glauben konnte. Stumm beobachteten sie, wie Roxanne zu der Kurbel neben dem Tor ging und an ihr zog. Ihre Käfige fuhren ruckelnd herunter. Die Meisterinnen wollten Roxanne etwas sagen, ihr danken, doch es hatte ihnen allen die Sprache verschlagen. Außerdem wussten sie nicht, was sie Roxanne, die ihnen das alles erst eingebrockt hatte, sagen sollten.

Roxanne zog tonlos einen Schlüssel aus ihrer Hosentasche und schloss die Käfige auf. Im Gegensatz zu ihnen spiegelte sich in Roxannes Gesicht keinerlei Emotion.

„War es wirklich nötig, dass Erold dir es höchstpersönlich ins Gesicht sagt, damit du endlich verstehst, dass wir recht hatten?", fragte Madeleine, um wenigstens die Stille zu brechen. Roxanne gab keine Antwort.

Luna versuchte es noch einmal. „Wie bist du an die Schlüssel gekommen?"

„Bin ich halt." Roxanne zog mit Wucht ihre Käfigtür auf, sodass Luna ins Freie trat. Danach waren Senia und Madeleine an der Reihe.

„Wartet, wartet, wartet", sagte Roxanne, nachdem sie alle Käfige aufgeschlossen hatte. „Bevor ihr euch jetzt umarmt und mich als eure *Freundin* seht, möchte ich eins klarstellen: Ich mache das nur, weil ich euch leider brauche, um die volle Macht über Mexus zu bekommen. Das Einzige, was mich interessiert, ist mein Zauberstein und Rache an Erold. Ob ihr lebt oder nicht, ist mir vollkommen egal."

Madeleine sprang aus ihrem Käfig und warf ihr einen Blick zu, so als wolle sie sagen, dass Roxanne ein hoffnungsloser Fall ist. „Haben wir schon verstanden, keine Sorge. Erst halten wir Erold davon ab, seine Pläne umzusetzen, und dann kannst du machen, was du willst."

Roxanne erwiderte nichts und zog dieses Mal einen Dolch heraus, mit dem sie die Fesseln der Mädchen durchschnitt.

„Ohne diese Fesseln könnt ihr eure Zaubersteine benutzen. Es sind nur ein paar verzauberte Fackeln im Schloss verteilt, die euch daran hindern könnten, aber ihr werdet es hoffentlich schaffen, diese zu umgehen."

„Wissen wir, es sind die Fackeln mit dem grauen Feuer", sagte Senia. „Aber was machen wir denn jetzt, hast du schon einen Plan?"

„Wenn du mich mal ausreden lassen würdest, ich erkläre es gerade", zischte Roxanne. „Der Plan lautet: Ihr helft mir mit euren Zaubersteinen dabei, in Erolds Kammer einzubrechen und dort Mexus zu stehlen. Danach trete ich Erold allein gegenüber und ihr könnt machen, was ihr wollt."

„Träum weiter", kommentierte Madeleine. „Wenn Erold morgen bemerkt, dass wir ausgebrochen sind, wird er ganz Duras auf uns hetzen. Du kannst ihm nicht allein gegenübertreten."

„Dann kämpfe ich halt gegen das gesamte Volk!", entgegnete Roxanne und stampfte auf den Boden. Mit zu Fäusten geballten Händen blitzte sie Madeleine an, als wäre sie schuld daran, dass Erold sie nicht zum obersten Befehlshaber gemacht hatte.

Luna stellte sich zwischen die beiden, bevor Roxanne Madeleine noch angriff.

„Nein, so geht das nicht. Madeleine hat recht", sagte sie. „Erst muss Roxanne Meisterin werden, damit wir unsere Kräfte vereinen können. Nur so erreichen wir unser wahres Potenzial und haben eine Chance gegen Erold."

Roxanne wandte sich von Luna ab und ging auf den Ausgang zu. „Dann eben so. Hauptsache, ich bekomme, was ich will."

Die Meisterinnen warfen sich unsichere Blicke zu. Einen besonders großen Teamgeist hatte Roxanne nicht, was nicht unbedingt ein Vorteil für sie war.

„Was steht ihr da noch so rum?", fragte Roxanne und gemeinsam gingen sie auf das Tor zu. „Erolds Kammer befindet sich auf der anderen Seite der Burg. Geht mir einfach hinterher und macht ja keinen Mucks, sonst..."

„Wissen wir", unterbrach Madeleine genervt. „Du bist nicht die Einzige, die sich schon mal irgendwohin geschlichen hat."

„Wartet", bat Senia, der noch etwas eingefallen war. Sie deutete auf den Boden, wo immer noch die beiden Wachen lagen. „Lasst uns diese Schwerter mitnehmen." Sie hob die Waffen auf und reichte sie Madeleine und Luna. Roxanne wiederum gab Senia halbherzig ihren Dolch, damit sie auch eine Waffe bei sich trug. Luna atmete tief ein, damit ihr Herz etwas weniger schnell pochte. Sie hatten Glück gehabt. Aber wenn sie es dieses Mal vermasselten, gäbe es keinen mehr, der sie retten könnte.

DIE MEISTERIN VON MEXUS

Luna spürte die kalte Mauer gegen ihren Arm streifen, während sie die Gänge von Erolds Burg entlang schlichen. Roxanne ging voran, gefolgt von Luna, Madeleine und schließlich Senia, welche das Schlusslicht bildete. Wie Senia bei ihrer Ankunft erklärt hatte, waren in der Burg kaum Wachen, also brauchten sie sich nicht allzu große Sorgen machen, erwischt zu werden. Trotzdem folgten sie so vorsichtig wie möglich Roxannes Richtungsanweisungen. Luna gab besonders darauf acht, dass ihr Schwert den Boden nicht berührte, um bloß keine Geräusche zu machen, während die Wärme der Fackeln an der Wand sie zum Schwitzen brachte. Auf dem Weg kamen die vier an der schwarzen Tür vorbei, die zu dem Kerker führte, in dem Esmeralda, Femy und wahrscheinlich auch Leon eingesperrt waren.

„Leute!", raunte Senia ihnen zu und stupste dabei Madeleines Ellenbogen. „Seht mal! Wir müssen noch meine Oma, Leon und Femy befreien!"

Roxanne drehte sich zu ihr um. „Nein!", fauchte sie zwischen zusammengebissenen Zähnen. „Ich kann jetzt nicht all eure Familienmitglieder einsammeln! Wir holen Mexus und das war's."

„Wir holen sie raus", zischte Madeleine. „Aber wir können nicht mit sechs Leuten durch die Burg laufen. Wenn wir Mexus haben, kommen wir nochmal zurück."

Sie nickte Luna und Senia zu, denn auch Luna wollte Leon schnellstmöglich befreien. Mit dieser Lösung war anscheinend auch Roxanne einverstanden und führte sie weiter.

Immer tiefer drangen sie in Erolds Burg vor. Luna hatte keinen Schimmer, wie weit sie schon gekommen waren, doch sie vermutete, dass der Weg nicht mehr allzu lang war, da ertönten plötzlich Schritte auf dem Steinboden. Genauer gesagt waren es Hufschritte.

„Versteckt euch!", zischte Roxanne und richtete sich auf, als würde sie ganz normal auf dem Gang laufen. Währenddessen huschten die Meisterinnen nach hinten und bogen rechtzeitig in einen anderen Korridor ab. Roxanne blickte nach hinten, um sicherzugehen, dass die Meisterinnen sich versteckt hatten, und prallte deswegen fast gegen Adrian, von dem die Geräusche gekommen sein mussten.

„Roxanne? Was machst du hier, mitten in der Nacht?" Er zog skeptisch die Augenbrauen hoch.

„Was geht dich das an? Ich kann machen, was ich will."

Roxanne wollte an ihm vorbeilaufen, doch er packte sie am Arm. „Was machst du da? Lass mich sofort los!"

„Mach mir nichts vor, ich weiß, dass du Bescheid weißt!", knurrte Adrian.

Roxanne wusste genau, was er meinte. Ihr war schon damals, als sie ihn im Nebeltal getroffen hatte, klar gewesen, dass er sich fragte, ob sie wusste, dass sie eine Meisterin war. Aber sie blieb abweisend.

„Wovon redest du eigentlich?" Sie riss ihren Arm aus Adrians Griff. Dieser schaute direkt in ihre Augen, als wolle er ihre Seele durchdringen. Sie hielt dem Blickkontakt stand. Noch eine Weile lang starrten sie sich einfach an. Dann lockerte sich Adrians Blick.

„Nichts." Er lehnte sich nach hinten und trabte davon. Genau dorthin, wo sich Luna, Madeleine und Senia versteckt hatten. Roxanne sah ihm alarmiert hinterher.

Luna, Senia und Madeleine hielten wiederum ihren Atem an, da sie Adrians Hufe immer näher kommen hörten. Sie drückten sich so fest an die Wand wie nur möglich, als könnten sie irgendwie darin verschwinden. Luna linste unauffällig zur Seite, genau in dem Moment, als Adrian an dem Korridor vorbeiging.

Zu ihrem Glück trabte er einfach davon. Luna atmete erleichtert auf. Vorsichtshalber warteten die Mädchen noch ein paar Augenblicke, und gingen erst dann wieder zu Roxanne. Senia wischte sich über die Stirn. „Puh, das war knapp."

Auch Luna und Madeleine rasten die Herzen, doch es war alles gut gegangen. Und jetzt durften sie keine Zeit mehr verlieren.

„Mexus ist nur noch einen Gang entfernt", erstattete Roxanne Bericht, nachdem sie einige Zeit weiter in dem Labyrinth aus

Gängen herumgeschlichen waren. „Er wird bewacht. Ihr müsst eure Waffen einsetzen."

Senia schluckte. „Wie viele Wachen sind es denn?"

„Normalerweise vier", gab Roxanne zurück. „Aber vielleicht hat Erold mehr Wachen eingesetzt, um Mexus zu schützen."

„Ich weiß nicht", meinte Luna. „Die letzten fünf Tage haben wir alle seine Befehle mitangehört, weil wir ständig im Thronsaal waren. Und er hat nie etwas von *mehr Wachen* gesagt."

„Dann würde ich sagen, jeder von uns übernimmt einen", bestimmte Madeleine und die Gruppe nickte.

„Achtung", warnte Roxanne und blieb stehen. „Wir sind da."

Sie standen gerade vor einer Gabelung. Wenn sie jetzt in den Gang links abbogen, würden ihnen die vier Wachen begegnen. Die Freundinnen sahen sich ängstlich an. Sie durften es jetzt nicht vermasseln.

Im Gegensatz zu ihnen war Roxanne jedoch ganz erpicht darauf, möglichst schnell loszulegen, da sie ihre Wut an jemandem auslassen musste. Sie machte den Anfang und bog ab. Als die Wachen – es waren, wie vermutet, vier – Roxanne sahen, waren sie verwirrt, was sie noch so spät in der Burg machte, doch sie taten nichts. Denn sie waren nicht dafür zuständig, Dinge zu hinterfragen, sondern die Kammer zu bewachen. Erst als Roxanne beschleunigte und entschlossen auf sie zu stapfte, drehten sie sich zu ihr um. Da zog sie schon ihr Schwert hinter ihrem Rücken hervor und schlug dem nächsten von ihr mitten ins Gesicht. Die anderen traten verwirrt nach vorne und brüllten Roxanne an, als die anderen aus ihrem Versteck kamen und sie urplötzlich angriffen.

Luna hatte sich einen großen und äußerst kräftigen Wächter ausgesucht. Schneller als sie es jemals gewesen war, umging sie allen Angriffen ihres Gegenübers und schlug bei jedem seiner Schläger doppelt so kräftig zurück. Leider konnte sie Neilon nicht benutzen, da in dem Gang mehrere graue Fackeln aufgestellt waren, aber für die Taktik, ständig die Richtung zu wechseln, brauchte sie ihn auch nicht. Es reichte, wenn sie sich alle paar Sekunden drehte und an eine andere Stelle hüpfte, damit der gleiche Effekt erzeugt wurde. Nur nach ein paar Sekunden wurde dem Wächter von Lunas ständigen Wendungen schwindelig und er fing an, sich schnaubend im Kreis zu drehen, damit er sie traf. Luna hatte Mühe, den Schlägen auszuweichen, aber sie musste sich den Zustand des Wächters irgendwie zunutze machen. Dann kam ihr eine Idee. Sie trat ein wenig nach hinten und rammte ihn mit voller Kraft gegen die Mauer. Sein Schwert klirrte, als es gegen den Stein prallte, währenddessen Luna es ihm entriss. Irritiert, grapschte er nach der Klinge, doch Luna schlug ihm den Arm weg, hob beide Schwerter hoch und krachte sie ihm auf den Helm. Das reichte und er sank zu Boden.

Keuchend drehte Luna sich um. Madeleine und Roxanne kämpften gegen eine Person, da die andere schon am Boden lag und etwas weiter weg rang Senia mit einem Wächter. Luna ging ihr zur Seite und gemeinsam drängten sie ihn in die Enge. Senia griff seine Beine an, Luna seinen Oberkörper und er war nicht schnell genug, um beide Angriffe zu verhindern. Er schlug Lunas Schwert beiseite, aber gegen Senia konnte er nichts tun. Sie traf und fegte den Wächter fast zu Boden, da sie genau sein Knie getroffen hatte, doch er schaffte es doch, sein Gleichgewicht zu halten. Da aber trat Luna ihm auf das verletzte Knie und Senia stach ihren Dolch in seine Verletzung. Als letztes schlugen sie dem heruntergefallenen Wächter auf den Kopf, sodass er bewusstlos wurde. Senia sah erschöpft auf ihn herab. Sie hatte überall Schrammen an den Armen, trotzdem zeigte sie Luna zufrieden ihren Daumen. „Wir sind ein gutes Team."

Luna rang sich ein Lächeln ab. Roxanne und Madeleine hatten die anderen Wächter auch schon besiegt. Dann wandten sie sich der Tür zu. Sie war schwarz, robust und überall mit Totenköpfen verziert. Die Meisterinnen beobachteten, wie sich Roxanne zu der Tür bewegte und sie mit einem Schlüssel aus ihrer Hosentasche aufschloss. Alle vier traten in den dunklen, runden Raum. Sobald sie einen Fuß über die Türschwelle gesetzt hatten, flammten urplötzlich sechs Fackeln an den Wänden auf, die grau flackerten. Zwischen den Fackeln war jeweils eine Tür und in der Mitte war ein Altar, der von dunklem, stillem Wasser umgeben war. Auf dem Altar ruhte Mexus und eine glänzende Hülle beschützte ihn.

Madeleine wollte Astra aktivieren, um die Hülle zu durchbrechen, doch wegen der Fackeln klappte es nicht. Die Mädchen gingen an die Wand, um sie zu entfernen, aber sie bewegten sich keinen Zentimeter. „Mist!", fluchte Madeleine. „Was machen wir jetzt?"

„Gibt es vielleicht irgendwelche Zauber?", überlegte Luna.

„Keine Ahnung", gab Madeleine zurück. „Senia?"

Senia schüttelte den Kopf. Die Meisterinnen grübelten fieberhaft, doch Roxanne schenkte ihnen keinerlei Beachtung. Ihre Augen waren auf Mexus gerichtet und ihre Hand wanderte unkontrolliert zu dem Zauberstein.

„Roxanne, du kannst das Feld nicht überwinden", teilte Luna ihr mit und sah sie an, damit sie ihre Hand wegzog. Roxanne aber schien sie nicht einmal zu hören. Immer weiter näherte sie sich dem Stein. Sie konnte schon die Hitze ausgehend von der Hülle fühlen, während sie bläuliches Licht auf ihre Haut warf.

„Roxanne, du verbrennst dich gleich!", warnte Senia. Sie hörte nicht.

„ROXANNE!", schrie Madeleine und hastete auf sie zu, um sie da wegzuziehen, doch es war schon zu spät. Roxanne berührte das Kraftfeld und Luna riss erschrocken die Augen auf. Doch dann... passierte nichts. Das Kraftfeld flackerte kurz, aber Roxanne gab keine Reaktion. Die Mädchen beobachten erstaunt, wie sie einfach durch das Feld griff, als existiere es gar nicht.

„Sie ist die Meisterin von Mexus! Deshalb kann ihr das Kraftfeld nichts anhaben, aber andere verbrennt es!", fiel Senia plötzlich ein.

Luna stimmte ihr in Gedanken zu, während Roxanne Mexus aus dem Feld herauszog. Im nächsten Moment fing der Stein zu glühen an und die Freundinnen kriegten mit, wie auch die letzte Meisterin von ihrem Zauberstein Besitz ergriff.

Als das blendende Licht sich legte konnte Luna ihren Augen kaum trauen. Roxanne *lächelte*. Luna hatte daran gezweifelt, ob sie das überhaupt konnte. Anscheinend schon. Vielleicht war es Roxannes ungewohntes Lächeln, das sie ansteckte oder einfach die Erleichterung, dass sie es geschafft hatten, weshalb die Meisterinnen plötzlich lachten.

Doch ihre Freude verschwand so plötzlich, wie sie gekommen war, als ein hämisches, ekelhaftes Gelächter erklang. Luna drehte sich nach dem Geräusch um, doch plötzlich schlang sich eine Metallkette um ihre Hüfte und drückte sich fest an sie, wie eine Würgeschlange. Luna rüttelte an der Kette, doch sie war schon zu fest und bewegte sich keinen Millimeter. Sie versuchte, zu erkennen, woher die Kette gekommen war, doch alles, was sie sah, waren die anderen Meisterinnen, wie sie ebenfalls gefangen wurden. Luna wollte sich wegteleportieren, aber ... *Verdammt, die Fackeln!* Außerdem glühte die Kette ebenfalls grau. Sie war verzaubert. Luna wollte nach Hilfe schreien, aber das Metall schnitt in ihre Haut und zerquetschte sie so sehr, dass sie nur ein Krächzen herausbekam.

„Dachtet ihr wirklich, ihr spaziert durch meine Burg und könnt einfach so meinen wertvollen Stein stehlen?", dröhnte Erolds Stimme in Lunas Ohr, während sie an der Kette zerrte, die sich immer weiter zuzog. Noch ein bisschen fester und sie würde ohnmächtig werden.

„Ergreift sie!", polterte jemand, doch Luna, deren Gehirn nicht mehr zu funktionieren schien, konnte sie nicht zuordnen, und jemand kam mit seiner Waffe auf sie zu. Luna erkannte sein Gesicht. Es war Adrian. Er packte sie am Arm und zog die Kette noch fester. Luna wunderte sich, wie sie noch bei Bewusstsein war.

„LEBEND!", donnerte Erold von der Seite. Luna hörte ein Knurren von Adrian.

„Warte nur ab, bis dieses verdammte Ritual vorbei ist..."

Ihr wurde schwarz vor Augen.

„ADRIAN!", brüllte jemand. Sie konnte die Stimme nicht mehr zuordnen.

„Ja, Herr", nuschelte Adrian und Luna fühlte, wie die Kette sich lockerte, sie aber noch gefangen war, und kehrte wieder ins

Hier und Jetzt zurück. Sie sah sich erschrocken zu ihren Freundinnen um, die ebenfalls von einer grauglühenden Kette umschlungen, jedoch noch bei Sinnen waren. Sie blickten Luna wie erstarrt an. Diese sah auf ihr Handgelenk. Neilon. Sie musste ihn benutzen, aber mit den verzauberten Ketten ging das nicht.

„Lauf!" Adrian schubste sie nach vorn. Luna suchte verzweifelt nach einer Lösung.

„Siehst du die hier?" Madeleines Stimme ertönte in ihrem Kopf. Sie erinnerte sich daran, was sie über den Zauber gesagt hatte. *„Die sind verzaubert! Mit einem Zauber, der jegliche Form von Magie in seiner Nähe, die nicht stärker ist, als er selbst, eliminiert. Also können wir die Steine nicht benutzen, es sei denn, wir verstärken unsere Macht, indem wir unsere Kräfte vereinen. Und das geht nur mit einer Person, die gerade nicht hier und keine Meisterin ist!"*

Doch jetzt ist sie es!, dachte Luna. Sie versuchte sich irgendwie aus Adrians Griff zu befreien und es reichte aus, um sich nach Senia umdrehen zu können.

„Senia! Wir müssen unsere Kräfte vereinen, um die Steine zu benutzen!"

Senia warf ihr einen ratlosen Blick zu. „Ich weiß, aber... Ich weiß nicht wie!"

„Wie?! Hat dir Esmeralda nichts darüber erzählt?!", hakte sich Madeleine ins Gespräch ein. „Die ganze Zeit über war das unser Ziel und du wusstest nicht einmal, wie man das macht?!"

Luna war fassungslos. Adrian packte sie am Arm. „Sollen wir sie einfach in die Kerker bringen, Herr? Es sind nur noch ein paar Stunden bis zum Morgen, jetzt können sie ohnehin nichts anrichten."

„Von mir aus. In der Nacht kann ich sowieso nicht über sie wachen. Aber bringt sie in einen gesonderten Raum, sie sollen niemanden sehen", erwiderte Erold und die Meisterinnen wurden verschleppt. Sie hatten keine Zeit mehr.

„Senia?! Was sollen wir tun?", schrie Luna.

„Ich weiß es nicht!", rief sie verzweifelt zurück.

„Wie kannst du es nicht wissen?!", brüllte Roxanne.

Luna sah zu Senia. Das konnte doch nicht wahr sein! „Senia, wir müssen irgendwie…"

„Du hältst jetzt die Klappe!", unterbrach sie Adrian und verwandelte sich in einen Riesen.

„Was- was machst du da?!", schrie Senia geschockt.

Adrian antwortete nicht und wurde immer größer, seine Hand war inzwischen so groß wie ein Basketball und er hob sie nach oben, vor Luna.

Madeleine riss die Augen auf. „NEIN!", brüllte sie, als Adrian seine riesige Hand auf Luna schlug.

EINE LETZTE IDEE

Dicke, metallene Gitterstäbe. Das war das Erste, das Luna sah, als sie aufwachte. Außerdem vernahm sie drei verschiedene, streitende Stimmen. An ihren Händen waren wieder graue Fesseln. Nachdem sie von Adrian ohnmächtig geschlagen worden war, hatten Erolds Männer sie alle vier in einen einzigen, gewaltigen Käfig in einen der besonders geschützten Kerkerräume verfrachtet, wo ihnen die verzauberten Fesseln angelegt worden waren. Luna richtete sich auf und versuchte zu verstehen, weshalb die anderen stritten.

„Wir müssen unsere Kräfte verbinden, sonst erreichen wir unser volles Potenzial nicht! Und dann ist es aus mit uns!", sagte Madeleine und ihre sonst so entschlossene Stimme zitterte.

„Ich weiß ja nicht wie!", erwiderte Senia hilflos. „Ich...Ich dachte es funktioniert von selbst, wenn alle Meisterinnen ihre Steine haben!" Sie packte sich am Kopf und stand kurz davor, sich die Haare auszureißen. Wie hatte sie es nur vergessen können, Esmeralda das zu fragen? Sie hatte es ständig gesagt, ständig.

„Hat Freya dir auch nie etwas darüber erzählt?", wandte sich Luna an Madeleine, weil Senia ihr leidtat. Madeleine wippte so schnell mit ihrem Fuß, dass seine Form verschwamm.

„Nein, hat sie nicht", gab sie aufgebracht zurück. „Und ich habe sie auch nie gefragt, weil ich wie Senia dachte, es ergibt sich von selbst, wenn alle die Steine haben und beisammen stehen!"

„Dann hättest du es besser wissen müssen!", fauchte Roxanne. „Ich habe euch Trottel nur befreit, damit ich Meisterin werden und mein volles Potenzial erreichen kann! Und jetzt erzählt ihr mir, dass ihr gar nicht wisst, wie das gehen soll?!"

Madeleine funkelte sie an. „Du lässt dich dein ganzes Leben von Erold ausnutzen, nur damit er dich am Ende umbringt, um dir deinen Zauberstein wegzunehmen, und nennst *uns* Trottel? Ohne uns hättest du dein ganzes Leben als Erolds Dienerin verbracht!"

Roxanne näherte sich Madeleine und hielt ihr drohend den Zeigefinger vor das Gesicht. „Halt die Klappe."

Madeleine packte ihre Hand und schlug sie beiseite. „Warum hältst du nicht mal die Klappe?"

„Leute, streiten nützt uns doch gar nichts", warf Senia ein, doch Roxanne und Madeleine fingen schon an, sich gegenseitig anzubrüllen.

„Senia hat recht, das hilft uns nicht weiter!", unterstützte Luna sie, doch die beiden hörten ihr nicht zu. Das Gebrüll wurde immer lauter, hallte an den Mauern des Kerkers wider und dröhnte in ihren Köpfen, die sowieso schon vom Denken rauchten. Senia fühlte, wie ihre Hoffnung unter dem Lärm zusammenschrumpfte.

„Hört auf, zu schreien!", rief sie mit zitternder Stimme.

„Hör auf, zu heulen!", zischte Roxanne.

„Hey!", unterbrach Luna das Durcheinander. „Reißt euch endlich zusammen!" Die Käfigstäbe vibrierten unter ihrer Stimme. Alle verstummten. „Kommt schon, wir sind die Meister! Das ganze Land zählt auf uns. Wir sollten uns lieber eine Lösung überlegen, statt uns so albern anzuschreien."

Roxanne drehte sich zu ihr um. „Und was schlägst du vor, Frau Neunmalklug?"

„Lasst uns erst einmal einen klaren Gedanken fassen", schlug Luna vor. „Was wissen wir denn überhaupt darüber, wie die Meister ihre Kräfte vereinen? Vielleicht gibt es ja eine Art Auslöser?"

„Was Esmeralda darüber gesagt hat, wisst ihr ja", antwortete Senia. „Mit mir hat sie auch nicht darüber gesprochen, bevor wir vor Erolds Angriff auf Melna zu ihr gegangen sind. Sie meinte, wir sollen die Steine finden und den Meistern geben."

Madeleine schreckte plötzlich hoch. „Vielleicht muss irgendeine Bedingung erfüllt sein, damit es funktioniert?"

Luna nickte. „Das hatte ich auch gedacht. Oder etwas, das wir noch tun und erleben müssen..."

Roxanne schien nun endlich auch mit zu überlegen. Sie musterte die drei Übrigen mit scharfem Blick. „Es ist etwas, das ihr gemacht habt, und ich nicht."

Luna drehte sich zu ihr um. „Wie kommst du darauf?"

„Ihr habt die Steine viel länger als ich", erwiderte Roxanne. „Irgendetwas müsst ihr gemacht haben, das ich nicht gemacht habe."

Senia, Luna und Madeleine wechselten einen Blick. Da war tatsächlich etwas dran.

„Vielleicht ist es, weil du deinen Zauberstein noch nie benutzt hast?", fiel Senia als erstes ein.

„Tja, mit diesen Fesseln kann ich das schlecht tun", gab Roxanne trotzig zurück und die Meisterinnen sahen trüb auf den Boden.

„Wartet, lasst uns nicht die Hoffnung verlieren", meinte Luna. „Wir wissen doch gar nicht, ob das der Auslöser ist."

Senia legte die Hand an das Kinn und horchte ganz tief in sich hinein. Was hatten sie, Luna und Madeleine erlebt, das das Ritual zum Vereinen ihrer Kräfte auslösen könnte und Roxanne nicht? Oder anders: Was hatten sie gemeinsam, das Roxanne nicht hatte? Senia fühlte sich, als wäre ihr Kopf ein durcheinandergeratenes Büro voller Papierstapel, wo die Dokumente nur so herumflogen und sie selbst die verzweifelte Sekretärin, die in ihnen wühlte. Irgendwo darin war die Antwort. Und da fand sie etwas: Sie waren Freunde. Sie, Luna und Madeleine hatten zusammen so viel durchgestanden und so viele Emotionen geteilt. Ein freundschaftlicher Bund verband sie, welcher zwischen ihnen und Roxanne nicht war. Sie wollte ja nicht einmal akzeptieren, dass sie eine von ihnen war.

Senia öffnete den Mund, doch dann stockte sie. War das wirklich eine gute Idee? Die Steine waren so kompliziert und mächtig und da sollte wirklich Freundschaft die Antwort sein, damit sie ihre volle Macht entfalteten? War das nicht ein wenig kindlich? Senia verwarf den Gedanken. Sie musste aufhören, so naiv zu sein.

„Gibt es denn keine Möglichkeit, auch ohne die Steine hier auszubrechen?", fragte Madeleine, nachdem niemandem etwas eingefallen war. „Die Steine können wir mit diesen Fesseln eindeutig nicht benutzen und wenn wir noch weiter Zeit verschwenden, nützt es alles nichts mehr."

„Ich suche die ganze Zeit schon nach einem Plan, aber für jeden müssen unsere Hände frei sein", antwortete Roxanne etwas genervt, doch dieses Mal war das nicht den anderen Meisterinnen geschuldet, sondern der Situation. Die Mädchen senkten ihre Köpfe. Sie steckten in der Klemme und der Zeitdruck machte sich mit jeder verstrichenen Sekunde bemerkbarer.

Plötzlich sah Roxanne auf. Sie fixierte Luna mit ihrem Blick. Dann schritt sie auf sie zu und packte ihr Handgelenk.

„Was machst du? Was ist los?", fragte Luna, während Roxanne auf ihre Handschellen starrte. Sie rüttelte an ihnen. „Die sind locker."

Luna und die anderen brauchten erst einen Moment, um zu realisieren, was das bedeutete.

Senia ging auf Roxanne zu. „Wirklich?"

„Wie locker? Ich kriege meine Hände nicht raus", sagte Luna.

Roxanne sah sich ihre Fesseln weiter an und kriegte mit etwas Geschick ihren kleinen Finger hindurch. „Wer auch immer dir die Schellen angelegt hat, hat einen Fehler gemacht. Die sind ein bisschen zu groß, normalerweise müssen sie so fest sein, dass man sie nicht einmal bewegen kann. Aber hier passt mein Finger durch."

Madeleine beugte sich aufgeregt über Lunas Hände. „Heißt das jetzt, sie kann sich von den Schellen befreien?"

„Befreien nicht, dafür müssen die Fesseln wirklich abgemacht werden, so locker sind sie nun auch wieder nicht", gab Roxanne zurück, „Aber wenn Luna sich richtig anstrengt, kann sie vielleicht für ein paar Sekunden gegen den Zauber ankommen und Neilon benutzen."

„Wie viel Zeit hab ich genau?", fragte Luna aufgeregt, versuchte aber, nicht sofort Hoffnung zu schöpfen.

Roxanne ließ ihre Hand los. „Höchstens eine Minute, für mehr würde deine Kraft nicht ausreichen. Dich selber wirst du eh niemals teleportieren können, daran werden dich die Fesseln hindern. Aber einen Gegenstand vielleicht schon. Einen kleinen."

„Was ist, wenn wir einen Hilferuf schicken?", fiel Senia ein. „An die ganzen anderen Völker, damit sie Erold aufhalten, bevor er das Ritual macht!"

„Aber die anderen Völker sind Kilometer weit entfernt. Schafft sie es überhaupt so weit?", gab Madeleine zu bedenken.

Sie hatte recht. Das würde sie nicht schaffen.

„Ich hab eine andere Idee", sagte Roxanne plötzlich und alle reckten die Köpfe zu ihr. Sie kramte ein kleines Stück Rinde aus ihrer Hosentasche, das Erolds Diener bei der Durchsuchung wohl bei ihr gelassen hatten, weil sie es als unwichtig ansahen. „Meine Mutter."

„Deine Mutter?", echoten die anderen.

„Ja", bekräftigte Roxanne. „Sie hat bestimmt schon erfahren, dass ich zurück bin und gemerkt, dass etwas nicht stimmt, weil ich noch nicht bei ihr war. Und sie weiß hundertprozentig, dass ich Meisterin bin; die Gerüchte in Duras verbreiten sich wie Lauffeuer. Sie ist schlau genug, um alles zu kombinieren und zu ahnen, dass Erold mich gefangen hat, als ich Mexus genommen habe. Sie steht mit Sicherheit vor dem Schloss, um ihn von seinen Plänen abzubringen oder um mich zu suchen."

Erst jetzt wurde Luna klar, dass auch Roxanne eine Familie hatte, die ihren Tod ganz sicher nicht wollte. Ihr Gedanke hörte sich logisch an.

„Das könnte klappen", sagte Luna und Senia nickte hoffnungsvoll. Sie klammerten sich an diesen Plan wie hilflose Nichtschwimmer in einem Fluss an einen herunterhängenden Ast.

„Kann sie den Hilferuf auch schnell genug an die anderen Völker überbringen? Sie müssen morgen früh ankommen", wollte Madeleine erst sichergehen, bevor sie Hoffnung schöpfte.

„Meine Mutter ist eine Meisterin im Umgang mit Kristallkugeln. Sie kann sich in Sekundenschnelle mit kilometerweit entfernten Kugeln verbinden", erzählte Roxanne und Luna meinte einen Hauch von Stolz und Sanftheit in ihrer Stimme zu hören. „Wenn *sie* es nicht schafft, dann schafft es keiner."

Luna atmete entschlossen aus. „Dann lass es uns versuchen."

DAS RITUAL

„Ich habe keinen Stift. Wir brauchen etwas Spitzes, um in die Rinde einzuritzen", sagte Roxanne. Die Mädchen hatten ihre Köpfe zusammengesteckt und starrten auf das Stück Rinde in Roxannes Hand, das ihre Rettung darstellen sollte.

„Hier, meine Kette!" Senia nahm die Kristallkette vom Hals und gab sie Roxanne, welche mit der Spitze des weißen Steins mühsam etwas auf die Rinde einritzte. Am Ende hielt sie es ins Licht, damit man es lesen konnte. Dort stand mit krakeliger, schwer leserlicher Schrift: „Erold mich umbringen. Sofort andere Völker Bescheid, Sonnenaufgang." Mehr hatte auf das Stück nicht gepasst, aber sie hofften, dass das genügte, damit Roxannes Mutter verstand. Luna nahm die Rinde aus Roxannes Hand.

„Ich muss genau wissen, wo deine Mutter ist, sonst kann ich das nicht teleportieren", gab Luna zu Bedenken.

„Der Eintritt ins Schloss ist ihr verboten", erzählte Roxanne. „Also muss sie vor dem Haupteingang sein, woanders kommt sie nämlich nicht hin und ich glaube nicht, dass man sie reingelassen hat."

Luna nickte und rief sich das Tor, durch das sie in die Burg gekommen waren, in das Gedächtnis zurück. Das kleine Stück Rinde lag auf ihrer rechten Handfläche.

„Wie sieht sie aus?", wollte sie wissen.

„Sie ist klein, hat blasse Haut wie ich, aber große, strahlend blaue Augen", antwortete Roxanne.

Senia und Madeleine starrten gebannt auf Luna, die ihre ganze Konzentration auf das Bild in ihrem Kopf gerichtet hatte. Je genauer sie sich Roxannes Mutter vorstellte, desto wahrscheinlicher war es, dass der Hilferuf sie auch erreichte. Ihre Hand begann langsam zu zittern.

„Weiter?"

„Ihre Haare sind kurz, glatt und schwarz. Sie hat auch ein paar graue Strähnen", beschrieb Roxanne weiter. Luna kniff ihre Augen fester zusammen und sie spürte einen Hauch von Wärme in Neilon.

„Sie hat eine kleine, krumme Nase und sehr dünne Lippen", hörte sie Roxannes Stimme, während sie angestrengt versuchte, jedes einzelne Detail zu ihrer Vorstellung hinzuzufügen, ohne dass etwas verschwand. Sie atmete schwer ein und aus, ihre ganze Hand vibrierte.

„Neilon glüht schon, mach weiter!", forderte Madeleine.

„Ihr Gesicht ist rund und sie hat einen erschöpften Blick. Außerdem ein paar Stirnfalten und leichte Augenringe", befolgte Roxanne.

Lunas Hand verkrampfte. Schweißperlen standen ihr auf der Stirn. Es war, als würde sie mit der Barriere, die sich zwischen ihr und ihren Zauberstein stellte, kämpfen, sich gegen sie rammen, aber die Barriere gab immer noch nicht nach.

„Ihre Augenbrauen sind sehr dünn und die rechte wird von einer kleinen Narbe durchschnitten", fügte Roxanne hinzu, weil sie merkte, dass Luna fast so weit war, aber Hilfe brauchte. Senia und Madeleine hatten die Luft angehalten. Luna biss ihre Zähne zusammen. Das Blut stieg in ihr Gesicht, sodass es rot anlief. Neilon glühte heller auf, doch mit der Rinde passierte immer noch nichts.

„Komm schon Luna, du schaffst es!", spornte Senia sie an.

Luna wehrte sich mit all ihrer inneren Kraft gegen den Zauber ihrer Fesseln.

„Sie ist komplett schwarz angezogen, genau wie ich, und nimmt immer ihre graue Handtasche mit sich", beendete Roxanne die Erzählung.

Lunas Herzschlag beschleunigte sich und das Pochen dröhnte in ihren Ohren, als sie immer härter gegen die unsichtbare, magische Barriere rammte. Ihre Muskeln spannten sich an, Neilon beleuchtete den schwarzen Käfigboden und das Stück hob sich langsam von ihrer Hand.

„Komm schon, Luna! Du hast es fast!", rief Senia eindringlich.

Luna baute sich gedanklich vor der Barriere auf, holte Anlauf und rammte noch ein letztes Mal gegen sie. Für eine einzelne Sekunde spürte sie, wie die Mauer unter ihrem Gewicht nachgab, ihre Muskeln entspannten sich urplötzlich und dann, ehe Luna merkte, ob es gewirkt hatte, oder nicht, stellte sich die Barriere wieder auf. Vorsichtig öffnete sie die Augen, ihr schwerer Atem wehte die Strähne weg, die sich aus ihrem Zopf gelöst hatte. Die Rinde war verschwunden.

„Du hast es geschafft, Luna", meinte Madeleine glücklich, doch sie wollte sich noch nicht allzu sehr darüber freuen. Lunas Hand zitterte immer noch. „Ich hoffe, es ist auch angekommen"

„Solltest du auch", sagte Roxanne. „Wenn das nicht funktioniert, dann..."

Sie beendete den Satz nicht. Ab diesem Moment breitete sich eine bedrückte Stimmung aus. Denn von nun an hatten sie nichts mehr zu besprechen. Jetzt war ihnen nur noch das Hoffen geblieben.

An die Käfigstäbe gelehnt warteten sie auf ein Zeichen, dass ihr Hilferuf tatsächlich funktioniert hatte, und versuchten, das unerträgliche Warten irgendwie auszuhalten. Hatte ihr Plan funktioniert? Sie wussten es nicht. Das Einzige, was sie wussten, war, dass sich dünne, orangerote Lichtstrahlen in die Kerker schlichen und den Sonnenaufgang ankündigten. Den *Morgen*. Jener Tag, vor dem sie so viel Angst hatten wie vor keinem Tag zuvor.

Luna konnte nicht abschätzen, wie viel Zeit ihnen geblieben war. Mit jeder Minute begann ihr Herz schneller zu schlagen, da wurde auf einmal die Tür aufgerissen und mehrere gerüstete Männer strömten in den Raum hinein. Senia zuckte zusammen. Die Männer kamen zu ihrem Käfig und schlossen ihn auf.

„Nein, nein, bitte!", flehte Senia und kroch in die hinterste Ecke des Käfigs. „Geht weg von uns!"

Doch die Wachen hörten nicht. Erbarmungslos schnappten sie nach Senia, welche die Arme schützend vor sich hielt, und packten sie. Luna und Madeleine zogen sie zu sich, damit die Männer sie nicht herausholen konnten, aber in dem Moment griff auch jemand nach ihnen. Senias Arme glitten den Mädchen aus der Hand und sie wurde aus dem Käfig gezerrt, wo sie ihr Fesseln um die Hüfte legten. Als Nächstes gingen die Männer auf Roxanne zu, die gegen sie trat, um sich nicht erwischen zu lassen. Mehr Männer griffen nach ihr und schafften es, ihr Bein zu packen.

„Lasst mich sofort los! Ich bin Erolds Enkelin, ihr müsst mir gehorchen!", brüllte Roxanne, aber die Männer hatten sie schon längst aus dem Käfig geholt und fesselten sie.

„Fasst mich nicht an!", schrie Madeleine, als die Männer die beigefarbenen Taue um ihre Hüfte banden. Luna wiederum versuchte, sich aus ihrem Griff loszureißen. Doch keine von ihnen schaffte es und sie wurden aus den Kerkern herausgezwängt. Die Meisterinnen brüllten angstvoll, weil sie wussten, was jetzt kam. Das Ritual war vorbereitet und sie wurden nach draußen geführt.

Luna sträubte sich, doch das veranlasste Erolds Wachen nur dazu, ihre Fesseln fester zu machen. Sie kamen immer näher an den Ausgang. Lautes Jubeln der Bürger, die vor der Burg versammelt waren und das Stampfen ihrer Mistgabeln und Schaufeln auf dem Boden kamen von draußen, als sie durch die kalten Gänge schlurften. Die Geräusche wurden immer lauter und Lunas Herz schlug ihr bis zu ihrem Hals, während sie sich machtlos von Erolds Männern in die Verdammnis führen ließ.

Dann sah sie es: Es war vor ihr, das Tor nach draußen. Tageslicht strömte in die dunkle Burg und blendete Luna, weil sie es tagelang nicht gesehen hatte. Ihre Gedanken sagten ihr, dass sie sich von Erolds Männern losreißen und wegrennen sollte, einfach irgendwohin, nur nicht nach draußen. Doch in der Realität war sie an der Hüfte und den Händen gefesselt, von Erolds Handlangern gepackt und von vorne wie hinten von jeweils fünf von ihnen umzingelt, die vor dem Kerkerraum gewartet hatten. Es gab keinen Ausweg. Selbst, wenn sie es schaffte, zu fliehen, war sie hier in Duras, wo irgendwer sie schon zu fassen bekommen würde. Normalerweise hätte Lunas Kopf voll mit Gedanken sein müssen, Gedanken an ihre Familie, Lewendia, dem Ritual, vielleicht sogar auch dem Tod, da sie nicht wusste, ob sie die Enteignung überleben würde. Aber in dem Moment konnte sie an nichts mehr denken, ihr Gehirn war wie gelähmt. Die Menschen auf dem Platz donnerten ihre Schaufeln und Mistgabeln auf den Boden, was alles in ihrem Umfeld erzittern ließ. Als sie die Meisterinnen erblickten, drehten sie sich zu ihnen, buhten sie aus, bewarfen sie mit Steinen oder anderen Sachen, die sie auf der Straße fanden, und versuchten, sie mit ihren Mistgabeln zu verletzen. Erolds Männer scharten sich um die Meisterinnen, damit ihnen vor dem Ritual nichts passierte, doch auch sie hatten Mühe, die Leute aufzuhalten, sodass sie ständig etwas gegen sich geworfen bekamen. Doch als Lunas Blick in die Mitte des Platzes wanderte, bekam sie nichts mehr davon mit. Denn dort war ein mindestens zehn Meter hoher, mächtiger Pfahl aus Holz. Luna schluckte schwer. Daran würden sie gleich gebunden werden.

Das Gebrüll der Bürger klang nur wie ein Rauschen in ihren Ohren, jedes Objekt, das sie traf, kam ihr nur wie eine leichte Berührung vor und ihr Kopf fühlte sich an, als wäre er mit Watte vollgestopft.

„Fasst mich nicht an!", brüllte Madeleine die Menschen an, die die Hände nach ihr ausstreckten, während Senia versuchte, sich loszureißen. In Roxannes Gesicht stand blanke Furcht und keiner von ihnen konnte etwas dagegen tun, dass sie sich immer weiter dem Pfahl näherten.

„Nein! Luna! Lasst meine Schwester los", schrie eine vertraute Stimme aus der Menge. Luna wirbelte herum. Weiter entfernt von ihr standen auf einem hohen Holzkarren die Käfige von Esmeralda, Femy und Leon, die man nach draußen transportiert hatte, damit sie mitansehen mussten, wie ihre Freunde verloren. Luna starrte auf ihren Bruder, der verzweifelt an den Käfigstäben zog und nach ihr rief.

Auf einmal durchfloss Luna eine Energie, von der sie nicht wusste, woher sie kam. Es war wie ein Widerstand, einer, der so stark war, dass sie schlagartig ihre Augen aufriss, als wäre sie aus dem Tiefschlaf gerissen worden.

NEIN! ICH WERDE NICHT STERBEN!, kam plötzlich ein so lauter innerlicher Schrei, dass Luna zusammenzuckte. Panisch blickte sie um sich, auf der Suche nach irgendetwas, mit dem sie die Fesseln an ihren Handgelenken loswerden konnte. Denn sie waren zwar so verzaubert, dass sie schwächere Magie eliminierten, doch sie waren immer noch aus Hanf. Als Luna sich noch hektisch umsah, kam plötzlich eine Glasflasche auf sie zugeschossen. Luna blickte sie an, stellte sich genau in die Flugbahn, drehte die Schulter nach vorn und die Flasche zersprang genau an ihrem Knochen. Mit Absicht warf sie sich auf den Boden, ignorierte den Schmerz in ihrer blutenden Schulter und fischte unauffällig eine Scherbe vom Boden, bevor die Wächter Erolds sie unsanft auf die Füße zogen. Luna schloss sofort ihre Hand um die Scherbe, damit es keiner der Männer bemerkte. Doch darüber brauchte sie sich keine Sorgen zu machen, denn sowohl die anderen Meisterinnen als auch die Männer waren so abgelenkt von dem Chaos auf dem Platz, dass es keinem auffiel. Luna senkte leicht ihren Kopf, holte die Scherbe hervor und rieb deren schärfste Seite so schnell, wie es überhaupt nur ging, gegen das Seil. Das Blut stieg in ihr Gesicht, während sie versuchte, ihre Fesseln zu zersägen. Sie näherten sich immer weiter dem gewaltigen Pfahl, der ihr bei jedem Schritt größer und bedrohlicher vorkam.

Luna sägte verzweifelt weiter, so schnell, dass ihre Arme schmerzten, doch sie machte immer weiter, bis das Seil schließlich riss. Das graue Glühen erlosch langsam. Aber ehe Luna irgendetwas tun konnte, wurde sie von Erolds Handlanger nach vorne geschubst. Und dann bemerkte sie erst, dass sie nun direkt an dem meterhohen, baumbreiten Pfahl standen. Um ihn herum, etwa mit einem Meter Radius, war ein großer Kreis aus schwarzen Felsbrocken gelegt, in dem sich massenweise Holzscheite befanden, wie bei einem gigantischen Lagerfeuer, was es vermutlich auch war. Um den Kreis herum waren die Gegenstände für das Ritual, das Rotperlenerz, das Fläschchen mit dem Blut des Frosches, Jeldriks Smaragd und der Krug mit Wasser aus dem Fluss der Toten, ebenfalls in Form eines Kreises, ausgelegt. Das Jubeln und Stampfen der Bürger war nun so laut geworden, dass es den Boden erbeben ließ. Luna blickte fieberhaft

auf ihre Fesseln, die zwar weniger, aber immer noch genug glühten, sodass sie es nicht schaffen würde, sich und ihre Freunde
weg zu teleportieren.

Komm schon, bitte! Bitte!, flehte Luna in Todesangst die Fesseln an. Noch bevor sich an ihnen etwas tat, wurde das Gebrüll
der Bürger plötzlich zu einem Jubeln, womit sie die neu ange-
kommene Person begrüßten. Erold. Er kam mit theatralisch aus-
gestreckten Armen und auf einem roten Teppich aus seiner Burg
und stieg von dort aus auf eine Art Bühne aus Holz, die speziell
für ihn nahe dem Pfahl aufgestellt worden war. Erold machte
nicht einmal Anstalten, eine Rede zu halten, da er dafür schon
zu ungeduldig war. Sobald er die Mädchen sah, entflammte ein
Feuer in seinen Augen und er zeigte auf sie.

„Bindet sie an den Pfahl!"

Ehe er den Befehl überhaupt ausgesprochen hatte, drängten
die Männer, die wussten, was er sagen würde, alle vier Meisterinnen nach vorne zu dem runden Pfahl. Die Holzscheite verschoben sich unter Lunas Füßen, als die Wachen jede einzeln mit einem dicken Seil an den Pfahl banden. Im nächsten Moment hob
Erold beide seiner Arme in die Höhe und auf einmal hoben die
Füße der Meisterinnen vom Boden ab, mitsamt der doppelten
Fesseln um sie. Luna schrie, doch sie wagte es nicht, sich zu bewegen, aus Angst, dass sie dann abstürzen könnte. Kreischend
schwebten sie den Pfahl hinauf, wie auf einem unsichtbaren Fahr-
stuhl, immer und immer höher, sodass die Bürger auf dem Platz
schrumpften. Schließlich waren sie ganz oben angelangt und es
bildete sich eine winzige Plattform aus blauem Licht unter ihren Füßen, die gerade mal so groß war, dass ihre Hacken darauf
Platz fanden. Erold streckte seine Hände nach vorn, wodurch die
Mädchen an den Pfahl gedrückt wurden. Ab jetzt wurden sie nur
noch von den Fesseln um ihre Hüften an dem Mast festgehalten
und vor dem Absturz geschützt. Luna wurde schwindelig, wenn
sie nach unten zum Boden sah, und sie drückte ihren Kopf gegen
den Pfahl. Ihr Atem klang wie ein Schluckauf.

Erold nahm währenddessen seine Arme herunter und richtete sie auf die Holzscheite in dem Kreis. Ein gewaltiges Feuer

entflammte. Die Meisterinnen schrien auf, als sie es sahen, und drückten sich noch fester gegen das Holz. Wenn sie *jetzt* von der Plattform abrutschten, würden sie den qualvollsten Tod erleben, den man sich überhaupt nur vorstellen konnte. Luna versuchte, nicht daran zu denken, aber es klappte nicht.

Dann fiel ihr plötzlich etwas ein. *Die Fesseln!* Sie sah vorsichtig auf ihre Hände, musste jedoch einen zweiten Versuch starten, weil sie bei dem Blick nach unten zu sehr Angst bekam. Als sie es endlich schaffte, sah sie, dass das graue Glühen vollkommen verschwunden war. Sie konnte Neilon jetzt ohne Weiteres benutzen.

„Leute, ich hab es geschafft!", rief Luna erleichtert, wobei sie sich nicht einmal anstrengte, leise zu sein, Erold konnte sie aus dieser Höhe sowieso nicht hören. „Ich habe die Fesseln abbekommen!"

Die Meisterinnen reckten ungläubig ihre Köpfe zu Luna.

„W-wie? Wirklich?", fragte Senia, wobei nicht nur ihr ganzer Körper, sondern auch ihre Stimme zitterte.

„Was hast du geschafft?", drängte auch Roxanne.

Luna hielt vorsichtig die Glasscherbe hoch, weil sie viel zu aufgeregt war, um lange Erklärungen zu machen.

„Die Fesseln sind durchschnitten. Sie glühen nicht mehr."

Madeleine klappte die Kinnlade herunter. „Kannst du uns jetzt wegteleportieren?"

Luna starrte unsicher auf die Fessel um ihre Hüfte.

„Ich glaube, ich kann es nicht mit diesen Seilen. Sie sind zu fest, als dass ich sie überwinden könnte. Wir müssen erst von ihnen wegkommen." Sie begann mit der Glasscherbe auch an dem Seil um ihre Hüfte zu sägen. Derweil startete Erold mit dem Ritual. Aus seinen Händen kam ein dunkelblauer Lichtstrahl und die Gegenstände um das Feuer herum begannen allesamt zu vibrieren. Die Flammen brannten höher und bedrohlicher.

„Wir müssen uns beeilen! Das Feuer!", schrie Senia panisch. Das Seil um Lunas Hüfte war nun genug angeritzt, sodass sie es mit ihren Händen auseinanderreißen könnte und sich nun am Pfahl festhalten musste, um nicht herunter zu stürzen.

„Ich bin fertig! Hier!" Luna streckte einen Arm aus, um die Scherbe Madeleine zu übergeben, die direkt neben ihr war, als Roxanne das Ganze unterbrach.

„Wartet!"

Sie hielten inne.

„Die Seile halten uns am Pfahl. Wenn wir sie lösen, werden wir uns nicht ewig festhalten können und wir stürzen ab!"

„Nein, ich werde uns rechtzeitig wegbringen!", widersprach Luna, „Wenn alle ihre Fesseln abmachen, benutze ich schnell Neilon, bevor irgendjemand abstürzt."

Madeleine nickte und begann sofort zu sägen. Während sie das tat, verstrichen die Sekunden; die Flammen reichten nun doppelt so hoch wie vorher und die Gegenstände hoben vom Boden ab. Luna klammerte sich am Pfahl fest, mit all ihrer Kraft, denn ihr Leben hing davon ab. Als wäre das nicht schon genug, lösten sich Qualin, Mexus, Neilon und Astra zu ihrem Entsetzten langsam aus ihren Handgelenken. Die Meisterinnen wurden von einem intensiven Schmerz durchzuckt.

„HIER SENIA!", brüllte Madeleine gegen den heulenden Wind und übergab ihr die Scherbe, an der sie sich geschnitten hatte und nun blutete. Senia riss sie ihr aus der Hand und sägte mit den Händen an ihren Fesseln. Die Flammen stiegen immer höher, kletterten an dem hölzernen Pfahl hinauf wie wild gewordene Tiere, wobei er eine kohlschwarze Farbe annahm, und loderten gefährlich.

„Ich bin fertig", japste Senia, die von dem Sägen keuchte und sich nun auch ängstlich festhielt. „Hier Roxanne! Zähl bis drei, wenn du das Seil endgültig zerreißt." Die Meisterinnen fühlten, wie ihre Kräfte langsam nachließen. Sie konnten ihre Füße immer schlechter auf der kleinen Plattform halten und ihre verschwitzten Finger rutschten vom Pfahl ab. Luna drückte sich mit wild pochendem Herzen gegen den Mast, was zunehmend anstrengender wurde.

„Bei drei werde ich uns wegbringen!", kündigte sie an. „Aber mach schnell!"

„Nein, nein, nein, das könnt ihr vergessen!", weigerte sich Roxanne kopfschüttelnd, doch sie zitterte. Sie hatte Senia die Scherbe immer noch nicht abgenommen. „Niemals schaffst du es, uns alle gleichzeitig so weit weg zu teleportieren. Schon gar nicht, wenn du auch noch in so einer Situation steckst!" Roxanne wedelte mit der Hand, um ihnen zu deuten, dass sie das auf gar keinen Fall tun würde, wobei sie wie hypnotisiert auf die lodernden Flammen starrte.

„Doch, sie schafft es!", stritt Madeleine brüllend ab, um die Flammen zu übertönen. Sie konnten schon spüren, wie die höllische Hitze des Feuers ihre Füße erwärmte. Nur noch ein paar Meter mehr, dann würde es sie erreichen oder sie würden herunterstürzen. Gleichzeitig murmelte Erold irgendwelche Zauber in einer fremden Sprache, was ein dunkelblaues Licht erzeugte, das sich wie ein Wirbelsturm um den Mast bewegte. Die Meisterinnen versuchten verzweifelt, ihre Zaubersteine in ihren Handgelenken zu behalten.

„Luna hat es schon einmal gemacht, als sie Panik hatte! Außerdem haben wir keine andere Wahl! Bitte!", schrie Senia schrill und drückte sich gegen den Pfahl, um nicht abzustürzen.

„Nein, nein, nein, nein", wiederholte Roxanne hundertmal, wobei sie sich nicht mehr darüber bewusst war, ob sie das zu den anderen Meisterinnen, den Flammen, dem tosenden Wirbelsturm oder Mexus sagte, der sich aus ihrem Handgelenk entfernte.

„Niemals überlasse ich *ihr* mein Leben! Ich will nicht bei lebendigem Leib verbrannt werden!"

Die Flammen loderten so stark, dass Luna das Gefühl hatte, von ihnen aufgefressen zu werden. Alle vier waren schweißdurchtränkt von der unerträglichen Hitze und der Schweiß floss in ihre Augen. Nebenbei heulte der Wind und drohte sie von der Plattform zu fegen, an der sie sich ohnehin nur schwer halten konnten. Luna war heiß und kalt zugleich, während sie Neilon krampfhaft zurück in seinen Platz drängte.

„Roxanne, wir haben keine Zeit mehr! Mach jetzt!"

„Wenn du es nicht tust, werden wir so oder so sterben. Wir können es wenigstens versuchen!", fügte Senia hinzu.

„NEIN! NIEMALS!", kreischte Roxanne und glotzte angsterfüllt herunter, doch sie musste ihr Gesicht wegdrehen, da die Hitze sie verbrannte.

Währenddessen zerfielen die Ritualsgegenstände zu Staub, der gemeinsam mit Blättern und Steinen weggeweht wurde. Ein brüllender Donner dröhnte über ihnen, gefolgt von einem grellen Blitz, den panischen Schreien der Bürger sowie Erolds Gackern. Neilon bewegte sich immer weiter aus Lunas Handgelenk heraus – und hinterließ dabei einen rotbraunen Schleier in der Luft –, was sich so schmerzhaft anfühlte, als würde jemand ihr Herz aus dem Brustkorb reißen wollen. Sie konnte kaum noch atmen, aber sie wusste nicht, ob der Wind, die Hitze oder die Schmerzen daran schuld waren oder dass sie sich mit ihrer letzten Kraft am Pfahl festhielt.

„Roxanne, jetzt mach endlich, du verdammter Sturkopf! Du wirst uns alle umbringen!", brüllte Madeleine gleichzeitig panisch und aggressiv, als würde sie Roxanne gleich an die Gurgel gehen wollen. Und das wollte sie auch sicherlich, wenn es nur nicht den sicheren Tod für sie bedeutet hätte, sich nicht mehr festzuhalten. Das Feuer verbrannte den Mädchen die Füße, der Wirbelsturm fegte sie fast von der Plattform, von der ihre Hacken abrutschten und Erold gackerte immer lauter. Lunas Haare flogen wie wild um ihr Gesicht herum und blieben vom Schweiß daran kleben.

„Roxanne, bitte!", flehte Senia zitternd, ihre Stimme versagte fast wegen der Schmerzen.

„LOS JETZT!", kreischte Madeleine und klang nur noch panisch. Doch Roxanne schüttelte stur und voller Furcht den Kopf, wobei sie immer noch auf das Feuer starrte und sich gegen den Pfahl presste.

„Ich werde mich nicht selbst in den Tod stürzen!"

„VERTRAU MIR!", rief Luna so laut, dass es fast ihre Kehle zerriss.

In dem Moment machte etwas *Klick* in Senias Kopf. Es war, als hätte jemand einen Schalter umgelegt. Während die anderen Meisterinnen vor Angst kreischten, kehrte sie in ihren inneren Raum zurück, der voller Papierstapel und Dokumente war. Doch dieses Mal suchte die Sekretärin darin nicht verzweifelt nach einer Antwort oder blätterte durch alles Mögliche, da die Lösung in fett-gedruckten, riesengroßen Buchstaben auf dem Blatt in ihrer Hand geschrieben stand. Es war nicht *Freundschaft*, weshalb sie nicht ihre Kräfte vereinen konnten. Es war *Vertrauen*.

„Das ist es!", brüllte sie und ihre Stimme drang wegen dem heulenden Wind nur als ein Piepsen zu den anderen durch. „Ich weiß, warum wir unsere Kräfte nicht vereinen können! Es ist Vertrauen! Ich, Madeleine und Luna vertrauen einander, Roxanne nicht! Aber wir müssen einander vertrauen, um unser volles Potenzial erreichen zu können!"

Die anderen brauchten eine Sekunde, um Senias Gedankengang folgen zu können, da das Einzige, was sie wahrnahmen, nur noch die Flammen, der Wind und der Schmerz waren. Aber dann verstanden sie es. Das war ihre Rettung.

„Senia hat recht!", schrie Luna. „Roxanne, du musst uns vertrauen! Nur so erhalten wir die volle Macht über die Zaubersteine!"

Roxanne sah abwechselnd zu Luna und nach unten. Die Zaubersteine ragten schon jeweils zehn Zentimeter aus den Handgelenken der Meisterinnen und es war das Schlimmste, das sie jemals gespürt hatten. Nicht einmal Roxanne hätte es für möglich gehalten, dass ein Mensch solchen Schmerz aushalten konnte. Gerade jedoch lieferte ihr jemand die Lösung dagegen. Sie musste den anderen einfach vertrauen und der Schmerz würde verschwinden. Es war ein einfacher Schritt. Roxanne sah zu der Scherbe in Senias Hand, die sie so fest umklammert hielt, dass ihre Hand geschnitten wurde und Blut heraustropfte. *Ein einfacher Schritt. Nimm sie, vertrau ihnen und du bist gerettet.* Aber warum konnte sie es dann nicht?

In dem Moment rutschten Lunas Füße von der Plattform ab und sie wäre fast in die lodernden Flammen gestürzt, wenn Madeleine sie nicht in letzten Sekunden gepackt und hochgezogen hätte. Luna presste sich gegen den Mast. „ROXANNE!", brüllten alle drei gleichzeitig.

„OKAY, ICH TU ES!", gab sie endlich mit pochendem Herzen nach. Sie nahm die Glasscherbe von Senia und rieb rasend schnell an den Fesseln um ihre Hüfte, die in diesem Moment das Einzige waren, das sie vom Absturz schützte. Und sie zerschnitt sie gerade! Roxanne fegte den Gedanken weg. Vertrauen, Vertrauen. Die Scherbe drang immer tiefer in das Seil, es wurde immer dünner, Roxanne spürte immer noch den entsetzlichen Schmerz, das Seil wurde noch dünner, es würde gleich reißen, das Feuer stieg weiter hoch...

„EINS!" Roxannes Stimme war von dem markerschütternden Donner kaum noch zu hören. Luna machte sich bereit, Neilon zu benutzen.

„ZWEI!" Roxanne sägte weiter, das Seil hatte nur noch ein paar Fäden übrig. Sie ließ die Scherbe los und packte beide Seiten der Fesseln, um sie auseinanderzuziehen.

„DREI!" Roxanne zog an den Fesseln und die Fäden zerrissen. Genau in dem Moment kam ein heftiger Windstoß und die Meisterinnen rauschten von der Plattform herunter. Luna strengte sich so sehr an, wie sie es noch nie in ihrem Leben getan hatte, und Neilon kehrte mit einem einzigen, gewaltigen Hieb in ihr Handgelenk zurück. Er glühte dunkelrot und bevor alle vier Meisterinnen von den gewaltigen Flammen eingeäschert wurden, teleportierte Luna sie von dem Holzpfahl weg. Ehe sie es sich versahen, landeten sie mit einem dumpfen Schlag auf der Straße, weiter von dem Platz und dem Ritual entfernt. Dieses stoppte so schlagartig, als hätte jemand das Licht ausgeknipst: die Flammen erloschen, der Windsturm legte sich, jegliche Blätter fielen zu Boden und alles blieb für ein paar Sekunden still. Die Bürger sahen sich perplex um und fingen zu murmeln an. Erold hingegen drehte seinen Kopf hin und her und starrte auf den Pfahl.

„Was ist passiert?! Warum funktioniert es nicht?!", schrie er gellend und seine Stimme durchschnitt förmlich die Luft. Kargon, der neben der Bühne stand, glotzte auf den Pfahl.

„Sie sind weg, Herr", sagte er, obwohl er es sich selbst nicht erklären konnte.

„WAS HEIßT, SIE SIND WEG? WO SIND SIE?!", tobte Erold stampfend und wirbelte dabei den Staub auf der Bühne auf.

Währenddessen rappelten sich die Meisterinnen langsam vom Boden auf und schüttelten sich den Staub von den Klamotten. Senia hustete, da sie zu viel Rauch eingeatmet hatte. Auf einmal erschien ein grellgelber Lichtblitz, der durch ihre Handgelenke zu den Zaubersteinen ging, sodass es aussah, als wären ihre Handgelenke miteinander verbunden. Mit einem Mal fegte eine gewaltige Druckwelle, ausgehend von den Meisterinnen, über die ganze Stadt, der die grau glühenden Fesseln an Senias, Madeleines und Roxannes Handgelenken allesamt zerbrach. Für die Mädchen fühlte es sich an, als würde ein starker Fluss durch sie durchströmen und seine ganze Energie bei ihnen ablassen. Luna sah auf ihre Hand. Neilon war auf seine doppelte Größe gewachsen und glühte heller als je zuvor.

Es war vollbracht. Sie hatten ihr volles Potenzial erreicht. Die Meisterinnen sahen nach vorn. Erold stand ungefähr zehn Meter von ihnen entfernt und suchte wie ein wild gewordener Hund nach den Mädchen. Sie sahen einander an und dieses Mal nicht nur Senia, Luna und Madeleine, sondern auch Roxanne. Auf diesen Moment hatten sie gewartet. Sie alle. Die Mädchen nickten einander zu. Luna verengte ihre Augen zu Schlitzen.

„Hier sind wir, Erold!"

WIE EINST VOR VIERZIG JAHREN...

Erold reckte seinen Kopf zu ihnen und für eine einzige Sekunde riss er entsetzt die Augen auf, als würde er ahnen, was die Meisterinnen gerade geschafft hatten. Doch dann zog er seine Augenbrauen nach unten, spannte die Gesichtsmuskeln an und zeigte auf die vier Meisterinnen, die auf ihn zu rannten.

„SCHNAPPT SIE!", kläffte er und ging von seiner Plattform herunter.

Sein Schrei hallte durch die gefüllten Straßen von Duras und zog das Gebrüll der Menge mit sich, die alle auf einmal mit erhobenen Waffen, egal ob echte Speere, Schwerter, Dolche oder nur Mistgabeln und Schaufeln, auf die Mädchen zu stürmten. Angeführt wurde die Menge von Erolds stärksten Handlangern, welche die Meisterinnen erst hierher verschleppt hatten: Adrian, Kargon, der Troll, die beiden Zentauren und der vierarmige Mann. Doch dieses Mal war eines anders: Die Meisterinnen waren komplett. Und das nicht nur in der Anzahl, sondern auch in ihrer Kontrolle über die Zaubersteine, die sie nun vollkommen beherrschten.

Luna sah Erold und der Menge furchtlos entgegen und teleportierte sich meterweit vorwärts. Sie fand sich direkt neben einem der Zentauren an der Front wieder und schnappte sich sein Schwert, bevor er überhaupt merkte, dass Luna bei ihm war. Der Zentaur blickte verwirrt auf seine Hand, da teleportierte sich Luna auch schon von ihm weg, ohne dass er sie sehen konnte. Ihr nächstes Ziel war der vierarmige Mann, also brachte sie sich mühelos zu ihm, ohne auch nur einen Hauch von Anstrengung zu fühlen und überraschte ihn mit einem plötzlichen Angriff.

„Ha!", rief sie und schlug ihrem Gegner ins Gesicht. Luna staunte darüber, wie schnell und genau sie sich teleportieren konnte. Es war, als würde Neilons Kraft durch ihre Adern fließen. Doch viel Zeit zum Staunen blieb ihr nicht, da ihr Gegner sie schon zurückschlug. Aber gerade, als er sie getroffen hätte, teleportierte Luna sich instinktiv von dort weg. Im nächsten Augenblick stand sie hinter dem Rücken des Vierarmigen und erinnerte sich an ihre Taktik. Luna verpasste ihrem Gegenüber einen Schlag. Dieser schrie auf und drehte sich um, aber Luna war schon wieder wo anders.

„Hier!", rief sie und er wollte sie schnappen, drehte sich jedoch zu langsam um, sodass Luna schon wieder verschwunden war.

„Siehst du mich nicht?", neckte Luna ihn wieder, dieses Mal von der linken Seite und schnitt ihn mit dem Schwert.

Der Vierarmige schnaubte tosend vor Wut. „ICH KRIEGE DICH, DU FRECHES..."

Nein, tat er nicht, denn er suchte in der falschen Richtung. Luna schnitt ihm in die Hüfte und der Vierarmige fiel schwach auf den Boden. Fast hätte sie ihm dabei geholfen aufzustehen und seine Wunden behandelt, aber Luna musste sich zurückhalten. Sie durfte ihm nicht helfen, denn er würde es auch nicht tun. Der hier war ihr Feind. Sie entwaffnete ihn und teleportierte sich nun mit zwei Schwertern von dort weg.

Das Holz unter ihren Füßen knarzte, als sie sich umschaute, wo sie dieses Mal gelandet war. Sie stand auf der Bühne, wo Erold noch vor ein paar Minuten sein Ritual vollzogen hatte. Von dort hatte sie einen guten Überblick über die Schlacht. Jeder rannte irgendwo hin, auf der Suche nach einer der vier Meisterinnen. Luna suchte nach den anderen und ihr fiel in dem Gewusel an Menschen etwas Seltsames auf. Irgendetwas schlug reihum jeden, an dem es vorbeikam, doch niemand konnte ausmachen, wer oder was es war. Luna musste selbst einen Moment überlegen. *Roxanne.* Sie machte sich wohl gerade Mexus' Kraft zunutze.

Luna wollte ihren Blick schon fast abwenden, da wurde die unsichtbare Roxanne von einem Zentauren angegriffen. Adrian. Er traf genau in ihr Gesicht, Roxanne taumelte nach hinten und verlor ihre Tarnung. Da sah Luna, dass sie keine Waffe bei sich hatte, mit der sie sich hätte verteidigen können. Luna benötigte nur einen Blick auf die beiden Schwerter in ihren Händen, um zu wissen, dass sie Roxanne zur Hilfe gehen musste.

„Wie konntest du nur so einen dummen Fehler begehen?", fauchte Adrian gerade in Roxannes Richtung, als Luna neben ihm ankam und ihn von der Seite angriff. Er taumelte weg. Gleichzeitig reckten Adrian und Roxanne ihre Köpfe zu Luna.

„DU!", knurrte Adrian.

„Ich brauche deine Hilfe nicht!", rief Roxanne.

Luna wusste nicht wirklich, was sie antworten sollte, deswegen warf sie Roxanne einfach eines ihrer Schwerter zu. Prompt fing diese es auf, damit es nicht gegen sie knallte. Luna warf Roxanne einen Blick zu, damit sie verstand, was sie vorhatte. Das tat sie auch, aber sie wollte alleine arbeiten. Als Adrian jedoch seine Waffe schwang und sich brüllend auf Luna stürzte, musste sie auf den Plan eingehen. Von beiden Seiten bedrängten die Mädchen Adrian, ehe er Luna etwas anhaben konnte. Luna verteidigte seine Schläge, während Roxanne ihn verletzte.

„Halte ihn für mich auf!", rief Luna Roxanne zu, die gerade zwangsweise zu ihrer Partnerin geworden war.

„Was hast du vor?", entgegnete sie, vermischt mit Adrians Brüllen.

„Vertrau mir!", erwiderte Luna und teleportierte sich weg. In der Ferne hatte sie einen Karren gesehen, auf dem ein Seil lag. Luna schnappte es sich und brachte sich wieder zurück zu Adrian und Roxanne.

„Ihr könnt mich nicht aufhalten!", brüllte Adrian gerade, da warf Luna Roxanne das andere Ende des Seils zu. Während Roxanne gegen Adrian kämpfte, drehte Luna sich reihum und fesselte ihn mit dem Seil. Adrian zog an dem Hanf, aber er war zu beschäftigt, Roxannes Schläge abzuwehren. Er konnte sich immer weniger bewegen.

„Das hast du davon, Adrian!", keifte Roxanne und verpasste ihm einen letzten, kräftigen Hieb, als Luna schnell die beiden Enden des Seils miteinander verknotete. Dann nahm Luna ihm schnell die Waffe aus der Hand und Roxanne trat gegen sein Bein, sodass er unbewaffnet auf den Boden fiel.

„Ich schnappe euch! Ihr werdet schon sehen!", drohte Adrian, sah dabei aber lächerlich aus, da er sich wie ein Wurm auf dem Boden wandte. Roxanne verpasste ihm noch einen Tritt und blickte zu Luna.

„Das nennt man Teamwork, Roxanne", kommentierte diese nur, da sie kein Lob von ihr erwartete.

Roxanne machte die Nase kraus. „Ich hätte es trotzdem allein geschafft."

Dann drehte sie sich um und machte sich unsichtbar. Luna ging wieder zu Erolds Bühne. Luna entschied sich, gegen die stärksten Soldaten zu kämpfen und das waren diejenigen mit einer Metallrüstung, die sich auf der linken Hälfte des Platzes aufhielten.

Sie teleportierte sich dorthin und nahm es mit zwei Männern gleichzeitig auf. Sie schwang ihr Schwert, um den Linken zu attackieren, als plötzlich der Rechte kam und ihr in den Arm schnitt.

„Ah!" Luna ächzte und griff sich an die blutende Wunde. Sofort brachte sie sich von dort weg, ehe die beiden sie noch mehr verletzen konnten, doch sie hatte nicht vor, zu fliehen. Ihr war schon ein Plan in den Sinn gekommen. Sie teleportierte sich genau vor die Männer. Die beiden rannten auf sie zu und Luna brachte sich weiter nach hinten. Jetzt stand sie genau vor einem stämmigen Baum. Sie sah mit klopfendem Herzen auf die Männer, die beide ihre Waffen auf sie gerichtet hatten, um sie damit aufzuspießen. Sie hatten Luna schon fast erreicht, da teleportierte sie sich in letzter Sekunde von dem Baum weg, bevor die Spitzen der Schwerter sie berührten. Stattdessen stachen sie tief in den Baum hinein.

„Wo ist sie?", wunderte sich der eine Mann, während der andere sein Schwert aus dem Baum ziehen wollte, aber es klappte nicht. Denn beide waren in der riesigen Kiefer stecken geblieben.

„Was macht ihr denn da, ihr Nichtsnutze?!"

Plötzlich packte jemand Luna am Kragen. Sie spürte sie die kalten Finger ihres Angreifers in ihrem Nacken.

„AH! Lass mich!", presste Luna hervor und versuchte, die Hand von ihrem Hals wegzubekommen. Dann teleportierte sie sich von ihm weg, sodass sie nun hinter ihm stand.

Es war einer der Wachen in Erolds Burg und zu ihrem Unglück war er ein viel besserer Kämpfer als ihre letzten Gegner.

Blitzschnell drehte er sich um und schlug Luna sein Schwert entgegen und sie wurde getroffen. Luna attackierte ihn ebenfalls und eine Sekunde später fanden sie sich in einem wilden Zweikampf wieder. Luna spielte mit dem Gedanken, Neilon zu benutzen, doch ihr blieb nicht einmal die Gelegenheit dazu, weil ihr Gegner viel zu schnell war. Hätte sie sich auch nur eine einzige Sekunde auf etwas anders konzentriert, als den Schwertschlägen auszuweichen, wäre sie schon längst erwischt worden. Als sie schon mehrere Kratzer an den Armen hatte, schubste sie der Wächter, wobei ihr Schwert wegflog.

„Hab ich dich!", zischte er, Spucke drang beim Atmen aus seinen Mundwinkeln und er hob sein Schwert, um sie zu Boden zu schlagen.

Luna konnte sich vor Schock nicht bewegen und aktivierte Neilon viel zu spät, daher stand sie noch genau an dem gleichen Fleck, als die messerscharfe Klinge auf sie zuraste. Sie schloss ihre Augen, als sie plötzlich eine Wärme vor ihrem Gesicht spürte. Luna riss ihre Augen auf. Der Wächter lag meterweit weg auf dem Boden und sein Schwert gleich mit, doch für Luna sah plötzlich alles lila aus. Es dauerte eine Sekunde, bis sie merkte, dass eine kugelförmige, durchsichtige Schicht sie umhüllt hatte.

„Luna? Alles okay?"

Luna drehte ihren Kopf nach links, wo sie Senia mit ausgebreiteten Armen vorfand. Qualin strahlte ein blendend helles Licht aus, strahlender als je zuvor. Luna starrte erst auf die Hülle, dann auf ihre Freundin.

„Senia? Was ... Wie hast du das gemacht?"

Senia nickte eifrig. „Cool, oder? Diese Kraft habe ich gerade erst entdeckt! Anscheinend hat Qualin nicht nur die Kraft zu heilen, sondern auch zu schützen."

Luna wollte gerade ein erstauntes Dankeschön erwidern, da wurde sie von einem lauten Dröhnen von der Seite übertönt, das sich wie ein Kreuzfahrtschiff anhörte. Die Meisterinnen sahen sich nach dem seltsamen Laut um, da erblickten sie ein riesiges Holzgestell, das wie eine Mischung aus einem Katapult und einem Bagger aussah, da das Katapult einen Sitzplatz für einen Fahrer hatte. Und es raste genau auf sie zu.

Die Meisterinnen unterdrückten den Drang, davor wegzurennen und sprinteten stattdessen auf das Katapult zu. Senia streckte ihre Arme nach oben und zauberte eine violette Schutzhülle um sie, um die gewaltigen Steinblöcke abzuwehren und Luna richtete ihre auf die Person, die das gigantische Gestell bediente. Der rotbraune Rauch ließ die Person verschwinden und das Geschoss des Katapults prallte gegen die Hülle, wo sie von ihnen weg kullerte. Als die Gefahr vorüber war, löste Senia die Schutzhülle auf und sah keuchend um sich.

„Luna, da sind noch mehr!"

Doch sie brauchte es gar nicht zu sagen, da Luna es schon mit eigenen Augen gesehen hatte: Mindestens fünf weitere Katapulte, jeweils in der Größe eines ausgewachsenen Elefanten, steuerten auf sie zu. Luna schluckte und gleichzeitig war sie verwirrt. Warum ließ Erold Katapulte herbringen, wenn es doch nur vier Personen waren, die er schnappen wollte? In dem Moment sah sie Madeleine auf sie zu rennen, welche nach ihren zerzausten Haaren und den Schrammen in ihrem Gesicht zu urteilen, auch ein paar harte Kämpfe hinter sich haben musste.

„Leute, habt ihr das gesehen? Die schießen mit Katapulten! Gegen diese Dinger kommen wir doch nicht an!", keuchte sie.

„Wir haben eine Strategie gefunden sie auszuschalten, doch es sind zu viele", entgegnete Senia. Die Meisterinnen besprachen gerade, wie sie am besten vorgehen sollten, da gesellte sich auch Roxanne zu ihnen.

Luna sah sie als Erstes. „Roxanne, weißt du mehr über diese Dinger?"

Roxanne wischte sich den Schweiß von der Stirn. „Ja, aber ich hatte sie noch nie mit eigenen Augen gesehen. Die gehören zu den besten Waffen Erolds. Sie wurden zuletzt im Großen Krieg eingesetzt."

„Und was machen wir jetzt?", wollte Senia keuchend wissen.

Roxanne umklammerte ihre Waffe fester. „Kämpfen." Ein Blickaustausch unter den Meisterinnen reichte, damit alle wuss-

ten, was jetzt zu tun war. Gleichzeitig rannten sie auf die Wurf-
maschinen zu. Madeleine schlug mit Astra auf die Gestelle, um
sie zu zerbrechen.

Roxanne schlich sich währenddessen unsichtbar an einen
Katapult heran. Dort angekommen überraschte sie die Fahrer
mit einem plötzlichen Angriff und kämpfte gegen sie, bis sie
nicht mehr dazu imstande waren, die Fahrzeuge zu benutzen.

Luna hingegen teleportierte die Fahrer aus der Ferne weg
und teleportierte die Kugeln, die auf die Meisterinnen zugeschossen kamen, außer Reichweite.

Senia zauberte mit Qualin ständig Kraftfelder, um die Betonblöcke abzuwehren.

Diese Methode klappte, doch es kamen immer mehr. Wie ein
Hagel flogen die Betonblöcke auf sie zu.

Luna machte gerade eine Verschnaufpause, da hörte sie Senias spitzen Schrei von der Seite. Ein Block kam auf sie zugeschossen. Luna brachte sich sofort dorthin und rettete Senia
von der Stelle. Da bemerkte sie, dass ihr Arm stark verletzt war.

„Senia, dein Arm!"

„Alles gut", ächzte sie. „Ich kann es heilen, keine Sorge."

„Du kannst es jetzt noch heilen", rief Roxanne, die hinter ihnen stand. „Aber je größer die Wunde ist, desto länger dauert es."

„Haben diese Katapulte denn keine Schwachstellen?", fragte
Luna, wobei sie verzweifelter klang, als es ihr lieb war.

„Das sind welche von Erolds allerbesten Waffen, sie haben
keine Schwachstellen. Wir müssen einfach vorsichtiger sein",
erwiderte Roxanne etwas abwesend, weil sie schon die nächste Wurfmaschine ins Visier genommen hatte. Sie wandten sich
wieder dem Kampf zu, doch es sah nicht gerade gut für sie aus.
Es kamen immer mehr Blöcke auf sie zugeschossen und Luna
kam nicht mehr hinterher, sie alle zu teleportieren. Sie und auch
alle anderen standen schon am Rande der Verzweiflung, als sie
auf einmal ein Stampfen wahrnahmen. Es war, als würde eine
Gruppe von Menschen – eine riesengroße – auf sie zukommen.
Sämtliche Holzkarren auf dem Platz, der sich mittlerweile in ein
Schlachtfeld verwandelt hatte, wackelten und alle standen für

einen Moment still. Luna reckte ihren Kopf hoch, doch als sie sah, was da wirklich auf sie zukam, machte ihr Herz einen Satz und gleichzeitig wurde ihr klar, warum Erold hatte die Katapulte hertragen lassen. Von allen Seiten des Platzes marschierten mehrere bewaffnete Truppen ein.

Diejenigen, die von links kamen, trugen weiße Kleidung mit silbernen Speeren. An ihrer Brust prangten Abzeichen aus Leder; ein weißer Kreis mit zwei grünen Blättern. Jenes Abzeichen, das auch Adrian hatte, als er vorgegeben hatte, in der Garde der Melna zu sein.

Die anderen, auf der rechten Seite, waren ganz in beige gekleidet und hatten Pfeile und Bögen bei sich. Luna kannte nur eine Person, die ganz in beige gekleidet war: Madeleine. Das war das Ylmivolk.

Die letzte Truppe, die hinter Luna näher rückte, hatte lange, pastellgrüne Kleidung und schwere Äxte. Und dies konnten logischerweise nur noch die Shiran sein. Luna stieß einen Lacher aus, der wie eine Mischung aus einem erleichterten Ausatmen und einem Keuchen klang. Es hatte geklappt. Das kleine Stück Rinde, auf dem der Hilferuf an Roxannes Mutter eingeritzt war, hatte sie tatsächlich erreicht!

Die verbündeten Soldaten stürmten von allen Seiten auf Erolds Diener zu. Diese schlugen sie brüllend zurück, Waffenklirren und das Brüllen der Menschen erfüllte die ganze Stadt und Erolds Soldaten holten nur noch mehr Katapulte und andere ihrer besten Waffen herbei.

Im Kampf war jeder für etwas anderes zuständig: Das Melnavolk knüpfte sich Erolds persönliche Kämpfer vor, während die Ylmi sich auf die Soldaten und Bürger konzentrierten und Shirans Truppen mit ihren Äxten auf die Katapulte sprangen. Die Meisterinnen taten ebenfalls ihr Bestes. Luna kämpfte überall, wo es am dringendsten nötig war und teleportierte sich von einem Geschehen zum anderen. Madeleine stampfte weiter auf die Erde, was die meisten ihrer Gegner stolpern oder genug wanken ließ, dass ihre Kampfkünste den Rest erledigten. Zweifellos war sie die stärkste hier. Senia nutzte Qualin, um die verletzten Verbündeten zu heilen oder vor gegnerischen Angriffen zu schützen und kämpfte ab und zu auch selbst.

Anders als ihre Kameradinnen beteiligte sich Roxanne nicht am Kampf. Sie hielt nämlich nach einer ganz bestimmten Person Ausschau. Denn jetzt war für sie der Augenblick gekommen, das zu tun, weshalb sie überhaupt Meisterin geworden war: weil sie an Erold Rache nehmen wollte. Dafür, dass er sie all die Jahre gequält und wie der letzte Dreck behandelt hatte. Roxanne hatte all das über sich ergehen lassen und ihm gedient, in der Hoffnung, dafür belohnt zu werden und nicht wie ihre „erbärmliche Mutter", wie Erold sie immer nannte, zu enden. Aber das hatte sich als der falsche Weg herausgestellt. Sie hätte sich von Anfang an nicht so behandeln lassen sollen. Doch jetzt bekam sie eine Chance gegeben, dies wieder gut zu machen, mit Mexus.

Endlich fand Roxanne ihren Großvater in der kämpfenden Menge. Er stand dort mit seiner schwarzen Robe und wütete darüber, dass sein Plan schiefgegangen war. Roxanne raste auf ihn zu. Ihre kohlschwarzen Strähnen peitschten ihr beim Sprinten ins Gesicht und sie umklammerte ihr Schwert so fest, dass der Griff ihr in die Hand schnitt. Aber in dem Moment fiel jemand anderem Roxanne auf und er schnitt ihr den Weg ab. Roxannes Schuhe schlitterten auf dem Boden, als sie stoppte, um nicht gegen den Mann zu stoßen. Dieser baute sich vor ihr auf und sah ihr direkt in die Augen. Roxanne hielt seinem eiskalten Blick stand, denn das war womöglich das Einzige, was sie von ihm geerbt hatte.

„Wie konntest du dich nur gegen Erold wenden? Gegen unser Volk!", keifte Eldar. Ihr Vater.

Roxanne schnaubte. Obwohl sie beide verwandt waren, hatte sie keinerlei Ähnlichkeit mit ihm. Er war groß gewachsen, brünett, hatte grüne Augen und ein kantiges Gesicht. Verächtlich betrachtete Roxanne ihn, um zu sehen, ob er sich in der ganzen Zeit, in der sie sich nicht gesehen hatten, verändert hatte, da gesellte sich eine weitere Person zu ihm. Seine kürzere Version, die nie von seiner Seite wich.

„Du bist eine Schande für unsere Familie!", pflichtete Amon, ihr Bruder, bei. Roxanne sträubte sich beim Gedanken daran, dass Erold der Meinung gewesen war, er würde der oberste Befehlshaber werden.

„Es ist eine Schande, dass ich mit euch verwandt bin!", keifte sie und stürmte auf ihren Vater und Bruder zu, wobei sie sich mit Mexus unsichtbar machte. Pfeilschnell schlug sie in alle Richtungen mit ihrem Schwert und verletzte beide ihrer Gegner innerhalb von Sekunden. Sie selbst bekam keinen einzigen Kratzer ab. Beim Kämpfen sah Roxanne, dass noch eine Person weiter von ihnen wegstand und sie beobachtete. Er hatte eine Waffe in der Hand.

„Was stehst du so blöd rum, Samuel? Komm und hilf uns!", brüllte Amon seinen jüngeren Bruder an.

Roxanne drehte ihren Kopf zur Seite, um dagegen gewappnet zu sein, auch von ihm angegriffen zu werden. Als jedoch keine Reaktion von Samuel kam, wandte sich Roxanne wieder Amon zu. Sie schubste ihn mühelos beiseite und er krachte in einen Karren. Dann drehte sie sich zu ihrem Vater um. Er ahnte, dass er verlieren würde. Er konnte sie nicht besiegen. Dazu war er nicht stark genug. Also versuchte er eine andere Strategie.

„So ist das also. Du bist so feige, dass du dich nicht einmal sichtbar machst?"

Roxanne löste ihre Tarnung auf. Sie würde auch ohne Mexus' Hilfe mit ihm fertig werden. Mühelos drängte sie ihn nach hinten und schlug auf ihn ein. Sie brauchte nur ein paar Schläge, um seine Waffe wegzuschlagen.

„Jetzt hast du verloren", sagte Roxanne triumphierend, doch sie stutze, als ihr Vater grinste. Auf einmal wurde ihr mit einer Waffe in die Schulter geschnitten. Roxanne schrie auf und kippte zur Seite. Sie torkelte, weil ihr schwindelig war. Der Schmerz in ihrer Schulter durchzuckte ihren ganzen Körper. Da sah sie, wer den Angriff durchgeführt hatte. Es war einer von Adrians Kumpanen, Abbadon. Aber er war nicht allein. Hinter ihm standen noch zwei weitere Männer und sie gingen alle gleichzeitig auf sie los.

„Du nennst mich feige, aber kämpfst mit vier anderen gegen deine vierzehnjährige Tochter?", zischte Roxanne, obwohl sie nichts anderes erwartet hatte. Sie kämpfte mit allen fünf Personen, die sich brüllend auf sie stürzten. So gut sie auch kämpfen konnte, sie wurde in einen Kreis gedrängt und von allen Seiten attackiert. Doch da kam jemand dazwischen. Es war eine kreischende Frau, die mit einer Axt auf sie zu rannte und alle beiseitestieß.

„Lasst meine Tochter in Ruhe!"

DER ENDKAMPF

„Endlich, Luna! Wo warst du die ganze Zeit?", meckerte Leon. Seine Finger hatten die Gitterstäbe seines Käfigs umschlungen und sein blondes Haar sah etwas dunkler aus als gewöhnlich, weil die riesigen Wolken am Himmel die Sonne bedeckten.

„Ich war beschäftigt, tut mir leid", entschuldigte sich Luna, die gerade das Schloss seines Käfigs mit einem Stein aufbrechen wollte. Sie hatte Leon nach Hilfe rufen hören, als sie gerade in seiner Nähe ein Katapult außer Gefecht gesetzt hatte. Wenigstens war er in seinem Gefängnis vor äußerlichen Angriffen geschützt gewesen.

„Das seh ich", erkannte Leon an den Schrammen in ihrem Gesicht.

„Wo sind Esmeralda und Femy?", fragte sie.

„Weiß ich nicht. Gerade ist ein gigantischer Steinblock auf uns gekracht und unsere Käfige sind alle in eine andere Richtung geflogen. Ich habe nach ihnen geschrien, aber niemand hat geantwortet." Da knackte Luna das Schloss auf und Leon kroch aus dem Käfig heraus. Er streckte die Arme aus und sah glücklich in den Himmel, obwohl er vollkommen grau war. Luna sah sich um.

„Ich sehe sie nirgends. Vielleicht hat der Brocken die Käfige ja aufgebrochen und sie haben sich befreit."

Leon zuckte mit den Schultern.

„Wir haben jetzt leider keine Zeit, um nach ihnen zu suchen. Sie werden schon irgendwo sein. Komm, ich habe eine wichtige Aufgabe für dich", sagte Luna und führte ihren Bruder zu einem der Katapulte, dessen Bediener sie wegteleportiert hatte.

„Du musst da raufklettern und versuchen, die Brocken auf Erolds Leute zu werfen", erklärte Luna und stieg nach oben. „Ich zeige dir die Steuerung."

Leon folgte seiner Schwester auf den kleinen Sitzbereich auf dem Katapult und sah erstaunt auf die Steuerkonsole. „Krass!"

„Guck hierhin, Leon." Luna lenkte seine Aufmerksamkeit auf die größte der drei Kurbeln, die einen roten Kopf hatte. „Du musst einfach nur daran ziehen, damit die Kugel abgeschossen wird. Das Zielen übernehme ich."

„Geht klar!" Leon packte die Kurbel und Luna kletterte wieder hinab, wo sie darauf wartete, dass er einen Brocken abfeuerte, damit sie ihn dann auf Erolds Soldaten teleportieren konnte. Zu ihrem Glück erwies sich Leon als wahres Naturtalent im Umgang mit der Belagerungswaffe. Anfangs leitete sie die Geschosse mit dem rotbraunen Rauch aus ihrem Handgelenk um, damit sie niemanden auf ihrer Seite trafen, doch schon nach wenigen Minuten war Leon zielsicher geworden, sodass Luna ihn allein ließ.

Dort, wo sie hinging, traf sie Senia, die gerade dabei war, eine Gruppe von Shiran mit einem Kraftfeld vor dem Pfeilregen zu schützen. Luna überließ Senia diese Aufgabe und ging selbst mit ihrem Schwert auf die Schützen zu. Sie hatte Mühe, einen von ihnen zu besiegen, da kam ein Mädchen in ihrem Alter ihr entgegen und half ihr, sodass sie seine Waffe zerstören konnten. Der entwaffnete Mann rannte vor den beiden Mädchen weg, aber es waren noch mehr, gegen die sie kämpfen mussten.

„Hier, nimm die, die ist besser." Das fremde Mädchen streckte ihr eine Axt entgegen. „Mein Name ist übrigens Chiara."

Luna nahm ihr die Axt aus der Hand. „Ich bin Luna, danke für die Hilfe."

Tatsächlich konnte sie mit der Axt viel besser kämpfen als mit dem Schwert.

„Warum habe ich das nicht vorher entdeckt?", fragte sie laut.

„Was entdeckt?" Madeleine war gerade an ihre Seite gekommen.

„Dass ich mit einer Axt viel besser kämpfen kann", sagte Luna.

„Deine Großmutter ist doch eine Shiran, dann ist doch klar, dass du mit der Axt besser kämpfst."

Luna wurde kurz stutzig, aber dann erinnerte sie sich, dass Penelope kein gewöhnlicher Mensch war, wie sie ihr ganzes Leben geglaubt hatte. Sie wollte gerade mehr darüber fragen, da redete Madeleine weiter.

„Was ich dir eigentlich sagen wollte, Luna: Die Lage sieht nicht gerade gut aus. Unsere Seite ist zwar stark, aber es kommen mehr von diesen Katapulten und Erolds Kämpfer haben viel bessere Waffen, die mit Zaubern belegt sind."

Da merkte Luna es auch. Während sie mit herkömmlichen Waffen kämpften, benutzten Erolds Kämpfer Giftdolche, Handgranaten, Waffen, die Säure versprühten und noch viele andere schwere Waffen, welche die anderen Völker nicht besaßen. Madeleine und Luna blieben für eine Weile zusammen, um wenigstens ein paar von Erolds Waffen zu zerstören. Sie bemerkten den Ernst der Lage nicht, bis sie auf Senia stießen.

Schweißperlen kullerten ihr die Wange herunter, die inzwischen schwarz vor Schmutz geworden war und ein paar Blutspuren hatte. „Leute, wir müssen etwas tun, um die Menschen zu beschützen! Es gibt viel zu viele Verletzte, ich komme mit dem Heilen nicht mehr hinterher! Wenn das so weitergeht, werden wir verlieren!"

Senia brauchte keine weiteren Ausführungen zu machen, denn ihr Zustand verriet, wie sehr sie sich schon angestrengt hatte. Und ein Blick auf den Platz, auf dem überall zerstörerische Bomben hochgingen und ein Krieger nach dem anderen zu Boden fiel, genügte, um ihre Aussage zu belegen. So ging das nicht weiter. Doch der Schlüssel lag nicht darin, die Armee anzugreifen, sie mussten den Anführer stoppen, um all das zu beenden.

Rabea stieß sämtliche Männer um Roxanne weg und schlug ihre Axt dabei in eins von Abbadons Pferdebeinen, der daraufhin aufbrüllte und umkippte. Die anderen wichen der wild gewordenen Mutter verschreckt einen Schritt zurück. Roxannes Vater machte seiner Frau ein Handzeichen, dass sie sich beruhigen sollte. In seinen Augen lag derselbe kalte Blick, mit dem er sie immer ansah. „Rabea, leg die Axt weg."

„Nein, tu ich nicht!", brüllte sie und ihr keuchender Atem wehte ihr die Strähnen aus dem Gesicht. „Ich lasse nicht mehr zu, dass ihr meiner Tochter schadet!" Roxanne ging auf ihre Mutter zu und fasste sie am Handgelenk. „Mutter, was machst du? Das ist hier viel zu gefährlich für dich. Ich kriege das schon allein hin."

„Ich lasse dich aber nicht allein", beharrte Rabea und Roxanne wollte gerade etwas darauf erwidern, da fing sie den Blick ihres Vaters auf einen der Männer links von ihnen auf. Der Mann rannte mit erhobenem Schwert auf sie zu. Roxanne riss ihrer Mutter die Axt aus der Hand, machte eine Umdrehung und rammte ihm die Waffe mit voller Wucht hinein. Der Mann hielt mitten in der Bewegung inne und kippte nach hinten, als sie die Waffe herauszog. Er war definitiv ausgeschaltet, doch die anderen setzten sich jetzt auch in Bewegung. Roxanne gab ihrer Mutter die Waffe zurück, die sich damit dem zweiten Kämpfer, Alarik, zuwandte, während Roxanne auf ihren Vater und Bruder, der sich inzwischen hochgerappelt hatte, zuschritt. Eldar rammte Roxanne sein Schwert entgegen, die es mühelos beiseitestieß und ihrem Bruder einen Tritt in die Magengrube verpasste. Amon fiel mit dem Rücken auf den Boden und Roxanne drängte nun gnadenlos ihren Vater nach hinten. Eldar versuchte vergeblich dagegen anzukämpfen, doch nach einem besonders kräftigen Hieb hatte sie ihn auf den Boden geschlagen. Seine Waffe lag neben ihm und Roxanne stand mit ihrem Schwert davor. Sie sah ihn mit einem hasserfüllten Blick an, während sie sich bereit machte, für einen Schlag auszuholen.

„Was willst du jetzt tun, deinen eigenen Vater umbringen?", zischte Eldar, doch er wusste, sie würde sich davon nicht aufhalten lassen. Deshalb tat er das einzige, wovon er wusste, dass er damit noch eine Chance hatte: Er schielte nach links, wo seine Frau gerade mit Alarik kämpfte, welcher sie entwaffnet und auf den Boden geschmissen hatte. Er stand mit seinem Schwert vor ihr, zögerte jedoch, weil er nicht die Frau seines Kameraden umbringen wollte.

„Tu es!", brüllte Eldar und Alarik hob sein Schwert. Roxanne riss ihren Kopf zur Seite.

„NEIN!" Sie stellte sich im letzten Moment zwischen ihre Mutter und Alarik, sodass ihr Schwert gegen seines drückte, genau vor Rabeas Gesicht. Eldar nutzte den Moment aus, rappelte sich auf und schnappte sich sein Schwert vom Boden, womit er auf seine Tochter zuging. Er holte aus und hätte sie auch getroffen, da stellte sich jemand vor ihn und hielt seinen Arm fest, sodass er zurückgehalten wurde. Eldar riss die Augen auf. „Samuel, was machst du?"

Samuel antwortete nicht und hielt weiterhin den Arm seines Vaters, der zu geschockt war, um ihn wegzustoßen. Genau das nutzte Roxanne aus, stieß Alariks Schwert mit all ihrer Kraft weg und stach ihre Klinge in seinen Bauch. Dann drehte sie sich um und trat ihrem Vater ins Knie, welcher mit seinem Schwert herunterfiel. Samuel nahm es sofort ab und warf es weg.

Eldar konnte nicht glauben, was er sah. „Samuel, was soll das?!", brüllte er aufgebracht, doch er hatte keine Chance mehr. Roxanne stach ihr Schwert in sein Knie, was ihn vor Schmerz aufschreien ließ, und half ihrer Mutter vom Boden aufzustehen. Sie wollte schon gehen, da warf sie noch einen letzten Blick auf ihren Bruder. Sie wollte etwas sagen, wusste jedenfalls, dass sie es tun sollte, aber sie brachte kein Wort heraus. Was sagte man schon jemandem, den man sein ganzes Leben gehasst, der einen aber gerade gerettet hatte?

Das Reden übernahm Samuel für sie. „Roxanne, geht, schnell!"

Roxanne und Rabea ließen sich das nicht zweimal sagen und flohen schnell zu einer Stelle, an der gerade nicht gekämpft wurde. Roxanne wollte gerade nachsehen, ob es ihrer Mutter gut ging, da rief jemand nach ihr.

„Roxanne!" Das war Luna. Sie und die anderen Meisterinnen standen alle beisammen und sahen sie erwartungsvoll an. Rabea drückte die Hand ihrer Tochter. „Du musst gehen, deine Freunde warten auf dich."

Roxanne verkniff es sich zu sagen, dass das nicht ihre Freunde waren. „Bring dich in Sicherheit."

Rabea nickte und entfernte sich schnell von dort und Roxanne drehte sich zu den Meisterinnen um.

„Was ist?"

„Wir müssen Erold ausschalten, sonst geht dieser Kampf nie vorbei!", sagte Luna.

„Lasst uns ihn umzingeln, dann haben wir bessere Chancen", schlug Senia vor und Madeleine wollte noch einen Vorschlag einbringen, als Roxanne ihr das Wort abschnitt.

„Nein, ich kämpfe allein gegen ihn! Nur deswegen bin ich hier! *Ich* werde es tun!"

„Das hatten wir doch schon geklärt, Superhirn: Du kannst ihn nicht ohne unsere Hilfe besiegen. Die Meister müssen es zusammen tun, kapierst du das nicht?", widersprach Madeleine.

„ICH BRAUCHE EURE HILFE NICHT!", grölte Roxanne zurück. Im Thema Sturheit war sie erstklassig.

„Roxanne kann doch zuerst gehen, damit sie ihre Rache nehmen kann, und wenn sie Hilfe braucht, kommen wir dazu", mischte sich Senia ein, bevor die beiden wieder zu streiten anfingen. Dieser Vorschlag beendete die Diskussion. Die Meisterinnen suchten nach Erold und als sie ihn gefunden hatten, gingen sie hinter einen Holzkarren in der Nähe in Deckung. Roxanne wiederum marschierte so entschlossen auf ihn zu, als ob ihre Augen hätten Feuer sprühen können.

„EROLD!", brüllte Roxanne. „Komm und kämpfe gegen mich!"

Als er Roxanne bemerkte, drehte Erold sich zu ihr um und betrachtete sie mit einem spöttischen Blick. „Bist du wirklich so eitel, dass du denkst, du könntest mich besiegen?"

„Wir werden sehen, wer hier wen besiegt!", blaffte Roxanne zurück und machte sich mit Mexus unsichtbar. Sie fing an zu rennen und zielte mit ihrem Schwert auf seinen Bauch. Erold wich diesem Schlag aus, obwohl er sie nicht sehen konnte, und schlug mit seinem messerscharfen, dunkelgrünen Schwert zurück, das sie nur haarscharf verfehlte. Ihre Tarnung hinderte ihn dabei nicht; er brauchte sie nicht zu sehen, denn er konnte einschätzen, wo sie sich befand. Roxanne, die zur Seite gewichen war, duckte sich und wollte in sein Knie schneiden, doch auch davon ließ Erold sich nicht treffen. Stattdessen lachte er nur und holte aus mit seiner Waffe, um Roxanne das Gesicht zu verletzten. Die Klinge ging an ihren Haaren vorbei, denen sie die Spitzen abschnitt, die auf den Boden fielen. Roxanne wurde noch wütender und brüllend preschte sie auf ihn zu. Erold drehte sich einmal um die eigene Achse, womit er dem Angriff auswich und dann schnitt er der unsichtbaren Roxanne in den Arm.

„Du kannst mich nicht besiegen", höhnte Erold hochnäsig. Er stand still am gleichen Fleck und benutzte lediglich seinen Arm, um sich gegen Roxanne zu wehren, während diese wie ein Stier auf ihn losging, jedoch nie traf.

„Ich kenne alle deine Schläge, all deine Techniken...", redete Erold unversehrt weiter. Roxanne stieß einen wütenden Schrei aus. „Ich kenne deine Stärken, Schwächen..." Roxanne kämpfte nun mit dem Schwert in der rechten Hand und einem Dolch in der Linken. „...deine Erfahrungen und Ängste..."

„DU WEISST GAR NICHTS ÜBER MICH!"

„Ich weiß alles über dich!" Plötzlich wechselte Erold die Hand und stach sein Schwert in Roxannes Schulter. Vor Schmerzen überwältigt stürzte sie zu Boden und hielt sich eine Hand an die Verletzung. Ihre schwarze Kleidung war von dem Blut nass geworden. Roxanne versuchte die Blutung zu stoppen und gleichzeitig aufzustehen, aber sie konnte es nicht und wälzte sich nur auf dem Boden. Erold beugte sich über sie, um ihren qualvollen Zustand zu genießen. Sie drehte ihren Kopf weg. Sie hasste es, sein siegessicheres Gesicht zu sehen. Jetzt triumphierte Erold zwar, doch er ahnte nicht, dass Roxanne auch noch eine Überraschung zu bieten hatte. Denn während sie auf dem Boden lag, fixierte sie unauffällig einen Punkt hinter Erold. Es war Senia, die sich mit einer riesigen Keule hinter Erolds Rücken schlich, während dieser noch seine Enkelin betrachtete.

Roxanne drehte sich wieder um und grinste Erold ins Gesicht. Bevor dieser verstand, schlug Senia ihm mit voller Wucht in den Rücken, wodurch er von Roxanne weggefegt wurde. Senia gab Roxanne die Hand. Roxanne zögerte und hätte Senias Hand fast in der Luft stehen lassen, doch da nahm sie sie trotzdem, weil sie sehen wollte, wie dieses Mal Erold auf dem Boden kauerte. Er lag auf dem kalten Bürgersteig und richtete sich auf. Es war das erste Mal, dass Roxanne über ihn statt er über ihr stand. Es waren zwar nur ein paar Sekunden, doch Roxanne genoss den Anblick. Und es wurde noch besser, als Erold sich wieder in voller Größe vor Roxanne aufgebaut hatte. Denn er blickte nicht hochmütig, sondern geschockt, gedemütigt und Roxanne meinte für einen kurzen Augenblick auch einen Hauch von Furcht zu sehen.

„Du", knurrte Erold irritiert. „Du kämpfst nie an der Seite von jemand anderem!"

„Da siehst du es, Erold", rief Senia. „Anscheinend weißt du doch nicht alles über sie."

Darauffolgend sprinteten beide Meisterinnen auf Erold zu und holten für einen Angriff aus, Senia mit ihrer Keule, Roxanne mit ihrem Schwert. Schäumend vor Wut schlug Erold mit seiner Waffe um sich, zwar schnell und aggressiv, dennoch kontrolliert. Die Mädchen konnten seinem Schwert nur schwer ausweichen, doch das Gleiche galt für Erold. Abwechselnd fügten sie sich blutende Wunden zu und drängten einander beiseite.

Erold hatte sich schon so viele Verletzungen zugezogen, dass er die Nase voll hatte und trotz seines Stolzes beschloss, auf Magie zuzugreifen. Er ließ sein Schwert sinken und richtete die Hände auf die Mädchen. Gleichzeitig murmelte er ein paar Wörter. Roxanne merkte, dass das schwarze Magie war, und wich gerade noch rechtzeitig zur Seite. In der nächsten Sekunde schoss von seinen Händen ein Regen aus smaragdgrünen Feuerbällen auf sie zu. Senia rannte davon, so schnell, dass der Zauber sie nicht erreichen konnte und stattdessen auf dem Boden aufschlug. Keuchend drehte sie sich um und sah entsetzt, wie die Straße an der Stelle, wo der Ball gelandet war, angesengt war.

„Du brauchst also schwarze Magie, um uns zu besiegen, Erold?", blaffte Roxanne ihn an.

Erold ignorierte sie und feuerte einfach weiter, doch mit jedem Wort aus Roxannes Mund kamen die Feuerbälle häufiger.

„Ist das der *große Herr*, den das ganze Land fürchtet? Soll das derjenige sein, der Lewendias Herrschaft an sich reißen wird?"

Senia, die genau wie Roxanne von einer Stelle zur anderen rannte, konnte sehen, wie Erold seine Zähne zusammenbiss und ein zorniges Knurren ausstieß. Infolgedessen schossen mehrere Bälle auf sie zu, die nun fast doppelt so groß geworden waren. Senia sah verzweifelt zu Roxanne, weil sie daran schuld war. Aber Roxanne dachte gar nicht daran aufzuhören.

„*Du* bist der mächtigste und gefürchtetste Mann im Land? Oder ist das wieder nur eine deiner Lügen, so wie du behauptet hast, dass ich für meine Mühe belohnt werde?", keifte sie, wobei ein Feuerball in der Größe eines Schuhs sie streifte. Erold brüllte und schoss nun so schnell, dass die Bälle wie ein Gewitterregen auf sie prasselten.

Senia wedelte wild mit den Armen. „Roxanne, stopp! Du machst alles nur noch schlimmer!"

Roxanne wurde an der Schulter getroffen, doch sie hatte immer noch nicht genug. „Aber jetzt weiß ich es besser. Du bist nicht der mächtige Erold, den du allen vorgaukelst, sondern ein Feigling, der auf seinem Thron sitzt und andere seine Arbeit erledigen lässt, weil er zu viel Angst hat, es selbst zu tun!"

Das gab Erold den Rest. Seine Hände leuchteten auf und heraus kamen riesige Wellen aus Feuerbällen. Einer von denen traf Roxanne in die Wade und sie brüllte vor Schmerz auf. Erst da merkte sie, was sie getan hatte, aber es war schon viel zu spät. Erold traf sie noch einmal und noch einmal, auch Senia schrie, als sie am Arm getroffen wurde. Erold schien aus diesem Schmerz noch mehr Energie zu ziehen und nun produzierte er tonnenschwere, rabenschwarze Substanzen, die beim Fall auf dem Boden die Steine kaputtmachten. Die Meisterinnen wichen ihnen verzweifelt aus, da änderte Erold seine Strategie und widmete sich nur noch einer von ihnen. Und er hatte es auf Senia abgesehen.

Senia brachte Qualin zum Glühen und machte ein Kraftfeld um sich, wurde aber trotzdem von einer schwarzen Kugel getroffen und krachte nach hinten gegen einen Baum. Ihre Keule kullerte neben sie. Senia wollte es aufheben, konnte sich aber von der Last auf ihrem Körper nicht bewegen. Erold schoss auf sie zu, doch Roxanne ging dazwischen.

„Lass sie in Ruhe und wende dich deinem eigentlichen Gegner zu, Erold!"

In dem Moment, als Erold für einen Angriff auf sie ausholte, beschloss sie, etwas zu tun, das sie noch nie getan hatte. Denn wenn sie Erold besiegen wollte, musste sie aufhören so zu kämpfen wie er. Sie vergaß all die Lektionen und Übungseinheiten, die sie absolviert hatte und kopierte stattdessen die Taktik der Person, die als Einzige ihren eigenen Kampfkünsten das Wasser reichen konnte. Denn diese würden Erold genauso irritieren wie damals Roxanne, als sie Madeleine das erste Mal durch die Gitterstäbe hatte gegen die Oger kämpfen sehen.

Also ließ Roxanne ihre Waffe sinken und kämpfte mit bloßen Händen, die sie Erold in die Rippen rammte. Erold riss überrascht die Augen auf und schwang sein Schwert, als Roxanne ihn plötzlich mit den Füßen trat. Dabei nutzte sie nicht mehr ihre Schnelligkeit und Geschicklichkeit, wie sie es von ihrem Großvater gelernt hatte, sondern ihre Muskelkraft und sie durchdachte jeden ihrer Schläge, wie Madeleine auch.

Von Weitem beobachtete Senia das atemberaubendste Duell, das sie je gesehen hatte. Roxanne rang vor Anstrengung nach Luft, ebenso keuchte Erold, aber keiner von ihnen plante, aufzuhören. Erold wich Roxannes pfeilschneller Faust aus.

„Was machst du denn da?! Das habe ich dir nie beigebracht?!"

Trotz ihrer Erschöpfung grinste Roxanne. Aber sie war nicht die Einzige, die grinste. Denn Madeleine, die sich hinter Erold und Roxanne geschlichen hatte, erkannte ihre Schläge durchaus wieder. Sie deutete zur Seite, wo auch schon Luna in Position war, die wiederum in Senias Richtung zeigte. Luna und Madeleine hatten in der Zeit, wo die anderen Meisterinnen gekämpft hatten, einen Plan ausgeheckt. Roxanne bemerkte sie und kapierte sofort. Während sie Erold immer noch aufzuhalten versuchte, griff sie mit der linken Hand nach ihrem Schwert. Sie trat Erold von sich weg, sodass er sie für ein paar Sekunden nicht erreichen konnte, und streckte die rechte Hand in Madeleines Richtung aus, die weiter wegstand. Aus Roxannes Handgelenk kam, wie bei Luna, Rauch, allerdings in Schwarz, und berührte

Madeleine, die auf der Stelle unsichtbar wurde. In der Zeit hatte sich Erold von dem Tritt erholt und kam auf seine Enkelin zu, die ihr Schwert zog und weiterkämpfte. Dieses Mal lockte Roxanne ihn jedoch, ohne dass er es bemerkte, näher und näher in Madeleines Richtung. In dem Moment schlug Erold ihr das Schwert aus der Hand. Er gackerte laut.

„Jetzt bist du geliefert!"

„Das würde ich nicht behaupten!", zeterte Roxanne und schubste ihn mit beiden Händen zu Madeleine, noch bevor er einen Angriff ausüben konnte. Madeleine rammte ihre Faust in seinen Rücken und benutze dabei Astra, woraufhin dieser mit voller Wucht nach vorne flog: Direkt Luna vor die Füße, die ihm seine Klinge entriss und wegwarf.

„Wie kannst du–", brüllte Erold und sprang auf die Beine, konnte seinen Satz jedoch nicht zu Ende bringen, da Luna ihn direkt vor Senia teleportierte, wobei Erolds Gesicht zu ihr zeigte. Senia schnappte dabei ihren Dolch, den sie bei sich getragen hatte, und stach es Erold mitten in seinen Bauch. Senia zuckte zusammen, als Erolds Blut auf sie spritzte und ließ die Waffe los. Erold wiederum gab einen Laut von sich, der sich wie ein ersticktes Krächzen anhörte. Sein Gesicht erbleichte, er fasste an den Dolch in seinem Körper und kippte nach hinten, da seine Beine ihn nicht mehr hielten. Dort versuchte er, die Waffe herauszuziehen, doch es klappte nicht. Dann wurde ihm der Sauerstoff knapp, er rang nach Luft. Die Meisterinnen rannten auf Senia und Erold zu.

„Hat es geklappt?", wollte Madeleine wissen. Senia nickte wie betäubt und starrte auf Erold, der sich nicht mehr bewegte. Hatte sie ihn etwa getötet? Luna verfolgte Senias Blick und sah zu Erold. Er gab keinen Laut mehr von sich.

Roxanne ging auf ihren Großvater zu. „Das werden wir sehen." Sie tat ihren Zeigefinger vor seine Nase und verharrte einige Sekunden in dieser Position. Sie spürte nichts. Keinen Atem. Nichts. „Er ist tot."

Madeleine, Luna und Senia schauten einander an. Dann sahen sie wieder zu Erold. Auf dem Boden hatte sich eine Blutpfütze gebildet. Es war eindeutig, doch keiner der Freundinnen sagte etwas, aus Angst, dass das Blatt sich erneut wenden könnte.

„Dann ... ist es jetzt vorbei?", wagte Senia schließlich zu fragen.

Roxanne stand auf. „Erold ist tot", wiederholte sie tonlos. Sie klang so neutral, als würde sie eine Wettervorhersage machen und nicht den Tod ihres Großvaters ankündigen. Starr blickte sie auf Erold und wusste nicht einmal, was sie davon halten sollte, dass sie zum Tod ihres Großvaters – und gleichzeitig auch Erzfeindes – beigetragen hatte.

„Endlich, wir haben es geschafft!", freute sich Madeleine und wischte sich erschöpft über das dreckverschmierte Gesicht. Luna lächelte erleichtert und schlug ein mit Madeleine und Senia. Dann erinnerten sie sich jedoch, dass sie noch die Schlacht zu beenden hatten. Von ihrem Sieg über Erold mit Hoffnung und Energie getankt, wandten sie sich der Menge zu.

„Nur noch diese Schlacht und es ist vorbei", sagte Senia und ließ ihren Blick über die kämpfende Menge schweifen, von denen die eine Seite nun keinen Anführer mehr hatte. Gerade wollten die Meisterinnen den Kampf fortsetzen, da warf Roxanne noch einen letzten Blick zurück auf ihren toten Großvater. Er lag mit dem Bauch auf dem Boden, mit dem blutverschmierten Dolch in seiner Hand und ... Warte, das war nicht seine letzte Position gewesen. Er hatte sich umgedreht! Roxanne schnappte nach Luft und die Meisterinnen drehten sich alle zu ihr um.

„Was ist...", wollte Senia fragen, doch sie sah es schon selbst. Erold lebte! Und er hatte seinen Arm auf sie gerichtet!

Tausend Gedanken auf einmal schossen Luna in den Kopf, doch bevor sie irgendetwas tun konnte, erschienen plötzlich messerscharfe, riesige, schwarze Zacken am Boden. Die Meisterinnen wichen zurück, doch Luna und Senia schafften es nicht rechtzeitig. Einer der Zacken stach sie jeweils in das Bein, was sich anfühlte, als hätte man sie mit einer überdimensionalen Spritze gepikst. Die Stelle schwoll sofort an und sie zogen schnell ihre Beine aus den Zacken. Entsetzt starrte Luna auf Erold, der sich auf dem Boden wälzte.

„Wenn ich nicht siegen kann…" Seine Stimme hörte sich wie ein raues Flüstern an. „…werdet ihr es auch nicht tun!"

Er hob seinen Arm in die Höhe und feuerte einen gewaltigen, grünen Lichtstrahl in den Himmel. Die Köpfe der Meisterinnen schnellten nach oben: Es donnerte und ein silberner Blitz durchbrach eine Wolke. Innerhalb von Sekunden wurde der ganze Himmel giftgrün. Im nächsten Moment regneten Hunderte von magischen Pfeilen auf den gesamten Platz herab. Senia zauberte ein Schutzfeld über die Meisterinnen, das sie wie ein durchsichtiger Regenschirm vor dem Angriff schützte, wodurch sie sehen konnten, was geschah.

„Nein!", japste Luna. „Wir müssen die Menschen beschützten!"

Sie teleportierte sich von ihren Freunden weg, obwohl das hieß, dass sie ungeschützt war, und schaffte so viele Menschen wie möglich aus der Angriffszone heraus. Doch Lunas Möglichkeiten waren begrenzt. Sie konnte nicht alle Menschen gleichzeitig teleportieren. Die meisten rettete sie zwar, doch bei manchen kam sie um Sekunden zu spät und sie wurden getroffen. Hunderte von Bürgern und Kriegern fielen von den Pfeilen durchbohrt auf den Boden und rangen nach Atem, bis sie keine Luft mehr bekamen.

Ich muss schneller sein!, dachte Luna gehetzt. *Schneller!* Doch sie hatte das Teleportieren schon auf sein Maximum beschleunigt, was ihr mit jedem Herzschlag die Kraft aussaugte und es ging nicht schneller, wie sehr sie sich auch bemühte. Schmerzvoll sah Luna zu, wie viele Menschen von einer Sekunde auf die andere starben. Sie blickte sich nach ihrem Bruder um und sah, dass er sich gemeinsam mit Femy, die er wohl im Laufe des Kampfes gefunden hatte, in Sicherheit brachte. Erleichtert rettete Luna noch mehr Menschen, als durch den ganzen Platz plötzlich ein Schrei hallte. Madeleine.

„OMAAA!"

Luna wirbelte herum. Freya stand direkt in der Schusslinie eines Pfeils. Luna brachte Neilon in einer Sekunde zum Glühen und erschien in der nächsten direkt neben ihr. Sie teleportierte sie beide aus der Gefahrenzone weg. Doch als sie auf der großen Fläche neben dem Platz standen, stellte Luna entsetzt fest, dass die Pfeilspitze ihre Schulter schon berührt hatte. Blut quoll aus der Stelle heraus und floss über Lunas Arm, weil sie Freya stützte. Erschüttert ließ Luna sie auf den Boden sinken und trat einen Schritt zurück. Sie hatte es nicht geschafft.

„Es- es tut mir leid." Luna schüttelte den Kopf. „Ich, ich konnte nicht... "

Madeleine kam auf die beiden zugeraunt und sank neben ihrer Großmutter auf die Knie.

„Oma, nein..." Sie streichelte ihr behutsam das Gesicht. „Oma, steh auf!"

Roxanne kam neben sie. Sie war vollkommen außer Atem, weil sie vor dem Regen geflohen war. „Ich kenne diesen Zauber. Er ist nicht unbedingt tödlich, wenn das Gift nicht ganz durchgekommen ist."

Madeleine schien sie gar nicht zu hören. Luna wandte sich von ihnen ab und sah zum Platz, der inzwischen, von den Toten abgesehen, fast leer geräumt war. Jeder rannte zu einem sicheren Ort und suchte nach seinen Liebsten. Die Schlacht war vollkommen vergessen. Kargon stand auf der anderen Seite des Platzes und winkte seine Leute zu sich.

„RÜCKZUG! RÜCKZUG!"

Da erblickte Luna Esmeralda, die auf sie zuging. Senia hatte sie aus ihrem Käfig befreit und mit Qualins Magie geheilt, wie sie es von Anfang an vorgehabt hatte. Esmeralda sah immer noch nicht ganz gesund aus, doch immerhin war sie kräftig genug, um zu laufen.

„Die Schlacht ist vorbei", verkündete sie und wandte sich den Meisterinnen zu. „Wir müssen sofort nach Melna zurück, um die Verletzten zu heilen."

Die Meisterinnen nickten. Während Roxanne wegging, um ihre Mutter zu suchen, blieb Luna bei Madeleine und ihrer Großmutter. Von dort aus suchte Luna nach ihrem Bruder und Esmeralda rief die anderen Völker zusammen, denen sie die Anweisung gab, ihnen zu folgen. Jeder strömte aus Duras heraus.

„Leon! Leon!", schrie Luna hysterisch.

„Hier!"

Luna sah wie Leon mit Senia und Femy im Schlepptau auf sie zu rannte.

„Alles okay bei euch?", fragte sie. Die drei nickten und Femy piepste erschöpft. Sie sah verschreckt aus von allem, was passiert war.

„Lasst uns hier verschwinden", meinte Leon.

Luna nickte heftig und sah zu Madeleine, die noch bei Freya saß, die ihre Augen fast geschlossen hatte. Luna fasste Madeleine an die Schulter.

„Wir müssen sie hier wegbringen", sagte sie und sah, wie mehrere Soldaten aus Melna mit Esmeralda zusammen auf sie zukamen. Madeleine stand erst auf, als die Soldaten ankamen und Freya hochtrugen. Gemeinsam mit Esmeralda und den Soldaten rannten die Freunde den anderen Menschen nach, die sich von Duras entfernten. Madeleine blieb die ganze Zeit an Freyas Seite und sagte ihren Namen, doch es kam keine Antwort. Sie hatte die Augen geschlossen.

„Senia, kannst du sie nicht heilen?", fragte Madeleine. Ihre Hände zitterten.

Senia ging an Freyas Seite und aktivierte Qualin. Aber es passierte nichts. Sie versuchte es noch einmal, aber es klappte wieder nicht.

„Das ist schwarze Magie, Senia. Du kannst sie in deinem erschöpften Zustand nicht bekämpfen", erklärte Esmeralda, weil sie die fehlgeschlagenen Versuche nicht mehr mit ansehen konnte.

Madeleine schluchzte.

„Die Spitze hat sie nur berührt und nicht direkt hineingestochen. Sie wird es überstehen", sagte Luna, um sie zu trösten. Aber sie wusste nicht, ob sie damit nur Madeleine oder auch sich selbst überzeugen wollte. Hätte sie schneller gehandelt, wäre das nicht passiert.

ZURÜCK IN MELNA

Hunderte von Menschen marschierten in den Westen nach Melna, da das die nächstgelegene Stadt war. Verletzte wurden auf Schultern getragen, andere mit Liegen transportiert und manche beim Laufen unterstützt. Zweifellos hatte so gut wie jeder Verletzungen von der riesigen Schlacht davongetragen. Die Meisterinnen, Femy und Leon wichen nie von Freyas Seite und hin und wieder sah Luna zu Roxanne hinüber, die mit ihrer Mutter der Menge nachlief, obwohl ihr Zuhause doch eigentlich Duras war. Doch es war verständlich, wieso sie da nie mehr hinwollte...

In dem ganzen Durcheinander merkte Luna gar nicht, dass die Stelle an ihrem Bein, die Erolds Zauber berührt hatte, immer mehr anschwoll und sie sich dadurch zunehmend müder fühlte.

Nach einem Tag pausenlosem Fußmarsch hatten sie Melna fast schon erreicht. Als nur noch ein Stückchen übrig war, kam Esmeralda auf Luna zu.

„Luna, die Entfernung nach Melna ist jetzt kurz genug. Du kannst Freya direkt dorthin teleportieren, damit wir nicht noch mehr Zeit verlieren. Bring sie zu Sir Andrew. Sie soll unverzüglich von den besten Ärzten Melnas behandelt werden."

Luna nickte. Sie ging auf die Soldaten zu, die Freya abwechselnd trugen, und hievte die verletzte Frau vorsichtig auf ihren Arm. Madeleine sah sie mit großen Augen an.

„Sei vorsichtig, Luna."

„Mach ich." Luna schloss ihre Augen und stellte sich das Stammhaus der Melna vor, das sich bis auf das kleinste Detail in ihr Gehirn gebrannt hatte. Denn dort hatte alles angefangen. Im nächsten Moment stand sie auch schon direkt vor dem Zaun der großen Villa.

„Sir Andrew!", rief sie, während sie versuchte, das Tor alleine aufzumachen. „SIR ANDREW, KOMMEN SIE SCHNELL!"

Die Wachen vor der Villa kamen sofort auf Luna zu gerannt und nahmen ihr Freya ab, die sie ins Haus brachten.

„SIR ANDREW!", schrie Luna, als sie in dem länglichen Flur mit Parkettboden stand. Der Butler kam gerade die Treppe heruntergestürmt.

„Um Himmelswillen, *Miss*!", sagte er, als er Freya und Lunas Zustand sah. Sie hatte keine Zeit gehabt, sich das eingetrocknete Blut vom Gesicht zu waschen. „Was ist passiert?"

„Es ist in der Schlacht passiert. Sie wurde von Erolds schwarzmagischen Pfeilen getroffen", brachte Luna ihn auf den neusten Stand. „Sie soll sofort von den besten Ärzten der Stadt behandelt werden, auf Esmeraldas Befehl!"

Sir Andrew verstand und lief sofort los, um mehrere Ärzte herbeizurufen, die kurz danach in die Villa kamen. Die Wachen transportierten Freya nach oben auf Esmeraldas Bett, um das sich alle Ärzte scharten. Luna wurde nach draußen geschickt, damit sie die Behandlung nicht störte, und wartete auf dem Flur, den sie nervös auf und ab lief. Eine Weile später trudelten auch schon die ganzen Menschen in Melna ein.

„Du meine Güte!", machte Sir Andrew, als er all die Verletzten sah. Hunderte von Menschen strömten in die Stadt hinein, sodass es bald keinen Platz mehr zum Sitzen gab und sie sich auf den Bürgersteig oder auf das Gras setzen mussten.

„Luna!", schrie jemand von der unteren Etage. Madeleine rannte die Treppe hoch, Senia, Femy, Leon, Esmeralda und sogar Roxanne und ihre Mutter – weil Esmeralda darauf bestanden hatte – kamen hinterher.

„Wie geht es ihr? Was haben die Ärzte gesagt?", fragte Madeleine und platzte auch schon in Esmeraldas Zimmer, ohne auf Lunas Antwort zu warten. Die anderen gingen ihr nach. Madeleine kniete sich neben das Krankenbett. Freyas Augen waren geschlossen und sie bewegte sich nicht. Als Madeleine ihr an die Hand fasste, spürte sie die eisige Kälte.

„Wie geht es ihr?"

„Sie ist in ein Koma gefallen", berichtete einer der Ärzte. „Wir hatten Glück, dass sie schnell hergebracht wurde, sonst hätten wir nichts mehr tun können."

„Aber- Sie wird doch wieder aufwachen?", fragte Madeleine
ängstlich.

„Das lässt sich jetzt noch nicht sagen. Es tut mir leid."

Die Ärzte verließen den Raum und ließen sie alleine mit Freya
zurück. Madeleine senkte ihren Kopf. Eine Träne kullerte über
ihre Wange und dann auf den weißen Teppich von Esmeraldas Zimmer. Luna legte ihr tröstend die Hand auf die Schulter.

„Es tut mir leid, Madeleine." Ihr Hals schnürte sich zusammen.
„Ich habe es nicht geschafft, sie zu schützen ... Ich, ich hätte..."

„Es ist nicht deine Schuld, Luna."

Senia setzte sich zu ihren Freundinnen auf den Boden. „Stimmt,
ist es nicht. Es ist Erolds schuld." Die Mädchen drehten sich zu
der Stimme um, die aus der Ecke des Raumes kam. Es war Roxanne und sie hatte starr dreinblickend den Rücken an die Wand
gelehnt, ihre Mutter daneben. Im Gegensatz zu ihrer Tochter
sah sie total niedergeschlagen aus. Madeleine reagierte eine Sekunde lang nicht, doch dann verfinsterte sich ihr Blick. Schlagartig erhob sie sich.

„Roxanne hat recht! Erold ist schuld! Er ist an allem schuld!
Seinetwegen ist mein Großvater gestorben und jetzt auch noch
Oma!" Madeleines Halsmuskeln zuckten. „Ich werde das nicht
ungestraft lassen."

Luna, Leon und Senia sahen einander an. Da waren es schon
zwei Rachsüchtige unter ihnen.

„Jetzt bringt erst einmal niemand jemanden um", stoppte
Esmeralda sie. „Ihr seid vom Kampf geschwächt und Erold ebenso. Ihr hättet ihn fast getötet. Selbst, wenn er sich davon erholt,
wird es einige Zeit in Anspruch nehmen. Bis dahin bereiten wir
uns auf ein mögliches erneutes Aufeinandertreffen vor."

Esmeraldas Worte beruhigten Madeleine ein bisschen. Sie
wusste selbst, dass es keinen Sinn hatte, jetzt wütend zu werden, also setzte sie sich hin.

Esmeralda sah sie zufrieden an und sprach dann ein anderes Thema an. „Bevor wir uns wieder um Erold kümmern, gibt
es da noch einige andere Dinge zu klären, die ihr auf eurer Rei-

se angestellt habt." Sie deutete auf die weiße Kristallkugel auf ihrem Nachttisch. „Mich haben einige Herrscher kontaktiert."

In dem Moment dämmerte es auch den Freunden.

Ja, sie hatten *einiges* angestellt. Darunter auch Raub an den obersten Feen und dem Unterwasserland Nerotanien. Doch Luna fiel noch etwas anderes Dringendes ein.

„Stimmt! Wir müssen ja auch noch nach Hause! Unsere Eltern sind bestimmt krank vor Sorge!"

Leon griff sich an den Kopf. „Und Oma haben wir auch einfach so zurückgelassen!"

Die Geschwister sahen einander alarmiert an. Was hatte ihre Oma wohl gedacht, als sie am Morgen ihr leeres Bett aufgefunden hatte? Hatten ihre Eltern den Skiurlaub abgebrochen und eine Vermisstenanzeige aufgegeben? Waren die Geschwister vielleicht schon für tot erklärt worden und ihre ganze Familie trauerte gerade um sie? Wie viel Zeit war nach ihrer Ankunft in Lewendia überhaupt vergangen?

„Jetzt beruhigt euch erst einmal, alles der Reihe nach", meinte Esmeralda. „Jeder ist gerade müde von der Schlacht. Was ihr jetzt braucht, ist Schlaf. Um den Rest kümmern wir uns nachher."

Niemand konnte Esmeralda widersprechen. Luna konnte von dem ganzen Teleportieren und Kämpfen kaum noch ihre Arme bewegen, geschweige denn den Feen, Meerjungfrauen und ihren Eltern alles erklären. Außerdem war die intensive Müdigkeit, die sie regelrecht zu Schlaf drängte, noch stärker geworden.

„Das gilt für euch alle." Esmeralda wandte sich ihrer Enkelin und den anderen Meisterinnen zu. „Sir Andrew, geben Sie unseren Gästen doch bitte frische Kleidung und weisen Sie Ihnen ein Schlafgemach zu."

„Sofort, Herrin", antwortete Sir Andrew und lotste sie den Gang entlang. Vor fünf identisch aussehenden Holztüren im dritten Stockwerk blieb er stehen. Roxanne und ihre Mutter bekamen das erste Zimmer und Senia und Madeleine belegten das zweite. Die Geschwister sollten sich das dritte Zimmer teilen.

Ihre Bleibe entpuppte sich als ein schlichtes Zimmer mit zwei ordentlichen, jeweils an einer Wand platzierten Betten, einem Kleiderschrank, einem kleinen Fenster und zwei Kommoden neben den Betten.

„Passende Kleidung wird Ihnen gleich gebracht", sagte Sir Andrew, nachdem er Luna und Leon hineingeführt hatte, und ging aus dem Zimmer. Leon war sein dreckiges Aussehen vollkommen egal und er hüpfte gleich auf das frisch bezogene Bett.

„Oh Mann, wie sehr habe ich es vermisst, auf einem weichen Untergrund zu liegen!" Er machte es sich gemütlich wie eine schnurrende Katze.

„Solltest du nicht lieber warten, bis du wieder sauber bist?", zog Luna ihren Bruder auf, obwohl sie es ihm nicht verübeln konnte. Es fühlte sich an wie eine Ewigkeit, seitdem sie zuletzt ein Bett gesehen hatte.

„Ach was, ich kann mich auch später umziehen", meinte Leon, doch den zweiten Teil des Satzes konnte man nicht richtig hören, weil er in ein Gähnen überging. Es brauchte nur ein paar Sekunden und er war schon eingeschlafen. Luna wollte erst einmal auf die Kleidung warten, doch sie hielt es nicht länger aus und gab nach. Sie wusste nicht, ob es an ihrer Müdigkeit oder daran lag, dass sie seit Wochen nicht mehr auf einer Matratze gelegen hatte, aber es fühlte sich an, als würde sie auf einer Wolke liegen. Ihre Muskeln fühlten sich tonnenschwer an. Langsam schloss sie ihre Augen und fiel in den wahrscheinlich tiefsten Schlaf ihres ganzen Lebens.

Luna spürte, wie etwas Weiches ihre Nase kitzelte, aber sie konnte nicht identifizieren, was es war. Ihr schwirrte der Kopf und sie hörte mehrere Stimmen um sich herum murmeln.

„Das habt ihr alles allein geschafft?", fragte eine weibliche Stimme.

„Ich fasse es nicht. Ist das wirklich genau so passiert?", legte eine Männerstimme nach.

Luna öffnete ihre Augen und sah ein knallpinkes Spielzeugauto vor sich. Es kam ihr komisch vor, dass die Menschen hier solche Sachen besaßen, wenn es doch in Lewendia keine Autos gab. Aber, moment mal, dieses Auto kannte sie doch!

„Lotte?!" Luna rappelte sich auf und starrte ihre kleine Schwester an, welche mit ihren Spielzeugen auf der Bettdecke spielte.

„Luna, du bist wach!" Ehe Luna wusste, was passiert war, wurde sie von ihrer Mutter in die Arme geschlossen. „Was- was macht ihr denn hier? Wie seid ihr hierhergekommen?", fragte Luna völlig verwirrt. Auch ihr Vater kam nun neben sie und gab ihr eine innige Umarmung. Luna drückte sie verwirrt zurück.

„Wir haben uns solche Sorgen um dich gemacht", meinte ihr Vater.

Als Luna losgelassen wurde, schaute sie sich im Zimmer um. Ihre Eltern, Lotte und Leon, sowie Penelope, Senia, Esmeralda und Madeleine hatten sich um ihr Bett versammelt. Femy schwebte über Senias Kopf.

„Endlich!", jubelte Leon. „Wir dachten schon, du wachst nie auf!"

Luna sah sich orientierungslos um. „Was ist passiert?"

„Es ist vieles passiert, aber du hast alles verschlafen!", gab Leon beinahe beleidigt zurück.

„Geschlafen? Aber..." Sie sah zu ihrer Familie. „...wie lange?"

„Fünf Tage", antwortete Madeleine knapp.

„Fünf Tage?!", echote Luna. „Was?!"

„Jetzt überrumpelt sie mal nicht", sagte Esmeralda ruhig. Sie kam zu ihr nach vorne und setzte sich auf das Bett.

„Du und Senia habt fünf Tage lang geschlafen, Luna. In dieser Zeit haben wir einiges erledigt."

Luna schwirrte der Kopf. Wie war das überhaupt möglich, dass ein Mensch fünf Tage durchschlief?

„Aber wie?"

„Erinnerst du dich noch an diese schwarzen Zacken, die Erold aus dem Boden gezaubert hat?", klinkte sich Senia ins Gespräch ein. „Das war ein Schlafzauber und sollte uns eigentlich direkt zum Schlafen bringen, aber die Wirkung ist später eingetreten, weil uns der Stachel nicht lange berührt hat."

Jetzt erinnerte Luna sich auch und sah auf ihr Bein. Die Stelle, an der sie gestochen worden war, war immer noch gerötet.

„Ich bin eine Stunde vor dir aufgewacht", sagte Senia. „So lange hat Oma einiges geklärt."

„Ja, allerdings", beteuerte Esmeralda stolz. „Zunächst habe ich mit den Feen gesprochen. Nach alledem, was passiert ist, haben sie eingesehen, dass es richtig von euch war, sie zu bestehlen. Hättet ihr das nicht gemacht, wäre Mexus nie gefunden worden und Lewendia wäre jetzt nicht mehr Lewendia. Sie sind euch für eure Dienste sogar dankbar. Die Fee namens Helene, die euch anscheinend geholfen hatte, hat ihre Stelle wiederbekommen und wurde dazu befördert."

Luna lachte heiter und ungläubig. Es fühlte sich wie ein Traum an. „Wir werden also nicht mehr gejagt?"

„Nope", sagte Leon kopfschüttelnd. „Auch nicht von den Nerotaniern."

Esmeralda nickte. „Auch sie waren der Meinung, dass ihr wahrhaftige Helden seid und Mexus zu den Meistern gehört, nicht zu ihnen. Eure Freunde aus Tarraka haben sogar einen Preis dafür bekommen, dass sie das erkannt und das Richtige getan haben."

„Aber sie wollten sich doch mit Mexus verstecken. Haben sie denn keine Angst?", hakte Luna nach.

„Bezüglich der Außenwelt meinten sie, dass nun genug Zeit seit ihrem Konflikt mit den Piraten vergangen ist und sie keine Bedrohung mehr für Nerotanien darstellen. Sie brauchen sich also nicht mehr zu verstecken."

Luna war erleichtert über diese tollen Neuigkeiten.

„Aber was ist mit euch?", fragte sie und wandte sich ihren Eltern zu. Sie war sich unsicher darüber, was sie von alledem hielten.

„Darüber brauchst du dir keine Sorgen zu machen", teilte Senia ihr heiter mit und machte eine lässige Handbewegung. „Wir haben ihnen alles erzählt und aus der Menschenwelt hergebracht."

Luna starrte ihre Eltern und Großmutter mit aufgerissenen Augen an. „Das heißt, ihr wisst über alles Bescheid?!" Ihre Eltern nickten.

„*Alles*. Wirklich alles. Von den Zaubersteinen bis hin zu dem Kampf gegen Erold", sagte Johannes, ihr Vater.

„Von der Feenstadt, den Tormys, der Unterwasserwelt und all die anderen Sachen", ergänzte seine Frau, Lydia.

Luna legte ihren Kopf in den Nacken. Sie musste das erst einmal verdauen.

„Ich muss schon sagen", lachte Madeleine, „es war ziemlich schwierig, deine Eltern zu überzeugen, dass sie mit uns kommen. Am Anfang dachten sie, wir hätten euch entführt und wollten die Polizei rufen!"

„Wir mussten ein paar ziemlich knifflige Zauber machen, damit die Polizisten den Vermisstenfall vergessen", ergänzte Esmeralda, die sich vor den Erinnerungen graute.

„Wow", hauchte Luna. „Aber Oma, kannst du dich immer noch nicht an deine Vergangenheit in Lewendia erinnern? Du bist doch hier aufgewachsen und wurdest erst später in die Menschenwelt gebracht."

Ihre Oma lächelte, doch Luna sah, wie verwirrt sie war. „Leider nicht, mein Schatz", erwiderte sie. „Aber es flackern Auszüge meiner Kindheit in meinem Kopf. Puzzleteile von Erinnerungen, die ich nicht zuordnen kann. Ich weiß nur, dass die Träume, von denen ich euch immer erzählt habe, von diesem Ort stammen."

„Vielleicht vervollständigt sich ihr Gedächtnis mit der Zeit", mutmaßte Senia. „Schließlich hat sie Lewendia jetzt gesehen und es ist schon sehr lange her, dass sie verflucht wurde."

Luna nickte stumm. Das hoffte sie innig, denn es gab noch so viele Fragen, die sie an Penelope hatte.

„Aber was passiert jetzt? Mit Neilon in Lunas Handgelenk kann sie nicht in die Menschenwelt zurück", sorgte sich Lydia und betrachtete Lunas Handgelenk.

„Machen Sie sich keine Sorgen", sagte Esmeralda. „Jetzt, wo Luna ihr volles Potenzial erreicht hat, kann sie Neilon aus eigenem Willen aus ihrem Handgelenk herausholen und zurücktun, wann immer sie möchte, ohne dass jemand anderes ihn benutzen kann. Sie kann also beruhigt nach Hause zurückkehren." Sie machte eine kurze Pause. „Aber Luna hat nun eine große Verantwortung gegenüber Lewendia. *Wir brauchen* Neilons Magie. Solange sie nicht anwesend ist, werden wir Neilons Kraft in unseren Kristallen speichern, aber sie muss regelmäßig wieder hierher zurückkehren."

„Ich komme in jeden Ferien", versprach Luna. Auch sie wollte Lewendia und all ihre Freunde, die sie hier gemacht hatte, nicht hinter sich lassen. Es war, als gäbe es eine Verbindung zwischen ihr und der Zauberwelt. Ein Teil von Lewendia hatte sich in ihr Herz eingenistet. Dann fiel ihr etwas ein und sie sah zu Madeleine. „Wie geht es Freya?"

Madeleine lächelte mild. Sie versuchte, sich nichts anmerken zu lassen, doch die Trauer stand ihr ins Gesicht geschrieben. „Sie wird aufwachen, das wissen wir", sagte sie. „Nur nicht wann. Und bis dahin muss wohl meine Mutter unser Volk anführen und ich werde sie dabei unterstützen." Luna nickte. Es würden sich *einige Dinge* verändern.

DAS ENDE UND DER ANFANG

Die Tage danach vergingen wie im Flug. Esmeralda, Senia und Madeleine hatten darauf bestanden, dass die Geschwister noch ein bisschen zu Gast blieben und es waren noch ein paar Tage bis zum Schulanfang, daher willigten sie ein. Luna lud mehrere Magiekristalle mit Neilons Magie auf und nun war das Land mit genug Magie versorgt, bis sie wieder zurückkam. Neben der Arbeit hatten sie aber auch viel Spaß gemeinsam. Senia zeigte den Geschwistern und Madeleine ihr Zimmer, führte sie zu ihren Lieblingsorten in Melna und stellte ihnen ihre Familie vor. Diese war Senia gegenüber sehr stolz, dankbar und sie verspürten ihr gegenüber noch etwas anderes. Luna kam es wie Schuldbewusstsein vor, doch sie konnte nicht verstehen, warum. Denn Luna wusste ja nicht, dass Senias ganze Familie, außer Esmeralda und ihre Mutter, zu Anfang nicht an sie geglaubt hatte. Doch jetzt hatte sie das ganze Land gerettet und allen das Gegenteil bewiesen.

Außer dem Ganzen bekamen sie auch noch eine Tour durch das Stammhaus und besuchten mit Senia die Innenstadt, wo sie wieder – dieses Mal jedoch mit Madeleine (sie hatte sich entschieden, erst nach Ylmi zurückzukehren, wenn auch die Geschwister gegangen waren) – die verschiedensten Zauber ausprobierten und alle möglichen Geschäfte besuchten. Da die ganze Stadt in der Schuld der Meisterinnen stand, konnten sie sogar so viel Quatsch machen, wie sie wollten, ohne rausgeschmissen zu werden. Ganz zugunsten von Leon, der es das eine oder andere Mal ein bisschen übertrieb und dabei die Nerven der Ladenbesitzer strapazierte.

Auch Roxanne sahen die Freunde manchmal auf ihren Erkundungstouren, da sie mit ihrer Mutter nun in Melna lebte. Sie wussten zwar nicht genau, ob das so bleiben und Roxanne wirklich hier leben würde, doch die Hauptsache war, dass weder Roxanne noch ihre Mutter jemals wieder freiwillig nach Duras gehen würden. Senia und Luna luden Roxanne sogar ein paar Mal ein, mit ihnen zu kommen (Madeleine war dazu nicht bereit, da zwischen ihr und

Roxanne noch kalte Winde wehten), doch Roxanne lehnte jedes Mal ab. Sie sah sich immer noch nicht als einen Teil der Gruppe.

„Irgendwann wird sie sich euch öffnen", äußerte sich Esmeralda dazu. „Sie braucht noch etwas Zeit."

Madeleine war davon zwar wenig überzeugt, doch Luna und Senia wussten, dass irgendwo in Roxannes harter Schale doch ein guter Mensch steckte. Wer weiß, was für ein Mensch sie gewesen wären, wenn ihnen das widerfahren wäre, was Roxanne durchstanden hatte.

Am letzten Tag von ihrem Aufenthalt in Melna gab Esmeralda den Geschwistern und den Meisterinnen ein kleines, bronzefarbenes Notizbuch, dessen Einband metallisch schimmerte, einen kleinen Glasbehälter mit ebenso bronzefarbener Tinte und einen Stift aus Glas. Das solle ihnen die Kommunikation über beide Welten ermöglichen.

„Ihr müsst den Namen der Person, mit der ihr schreiben wollt, in die Kopfzeile der Seite schreiben, dann wird eure Nachricht sie auf ihrem eigenen Notizbuch erreichen. Das leuchtet dann hell", erklärte Esmeralda.

Luna verstaute das Buch fest in ihrer Tasche, die sie mit Gegenständen gefüllt hatte, die sie an Lewendia erinnern würden. Darunter auch das Notizbuch, die Tinte und der Stift von Esmeralda, das magische Okular, welches Senia ihr geschenkt hatte, ein Foto von sich und den Meisterinnen (sie hatten es sogar geschafft, Roxanne auf das Bild zu bekommen), einen Beutel mit dem verzauberten Pulver, um wieder nach Lewendia kommen zu können, und Souvenirs aus Melna. Heute Mittag würden sie abreisen.

„Hey, Luna", kam Senia fröhlich ins Zimmer, während Luna gerade einpackte. „Ich glaube, ihr könnt doch noch länger bleiben als bis heute Mittag."

Luna hob ihren Kopf von ihrer Tasche. Ihre Augen hatten sich erhellt. „Wirklich? Was ist denn los?"

Senia grinste. „Esmeralda hat ein Festessen organisiert. Die Shiran und Ylmi werden auch daran teilnehmen. Wir feiern unseren Sieg gegen Erold und die neuen Meister!"

Luna stand erfreut auf. „Das ist ja super!"

Die beiden Mädchen sagten auch Madeleine Bescheid und den ganzen restlichen Tag halfen sie bei den Vorbereitungen für das Festessen. Riesige Tische mit perlweißen, sauberen Tischdecken wurden auf die Straßen vor dem Stammhaus aufgestellt, gemeinsam mit zahlreichen Stühlen. Die drei Meisterinnen halfen währenddessen dabei, die Stadt mit bunten Blumen und orientalischen Laternen zu schmücken, an denen Femy beim Herumfliegen ständig hängen blieb.

Neben Luna amüsierten sich auch ihre Eltern reichlich, die sich inzwischen miteinander angefreundet hatten. Selbst Roxannes Mutter traute sich im Laufe des Tages zu ihnen und schloss sich etwas schüchtern dem Gespräch an. Sie entpuppte sich als das komplette Gegenteil ihrer Tochter: Sie war eine zierliche, schüchterne Frau, welche sehr barmherzig war und den Eindruck machte, als hätte sie sich eine familiäre Atmosphäre, wie sie gerade in Melna herrschte, schon immer gewünscht.

Nach knappen fünf Stunden, nach Anbruch der Dunkelheit waren alle Vorbereitungen für das Festessen fertig. Jeder Tisch war großzügig gedeckt mit den verschiedensten Gerichten, die Luna und ihrer Familie vollkommen fremd waren. Da Senia und Madeleine aber darauf bestanden, probierte Luna alle Gerichte, bis sie prallvoll war.

Am Tisch redeten sie über ihre Abenteuer, die sie alle ein bisschen anders erzählten (hauptsächlich, weil Leon maßlos übertrieb und sich in jeder Geschichte als den Helden darstellte).

Und schließlich kam der Zeitpunkt, sich zu verabschieden. Esmeralda führte Luna und ihre Familie zu dem kleinen Teich, aus dem die Geschwister und Senia einst in das Land gekommen waren. Luna drückte ihre Freundinnen fest zum Abschied.

„Mach's gut", sagte Senia, wobei ihre Stimme gedämpft wurde, weil sie ihr Gesicht in Lunas Schulter grub. Luna spürte die Wärme von Senias Atem auf ihrer Kleidung. „Und komm schnell wieder!"

Luna lächelte traurig und glücklich zugleich. „Du auch. Bis zu den Herbstferien ist es nicht sehr lange, da werde ich kommen! Ich bringe euch auch viele Geschenke aus der Menschenwelt mit."

Senia ließ Luna widerwillig los und Madeleine war an der Reihe. „Erzähl ja niemanden von Lewendia!", mahnte sie scherzhaft, als sie sie in die Arme schloss. „Wer weiß, was die dann alles anstellen!"

„Keine Sorge, unser Geheimnis ist bei mir gut aufbewahrt", gab Luna grinsend zurück. „Und streite du dich nicht mit Roxanne."

Madeleine verdrehte die Augen, als sie Luna losließ. „Das kann ich dir leider nicht versprechen."

Senia kam zu ihnen und tippte beiden auf die Schulter. „Dafür bin ich ja da. Ich werde dafür sorgen, dass Madeleine und Roxanne sich vertragen und sogar Freunde werden." Sie grinste selbstbewusst. „Wart's ab!"

Sie zogen Madeleine noch weiter damit auf, dass sie und Roxanne die besten Freunde sein würden, da rief Lunas Vater nach ihr. „Luna, wir müssen jetzt los."

Luna sah zu Madeleine und Senia. Obwohl sie die beiden viel weniger kannte als die meisten ihrer Freundinnen aus Münster, waren sie zu ihren besten Freundinnen geworden. Denn sie hatten in dieser kurzen Zeit mehr miteinander erlebt, als sie wohl jemals mit einer ihrer Mitschülerinnen oder Nachbarinnen erlebt hätte. Dies galt aber nicht nur für Madeleine und Senia, sondern auch für Roxanne, die genauso mit ihnen verbunden war, obwohl sie es selbst noch nicht zugeben wollte. Doch irgendwo in ihrem Herzen musste sie sich dem bewusst sein, denn warum wäre sie ihnen sonst nachgeschlichen und hätte sich in den Baumkronen einer Eiche versteckt, wo sie sie unauffällig beobachtete?

Gerade als Luna sich zu ihren Eltern wenden wollte, bemerkte sie einen schwarzen Fleck auf den Baumkronen, schwärzer als die dunklen Blätter. Dort saß Roxanne unscheinbar wie immer und sah zu ihnen hinab. Prompt hob Luna ihre Hand und machte eine minimale Bewegung, die einem Winken ähneln sollte. Sie wusste, dass Roxanne diese Geste nicht erwidern würde, aber wen kümmerte das schon? Roxanne senkte leicht ihren Kopf und hob ihn dann an, wie ein Nicken. Fast so, als wolle sie ihr für ihre Hilfe danken.

Luna wusste zwar nicht, wieso, doch irgendwie fühlte sie sich jetzt eher bereit zu gehen als vorher. So, als hätte sie alles erledigt, was es in Lewendia zu tun gab. Natürlich war das nicht das Ende. Es war das Ende ihres Abenteuers und der Anfang ihrer Geschichte.

„Luna!"

„Ich komme!"

Madeleine und Senia begleiteten Luna zu dem Teich, das Portal, dessen anderes Ende der Spiegel in Penelopes Zimmer war. Ihre Familie hatte sich schon im Kreis um das Gewässer gestellt und sahen Esmeralda zu, wie sie das goldene Pulver auf das ruhige, im Mondlicht zauberhaft schimmernde Wasser streute. Nachdem ihre ganze Familie in den Teich gegangen war, war Luna an der Reihe. Sie drehte sich zu den Meisterinnen und Esmeralda um.

„Ich komme wieder zurück", sagte sie, ehe sie in das Gewässer eintrat. Statt den Meisterinnen und Esmeralda sah sie nun die mit Rosen gemusterte Tapete in dem Zimmer ihrer Großmutter. Ein vertrauter Geruch stieg ihr in die Nase. Der Geruch nach Zuhause und Luna merkte erst jetzt, wie sehr sie es vermisst hatte.

„Es fühlt sich an, als wäre es Jahre her, seitdem wir das letzte Mal hier waren", staunte Leon und sah sich um, als wolle er sehen, ob sich das Zimmer verändert hatte. Es war noch genau so, wie sie es hinterlassen hatten.

„Für uns hat sich auch jede Sekunde, in der wir auf eine Nachricht von euch gewartet haben, wie Jahre angefühlt", stimmte Lydia zu und ging mit der plappernden Lotte aus dem Zimmer. Johannes und Leon folgten ihnen und Penelope ging hinterher.

Bevor Luna rausging, drehte sie sich noch einmal zu dem Spiegel um, aus dem sie gerade gekommen war. Gerade war da noch eine andere Welt gewesen, doch jetzt sah sie nur noch sich selbst, doch sie war nicht dieselbe. Jetzt war sie viel mutiger und stärker als vorher und hatte zudem einen Zauberstein in ihrer Tasche. Und nun würde sie, genau wie ihre Großmutter es als Kind getan hatte, zwischen zwei Welten leben.

„Kommst du, Liebes?", fragte Penelope.

„Ich komme, Oma", sagte sie und ließ beim Schließen der Tür den magischen Spiegel allein im Zimmer.

Die Autorin

Simay Yazar ist Schülerin an einem Gymnasium.
Sie wurde 2008 in Deutschland geboren und lebt
seither dort. Seit ihrer Kindheit liest sie gerne Fan-
tasy-Romane und schreibt eigene kurze Geschichten. Mit dreizehn Jahren hat sie beschlossen,
ihren ersten Roman zu schreiben, den sie ein Jahr
später beendet hat. Gerade arbeitet sie an dem
zweiten Teil.